Große Erwartungen

von Charles Dickens

Copyright © 2024 von Autri Books

Alle Rechte vorbehalten. Kein Teil dieser Veröffentlichung darf ohne vorherige schriftliche Genehmigung des Herausgebers vervielfältigt, fotokopiert, aufgezeichnet oder auf andere elektronische oder mechanische Weise verwendet werden, es sei denn, es handelt sich um kurze Zitate, die in kritischen Rezensionen enthalten sind, und bestimmte andere nicht-kommerzielle Nutzungen, die nach dem Urheberrecht zulässig sind.

Diese Ausgabe ist Teil der "Autri Books Classic Literature Collection" und enthält Übersetzungen, redaktionelle Inhalte und Gestaltungselemente, die von dieser Publikation stammen und urheberrechtlich geschützt sind. Der zugrundeliegende Text ist gemeinfrei und unterliegt nicht dem Urheberrecht, aber alle Ergänzungen und Änderungen sind von Autri Books urheberrechtlich geschützt.

Veröffentlichungen von Autri Books können für Bildungs-, Handels- oder Werbezwecke erworben werden. Weitere Informationen finden Sie contact:

autribooks.com | support@autribooks.com

ISBN: 979-8-3305-4342-7
Die erste Auflage erscheint 2024 bei Autri Books.

KAPITEL I.

Da der Familienname meines Vaters Pirrip und mein christlicher Name Philipp war, konnte meine Kindersprache aus beiden Namen nichts Längeres und Deutlicheres machen als Pip. Also nannte ich mich Pip und wurde Pip genannt.

Ich gebe Pirrip als Familiennamen meines Vaters an, und zwar auf Grund seines Grabsteins und meiner Schwester - Mrs. Joe Gargery, die den Schmied geheiratet hat. Da ich weder meinen Vater noch meine Mutter sah und nie eine Ähnlichkeit von einem von ihnen sah (denn ihre Tage waren lange vor den Tagen der Photographien), so waren meine ersten Vorstellungen, wie sie aussahen, unvernünftigerweise von ihren Grabsteinen hergeleitet. Die Form der Buchstaben auf dem meines Vaters ließ mich seltsam denken, daß es sich um einen viereckigen, stämmigen, dunklen Mann mit lockigem schwarzem Haar handelte. Aus dem Charakter und der Wendung der Inschrift: *„Auch Georgiana Gattin des Obenen"* zog ich den kindischen Schluss, dass meine Mutter sommersprossig und kränklich war. Fünf kleinen steinernen Rauten, jede etwa anderthalb Fuß lang, die in einer ordentlichen Reihe neben ihrem Grabe aufgestellt waren und dem Andenken meiner fünf kleinen Brüder heilig waren, die den Versuch, ihren Lebensunterhalt zu verdienen, außerordentlich früh in diesem allgemeinen Kampfe aufgaben, verdanke ich den Glauben, den ich religiös hegte, daß sie alle auf dem Rücken geboren worden seien, die Hände in den Hosentaschen. und hatte sie in diesem Zustand des Daseins nie wieder herausgenommen.

Unser war das Sumpfland, unten am Fluss, innerhalb, wie der Fluß sich schlängelte, zwanzig Meilen vom Meere entfernt. Meinen ersten lebhaftesten und umfassendsten Eindruck von der Identität der Dinge scheint mir an einem denkwürdigen, rauhen Nachmittag gegen Abend gewonnen worden zu sein. Zu einer solchen Zeit erfuhr ich mit Sicherheit, daß dieser trostlose, von Brennnesseln überwucherte Ort der Kirchhof war; und daß Philip Pirrip, der verstorbene aus dieser Gemeinde, und auch Georgiana, die Gattin des Obengenannten, tot und begraben seien; und daß Alexander, Bartholomäus, Abraham, Tobias und Roger, die kleinen Kinder der Vorgenannten, gleichfalls tot und begraben seien; und daß die dunkle, flache Wildnis jenseits des Kirchhofes, die von Deichen, Hügeln und Toren durchzogen ist und auf der zerstreutes Vieh weidet, die Sümpfe sind; und daß die niedrige bleierne Linie dahinter der Fluß sei; und daß die ferne, wilde Höhle, aus der der Wind rauschte, das Meer sei; und daß das kleine Bündel von Schauern, das sich vor allem fürchtete und zu weinen anfing, Pip war.

„Schweigt mit dem Lärm!" schrie eine furchtbare Stimme, als ein Mann aus den Gräbern an der Seite des Kirchenportals hervorsprang. „Bleib still, du kleiner Teufel, oder ich schneide dir die Kehle durch!"

Ein ängstlicher Mann, ganz in grobem Grau gekleidet, mit einem großen Bügeleisen am Bein. Ein Mann ohne Hut, mit zerbrochenen Schuhen und mit einem alten Lappen um den Kopf. Ein Mann, der in Wasser durchnässt, im Schlamm erstickt, von Steinen gelähmt, von Feuersteinen zerschnitten, von Brennnesseln gestochen und von Dornengestrüpp zerrissen worden war; die hinkten und zitterten und starrten und knurrten; und dessen Zähne in seinem Kopf klapperten, als er mich am Kinn packte.

„Ach! Schneiden Sie mir nicht die Kehle durch, Sir," flehte ich erschrocken. „Bitte, tun Sie es nicht, Sir."

„Sagen Sie uns Ihren Namen!" sagte der Mann. „Schnell!"

„Pip, Sir."

„Noch einmal," sagte der Mann und starrte mich an. „Gib ihm den Mund!"

„Pip. Pip, Sir."

„Zeig uns, wo du wohnst," sagte der Mann: „mach dir die Wohnung klar!"

Ich deutete auf die Stelle, wo unser Dorf lag, auf der flachen Küste zwischen Erlen und Kopfbäumen, eine Meile oder mehr von der Kirche entfernt.

Nachdem der Mann mich einen Augenblick angesehen hatte, drehte er mich auf den Kopf und leerte meine Taschen. Es war nichts darin als ein Stück Brot. Als die Kirche wieder zu sich kam, denn er war so plötzlich und stark, daß er sie Hals über Kopf vor mir fliegen ließ, und ich den Kirchturm unter meinen Füßen sah, als die Kirche wieder zu sich kam, saß ich zitternd auf einem hohen Grabstein, während er das Brot gierig aß.

„Du junger Hund," sagte der Mann und leckte sich die Lippen: „was hast du für dicke Wangen."

Ich glaube, sie waren fett, obwohl ich damals für meine Jahre unterdimensioniert und nicht stark war.

„Verdammt, wenn ich sie nicht essen könnte," sagte der Mann mit einem drohenden Kopfschütteln: „und wenn ich nicht halbwegs Lust hätte, es nicht zu tun!"

Ich drückte inständig meine Hoffnung aus, daß er es nicht tun würde, und hielt mich fester an dem Grabstein, auf den er mich gesetzt hatte; theils, um mich darauf zu halten; teilweise, um mich vom Weinen abzuhalten.

„Seht her!" sagte der Mann. „Wo ist eure Mutter?"

„Da, Sir!" sagte ich.

Er fuhr an, machte einen kurzen Anlauf, blieb stehen und schaute über seine Schulter.

„Da, Sir!" erklärte ich schüchtern. „Auch Georgiana. Das ist meine Mutter."

„Oh!" sagte er, als er zurückkam. „Und ist das dein Vater und deine Mutter mehr?"

„Ja, mein Herr," sagte ich; „Ihn auch; Verstorbener dieser Gemeinde."

„Ha!" murmelte er nachdenklich. „Mit wem lebst du zusammen, wenn du freundlich zum Leben gelassen wirst, worüber ich mich nicht entschieden habe?"

„Meine Schwester, Sir – Mrs. Joe Gargery – Gattin von Joe Gargery, dem Schmied, Sir."

„Schmied, was?" sagte er. Und schaute auf sein Bein hinunter.

Nachdem er sein Bein und mich einige Male finster betrachtet hatte, kam er näher an meinen Grabstein, faßte mich bei beiden Armen und neigte mich so weit zurück, wie er mich halten konnte; so daß seine Augen am stärksten in die meinigen hinabblickten und die meinigen am hilflosesten in die seinen.

„Nun sehen Sie hier," sagte er: „die Frage ist, ob man Sie wohnen lassen soll. Weißt du, was eine Datei ist?"

„Jawohl, Sir."

„Und weißt du, was Wittles ist?"

„Jawohl, Sir."

Nach jeder Frage kippte er mich ein wenig mehr um, um mir ein noch größeres Gefühl der Hilflosigkeit und Gefahr zu vermitteln.

„Besorge mir eine Akte." Er kippte mich wieder. „Und du holst mir Witze." Er kippte mich wieder. „Du bringst sie mir beide." Er kippte mich wieder. „Oder ich mache dir das Herz und die Leber raus." Er kippte mich wieder.

Ich erschrak fürchterlich und war so schwindelig, daß ich mich mit beiden Händen an ihn klammerte und sagte: „Wenn Sie mir die Güte gestatten wollten, mich aufrecht zu halten, mein Herr, so würde ich vielleicht nicht krank sein, und vielleicht könnte ich mehr besuchen."

Er gab mir einen gewaltigen Sprung und eine Rolle, so daß die Kirche über ihren eigenen Wetterhahn sprang. Dann hielt er mich an den Armen, aufrecht auf dem Gipfel des Steines, und fuhr mit folgenden furchtbaren Worten fort:

„Bringen Sie mir morgen früh die Akte und die Witze. Du bringst mir das Los zu der alten Batterie da drüben. Du tust es, und du wagst es nie, ein Wort zu sagen oder ein Zeichen zu machen, dass du einen Menschen wie mich oder irgendeinen anderen Menschen gesehen hast, und du wirst am Leben gelassen werden. Du versagst, oder du gehst von meinen Worten in irgend einem noch so kleinen Partickler weg, und dein Herz und deine Leber werden herausgerissen, geröstet und gegessen werden. Nun, ich bin nicht allein, wie du vielleicht denkst. Bei mir hat sich ein junger Mann versteckt, gegen den ich ein Engel bin. Dieser junge Mann hört die Worte, die ich spreche. Dieser junge Mann hat eine geheime Art, wie er an einen Knaben, an sein Herz und an seine Leber herankommt. Es ist vergeblich, wenn ein Junge versucht, sich vor diesem jungen Mann zu verstecken. Ein Knabe mag seine Tür verschließen, mag im Bett warm sein, er mag sich zusammenziehen, er mag sich die Kleider über den Kopf ziehen, er mag sich behaglich und sicher wähnen, aber dieser junge Mann wird leise und leise zu ihm heranschleichen und ihn aufreißen. Ich bin es, diesen jungen Mann mit großer Mühe davon abzuhalten, euch in diesem Augenblick Schaden zuzufügen. Es fällt mir sehr schwer, diesen jungen Mann von deinem Innern fernzuhalten. Nun, was sagst du dazu?"

Ich sagte, ich würde ihm die Akte besorgen, und ich würde ihm so viele zerbrochene Stücke Essen besorgen, wie ich könnte, und ich würde früh am Morgen zu ihm in die Batterie kommen.

„Sprich, Herr, schlage dich tot, wenn du es nicht tust!" sagte der Mann.

Ich sagte es, und er brachte mich zu Boden.

„Nun," fuhr er fort: „du erinnerst dich, was du unternommen hast, und du denkst an den jungen Mann, und du kommst nach Hause!"

„Gute Nacht, Sir," stockte ich.

„Vieles!" sagte er und blickte über die kalte, nasse Wohnung hinweg um sich. „Ich wünschte, ich wäre ein Frosch. Oder einen Aal!"

Zugleich schloß er seinen zitternden Leib in beide Arme, umklammerte sich, als wolle er sich zusammenhalten, und humpelte auf die niedrige Kirchenmauer zu. Als ich ihn gehen sah, wie er sich seinen Weg zwischen den Brennnesseln und zwischen den Brombeeren bahnte, die die grünen Hügel begrenzten, sah er in meine jungen Augen, als entziehe er sich den Händen der Toten, streckte sich vorsichtig aus ihren Gräbern empor, um sich den Knöchel umzudrehen und ihn hineinzuziehen.

Als er an die niedrige Kirchenmauer kam, überwand er sie wie ein Mann, dessen Beine taub und steif waren, und wandte sich dann um, um mich zu suchen. Als ich sah, daß er sich umwandte, wandte ich mein Gesicht nach Hause und machte den besten Gebrauch von meinen Beinen. Aber bald blickte ich über meine Schulter und sah ihn wieder dem Fluß zugehen, sich noch immer mit beiden Armen umarmend und mit seinen wunden Füßen seinen Weg zwischen den großen Steinen bahnen, die hier und da in die Sümpfe geworfen wurden, um bei starkem Regen oder Flut Trittplätze zu finden.

Die Sümpfe waren damals nur eine lange schwarze horizontale Linie, als ich stehen blieb, um nach ihm zu sehen; und der Fluß war nur eine weitere horizontale Linie, nicht annähernd so breit und noch nicht so schwarz; Und der Himmel war nur eine Reihe langer, wütender roter Linien und dichter schwarzer Linien, die sich ineinander mischten. Am Rande des Flusses konnte ich schwach die beiden einzigen schwarzen Dinger ausmachen, die aufrecht zu stehen schienen; Eines davon war das Leuchtfeuer, an dem die Matrosen lenkten – wie ein unbefestigtes Faß an einer Stange – ein häßliches Ding, wenn man sich in der Nähe desselben befand; der andere, ein Galgen, an dem einige Ketten hingen, an denen einst ein Pirat festgehalten hatte. Der Mann humpelte auf diesen zu, als wäre er der zum Leben erwachte Pirat, der wieder herunterkam und zurückkehrte, um sich wieder einzuhängen. Es gab mir eine schreckliche Wendung, als ich so dachte; und als ich sah, wie das Vieh den Kopf hob, um ihm nachzublicken, fragte ich mich, ob sie das auch dachten. Ich sah mich nach dem schrecklichen jungen Mann um und konnte keine Spur von ihm entdecken. Aber jetzt erschrak ich wieder und rannte ohne Halt nach Hause.

KAPITEL II.

Meine Schwester, Mrs. Joe Gargery, war mehr als zwanzig Jahre älter als ich und hatte sich bei sich und den Nachbarn einen guten Ruf erworben, weil sie mich "mit der Hand" erzogen hatte. Da ich damals selbst herausfinden mußte, was der Ausdruck bedeutete, und da ich wußte, daß sie eine harte und schwere Hand hatte und sie sehr auf ihren Gatten wie auf mich zu legen pflegte, so nahm ich an, daß Joe Gargery und ich beide mit der Hand erzogen worden waren.

Sie war keine hübsche Frau, meine Schwester; und ich hatte den allgemeinen Eindruck, daß sie Joe Gargery dazu gebracht haben mußte, sie von Hand zu heiraten. Joe war ein blonder Mann mit flachsblonden Locken zu beiden Seiten seines glatten Gesichts und mit Augen, die so unentschlossen blau waren, daß sie sich irgendwie mit ihrem eigenen Weiß vermischt zu haben schienen. Er war ein milder, gutmütiger, gutmütiger, leichtmütiger, törichter, lieber Bursche, eine Art Herkules an Stärke und auch an Schwäche.

Meine Schwester, Mrs. Joe, mit schwarzem Haar und schwarzen Augen, hatte eine so vorherrschende Rötung der Haut, daß ich mich manchmal fragte, ob es möglich sei, daß sie sich mit einer Muskatreibe statt mit Seife wusch. Sie war groß und knochig und trug fast immer eine grobe Schürze, die hinten mit zwei Schlaufen über ihrer Figur befestigt war, und vorn einen viereckigen, uneinnehmbaren Latz, der mit Nadeln und Nadeln gefüllt war. Sie machte es zu einem mächtigen Verdienst und zu einem starken Vorwurf gegen Joe, daß sie diese Schürze so oft trug. Obwohl ich wirklich keinen Grund sehe, warum sie es überhaupt hätte tragen sollen; oder warum sie, wenn sie sie überhaupt trug, sie nicht jeden Tag ihres Lebens hätte ausziehen sollen.

Joe's Schmiede grenzte an unser Haus, das ein Holzhaus war, wie es viele der Wohnungen in unserem Lande waren, die meisten von ihnen zu jener Zeit. Als ich vom Kirchhof nach Hause lief, war die Schmiede geschlossen, und Joe saß allein in der Küche. Da Joe und ich Leidensgenossen waren und als solche Vertrauen hatten, so gab Joe mir ein Vertrauen in dem Augenblick, als ich den

Riegel der Tür öffnete und zu ihm hereinspähte, der gegenüber in der Kaminecke saß.

„Mrs. Joe ist ein Dutzend Mal unterwegs gewesen, um Sie zu suchen, Pip. Und jetzt ist sie draußen und macht es zu einem Dutzend Bäcker."

„Ist sie das?"

„Ja, Pip," sagte Joe; „und was noch schlimmer ist, sie hat Tickler bei sich."

Bei dieser düsteren Einsicht drehte ich den einzigen Knopf meiner Weste hin und her und blickte in großer Niedergeschlagenheit auf das Feuer. Tickler war ein Stück Rohr mit Wachsen, das durch die Kollision mit meinem gekitzelten Körper glatt geworden war.

„Sie setzte sich hin," sagte Joe: "und sie stand auf, griff nach Tickler und rammte hinaus. „Das hat sie getan," sagte Joe, indem er langsam das Feuer zwischen den unteren Stäben mit dem Schürhaken löschte und es betrachtete; „Sie hat sich gerammt, Pip."

„Ist sie schon lange fort, Joe?" Ich behandelte ihn immer wie ein größeres Kind und nicht mehr als seinesgleichen.

„Nun," sagte Joe und warf einen Blick auf die holländische Uhr: „sie war auf der Ram-Page, die letzte Zeit, etwa fünf Minuten, Pip. Sie kommt! Geh hinter die Tür, alter Kerl, und nimm das Handtuch zwischen dich."

Ich habe den Rat befolgt. Meine Schwester, Mrs. Joe, riß die Thür weit auf und fand, daß sich dahinter ein Hindernis fand, erriet sofort die Ursache und wandte Tickler zu ihrer weiteren Untersuchung an. Sie schloß damit, daß sie mich - ich diente oft als eheliches Geschoss - auf Joe warf, der, froh, mich unter allen Umständen zu erreichen, mich in den Schornstein gleiten ließ und mich dort mit seinem großen Bein leise einzäunte.

„Wo warst du, du junger Affe?" fragte Mrs. Joe und stampfte mit dem Fuße. „Sag mir geradeheraus, was du getan hast, um mich vor Ärger und Schrecken und Sorge zu zermürben, oder ich würde dich aus der Ecke holen, wenn du fünfzig Pips wärst und er fünfhundert Gargerys."

„Ich bin nur auf dem Kirchhof gewesen," sagte ich von meinem Schemel auf, weinte und rieb mich.

„Kirchhof!" wiederholte meine Schwester. „Wenn ich nicht gewarnt hätte, so wärst du schon längst auf dem Kirchhof gewesen und dort geblieben. Wer hat dich mit der Hand erzogen?"

„Das hast du," sagte ich.

„Und warum ich das getan habe, möchte ich wissen?" rief meine Schwester.

Ich wimmerte: „Ich weiß es nicht."

„Das tue ich nicht!" sagte meine Schwester. „Ich würde das nie wieder tun! Ich weiß das. Ich kann wahrhaftig sagen, dass ich diese Schürze nie mehr ausgezogen habe, seit du geboren wurdest. Es ist schlimm genug, die Frau eines Schmieds zu sein (und er eine Gargery), ohne deine Mutter zu sein."

Meine Gedanken schweiften von dieser Frage ab, als ich trostlos auf das Feuer blickte. Denn der Flüchtling draußen in den Sümpfen mit dem gebügelten Bein, der geheimnisvolle junge Mann, die Akte, das Essen und das schreckliche Versprechen, das ich hatte, in diesen schützenden Räumen einen Diebstahl zu begehen, erhoben sich vor mir in den rächenden Kohlen.

„Ha!" sagte Mrs. Joe und setzte Tickler wieder auf seinen Platz. „Kirchhof, in der Tat! Ihr könnt wohl Kirchhof sagen, ihr beiden." Einer von uns hatte es übrigens überhaupt nicht gesagt. „Du wirst *mich* eines Tages auf den Kirchhof fahren, zwischen dir und O, einem prächtigen Paar, das du ohne mich wärst!"

Während sie sich anschickte, das Teegeschirr abzustellen, blickte Joe über sein Bein auf mich herab, als ob er mich und sich in Gedanken emporwarf und berechnete, was für ein Paar wir unter den vorhergesagten schmerzlichen Umständen abgeben würden. Hierauf saß er da, befühlte seine rechten flachsblonden Locken und seinen Backenbart und folgte Mrs. Joe mit seinen blauen Augen, wie er es immer zu stürmischen Zeiten tat.

Meine Schwester hatte eine pointierte Art, unser Brot und unsere Butter für uns zu schneiden, die sich nie änderte. Zuerst stieß sie den Laib mit der linken Hand hart und fest gegen ihr Lätzchen, wo er bald eine Stecknadel hineinsteckte, bald eine Nadel, die wir nachher in den Mund steckten. Dann nahm sie etwas Butter (nicht zu viel) auf ein Messer und verteilte sie auf dem Laib, wie in einer Apotheke, als ob sie ein Pflaster machte, indem sie beide Seiten des Messers mit einer schlagkräftigen Geschicklichkeit benutzte und die Butter um die Kruste herum abschnitt und formte. Dann wischte sie mit dem Messer einen letzten geschickten Strich über den Rand des Pflasters und sägte dann eine sehr dicke Runde von dem Laib ab, die sie schließlich, bevor sie sich vom Laib trennte, in zwei Hälften schnitt, von denen Joe die eine bekam und ich die andere.

Bei dieser Gelegenheit wagte ich, obgleich ich hungrig war, nicht, mein Stück zu essen. Ich fühlte, daß ich etwas für meinen schrecklichen Bekannten und seinen Verbündeten, den noch schrecklicheren jungen Mann, zurückhaben mußte. Ich wußte, daß Mrs. Joes Haushaltung von der strengsten Art war, und daß meine räuberischen Nachforschungen in dem Schrank nichts finden würden. Deshalb beschloß ich, mein Stück Brot und Butter in das Hosenbein zu stecken.

Die Anstrengung des Entschlusses, die zur Erreichung dieses Zweckes notwendig war, empfand ich als ziemlich schrecklich. Es war, als müßte ich mich entschließen, von der Spitze eines hohen Hauses zu springen oder in eine große Wassertiefe zu stürzen. Und es wurde durch den bewusstlosen Joe noch schwieriger. In unserer schon erwähnten Freimaurerei als Leidensgenossen und in seiner gutmütigen Gesellschaft mit mir war es unsere abendliche Gewohnheit, die Art und Weise, wie wir unsere Scheiben durchbißen, zu vergleichen, indem wir sie dann und wann schweigend einander zur Bewunderung hinhielten, was uns zu neuen Anstrengungen anregte. Heute abend lud mich Joe durch die Zurschaustellung seiner schnell abnehmenden Scheibe mehrmals ein, an unserem gewöhnlichen freundschaftlichen Wettstreit teilzunehmen; Aber er fand mich jedesmal mit meiner gelben Tasse Tee auf dem einen Knie und meinem unberührten Brot und Butter auf dem anderen. Endlich überlegte ich verzweifelt, daß das, was ich ins Auge faßte, getan werden müsse, und zwar am besten auf die am wenigsten unwahrscheinliche Weise, die den Umständen entspräche. Ich nutzte einen Moment, in dem Joe mich nur angeschaut hatte und mein Brot und meine Butter über mein Bein legte.

Joe fühlte sich offensichtlich unwohl durch das, was er für meine Appetitlosigkeit hielt, und biss nachdenklich aus seiner Scheibe, die er nicht zu genießen schien. Er drehte es viel länger als gewöhnlich in seinem Munde herum, dachte viel darüber nach und schluckte es schließlich wie eine Pille hinunter. Er war im Begriff, noch einen Bissen zu nehmen, und hatte eben den Kopf zur Seite gelegt, um einen guten Kauf darauf zu machen, als sein Blick auf mich fiel und er sah, daß mein Brot und meine Butter verschwunden waren.

Das Erstaunen und die Bestürzung, mit denen Joe an der Schwelle seines Bisses stehen blieb und mich anstarrte, waren zu deutlich, um der Beobachtung meiner Schwester zu entgehen.

„Was ist denn denn los?" fragte sie klug und setzte ihre Tasse ab.

„Ich sage, Sie wissen es!" murmelte Joe und schüttelte den Kopf in sehr ernstem Vorwurf gegen mich. „Pip, alter Kerl! Du wirst dir selbst Unheil antun. Es wird irgendwo hängen bleiben. Du kannst es nicht verdorben haben, Pip."

„Was ist denn los?" wiederholte meine Schwester schärfer als zuvor.

„Wenn du irgend eine Kleinigkeit ausspucken kannst, Pip, würde ich dir empfehlen, es zu tun," sagte Joe ganz entsetzt. „Manieren sind Manieren, aber deine Elfe ist immer noch deine Elfe."

Inzwischen war meine Schwester ganz verzweifelt, stürzte sich auf Joe, packte ihn bei den beiden Schnurrhaaren und stieß seinen Kopf eine Weile gegen die Wand hinter ihm, während ich in der Ecke saß und schuldbewußt zusah.

„Nun, vielleicht erwähnst du, was los ist," sagte meine Schwester außer Atem: „du starres, großes, festsitzendes Schwein."

Joe sah sie hilflos an, dann biss er hilflos in und sah mich wieder an.

„Weißt du, Pip," sagte Joe feierlich, mit dem letzten Biß in der Wange und mit vertraulicher Stimme, als ob wir beide ganz allein wären: „du und ich sind immer Freunde, und ich wäre der Letzte, der dir jederzeit davon erzählt. Aber so ein ..." er rückte seinen Stuhl hin und her und blickte zwischen uns auf dem Fußboden und dann wieder auf mich – „so ein gewöhnlicher Bolt wie dieser!"

„Hat er sein Essen verschlungen?" rief meine Schwester.

„Weißt du, alter Kerl," sagte Joe, indem er mich ansah und nicht Mrs. Joe, die noch immer den Biß in der Wange hatte: „ich bin selbst gebolzt, als ich in deinem Alter war – häufig –, und als Knabe bin ich unter vielen Boltern gewesen; aber ich habe noch nie gesehen, daß dein Bolzen ebenbürtig ist, Pip, und es ist eine Gnade, daß du nicht tot verbolzt bist."

Meine Schwester stürzte sich auf mich, fischte mich an den Haaren hoch und sagte nichts weiter als die schrecklichen Worte: „Du kommst mit und lass dich dosieren."

Irgendein medizinisches Tier hatte in jenen Tagen Teerwasser als feine Medizin wiederbelebt, und Mrs. Joe hatte immer einen Vorrat davon im Schrank; Der Glaube an seine Tugenden entspricht seiner Gemeinheit. In den besten Zeiten wurde mir so viel von diesem Elixier als erlesenes Stärkungsmittel verabreicht, dass ich mir bewusst war, herumzugehen und wie ein neuer Zaun zu riechen. An diesem besonderen Abend verlangte die Dringlichkeit meines Falles einen halben Liter von dieser Mischung, die mir zu meinem größeren Trost in die Kehle gegossen wurde, während Mrs. Joe meinen Kopf unter den Arm hielt, wie man einen Stiefel in einem Stiefelknecht hält. Joe ging mit einem halben Pint davon; aber er mußte es schlucken (sehr zu seiner Verwirrung, als er langsam vor dem Feuer saß und mampfte und nachdachte): „weil er an der Reihe gewesen war." Nach mir zu urteilen, würde ich sagen, daß er nachher gewiß an der Reihe war, wenn er vorher keine gehabt hätte.

Das Gewissen ist eine schreckliche Sache, wenn es einen Mann oder einen Knaben anklagt; aber wenn im Falle eines Knaben diese geheime Bürde mit einer anderen geheimen Bürde am Hosenbein zusammenwirkt, so ist das (wie ich bezeugen kann) eine große Strafe. Das schuldige Bewußtsein, daß ich Mrs. Joe ausrauben würde – ich hätte nie gedacht, daß ich Joe berauben würde, denn ich dachte niemals, daß irgend etwas von dem Hauswirtschaftsgut ihm gehörte –, verbunden mit der Notwendigkeit, immer eine Hand an meinem Brot und meiner Butter zu behalten, wenn ich saß oder wenn man mich in die Küche beorderte, um irgend eine kleine Besorgung zu machen, hat mich fast um den Verstand gebracht. Dann, als die Sumpfwinde das Feuer glühen und auflodern ließen, glaubte ich draußen die Stimme des Mannes mit dem Eisen am Bein zu hören, der mich zur Verschwiegenheit geschworen hatte und erklärte, er könne und werde erst morgen hungern, sondern müsse jetzt gefüttert werden. Zu anderen Zeiten dachte ich: Was, wenn der junge Mann, der sich mit so großer Mühe davon abhalten ließ, seine Hände in mich zu stecken, einer konstitutionellen Ungeduld nachgab oder die Zeit verfehlte und sich heute abend statt morgen meinem Herzen und meiner Leber zuschrieb? Wenn je jemandem die Haare zu Berge standen vor Schrecken, so mußte es das bei mir damals getan haben. Aber vielleicht hat es noch nie jemand getan?

Es war Heiligabend, und ich mußte den Pudding für den nächsten Tag mit einem Kupferstäbchen von sieben bis acht Uhr nach der holländischen Uhr umrühren. Ich versuchte es mit der Last auf meinem Bein (und das ließ mich neu an den Mann denken, der die Last auf *seinem* Bein hatte) und fand die Tendenz der Übung, das Brot und die Butter an meinem Knöchel herauszuholen, ziemlich unkontrollierbar. Glücklich entschlüpfte ich und deponierte diesen Teil meines Gewissens in meinem Dachkammerzimmer.

„Höre!" sagte ich, als ich mich gerührt hatte und mich in der Kaminecke ein letztes Mal erwärmte, ehe ich zu Bett ging; „Waren das großartige Waffen, Joe?"

„Ah!" sagte Joe. „Da ist schon wieder ein Conwict los."

„Was bedeutet das, Joe?" fragte ich.

Mrs. Joe, die immer Erklärungen auf sich nahm, sagte schnippisch: „Entkommen. Entkommen." Die Definition wird wie Teerwasser gehandhabt.

Während Mrs. Joe dasaß und den Kopf über ihre Handarbeit beugte, verzog ich meinen Mund so, als würde ich zu Joe sagen: „Was ist ein Sträfling?" Joe legte *seinen* Mund in die Form, eine so kunstvolle Antwort zu geben, daß ich nichts als das einzige Wort ‚Pip' heraushören konnte.

„Letzte Nacht gab es einen Sturm," sagte Joe laut: „nach Sonnenuntergang. Und sie schossen und warnten vor ihm. Und jetzt scheint es, dass sie schießen und vor einem weiteren warnen."

„*Wer* schießt?" fragte ich.

„Ach ja, dieser Junge," unterbrach mich meine Schwester und runzelte die Stirn über ihre Arbeit: „was für ein Fragesteller er ist. Stelle keine Fragen, und man wird dir keine Lügen erzählen."

Es war nicht sehr höflich gegen sich selbst, dachte ich, wenn sie mir andeutete, daß sie mir Lügen erzählen würde, selbst wenn ich Fragen stellte. Aber sie war nie höflich, wenn sie nicht in Gesellschaft war.

An diesem Punkt steigerte Joe meine Neugierde sehr, indem er sich die äußerste Mühe gab, den Mund sehr weit zu öffnen und es in die Form eines Wortes zu bringen, das mir wie ‚Schmollen' aussah. Ich deutete daher natürlich auf Mrs. Joe und verzog meinen Mund in die Form, als ob ich ‚sie?' sagen wollte. Aber Joe wollte davon gar nichts hören, riß den Mund wieder ganz weit auf und schüttelte die Form eines höchst nachdrücklichen Wortes aus ihm heraus. Aber ich konnte aus dem Wort nichts machen.

„Mrs. Joe," sagte ich als letzten Ausweg: „ich möchte gern wissen – wenn es Ihnen nichts ausmacht –, woher der Schuß kommt?"

„Gott segne den Jungen!" rief meine Schwester, als ob sie das nicht ganz so meinte, sondern im Gegenteil. „Von den Hulks!"

„Oh-h!" sagte ich und sah Joe an. „Hulks!"

Joe hustete vorwurfsvoll, als wollte er sagen: „Nun, ich habe es dir doch gesagt."

„Und bitte, was ist Hulks?" fragte ich.

„So ist es mit diesem Knaben!" rief meine Schwester, indem sie mit Nadel und Faden auf mich zeigte und den Kopf schüttelte. „Beantworten Sie ihm eine Frage, und er wird Ihnen gleich ein Dutzend Fragen stellen. Rumpf ist ein Gefängnisschiff, das Kreuz die Maschen." Wir haben diesen Namen immer für Sümpfe in unserem Land verwendet.

„Ich frage mich, wer in Gefangenenschiffe gesteckt wird, und warum man sie dort hinbringt?" fragte ich in allgemeiner Weise und mit stiller Verzweiflung.

Es war zu viel für Mrs. Joe, die sich sofort erhob. „Ich sage dir, junger Bursche," sagte sie: „ich habe dich nicht mit der Hand erzogen, um den Leuten das Leben zu verderben. Es wäre ein Tadel für mich und kein Lob, wenn ich es getan hätte. Menschen werden in die Hulks gesteckt, weil sie morden, weil sie rauben, schmieden und allerlei Böses tun; Und sie beginnen immer damit, Fragen zu stellen. Jetzt kommst du ins Bett!"

Es war mir nie gestattet, eine Kerze zu Bett zu bringen, und als ich im Dunkeln die Treppe hinaufging, kribbelte es mir im Kopfe, weil Mrs. Joes Fingerhut das Tamburin darauf gespielt hatte, um ihre letzten Worte zu begleiten, so fühlte ich mich ängstlich bewußt, wie sehr mir die Rümpfe nützlich waren. Ich war eindeutig auf dem Weg dorthin. Ich hatte damit begonnen, Fragen zu stellen, und ich wollte Mrs. Joe ausrauben.

Seit jener Zeit, die jetzt weit genug entfernt ist, habe ich oft gedacht, daß nur wenige Menschen wissen, welche Geheimhaltung in der Jugend unter Terror herrscht. Wie unvernünftig der Schrecken auch sein mag, so dass es Schrecken ist. Ich war in Todesangst vor dem jungen Mann, der mein Herz und meine Leber begehrte; Ich war in Todesangst vor meinem Gesprächspartner mit dem eisernen Bein; Ich war in Todesangst vor mir selbst, dem ein schreckliches Versprechen entrissen worden war; Ich hatte keine Hoffnung auf Befreiung durch meine allmächtige Schwester, die mich auf Schritt und Tritt zurückstieß; Ich fürchte mich, daran zu denken, was ich hätte tun können, wenn es nötig gewesen wäre, in der Heimlichkeit meines Schreckens.

Wenn ich in dieser Nacht überhaupt schlief, dann nur, um mir vorzustellen, wie ich bei starker Springflut den Fluß hinunter zu den Hulks trieb; ein gespenstischer Pirat rief mir durch eine sprechende Trompete zu, als ich an der Galgenstation vorüberging, ich solle lieber an Land kommen und mich sofort dort aufhängen lassen, um es nicht aufzuschieben. Ich fürchtete mich zu schlafen, selbst wenn ich geneigt gewesen wäre, denn ich wußte, daß ich bei der ersten schwachen Morgendämmerung die Speisekammer ausrauben mußte. In der Nacht war es nicht möglich, denn damals war es nicht möglich, durch leichte Reibung Licht zu bekommen; um einen zu bekommen, mußte ich ihn aus Feuerstein und Stahl geschlagen und ein Geräusch gemacht haben, wie der Pirat selbst, der mit seinen Ketten rasselt.

Sobald der große schwarze Samtmantel vor meinem kleinen Fenster grau war, stand ich auf und ging die Treppe hinunter; jedes Brett auf dem Wege, jeder Riss in jedem Brett rief mir nach: „Haltet den Dieb!" und „Steh auf, Mrs. Joe!" In der Speisekammer, die wegen der Jahreszeit weit reichlicher als gewöhnlich versorgt war, erschrak ich sehr über einen an den Fersen hängenden Hase, den ich eher zu fangen glaubte, als ich ihm halb den Rücken zuwandte und blinzelte. Ich hatte keine Zeit für die Überprüfung, keine Zeit für die Auswahl, keine Zeit für irgendetwas, denn ich hatte keine Zeit zu verlieren. Ich stahl etwas Brot, etwas

Käserinde, etwa ein halbes Glas Hackfleisch (das ich mit meiner Scheibe vom letzten Abend in mein Einstecktuch gebunden hatte), etwas Branntwein aus einer Steinflasche (die ich in eine Glasflasche umfüllte, die ich heimlich zur Herstellung des berauschenden Fluids, des spanischen Lakritzwassers, benutzt hatte, und verdünnte die Steinflasche aus einem Krug im Küchenschrank), ein Fleischknochen mit sehr wenig dran und eine schöne runde, kompakte Schweinepastete. Ich wäre beinahe ohne den Kuchen weggegangen, aber ich war versucht, auf ein Brett zu steigen, um zu sehen, was es war, das so sorgfältig in einer zugedeckten Steingutschüssel in einer Ecke aufbewahrt wurde, und ich fand, daß es der Kuchen war, und ich nahm ihn in der Hoffnung, daß er nicht für den frühen Gebrauch bestimmt war. und würde für einige Zeit nicht vermisst werden.

In der Küche gab es eine Tür, die mit der Schmiede in Verbindung stand; Ich schloß die Tür auf und riegelte sie wieder auf und holte eine Feile aus Joes Werkzeugen. Dann legte ich die Verschlüsse an, wie ich sie gefunden hatte, öffnete die Tür, durch die ich gestern abend eingetreten war, als ich nach Hause gelaufen war, schloß sie und lief auf die nebligen Sümpfe zu.

KAPITEL III.

Es war ein trockener Morgen und sehr feucht. Ich hatte gesehen, wie die Feuchtigkeit draußen vor meinem kleinen Fenster lag, als ob ein Kobold die ganze Nacht dort geweint und das Fenster für ein Taschentuch benutzt hätte. Jetzt sah ich die Feuchtigkeit auf den kahlen Hecken und dem spärlichen Gras liegen, wie eine gröbere Art von Spinnweben; Er hängt sich von Zweig zu Zweig und von Klinge zu Klinge. Auf allen Schienen und Toren lag die Nässe klamm, und der Sumpfnebel war so dicht, daß der hölzerne Finger an dem Pfahl, der die Leute nach unserem Dorfe führte, eine Richtung, die sie nie akzeptierten, denn sie kamen nie dorthin, für mich unsichtbar war, bis ich ganz dicht darunter war. Dann, als ich zu ihm aufblickte, erschien er mir, während er tropfte, wie ein Phantom, das mich den Hulks widmete.

Der Nebel wurde noch stärker, als ich in die Sümpfe hinauskam, so daß es schien, als ob nicht alles auf mich zulief, sondern alles auf mich zulief. Das war für einen schuldigen Geist sehr unangenehm. Die Tore, Deiche und Ufer brachen durch den Nebel auf mich zu, als ob sie so deutlich schrien, wie es nur sein konnte: „Ein Junge mit der Schweinepastete von jemand anderem! Haltet ihn auf!" Das Vieh kam mit gleicher Plötzlichkeit auf mich zu, starrte aus den Augen und dampfte aus den Nasenlöchern: „Hallo, junger Dieb!" Ein schwarzer Ochse mit einer weißen Krawatte, der in meinem erwachten Gewissen sogar etwas von einem geistlichen Aussehen hatte, fixierte mich so hartnäckig mit seinen Augen und bewegte seinen stumpfen Kopf in einer so anklagenden Weise, wie ich mich umdrehte, daß ich ihm zurief: „Ich konnte nicht anders, Herr! Es war nicht für mich selbst, ich habe es genommen!" Darauf senkte er den Kopf, blies eine Rauchwolke aus der Nase und verschwand mit einem Aufprall der Hinterbeine und einem Schwung des Schwanzes.

Die ganze Zeit über fuhr ich dem Fluß zu; aber wie schnell ich auch ging, ich konnte meine Füße nicht wärmen, an denen die feuchte Kälte festzuniechen schien, denn das Eisen war an das Bein des Mannes vernietet, dem ich entgegenlief. Ich kannte den Weg zur Batterie, ziemlich gerade, denn ich war an einem Sonntag mit Joe dort unten gewesen, und Joe, der auf einem alten Gewehr saß, hatte mir gesagt, wenn ich bei ihm regulär gebunden wäre, würden wir dort solche Lerchen haben! In der Verwirrung des Nebels befand ich mich jedoch endlich zu weit rechts und mußte es daher am Flußufer entlang versuchen, an der Bank loser Steine über dem Schlamm und den Pfählen, die die Flut absteckten. Als ich mich mit aller Eile hier auf den Weg machte, hatte ich eben einen Graben überquert, von dem ich wußte, daß er ganz in der Nähe der Batterie war, und war eben den Hügel jenseits des Grabens hinaufgeklettert, als ich den Mann vor mir sitzen sah. Er kehrte mir den Rücken zu, hatte die Arme verschränkt und nickte schlaftrunken vor sich hin.

Ich dachte, er würde sich noch mehr freuen, wenn ich ihm mit seinem Frühstück auf diese unerwartete Weise beggnete, und so ging ich leise vor und berührte ihn an der Schulter. Er sprang augenblicklich auf, und es war nicht derselbe Mann, sondern ein anderer Mann!

Und doch war dieser Mann auch in grobem Grau gekleidet und hatte ein großes Bügeleisen am Bein und war lahm und heiser und fror und war alles, was der andere Mann war; nur hatte er nicht das gleiche Gesicht und trug einen flachen, breitkrempigen, tief gekrönten Filzhut auf. Das alles sah ich in einem Augenblick, denn ich hatte nur einen Augenblick, es zu sehen: er schwor einen Eid gegen mich, schlug mich - es war ein runder, schwacher Schlag, der mich verfehlte und sich fast selbst niederwarf, denn er brachte ihn zum Straucheln, - und dann lief er in den Nebel hinein und stolperte dabei zweimal. und ich habe ihn verloren.

„Das ist der junge Mann!" dachte ich und fühlte, wie mein Herz höher schlug, als ich ihn erkannte. Ich wage zu behaupten, daß ich auch einen Schmerz in meiner Leber verspürt hätte, wenn ich gewußt hätte, wo er war.

Bald darauf war ich bei der Batterie, und da wartete der rechte Mann, der sich umarmte und hin und her hinkte, als ob er die ganze Nacht nicht aufgehört hätte, mich zu umarmen und zu hinken. Er war entsetzlich kalt, das ist sicher. Ich erwartete halb, ihn vor meinem Angesicht niederfallen und vor tödlicher Kälte sterben zu sehen. Seine Augen sahen auch so schrecklich hungrig aus, daß, als ich ihm die Feile reichte und er sie ins Gras legte, mir einfiel, er hätte es versuchen wollen, wenn er mein Bündel nicht gesehen hätte. Diesmal drehte er mich nicht auf den Kopf, um an das zu kommen, was ich hatte, sondern ließ mich mit der rechten Seite nach oben liegen, während ich das Bündel öffnete und meine Taschen leerte.

„Was ist in der Flasche, Junge?" fragte er.

„Branntwein," sagte ich.

Er reichte sich schon Hackfleisch in der merkwürdigsten Weise in die Kehle – mehr wie ein Mann, der es in heftiger Eile irgendwohin wegräumt, als wie ein Mann, der es isst –, aber er hörte auf, etwas von dem Schnaps zu nehmen. Er zitterte die ganze Zeit so heftig, daß es ihm unmöglich war, den Flaschenhals zwischen den Zähnen zu halten, ohne ihn abzubeißen.

„Ich glaube, Sie haben die Übelkeit," sagte ich.

„Ich bin sehr Ihrer Meinung, Junge," sagte er.

„Es ist schlimm hier," sagte ich zu ihm. „Du hast auf den Maschen gelegen, und sie sind schreckliche Qualen. Auch rheumatisch."

„Ich werde mein Frühstück essen, ehe sie mein Tod sind," sagte er. „Das würde ich machen, wenn ich direkt danach an den Galgen da drüben gefesselt würde. Ich werde die Gänsehaut so weit besiegen, ich wette mit dir."

Er verschlang Hackfleisch, Fleischknochen, Brot, Käse und Schweinepastete, alles auf einmal, starrte mißtrauisch auf den Nebel um uns herum, und blieb oft stehen – hielt sich sogar die Kiefer zu –, um zu lauschen. Ein wirkliches oder eingebildetes Geräusch, ein Klirren auf dem Fluß oder das Atmen eines Tieres auf dem Sumpf ließ ihn jetzt erschrecken, und er sagte plötzlich:

„Du bist kein trügerischer Kobold? Du hast niemanden mitgebracht?"

„Nein, Sir! Nein!"

„Und niemandem das Amt geben, Ihnen zu folgen?"

„Nein!"

„Nun," sagte er: „ich glaube Ihnen. Du wärst in der Tat nur ein wilder junger Hund, wenn du in deinem Alter helfen könntest, eine elende Kriegsminze zu jagen, die so nahe an Tod und Misthaufen gejagt wird, wie diese arme, elende Kriegsminze!"

Etwas klickte in seiner Kehle, als ob er wie ein Uhrwerk in sich hätte und schlagen würde. Und er schmierte sich den zerlumpten, rauen Ärmel über die Augen.

Ich bedauerte seine Trostlosigkeit und sah ihm zu, wie er sich allmählich auf dem Kuchen niederließ, und wagte zu sagen: „Ich freue mich, daß es Ihnen schmeckt."

„Hast du gesprochen?"

„Ich habe gesagt, ich freue mich, dass es dir gefallen hat."

„Danke, mein Junge. Das tue ich."

Ich hatte oft einen großen Hund von uns beobachtet, wie er sein Futter fraß; und ich bemerkte jetzt eine entschiedene Ähnlichkeit zwischen der Art und Weise, wie der Hund zu fressen hatte, und der des Mannes. Der Mann bekam starke, scharfe, plötzliche Bisse, genau wie der Hund. Er schluckte, oder vielmehr schnappte er nach jedem Bissen, zu früh und zu schnell; Und er schaute während des Essens hin und her zur Seite, als ob er glaubte, es sei Gefahr von allen Seiten, daß jemand käme, um ihm den Kuchen wegzunehmen. Er war darüber ganz und gar zu verwirrt, als daß er es bequem hätte würdigen können, dachte ich, oder um irgend jemanden zum Essen zu haben, ohne dem Besucher einen Hieb mit der Kinnlade zu geben. In allen diesen Einzelheiten glich er dem Hund sehr.

„Ich fürchte, Sie werden ihm nichts davon übrig lassen," sagte ich schüchtern; nach einem Schweigen, während dessen ich gezögert hatte, ob es höflich sei, diese Bemerkung zu machen. „Dort, wo das herkommt, ist nichts mehr zu bekommen." Es war die Gewißheit dieser Tatsache, die mich bewog, den Wink zu geben.

„Ihm etwas übrig lassen? Wer ist er?" fragte mein Freund und hielt inne, während er den Kuchenboden knirschte.

„Der junge Mann. Von dem du gesprochen hast. Das war bei dir verborgen."

„O ah!" entgegnete er mit einem rauhen Lachen. „Er? Ja, ja! *Er* will keine Witze."

„Ich fand, er sähe so aus," sagte ich.

Der Mann hörte auf zu essen und betrachtete mich mit dem schärfsten Blick und der größten Überraschung.

„Gesucht? Wann?"

„Eben."

„Wo?"

„Drüben," sagte ich und zeigte auf sie; „dort drüben, wo ich ihn schlafend nickend fand, und dachte, du wärst es."

Er faßte mich am Kragen und starrte mich so an, daß ich glaubte, sein erster Gedanke, mir die Kehle durchzuschneiden, sei wieder aufgewacht.

"Gekleidet wie du, weißt du, nur mit Hut," erklärte ich zitternd; „und - und" - ich war sehr darauf bedacht, dies zart auszudrücken - „und mit demselben Grunde, warum ich eine Mappe borgen wollte. Hast du gestern abend nicht die Kanone gehört?"

„Dann *wurde* geschossen!" sagte er zu sich selbst.

„Ich wundere mich, daß Sie dessen nicht sicher waren," entgegnete ich, „denn wir haben es zu Hause gehört, und das ist noch weiter weg, und außerdem waren wir eingeschlossen."

„Nun, sehen Sie!" sagte er. „Wenn ein Mann allein auf diesen Ebenen ist, mit leichtem Kopf und leichtem Magen, an Kälte und Not zugrunde geht, hört er die ganze Nacht nichts als Gewehrschüsse und Stimmenrufe. Hört? Er sieht die Soldaten, deren rote Röcke von den Fackeln erleuchtet sind, die er vor sich herträgt, um ihn herum schließen. Hört seine Nummer rufen, hört sich selbst herausgefordert, hört das Rasseln der Musketen, hört den Befehl: ‚Bereit! Gegenwart! Deckt ihn fest, Männer!' und wird ihm die Hände aufgelegt – und da ist nichts! Nun, wenn ich gestern abend einen Verfolgungstrupp sehe, der in Reih und Glied heraufkommt, verdammt, mit seinem Tramp, Tramp –, dann sehe ich hundert. Und was das Schießen betrifft! Nun, ich sehe den Nebel mit der Kanone zittern, als es heller Tag war, – aber dieser Mann." Er hatte alles übrige gesagt, als ob er vergessen hätte, daß ich da war; „Ist Ihnen etwas an ihm aufgefallen?"

„Er hatte ein schwer zerschundenes Gesicht," sagte ich und erinnerte mich an etwas, was ich kaum wußte.

„Nicht hier?" rief der Mann und schlug sich mit der flachen Hand unbarmherzig auf die linke Wange.

„Ja, da!"

„Wo ist er?" Er stopfte das wenige Essen, das noch übrig war, in die Brust seiner grauen Jacke. „Zeig mir, wie er gegangen ist. Ich werde ihn niederreißen, wie einen Bluthund. Verflucht dieses Bügeleisen auf meinem wunden Bein! Gib uns die Akte, Junge."

Ich deutete an, in welcher Richtung der Nebel den anderen Mann eingehüllt hatte, und er blickte einen Augenblick zu ihm auf. Aber er lag unten auf dem nassen Gras und feilte wie ein Wahnsinniger an seinem Eisen und kümmerte sich nicht um mich oder um sein eigenes Bein, das eine alte Scheuerung hatte und blutig war, das er aber so grob behandelte, als ob es nicht mehr Gefühl hätte als die Feile. Ich fürchtete mich wieder sehr vor ihm, jetzt, da er sich in diese wilde Eile hineingearbeitet hatte, und ich fürchtete mich auch sehr, mich noch länger von der Heimat fernzuhalten. Ich sagte ihm, ich müsse gehen, aber er nahm keine Notiz davon, und so dachte ich, das Beste, was ich tun könnte, wäre, mich davonzuschleichen. Das letzte, was ich von ihm sah, war, daß sein Kopf über das Knie gebeugt war, und er arbeitete angestrengt an seiner Fessel und murmelte ungeduldige Verwünschungen gegen sie und über sein Bein. Das letzte, was ich von ihm hörte, blieb ich im Nebel stehen, um zu lauschen, und die Akte ging immer noch.

KAPITEL IV.

Ich erwartete, einen Polizisten in der Küche zu finden, der darauf wartete, mich abzuholen. Aber es war nicht nur kein Wachtmeister da, sondern es war auch noch keine Entdeckung von dem Raub gemacht worden. Mrs. Joe war außerordentlich damit beschäftigt, das Haus für die Festlichkeiten des Tages herzurichten, und Joe war vor die Küchentür gesetzt worden, um ihn vor der Kehrschaufel zu bewahren – ein Artikel, in den ihn sein Schicksal früher oder später immer führte, wenn meine Schwester den Fußboden ihres Hauses energisch mähte.

„Und wo zum Teufel sind *Sie* gewesen?" war Mrs. Joes Weihnachtsgruß, als ich und mein Gewissen uns zeigten.

Ich sagte, ich sei unten gewesen, um die Lieder zu hören. „Ah! Nun!" bemerkte Mrs. Joe. „Sie hätten es schlimmer machen können." Daran besteht kein Zweifel, dachte ich.

„Vielleicht, wenn ich nicht eine Schmiedsfrau und (was dasselbe ist) eine Sklavin, die ihre Schürze nie auszieht, warne, *so wäre ich* gewesen, um die Lieder zu hören," sagte Mrs. Joe. „Ich selbst habe eine Vorliebe für Lieder, und das ist der beste Grund, warum ich nie welche höre."

Joe, der sich hinter mir in die Küche gewagt hatte, als die Kehrschaufel sich vor uns zurückgezogen hatte, fuhr sich mit versöhnlicher Miene mit dem Handrücken über die Nase, als Mrs. Joe einen Blick auf ihn warf und, als sie die Augen zurückzog, heimlich seine beiden Zeigefinger kreuzte und sie mir zeigte, als unser Zeichen, daß Mrs. Joe in Aufregung war. Das war so sehr ihr normaler Zustand, daß Joe und ich oft wochenlang zusammen waren, was unsere Finger betrifft, wie monumentale Kreuzritter, was ihre Beine betrifft.

Wir sollten ein hervorragendes Abendessen genießen, bestehend aus einer eingelegten Schweinekeule und Gemüse und einem Paar gebratenen gefüllten Hühnern. Gestern morgen war ein ansehnlicher Hackfleischkuchen gebacken worden (was darauf zurückzuführen war, daß das Hackfleisch nicht fehlte), und der Pudding war schon am Kochen. Diese ausgedehnten Anordnungen veranlaßten uns, in bezug auf das Frühstück kurzerhand abgeschnitten zu werden; „denn das bin ich nicht," sagte Mrs. Joe, "ich werde jetzt nicht förmlich pauken, aufräumen und abwaschen, mit dem, was ich vor mir habe, das verspreche ich Ihnen!"

So wurden uns unsere Stücke serviert, als wären wir zweitausend Soldaten auf einem Gewaltmarsch und nicht ein Mann und ein Junge zu Hause; und wir schluckten Milch und Wasser mit entschuldigender Miene aus einem Krug auf der Kommode. In der Zwischenzeit zog Mrs. Joe saubere weiße Vorhänge auf, heftete einen neuen geblümten Volant über den breiten Schornstein, um den alten zu ersetzen, und deckte das kleine Staatszimmer auf der anderen Seite des Ganges auf, das zu keiner anderen Zeit freigelegt wurde, sondern den Rest des Jahres in einem kühlen Dunst von Silberpapier verbrachte. das galt sogar für die vier kleinen weißen Geschirrpudel auf dem Kaminsims, jeder mit einer schwarzen Nase und einem Korb voller Blumen im Munde, und jeder das Gegenstück zum andern. Mrs. Joe war eine sehr saubere Haushälterin, besaß aber eine vorzügliche Kunst, ihre Sauberkeit unangenehmer und unannehmbarer zu machen als den Schmutz selbst. Sauberkeit steht neben Frömmigkeit, und manche Menschen tun das Gleiche aufgrund ihrer Religion.

Meine Schwester, die so viel zu tun hatte, ging stellvertretend in die Kirche, das heißt, Joe und ich gingen hin. In seiner Arbeitskleidung war Joe ein wohlgestrickter, charakteristisch aussehender Schmied; In seiner Urlaubskleidung glich er eher einer Vogelscheuche in guten Verhältnissen als irgendetwas anderem. Nichts, was er damals trug, paßte ihm oder schien ihm zu gehören; Und alles, was er dann trug, streifte ihn. Bei diesem festlichen Anlaß trat er aus seinem Zimmer, als die heiteren Glocken läuteten, das Bild des Elends, in einem vollen Anzug von sonntäglichen Bußsitzen. Was mich anbelangt, so glaube ich, daß meine Schwester eine allgemeine Vorstellung davon gehabt haben mußte, daß ich ein junger Straftäter war, den ein Polizist von Accoucheur (an meinem Geburtstag) aufgegriffen und ihr übergeben hatte, damit sie nach der empörten Majestät des Gesetzes behandelt werden sollte. Man behandelte mich immer so, als ob ich darauf bestanden hätte, gegen das Gebot der Vernunft, der Religion und der Moral und gegen die abschreckenden Argumente meiner besten Freunde geboren worden zu sein. Selbst als man mich zu einem neuen Anzug brachte, hatte der Schneider Befehl, sie wie eine Art Besserungsanstalt zu machen und mir auf keinen Fall den freien Gebrauch meiner Gliedmaßen zu lassen.

Der Kirchgang von Joe und mir muss daher ein bewegendes Schauspiel für mitfühlende Gemüter gewesen sein. Doch was ich im Außen litt, war nichts im Vergleich zu dem, was ich innerlich durchmachte. Die Schrecken, die mich befallen hatten, wenn Mrs. Joe sich der Speisekammer genähert oder das Zimmer verlassen hatte, waren nur noch zu übertreffen durch die Reue, mit der mein Geist bei dem verweilte, was meine Hände getan hatten. Unter der Last meines bösen Geheimnisses dachte ich darüber nach, ob die Kirche mächtig genug sein würde, mich vor der Rache des schrecklichen jungen Mannes zu schützen, wenn ich es dieser Anstalt verriete. Ich kam auf den Gedanken, dass die Zeit, in der die Verbote verlesen wurden und der Geistliche sagte: "Ihr sollt es jetzt verkünden!", die Zeit für mich sein würde, mich zu erheben und eine private Konferenz in der Sakristei vorzuschlagen. Ich bin weit davon entfernt, sicher zu sein, ob ich unsere kleine Gemeinde nicht mit dieser äußersten Maßnahme in Erstaunen versetzt hätte, wenn es nicht Weihnachten und kein Sonntag gewesen wäre.

Mr. Wopsle, der Küster der Kirche, sollte mit uns speisen; und Mr. Hubble, der Stellmacher, und Mrs. Hubble; und Onkel Pumblechook (Joes Onkel, aber Mrs. Joe hat ihn sich angeeignet), der ein wohlhabender Kornhändler in der nächsten Stadt war und seinen eigenen Kuschenwagen fuhr. Die Stunde des Abendessens war halb eins. Als Joe und ich nach Hause kamen, fanden wir den Tisch gedeckt, Mrs. Joe angekleidet, das Diner angezogen und die Haustür aufgeschlossen (sie war es zu keiner anderen Zeit), damit die Gesellschaft eintreten konnte, und alles war sehr prächtig. Und immer noch kein Wort von dem Raub.

Die Zeit kam, ohne daß meine Gefühle erleichtert worden wären, und die Gesellschaft kam. Mr. Wopsle, der eine römische Nase und eine große, glänzende, kahle Stirn besaß, hatte eine tiefe Stimme, auf die er ungewöhnlich stolz war; In der Tat war man unter seinen Bekannten klar, daß, wenn man ihm nur den Kopf geben könnte, er den Geistlichen in Anfälle hineinlesen würde; er selbst bekannte sich, daß, wenn die Kirche ‚geöffnet' würde, d.h. der Konkurrenz, er nicht verzweifeln würde, sich in ihr einen Namen zu machen. Da die Kirche nicht ‚aufgestoßen' wurde, war er, wie gesagt, unser Sekretär. Aber er strafte das Amen ungeheuerlich; Und als er den Psalm vortrug – immer den ganzen Vers vortrug –, sah er sich zuerst in der ganzen Versammlung um, als wollte er sagen: „Ihr habt meinen Freund über euch gehört; Verpflichten Sie mich mit Ihrer Meinung über diesen Stil!"

Ich öffnete der Gesellschaft die Tür, in dem Glauben, es sei unsere Gewohnheit, diese Tür zu öffnen, und öffnete sie zuerst Mr. Wopsle, dann Mr.

und Mrs. Hubble und zuletzt Onkel Pumblechook. *Ich* durfte ihn nicht Onkel nennen, unter den schwersten Strafen.

„Mrs. Joe," sagte Onkel Pumblechook, ein großer, schwer atmender, langsamer Mann mittleren Alters mit einem Mund wie ein Fisch, trüben, starren Augen und sandigem Haar, das aufrecht auf dem Kopf stand, so daß er aussah, als wäre er eben fast erstickt gewesen, und als dieser Augenblick gekommen wäre: „ich habe Sie als das Kompliment der Saison mitgebracht - ich habe Ihnen Mama, eine Flasche Sherrywein - und ich habe dir, Mama, eine Flasche Portwein mitgebracht."

Jeden Weihnachtstag stellte er sich als eine tiefe Neuheit mit genau denselben Worten vor und trug die beiden Flaschen wie Hanteln. Jedes Jahr an Weihnachten antwortete Mrs. Joe, wie sie jetzt antwortete: „O, Onkel Pumble! Das *ist* nett!" Jedes Jahr an Weihnachten erwiderte er, wie er jetzt erwiderte: "Es ist nicht mehr als deine Verdienste. Und jetzt seid ihr ganz bobbish, und wie ist Sixpennorth von Halfpence?" meinte er mich.

Bei diesen Gelegenheiten speisten wir in der Küche und vertagten uns für die Nüsse, Orangen und Äpfel in die Stube; das war eine Veränderung, die Joes Wechsel von seiner Arbeitskleidung zu seinem Sonntagskleid sehr ähnlich war. Meine Schwester war bei dieser Gelegenheit ungewöhnlich lebhaft und in der Tat im Allgemeinen liebenswürdiger in der Gesellschaft von Mrs. Hubble als in anderer Gesellschaft. Ich erinnere mich an Mrs. Hubble als eine kleine, lockige, scharfkantige Person in Himmelblau, die eine konventionell jugendliche Stellung einnahm, weil sie Mr. Hubble geheiratet hatte - ich weiß nicht, in welcher fernen Zeit -, als sie viel jünger war als er. Ich erinnere mich an Mr. Hubble als einen zähen, schultrigen, gebückten alten Mann von sägemehligem Duft, mit außerordentlich weit auseinander stehenden Beinen, so daß ich in meinen kurzen Tagen immer einige Meilen offenes Land zwischen ihnen sah, wenn ich ihm begegnete, wie er die Gasse heraufkam.

In dieser guten Gesellschaft hätte ich mich, selbst wenn ich nicht die Speisekammer ausgeraubt hätte, in einer falschen Stellung gefühlt. Nicht, weil ich in einem spitzen Winkel des Tischtuches eingequetscht wurde, mit dem Tisch in der Brust und dem Pumblechoukschen Ellbogen im Auge, noch weil ich nicht sprechen durfte (ich wollte nicht sprechen), noch weil ich mit den schuppigen Spitzen der Trommelstöcke der Hühner und mit jenen dunklen Schweinefleischecken verwöhnt wurde, von denen das Schwein als er noch lebte, hatte er den geringsten Grund gehabt, eitel zu sein. Nein; Das hätte mir nichts ausgemacht, wenn sie mich nur in Ruhe gelassen hätten. Aber sie ließen mich nicht in Ruhe. Sie schienen die Gelegenheit verpasst zu glauben, wenn sie es versäumten, das Gespräch hin und wieder auf mich zu lenken und den Punkt in mich hinein zu schieben. Ich hätte ein unglücklicher kleiner Stier in einer spanischen Arena sein können, so geschickt wurde ich von diesen moralischen Stacheln berührt.

Es begann in dem Moment, als wir uns zum Abendessen hinsetzten. Mr. Wopsle sprach Gnade mit theatralischer Deklamation - wie es mir jetzt vorkommt, etwas wie ein religiöses Kreuz des Geistes in Hamlet mit Richard dem Dritten - und schloß mit der eigentlichen Hoffnung, daß wir wahrhaft dankbar sein möchten. Darauf heftete mich meine Schwester mit ihrem Auge und sagte mit leiser, vorwurfsvoller Stimme: „Hörst du das? Sei dankbar."

„Besonders," sagte Herr Pumblechook: „sei denen dankbar, Junge, die dich von Hand heraufgebracht haben."

Mrs. Hubble schüttelte den Kopf, und als sie mich mit der traurigen Ahnung betrachtete, daß ich zu nichts Gutem kommen würde, fragte sie: „Wie kommt es, daß die Jugend nie dankbar ist?" Dieses moralische Rätsel schien zu viel für das Unternehmen zu sein, bis Mr. Hubble es lapidar löste, indem er sagte: „Naterally wicious." Alle murmelten dann „Stimmt!" und sahen mich besonders unangenehm und persönlich an.

Joes Stellung und sein Einfluß waren (wenn möglich) etwas schwächer, wenn es Gesellschaft gab, als wenn es keine gab. Aber er half und tröstete mich immer, wenn er konnte, auf irgendeine Weise, und er tat es immer zur Essenszeit, indem er mir Soße gab, wenn es welche gab. Da es heute viel Soße gab, löffelte Joe mir zu diesem Zeitpunkt etwa ein halbes Pint in den Teller.

Etwas später während des Diners ließ Mr. Wopsle die Predigt mit einiger Strenge Revue passieren und deutete - in dem üblichen hypothetischen Falle, daß die Kirche ‚aufgestoßen' wird -, welche Art von Predigt *er* ihnen gehalten haben würde. Nachdem er sie mit einigen Köpfen dieser Rede beglückt hatte, bemerkte er, daß er den Gegenstand der Predigt des Tages für schlecht gewählt halte; was um so weniger entschuldbar sei, fügte er hinzu, wenn so viele Subjekte ‚herumgingen.'

„Wieder wahr," sagte Onkel Pumblechook. „Sie haben es getroffen, Sir! Es gibt eine Menge Motive, die herumlaufen, für die, die es verstehen, Salz auf ihren Schwanz zu streuen. Das ist es, was gewollt ist. Ein Mann braucht nicht weit zu gehen, um ein Motiv zu finden, wenn er mit seiner Salzbüchse fertig ist." Herr Pumblechook fügte nach einer kurzen Pause des Nachdenkens hinzu: „Sehen Sie sich nur das Schweinefleisch an. Es gibt ein Thema! Wenn Sie ein Thema suchen, schauen Sie sich Schweinefleisch an!"

„Wahrhaftig, Sir. Manch eine Moral für die Jugend," entgegnete Herr Wopsle, und ich wußte, daß er mich hineinschleppen würde, ehe er es aussprach; „könnte aus diesem Text abgeleitet werden."

„Hör dir das an!" sagte meine Schwester in einer strengen Klammer zu mir.)

Joe gab mir noch etwas Soße.

„Schweine," fuhr Mr. Wopsle mit seiner tiefsten Stimme fort und deutete mit der Gabel auf mein Erröten, als ob er meinen Vornamen erwähnte, „Schweine waren die Gefährten des verlorenen Kindes. Die Völlerei der Schweine wird uns als Beispiel für die Jugend vor Augen geführt." (Ich fand das ziemlich gut bei ihm, der das Schweinefleisch dafür gelobt hatte, dass es so prall und saftig war.) „Was bei einem Schwein verabscheuungswürdig ist, ist bei einem Knaben noch verabscheuungswürdiger."

„Oder ein Mädchen," schlug Mr. Hubble vor.

„Natürlich, oder Mädchen, Mr. Hubble," stimmte Mr. Wopsle etwas gereizt zu: „aber es ist kein Mädchen anwesend."

„Außerdem," sagte Herr Pumblechook, indem er sich scharf gegen mich wandte: „denken Sie daran, wofür Sie dankbar sein müssen. Wenn du als Quietscher geboren worden wärst …"

„Er *war*, wenn es je ein Kind war," sagte meine Schwester mit größtem Nachdruck.

Joe gab mir noch etwas Soße.

„Nun, aber ich meine einen vierfüßigen Quietscher," sagte Herr Pumblechook. „Wenn du so geboren worden wärst, wärst du jetzt hier? Nicht du …"

„Außer in dieser Form," sagte Mr. Wopsle und nickte nach der Schüssel hin.

„Aber ich meine nicht in dieser Form, Sir," entgegnete Herr Pumblechook, der etwas dagegen hatte, unterbrochen zu werden; „Ich meine, sich mit seinen Älteren und Besseren zu vergnügen, sich durch ihre Unterhaltung zu verbessern und sich im Schoße des Luxus zu wälzen. Hätte er das getan? Nein, das würde er nicht. Und was wäre dein Ziel gewesen?" und wandte sich wieder an mich. „Du wärst für so viele Schilling verkauft worden, je nach dem Marktpreis des Artikels, und Dunstable, der Metzger, wäre zu dir gekommen, als du in deinem Stroh lagst, und er hätte dich unter dem linken Arm gepeitscht, und mit dem rechten hätte er sein Kleid hochgesteckt, um ein Taschenmesser aus der Westentasche zu holen.

Und er hätte dein Blut vergossen und dein Leben gehabt. Also kein Heranziehen mit der Hand. Nicht das Geringste!"

Joe bot mir noch mehr Soße an, die ich nicht nehmen wollte.

„Er war eine Welt voller Ärger für Sie, Ma'am," sagte Mrs. Hubble und bemitleidete meine Schwester.

„Ärger?" wiederholte meine Schwester; „Ärger?" und begann dann einen furchtbaren Katalog aller Krankheiten, deren ich mich schuldig gemacht hatte, und aller Akte der Schlaflosigkeit, die ich begangen hatte, und aller Höhen, von denen ich gestürzt war, und aller Tiefen, in die ich gestürzt war, und aller Verletzungen, die ich mir selbst zugefügt hatte, und aller Male, die sie mich in meinem Grabe gewünscht hatte. und ich hatte mich stumpfsinnig geweigert, dorthin zu gehen.

Ich glaube, die Römer müssen sich gegenseitig sehr geärgert haben, mit ihren Nasen. Vielleicht wurden sie dadurch zu den ruhelosen Menschen, die sie waren. Jedenfalls ärgerte mich Mr. Wopsles römische Nase so sehr, als ich meine Vergehen schilderte, daß ich am liebsten daran gezogen hätte, bis er heulte. Aber alles, was ich bis zu diesem Zeitpunkt erduldet hatte, war nichts im Vergleich zu den schrecklichen Gefühlen, die sich meiner bemächtigten, als die Pause unterbrochen wurde, die auf den Vortrag meiner Schwester folgte, und in welcher Pause mich alle mit Entrüstung und Abscheu angesehen hatten (da ich mich schmerzlich bewußt fühlte).

„Und doch," sagte Herr Pumblechook und führte die Gesellschaft sanft zu dem Thema zurück, von dem sie abgewichen waren, „Schweinefleisch, das als gallig gilt, ist auch reichlich; nicht wahr?"

„Trink ein bißchen Branntwein, Onkel," sagte meine Schwester.

O Himmel, es war endlich gekommen! Er stellte fest, dass es schwach war, er sagte, es war schwach, und ich war verloren! Ich hielt mich mit beiden Händen unter dem Tuch am Tischbein fest und wartete auf mein Schicksal.

Meine Schwester holte die Steinflasche, kam mit der Steinflasche zurück und schenkte seinen Branntwein ein, ohne daß sonst jemand etwas nahm. Der Unglückliche spielte mit seinem Glase, hob es auf, betrachtete es durch das Licht, setzte es ab und verlängerte mein Elend. Die ganze Zeit über räumten Mrs. Joe und Joe eifrig den Tisch für den Kuchen und den Pudding ab.

Ich konnte meine Augen nicht von ihm lassen. Immer mit Händen und Füßen am Tischbein festhaltend, sah ich, wie das elende Geschöpf spielerisch an seinem Glas herumfingerte, es aufhob, lächelte, den Kopf zurückwarf und den

Branntwein austrank. Gleich darauf wurde die Gesellschaft von unaussprechlicher Bestürzung ergriffen, weil er aufsprang, sich mehrere Male in einem entsetzlichen, krampfhaften Keuchhustentanz umdrehte und zur Thür hinausstürzte; Dann wurde er durch das Fenster sichtbar, wie er heftig stürzte und ausspuckte, die abscheulichsten Grimassen schnitt und anscheinend den Verstand verlor.

Ich hielt mich fest, während Mrs. Joe und Joe zu ihm liefen. Ich wusste nicht, wie ich das gemacht hatte, aber ich hatte keinen Zweifel daran, dass ich ihn irgendwie ermordet hatte. In meiner schrecklichen Lage war es eine Erleichterung, als er zurückgebracht wurde, und während er die Gesellschaft ringsum überblickte, als ob *sie* nicht mit ihm übereinstimme, sank er mit dem einen bedeutungsvollen Keuchen in seinen Stuhl: „Teer!"

Ich hatte die Flasche aus dem Teerwasserkrug aufgefüllt. Ich wusste, dass es ihm mit der Zeit noch schlimmer gehen würde. Ich bewegte den Tisch, wie ein Medium der Gegenwart, durch die Kraft meines unsichtbaren Griffs darauf.

„Teer!" rief meine Schwester erstaunt. „Warum, wie konnte Tar nur dorthin kommen?"

Aber Onkel Pumblechook, der in dieser Küche allmächtig war, hörte das Wort nicht, hörte nichts von dem Thema, winkte gebieterisch mit der Hand ab und bat um heißen Gin und Wasser. Meine Schwester, die beängstigend nachdenklich zu werden begonnen hatte, mußte sich eifrig damit beschäftigen, den Gin, das heiße Wasser, den Zucker und die Zitronenschale zu holen und zu mischen. Zumindest für den Moment war ich gerettet. Ich hielt mich noch immer am Tischbein fest, umklammerte es jetzt aber mit der Inbrunst der Dankbarkeit.

Nach und nach wurde ich ruhig genug, um meinen Griff loszulassen und Pudding zu essen. Herr Pumblechook aß Pudding. Alle aßen Pudding. Der Kurs war zu Ende, und Herr Pumblechook hatte unter dem freundlichen Einfluß von Gin und Wasser zu strahlen begonnen. Ich fing an zu denken, daß ich den Tag überwunden hätte, als meine Schwester zu Joe sagte: „Putz die Teller sauber, kalt."

Sofort umfaßte ich wieder das Tischbein und drückte es an meine Brust, als wäre es der Gefährte meiner Jugend und Freund meiner Seele gewesen. Ich sah voraus, was kommen würde, und ich fühlte, dass ich dieses Mal wirklich weg war.

„Ihr müßt kosten," sagte meine Schwester, indem sie sich mit ihrer besten Gnade an die Gäste wandte: „ihr müßt zum Schluß ein so köstliches und köstliches Geschenk von Onkel Pumblechook kosten!"

Müssen sie! Mögen sie nicht hoffen, es zu kosten!

„Du mußt wissen," sagte meine Schwester und erhob sich: „es ist ein Kuchen; eine herzhafte Schweinepastete."

Die Gesellschaft murmelte ihre Komplimente. Onkel Pumblechook, der fühlte, daß er sich um seine Mitmenschen verdient gemacht hatte, sagte - alles in allem recht lebhaft - „Nun, Mrs. Joe, wir werden unser Bestes tun; laß uns ein Stück von demselben Kuchen abschneiden."

Meine Schwester ging los, um es zu holen. Ich hörte, wie ihre Schritte zur Speisekammer gingen. Ich sah, wie Herr Pumblechook sein Messer ausbalancierte. Ich sah den Appetit in den römischen Nasenlöchern von Mr. Wopsle wieder erwachen. Ich hörte Mr. Hubble bemerken, dass: „ein Stück herzhafter Schweinefleischpastete auf allem liegen würde, was man erwähnen könnte, und keinen Schaden anrichten würde," und ich hörte Joe sagen: „Du sollst etwas haben, Pip." Ich war nie ganz sicher, ob ich einen schrillen Schrei des Entsetzens ausstieß, nur im Geiste oder im körperlichen Gehör der Gesellschaft. Ich fühlte, daß ich es nicht mehr ertragen konnte und daß ich davonlaufen mußte. Ich ließ das Tischbein los und rannte um mein Leben.

Aber ich lief nicht weiter als bis zur Haustür, denn dort stieß ich kopfüber in einen Trupp Soldaten mit ihren Musketen, von denen einer mir ein Paar Handschellen hinhielt und sagte: „Da bist du, sieh scharf, komm!"

KAPITEL V.

Die Erscheinung einer Reihe von Soldaten, die die Enden ihrer geladenen Musketen an unserer Türschwelle niederläuten ließen, veranlaßte die Gesellschaft verwirrt, sich verwirrt von der Tafel zu erheben, und veranlaßte Mrs. Joe, als sie mit leeren Händen in die Küche zurückkehrte, kurz innezuhalten und in ihrer verwunderten Klage zu starren: „Gnädige Güte, gnädiger mir, was ist fort - mit dem - Kuchen!"

Der Sergeant und ich waren in der Küche, als Mrs. Joe dastand und uns anstarrte; in welcher Krise ich meinen Gebrauch meiner Sinne teilweise wiedererlangte. Es war der Sergeant, der mit mir gesprochen hatte, und er sah sich jetzt nach der Kompanie um, die Handschellen in der rechten Hand einladend nach ihnen ausgestreckt, die linke auf meiner Schulter.

„Entschuldigen Sie, meine Damen und Herren," sagte der Sergeant: „aber wie ich schon an der Tür dieses klugen jungen Rasierers erwähnt habe" (was er nicht hatte) „bin ich im Namen des Königs auf der Jagd und brauche den Schmied."

„Und bitte, was willst du mit *ihm*?" entgegnete meine Schwester, die sich schnell darüber ärgerte, daß er überhaupt begehrt war.

„Fräulein," entgegnete der tapfere Sergeant: „da ich für mich spreche, würde ich antworten, die Ehre und das Vergnügen der Bekanntschaft mit seiner schönen Frau; Ich spreche für den König und antworte: ‚Eine kleine Arbeit getan.'"

Dies wurde von dem Sergeanten als recht ordentlich aufgenommen; so sehr, daß Herr Pumblechook vernehmlich rief: „Wieder gut!"

„Sehen Sie, Schmied," sagte der Sergeant, der Joe inzwischen mit dem Auge erblickt hatte: „wir haben einen Unfall mit diesen gehabt, und ich finde, daß das Schloß eines von ihnen schief geht und die Kupplung nicht hübsch aussieht. Da sie für den unmittelbaren Dienst gesucht werden, wollen Sie ein Auge auf sie werfen?"

Joe warf einen Blick auf sie und erklärte, daß die Arbeit das Anzünden seines Schmiedefeuers erfordern würde und eher zwei Stunden als eine dauern würde.

„Wird es? Wollen Sie sich also sofort daran machen, Schmied?" sagte der Feldwebel: „denn es steht im Dienste Seiner Majestät. Und wenn meine Leute irgendwo Hand anlegen können, werden sie sich nützlich machen." Damit rief er seine Leute herbei, die einer nach dem andern in die Küche kamen und ihre Waffen in einer Ecke auftürmten. Und dann standen sie umher, wie es Soldaten tun; jetzt, mit locker vor sich gefalteten Händen; jetzt ein Knie oder eine Schulter ausruhen; jetzt geht es darum, einen Gürtel oder eine Tasche zu lockern; Jetzt öffneten sie die Tür, um steif über ihre hohen Vorräte hinaus in den Hof zu spucken.

Alle diese Dinge sah ich, ohne zu wissen, daß ich sie sah, denn ich befand mich in einer qualvollen Besorgnis. Aber als ich zu begreifen begann, daß die Handschellen nichts für mich waren und daß das Militär so weit die Oberhand über den Kuchen gewonnen hatte, daß ich ihn in den Hintergrund drängte, sammelte ich ein wenig mehr von meinem zerstreuten Verstand.

„Wollen Sie mir die Zeit geben?" fragte der Sergeant, indem er sich an Herrn Pumblechook wandte, wie an einen Mann, dessen Urteilsvermögen den Schluß rechtfertigte, daß er der Zeit ebenbürtig sei.

„Es ist gerade halb zwei weg."

„Das ist nicht so schlimm," sagte der Sergeant nachdenklich; „selbst wenn ich gezwungen wäre, hier fast zwei Stunden Halt zu machen, das genügt. Wie weit würdet ihr euch hier in den Sümpfen nennen? Nicht mehr als eine Meile, schätze ich?"

„Nur eine Meile," sagte Mrs. Joe.

„Das reicht. In der Abenddämmerung fangen wir an, uns ihnen zu nähern. Kurz vor Einbruch der Dunkelheit sind meine Befehle. Das reicht."

„Sträflinge, Sergeant?" fragte Mr. Wopsle in einer selbstverständlichen Weise.

„Ja," entgegnete der Sergeant: „zwei. Sie sind ziemlich bekannt dafür, dass sie noch immer in den Sümpfen unterwegs sind, und sie werden nicht versuchen, sich vor Einbruch der Dunkelheit von ihnen zu befreien. Hat hier irgend jemand etwas von einem solchen Spiel gesehen?"

Alle, mich ausgenommen, sagten mit Zuversicht nein. Niemand dachte an mich.

„Nun," sagte der Sergeant: „ich vermute, sie werden sich in einem Kreis gefangen finden, ehe sie rechnen. Nun, Schmied! Wenn Ihr bereit seid, ist Seine Majestät der König bereit."

Joe hatte seinen Rock, seine Weste und seine Krawatte ausgezogen, seine Lederschürze angezogen und war in die Schmiede gegangen. Einer der Soldaten öffnete die hölzernen Fenster, ein anderer zündete das Feuer an, ein anderer wandte sich an den Blasebalg, und die übrigen standen um die Flamme, die bald loderte. Dann fing Joe an zu hämmern und zu klirren, zu hämmern und zu klirren, und wir sahen alle zu.

Das Interesse an der bevorstehenden Verfolgung nahm nicht nur die allgemeine Aufmerksamkeit in Anspruch, sondern machte sogar meine Schwester freigiebig. Sie zog einen Krug Bier für die Soldaten aus dem Faß und lud den Unteroffizier ein, ein Glas Branntwein zu trinken. Aber Herr Pumblechook sagte scharf: „Gib ihm Wein, Mama. Ich werde mich darauf einlassen, da ist kein Teer drin." Der Sergeant dankte ihm und sagte, da er sein Getränk ohne Teer bevorzuge, würde er Wein nehmen, wenn es ebenso bequem sei. Als es ihm gegeben wurde, trank er auf die Gesundheit Seiner Majestät und die Komplimente der Jahreszeit, nahm alles mit einem Bissen und schmatzte mit den Lippen.

„Gutes Zeug, nicht wahr, Sergeant?" sagte Herr Pumblechook.

„Ich will Ihnen etwas sagen," entgegnete der Sergeant; „Ich vermute, das Zeug sind von *Ihnen*."

Herr Pumblechook sagte mit einem fetten Lachen: „Ja, ja? Warum?"

„Weil," entgegnete der Sergeant und klopfte ihm auf die Schulter: „Sie sind ein Mann, der weiß, was Sache ist."

„Glauben Sie das?" fragte Herr Pumblechook mit seinem früheren Lachen. „Trink noch ein Glas!"

„Mit dir. Hob und Nob!" entgegnete der Sergeant. „Die Spitze des meinigen bis zum Fuß des deinen, - der Fuß des deinen bis zum Scheitel des meinigen - einmal läuten, zweimal läuten, - die beste Melodie auf den musikalischen Gläsern! Ihre Gesundheit. Mögest du tausend Jahre leben und niemals ein schlechterer Richter von der rechten Art sein, als du es jetzt in deinem Leben bist!"

Der Sergeant warf sein Glas wieder weg und schien ganz bereit für ein weiteres Glas. Ich bemerkte, daß Mr. Pumblechook in seiner Gastfreundschaft zu vergessen schien, daß er den Wein geschenkt hatte, sondern die Flasche von Mrs. Joe nahm und ihr alle Ehre zukam, sie in einem Schwall von Heiterkeit herumgereicht zu haben. Sogar ich habe welche. Und er war so frei von dem

Wein, daß er sogar nach der andern Flasche verlangte und sie mit derselben Freigebigkeit herumreichte, als die erste leer war.

Als ich sie beobachtete, wie sie alle um die Schmiede herumstanden und sich so vergnügten, dachte ich, was für eine schrecklich gute Soße zum Abendessen mein flüchtiger Freund in den Sümpfen war. Sie hatten sich noch nicht ein Viertel so sehr amüsiert, als die Unterhaltung durch die Aufregung, die er bot, aufgehellt wurde. Und jetzt, wo sie alle in lebhafter Erwartung waren, daß „die beiden Bösewichte" gefangen genommen würden, und wo die Blasebälge nach den Flüchtigen zu brüllen schienen, das Feuer für sie auflodderte, der Rauch ihnen nachjagte, Joe für sie hämmerte und klirrte, und alle düsteren Schatten an der Wand sie drohend anzitterten, während die Flammen auf- und sanken, und die glühenden Funken fielen und erloschen, der bleiche Nachmittag draußen schien mir in meiner mitleidigen jungen Phantasie fast bleich geworden zu sein, die armen Elenden.

Endlich war Joes Arbeit getan, und das Klingeln und Brüllen hörte auf. Als Joe seinen Mantel anzog, faßte er den Mut und schlug vor, daß einige von uns mit den Soldaten hinuntergehen und sehen sollten, was aus der Jagd werde. Mr. Pumblechook und Mr. Hubble lehnten unter dem Vorwand einer Pfeifen- und Damengesellschaft ab; aber Mr. Wopsle sagte, er würde gehen, wenn Joe wollte. Joe sagte, er sei einverstanden und würde mich mitnehmen, wenn Mrs. Joe damit einverstanden wäre. Ich bin sicher, daß wir nie die Erlaubnis bekommen hätten, zu gehen, wenn nicht Mrs. Joes Neugierde gewesen wäre, alles darüber zu erfahren und wie es ausgegangen ist. So wie es war, machte sie nur geltend: „Wenn du den Jungen zurückbringst, dessen Kopf von einer Muskete in Stücke gesprengt wurde, dann schau nicht auf mich, dass ich ihn wieder zusammensetze."

Der Sergeant verabschiedete sich höflich von den Damen und schied von Herrn Pumblechook wie von einem Kameraden; obgleich ich bezweifle, daß er sich der Verdienste dieses Herrn unter dürren Bedingungen ebenso voll bewußt war, als wenn etwas Feuchtes im Gange war. Seine Leute nahmen ihre Musketen wieder auf und fielen hinein. Mr. Wopsle, Joe und ich erhielten den strengen Befehl, im Rücken zu bleiben und kein Wort zu sprechen, nachdem wir die Sümpfe erreicht hatten. Als wir alle in der rauen Luft waren und uns stetig auf unser Geschäft zubewegten, flüsterte ich Joe verräterisch zu: „Ich hoffe, Joe, wir werden sie nicht finden." Und Joe flüsterte mir zu: „Ich würde einen Schilling geben, wenn sie weggelaufen wären, Pip."

Zu uns gesellten sich keine Nachzügler aus dem Dorfe, denn das Wetter war kalt und bedrohlich, der Weg trostlos, der Boden schlecht, die Dunkelheit hereinbrach, und die Leute hatten drinnen ein gutes Feuer und hielten den Tag. Ein paar Gesichter eilten zu den leuchtenden Fenstern und sahen uns nach, aber keines kam heraus. Wir passierten den Fingerpfahl und hielten uns geradewegs auf den Kirchhof. Dort wurden wir einige Minuten durch ein Zeichen der Hand des Sergeanten aufgehalten, während zwei oder drei seiner Leute sich zwischen den Gräbern zerstreuten und auch die Vorhalle untersuchten. Sie kamen wieder herein, ohne etwas zu finden, und dann schlugen wir durch das Tor an der Seite des Kirchhofs in die offenen Sümpfe hinaus. Ein bitterer Schneeregen rasselte hier auf dem Ostwind gegen uns her, und Joe nahm mich auf seinen Rücken.

Jetzt, da wir uns in der düsteren Wildnis befanden, wo sie nicht glaubten, daß ich innerhalb von acht oder neun Stunden gewesen war, und beide Männer sich verstecken sahen, dachte ich zum ersten Male mit großer Furcht daran, ob mein besonderer Sträfling, wenn wir auf sie stießen, annehmen würde, daß ich es war, der die Soldaten dorthin gebracht hatte? Er hatte mich gefragt, ob ich ein betrügerischer Kobold sei, und er hatte gesagt, ich würde ein wilder junger Hund sein, wenn ich mich der Jagd gegen ihn anschlösse. Würde er glauben, daß ich in verräterischem Ernst Kobold und Hund zugleich sei und ihn verraten hätte?

Es nützte nichts, mir diese Frage jetzt zu stellen. Da saß ich, auf Joes Rücken, und da war Joe unter mir, stürmte wie ein Jäger auf die Gräben zu und ermunterte Mr. Woptle, nicht auf seine römische Nase zu fallen und mit uns Schritt zu halten. Die Soldaten standen vor uns und erstreckten sich zu einer ziemlich breiten Linie mit einem Abstand zwischen Mann und Mann. Wir schlugen den Weg ein, den ich begonnen hatte und von dem ich im Nebel abgewichen war. Entweder war der Nebel noch nicht wieder verschwunden, oder der Wind hatte ihn zerstreut. Unter dem niedrigen roten Schein des Sonnenuntergangs waren das Leuchtfeuer und der Galgen, der Hügel der Batterie und das gegenüberliegende Ufer des Flusses deutlich, wenn auch alles von wässriger Bleifarbe.

Mit klopfendem Herzen wie ein Schmied an Joes breiter Schulter sah ich mich nach irgend einer Spur von Sträflingen um. Ich konnte nichts sehen, ich konnte nichts hören. Herr Wopsle hatte mich mehr als einmal durch sein Blasen und schweres Atmen sehr erschreckt; aber ich kannte die Geräusche inzwischen und konnte sie von dem Gegenstand der Verfolgung unterscheiden. Ich erschrak fürchterlich, als ich glaubte, die Akte noch immer laufen zu hören; aber es war nur eine Schafsglocke. Die Schafe hörten auf zu fressen und sahen uns schüchtern an; und das Vieh, die Köpfe von Wind und Graupel abgewandt, starrte zornig vor sich hin, als ob sie uns für beide Ärgernisse verantwortlich machten; Aber außer diesen Dingen und dem Schauer des sterbenden Tages in jedem Grashalm gab es keine Pause in der trostlosen Stille der Sümpfe.

Die Soldaten zogen weiter in der Richtung auf die alte Batterie, und wir bewegten uns ein Stück hinter ihnen weiter, als wir plötzlich alle stehen blieben. Denn auf den Flügeln des Windes und des Regens hatte uns ein langer Schrei erreicht. Es wurde wiederholt. Es war in einiger Entfernung nach Osten, aber es war lang und laut. Ja, es schienen zwei oder mehr Schreie zusammen erhoben zu werden, wenn man nach einer Verwirrung in dem Klang urteilen darf.

In diesem Sinne sprachen der Sergeant und die nächsten Männer leise, als Joe und ich heraufkamen. Nach einem weiteren Moment des Zuhörens stimmte Joe (der ein guter Richter war) zu, und Mr. Wopsle (der ein schlechter Richter war) stimmte zu. Der Sergeant, ein entschlossener Mann, befahl, das Geräusch nicht zu erwidern, sondern den Kurs zu ändern, und seine Leute sollten sich „im Doppelgang" darauf zubewegen. So bogen wir nach rechts ab (wo der Osten war), und Joe schlug so wunderbar los, dass ich mich festhalten musste, um meinen Sitz zu halten.

Es war jetzt in der Tat ein Lauf, und was Joe in den einzigen zwei Worten, die er die ganze Zeit sprach: „einen Winder" nannte. Böschungen hinunter und Böschungen hinauf, über Tore, in Deiche spritzend und in groben Binsen brechend: kein Mensch kümmerte sich, wohin er ging. Je näher wir dem Geschrei kamen, desto deutlicher wurde es, daß es von mehr als einer Stimme ausging. Manchmal schien es ganz aufzuhören, und dann hörten die Soldaten auf. Als es wieder ausbrach, machten sich die Soldaten schneller als je darauf auf den Weg, und wir folgten ihnen. Nach einer Weile hatten wir es so heruntergewirtschaftet, dass wir eine Stimme „Mord!" rufen hörten und eine andere: „Sträflinge! Ausreißer! Bewachen! Hier entlangt es für die entlaufenen Sträflinge!" Dann schienen beide Stimmen in einem Kampf erstickt zu werden, und brachen dann wieder aus. Und als es so weit war, rannten die Soldaten wie Rehe davon, und Joe auch.

Der Sergeant lief zuerst herein, als wir den Lärm ganz heruntergefahren hatten, und zwei seiner Leute rannten dicht auf ihn zu. Ihre Stücke waren gespannt und geebnet, als wir alle hineinliefen.

„Hier sind die beiden Männer!" keuchte der Sergeant, der sich am Fuße eines Grabens abmühte. „Ergibt euch, ihr beiden! und dich für zwei wilde Bestien halten! Kommt auseinander!"

Wasser spritzte, Schlamm flog, und es wurden Eide geschworen und Schläge geschlagen, als noch einige Männer in den Graben hinabstiegen, um dem Unteroffizier zu helfen, und meinen Sträfling und den andern getrennt herausschleppten. Beide bluteten und keuchten und fluchten und kämpften; aber natürlich kannte ich beide direkt.

„Achtung!" sagte mein Sträfling, indem er sich mit den zerlumpten Ärmeln das Blut aus dem Gesicht wischte und sich das Haar von den Fingern schüttelte: „*ich habe ihn genommen! Ich* gebe ihn dir aus! Passen Sie darauf auf!"

„Es ist nicht viel, worauf man besonders achten sollte," sagte der Sergeant; „Es wird Ihnen ein wenig gut tun, mein Mann, wenn Sie selbst in der gleichen Lage sind. Handschellen da!"

„Ich erwarte nicht, dass es mir gut tut. Ich will nicht, daß es mir noch mehr nützt, als es jetzt tut," sagte mein Sträfling mit einem gierigen Lachen. „Ich habe ihn mitgenommen. Er weiß es. Das reicht mir."

Der andere Sträfling sah bleich aus und schien außer der alten, zerschundenen linken Gesichtshälfte am ganzen Körper zerquetscht und zerrissen zu sein. Er konnte nicht einmal zu Atem kommen, um zu sprechen, bis sie beide getrennt voneinander gefesselt waren, sondern stützte sich auf einen Soldaten, um nicht zu fallen.

„Passen Sie auf, Wächter, er hat versucht, mich zu ermorden," waren seine ersten Worte.

„Versucht, ihn zu ermorden?" fragte mein Sträfling verächtlich. „Versuchen und es nicht tun? Ich nahm ihn und gab ihn hin; das habe ich getan. Ich habe ihn nicht nur daran gehindert, aus den Sümpfen herauszukommen, sondern ich habe ihn hierher geschleppt, habe ihn auf seinem Rückweg so weit geschleppt. Er ist ein Gentleman, wenn man so will, dieser Bösewicht. Jetzt hat der Hulks durch mich wieder seinen Gentleman bekommen. Ihn ermorden? Es lohnt sich auch, ihn zu ermorden, wo ich doch Schlimmeres tun und ihn zurückschleppen könnte!"

Der andere keuchte noch immer: „Er hat versucht - er hat es versucht - mich zu ermorden. Bär - lege Zeugnis ab."

„Sehen Sie hier!" sagte mein Sträfling zu dem Sergeanten. „Mit einer Hand habe ich mich von dem Gefängnisschiff befreit; Ich machte einen Sprint und ich tat es. Ich hätte mich ebensogut von diesen totenkalten Wohnungen befreien können - sehen Sie sich mein Bein an: Sie werden nicht viel Eisen daran finden -, wenn ich nicht die Entdeckung gemacht hätte, daß *er* hier ist. Ihn frei lassen?

Soll *er* von den Mitteln profitieren, wie ich herausgefunden habe? Soll *er* mich von neuem und wieder zu einem Werkzeug machen? Noch einmal? Nein, nein, nein. Wenn ich dort unten gestorben wäre," und er schlug mit seinen gefesselten Händen nachdrücklich gegen den Graben: „so hätte ich ihn mit diesem Griff festgehalten, daß du sicher gewesen wärst, ihn in meinem Griff zu finden."

Der andere Flüchtling, der offenbar in äußerster Furcht vor seinem Gefährten war, wiederholte: „Er hat versucht, mich zu ermorden. Ich wäre ein toter Mann gewesen, wenn du nicht heraufgekommen wärst."

„Er lügt!" sagte mein Sträfling mit wilder Energie. „Er ist ein geborener Lügner, und er wird als Lügner sterben. Schauen Sie sich sein Gesicht an; Steht es nicht dort geschrieben? Er möge seine Augen auf mich richten. Ich fordere ihn heraus, es zu tun."

Der andere bemühte sich um ein verächtliches Lächeln, das jedoch die nervöse Arbeit seines Mundes nicht zu einem bestimmten Ausdruck fassen konnte, und blickte auf die Soldaten, sah sich in den Sümpfen und in den Himmel um, aber gewiß nicht auf den Sprecher.

„Sehen Sie ihn?" fragte mein Sträfling. „Siehst du, was für ein Bösewicht er ist? Seht ihr diese kriechenden und wandernden Augen? So sah er aus, als wir zusammen vor Gericht gestellt wurden. Er hat mich nie angeschaut."

Der andere, der stets seine trockenen Lippen bewegte und die Augen unruhig in die Ferne und in die Nähe wandte, richtete sie endlich einen Augenblick auf den Sprecher mit den Worten: „Du bist nicht viel anzusehen" und mit einem halb höhnischen Blick auf die gefesselten Hände. In diesem Augenblick wurde mein Sträfling so wütend, daß er sich auf ihn gestürzt hätte, wenn nicht die Soldaten eingegriffen hätten. „Habe ich dir nicht gesagt," sagte der andere Sträfling: „daß er mich ermorden würde, wenn er könnte?" Und jeder konnte sehen, daß er vor Furcht zitterte, und daß auf seinen Lippen seltsame weiße Flocken hervorbrachen, wie dünner Schnee.

„Genug von diesem Geplänkel," sagte der Sergeant. „Zündet die Fackeln an."

Als einer der Soldaten, der statt eines Gewehrs einen Korb trug, auf die Knie niederging, um ihn zu öffnen, sah sich mein Sträfling zum ersten Male um und sah mich. Ich war von Joes Rücken am Rande des Grabens ausgestiegen, als wir heraufkamen, und hatte mich seitdem nicht mehr gerührt. Ich sah ihn eifrig an, als er mich ansah, bewegte leicht meine Hände und schüttelte den Kopf. Ich hatte darauf gewartet, daß er mich sehen würde, um ihm meine Unschuld zu versichern. Es wurde mir durchaus nicht gesagt, daß er meine Absicht überhaupt begriff, denn er warf mir einen Blick zu, den ich nicht verstand, und alles ging in einem Augenblick vorüber. Aber wenn er mich eine Stunde oder einen Tag lang angesehen hätte, so hätte ich mich später nicht mehr daran erinnern können, daß sein Gesicht aufmerksamer gewesen wäre.

Der Soldat mit dem Korb bekam bald ein Licht, zündete drei oder vier Fackeln an, nahm selbst eine und verteilte die andern. Früher war es fast dunkel gewesen, aber jetzt schien es ganz dunkel zu sein, und bald darauf sehr dunkel. Bevor wir von dieser Stelle abreisten, schossen vier Soldaten, die in einem Ring standen, zweimal in die Luft. Bald sahen wir in einiger Entfernung hinter uns andere Fackeln entzündet und andere in den Sümpfen am gegenüberliegenden Ufer des Flusses. „In Ordnung," sagte der Sergeant. „März."

Wir waren noch nicht weit gekommen, als vor uns drei Kanonen abgefeuert wurden, mit einem Geräusch, das etwas in meinem Ohr zu zerplatzen schien. „Sie werden an Bord erwartet," sagte der Sergeant zu meinem Sträfling; „Sie wissen, dass du kommst. Zögere nicht, mein Mann. Dicht hier oben."

Die beiden wurden getrennt gehalten, und jeder ging umgeben von einer separaten Wache. Ich hatte jetzt Joes Hand ergriffen, und Joe trug eine der Fackeln. Mr. Wopsle hatte eigentlich zurückgehen wollen, aber Joe war entschlossen, es zu Ende zu bringen, und so setzten wir die Gesellschaft fort. Es gab jetzt einen ziemlich guten Weg, größtenteils am Rande des Flusses entlang, mit einer Abzweigung hier und da, wo ein Deich kam, mit einer kleinen Windmühle darauf und einem schlammigen Schleusentor. Als ich mich umsah, konnte ich die anderen Lichter hinter uns hereinkommen sehen. Die Fackeln, die wir trugen, warfen große Feuerflecken auf die Gleise, und ich konnte auch diese rauchend und lodernd liegen sehen. Ich konnte nichts anderes sehen als schwarze Dunkelheit. Unsere Lichter erwärmten die Luft um uns herum mit ihrer schrillen Flamme, und das schien den beiden Gefangenen recht zu gefallen, als sie inmitten der Musketen dahinhumpelten. Wir konnten nicht schnell fahren, wegen ihrer Lahmheit; und sie waren so erschöpft, daß wir zwei- oder dreimal anhalten mußten, während sie sich ausruhten.

Nach etwa einer Stunde dieser Reise kamen wir an eine rohe Holzhütte und einen Landungsplatz. Es war eine Wache in der Hütte, und sie forderten heraus, und der Sergeant antwortete. Dann gingen wir in die Hütte, wo es nach Tabak und Tünche roch und ein helles Feuer und eine Lampe und ein Ständer mit Musketen und eine Trommel und ein niedriges hölzernes Bettgestell herrschte, das wie eine überwucherte Mangelware ohne Maschinen aussah und etwa ein Dutzend Soldaten auf einmal aufnehmen konnte. Drei oder vier Soldaten, die in ihren Mänteln darauf lagen, interessierten sich nicht sehr für uns, sondern hoben nur die Köpfe, starrten sie schläfrig an und legten sich dann wieder nieder. Der Sergeant machte irgendeinen Bericht und irgendeinen Eintrag in ein Buch, und dann wurde der Sträfling, den ich den anderen Sträfling nenne, mit seiner Wache abgezogen, um zuerst an Bord zu gehen.

Mein Sträfling sah mich nie an, außer das eine Mal. Während wir in der Hütte standen, stand er vor dem Feuer und betrachtete es nachdenklich, oder legte abwechselnd die Füße auf den Herd und sah sie nachdenklich an, als ob er sie wegen ihrer jüngsten Abenteuer bemitleidete. Plötzlich wandte er sich an den Sergeanten und bemerkte:

„Ich möchte etwas über diese Flucht sagen. Es kann verhindern, daß einige Leute mich länger verdächtigen."

„Sie können sagen, was Sie wollen," entgegnete der Sergeant, indem er kühl dastand und ihn mit verschränkten Armen ansah: „aber Sie haben hier keine Aufgabe, es zu sagen. Sie werden Gelegenheit genug haben, darüber zu sprechen und davon zu hören, bevor es vorbei ist, wissen Sie."

„Ich weiß, aber das ist ein anderes Bier, eine andere Sache. Ein Mensch kann nicht hungern; zumindest *kann ich* das nicht. Ich habe ein paar Witze gemacht, oben an der Weide drüben, wo die Kirche am meisten auf den Sümpfen liegt."

„Sie meinen gestohlen," sagte der Sergeant.

„Und ich werde dir sagen, woher. Vom Schmied."

„Hallo!" sagte der Sergeant und starrte Joe an.

„Hallo, Pip!" sagte Joe und starrte mich an.

„Es waren ein paar zerbrochene Witze – das war es – und ein Schluck Schnaps und ein Kuchen."

„Haben Sie zufällig einen solchen Artikel wie einen Kuchen vermißt, Schmied?" fragte der Sergeant vertraulich.

„Meine Frau hat es getan, in dem Augenblick, als du hereinkamst. Weißt du es nicht, Pip?"

„Also," sagte mein Sträfling, indem er seine Augen schwermütig und ohne den geringsten Blick auf mich zu werfen, auf Joe richtete: „Sie sind also der Schmied, nicht wahr? Dann tut es mir leid, sagen zu müssen, dass ich deinen Kuchen gegessen habe."

„Gott weiß, daß du dazu willkommen bist – soweit es je mein war," entgegnete Joe mit einer rettenden Erinnerung an Mrs. Joe. „Wir wissen nicht, was du getan hast, aber wir wollen nicht, daß du deswegen verhungerst, armer, elender Kerl. – Würden wir, Pip?"

Das Etwas, das ich vorher bemerkt hatte, klickte wieder in der Kehle des Mannes, und er drehte ihm den Rücken zu. Das Boot war zurückgekehrt, und seine Wache war bereit, und so folgten wir ihm bis zu dem Landungsplatz, der aus rohen Pfählen und Steinen bestand, und sahen, wie er in das Boot gesetzt wurde, das von einer Mannschaft von Sträflingen wie ihm gerudert wurde. Niemand schien überrascht zu sein, ihn zu sehen, oder sich dafür zu interessieren, ihn zu sehen, oder sich zu freuen, ihn zu sehen, oder ein Wort zu sprechen, außer daß jemand im Boot wie zu Hunden knurrte: „Gib Platz, du!" was das Signal zum Eintauchen der Ruder war. Im Schein der Fackeln sahen wir den schwarzen Hulk ein Stück aus dem Schlamm des Ufers liegen, wie eine böse Arche Noah. Mit Holz, Gittern und vertäuten Ketten schien das Gefängnisschiff in meinen jungen Augen wie die Gefangenen gebügelt zu sein. Wir sahen, wie das Boot längsseits fuhr, und wir sahen, wie er die Seite aufhob und verschwand. Dann wurden die Enden der Fackeln zischend ins Wasser geschleudert und erloschen, als ob es mit ihm vorbei wäre.

KAPITEL VI.

Meine Gemütsverfassung über den Diebstahl, von dem ich so unerwartet freigesprochen worden war, veranlaßte mich nicht zu einer offenen Enthüllung; aber ich hoffe, es hatte ein paar Tropfen Gutes am Bodensatz.

Ich erinnere mich nicht, daß ich irgendeine Zärtlichkeit des Gewissens in Bezug auf Mrs. Joe empfunden hätte, als die Furcht, entdeckt zu werden, von mir genommen wurde. Aber ich liebte Joe – vielleicht aus keinem besseren Grunde in jenen frühen Tagen, als weil der liebe Bursche mich ihn lieben ließ –, und was ihn anbelangte, so war mein inneres Selbst nicht so leicht zu fassen. Es ging mir sehr durch den Kopf (besonders als ich ihn zum ersten Mal sah, wie er sich nach seiner Akte umsah), daß ich Joe die ganze Wahrheit sagen sollte. Und doch tat ich es nicht, und zwar aus dem Grunde, weil ich mißtraute, daß er mich für schlimmer halten würde, als ich war. Die Angst, Joes Vertrauen zu verlieren und von nun an nachts in der Kaminecke zu sitzen und meinen für immer verlorenen Gefährten und Freund traurig anzustarren, schnürte mir die Zunge zusammen. Ich stellte mir krankhaft vor, daß, wenn Joe es wüßte, ich ihn später nie wieder am Kamin sehen könnte, wie er seinen blonden Backenbart fühlte, ohne daran zu denken, daß er darüber nachdachte. Daß ich, wenn Joe es wußte, später nie sehen konnte, wie er, wenn auch nur beiläufig, einen Blick auf das Fleisch oder den Pudding von gestern geworfen hätte, als es auf den Tisch kam, ohne daran zu denken, daß er darüber debattierte, ob ich in der Speisekammer gewesen war. Dass, wenn Joe es wüßte und in einer späteren Periode unseres gemeinsamen häuslichen Lebens bemerkte, daß sein Bier flach oder dickflüssig war, die Überzeugung, daß er Teer darin vermutete, mir Blut ins Gesicht treiben würde. Mit einem Wort, ich war zu feige, das zu tun, was ich für richtig hielt, so wie ich zu feige gewesen war, das zu vermeiden, was ich als falsch erkannte. Ich hatte damals noch keinen Verkehr mit der Welt gehabt, und ich ahmte keinen ihrer vielen Bewohner nach, die sich so benehmen. Als ein ganz ungelehrtes Genie entdeckte ich die Handlungsrichtung für mich.

Da ich schläfrig war, ehe wir weit vom Gefängnisschiff entfernt waren, nahm Joe mich wieder auf den Rücken und trug mich nach Hause. Er mußte eine ermüdende Reise hinter sich haben, denn Mr. Wopsle, der zusammengeschlagen worden war, war in so schlechter Laune, daß er, wenn die Kirche geöffnet worden wäre, wahrscheinlich die ganze Expedition, angefangen mit Joe und mir, exkommuniziert hätte. Als Laie beharrte er darauf, sich in die Feuchtigkeit zu setzen, und zwar in einem so wahnsinnigen Ausmaß, daß, als man seinen Mantel auszog, um ihn am Küchenfeuer zu trocknen, die Indizien auf seinen Hosen ihn gehängt hätten, wenn es sich um ein Kapitalverbrechen gehandelt hätte.

Zu dieser Zeit taumelte ich wie ein kleiner Trunkenbold auf dem Küchenboden, weil ich gerade auf die Beine gekommen war, weil ich fest eingeschlafen war und weil ich in der Hitze und den Lichtern und dem Lärm der Zungen erwacht war. Als ich wieder zu mir kam (mit Hilfe eines heftigen Stoßes zwischen den Schultern und dem stärkenden Ausruf „Ja! Gab es je einen solchen Knaben wie diesen!" von meiner Schwester sagte ich Joe, wie er ihnen von dem Geständnis des Sträflings erzählte, und alle Besucher schlugen verschiedene Wege vor, wie er in die Speisekammer gelangt sei. Herr Pumblechook erkannte, nachdem er die Räumlichkeiten sorgfältig begutachtet hatte, daß er zuerst auf das Dach der Schmiede und dann auf das Dach des Hauses gestiegen war und sich dann an einem Seil aus seinem Bettzeug, das in Streifen geschnitten war, in den Küchenschornstein hinabgelassen hatte; und da Herr Pumblechook sehr positiv war und seinen eigenen Chaiselongue über alle hinweg fuhr, so war man sich einig, daß es so sein müsse. Mr. Wopsle schrie in der Tat wild: „Nein!" mit der schwachen Bosheit eines müden Mannes; aber da er keine Theorie und keinen Rock anhatte, so war er einstimmig für verneint erklärt, ganz zu schweigen davon, daß er mit dem Rücken zum Küchenfeuer heftig rauchte, um die Feuchtigkeit herauszuziehen, was nicht dazu geeignet war, Vertrauen zu erwecken.

Das war alles, was ich in dieser Nacht hörte, ehe meine Schwester mich umklammerte, wie eine schlummernde Beleidigung für das Augenlicht der Gesellschaft, und mir mit so kräftiger Hand zu Bett half, daß es mir schien, als hätte ich fünfzig Stiefel an und ließ sie alle an den Rand der Treppe baumeln. Mein Gemütszustand, wie ich ihn beschrieben habe, fing an, ehe ich am Morgen aufstand, und dauerte lange an, nachdem der Gegenstand ausgestorben war, und er hörte auf, außer bei außergewöhnlichen Gelegenheiten, davon zu sprechen.

KAPITEL VII.

Zu der Zeit, als ich auf dem Kirchhof stand und die Grabsteine der Familie las, hatte ich gerade genug gelernt, um sie buchstabieren zu können. Selbst meine Konstruktion ihrer einfachen Bedeutung war nicht sehr korrekt, denn ich las „Frau des Oben" als eine lobende Anspielung auf die Erhebung meines Vaters zu einer besseren Welt; und wenn irgend einer meiner verstorbenen Verwandten als ‚unten' bezeichnet worden wäre, so zweifle ich nicht daran, daß ich mir die schlechteste Meinung von diesem Glied der Familie gebildet hätte. Auch waren meine Vorstellungen von den theologischen Positionen, an die mich mein Katechismus band, nicht ganz richtig; denn ich erinnere mich lebhaft, daß ich annahm, meine Erklärung, ich solle „alle Tage meines Lebens in demselben wandeln," verpflichtete mich, von unserem Hause aus immer in einer bestimmten Richtung durch das Dorf zu gehen und sie nie dadurch zu ändern, daß ich bei dem Stellmacher abbog oder bei der Mühle hinauffuhr.

Wenn ich alt genug war, sollte ich bei Joe in die Lehre gehen, und bis ich diese Würde annehmen konnte, sollte ich nicht das sein, was Mrs. Joe ‚Pompeyed' nannte, oder (wie ich es wiedergebe) verwöhnt werden. Ich war also nicht nur ein sonderbarer Junge in der Schmiede, sondern wenn irgendein Nachbar zufällig einen zusätzlichen Knaben brauchte, um Vögel zu erschrecken, Steine aufzuheben oder irgend etwas Ähnliches zu verrichten, so war ich mit der Anstellung begünstigt. Um aber unsere überlegene Stellung dadurch nicht zu gefährden, wurde auf dem Küchenkamin eine Sparbüchse aufbewahrt, in die öffentlich bekannt gemacht wurde, daß alle meine Einkünfte hineingeworfen worden waren. Ich habe den Eindruck, dass sie schließlich zur Liquidierung der Staatsschulden beitragen sollten, aber ich weiß, dass ich keine Hoffnung auf eine persönliche Beteiligung an dem Schatz hatte.

Mr. Wopsles Großtante unterhielt eine Abendschule im Dorfe; Das heißt, sie war eine lächerliche alte Frau von beschränkten Mitteln und unbegrenzter Gebrechlichkeit, die jeden Abend von sechs bis sieben Uhr zu schlafen pflegte, in der Gesellschaft der Jugend, die zwei Pence pro Woche zahlte, um sie dabei zu sehen. Sie mietete ein kleines Häuschen, und Mr. Wopsle hatte das Zimmer im Obergeschoß, wo wir Studenten ihn in höchst würdevoller und furchtbarer Weise vorlesen hörten und gelegentlich an die Decke stießen. Es gab eine Fiktion, dass Mr. Wopsle die Gelehrten einmal im Quartal ‚untersuchte.' Was er bei diesen Gelegenheiten tat, war, seine Manschetten hochzukrempeln, sein Haar hochzustecken und uns die Rede des Marcus Antonius über den Leichnam des Cäsar zu halten. Darauf folgte immer Collins' Ode on the Passions, worin ich Mr. Wopsle als Revenge besonders verehrte, indem er sein blutbeflecktes Schwert donnernd hinabwarf und mit vernichtendem Blick die kriegsverurteilende Trompete ergriff. Es war damals nicht bei mir, wie es in meinem späteren Leben der Fall war, als ich in die Gesellschaft der Passionen geriet und sie mit Collins und Wopsle verglich, eher zum Nachteil beider Herren.

Mr. Wopsles Großtante besaß nicht nur diese Erziehungsanstalt, sondern auch in demselben Zimmer, nämlich in einem kleinen Gemischtwarenladen. Sie hatte keine Ahnung, welche Aktien sie besaß oder wie hoch der Preis für irgendetwas darin war; aber in einer Schublade befand sich ein kleines, schmieriges Notizbuch, das als Preiskatalog diente, und nach diesem Orakel ordnete Biddy alle Ladengeschäfte. Biddy war die Enkelin von Mr. Wopsles Großtante; Ich gestehe, daß ich der Lösung des Problems nicht gewachsen bin, in welchem Verhältnis sie zu Mr. Wopsle stand. Sie war eine Waise wie ich; wie auch ich mit der Hand erzogen worden war. Sie war, wie ich glaubte, am auffälligsten in Bezug auf ihre Gliedmaßen; denn ihr Haar wollte immer gebürstet werden, ihre Hände wollten immer gewaschen werden, und ihre Schuhe mussten immer geflickt und an den Fersen hochgezogen werden. Diese Beschreibung muss mit einer Wochentagsbeschränkung eingegangen werden. Sonntags ging sie in die Kirche.

Vieles von mir selbst und mehr mit Hilfe von Biddy als mit der Hilfe von Mr. Wopsles Großtante kämpfte ich mich durch das Alphabet, als wäre es ein Brombeerbusch gewesen; Ich mache mir bei jedem Buchstaben große Sorgen und kratze daran. Darauf geriet ich unter jene Diebe, die neun Gestalten, die jeden Abend etwas Neues zu tun schienen, um sich zu verstellen und die Erkennung zu verwirren. Endlich aber fing ich an, in einer purblinden, tastenden Weise, auf dem allerkleinsten Maßstab zu lesen, zu schreiben und zu chiffren.

Eines Abends saß ich mit meiner Tafel in der Kaminecke und gab mir große Mühe, einen Brief an Joe zu verfassen. Ich glaube, es muß ein volles Jahr nach unserer Jagd in den Sümpfen gewesen sein, denn es war lange danach, und es war Winter und harter Frost. Mit einem Alphabet auf dem Herd zu meinen Füßen als Referenz fertigte ich es in ein oder zwei Stunden, diesen Brief zu drucken und zu verleumden:

„MI DEER JO i OPE U R KRWITE WELL i
OPE i SHALSON B HABELL 4 2 TEEDGE U
JO AN THEN WE SHORL BSO GLODD AN
WEN I M PRENGTD 2 U JO WOT LARX
ANBLEVE ME INF XN PIP."

Es war nicht notwendig, daß ich mich mit Joe brieflich in Verbindung setzte, da er neben mir saß und wir allein waren. Aber ich überbrachte diese schriftliche Mitteilung (mit Schiefertafel und allem) mit meiner eigenen Hand, und Joe empfing sie als ein Wunder der Gelehrsamkeit.

„Ich sage, Pip, alter Kerl!" rief Joe und riß seine blauen Augen weit auf: „was für ein Gelehrter du bist! Nicht wahr?"

„Ich möchte es sein," sagte ich und warf einen Blick auf die Tafel, während er sie in der Hand hielt; mit dem Verdacht, dass der Schreibstil ziemlich holprig sei.

„Nun, hier ist ein J," sagte Joe: „und ein O, das jedem gleich ist! Hier ist ein J und ein O, Pip und ein J-O, Joe."

Ich hatte Joe noch nie mehr als diese einsilbige Stimme vorlesen hören, und ich hatte letzten Sonntag in der Kirche, als ich zufällig unser Gebetbuch auf den Kopf stellte, bemerkt, daß es ihm ebenso gut gelegen schien, als ob alles in Ordnung gewesen wäre. Da ich die gegenwärtige Gelegenheit ergreifen wollte, um zu erfahren, ob ich, um Joe zu unterrichten, ganz von vorne anfangen müßte, sagte ich: „Ah! Aber lesen Sie den Rest, Jo."

„Den Rest, nicht wahr, Pip?" fragte Joe und betrachtete ihn mit einem langsamen, forschenden Auge: „Eins, zwei, drei. Nun, hier sind drei Js und drei Os und drei J-O, Joes drin, Pip!"

Ich beugte mich über Joe und las ihm mit Hilfe meines Zeigefingers den ganzen Brief vor.

„Erstaunlich!" sagte Joe, als ich geendet hatte. „Du BIST ein Gelehrter."

„Wie buchstabierst du Gargery, Joe?" fragte ich ihn mit bescheidener Gönnerschaft.

„Ich buchstabiere es gar nicht," sagte Joe.

„Aber angenommen, Sie täten es?"

„Das *kann man nicht* annehmen," sagte Joe. „Aber ich lese auch ungewöhnlich gern."

„Bist du es, Joe?"

„Gemeinsam. Geben Sie mir," sagte Joe: „ein gutes Buch oder eine gute Zeitung, und setzen Sie mich vor ein gutes Feuer, und ich verlange nichts Besseres. Herr!" fuhr er fort, nachdem er sich ein wenig die Knie gerieben hatte: „wenn du *zu* einem J und einem O kommst und sagst: ‚Hier ist endlich ein J-O, Joe,' wie interessant ist die Lektüre!"

Ich schloß daraus, daß Joe's Bildung, wie Steam, noch in den Kinderschuhen steckte. Ich ging dem Gegenstand nach und fragte:

„Bist du nie zur Schule gegangen, Joe, als du noch so klein warst wie ich?"

„Nein, Pip."

„Warum bist du nie zur Schule gegangen, Joe, als du noch so klein warst wie ich?"

„Nun, Pip", sagte Joe, indem er den Schürhaken aufnahm und sich seiner gewöhnlichen Beschäftigung, wenn er nachdenklich war, wieder zuwandte, nämlich langsam das Feuer zwischen den unteren Stäben zu harken; „Ich werde es dir sagen. Meinem Vater Pip wurde zu trinken gegeben, und als er vom Trinken überwältigt wurde, hämmerte er auf meine Mutter ein, höchst unbarmherzig. Es war fast das einzige Hämmern, das er tat, mit Ausnahme von mir selbst. Und er hämmerte mit einer Perücke auf mich ein, nur um von der Perücke, mit der er nicht auf seinen Anwil einschlug, gleichzukommen. – Du hast ein Zuhören und Verständnis, Pip?"

„Ja, Joe."

„Die Folge war, dass meine Mutter und ich mehrmals vor meinem Vater davonliefen; Und dann ging meine Mutter arbeiten, und sie sagte: „Joe", sie sagte: „Nun, so Gott will, du sollst eine Schule haben, Kind," und sie schickte mich in die Schule. Aber mein Vater war so gut in seinem Herzen, dass er es nicht ertragen konnte, ohne uns zu sein. Er kam also mit einer sehr großen Menge und machte einen solchen Lärm vor den Türen der Häuser, in denen wir waren, daß sie gezwungen waren, nichts mehr mit uns zu tun zu haben und uns ihm auszuliefern. Und dann nahm er uns mit nach Hause und hämmerte auf uns ein. Was, siehst du, Pip," sagte Joe, indem er in seinem nachdenklichen Harken des Feuers innehielt und mich ansah: „ein Nachteil für meine Gelehrsamkeit waren."

„Gewiß, armer Joe!"

„Obwohl, Pip," sagte Joe mit einer richterlichen Berührung des Schürhakens an der obersten Stange: „wenn er allen ihren Haufen überträgt und die gleiche Gerechtigkeit zwischen Mann und Mann aufrechterhält, mein Vater so gut in seinem Herzen war, siehst du nicht?"

Ich habe es nicht gesehen; aber ich habe es nicht gesagt.

„Gut!" Joe fuhr fort: „Jemand muss den Topf am Laufen halten, Pip, sonst wird der Topf nicht galle, weißt du nicht?"

Ich sah das und sagte es.

„Die Folge davon war, dass mein Vater nichts dagegen hatte, dass ich zur Arbeit ging; so ging ich an die Arbeit in meinem jetzigen Berufe, der auch der seinige war, wenn er ihm gefolgt wäre, und ich arbeitete erträglich hart, das versichere ich *Ihnen*, Pip. Mit der Zeit gelang es mir, ihn zu behalten, und ich behielt ihn, bis er in einem violetten leptischen Anfall davonlief. Und es war meine Absicht, auf seinen Grabstein schreiben zu lassen, daß, was auch immer seine Fehler sein mögen, denken Sie daran, Leser, er war so gut in seinem Herzen."

Joe trug dieses Couplet mit so offenkundigem Stolz und sorgfältiger Klarheit vor, daß ich ihn fragte, ob er es selbst gemacht habe.

„Ich habe es mir selbst gemacht," sagte Joe. „Ich habe es in einem Augenblick geschafft. Es war, als würde man ein Hufeisen mit einem einzigen Schlag komplett ausschlagen. Ich war in meinem ganzen Leben noch nie so überrascht – konnte meiner eigenen Ed nicht Glauben schenken – um die Wahrheit zu sagen, ich glaubte kaum, daß es meine eigene Ed war. Wie ich schon sagte, Pip, so war es meine Absicht, es über ihn schneiden zu lassen; Aber Poesie kostet Geld, schneiden Sie es, wie Sie wollen, klein oder groß, und es würde nicht getan. Von den Trägern ganz zu schweigen, alles Geld, das übrig blieb, wurde für meine Mutter gebraucht. Sie war in armer Elf und ganz pleite. Sie folgte ihr nicht lange, die arme Seele, und ihr Anteil an Frieden kehrte endlich ein."

Joes blaue Augen wurden ein wenig wässrig; Er rieb erst den einen, dann den andern in einer höchst unangenehmen und unbehaglichen Weise mit dem runden Knauf oben am Schürhaken.

„Damals war es nur einsam," sagte Joe: „hier allein zu leben, und ich habe deine Schwester kennengelernt. Nun, Pip" – Joe sah mich fest an, als wüßte er, daß ich ihm nicht zustimmen würde – „deine Schwester ist eine schöne Figur von einer Frau."

Ich konnte nicht umhin, das Feuer in einem offensichtlichen Zustand des Zweifels zu betrachten.

„Was auch immer die Meinung der Familie oder der Welt über diesen Gegenstand sein mag, Pip, deine Schwester," Joe klopfte mit dem Schürhaken auf die oberste Stange, nachdem jedes Wort folgte, „eine schöne Figur - von - einer - Frau!"

Mir fiel nichts Besseres ein als „Ich bin froh, dass du so denkst, Joe."

„Ich auch," entgegnete Joe und holte mich ein. „*Ich* bin froh, dass ich das denke, Pip. Ein wenig Röte oder ein bisschen Knochen, hier oder dort, was bedeutet das für Mich?"

Ich bemerkte scharfsinnig, wenn es ihm nicht bedeutete, wem bedeutete es dann?

„Gewiß!" stimmte Joe zu. „Das ist es. Du hast recht, alter Kerl! Als ich deine Schwester kennenlernte, war es das Gerede, wie sie dich mit der Hand erzog. Auch sehr nett von ihr, sagten alle Leute, und ich sagte, zusammen mit allen Leuten. Was Sie anbelangt," fuhr Joe mit einer Miene fort, die ausdrückte, als sähe er etwas sehr Gemeines: „wenn Sie hätten wissen können, wie klein und schlaff und gemein Sie waren, mein Lieber, so hätten Sie sich die verächtlichste Meinung von sich selbst gebildet."

Da mir das nicht gerade gefiel, sagte ich: „Mach dir nichts daraus, Joe."

„Aber ich habe mich um dich gekümmert, Pip," erwiderte er mit zärtlicher Einfalt. „Als ich deiner Schwester anbot, Gesellschaft zu leisten und sich in der Kirche bitten zu lassen, wenn sie willig und bereit war, in die Schmiede zu kommen, sagte ich zu ihr: Und bring das arme Kindlein. Gott segne das arme Kind," sagte ich zu deiner Schwester, „in der Schmiede ist Platz für *es*!"

Ich brach in Tränen aus und flehte um Verzeihung und umarmte Joe um den Hals, der den Schürhaken fallen ließ, um mich zu umarmen und zu sagen: „Immer der beste Freund; und nicht wir, Pip? Weine nicht, alter Kerl!"

Als diese kleine Unterbrechung vorüber war, fuhr Joe fort:

„Nun, siehst du, Pip, und hier sind wir! Das ist ungefähr der Ort, an dem es leuchtet; Hier sind wir! Nun, wenn du mich in meine Gelehrsamkeit hineinnimmst, Pip (und ich sage dir im voraus, ich bin schrecklich langweilig, schrecklich langweilig), darf Mrs. Joe nicht zu viel von dem sehen, was wir vorhaben. Es muß, wie ich sagen darf, heimlich geschehen. Und warum heimlich? Ich werde dir sagen, warum, Pip."

Er hatte wieder mit dem Poker begonnen; ohne diese bezweifle ich, daß er mit seiner Demonstration hätte fortfahren können.

„Deine Schwester ist der Regierung übergeben."

„Der Regierung gegeben, Joe?" Ich erschrak, denn ich hatte eine schemenhafte Ahnung (und ich fürchte, ich muß hinzufügen, hoffen), daß Joe sich von ihr scheiden ließ, um die Lords der Admiralität oder des Schatzamtes zu begünstigen.

„Der Regierung gegeben," sagte Joe: „was ich meine, die Regierung von Ihnen und mir."

„Oh!"

„Und sie ist nicht allzu sehr daran interessiert, Gelehrte auf dem Gelände zu haben," fuhr Joe fort: „und sie würde auch nicht übermäßig daran interessiert sein, daß ich ein Gelehrter bin, aus Furcht, ich könnte aufsteigen. Wie eine Art Rebell, siehst du nicht?"

Ich wollte mit einer Frage antworten und war schon so weit gekommen: „Warum ..." zu fragen, als Joe mich unterbrach.

„Bleib ein bisschen. Ich weiß, was du sagen wirst, Pip; Bleib ein bisschen! Ich leugne nicht, daß deine Schwester von Zeit zu Zeit mit dem Mogul über uns herfällt. Ich leugne nicht, daß sie uns Rückschläge zuwirft, und daß sie schwer auf uns niederfällt. Zu solchen Zeiten, wie wenn deine Schwester auf dem Rampage ist, Pip," Joe senkte seine Stimme zu einem Flüstern und warf einen Blick zur Tür: „zwingt die Offenheit den Pelz, zuzugeben, daß sie eine Busterin ist."

Joe sprach dieses Wort aus, als ob es mit mindestens zwölf großen Bs begann.

„Warum stehe ich nicht auf? Das waren deine Beobachtungen, als ich sie abbrach, Pip?"

„Ja, Joe."

„Nun," sagte Joe und reichte ihm den Schürhaken in die linke Hand, um seinen Backenbart zu fühlen; und ich hatte keine Hoffnung auf ihn, wenn er sich dieser ruhigen Beschäftigung zuwandte; „Deine Schwester ist ein genialer Kopf. Ein Vordenker."

„Was ist das?" fragte ich, in der Hoffnung, ihn zum Stehen zu bringen. Aber Joe war bereitwilliger mit seiner Definition, als ich erwartet hatte, und unterbrach mich vollständig, indem er im Kreis argumentierte und mit einem starren Blick antwortete: „Sie."

„Und ich bin kein Drahtzieher," fuhr Joe fort, als er seinen Blick gelöst und sich wieder auf seinen Backenbart gesetzt hatte. „Und zu guter Letzt, Pip – und das will ich dir sehr ernst sagen, alter Kerl – sehe ich in meiner armen Mutter so viel von einer Frau, die sich abmüht und schuftet und ihr ehrliches Herz bricht und in ihren sterblichen Tagen nie Ruhe findet, daß ich todgefürchtet habe, etwas falsch zu machen, indem ich nicht das tue, was ein Weib recht ist. und ich würde lieber von beiden in die andere Richtung irren und selbst ein wenig verwirrt sein. Ich wünschte, nur ich wäre es, der hinausgeworfen würde, Pip; Ich wünschte, es gäbe keine Warnung für dich, alter Kerl; Ich wünschte, ich könnte alles auf mich nehmen; aber das ist das Auf und Ab und die Gerade, Pip, und ich hoffe, du wirst über Unzulänglichkeiten hinwegsehen."

So jung ich auch war, glaube ich, dass ich von dieser Nacht an eine neue Bewunderung für Joe gedatet habe. Wir waren nachher gleichberechtigt, wie wir es vorher gewesen waren; aber später, in ruhigen Zeiten, als ich da saß und Joe ansah und an ihn dachte, hatte ich ein neues Gefühl, dass ich mir bewusst wurde, dass ich in meinem Herzen zu Joe aufblickte.

„Allerdings," sagte Joe und erhob sich, um das Feuer zu schüren; „hier ist die holländische Uhr, die sich so aufrichtet, daß sie acht von ihnen schlagen kann, und sie ist noch nicht nach Hause gekommen! Ich hoffe, Onkel Pumblechooks Stute ist nicht mit dem Vorderfuß auf ein Stück Eis gestoßen und hinuntergegangen."

Mrs. Joe unternahm an Markttagen gelegentlich Ausflüge mit Onkel Pumblechook, um ihm beim Kauf solcher Haushaltsgegenstände und Waren behilflich zu sein, die das Urteil einer Frau erforderten; Onkel Pumblechook ist Junggeselle und setzt kein Vertrauen in seinen Hausdiener. Es war Markttag, und Mrs. Joe war auf einer dieser Expeditionen.

Joe machte das Feuer an und fegte den Herd, und dann gingen wir zur Tür, um nach dem Chaiselongue zu horchen. Es war eine trockene, kalte Nacht, und der Wind blies heftig, und der Frost war weiß und hart. Ein Mann würde heute nacht sterben, weil er in den Sümpfen liegt, dachte ich. Und dann sah ich die Sterne an und dachte darüber nach, wie schrecklich es für einen Menschen wäre, wenn er sein Angesicht zu ihnen aufwenden würde, während er erfriere, und in all der glitzernden Menge keine Hilfe und kein Mitleid sah.

„Da kommt die Stute," sagte Joe: „und läutet wie ein Glockengeläut!"

Das Geräusch ihrer eisernen Schuhe auf der harten Straße war ganz musikalisch, denn sie kam in einem viel lebhafteren Trab als gewöhnlich daher. Wir stellten einen Stuhl herbei, bereit für Mrs. Joes Aussteigen, schürten das Feuer, damit sie ein helles Fenster sehen konnten, und überblickten die Küche ein letztes Mal, daß nichts fehl am Platze sei. Als wir mit diesen Vorbereitungen fertig waren, fuhren sie vor, bis zu den Augen verwickelt. Mrs. Joe war bald gelandet, und Onkel Pumblechook war bald auch unten und bedeckte die Stute mit einem Tuch, und wir waren bald alle in der Küche und trugen so viel kalte Luft mit uns, daß es schien, als ob sie die ganze Hitze aus dem Feuer vertrieb.

„Nun," sagte Mrs. Joe, indem sie sich hastig und aufgeregt auswickelte und ihre Haube wieder auf die Schultern warf, wo sie an den Schnüren hing: „wenn dieser Junge heute abend nicht dankbar ist, wird er es nie sein!"

Ich sah so dankbar aus, wie es nur ein Knabe sein konnte, der gar nicht wußte, warum er diesen Ausdruck annehmen sollte.

„Es ist nur zu hoffen," sagte meine Schwester: „daß er nicht Pompeyed wird. Aber ich habe meine Ängste."

„Sie gehört nicht zu dieser Reihe, Mama," sagte Mr. Pumblechook. „Sie weiß es besser."

Sie? Ich sah Joe an und machte mit meinen Lippen und Augenbrauen eine Bewegung: „Sie?" Joe sah mich an und machte mit *seinen* Lippen und Augenbrauen die Bewegung: „Sie?" Als meine Schwester ihn auf frischer Tat ertappte, fuhr er sich mit seiner gewöhnlichen versöhnlichen Miene bei solchen Gelegenheiten mit dem Handrücken über die Nase und sah sie an.

„Nun?" fragte meine Schwester in ihrer schnippischen Art. „Was starrst du da an? Steht das Haus in Flammen?"

„– Von der irgend eine Person," deutete Joe höflich an: „sie erwähnt hat."

„Und sie ist wohl eine sie?" fragte meine Schwester. „Es sei denn, Sie nennen Miß Havisham einen er. Und ich bezweifle, dass selbst du so weit kommst."

„Miß Havisham, in der Stadt?" fragte Joe.

„Gibt es Miß Havisham in der Stadt?" entgegnete meine Schwester.

„Sie will, dass dieser Junge dort spielt und spielt. Und natürlich geht er. Und er sollte besser dort spielen," sagte meine Schwester und schüttelte den Kopf, um mich zu ermuntern, extrem leicht und sportlich zu sein: „sonst arbeite ich mit ihm."

Ich hatte von Miß Havisham in der Stadt gehört – jeder im Umkreis hatte von Miß Havisham in der Stadt gehört – als einer unermeßlich reichen und düsteren Dame, die in einem großen, düsteren Hause lebte, das gegen Räuber verbarrikadiert war, und ein Leben in Abgeschiedenheit führte.

„Allerdings!" sagte Joe erstaunt. „Ich frage mich, wie sie Pip kennengelernt hat!"

„Nudel!" rief meine Schwester. „Wer hat gesagt, daß sie ihn kennt?"

„Welche Person," deutete Joe wieder höflich an: „erwähnte, daß sie ihn haben wollte, daß er dort spielte."

„Und könnte sie nicht Onkel Pumblechook fragen, ob er einen Knaben kennt, der dort spielt? Ist es nicht kaum möglich, daß Onkel Pumblechook ein Pächter von ihr ist, und daß er manchmal, wir wollen nicht sagen, vierteljährlich oder halbjährlich, denn das würde zu viel von Ihnen verlangen, aber manchmal auch dorthin geht, um seine Miete zu bezahlen? Und könnte sie dann nicht Onkel Pumblechook fragen, ob er einen Knaben kennt, der dort spielt? Und könnte nicht Onkel Pumblechook, der immer rücksichtsvoll und rücksichtsvoll gegen uns war - obgleich du es vielleicht nicht glaubst, Joseph," in einem Tone des tiefsten Vorwurfs, als ob er der kaltschnäuzigste aller Neffen wäre: „diesen Knaben erwähnen, der hier tänzelnd dasteht" - was ich feierlich nicht tat -: „dem ich für immer ein williger Sklave gewesen bin?"

„Wieder gut!" rief Onkel Pumblechook. „Gut gesagt! Hübsch spitz! In der Tat gut! Nun, Joseph, du kennst den Fall."

„Nein, Joseph," sagte meine Schwester noch immer in vorwurfsvoller Weise, während Joe sich entschuldigend den Handrücken über die Nase strich: „du kennst den Fall noch nicht - obgleich du es vielleicht nicht glaubst. Du magst denken, dass du es tust, aber du tust es *nicht*, Joseph. Denn du weißt nicht, daß Onkel Pumblechook, der einfühle, daß nach allem, was wir zu sagen wissen, das Vermögen dieses Knaben dadurch machen könnte, daß er zu Miß Havisham geht, sich erboten hat, ihn heute abend in seinem eigenen Chaiselongue in die Stadt zu bringen, ihn heute abend bei sich zu behalten und ihn morgen früh mit seinen eigenen Händen zu Miß Havisham zu bringen. Und Lor-a-mussy me!" rief meine Schwester und warf in plötzlicher Verzweiflung ihre Haube ab: „hier stehe ich und rede mit bloßen Mondkälbern, Onkel Pumblechook wartet, und die Stute erkältet sich an der Tür, und der Knabe ist von den Haaren des Kopfes bis zur Fußsohle mit Mehl und Schmutz beschmutzt."

Damit stürzte sie sich auf mich wie ein Adler auf ein Lamm, und mein Gesicht wurde in hölzerne Schüsseln in Waschbecken gequetscht, und mein Kopf wurde unter Wasserhähne mit Wasserfässern gelegt, und ich wurde eingeseift und geknetet und gefüttert und geklopft und gequält und gekratzt, bis ich wirklich ganz außer mir war. (Ich möchte hier bemerken, daß ich mich besser als irgend eine lebende Autorität mit der lächerlichen Wirkung eines Eherings vertraut zu machen glaube, der unsympathisch über das menschliche Antlitz gleitet.)

Als meine Waschungen beendet waren, wurde ich in sauberes Leinen von steifstem Charakter gelegt, wie ein junger Büßer in Sackleinen, und in meinen engsten und furchtbarsten Anzug gewickelt. Dann wurde ich Herrn Pumblechook übergeben, der mich förmlich empfing, als ob er der Sheriff wäre, und der die Rede auf mich losließ, von der ich wußte, daß er die ganze Zeit darauf gewartet hatte, sie zu halten: „Junge, sei allen Freunden für immer dankbar, besonders aber denen, die dich von Hand heraufgebracht haben!"

„Auf Wiedersehen, Joe!"

„Gott segne dich, Pip, alter Kerl!"

Ich hatte mich noch nie von ihm getrennt, und was mit meinen Gefühlen und was mit Seifenlauge anfing, konnte ich anfangs keine Sterne von dem Chaiselongue aus sehen. Aber sie funkelten einer nach dem andern heraus, ohne irgend ein Licht auf die Frage zu werfen, warum um alles in der Welt ich bei Miß Havisham spielen sollte und was um alles in der Welt von mir erwartet wurde.

Kapitel VIII.

Mr. Pumblechooks Läden in der Hauptstraße der Marktstadt hatten einen pfefferkornigen und mehlartigen Charakter, wie es sich für die Räumlichkeiten eines Maishändlers und Saatguthändlers gehört. Es schien mir, als müsse er in der Tat ein sehr glücklicher Mann sein, so viele kleine Schubladen in seinem Laden zu haben; und als ich in ein oder zwei der unteren Etagen hineinspähte und die zusammengebundenen braunen Papierpäckchen darin sah, fragte ich mich, ob die Blumensamen und Zwiebeln jemals eines schönen Tages aus diesen Gefängnissen ausbrechen und blühen wollten.

Es war am frühen Morgen nach meiner Ankunft, als ich diese Spekulation hegte. In der vorhergehenden Nacht war ich direkt zu Bett geschickt worden auf einem Dachboden mit schrägem Dach, der in der Ecke, wo das Bettgestell stand, so niedrig war, dass ich die Ziegel so berechnete, dass sie nur einen Fuß von meinen Augenbrauen entfernt waren. Am selben frühen Morgen entdeckte ich eine einzigartige Affinität zwischen Samen und Cord. Herr Pumblechook trug Cordhosen, und sein Krämer auch; Und irgendwie hatten die Cordhosen eine allgemeine Ausstrahlung und einen allgemeinen Geschmack, so sehr von der Natur der Samen und eine allgemeine Ausstrahlung und einen allgemeinen Geschmack von den Samen, so sehr von der Natur der Cordhosen, daß ich kaum wußte, was was war. Dieselbe Gelegenheit bot sich mir an, zu bemerken, daß Herr Pumblechook sein Geschäft zu verrichten schien, indem er über die Straße auf den Sattler blickte, der *sein Geschäft zu erledigen schien,* indem er den Kutschenmacher im Auge behielt, der im Leben voranzukommen schien, indem er die Hände in die Taschen steckte und den Bäcker betrachtete, der seinerseits die Arme verschränkte und den Krämer anstarrte. der vor seiner Tür stand und den Apotheker angähnte. Der Uhrmacher, der immer mit einer Lupe vor dem Auge über einem kleinen Schreibtisch brütete und immer von einer Gruppe von Kitteln begutachtet wurde, die durch das Glas seines Schaufensters über ihn hindurchblickten, schien so ziemlich die einzige Person in der Hauptstraße zu sein, deren Beruf seine Aufmerksamkeit in Anspruch nahm.

Herr Pumblechook und ich frühstückten um acht Uhr in der Stube hinter dem Laden, während der Krämer seine Tasse Tee und sein Stück Brot und Butter auf einem Sack Erbsen in den vorderen Räumen nahm. Ich hielt Herrn Pumblechook für eine elende Gesellschaft. Abgesehen davon, daß ich von dem Gedanken meiner Schwester besessen war, daß man meiner Kost einen demütigenden und büßenden Charakter verleihen müsse, abgesehen davon, daß sie mir so viel Krume wie möglich in Verbindung mit so wenig Butter gab und eine solche Menge warmes Wasser in meine Milch gab, daß es ehrlicher gewesen wäre, die Milch ganz wegzulassen, – Seine Unterhaltung bestand nur aus Arithmetik. Als ich ihm höflich Guten Morgen wünschte, sagte er großspurig: „Siebenmal neun, Junge?" Und wie sollte *ich* antworten können, wenn ich auf diese Weise ausgewichen bin, an einem fremden Ort, mit leerem Magen! Ich war hungrig, aber ehe ich einen Bissen geschluckt hatte, begann er eine laufende Summe, die das ganze Frühstück hindurch anhielt. „Sieben?" „Und vier?" „Und acht?" „Und sechs?" „Und zwei?" „Und zehn?" Und so weiter. Und nachdem jede Figur entsorgt war, war es alles, was ich tun konnte, um einen Bissen oder ein Essen zu bekommen, bevor die nächste kam; während er in aller Ruhe saß, nichts erriet und Speck und heiße Brötchen aß, in einer (wenn mir der Ausdruck gestattet ist) verschlingenden und verschlingenden Weise.

Aus diesen Gründen war ich sehr froh, als es zehn Uhr wurde und wir uns auf den Weg zu Miß Havisham machten; obgleich ich mich gar nicht wohl fühlte, wie ich mich unter dem Dache dieser Dame begeben sollte. Nach einer Viertelstunde kamen wir zu Miß Havishams Haus, das aus alten Ziegeln und düster war und eine Menge eiserner Gitter hatte. Einige der Fenster waren zugemauert worden; Von denen, die übrig blieben, waren alle unteren vergittert. Davor war ein Hof, der versperrt war; So mußten wir, nachdem wir die Glocke geläutet hatten, warten, bis jemand käme, um sie zu öffnen. Während wir am Tor warteten, spähte ich hinein (selbst dann sagte Herr Pumblechook: „Und vierzehn?," aber ich tat, als ob ich ihn nicht hörte) und sah, daß an der Seite des Hauses eine große Brauerei war. In ihm wurde nicht gebraut, und es schien schon lange, lange Zeit nichts mehr gebraut zu haben.

Ein Fenster wurde aufgezogen, und eine helle Stimme fragte: „Welchen Namen?" Worauf mein Schaffner antwortete: "Pumblechook." Die Stimme ertönte: „Ganz recht!" und das Fenster wurde wieder geschlossen, und eine junge Dame kam mit den Schlüsseln in der Hand über den Hof.

„Das," sagte Herr Pumblechook: „ist Pip."

„Das ist Pip, nicht wahr?" entgegnete die junge Dame, die sehr hübsch war und sehr stolz zu sein schien; „Komm herein, Pip."

Herr Pumblechook war ebenfalls, als sie ihn mit dem Tor aufhielt.

„Oh!" sagte sie. „Wünschten Sie Miß Havisham zu sprechen?"

„Wenn Miß Havisham mich zu sehen wünschte," entgegnete Mr. Pumblechook beunruhigt.

„Ah!" sagte das Mädchen; „aber du siehst, sie tut es nicht."

Sie sagte es so endgültig und in einer so undiskutierbaren Weise, daß Mr. Pumblechook, obgleich in einem Zustande gekränkter Würde, nicht protestieren konnte. Aber er sah mich streng an, als ob *ich* ihm etwas getan hätte, und entfernte sich mit den vorwurfsvollen Worten: „Junge! Euer Benehmen hier sei denen zur Ehre gereicht, die euch von Hand heraufgebracht haben!" Ich war nicht frei von der Befürchtung, daß er zurückkommen und durch das Tor sagen würde: „Und sechzehn?" Aber das tat er nicht.

Meine junge Schaffnerin schloß das Tor ab, und wir gingen durch den Hof. Er war gepflastert und sauber, aber in jeder Spalte wuchs Gras. Die Brauereigebäude hatten eine kleine Verbindungsstraße, mit der die hölzernen Tore dieser Gasse offen standen, und die ganze Brauerei dahinter stand offen, bis zu der hohen Umfassungsmauer; und alles war leer und unbenutzt. Der kalte Wind schien dort kälter zu wehen als draußen vor dem Tore; und es machte ein schrilles Geräusch, wenn es an den offenen Seiten der Brauerei ein- und ausheulte, wie das Geräusch des Windes in der Takelage eines Schiffes auf See.

Sie sah, wie ich es ansah, und sagte: „Du könntest all das starke Bier, das jetzt dort gebraut wird, ohne Schaden zu trinken, Junge."

„Ich glaube, ich könnte es, Miß," sagte ich schüchtern.

„Versuchen Sie jetzt lieber nicht, dort Bier zu brauen, sonst würde es sauer werden, Junge; Glaubst du nicht?"

„Es sieht so aus, Miß."

„Nicht, daß jemand es versuchen will," fügte sie hinzu: „denn das ist alles erledigt, und der Platz wird so untätig bleiben, wie er ist, bis er einstürzt. Was das starke Bier anbelangt, so gibt es schon genug davon in den Kellern, um das Herrenhaus zu ertränken."

„Ist das der Name dieses Hauses, Miß?"

„Einer seiner Namen, Junge."

„Es hat also mehr als einen, Miß?"

„Noch eins. Sein anderer Name war Satis; das ist Griechisch oder Latein oder Hebräisch oder alle drei – oder alles eins für mich – für genug."

„Genug Haus," sagte ich; „Das ist ein merkwürdiger Name, Miß."

„Ja," antwortete sie; „Aber es bedeutete mehr, als es sagte. Als es gegeben wurde, bedeutete es, dass derjenige, der dieses Haus besaß, nichts anderes wollen konnte. Sie müssen in jenen Tagen leicht zufrieden gestellt worden sein, sollte ich meinen. Aber lungere nicht herum, Junge."

Obwohl sie mich so oft „Junge" nannte und mit einer Sorglosigkeit, die alles andere als ein Kompliment war, war sie ungefähr in meinem Alter. Sie schien natürlich viel älter zu sein als ich, da sie ein Mädchen und schön und selbstbeherrscht war; und sie verachtete mich so sehr, als wäre sie einundzwanzig Jahre alt und eine Königin gewesen.

Wir traten durch eine Seitentür in das Haus, der große Vordereingang war mit zwei Ketten versehen, und das erste, was mir auffiel, war, daß die Gänge alle dunkel waren und daß sie dort eine Kerze hatte brennen lassen. Sie hob es auf, und wir gingen durch weitere Gänge und eine Treppe hinauf, und es war immer noch ganz dunkel, und nur die Kerze erleuchtete uns.

Endlich kamen wir an die Tür eines Zimmers, und sie sagte: „Tritt ein."

Ich antwortete, mehr aus Schüchternheit als aus Höflichkeit: „Nach Ihnen, Fräulein."

Darauf erwiderte sie: „Sei nicht lächerlich, Junge; Ich gehe nicht hinein." Und sie ging verächtlich fort und – was noch schlimmer war – nahm die Kerze mit.

Das war sehr unangenehm, und ich hatte halb Angst. Aber das Einzige, was zu tun war, war, an die Tür zu klopfen, und ich klopfte an und wurde von innen aufgefordert, einzutreten. Ich trat also ein und befand mich in einem ziemlich großen Zimmer, das mit Wachskerzen gut beleuchtet war. Kein Schimmer von Tageslicht war darin zu sehen. Es war ein Ankleidezimmer, wie ich nach den Möbeln vermuten ließ, obgleich vieles davon von Formen und Zwecken war, die mir damals völlig unbekannt waren. Aber darin ragte ein drapierter Tisch mit einem vergoldeten Spiegel hervor, den ich auf den ersten Blick als einen schönen Damenschminktisch erkannte.

Ob ich diesen Gegenstand so schnell ausgemacht hätte, wenn nicht eine feine Dame daran gesessen hätte, kann ich nicht sagen. In einem Lehnstuhl, den Ellbogen auf den Tisch gestützt und den Kopf auf diese Hand gestützt, saß die seltsamste Dame, die ich je gesehen habe oder je sehen werde.

Sie war in edle Stoffe gekleidet, in Satin, Spitzen und Seide, ganz in Weiß. Ihre Schuhe waren weiß. Und sie hatte einen langen weißen Schleier, der von ihrem Haar abhing, und sie hatte Brautblumen in ihrem Haar, aber ihr Haar war weiß. Einige glänzende Juwelen funkelten an ihrem Hals und an ihren Händen, und einige andere Juwelen lagen funkelnd auf dem Tisch. Kleider, die weniger prächtig waren als das Kleid, das sie trug, und halb gepackte Koffer lagen verstreut. Sie hatte sich noch nicht ganz fertig angekleidet, denn sie hatte nur einen Schuh an, der andere lag auf dem Tisch neben ihrer Hand, ihr Schleier war nur halb angezogen, ihre Uhr und ihre Kette waren nicht angezogen, und einige Spitzen für ihre Brust lagen mit diesen Schmuckstücken, mit ihrem Taschentuch und ihren Handschuhen und einigen Blumen und einem Gebetbuch, das alles verwirrt um den Spiegel gehäuft war.

Es war nicht in den ersten Augenblicken, daß ich all diese Dinge sah, obwohl ich in den ersten Augenblicken mehr davon sah, als man annehmen könnte. Aber ich sah, daß alles, was in meinem Blickfeld weiß sein sollte, vor langer Zeit weiß gewesen war und seinen Glanz verloren hatte und verblasst und gelb war. Ich sah, daß die Braut im Brautkleide verwelkt war wie das Kleid und wie die Blumen und keinen Glanz mehr hatte als den Glanz ihrer eingefallenen Augen. Ich sah, daß das Kleid auf die runde Gestalt einer jungen Frau gelegt worden war, und daß die Gestalt, an der es jetzt lose hing, zu Haut und Knochen zusammengeschrumpft war. Einmal war ich mitgenommen worden, um auf dem Jahrmarkt ein grässliches Wachsfigurenkabinett zu sehen, das, ich weiß nicht, welch unmögliche Persönlichkeit im Staate lag. Einmal war ich in eine unserer alten Sumpfkirchen geführt worden, um ein Skelett in der Asche eines reichen Kleides zu sehen, das aus einem Gewölbe unter dem Kirchenpflaster ausgegraben worden war. Nun, Wachsfigur und Skelett schienen dunkle Augen zu haben, die sich bewegten und mich ansahen. Ich hätte aufschreien sollen, wenn ich gekonnt hätte.

„Wer ist es?" fragte die Dame am Tische.

„Pip, gnädige Frau."

„Pip?"

„Mr. Pumblechooks Junge, gnädige Frau. Komm – zum Spielen."

„Komm näher; Lass mich dich ansehen. Komm nahe."

Als ich vor ihr stand und ihren Blicken auswich, bemerkte ich die Gegenstände um mich herum im Detail und sah, dass ihre Uhr auf zwanzig Minuten vor neun stehen geblieben war und dass eine Uhr im Zimmer auf zwanzig Minuten vor neun stehen geblieben war.

„Sehen Sie mich an," sagte Miß Havisham. „Du fürchtest dich nicht vor einer Frau, die seit deiner Geburt nie die Sonne gesehen hat?"

Ich bedauere, sagen zu müssen, daß ich mich nicht fürchtete, die ungeheure Lüge zu erzählen, die in der Antwort „Nein" enthalten ist.

„Weißt du, was ich hier berühre?" fragte sie und legte die Hände übereinander, auf ihre linke Seite.

„Ja, gnädige Frau." (Da musste ich an den jungen Mann denken.)

„Was berühre ich?"

„Dein Herz."

„Zerbrochen!"

Sie sprach das Wort mit einem eifrigen Blick, mit starkem Nachdruck und mit einem seltsamen Lächeln aus, das eine Art Prahlerei in sich trug. Darauf ließ sie ihre Hände eine Weile dort liegen und nahm sie langsam weg, als wären sie schwer.

"Ich bin müde", sagte Miß Havisham. „Ich will Zerstreuung, und ich habe es mit Männern und Frauen getan. Spielen."

Ich glaube, mein streitsüchtigster Leser wird zugeben, daß sie schwerlich einen unglücklichen Knaben hätte anleiten können, etwas in der weiten Welt zu tun, was unter den gegebenen Umständen schwieriger zu thun wäre.

„Ich habe manchmal kranke Phantasien," fuhr sie fort: „und ich habe die kranke Phantasie, daß ich etwas spielen sehen möchte. Da, dort!" mit einer ungeduldigen Bewegung der Finger ihrer rechten Hand; „Spielen, spielen, spielen!"

Einen Augenblick lang, mit der Furcht, daß meine Schwester mich bearbeiten könnte, hatte ich den verzweifelten Gedanken, in der angenommenen Gestalt von Herrn Pumblechooks Chaiselongue durch das Zimmer zu gehen. Aber ich fühlte mich der Aufführung so ungewachsen, daß ich sie aufgab und Miß Havisham in einer Weise ansah, die sie, wie ich vermute, für eine verbissene Art hielt, als sie sagte, als wir uns genau angesehen hatten:

„Bist du mürrisch und eigensinnig?"

„Nein, gnädige Frau, es tut mir sehr leid für Sie, und es tut mir sehr leid, daß ich jetzt nicht spielen kann. Wenn du dich über mich beschwerst, bekomme ich Ärger mit meiner Schwester, also würde ich es tun, wenn ich könnte; aber es ist so neu hier und so seltsam und so schön – und melancholisch" - Ich hielt inne, aus Angst, ich könnte zu viel sagen, oder hatte es schon gesagt, und wir sahen uns noch einmal an.

Ehe sie wieder sprach, wandte sie die Augen von mir ab und betrachtete das Kleid, das sie trug, den Schminktisch und endlich sich selbst im Spiegel.

„So neu für ihn," murmelte sie: „so alt für mich; So fremd für ihn, so vertraut für mich; So melancholisch für uns beide! Rufen Sie Estella an."

Da sie immer noch das Spiegelbild ihrer selbst betrachtete, glaubte ich, sie spräche noch immer mit sich selbst und schwieg.

„Rufen Sie Estella," wiederholte sie und warf mir einen Blick zu. „Das kannst du machen. Rufen Sie Estella an. An der Tür."

Im Dunkeln in einem geheimnisvollen Gang eines unbekannten Hauses zu stehen, Estella einer verächtlichen jungen Dame anzubrüllen, die weder sichtbar noch empfänglich war, und es als eine schreckliche Freiheit empfand, ihren Namen so auszurufen, war fast so schlimm, wie auf Befehl zu spielen. Aber endlich antwortete sie, und ihr Licht kam wie ein Stern durch den dunklen Gang.

Miß Havisham winkte ihr, näher zu kommen, nahm ein Juwel vom Tisch und versuchte seine Wirkung auf ihren schönen jungen Busen und auf ihr hübsches braunes Haar. „Eines Tages dein eigenes, meine Liebe, und du wirst es gut gebrauchen. Laß mich sehen, wie du mit diesem Jungen Karten spielst."

„Mit diesem Jungen? Er ist doch ein gewöhnlicher Arbeiterjunge!"

Ich glaubte, Miß Havishams Antwort hören zu hören - nur schien es so unwahrscheinlich -: „Nun? Du kannst ihm das Herz brechen."

„Was spielst du, Junge?" fragte Estella mich mit der größten Verachtung.

„Nichts als Bettler, meine Nachbarin, Miß."

„Betteln Sie ihn," sagte Miß Havisham zu Estella. Also setzten wir uns an die Karten.

In diesem Moment begann ich zu verstehen, dass alles im Raum schon vor langer Zeit stehen geblieben war, wie die Uhr und die Uhr. Ich bemerkte, daß Miß Havisham das Juwel genau an der Stelle absetzte, von der aus sie es aufgenommen hatte. Als Estella die Karten austeilte, warf ich wieder einen Blick auf den Schminktisch und sah, daß der Schuh, der einst weiß, jetzt gelb war, nie getragen worden war. Ich warf einen Blick auf den Fuß, an dem der Schuh fehlte, und sah, daß der Seidenstrumpf, der einst weiß, jetzt gelb war, zerlumpt war. Ohne dieses Festhalten von allem, ohne dieses Stillstehen all der bleichen, verfallenen Gegenstände, hätte nicht einmal das verwelkte Brautkleid auf der zusammengesunkenen Gestalt so wie ein Grabtuch aussehen können, oder der lange Schleier so wie ein Leichentuch.

So saß sie wie eine Leiche, während wir Karten spielten; die Rüschen und Posamenten an ihrem Brautkleid, die wie erdiges Papier aussehen. Damals wußte ich noch nichts von den Entdeckungen, die gelegentlich von in alten Zeiten begrabenen Körpern gemacht werden, die im Augenblick, in dem sie deutlich gesehen werden, zu Pulver zerfallen; aber ich habe seither oft gedacht, daß sie ausgesehen haben mußte, als ob der Einlass des natürlichen Tageslichts sie zu Staub zerfallen lassen hätte.

„Er nennt die Spitzbuben Bube, dieser Junge!" sagte Estella verächtlich, ehe unser erstes Spiel zu Ende war. „Und was für grobe Hände er hat! Und was für dicke Stiefel!"

Ich hatte noch nie daran gedacht, mich meiner Hände zu schämen; aber ich fing an, sie für ein sehr gleichgültiges Paar zu halten. Ihre Verachtung für mich war so stark, dass sie ansteckend wurde, und ich fing sie an.

Sie hat das Spiel gewonnen, und ich habe ausgeteilt. Ich verwechselte, wie es nur natürlich war, als ich wußte, daß sie mir auflauerte, Unrecht zu tun; und sie beschimpfte mich als einen dummen, tollpatschigen Arbeiterjungen.

„Sie sagen nichts von ihr," bemerkte Miß Havisham zu mir, während sie mich ansah. „Sie sagt viel Böses von dir, aber du sagst nichts von ihr. Was hältst du von ihr?"

„Das sage ich nicht gerne," stammelte ich.

„Sagen Sie es mir ins Ohr," sagte Miß Havisham und beugte sich nieder.

„Ich glaube, sie ist sehr stolz," erwiderte ich flüsternd.

„Sonst noch etwas?"

„Ich finde sie sehr hübsch."

„Sonst noch etwas?"

„Ich denke, sie ist sehr beleidigend." (Sie sah mich mit einem Ausdruck höchster Abneigung an.)

„Sonst noch etwas?"

„Ich glaube, ich möchte gern nach Hause gehen."

„Und sie nie wieder sehen, obwohl sie so hübsch ist?"

„Ich bin nicht sicher, ob ich sie nicht gern wiedersehen würde, aber ich möchte jetzt nach Hause gehen."

„Sie werden bald gehen," sagte Miß Havisham laut. „Spielen Sie das Spiel zu Ende."

Abgesehen von dem einen seltsamen Lächeln wäre ich anfangs fast sicher gewesen, daß Miß Havishams Gesicht nicht lächeln konnte. Er war in einen wachsamen und grüblerischen Ausdruck gesunken - höchstwahrscheinlich, als alle Dinge um sie herum in den Bann gezogen waren -, und es sah aus, als könne ihn nichts mehr aufrichten. Ihre Brust war herabgesunken, so daß sie sich bückte; und ihre Stimme war gesunken, so daß sie leise und mit einer toten Stille sprach; Alles in allem sah es aus, als sei sie mit Leib und Seele, innen und außen, unter der Last eines vernichtenden Schlages zusammengesunken.

Ich spielte das Spiel mit Estella zu Ende, und sie bettelte mich an. Sie warf die Karten, als sie sie alle gewonnen hatte, auf den Tisch, als verachtete sie sie, weil sie von mir gewonnen worden waren.

„Wann werde ich Sie wieder hier haben?" fragte Miß Havisham. „Lass mich nachdenken."

Ich fing an, sie daran zu erinnern, daß heute Mittwoch sei, als sie mich mit ihrer früheren ungeduldigen Bewegung der Finger ihrer rechten Hand prüfte.

„Da, da! Ich weiß nichts von Wochentagen; Ich weiß nichts von Wochen im Jahr. Kommen Sie nach sechs Tagen wieder. Hören Sie?"

„Ja, gnädige Frau."

„Estella, mach ihn fertig. Laß ihn etwas zu essen haben, und laß ihn umherstreifen und sich umsehen, während er isst. Geh, Pip."

Ich folgte der Kerze nach unten, wie ich der Kerze nach oben gefolgt war, und sie stellte sie an die Stelle, wo wir sie gefunden hatten. Bis sie den Seiteneingang öffnete, hatte ich, ohne darüber nachzudenken, geglaubt, es müsse unbedingt Nacht sein. Das Rauschen des Tageslichts verwirrte mich ganz und gab mir das Gefühl, als ob ich viele Stunden im Kerzenlicht des fremden Zimmers gewesen wäre.

„Du sollst hier warten, du Junge," sagte Estella; und verschwand und schloß die Tür.

Ich benutzte die Gelegenheit, allein im Hof zu sein, um meine groben Hände und meine gemeinen Stiefel zu betrachten. Meine Meinung zu diesem Zubehör war nicht positiv. Sie hatten mich früher nie beunruhigt, aber jetzt beunruhigten sie mich als gemeine Anhängsel. Ich beschloß, Joe zu fragen, warum er mich jemals gelehrt habe, diese Bildkarten Buben zu nennen, die man Gauner nennen sollte. Ich wünschte, Joe wäre etwas vornehmer erzogen worden, und dann hätte ich es auch sein sollen.

Sie kam zurück, mit etwas Brot und Fleisch und einem kleinen Krug Bier. Sie stellte den Becher auf die Steine des Hofes und reichte mir das Brot und das Fleisch, ohne mich anzusehen, so unverschämt, als wäre ich ein Hund in Ungnade. Ich war so gedemütigt, verletzt, verschmäht, beleidigt, wütend, traurig - ich kann nicht den richtigen Namen für den Klugen finden - Gott weiß, wie er hieß -, daß mir die Tränen in die Augen stiegen. In dem Augenblick, als sie dort aufsprangen, sah mich das Mädchen mit einem raschen Entzücken an, daß es die Ursache dafür gewesen war. Das gab mir die Kraft, sie zurückzuhalten und sie anzusehen: so warf sie sich verächtlich hin und her - aber mit dem Gefühl, wie ich glaubte, als hätte sie sich zu sicher gemacht, daß ich so verwundet war - und verließ mich.

Aber als sie fort war, sah ich mich nach einem Platz um, an dem ich mein Gesicht verbergen konnte, und trat hinter eines der Tore in der Brauereigasse, lehnte meinen Ärmel an die Wand, lehnte meine Stirn daran und weinte. Als ich weinte, trat ich gegen die Wand und fuhr mir kräftig durch die Haare; So bitter waren meine Gefühle, und so scharfsinnig war der Schlaue ohne Namen, daß man dagegen vorgehen mußte.

Die Erziehung meiner Schwester hatte mich sensibel gemacht. In der kleinen Welt, in der die Kinder ihr Dasein haben, wer sie erzieht, gibt es nichts, was so fein empfunden und empfunden wird, wie die Ungerechtigkeit. Es mag nur eine kleine Ungerechtigkeit sein, der das Kind ausgesetzt sein kann; aber das Kind ist klein, und seine Welt ist klein, und sein Schaukelpferd steht so viele Hände hoch, je nach Maßstab, wie ein irischer Jäger mit großen Knochen. In mir selbst hatte ich von Kindheit an einen ständigen Konflikt mit der Ungerechtigkeit getragen. Von der Zeit an, da ich sprechen konnte, wußte ich, daß meine Schwester in ihrem launischen und gewaltsamen Zwang mir gegenüber ungerecht war. Ich hatte die tiefe Überzeugung gehegt, daß es ihr kein Recht gab, mich mit Stößen zu erziehen, wenn sie mich mit der Hand erzog. Durch alle meine Strafen, Schandtaten, Fasten, Nachtwachen und andere Bußtaten hindurch hatte ich diese Zuversicht genährt; und daß ich so viel mit ihr verkehrte, in einer einsamen und ungeschützten Weise, beziehe ich zum großen Teil darauf, daß ich moralisch ängstlich und sehr empfindsam war.

Ich entledigte mich für den Augenblick meiner verletzten Gefühle, indem ich sie gegen die Wand der Brauerei stieß und sie mir aus den Haaren drehte, dann strich ich mir mit dem Ärmel das Gesicht glatt und kam hinter dem Tor hervor.

Das Brot und das Fleisch waren annehmbar, und das Bier war wärmend und prickelnd, und ich war bald in Stimmung, um mich umzusehen.

Freilich war es ein verlassener Ort, bis hinunter zu dem Taubenhaus im Brauhof, das von einem starken Wind schief auf den Pfahl geweht worden war und die Tauben hätte glauben lassen, auf dem Meere zu sein, wenn es dort Tauben gegeben hätte, die von ihm geschaukelt worden wären. Aber es waren keine Tauben im Taubenschlag, keine Pferde im Stall, keine Schweine im Stall, kein Malz im Vorratshaus, kein Geruch von Getreide und Bier im Kupfer oder im Bottich. Alle Verwendungszwecke und Düfte der Brauerei könnten mit dem letzten Rauchgeruch verflogen sein. In einem Seitenhof lag eine Wildnis von leeren Fässern, die eine gewisse bittere Erinnerung an bessere Tage an sich trugen; aber es war zu sauer, um als Probe des Bieres angenommen zu werden, das verschwunden war, und in dieser Hinsicht erinnere ich mich an diese Einsiedler wie die meisten anderen.

Hinter dem äußersten Ende der Brauerei war ein Garten mit einer alten Mauer, nicht so hoch, daß ich mich aber lange genug hinaufkämpfen und festhalten konnte, um darüber zu sehen und zu sehen, daß der Garten des Hauses der Garten des Hauses war, und daß er von verworrenem Unkraut überwuchert war, daß aber eine Spur auf den grünen und gelben Pfaden war. als ob manchmal jemand dort spazieren ginge, und daß Estella schon damals von mir wegginge. Aber sie schien überall zu sein. Denn als ich der Versuchung der Fässer nachgab und auf ihnen zu gehen begann, sah ich *sie* am Ende des Hofes von Fässern darauf gehen. Sie stand mit dem Rücken zu mir und hielt ihr hübsches braunes Haar in ihren beiden Händen, sah sich nicht um und verschwand sogleich aus meinem Blickfeld. Also in der Brauerei selbst, d. h. auf dem großen, gepflasterten, hohen Platz, auf dem das Bier zu brauen pflegte und wo noch die Braugeräte standen. Als ich zum ersten Mal hineintrat und, etwas bedrückt von der Finsternis, in der Nähe der Thür stand und mich umsah, sah ich sie zwischen den erloschenen Feuern hindurchgehen, eine leichte eiserne Treppe hinaufsteigen und durch eine Galerie hoch über mir hinausgehen, als ob sie in den Himmel hinausginge.

An diesem Ort und in diesem Augenblick geschah etwas Seltsames in meiner Phantasie. Damals hielt ich es für eine seltsame Sache, und ich hielt es noch lange nachher für eine noch seltsamere Sache. Ich wandte meine Augen - ein wenig getrübt durch den Blick in das frostige Licht - auf einen großen Holzbalken in einer niedrigen Ecke des Gebäudes in meiner Nähe zu meiner Rechten, und ich sah eine Gestalt dort am Hals hängen. Eine Gestalt ganz in Gelbweiß, mit nur einem Schuh an den Füßen; und es hing so, daß ich sehen konnte, daß die verblichenen Besätze des Kleides wie erdiges Papier waren und daß das Gesicht von Miß Havisham war, mit einer Bewegung, die über das ganze Antlitz ging, als ob sie mich rufen wollte. In der Angst, die Gestalt zu sehen, und in der Furcht, sicher zu sein, daß sie keinen Augenblick vorher da gewesen war, lief ich zuerst vor ihr weg und dann auf sie zu. Und mein Schrecken war am größten, als ich dort keine Gestalt fand.

Nichts Geringeres als das frostige Licht des heiteren Himmels, der Anblick der Menschen, die hinter den Gittern des Hoftores vorübergingen, und der belebende Einfluß des übrigen Brotes, des Fleisches und des Bieres hätten mich wieder auf die Beine gebracht. Selbst mit diesen Hilfsmitteln wäre ich vielleicht nicht so schnell wieder zu mir gekommen, aber ich hätte gesehen, wie Estella mit den Schlüsseln auf mich zukam, um mich herauszulassen. Sie würde einen guten Grund haben, auf mich herabzublicken, dachte ich, wenn sie mich erschrocken sähe; Und sie hätte keinen fairen Grund.

Sie warf mir einen triumphierenden Blick zu, als ob sie sich freute, daß meine Hände so grob und meine Stiefel so dick waren, und sie öffnete das Tor und hielt es fest. Ich war ohnmächtig, ohne sie anzusehen, als sie mich mit einer höhnischen Hand berührte.

„Warum weinst du nicht?"

„Weil ich es nicht will."

„Das tust du," sagte sie. „Du hast geweint, bis du halb blind bist, und jetzt bist du nahe daran, wieder zu weinen."

Sie lachte verächtlich, stieß mich hinaus und schloß das Tor hinter mir ab. Ich ging geradewegs zu Herrn Pumblechook und war unendlich erleichtert, ihn nicht zu Hause zu finden. Ich ließ also dem Krämer wissen, an welchem Tage ich wieder bei Miß Havisham gebraucht werde, und machte mich auf den vier Meilen langen Fußmarsch zu unserer Schmiede; während ich weiterging, dachte ich über alles nach, was ich gesehen hatte, und drehte mich tief, daß ich ein gewöhnlicher Arbeiterjunge war; dass meine Hände grob waren; daß meine Stiefel dick seien; daß ich die verabscheuungswürdige Gewohnheit angewöhnt hatte, Schurken Buben zu nennen; daß ich viel unwissender sei, als ich mich gestern abend für schuldig gehalten hatte, und daß ich mich überhaupt in einem schlechten Zustand befinde.

KAPITEL IX.

Als ich zu Hause ankam, war meine Schwester sehr neugierig, alles über Miß Havisham's zu erfahren, und stellte eine Reihe von Fragen. Und bald fand ich mich dabei, wie ich von hinten schwer in den Nacken und in den unteren Rücken gestoßen wurde und mein Gesicht schmählich gegen die Küchenwand gedrückt wurde, weil ich diese Fragen nicht ausführlich genug beantwortete.

Wenn die Furcht, nicht verstanden zu werden, in der Brust anderer junger Leute in einem ähnlichen Maße verborgen ist, wie sie früher in der meinigen verborgen war, was ich für wahrscheinlich halte, da ich keinen besonderen Grund habe, mich zu verdächtigen, ein Ungeheuerchen gewesen zu sein, so ist das der Schlüssel zu vielen Vorbehalten. Ich war überzeugt, daß, wenn ich Miß Havisham's so beschrieb, wie meine Augen es gesehen hatten, ich nicht verstanden werden würde. Nicht nur das, sondern ich war überzeugt, daß auch Miß Havisham nicht verstanden werden würde; und obgleich sie mir völlig unbegreiflich war, so hatte ich doch den Eindruck, daß es etwas Grobes und Verräterisches haben würde, wenn ich sie, wie sie wirklich war (ganz zu schweigen von Miß Estella), vor Mrs. Joes Betrachtung zerrte. Folglich sagte ich so wenig wie möglich und drückte mein Gesicht gegen die Küchenwand.

Das Schlimmste war, daß der tyrannische alte Pumblechook, von einer verzehrenden Neugierde besessen, über alles, was ich gesehen und gehört hatte, unterrichtet zu werden, zur Teezeit in seinem Kuschenwagen herüberkam, um sich die Einzelheiten mitteilen zu lassen. Und der bloße Anblick der Qual mit seinen fischigen Augen und offenem Mund, seinem sandfarbenen Haar, das ihm neugierig zu Berge stand, und seiner Weste, die von windiger Arithmetik wippte, machte mich in meiner Zurückhaltung bösartig.

„Nun, Junge," begann Onkel Pumblechook, sobald er auf dem Ehrenstuhl am Feuer saß. „Wie bist du in die Stadt gekommen?"

Ich antwortete: „Sehr gut, Sir," und meine Schwester schüttelte mir die Faust.

„Ganz gut?" wiederholte Herr Pumblechook. „Ziemlich gut ist keine Antwort. Sag uns ganz genau, was du damit meinst, Junge?"

Tünche auf der Stirn verhärtet das Gehirn vielleicht bis zu einem Zustand des Eigensinns. Jedenfalls war mein Eigensinn, mit der Tünche von der Wand auf meiner Stirn, unerbittlich. Ich dachte eine Weile nach und antwortete dann, als hätte ich eine neue Idee entdeckt: „Ich meine es ziemlich gut."

Meine Schwester wollte mit einem Ausruf der Ungeduld auf mich losfliegen – ich hatte keinen Schatten der Verteidigung, denn Joe war in der Schmiede beschäftigt –, als Herr Pumblechook einwarf: „Nein! Verlieren Sie nicht die Beherrschung. Überlassen Sie mir diesen Burschen, gnädige Frau; Überlassen Sie mir diesen Burschen." Herr Pumblechook wandte mich zu sich um, als ob er mir die Haare schneiden wollte, und sagte:

„Zuerst (um unsere Gedanken zu ordnen): Dreiundvierzig Pence?"

Ich rechnete die Folgen aus, wenn ich „Vierhundert Pfund" antwortete, und als ich fand, daß sie gegen mich sprachen, kam ich der Antwort so nahe, wie ich konnte, und die ungefähr acht Pence daneben lag. Herr Pumblechook führte mich dann von „zwölf Pence ergibt einen Schilling" bis zu „vierzig Pence machen drei und vier Pence" durch meinen Pence-Tisch und forderte dann triumphierend, als ob er für mich getan hätte: *Jetzt!* Wieviel sind dreiundvierzig Pence?" Worauf ich nach langem Nachdenken antwortete: „Ich weiß es nicht." Und ich war so verärgert, dass ich fast daran zweifelte, ob ich es wusste.

Herr Pumblechook arbeitete mit seinem Kopf wie eine Schraube, um ihn aus mir herauszuschrauben, und sagte: „Sind zum Beispiel dreiundvierzig Pence sieben und sechs Pence drei Farden?"

„Ja!" sagte ich. Und obwohl meine Schwester mir sofort die Ohren zuschlug, war es für mich höchst befriedigend zu sehen, dass die Antwort seinen Witz verdarb und ihn zum Stillstand brachte.

„Junge! Wie sieht Miß Havisham aus?" begann Mr. Pumblechook wieder, als er sich erholt hatte; Er verschränkte die Arme fest auf der Brust und betätigte die Schraube.

„Sehr groß und dunkel," sagte ich zu ihm.

„Ist sie es, Onkel?" fragte meine Schwester.

Herr Pumblechook zwinkerte zustimmend; woraus ich sofort schloß, daß er Miß Havisham nie gesehen hatte, denn sie war nichts dergleichen.

„Gut!" sagte Herr Pumblechook eingebildet. („Das ist der Weg, um ihn zu haben! Ich glaube, wir fangen an, uns zu behaupten, Mama?")

„Ich bin gewiß, Onkel," entgegnete Mrs. Joe: „ich wünschte, du hättest ihn immer dabei; Du weißt so gut, wie du mit ihm umgehen musst."

„Jetzt, Junge! Was hat sie getan, als Sie heute hereinkamen?" fragte Herr Pumblechook.

„Sie saß," antwortete ich: „in einer schwarzen Samtkutsche."

Mr. Pumblechook und Mrs. Joe sahen einander an, wie es sich gehörte, und beide wiederholten: „In einer schwarzen Samtkutsche?"

„Ja," sagte ich. „Und Fräulein Estella - das ist ihre Nichte, glaube ich - reichte ihr Kuchen und Wein am Wagenfenster auf einem goldenen Teller. Und wir hatten alle Kuchen und Wein auf Goldtellern. Und ich bin hinter dem Bus aufgestanden, um meinen zu essen, weil sie es mir gesagt hat."

„War noch jemand da?" fragte Herr Pumblechook.

„Vier Hunde," sagte ich.

„Groß oder klein?"

„Unermeßlich," sagte ich, „und sie haben sich um Kalbskoteletts aus einem silbernen Korb gestritten."

Mr. Pumblechook und Mrs. Joe starrten einander wieder in äußerster Verwunderung an. Ich war ganz außer mir - ein rücksichtsloser Zeuge unter der Folter - und hätte ihnen alles gesagt.

„Wo *war* diese Kutsche, im Namen der Gnädigen?" fragte meine Schwester.

„In Miß Havishams Zimmer." Sie starrten wieder vor sich hin. „Aber es waren keine Pferde dabei." Ich fügte diese rettende Klausel in dem Augenblick hinzu, als ich vier reich geschmückte Läufer zurückwies, an die ich wild gedacht hatte, sie einzuspannen.

„Kann das möglich sein, Onkel?" fragte Mrs. Joe. „Was mag der Junge damit meinen?"

„Ich will es dir sagen, Mama," sagte Herr Pumblechook. „Meiner Meinung nach ist es eine Sänfte. Sie ist flatterhaft, wissen Sie, sehr flatterhaft - flatterhaft genug, um ihre Tage in einer Sänfte zu verbringen."

„Hast du sie jemals darin gesehen, Onkel?" fragte Mrs. Joe.

„Wie könnte ich," erwiderte er, gezwungen, das Geständnis zu machen, „wenn ich sie nie in meinem Leben sehe? Nie habe ich ihr Augen geklatscht!"

„Meine Güte, Onkel! Und doch haben Sie mit ihr gesprochen?"

„Weißt du denn nicht," sagte Herr Pumblechook gereizt: „daß ich, als ich dort war, vor ihre Tür geführt wurde, und die Tür einen Spalt offen stand, und sie so zu mir gesprochen hat. Sag nicht, *du wüsstest das nicht*, Mama. Wie dem auch sei, der Junge ging dorthin, um zu spielen. Worin hast du gespielt, Junge?"

„Wir haben mit Flaggen gespielt," sagte ich. (Ich bitte zu bemerken, daß ich mit Erstaunen an mich selbst denke, wenn ich mich an die Lügen erinnere, die ich bei dieser Gelegenheit erzählt habe.)

„Fahnen!" wiederholte meine Schwester.

„Ja," sagte ich. „Estella schwenkte eine blaue Fahne, und ich schwenkte eine rote, und Miß Havisham schwenkte eine mit kleinen goldenen Sternen übersäte Fahne vor dem Wagenfenster. Und dann haben wir alle unsere Schwerter geschwungen und gejubelt."

„Schwerter!" wiederholte meine Schwester. „Woher hast du die Schwerter?"

„Aus einem Schrank," sagte ich. „Und ich sah Pistolen darin – und Marmelade – und Pillen. Und es gab kein Tageslicht im Raum, aber es war alles mit Kerzen beleuchtet."

„Das ist wahr, Mama," sagte Herr Pumblechook mit einem ernsten Nicken. „Das ist der Stand der Dinge, so viel habe ich selbst gesehen." Und dann starrten sie mich beide an, und ich starrte sie mit einer aufdringlichen Miene von Kunstlosigkeit an und flocht mit der rechten Hand das rechte Bein meiner Hose.

Hätten sie mir noch weitere Fragen gestellt, so hätte ich mich ohne Zweifel verraten, denn ich war schon damals im Begriff, zu erwähnen, daß ein Ballon im Hof war, und hätte die Behauptung gewagt, wenn meine Erfindung nicht zwischen dieser Erscheinung und einem Bären in der Brauerei geteilt worden wäre. Sie waren indessen so sehr mit der Erörterung der Wunder beschäftigt, die ich ihnen bereits zur Betrachtung vorgelegt hatte, daß ich entkam. Das Thema hielt sie immer noch fest, als Joe von seiner Arbeit kam, um eine Tasse Tee zu trinken. Dem erzählte meine Schwester, mehr zur Erleichterung ihres eigenen Geistes, als zur Befriedigung des seinigen meine angeblichen Erlebnisse.

Als ich nun sah, wie Joe seine blauen Augen öffnete und sie in hilflosem Erstaunen in der Küche herumrollte, überkam mich die Reue; aber nur in Bezug auf ihn, nicht im geringsten in Bezug auf die beiden andern. Gegen Joe, und nur gegen Joe, hielt ich mich für ein junges Ungeheuer, während sie saßen und darüber berieten, welche Folgen mir Miß Havishams Bekanntschaft und Gunst bringen würde. Sie zweifelten nicht daran, daß Miß Havisham „etwas für mich tun" würde; Ihre Zweifel bezogen sich auf die Form, die etwas annehmen würde. Meine Schwester zeichnete sich durch „Eigentum" aus. Herr Pumblechook war für eine ansehnliche Prämie dafür, daß er mich als Lehrling zu einem vornehmen Gewerbe verpflichtete, etwa zum Beispiel zum Getreide- und Saatguthandel. Joe fiel bei beiden in die tiefste Ungnade, weil er mir den glänzenden Vorschlag gemacht hatte, mir vielleicht nur einen der Hunde zu präsentieren, die um die Kalbskoteletts gekämpft hätten. „Wenn ein Narr keine bessere Meinung äußern kann als diese," sagte meine Schwester: „und du irgend etwas zu tun hast, so gehst du besser hin und tust es." Also ging er.

Nachdem Herr Pumblechook fortgefahren war und meine Schwester den Abwasch machte, schlich ich mich in die Schmiede zu Joe und blieb bei ihm, bis er für die Nacht fertig war. Dann sagte ich: „Bevor das Feuer erlischt, Joe, möchte ich dir etwas sagen."

„Solltest du, Pip?" fragte Joe und zog seinen Hufschemel in die Nähe der Schmiede. „Dann erzähl es uns. Was ist los, Pip?"

„Joe," sagte ich, indem ich seinen hochgekrempelten Hemdärmel ergriff und ihn zwischen Finger und Daumen drehte: „erinnern Sie sich an das alles von Miß Havisham?"

„Erinnerst du dich?" sagte Joe. „Ich glaube dir! Wunderbar!"

„Es ist eine schreckliche Sache, Joe; Das ist nicht wahr."

„Wovon erzählst du da, Pip?" rief Joe und fiel in größtem Erstaunen zurück. „Sie wollen doch nicht sagen, daß es ..."

„Ja, das tue ich; es sind Lügen, Joe."

„Aber nicht alles? Warum willst du doch nicht sagen, Pip, daß es keine schwarze Welwet Co gab – eh?" Denn ich stand da und schüttelte den Kopf. „Aber wenigstens gab es Hunde, Pip? Komm, Pip," sagte Joe überzeugend: „wenn es keine Schnitzel gibt, so waren es wenigstens Hunde?"

„Nein, Joe."

„Einen Hund?" fragte Joe. „Einen Welpen? Komm?"

„Nein, Joe, es war gar nichts dergleichen."

Als ich meine Augen hoffnungslos auf Joe heftete, betrachtete Joe mich mit Bestürzung. „Pip, alter Kerl! Das geht nicht, alter Kerl! Ich sage! Wohin willst du gehen?"

„Es ist schrecklich, Joe; nicht wahr?"

„Schrecklich?" rief Joe. „Schrecklich! Was hat dich besessen?"

„Ich weiß nicht, was mich besessen hat, Joe," erwiderte ich, ließ seinen Hemdärmel los, setzte mich in die Asche zu seinen Füßen und ließ den Kopf hängen; „aber ich wünschte, du hättest mich nicht gelehrt, Spitzbuben zu nennen; und ich wünschte, meine Stiefel wären nicht so dick und meine Hände nicht so grob."

Und dann erzählte ich Joe, daß ich mich sehr elend fühle und daß ich mich Mrs. Joe und Pumblechook, die so unhöflich gegen mich seien, nicht habe erklären können, und daß es bei Miß Havisham eine schöne junge Dame gegeben habe, die furchtbar stolz gewesen sei, und daß sie gesagt habe, ich sei gewöhnlich, und ich wüßte, daß ich gewöhnlich sei. und daß ich wünschte, ich wäre nicht gewöhnlich, und daß die Lügen irgendwie daraus geworden wären, obwohl ich nicht wußte, wie.

Das war ein Fall von Metaphysik, mit dem Joe mindestens genauso schwer umzugehen war wie für mich. Aber Joe nahm die Sache ganz aus dem Gebiet der Metaphysik heraus und besiegte sie auf diese Weise.

„Eines kannst du sicher sein, Pip," sagte Joe nach einigem Nachdenken, "nämlich, daß Lügen Lügen sind. Wie auch immer sie kommen, sie hätten nicht kommen sollen, und sie kommen vom Vater der Lüge und arbeiten zu ihm hin. Erzähl nicht mehr von ihnen, Pip. *Das* ist nicht der Weg, um aus dem Gewöhnlichsein herauszukommen, alter Kerl. Und was das Gemeinsame anbelangt, so mache ich es überhaupt nicht klar. Ihr seid in manchen Dingen gemeinsam. Sie sind aufcommon klein. Ebenso bist du ein gewöhnlicher Gelehrter."

„Nein, ich bin ignorant und rückständig, Joe."

„Nun, sehen Sie, was für einen Brief Sie gestern abend geschrieben haben! Sogar in gedruckter Form geschrieben! Ich habe Briefe gesehen - Ah! und von vornehmen Leuten - die ich schwören will, daß sie nicht gedruckt sind," sagte Joe.

„Ich habe so gut wie nichts gelernt, Joe. Du hältst viel von mir. Es ist nur das."

„Nun, Pip," sagte Joe: „sei es so oder nicht, du mußt ein gewöhnlicher Gelehrter sein, ehe du ein gewöhnlicher Gelehrter sein kannst, hoffe ich! Der König auf seinem Throne mit seiner Krone auf dem Thron kann nicht dasitzen und seine Parlamentsakte im Druck niederschreiben, ohne als unerhöhter Prinz mit dem Alphabet begonnen zu haben. - Ah!" fügte Joe mit einem bedeutungsvollen Kopfschütteln hinzu, „und fing auch bei A an und arbeitete sich bis Z vor. Und *ich* weiß, was das bedeutet, auch wenn ich nicht sagen kann, dass ich es genau getan habe."

In dieser Weisheit lag etwas Hoffnung, und sie ermutigte mich eher.

„Ob es nicht besser wäre, wenn gemeine, was Berufe und Einkünfte anbelangt," fuhr Joe nachdenklich fort, „fortzufahren, um mit gemeinen Leuten zu verkehren, anstatt mit den gemeinen Leuten zu spielen, was mich daran erinnert, zu hoffen, daß es vielleicht eine Fahne gäbe?"

„Nein, Joe."

„(Es tut mir leid, dass es keine Flagge gab, Pip). Ob das sein könnte oder nicht, ist eine Sache, die man jetzt nicht untersuchen kann, ohne die Schwester auf die Straße zu bringen; Und das ist eine Sache, von der man nicht glauben sollte, dass sie absichtlich gemacht wurde. Sieh dir an, Pip, was ein wahrer Freund zu dir sagt. Was dir das sagt, der wahre Freund. Wenn du es nicht schaffst, durch Geradeaus zu sein, wirst du es nie schaffen, indem du krumm gehst. Erzählen Sie also nicht mehr von ihnen, Pip, und leben Sie gut und sterben Sie glücklich."

„Du bist mir nicht böse, Joe?"

„Nein, alter Kerl. Aber wenn man bedenkt, daß es sich um welche, wie ich meine, von einer verblüffenden und ausschweifenden Art handelte - in Anspielung auf sie, die an Schnitzel und Hundekämpfe grenzten -, so würde ein aufrichtiger Gratulant, Pip, sie in deine Betrachtungen fallen lassen, wenn du die Treppe hinauf zu Bett gehst. Das ist alles, alter Kerl, und tu es nicht mehr."

Als ich in mein kleines Zimmer aufstand und meine Gebete sprach, vergaß ich Joes Empfehlung nicht, und doch befand sich mein junges Gemüt in einem so verstörten und undankbaren Zustand, daß ich noch lange, nachdem ich mich niedergelegt hatte, dachte, wie gewöhnlich Estella Joe für einen bloßen Schmied halten würde; wie dick seine Stiefel und wie grob seine Hände waren. Ich dachte daran, wie Joe und meine Schwester damals in der Küche saßen, wie ich aus der Küche zu Bett gekommen war, und wie Miß Havisham und Estella nie in einer Küche saßen, sondern weit über dem Niveau solcher gewöhnlichen Handlungen standen. Ich schlief ein und erinnerte mich daran, was ich „zu tun pflegte," als ich bei Miß Havisham war; als ob ich Wochen oder Monate statt Stunden dort gewesen wäre; und als ob es sich um einen ganz alten Gegenstand des Erinnerns handelte, anstatt um einen, der erst an diesem Tage entstanden war.

Das war ein denkwürdiger Tag für mich, denn er hat mich sehr verändert. Aber so ist es mit jedem Leben. Stellen Sie sich einen ausgewählten Tag vor, der aus ihm gestrichen wurde, und denken Sie daran, wie anders sein Lauf gewesen wäre. Halten Sie inne, die Sie dies lesen, und denken Sie einen Augenblick an die lange Kette von Eisen oder Gold, von Dornen oder Blumen, die Sie niemals gebunden hätte, wenn nicht an einem denkwürdigen Tag das erste Glied gebildet worden wäre.

KAPITEL X.

Ein oder zwei Morgen später, als ich erwachte, kam mir der glückliche Gedanke, daß der beste Schritt, den ich tun könnte, um mich ungewöhnlich zu machen, darin bestehe, Biddy alles zu entreißen, was sie wußte. In Verfolgung dieser leuchtenden Vorstellung erwähnte ich Biddy, als ich abends zu Mr. Wopsles Großtante ging, daß ich einen besonderen Grund hätte, im Leben voranzukommen, und daß ich mich ihr sehr dankbar fühlen würde, wenn sie mir all ihre Gelehrsamkeit mittheilen wollte. Biddy, die das zuvorkommendste aller Mädchen war, sagte sofort zu, daß sie es tun würde, und fing tatsächlich an, ihr Versprechen innerhalb von fünf Minuten zu erfüllen.

Das Erziehungsprogramm oder der Kurs, der von Mr. Wopsles Großtante eingerichtet wurde, kann in der folgenden Zusammenfassung zusammengefasst werden. Die Schüler aßen Äpfel und legten sich gegenseitig Strohhalme auf den Rücken, bis Mr. Wopsles Großtante ihre Kräfte sammelte und wahllos mit einer Birkenrute nach ihnen stieß. Nachdem sie die Ladung mit allen Zeichen des Spotts erhalten hatten, stellten sich die Schüler in einer Reihe auf und reichten summend ein zerlumptes Buch von Hand zu Hand. Das Buch enthielt ein Alphabet, einige Abbildungen und Tabellen und ein wenig Rechtschreibung, das heißt, es hatte einmal gehört. Sobald dieser Band in Umlauf kam, fiel Mr. Wopsles Großtante in ein Koma, das entweder durch Schlaf oder durch einen rheumatischen Anfall entstanden war. Die Schüler traten dann untereinander in eine Wettprüfung über das Thema Stiefel ein, um festzustellen, wer wem am härtesten auf die Zehen treten konnte. Diese geistige Übung dauerte so lange, bis Biddy sich auf sie stürzte und drei verunstaltete Bibeln verteilte (die so geformt waren, als wären sie ungeschickt von irgendetwas abgeschnitten worden), bestenfalls unleserlicher gedruckt als alle Kuriositäten der Literatur, die ich seitdem getroffen habe, über und über mit Eisenschimmel gesprenkelt und mit verschiedenen Exemplaren der Insektenwelt zwischen ihren Blättern zerschmettert. Dieser Teil des Kurses wurde in der Regel durch mehrere Einzelkämpfe zwischen Biddy und widerspenstigen Schülern aufgelockert. Als die

Kämpfe vorüber waren, gab Biddy die Nummer einer Seite heraus, und dann lasen wir alle in einem furchtbaren Chor vor, was wir konnten – oder was nicht; Biddy führte mit hoher, schriller, monotoner Stimme, und keiner von uns hatte die geringste Ahnung oder Ehrfurcht vor dem, worüber wir lasen. Als dieser schreckliche Lärm eine gewisse Zeit gedauert hatte, weckte er mechanisch Mr. Wopsles Großtante, die zufällig nach einem Knaben taumelte und ihm die Ohren zuzog. Damit war der Kurs für den Abend beendet, und wir erhoben uns mit einem Geschrei des intellektuellen Sieges in die Luft. Man kann mit Fug und Recht bemerken, daß es keinem Schüler verboten war, sich mit einer Schiefertafel oder selbst mit der Tinte (wenn eine vorhanden war) zu beschäftigen, daß es aber nicht leicht war, diesen Zweig des Studiums in der Wintersaison zu verfolgen, und zwar wegen des kleinen Gemischtwarenladens, in dem der Unterricht stattfand und der auch das Wohn- und Schlafgemach von Mr. Wopsles Großtante war, und der nur schwach durch die Vermittlung eines solchen beleuchtet wurde niedergeschlagene Dip-Kerze und keine Löscher.

Es schien mir, als würde es einige Zeit dauern, bis es unter diesen Umständen ungewöhnlich würde; nichtsdestoweniger beschloß ich, es zu versuchen, und noch am selben Abend schloß Biddy unser besonderes Abkommen ab, indem sie mir unter dem Stichwort des feuchten Zuckers einige Nachrichten aus ihrem kleinen Preiskatalog mitteilte und mir ein großes altes englisches D lieh, das sie nach der Überschrift einer Zeitung nachgeahmt hatte, um es zu Hause abzuschreiben. und die ich, bis sie mir erzählte, was es sei, für einen Entwurf für eine Schnalle hielt.

Natürlich gab es im Dorf ein Wirtshaus, und natürlich rauchte Joe dort manchmal gerne seine Pfeife. Ich hatte von meiner Schwester den strengen Befehl erhalten, ihn an diesem Abend, auf dem Weg von der Schule, in den Drei lustigen Schiffen zu holen und ihn auf meine Gefahr nach Hause zu bringen. Zu den drei lustigen Fuhrleuten richtete ich daher meine Schritte.

Es gab eine Bar im Jolly Bargemen, in der an der Wand an der Seite der Tür einige erschreckend lange Kreidestriche hingen, die mir schienen, als wären sie nie abbezahlt worden. Sie waren da, seit ich denken konnte, und sie waren mehr gewachsen als ich. Aber es gab eine Menge Kreide in unserem Lande, und vielleicht versäumte das Volk keine Gelegenheit, es zur Rechenschaft zu ziehen.

Es war Samstagabend, und ich fand den Wirt, der ziemlich grimmig auf diese Aufzeichnungen blickte; da ich aber mit Joe und nicht mit ihm zu tun hatte, so wünschte ich ihm nur guten Abend und trat in das Gemeinschaftszimmer am Ende des Ganges, wo ein helles, großes Küchenfeuer brannte und wo Joe in Gesellschaft von Mr. Wopsle und einem Fremden seine Pfeife rauchte. Joe begrüßte mich wie üblich mit „Halloa, Pip, alter Kerl!" und in dem Moment, als er das sagte, drehte der Fremde den Kopf und sah mich an.

Er war ein geheimnisvoll aussehender Mann, den ich noch nie gesehen hatte. Sein Kopf lag ganz auf der Seite, und eines seiner Augen war halb geschlossen, als ob er mit einer unsichtbaren Waffe auf etwas zielte. Er hatte eine Pfeife im Mund, nahm sie heraus und nickte, nachdem er langsam seinen ganzen Rauch weggeblasen und mich die ganze Zeit fest angeschaut hatte. Also nickte ich, und dann nickte er wieder und machte auf dem Sofa neben sich Platz, damit ich mich dort hinsetzen konnte.

Aber da ich gewohnt war, neben Joe zu sitzen, wenn ich diesen Erholungsort betrat, sagte ich: „Nein, danke, Sir" und fiel in den Raum, den Joe mir auf der gegenüberliegenden Seite gemacht hatte. Nachdem der fremde Mann einen Blick auf Joe geworfen und gesehen hatte, daß seine Aufmerksamkeit anderweitig in Anspruch genommen war, nickte er mir wieder zu, als ich meinen Platz eingenommen hatte, und rieb sich dann das Bein, wie es mir auffiel.

„Sie sagten," wandte sich der fremde Mann an Joe: „daß Sie ein Schmied seien."

„Ja. Ich habe es gesagt, weißt du," sagte Joe.

„Was werden Sie trinken, Herr …? Du hast deinen Namen übrigens nicht erwähnt."

Joe erwähnte es jetzt, und der fremde Mann nannte ihn dabei. „Was werden Sie trinken, Mr. Gargery? Auf meine Kosten? Zum Auffüllen?"

„Nun," sagte Joe: „um die Wahrheit zu sagen, ich habe nicht die Gewohnheit, auf Kosten anderer zu trinken als auf meine eigenen."

„Gewohnheit? Nein," entgegnete der Fremde: „nur ein einziges Mal, und noch dazu an einem Sonnabend. Kommen! Geben Sie ihm einen Namen, Mr. Gargery."

„Ich möchte keine steife Gesellschaft haben," sagte Joe. „Rum."

„Rum," wiederholte der Fremde. „Und wird der andere Herr eine Empfindung hervorbringen?"

„Rum," sagte Mr. Wopsle.

„Drei Rums!" rief der Fremde und rief dem Wirt zu. „Brille rund!"

„Dieser andere Herr," bemerkte Joe, indem er Mr. Wopsle vorstellte: „ist ein Gentleman, den Sie gern aussprechen hören würden. Unser Küster in der Kirche."

„Aha!" sagte der Fremde schnell und sah mich an. „Die einsame Kirche, gerade draußen in den Sümpfen, mit Gräbern ringsum!"

„Das war's," sagte Joe.

Der Fremde legte mit einem behaglichen Grunzen über seiner Pfeife die Beine auf die Lehne, die er für sich allein hatte. Er trug einen flatternden, breitkrempigen Reisehut und darunter ein Taschentuch, das er wie eine Mütze über den Kopf gebunden hatte, so daß er kein Haar zeigte. Als er auf das Feuer blickte, glaubte ich einen listigen Ausdruck, gefolgt von einem halben Lachen, in sein Gesicht treten zu sehen.

„Ich kenne dieses Land nicht, meine Herren, aber es scheint ein einsames Land am Fluß zu sein."

„Die meisten Sümpfe sind einsam," sagte Joe.

„Kein Zweifel, kein Zweifel. Findest du da draußen Zigeuner oder Landstreicher oder Landstreicher?"

„Nein," sagte Joe; „Nichts als ein entlaufener Sträfling ab und zu. Und wir finden *sie nicht*, einfach. Eh, Mr. Wopsle?"

Mr. Wopsle stimmte mit einer majestätischen Erinnerung an alte Unannehmlichkeiten zu; Aber nicht herzlich.

„Scheinen Sie nach so etwas ausgegangen zu sein?" fragte der Fremde.

„Einmal," entgegnete Joe. „Nicht, daß wir sie hätten nehmen wollen, verstehst du; Wir gingen als Schaulustige hinaus; ich und Mr. Wopsle und Pip. Nicht wahr, Pip?"

„Ja, Joe."

Der Fremde sah mich wieder an – immer noch mit zusammengekniffenen Augen, als ob er ausdrücklich mit seinem unsichtbaren Gewehr auf mich zielte – und sagte: „Er ist wahrscheinlich ein junges Bündel Knochen. Wie nennen Sie ihn?"

„Pip," sagte Joe.

„Pip getauft?"

„Nein, nicht Pip getauft."

„Nachname Pip?"

„Nein," sagte Joe, „es ist eine Art Familienname, den er sich als Säugling gegeben hat und nach dem er genannt wird."

„Dein Sohn?"

„Nun," sagte Joe nachdenklich, natürlich nicht, daß es irgendwie nötig sein könnte, darüber nachzudenken, sondern weil es die Art und Weise im Lustigen Schiffer war, über alles, was bei Pfeifen besprochen wurde, gründlich nachzudenken – „nun – nein. Nein, das ist er nicht."

„Nevvy?" fragte der fremde Mann.

„Nun," sagte Joe mit demselben Ausdruck tiefen Nachdenkens: „er ist nicht – nein, um Sie nicht zu täuschen, er ist *nicht* – mein Neffe."

„Was zum Teufel ist er?" fragte der Fremde. Was mir als eine Untersuchung von unnötiger Stärke erschien.

Mr. Wopsle fiel darauf ein; als jemand, der alles über Beziehungen wusste und beruflich Gelegenheit hatte, sich darüber Gedanken zu machen, welche weiblichen Beziehungen ein Mann nicht heiraten würde; und erläuterte die Verbindungen zwischen mir und Joe. Mr. Wopsle schloß mit einer höchst furchtbar knurrenden Stelle aus Richard dem Dritten und schien zu glauben, genug getan zu haben, um sie zu erklären, als er hinzufügte: „– wie der Dichter sagt."

Und hier möchte ich bemerken, daß, als Herr Wopsle von mir sprach, er es für einen notwendigen Teil einer solchen Anspielung hielt, mir die Haare zu zerzausen und sie mir in die Augen zu stecken. Ich kann nicht begreifen, warum jeder von seinem Stand, der unser Haus besuchte, mich immer unter ähnlichen Umständen dem gleichen Entzündungsprozess zumutete. Aber ich erinnere mich nicht, daß ich in meiner früheren Jugend jemals Gegenstand von Bemerkungen in unserem gesellschaftlichen Familienkreis war, aber irgendein großhändiger Mensch solche augenärztlichen Schritte unternahm, um mich zu bevormunden.

Die ganze Zeit über sah der fremde Mann niemanden an als mich und sah mich an, als ob er entschlossen wäre, endlich einen Schuß auf mich zu haben und mich zu Fall zu bringen. Aber er sagte nichts, nachdem er seine Beobachtung von Blue Blazes gemacht hatte, bis die Gläser mit Rum und Wasser gebracht wurden; Und dann gab er seinen Schuß ab, und es war ein höchst außerordentlicher Schuß.

Es war keine verbale Bemerkung, sondern ein Verfahren in stummer Show, und es war demonstrativ an mich gerichtet. Er rührte seinen Rum und sein Wasser demonstrativ auf mich an, und er kostete seinen Rum und sein Wasser demonstrativ auf mich an. Und er rührte es um und kostete es; Nicht mit einem Löffel, den man ihm brachte, sondern *mit einer Feile.*

Er tat dies, damit niemand außer mir die Akte sah; und als er das getan hatte, wischte er die Feile ab und steckte sie in eine Brusttasche. Ich wußte, daß es Joes

Akte war, und ich wußte, daß er meinen Sträfling kannte, als ich das Instrument sah. Ich saß da und starrte ihn gebannt an. Aber jetzt ruhte er sich auf seinem Stuhl zurück, nahm sehr wenig Notiz von mir und sprach hauptsächlich von Rüben.

Es gab ein köstliches Gefühl des Aufräumens und einer ruhigen Pause, bevor man sein Leben wieder aufnahm, in unserem Dorf an Samstagabenden, was Joe dazu anregte, es zu wagen, samstags eine halbe Stunde länger draußen zu bleiben als zu anderen Zeiten. Nach einer halben Stunde, als der Rum und das Wasser zusammen ausliefen, stand Joe auf, um zu gehen, und nahm mich bei der Hand.

„Halten Sie einen halben Augenblick inne, Mr. Gargery," sagte der fremde Mann. „Ich glaube, ich habe irgendwo einen glänzenden neuen Schilling in der Tasche, und wenn ich ihn habe, soll ihn der Junge haben."

Er schaute es aus einer Handvoll Kleingeld, faltete es in zerknülltes Papier und gab es mir. "Ihre!" sagte er. „Achtung! Dein eigenes."

Ich dankte ihm, starrte ihn weit über die Grenzen der guten Manieren hinaus an und hielt mich an Joe. Er wünschte Joe gute Nacht, und er sagte Mr. Wopsle (der mit uns ausgegangen war) gute Nacht, und er warf mir nur einen Blick mit seinem zielenden Auge zu – nein, keinen Blick, denn er schloß es, aber Wunder kann man mit einem Auge bewirken, indem man es verbirgt.

Wenn ich auf dem Heimwege Lust zum Reden gehabt hätte, so mußte das Gespräch ganz auf meiner Seite gewesen sein, denn Mr. Wopsle trennte sich von uns an der Thür des lustigen Krämers, und Joe ging mit offenem Mund den ganzen Weg nach Hause, um den Rum mit so viel Luft als möglich auszuspülen. Aber ich war in gewisser Weise betäubt über dieses Auftauchen meiner alten Missetat und meines alten Bekannten und konnte an nichts anderes denken.

Meine Schwester war nicht sehr schlecht gelaunt, als wir uns in der Küche vorstellten, und Joe fühlte sich durch diesen ungewöhnlichen Umstand ermutigt, ihr von dem glänzenden Schilling zu erzählen. „Ein schlechter Mann, ich werde gebunden sein," sagte Mrs. Joe triumphierend: „sonst hätte er ihn dem Knaben nicht gegeben! Schauen wir es uns an."

Ich nahm es aus der Zeitung, und es erwies sich als gut. „Aber was ist das?" fragte Mrs. Joe, warf den Schilling hin und hob das Papier auf. „Zwei Ein-Pfund-Noten?"

Nichts Geringeres als zwei fette, schwüle Ein-Pfund-Noten, die mit allen Viehmärkten der Grafschaft in der wärmsten Vertrautheit verbunden zu sein schienen. Joe nahm seinen Hut wieder auf und lief mit ihnen zu den lustigen

Krämern, um sie ihrem Besitzer zurückzugeben. Während er fort war, setzte ich mich auf meinen üblichen Hocker und sah meine Schwester ausdruckslos an, in der ziemlichen Sicherheit, dass der Mann nicht da sein würde.

Bald kam Joe zurück und sagte, der Mann sei fort, aber er, Joe, habe bei den Three Jolly Bargemen Nachricht über die Noten hinterlassen. Dann versiegelte meine Schwester sie in einem Stück Papier und legte sie unter einige getrocknete Rosenblätter in eine dekorative Teekanne auf dem Dach einer Presse in der Staatsstube. Dort blieben sie, ein Alptraum für mich, viele, viele Nächte und Tage.

Als ich zu Bett ging, hatte ich traurig den Schlaf verloren, weil ich an den fremden Mann dachte, der mit seiner unsichtbaren Waffe auf mich zielte, und an die schuldhaft rohe und gewöhnliche Sache, mit Sträflingen in geheimen Verschwörungen zu stehen, eine Eigentümlichkeit in meiner niedrigen Laufbahn, die ich früher vergessen hatte. Auch mich verfolgte die Akte. Ich fürchtete, daß die Akte wieder auftauchen würde, wenn ich es am wenigsten erwartete. Ich überredete mich zum Einschlafen, indem ich an Miß Havishams Zimmer am nächsten Mittwoch dachte; und im Schlaf sah ich die Feile aus einer Tür auf mich zukommen, ohne zu sehen, wer sie hielt, und ich schrie mich wach.

KAPITEL XI.

Zur festgesetzten Zeit kehrte ich zu Miß Havisham zurück, und mein zögerndes Klingeln an der Pforte brachte Estella heraus. Nachdem sie mich eingelassen hatte, schloß sie ab, wie sie es schon früher getan hatte, und ging mir wieder in den dunklen Gang voraus, wo ihre Kerze stand. Sie beachtete mich nicht, bis sie die Kerze in der Hand hatte, als sie über ihre Schulter blickte und oberflächlich sagte: „Du sollst heute hierher kommen," und mich in einen ganz anderen Teil des Hauses führte.

Der Gang war lang und schien das ganze viereckige Untergeschoss des Herrenhauses zu durchdringen. Wir überquerten jedoch nur eine Seite des Platzes, und am Ende desselben blieb sie stehen, setzte ihre Kerze ab und öffnete eine Tür. Hier kam das Tageslicht wieder, und ich befand mich in einem kleinen gepflasterten Hof, an dessen gegenüberliegender Seite ein freistehendes Wohnhaus bestand, das aussah, als ob es einst dem Direktor oder dem Direktor der erloschenen Brauerei gehört hätte. In der Außenwand dieses Hauses befand sich eine Uhr. Wie die Uhr in Miß Havishams Zimmer und wie Miß Havishams Uhr war sie auf zwanzig Minuten vor neun stehen geblieben.

Wir traten durch die Tür ein, die offen stand, und in ein düsteres Zimmer mit niedriger Decke, das sich im hinteren Erdgeschoß befand. Es war etwas Gesellschaft im Zimmer, und Estella sagte zu mir, als sie sich zu mir gesellte: „Du sollst gehen und dort stehenbleiben, Junge, bis du gebraucht wirst." „Dort," da es das Fenster war, ging ich hinüber und stand ‚dort' in einem sehr unbehaglichen Gemütszustand und sah hinaus.

Er öffnete sich bis zur Erde und blickte in einen sehr elenden Winkel des vernachlässigten Gartens auf eine Ruine von Kohlstängeln und einen Buchsbaum, der vor langer Zeit wie ein Pudding umgestutzt worden war und an der Spitze einen neuen Wuchs hatte, der nicht in Form war und eine andere Farbe hatte, als ob dieser Teil des Puddings an dem Topf kleben geblieben und verbrannt wäre. Das war mein häuslicher Gedanke, als ich den Buchsbaum betrachtete. Über Nacht hatte es leicht geschneit, und meines Wissens lag er nirgendwo anders; aber es war noch nicht ganz geschmolzen von dem kalten Schatten dieses kleinen Gartens, und der Wind fing es in kleinen Wirbeln auf und schleuderte es gegen das Fenster, als ob er mich bewarf, weil ich hierher gekommen war.

Ich ahnte, daß mein Kommen das Gespräch in dem Zimmer unterbrochen hatte und daß die anderen Insassen mich ansahen. Ich konnte nichts von dem Zimmer sehen als den Schein des Feuers in der Fensterscheibe, aber ich versteifte mich in allen meinen Gelenken in dem Bewußtsein, daß ich unter strenger Beobachtung stand.

Es waren drei Damen und ein Herr im Raum. Ehe ich fünf Minuten am Fenster gestanden hatte, gaben sie mir irgendwie zu verstehen, daß sie alle Kröten und Humbugs seien, daß aber jeder von ihnen so tat, als wüßte er nicht, daß die anderen Kröten und Humbugs seien, weil das Eingeständnis, daß er oder sie es wüßte, ihn oder sie für einen Kröten und Humbug gemacht hätte.

Sie alle hatten eine lustlose und trostlose Miene, als warteten sie auf das Vergnügen eines Menschen, und die gesprächigste der Damen mußte ganz starr sprechen, um ein Gähnen zu unterdrücken. Diese Dame, die Camilla hieß, erinnerte mich sehr an meine Schwester, mit dem Unterschied, daß sie älter war und (wie ich fand, als ich sie erblickte) einen stumpferen Ausdruck von Zügen hatte. In der Tat, als ich sie besser kannte, fing ich an, es sei eine Mercy, sie hatte überhaupt irgendwelche Züge, so ausdruckslos und hoch war die tote Wand ihres Gesichts.

„Arme, liebe Seele!" sagte diese Dame mit einer schroffen Art, die ganz der meiner Schwester glich. „Niemand ist ein Feind als sein eigener!"

„Es wäre viel lobenswerter, der Feind eines andern zu sein," sagte der Herr; „Viel natürlicher."

„Vetter Raymond," bemerkte eine andere Dame: „wir sollen unseren Nächsten lieben."

„Sarah Pocket," entgegnete Vetter Raymond: „wenn ein Mann nicht sein eigener Nachbar ist, wer dann?"

Miß Pocket lachte, und Camilla lachte und sagte (ohne zu gähnen): „Die Idee!" Aber ich dachte, sie schienen es auch für eine gute Idee zu halten. Die andere Dame, die noch nicht gesprochen hatte, sagte ernst und nachdrücklich: „*Sehr wahr!*"

„Arme Seele!" Camilla fuhr fort (ich wußte, daß sie mich in der Zwischenzeit alle angeschaut hatten): „Er ist so sonderbar! Würde irgendjemand glauben, daß Toms Frau, als er starb, nicht dazu gebracht werden konnte, zu sehen, wie wichtig es war, daß die Kinder den tiefsten Teil ihrer Trauer trugen? ‚Guter Gott!' sagte er, ‚Camilla, was kann das bedeuten, wenn die armen, trauernden kleinen Dinger schwarz sind?' Also wie Matthäus! Die Idee!"

„Gute Punkte an ihm, gute Punkte an ihm," sagte Vetter Raymond; „Gott bewahre, daß ich das Gute an ihm verleugne; aber er hatte nie irgendeinen Sinn für die Schicklichkeit und wird ihn auch nie haben."

„Du weißt, daß ich verpflichtet war," sagte Camilla: „ich mußte standhaft bleiben. Ich sagte: ‚Das geht nicht, zur Ehre der Familie.' Ich sagte ihm, daß die Familie ohne tiefe Verzierungen in Ungnade gefallen sei. Ich habe vom Frühstück bis zum Abendessen darüber geweint. Ich habe meine Verdauung verletzt. Und endlich stieß er in seiner heftigen Weise hervor und sagte mit einem D: ‚Dann mach, was du willst.' Gott sei Dank wird es für mich immer ein Trost sein, zu wissen, dass ich sofort in strömendem Regen hinausging und die Sachen kaufte."

„*Er* hat sie bezahlt, nicht wahr?" fragte Estella.

„Es ist nicht die Frage, mein liebes Kind, wer sie bezahlt hat," entgegnete Camilla. „*Ich habe* sie gekauft. Und daran werde ich oft mit Frieden denken, wenn ich nachts aufwache."

Das Läuten einer fernen Glocke, verbunden mit dem Widerhall eines Schreis oder Rufes auf dem Gange, durch den ich gekommen war, unterbrach das Gespräch und veranlaßte Estella, zu mir zu sagen: „Jetzt, Junge!" Als ich mich umdrehte, sahen sie mich alle mit der größten Verachtung an, und als ich hinausging, hörte ich Sarah Pocket sagen: „Nun, ich bin sicher! Was nun!" und Camilla fügt entrüstet hinzu: „Gab es je eine solche Phantasie! Das i-de-a!"

Als wir mit unserer Kerze den dunklen Gang entlanggingen, blieb Estella plötzlich stehen, wandte sich um und sagte in ihrer spöttischen Weise, ihr Gesicht ganz dicht an das meinige:

„Nun?"

„Nun, Miß?" antwortete ich, fiel fast über sie und prüfte mich.

Sie stand da und sah mich an, und natürlich stand ich da und sah sie an.

„Bin ich hübsch?"

„Jawohl; Ich finde, du bist sehr hübsch."

„Beleidige ich das?"

„Nicht so sehr, wie Sie es das letzte Mal waren," sagte ich.

„Nicht so sehr?"

„Nein."

Sie schoss, als sie die letzte Frage stellte, und sie schlug mir mit solcher Wucht ins Gesicht, wie sie es getan hatte, als ich sie beantwortete.

„Jetzt?" fragte sie. „Du kleines, grobes Ungeheuer, was hältst du jetzt von mir?"

„Ich werde es Ihnen nicht sagen."

„Weil du es oben erzählen wirst. Ist es das?"

„Nein," sagte ich: „das ist es nicht."

„Warum weinst du nicht wieder, du kleiner Schuft?"

„Weil ich nie wieder um dich weinen werde," sagte ich. Was wohl eine so falsche Erklärung war, wie sie je gemacht wurde; denn ich weinte damals innerlich um sie, und ich weiß, was ich von dem Schmerz weiß, den sie mir später gekostet hat.

Nach dieser Episode machten wir uns auf den Weg nach oben; und als wir hinaufgingen, begegneten wir einem Herrn, der sich seinen Weg nach unten bahnte.

„Wen haben wir hier?" fragte der Herr, blieb stehen und sah mich an.

„Einen Knaben," sagte Estella.

Er war ein stämmiger Mann von außerordentlich dunkler Hautfarbe, mit einem außerordentlich großen Kopf und einer entsprechend großen Hand. Er nahm mein Kinn in seine große Hand und drehte mein Gesicht nach oben, um mich im Schein der Kerze zu betrachten. Er hatte eine vorzeitige Glatze auf dem Scheitel und buschige schwarze Augenbrauen, die sich nicht hinlegen wollten, sondern sich sträubend aufrichteten. Seine Augen saßen sehr tief in seinem Kopf und waren unangenehm scharf und mißtrauisch. Er hatte eine große Uhrkette und starke schwarze Punkte an der Stelle, wo sein Bart und sein Backenbart gewesen wären, wenn er sie gelassen hätte. Er war mir nichts, und ich konnte damals nicht voraussehen, daß er mir jemals etwas sein würde, aber es traf sich, daß ich Gelegenheit hatte, ihn gut zu beobachten.

„Junge aus der Nachbarschaft? He?" sagte er.

„Ja, Sir," sagte ich.

„Wie kommst *du* hierher?"

„Miß Havisham hat nach mir geschickt, Sir," erklärte ich.

„Nun! Benimm dich. Ich habe eine ziemlich große Erfahrung mit Jungs, und Sie sind ein schlechter Haufen von Kerlen. Nun, denken Sie!" sagte er und biß sich in die Seite seines großen Zeigefingers, während er die Stirn runzelte: „Sie benehmen sich doch!"

Mit diesen Worten ließ er mich los - worüber ich froh war, denn seine Hand roch nach duftender Seife - und ging die Treppe hinunter. Ich fragte mich, ob er Arzt werden könnte; aber nein, dachte ich; Er könnte kein Arzt werden, sonst hätte er eine ruhigere und überzeugendere Art. Es blieb nicht viel Zeit, über den Gegenstand nachzudenken, denn wir befanden uns bald in Miß Havishams Zimmer, wo sie und alles andere so waren, wie ich es verlassen hatte. Estella ließ mich in der Nähe der Tür stehen, und ich blieb stehen, bis Miß Havisham mich vom Schminktisch aus ansah.

„So," sagte sie, ohne erschrocken oder überrascht zu sein: „die Tage sind verstrichen, nicht wahr?"

„Ja, gnädige Frau. Heute ist ..."

„Da, da, da!" mit der ungeduldigen Bewegung ihrer Finger. „Ich will es nicht wissen. Bist du bereit zu spielen?"

Ich mußte etwas verwirrt antworten: „Ich glaube nicht, daß ich es bin, gnädige Frau."

„Nicht schon wieder beim Kartenspielen?" fragte sie mit einem forschenden Blick.

„Ja, gnädige Frau; Das könnte ich tun, wenn man mich wollte."

„Da Ihnen dieses Haus alt und ernst vorkommt, Junge," sagte Miß Havisham ungeduldig: „und Sie nicht spielen wollen, sind Sie dann bereit zu arbeiten?"

Ich konnte diese Frage mit besserem Herzen beantworten, als ich es bei der anderen Frage vermocht hatte, und ich sagte, ich sei bereit.

„Dann geh in das gegenüberliegende Zimmer," sagte sie, indem sie mit ihrer dürren Hand auf die Tür hinter mir deutete: „und warte dort, bis ich komme."

Ich überquerte den Treppenabsatz und trat in das Zimmer, das sie mir zeigte. Auch in diesem Raum war das Tageslicht völlig ausgeschlossen, und es roch nach Luftleere, der bedrückend war. Vor kurzem war in dem feuchten, altmodischen Rost ein Feuer angezündet worden, und es war mehr geneigt, zu erlöschen, als zu verbrennen, und der widerstrebende Rauch, der in der Stube hing, schien kälter zu sein als die klarere Luft - wie unser eigener Sumpfnebel. Gewisse winterliche Kerzenzweige auf dem hohen Kamin erhellten schwach das Zimmer; oder es wäre ausdrucksvoller zu sagen: Schwach beunruhigte seine Dunkelheit. Es war geräumig, und ich wage zu behaupten, es war einst schön gewesen, aber alles

Erkennbare darin war mit Staub und Schimmel bedeckt und zerfiel in Stücke. Der hervorstechendste Gegenstand war ein langer Tisch, auf dem ein Tischtuch ausgebreitet war, als ob ein Festmahl vorbereitet worden wäre, als das Haus und die Uhren alle zusammen stehen blieben. In der Mitte dieses Tuches befand sich eine Epergne oder eine Art Mittelstück; Er war so stark mit Spinnweben bewachsen, daß seine Form ganz ununterscheidbar war; und als ich die gelbe Fläche entlangblickte, aus der sie, wie ich mich erinnere, wie ein schwarzer Pilz zu wachsen schien, sah ich gesprenkelte Spinnen mit fleckigen Körpern, die zu ihr liefen und von ihr wegliefen, als ob sich soeben irgendwelche Umstände von größter öffentlicher Bedeutung in der Spinnengemeinschaft zugetragen hätten.

Ich hörte auch die Mäuse hinter den Paneelen rasseln, als ob dasselbe Ereignis für ihre Interessen wichtig wäre. Aber die schwarzen Käfer achteten nicht auf die Aufregung und tasteten in schwerfälliger, älterer Weise um den Herd herum, als wären sie kurzsichtig und schwerhörig und nicht miteinander einverstanden.

Diese kriechenden Geschöpfe hatten meine Aufmerksamkeit gefesselt, und ich betrachtete sie aus der Ferne, als Miß Havisham mir eine Hand auf die Schulter legte. In der andern Hand hielt sie einen krückenköpfigen Stock, auf den sie sich stützte, und sie sah aus wie die Hexe des Ortes.

„Dies," sagte sie, indem sie mit ihrem Stock auf den langen Tisch deutete: „hier werde ich hingelegt, wenn ich tot bin. Sie sollen kommen und mich hier ansehen."

Mit einer unbestimmten Befürchtung, daß sie auf der Stelle auf den Tisch steigen und sofort sterben könnte, die vollständige Verwirklichung des gräßlichen Wachsfigurenkabinetts auf dem Jahrmarkt, zuckte ich unter ihrer Berührung zusammen.

„Was glauben Sie, was das ist?" fragte sie mich, indem sie wieder mit ihrem Stock zeigte; „Das, wo sind diese Spinnweben?"

„Ich kann nicht erraten, was es ist, gnädige Frau."

„Es ist ein toller Kuchen. Eine Brauttorte. Meins!"

Sie sah sich starr im Zimmer um und sagte dann, indem sie sich an mich lehnte, während ihre Hand meine Schulter zuckte: „Komm, komm, komm! Geh mit mir, geh mit mir!"

Ich schloß daraus, daß die Arbeit, die ich zu tun hatte, darin bestand, Miß Havisham im Zimmer herumzuführen. Ich fuhr also sofort auf, und sie lehnte sich an meine Schulter, und wir fuhren in einem Tempo fort, das eine Nachahmung von Herrn Pumblechooks Chaiselongue hätte sein können (die auf meinem ersten Impuls unter diesem Dache beruhte).

Sie war körperlich nicht stark und sagte nach einer Weile: „Langsamer!" Trotzdem fuhren wir in ungeduldiger, unruhiger Geschwindigkeit, und während wir gingen, zuckte sie mit der Hand auf meiner Schulter, bewegte ihren Mund und ließ mich glauben, daß wir schnell gingen, weil ihre Gedanken schnell gingen. Nach einer Weile sagte sie: „Ruf Estella!", und so ging ich auf den Treppenabsatz hinaus und brüllte diesen Namen, wie ich es bei der letzten Gelegenheit getan hatte. Als ihr Licht erschien, kehrte ich zu Miß Havisham zurück, und wir gingen wieder im Zimmer umher.

Wäre Estella nur zur Zuschauerin unseres Verfahrens geworden, so würde ich mich hinreichend unzufrieden gefühlt haben; aber da sie die drei Damen und den Herrn, den ich unten gesehen hatte, mitbrachte, wußte ich nicht, was ich tun sollte. In meiner Höflichkeit hätte ich innegehalten; aber Miß Havisham zuckte mit der Schulter, und wir fuhren fort – mit dem beschämten Bewußtsein meinerseits, daß sie glauben würden, es sei alles meine Schuld.

„Sehr geehrte Miß Havisham," sagte Miß Sarah Pocket. „Wie gut du aussiehst!"

„Das tue ich nicht," entgegnete Miß Havisham. „Ich bin gelbe Haut und Knochen."

Camilla erheiterte sich, als Miß Pocket diese Abfuhr erhielt; und sie murmelte, während sie Miß Havisham klagend betrachtete: „Arme, liebe Seele! Sicherlich nicht zu erwarten, dass es gut aussieht, armes Ding. Die Idee!"

„Und wie geht es *Ihnen*?" fragte Miß Havisham Camilla. Da wir damals in der Nähe von Camilla waren, hätte ich wie selbstverständlich angehalten, nur Miss Havisham hielt nicht an. Wir fegten weiter, und ich fühlte, daß ich Camilla höchst unausstehlich war.

„Ich danke Ihnen, Miß Havisham," erwiderte sie: „es geht mir so gut, wie man es erwarten kann."

„Nun, was ist mit Ihnen los?" fragte Miß Havisham mit außerordentlicher Schärfe.

„Nichts Nennenswertes," erwiderte Camilla. „Ich will meine Gefühle nicht zur Schau stellen, aber ich habe gewöhnlich in der Nacht mehr an dich gedacht, als mir ganz gewachsen ist."

„Dann denken Sie nicht an mich," erwiderte Miß Havisham.

„Sehr leicht gesagt!" bemerkte Camilla und unterdrückte liebenswürdig ein Schluchzen, während ein Ruck in ihre Oberlippe trat und ihre Tränen überströmten. „Raymond ist ein Zeuge dessen, welchen Ingwer und Sal

Flüchtigkeit ich in der Nacht zu mir nehmen muß. Raymond ist Zeuge dessen, was für nervöse Zuckungen ich in den Beinen habe. Würgen und nervöse Zuckungen sind für mich jedoch nichts Neues, wenn ich ängstlich an diejenigen denke, die ich liebe. Wenn ich weniger anhänglich und sensibel sein könnte, hätte ich eine bessere Verdauung und eiserne Nerven. Ich wünschte, es könnte so sein. Aber in der Nacht nicht an dich zu denken – der Gedanke!" Hier, ein Ausbruch von Tränen.

Den Raymond, von dem die Rede war, hielt ich für den anwesenden Herrn, und ihn für Herrn Camilla. An dieser Stelle kam er zur Rettung und sagte mit tröstender und schmeichelnder Stimme: „Camilla, meine Liebe, es ist bekannt, dass deine familiären Gefühle dich allmählich so sehr untergraben, dass eines deiner Beine kürzer wird als das andere."

„Ich weiß nicht," bemerkte die ernste Dame, deren Stimme ich nur ein einziges Mal gehört hatte: „daß der Gedanke an irgend eine Person einen großen Anspruch auf diese Person stellt, meine Liebe."

Fräulein Sarah Pocket, die ich jetzt als eine kleine, trockene, braune, gewellte alte Frau mit einem kleinen Gesicht, das aus Walnußschalen hätte bestehen können, und einem großen Mund wie der einer Katze ohne Schnurrbart sah, unterstützte diese Behauptung, indem sie sagte: „Nein, in der Tat, meine Liebe. Hm!"

„Denken ist leicht genug," sagte die ernste Dame.

„Was ist leichter, wissen Sie?" stimmte Miß Sarah Pocket zu.

„O ja, ja!" rief Camilla, deren gärende Gefühle von ihren Beinen bis zu ihrer Brust aufzusteigen schienen. „Es ist alles sehr wahr! Es ist eine Schwäche, so liebevoll zu sein, aber ich kann nicht anders. Zweifellos wäre meine Gesundheit viel besser, wenn es anders wäre, aber ich würde meine Gesinnung nicht ändern, wenn ich könnte. Es ist die Ursache von viel Leid, aber es ist ein Trost zu wissen, dass ich es besitze, wenn ich nachts aufwache." Hier ein weiterer Gefühlsausbruch.

Miß Havisham und ich hatten die ganze Zeit nicht aufgehört, sondern gingen fortwährend im Zimmer umher; bald streifte er die Röcke der Besucher, bald überließ er ihnen die ganze Länge des düsteren Zimmers.

„Da ist Matthew!" sagte Camilla. „Er mischt sich nie mit irgendwelchen natürlichen Banden, kommt nie hierher, um zu sehen, wie es Miß Havisham geht! Ich habe mich mit meinem Schnürsenkelschnitt auf das Sofa gesetzt und bin stundenlang besinnungslos dagelegen worden, mit dem Kopf über der Seite, dem Haar ganz offen, und die Füße, ich weiß nicht, wo ..."

„Viel höher als Ihr Kopf, meine Liebe," sagte Herr Camilla.

„Ich bin Stunden um Stunden in diesen Zustand geraten wegen des seltsamen und unerklärlichen Benehmens des Matthäus, und niemand hat mir gedankt."

„Wahrhaftig, ich muß sagen, ich glaube nicht!" unterbrach sie die ernste Dame.

„Sehen Sie, meine Liebe," fügte Miß Sarah Pocket hinzu: „die Frage, die Sie sich stellen müssen, ist: Wen haben Sie erwartet, Ihnen zu danken, meine Liebe?"

„Ohne irgendeinen Dank oder irgend etwas dergleichen zu erwarten," fuhr Camilla fort: „bin ich in diesem Zustande verharrt, Stunden um Stunden, und Raymond ist ein Zeuge davon, wie sehr ich gewürgt habe, und was die gänzliche Unwirksamkeit des Ingwers gewesen ist, und man hat mich bei dem Klavierstimmer auf der anderen Straßenseite gehört, wo die armen, irrtümlichen Kinder sogar glaubten, es seien Tauben, die in der Ferne gurrten. und nun soll man mir sagen" -- Hier legte Camilla die Hand an die Kehle und fing an, ganz chemisch zu werden, was die Bildung neuer Verbindungen anbelangt.

Als eben dieser Matthew erwähnt wurde, hielt Miß Havisham mich und sich selbst an und stand da und sah den Sprecher an. Diese Veränderung hatte einen großen Einfluss darauf, dass Camillas Chemie ein jähes Ende fand.

„Matthew wird mich endlich besuchen," sagte Miß Havisham streng: „wenn ich auf den Tisch gelegt werde. Das wird sein Platz sein – dort," indem sie mit dem Stock auf den Tisch schlug: „an meinem Kopfe! Und Ihre werden da sein! Und dein Mann ist da! Und Sarah Pocket ist da! Und Georgiana ist da! Nun wisst ihr alle, wohin ihr eure Stationen bringen sollt, wenn ihr kommt, um euch an mir zu laben. Und nun los!"

Bei der Erwähnung jedes Namens hatte sie mit ihrem Stock an einer neuen Stelle auf den Tisch geschlagen. Sie sagte nun: „Walk me, walk me!" und wir gingen weiter.

„Ich glaube, es ist nichts zu tun," rief Camilla: „als füge dich und geh fort. Es ist etwas, das Objekt der eigenen Liebe und Pflicht auch nur für eine so kurze Zeit gesehen zu haben. Ich werde mit melancholischer Befriedigung daran denken, wenn ich in der Nacht erwache. Ich wünschte, Matthew könnte diesen Trost haben, aber er stellt ihn auf Trotz. Ich bin entschlossen, meine Gefühle nicht zur Schau zu stellen, aber es ist sehr schwer, wenn man mir sagt, man wolle sich an seinen Verwandten laben – als ob man ein Riese wäre –, und man sagt mir, man solle gehen. Die nackte Idee!"

Mr. Camilla trat dazwischen, als Mrs. Camilla ihre Hand auf ihren wogenden Busen legte, und diese Dame nahm eine unnatürliche Tapferkeit an, von der ich annahm, daß sie die Absicht ausdrückte, sich fallen zu lassen und zu würgen, wenn sie außer Sichtweite war, und küßte Miß Havisham die Hand und wurde hinausgeführt. Sarah Pocket und Georgiana stritten darum, wer als Letztes bleiben sollte; aber Sarah war zu wissend, um sich übertreffen zu lassen, und schlenderte mit jener kunstvollen Schlüpfrigkeit um Georgiana herum, die diese den Vorzug geben mußte. Sarah Pocket machte dann ihre eigentümliche Wirkung, indem sie sich mit den Worten entfernte: „Gott segne Sie, Miß Havisham!" und mit einem Lächeln des verzeihenden Mitleids auf ihrem walnußschalenartigen Antlitz für die Schwächen der übrigen.

Während Estella fort war, um sie anzuzünden, ging Miß Havisham immer noch mit der Hand auf meiner Schulter, aber immer langsamer. Endlich blieb sie vor dem Feuer stehen und sagte, nachdem sie einige Sekunden gemurmelt und es betrachtet hatte:

„Das ist mein Geburtstag, Pip."

Ich wollte ihr gerade viel Glück wünschen, als sie ihren Stock hob.

„Ich dulde es nicht, daß man darüber spricht. Ich dulde es nicht, daß diejenigen, die eben hier waren, oder irgend jemand davon spricht. Sie kommen an diesem Tag hierher, aber sie wagen es nicht, davon zu sprechen."

Natürlich *habe ich* mich nicht weiter bemüht, darauf Bezug zu nehmen.

„An diesem Tage des Jahres, lange bevor du geboren wurdest, wurde dieser Haufen der Verwesung," sie stach mit ihrem Krückstock in den Haufen Spinnweben auf dem Tisch, ohne ihn zu berühren: „hierher gebracht. Er und ich haben uns zusammen abgenutzt. Die Mäuse haben daran genagt, und schärfere Zähne als Mäusezähne haben an mir genagt."

Sie hielt den Kopf ihres Stockes gegen ihr Herz, während sie dastand und auf den Tisch blickte; sie in ihrem einst weißen Kleid, ganz gelb und verwelkt; das einst weiße Tuch, ganz gelb und verwelkt; Alles ringsum in einem Zustand, in dem es unter einer Berührung zerbröckelt.

„Wenn das Verderben vollendet ist," sagte sie mit einem gräßlichen Blick: „und wenn sie mich tot in meinem Brautkleide auf den Tisch der Braut legen, was geschehen wird, und was der vollendete Fluch auf ihm sein wird, um so besser, wenn es an diesem Tage geschieht!"

Sie stand da und blickte auf den Tisch, als sähe sie ihre eigene Gestalt an, die dort lag. Ich schwieg. Estella kehrte zurück, und auch sie schwieg. Es schien mir, als ob wir lange Zeit so weitermachten. In der schweren Luft des Zimmers und in der schweren Finsternis, die in seinen entlegeneren Winkeln brütete, hatte ich sogar die beängstigende Vorstellung, Estella und ich könnten bald anfangen zu verfallen.

Endlich, ohne sich allmählich aus ihrem verstörten Zustande zu erwachen, sagte Miß Havisham: „Lassen Sie mich sehen, wie Sie beide Karten spielen; Warum hast du nicht angefangen?" Damit kehrten wir in ihr Zimmer zurück und setzten uns wie früher; Ich war Bettler wie früher; und wie früher beobachtete uns Miß Havisham die ganze Zeit, lenkte meine Aufmerksamkeit auf Estellas Schönheit und machte mich um so mehr darauf aufmerksam, indem sie ihre Juwelen an Estellas Brust und Haar anprobierte.

Estella ihrerseits behandelte mich ebenfalls, wie früher, nur daß sie sich nicht herabließ, zu sprechen. Als wir ein halbes Dutzend Spiele gespielt hatten, wurde ein Tag für meine Rückkehr bestimmt, und ich wurde in den Hof hinuntergeführt, um auf die frühere Hundeart gefüttert zu werden. Auch dort konnte ich wieder umherwandern, wie es mir beliebte.

Es ist nicht viel für den Zweck, ob ein Tor in der Gartenmauer, zu der ich das letzte Mal hinaufgeklettert war, um einen Blick darauf zu werfen, bei dieser letzten Gelegenheit offen oder geschlossen war. Genug, dass ich damals kein Tor sah und dass ich jetzt eines sah. Da er offen stand und ich wußte, daß Estella die Besucher herausgelassen hatte, denn sie war mit den Schlüsseln in der Hand zurückgekehrt, schlenderte ich in den Garten und schlenderte ihn umher. Es war eine ziemliche Wildnis, und es waren alte Melonen- und Gurkenrahmen darin, die in ihrem Niedergang ein spontanes Wachstum von schwachen Versuchen hervorzubringen schienen, alte Hüte und Stiefel zu zerstreuen, mit dann und wann einem unkrautigen Ausläufer in der Gestalt eines zerbeulten Topfes.

Als ich den Garten und ein Gewächshaus mit nichts als einer umgestürzten Weinrebe und einigen Flaschen darin erschöpft hatte, befand ich mich in der düsteren Ecke, auf die ich aus dem Fenster geschaut hatte. Ohne einen Augenblick daran zu zweifeln, daß das Haus jetzt leer sei, blickte ich durch ein anderes Fenster hinein und sah zu meiner großen Überraschung einen breiten Blick mit einem bleichen jungen Herrn mit roten Augenlidern und hellem Haar wechseln.

Dieser blasse junge Herr verschwand schnell und tauchte neben mir wieder auf. Er hatte an seinen Büchern gesessen, als ich mich dabei ertappt hatte, wie ich ihn anstarre, und jetzt sah ich, daß er unruhig war.

„Hallo!" sagte er: „junger Bursche!"

Da Halloa eine allgemeine Bemerkung war, von der ich gewöhnlich bemerkt hatte, daß sie am besten von selbst beantwortet werden konnte, *sagte ich*: "Halloa!" und ließ den jungen Burschen höflich aus.

„Wer hat *dich* hereingelassen?" fragte er.

„Fräulein Estella."

„Wer hat dir die Erlaubnis gegeben, herumzustreifen?"

„Fräulein Estella."

„Komm und kämpfe!" sagte der blasse junge Herr.

Was blieb mir anderes übrig, als ihm zu folgen? Seitdem habe ich mir diese Frage oft gestellt; aber was sollte ich sonst tun? Sein Benehmen war so endgültig, und ich war so erstaunt, daß ich ihm folgte, als ob ich unter einem Zauber stünde.

„Halt einen Augenblick," sagte er und drehte sich um, ehe wir viele Schritte gegangen waren. „Ich sollte dir auch einen Grund für den Kampf nennen. Da ist es!" In einer höchst irritierenden Weise schlug er augenblicklich mit den Händen gegeneinander, schob zierlich eines seiner Beine hinter sich, zog mich an den Haaren, schlug wieder in die Hände, tauchte den Kopf ein und stieß ihn in meinen Bauch.

Das zuletzt erwähnte stierartige Verfahren war, abgesehen davon, daß es unzweifelhaft im Lichte einer Freiheit zu betrachten war, gerade nach Brot und Fleisch besonders unangenehm. Deshalb schlug ich auf ihn ein und wollte noch einmal zuschlagen, als er sagte: „Aha! Würdest du?" und begann hin und her zu tanzen, in einer Weise, die in meiner begrenzten Erfahrung völlig beispiellos war.

„Die Gesetze des Spiels!" sagte er. Hier sprang er von seinem linken Bein auf sein rechtes. „Reguläre Regeln!" Hier sprang er von seinem rechten Bein auf sein linkes. „Kommt auf den Boden und geht durch die Vorbereitungen!" Hier wich er hin und her aus und tat alles Mögliche, während ich ihn hilflos ansah.

Ich fürchtete mich insgeheim vor ihm, als ich ihn so geschickt sah; aber ich fühlte mich moralisch und physisch überzeugt, daß sein heller Haarschopf in meiner Magengrube nichts zu suchen gehabt haben konnte und daß ich ein Recht hatte, ihn für irrelevant zu halten, wenn er sich so sehr in meine Aufmerksamkeit drängte. Ich folgte ihm daher ohne ein Wort in einen einsamen Winkel des Gartens, der durch die Kreuzung zweier Mauern gebildet und von etwas Unrat abgeschirmt war. Als er mich fragte, ob ich mit dem Boden zufrieden sei, und als ich mit Ja antwortete, bat er mich um die Erlaubnis, einen Augenblick abwesend zu sein, und kehrte schnell mit einer Flasche Wasser und einem in Essig getauchten Schwamm zurück. „Für beide verfügbar," sagte er und stellte sie an die Wand. Und dann zog er nicht nur seine Jacke und Weste, sondern auch sein Hemd aus, und zwar in einer Weise, die zugleich heiter, geschäftsmäßig und blutrünstig war.

Obgleich er nicht sehr gesund aussah - er hatte Pickel im Gesicht und einen Ausbruch am Mund -, so entsetzten mich doch diese schrecklichen Vorbereitungen. Ich schätzte ihn für ungefähr so alt wie ich, aber er war viel größer und hatte eine Art, sich zu drehen, die voller Erscheinung war. Im übrigen war er ein junger Herr in einem grauen Anzug (wenn er nicht für den Kampf entblößt war), dessen Ellbogen, Knie, Handgelenke und Fersen in seiner Entwicklung den übrigen weit voraus waren.

Mein Herz versagte mir, als ich sah, wie er mit allen Demonstrationen mechanischer Nettigkeit auf mich einschlug und meine Anatomie beäugte, als ob er seinen Knochen minutiös auswählte. Ich bin noch nie in meinem Leben so überrascht gewesen, wie damals, als ich den ersten Hieb ausstieß und ihn auf dem Rücken liegen sah, mit blutiger Nase und überaus verkürztem Gesicht.

Aber er war sofort auf den Beinen und begann, nachdem er sich mit einer großen Geschicklichkeit geschlagen hatte, wieder zu quadrieren. Die zweitgrößte Überraschung, die ich je in meinem Leben erlebt habe, war, ihn wieder auf dem Rücken zu sehen, wie er mit einem blauen Auge zu mir aufschaute.

Sein Geist flößte mir großen Respekt ein. Er schien keine Kraft zu haben, und er schlug mich nicht ein einziges Mal hart, und er wurde immer niedergeschlagen; aber er stand gleich wieder auf, schwamm sich oder trank aus der Wasserflasche, mit der größten Befriedigung, sich der Form entsprechend zu unterstützen, und dann kam er mit einer Miene und einem Schauspiel auf mich zu, die mich glauben ließen, er würde es endlich wirklich für mich tun. Er wurde schwer verletzt, denn es tut mir leid, festhalten zu müssen, dass ich ihn umso härter schlug, je mehr ich ihn schlug; Aber er kam wieder und wieder und wieder hoch, bis er schließlich mit dem Hinterkopf gegen die Wand fiel. Selbst nach dieser Krise in unseren Angelegenheiten stand er auf und drehte sich einige Male verwirrt um, ohne zu wissen, wo ich war; aber schließlich kniete er vor seinem Schwamm nieder und warf ihn in die Höhe, während er gleichzeitig keuchte: „Das heißt, du hast gewonnen."

Er schien so tapfer und unschuldig zu sein, daß ich, obgleich ich den Wettstreit nicht vorgeschlagen hatte, doch nur eine düstere Genugtuung über meinen Sieg empfand. Ja, ich gehe sogar so weit zu hoffen, dass ich mich in meiner Kleidung als eine Art wilder junger Wölfe oder anderer wilder Tiere betrachtete. Ich zog mich jedoch an, wischte mir von Zeit zu Zeit dunkel über das blutige Gesicht und sagte: „Kann ich Ihnen helfen?" und er sagte: „Nein danke," und ich sagte: „Guten Tag," und *er* sagte: „Das Gleiche gilt für Sie."

Als ich in den Hof kam, fand ich Estella mit den Schlüsseln wartend. Aber sie fragte mich weder, wo ich gewesen war, noch warum ich sie hatte warten lassen; und eine helle Röte lag auf ihrem Gesicht, als ob etwas geschehen wäre, das sie entzückte. Statt gleichsam zum Tor zu gehen, trat sie in den Gang zurück und winkte mir.

„Komm her! Du kannst mich küssen, wenn du willst."

Ich küsste ihre Wange, als sie sie mir zuwandte. Ich glaube, ich hätte viel durchgemacht, um ihre Wange zu küssen. Aber ich fühlte, daß der Kuß dem rohen, gemeinen Knaben gegeben wurde, wie es ein Stück Geld wäre, und daß er nichts wert war.

Was mit den Geburtstagsgästen, was mit den Karten und was mit dem Kampf, mein Aufenthalt hatte so lange gedauert, daß, als ich mich dem Hause näherte, das Licht auf der Sandzunge vor der Landzunge in den Sümpfen gegen einen schwarzen Nachthimmel glänzte und Joes Ofen eine Feuerschneise über die Straße schleuderte.

KAPITEL XII.

Mein Gemüt wurde sehr unruhig bei dem Gedanken an den blassen jungen Herrn. Je mehr ich an den Kampf dachte und mich an den bleichen jungen Herrn auf dem Rücken erinnerte, der verschiedene Stadien von aufgedunsenem und zerzaustem Antlitz hatte, desto sicherer schien es, daß mir etwas geschehen würde. Ich fühlte, daß das Blut des bleichen jungen Herrn auf meinem Haupte klebte und daß das Gesetz es rächen würde. Ohne eine genaue Vorstellung von den Strafen zu haben, die ich mir zugezogen hatte, war es mir klar, daß Dorfjungen nicht auf dem Lande umherstreifen, die Häuser der vornehmen Leute verwüsten und sich in die fleißige Jugend Englands stürzen konnten, ohne sich einer schweren Bestrafung auszusetzen. Einige Tage lang hielt ich mich sogar zu Hause und blickte mit der größten Vorsicht und Beklommenheit zur Küchentür hinaus, bevor ich eine Besorgung machte, damit sich die Beamten des Bezirksgefängnisses nicht auf mich stürzen könnten. Die Nase des blassen jungen Herrn hatte meine Hosen befleckt, und ich versuchte, diese Beweise meiner Schuld mitten in der Nacht wegzuwaschen. Ich hatte mir die Knöchel gegen die Zähne des blassen jungen Herrn geschnitten und meine Phantasie in tausend Knäuel verdreht, während ich unglaubliche Wege erfand, um mir diesen verdammenden Umstand zu erklären, als ich vor den Richtern stehen sollte.

Als der Tag herankam, an dem ich an den Schauplatz der Gewalttat zurückkehrte, erreichten meine Schrecken ihren Höhepunkt. Ob Myrmidonen der Gerechtigkeit, die eigens aus London herabgesandt worden sind, hinter dem Tore im Hinterhalt liegen würden, ob Miß Havisham, die es vorzieht, sich persönlich für einen Frevel zu rächen, den sie ihrem Hause zugefügt hat, sich in ihren Grabkleidern erheben, eine Pistole ziehen und mich erschießen würde, ob verfluchte Knaben, eine zahlreiche Bande von Söldnern, engagiert sein könnten, um mich in der Brauerei zu überfallen, und mich gefesselt, bis ich nicht mehr war, – es war ein hohes Zeugnis meines Vertrauens in den Geist des bleichen jungen Herrn, daß ich ihn mir nie *als* Mittäter dieser Vergeltungsschläge vorgestellt hatte; sie kamen mir immer in den Sinn wie die Taten seiner unvernünftigen Verwandten, die durch den Zustand seines Antlitzes und eine empörte Sympathie für die Familienzüge angestachelt wurden.

Aber ich mußte zu Miß Havisham, und ich ging auch. Und siehe! Aus dem späten Kampf wurde nichts. Es wurde in keiner Weise darauf angespielt, und kein blasser junger Herr war auf dem Gelände zu entdecken. Ich fand dasselbe Tor offen, und ich durchsuchte den Garten und sah sogar durch die Fenster des Einfamilienhauses hinein; aber mein Blick wurde plötzlich durch die geschlossenen Fensterläden im Innern versperrt, und alles war leblos. Nur in der Ecke, wo der Kampf stattgefunden hatte, konnte ich irgendeinen Beweis für die Existenz des jungen Herrn entdecken. An dieser Stelle waren Spuren seines Blutes, und ich bedeckte sie mit Gartenschimmel aus Menschenaugen.

Auf dem breiten Treppenabsatz zwischen Miß Havishams eigenem Zimmer und dem andern Zimmer, in dem der lange Tisch gedeckt war, sah ich einen Gartenstuhl – einen leichten Stuhl auf Rädern, den Sie von hinten schoben. Es war seit meinem letzten Besuch dort gestanden, und ich trat noch am selben Tage ein, um Miß Havisham in diesem Stuhl (wenn sie müde war, mit der Hand auf meiner Schulter zu gehen) durch ihr eigenes Zimmer, über den Treppenabsatz und um das andere Zimmer herum zu schieben. Immer und immer und immer wieder machten wir diese Reisen, und manchmal dauerten sie bis zu drei Stunden am Stück. Ich verfällt unmerklich in eine allgemeine Erwähnung dieser Reisen als zahlreich, weil sofort beschlossen wurde, daß ich zu diesem Zweck jeden zweiten Tag um Mittag zurückkehren sollte, und weil ich jetzt einen Zeitraum von mindestens acht oder zehn Monaten zusammenfassen werde.

Als wir anfingen, uns mehr aneinander zu gewöhnen, sprach Miss Havisham mehr mit mir und stellte mir Fragen wie: Was hätte ich gelernt und was würde ich werden? Ich sagte ihr, ich würde bei Joe in die Lehre gehen, glaubte ich; und ich fuhr fort, daß ich nichts wisse und alles wissen wolle, in der Hoffnung, daß sie mir zu diesem wünschenswerten Zweck behilflich sein werde. Aber sie tat es nicht; im Gegenteil, sie schien es vorzuziehen, daß ich unwissend war. Weder gab sie mir jemals Geld noch etwas anderes als mein tägliches Mittagessen, noch verlangte sie, daß ich für meine Dienste bezahlt werden sollte.

Estella war immer da und ließ mich immer rein und raus, aber sie sagte mir nie, dass ich sie wieder küssen würde. Manchmal tolerierte sie mich kalt; Manchmal ließ sie sich zu mir herab; Manchmal war sie mir ziemlich vertraut; Manchmal sagte sie mir energisch, dass sie mich hasste. Miß Havisham fragte mich oft flüsternd oder wenn wir allein waren: "Wird sie immer hübscher, Pip?" Und als ich ja sagte (denn das tat sie tatsächlich), schien sie es gierig zu genießen. Auch wenn wir Karten spielten, sah Miß Havisham mit einem geizigen Genuß von Estellas Launen zu, was immer sie auch sein mochten. Und manchmal, wenn ihre Stimmungen so zahlreich und so widersprüchlich waren, daß ich ratlos war, was ich sagen oder tun sollte, umarmte Miß Havisham sie mit verschwenderischer Zärtlichkeit und flüsterte ihr etwas ins Ohr, das sich anhörte wie: „Brich ihre Herzen, meinen Stolz und meine Hoffnung, breche ihre Herzen und hab keine Gnade!"

Es gab ein Lied, das Joe in der Schmiede zu summen pflegte und dessen Last der alte Clem war. Das war keine sehr zeremonielle Art, einem Schutzheiligen zu huldigen, aber ich glaube, der alte Clem stand in diesem Verhältnis zu den Schmieden. Es war ein Lied, das das Maß des Schlagens auf Eisen nachahmte und nur eine lyrische Entschuldigung für die Einführung des angesehenen Namens des alten Clem war. So mußtest du die Knaben herumhämmern – die alte Clem! Mit einem dumpfen Schlag und einem Geräusch – der alte Clem! Schlage ihn aus, schlage ihn aus – der alte Clem! Mit einem Klirren für das Kräftige – Old Clem! Blase das Feuer, blase das Feuer – die alte Clem! Brüllender Trockner, höher aufsteigen – die alte Clem! Eines Tages, bald nachdem der Stuhl erschienen war, sagte Miß Havisham plötzlich mit der ungeduldigen Bewegung ihrer Finger zu mir: „Da, dort, dort! Singt!" Ich war überrascht, dieses Liedchen zu singen, als ich sie über den Boden schob. Es geschah so, daß sie es mit leiser, grüblerischer Stimme aufnahm, als ob sie im Schlafe singe. Von da an wurde es bei uns üblich, es zu trinken, wenn wir umhergingen, und Estella machte oft mit; obgleich die ganze Anstrengung so gedämpft war, selbst wenn wir zu dritt waren, daß sie in dem düsteren alten Hause weniger Lärm machte als der leiseste Windhauch.

Was könnte ich aus dieser Umgebung werden? Wie könnte es sein, dass mein Charakter nicht von ihnen beeinflusst wird? Ist es zu verwundern, wenn meine Gedanken wie meine Augen benommen waren, als ich aus den nebligen gelben Räumen in das natürliche Licht trat?

Vielleicht hätte ich Joe von dem blassen jungen Herrn erzählt, wenn ich nicht früher in jene ungeheuren Erfindungen verraten worden wäre, die ich gestanden hatte. Unter diesen Umständen fühlte ich, daß Joe in dem bleichen jungen Herrn einen geeigneten Fahrgast für den schwarzen Samtwagen ausmachen konnte; deshalb sagte ich nichts von ihm. Außerdem wurde die Scheu, Miß Havisham und Estella nicht sprechen zu lassen, die mich anfangs befallen hatte, mit der Zeit immer stärker. Ich setzte volles Vertrauen in niemanden als in Biddy; aber ich erzählte dem armen Biddy alles. Warum es für mich selbstverständlich war, dies zu tun, und warum Biddy bei allem, was ich ihr erzählte, eine tiefe Besorgnis empfand, wußte ich damals nicht, aber ich glaube es jetzt zu wissen.

Währenddessen fanden in der heimischen Küche Beratungen statt, die meinen aufgeregten Geist mit fast unerträglichem Ärger belasteten. Dieser Esel, Pumblechook, pflegte oft eine Nacht zu kommen, um mit meiner Schwester über meine Aussichten zu sprechen; und ich glaube wirklich (bis auf diese Stunde mit weniger Reue, als ich empfinden sollte), daß, wenn diese Hände einen Dreh- und Angelpunkt aus seinem Chaiselongue hätten nehmen können, sie es getan hätten. Der Unglückliche war ein Mann von jener beschränkten Sturheit des Geistes, daß er nicht über meine Aussichten sprechen konnte, ohne mich vor sich zu haben, gleichsam zum Operieren, und er zerrte mich von meinem Stuhl hoch (gewöhnlich am Kragen), wo ich ruhig in einer Ecke saß, und setzte mich vor das Feuer, als ob ich gekocht werden sollte. würde damit beginnen, zu sagen: „Nun, Mama, hier ist dieser Junge! Hier ist dieser Knabe, den du mit der Hand erzogen hast. Halte dein Haupt hoch, Junge, und sei ihnen ewig dankbar, die es getan haben. Nun, Mama, mit Achtung vor diesem Jungen!" Und dann zerzauste er mir das Haar in der falschen Richtung, was ich seit meiner frühesten Erinnerung, wie schon angedeutet, in meiner Seele jedem Mitgeschöpf das Recht abgesprochen habe, es zu tun, und hielt mich vor sich am Ärmel fest – ein Schauspiel der Dummheit, das nur von ihm selbst übertroffen wurde.

Dann gerieten er und meine Schwester in so unsinnige Spekulationen über Miß Havisham und darüber, was sie mit mir und für mich tun würde, aneinander, daß ich am liebsten in boshafte Tränen ausbrach, auf Pumblechook losflog und ihn am ganzen Körper verprügelte. In diesen Dialogen sprach meine Schwester zu mir, als würde sie mir bei jeder Erwähnung moralisch einen der Zähne ausreißen; während Pumblechook selbst, der sich selbst als mein Gönner bezeichnete, mit einem abwertenden Blick über mich saß und mich beaufsichtigte, wie der Architekt meines Glückes, der sich mit einer sehr unrentablen Arbeit beschäftigt glaubte.

An diesen Diskussionen nahm Joe keine Rolle. Aber während sie im Gange waren, wurde oft mit ihm geredet, weil Mrs. Joe einsah, daß er nicht damit einverstanden war, daß ich aus der Schmiede geholt würde. Ich war jetzt alt genug, um bei Joe in die Lehre zu gehen; und wenn Joe mit dem Schürhaken auf den Knien saß und nachdenklich die Asche zwischen den unteren Stäben ausharkte, deutete meine Schwester diese unschuldige Handlung so deutlich als Widerstand seinerseits aus, daß sie sich auf ihn stürzte, ihm den Schürhaken aus der Hand nahm, ihn schüttelte und wegsteckte. Jede dieser Debatten endete mit einem höchst irritierenden Ende. In einem Augenblick, ohne daß etwas dazu führen konnte, hielt meine Schwester in einem Gähnen inne, und als sie mich gleichsam zufällig erblickte, stürzte sie sich auf mich und sagte: „Komm! Es gibt genug von *euch*! *Du* kommst gut ins Bett; *Ich* hoffe, du hast dir für eine Nacht genug Mühe gemacht!" Als hätte ich sie um einen Gefallen gebeten, um mir das Leben zu vertreiben.

So gingen wir lange Zeit, und es schien wahrscheinlich, daß wir noch lange so weitergehen würden, als eines Tages Miß Havisham beim Gehen stehen blieb und sich auf meine Schulter stützte; und sagte mit einigem Mißfallen:

„Du wirst groß, Pip!"

Ich hielt es für das beste, durch einen meditativen Blick anzudeuten, daß dies durch Umstände veranlaßt sein könnte, auf die ich keinen Einfluß hatte.

Damals sagte sie nichts weiter; aber bald blieb sie stehen und sah mich wieder an; und gleich wieder; Und danach sah er finster und launisch aus. Am nächsten Tage meines Besuches, als unsere gewöhnliche Übung vorüber war und ich sie an ihren Schminktisch gesetzt hatte, hielt sie mich mit einer Bewegung ihrer ungeduldigen Finger zurück:

„Sagen Sie mir noch einmal den Namen Ihres Schmieds."

„Joe Gargery, gnädige Frau."

„Damit meint er den Meister, bei dem du in die Lehre gehen solltest?"

„Ja, Miß Havisham."

„Du solltest lieber sofort in die Lehre gehen. Würde Gargery mit Ihnen hierher kommen und Ihre Schuldverschreibungen mitbringen, meinen Sie?"

Ich gab zu verstehen, daß ich keinen Zweifel daran habe, daß er es als Ehre empfinden würde, gefragt zu werden.

„Dann laß ihn kommen."

„Zu einer bestimmten Zeit, Miß Havisham?"

„Da, da! Ich weiß nichts über Zeiten. Laß ihn bald kommen und mit dir kommen."

Als ich abends nach Hause kam und diese Botschaft für Joe überbrachte, „randalierte" meine Schwester in einem beunruhigenderen Ausmaße, als je zuvor. Sie fragte mich und Joe, ob wir glaubten, sie sei Fußabtreter unter unseren Füßen, und wie wir es wagten, sie so zu gebrauchen, und für welche Gesellschaft wir sie gnädigerweise *für tauglich hielten*? Als sie eine Flut solcher Fragen erschöpft hatte, warf sie einen Leuchter nach Joe, brach in ein lautes Schluchzen aus, holte die Kehrschaufel heraus – was immer ein sehr schlechtes Zeichen war –, zog ihre grobe Schürze an und fing an, in furchtbarem Maße aufzuräumen. Da sie sich mit einer chemischen Reinigung nicht begnügte, griff sie zu einem Eimer und einer Scheuerbürste und reinigte uns aus Haus und Hof heraus, so daß wir zitternd im Hinterhof standen. Es war zehn Uhr abends, ehe wir es wagten, uns wieder einzuschleichen, und dann fragte sie Joe, warum er nicht gleich eine Negersklavin geheiratet habe. Joe gab keine Antwort, der arme Kerl, sondern stand da, fühlte seinen Backenbart und sah mich niedergeschlagen an, als ob er glaubte, es wäre wirklich eine bessere Spekulation gewesen.

Kapitel XIII.

Es war eine Probe für meine Gefühle, als ich am übernächsten Tage sah, wie Joe sich in seinen Sonntagskleidern kleidete, um mich zu Miß Havisham zu begleiten. Da er jedoch seinen Gerichtsprozeß für notwendig hielt, so war es nicht meine Sache, ihm zu sagen, daß er in seiner Arbeitskleidung viel besser aussah; um so mehr, als ich wußte, daß er sich nur meinetwegen so entsetzlich unbehaglich machte, und daß er für mich seinen Hemdkragen hinten so hoch hochzog, daß ihm die Haare auf dem Scheitel wie ein Federbüschel aufstanden.

Zur Frühstückszeit erklärte meine Schwester ihre Absicht, mit uns in die Stadt zu gehen, und blieb bei Onkel Pumblechook und rief an, „wenn wir mit unseren feinen Damen fertig wären" – eine Art, den Fall zu schildern, aus dem Joe das Schlimmste zu verheißen geneigt schien. Die Schmiede war für den ganzen Tag geschlossen, und Joe schrieb mit Kreide auf die Tür (wie es seine Gewohnheit war, wenn er nicht bei der Arbeit war) das einsilbige HOUT, begleitet von der Skizze eines Pfeils, der in die Richtung fliegen sollte, die er eingeschlagen hatte.

Wir gingen in die Stadt, meine Schwester mit einer sehr großen Biberhaube voran, und sie trug einen Korb wie das große englische Siegel in geflochtenem Stroh, ein Paar Patten, einen Ersatzschal und einen Regenschirm, obgleich es ein schöner heller Tag war. Ich bin mir nicht ganz sicher, ob diese Gegenstände in Buße oder ostentativ getragen wurden; aber ich glaube eher, daß sie als Besitztümer zur Schau gestellt wurden, so wie Kleopatra oder irgend eine andere Herrscherin auf dem Amoklauf ihren Reichtum in einem Festzug oder einer Prozession zur Schau stellen würde.

Als wir bei Pumblechook ankamen, sprang meine Schwester herein und verließ uns. Da es fast Mittag war, hielten Joe und ich geradewegs an Miss Havishams Haus fest. Estella öffnete wie gewöhnlich das Tor, und in dem Augenblick, als sie erschien, nahm Joe seinen Hut ab und stand da und ihn mit beiden Händen an der Krempe; als ob er irgendeinen dringenden Grund im Kopf hätte, auf eine halbe Viertelunze zu achten.

Estella nahm keine Notiz von uns beiden, sondern führte uns den Weg, den ich so gut kannte. Ich folgte ihr, und Joe kam als letzter. Als ich Joe in dem langen Gang ansah, er noch immer mit der größten Sorgfalt seinen Hut und kam uns in langen Schritten auf den Zehenspitzen nach.

Estella sagte mir, wir sollten beide hineingehen, und so nahm ich Joe an der Manschette und führte ihn in Miß Havishams Gegenwart. Sie saß an ihrem Schminktisch und sah sich sogleich nach uns um.

„Oh!" sagte sie zu Joe. „Du bist der Gatte der Schwester dieses Knaben?"

Ich hätte mir kaum vorstellen können, daß der liebe alte Joe so unähnlich wie er selbst oder so wie ein außerordentlicher Vogel aussah; Er stand sprachlos da, mit zerzaustem Federbüschel und offenem Mund, als ob er einen Wurm haben wollte.

„Sie sind der Gatte der Schwester dieses Knaben," wiederholte Miß Havisham: „der Schwester dieses Knaben?"

Es war sehr ärgerlich; aber während der ganzen Unterredung beharrte Joe darauf, mich statt Miß Havisham anzusprechen.

„Was ich meine, Pip," bemerkte Joe jetzt in einer Weise, die zugleich von energischer Argumentation, strenger Vertraulichkeit und großer Höflichkeit zeugte: „da ich deine Schwester heiratete und damals das war, was man (wenn man wollte) einen ledigen Mann nannte."

„Nun!" sagte Miß Havisham. „Und du hast den Knaben erzogen, in der Absicht, ihn zu deinem Lehrling zu nehmen; ist es so, Mr. Gargery?"

„Weißt du, Pip," erwiderte Joe: „da du und ich immer Freunde waren und man es für uns suchte, als ob es zu Lerchen führen sollte. Nicht aber, Pip, wenn du jemals Einwendungen gegen das Geschäft erhoben hättest, wie zum Beispiel, daß es für Schwarze und Sut oder dergleichen offen sei, nicht anderes, als was man sich um sie gekümmert hätte, siehst du nicht?"

„Hat der Junge," sagte Miß Havisham: „jemals irgend einen Einwand erhoben? Gefällt ihm der Handel?"

„Und das wissen Sie wohl, Pip," entgegnete Joe, indem er seine frühere Mischung aus Argumentation, Zuversicht und Höflichkeit verstärkte: „daß es der Wunsch Ihres eigenen Herzens war." (Ich sah, wie plötzlich der Gedanke in ihm aufkam, daß er sein Epitaph dem Anlaß anpassen würde, ehe er fortfuhr: „Und es gab keine Einwendungen von deiner Seite, und Pip, es wäre der große Wunsch deines Herzens!"

Es war ganz vergeblich, wenn ich versuchte, ihm zu begreiflich zu machen, daß er mit Miß Havisham sprechen sollte. Je mehr Ich ihm Grimassen und Gebärden machte, um es zu tun, desto vertraulicher, streitbarer und höflicher beharrte er darauf, Mir gegenüber zu sein.

„Haben Sie seine Schuldverschreibungen mitgebracht?" fragte Miß Havisham.

„Nun, Pip, weißt du," erwiderte Joe, als ob das ein wenig unvernünftig wäre: „du siehst selbst, wie ich sie in mein Kleid stecke, und deshalb weißt du, wie sie hier sind." Darauf nahm er sie heraus und gab sie nicht Miß Havisham, sondern mir. Ich fürchte, ich schämte mich für den lieben guten Kerl – ich *weiß*, ich schämte mich seiner –, als ich sah, daß Estella an der Lehne von Miß Havishams Stuhl stand und daß ihre Augen schelmisch lachten. Ich nahm ihm die Schuldverschreibungen aus der Hand und gab sie Miß Havisham.

„Sie haben erwartet," sagte Miß Havisham, als sie die beiden betrachtete: „daß der Knabe keine Prämie bekommt?"

„Joe!" Ich machte Vorwürfe, denn er antwortete gar nicht. „Warum antwortest du nicht ..."

„Pip," entgegnete Joe, indem er mich unterbrach, als ob er verletzt wäre: „was ich meine, das ist keine Frage, die eine Antwort zwischen dir und mir erfordert, und von der du weißt, daß die Antwort ganz und gar Nein ist. Du weißt, daß es Nein ist, Pip, und warum sollte ich es sagen?"

Miß Havisham warf ihm einen Blick zu, als ob sie besser verstünde, was er wirklich war, als ich es für möglich gehalten hatte, als ich sah, was er da war; und nahm ein Säckchen vom Tisch neben sich.

„Pip hat hier eine Prämie verdient," sagte sie: „und hier ist sie. In diesem Beutel befinden sich fünfundzwanzig Guineen. Gib es deinem Herrn, Pip."

Als ob er von dem Staunen, das ihre seltsame Gestalt und das seltsame Zimmer in ihm erweckt hatten, völlig verrückt wäre, beharrte Joe auch bei diesem Paukentritt darauf, mich anzureden.

„Das ist sehr freigebig von dir, Pip," sagte Joe: „und es wird als solches angenommen und dankbar aufgenommen, wenn auch nie gesucht, weder fern noch nah, noch nirgends. Und nun, alter Kerl," sagte Joe, indem er mir ein Gefühl vermittelte, das zuerst brannte und dann fror, denn mir war, als ob dieser vertraute Ausdruck auf Miß Havisham angewandt würde: „und nun, alter Kerl, mögen wir unsere Pflicht tun! Mögen Sie und ich unsere Pflicht tun, sowohl an uns, durch einen als durch den andern, und durch die, die Ihr freigebiger Gegenwart – zur Befriedigung ihres Geistes – wie nie" – hier zeigte Joe, daß er sich in furchtbare

Schwierigkeiten geraten fühlte, bis er sich triumphierend mit den Worten rettete: „und von mir fern sei es!" Diese Worte klangen für ihn so rund und überzeugend, daß er sie zweimal aussprach.

„Auf Wiedersehen, Pip!" sagte Miß Havisham. „Laß sie raus, Estella."

„Soll ich wiederkommen, Miß Havisham?" Fragte ich.

„Nein. Gargery ist jetzt dein Meister. Gargery! Ein Wort!"

Als ich also zur Tür hinausging, rief ich ihn zurück und hörte, wie sie mit deutlicher, nachdrücklicher Stimme zu Joe sagte: „Der Junge ist hier ein guter Junge gewesen, und das ist seine Belohnung. Natürlich wirst du als ehrlicher Mann nichts anderes und nicht mehr erwarten."

Wie Joe aus dem Zimmer kam, habe ich nie zu bestimmen vermocht, aber ich weiß, daß er, als er herauskam, unaufhaltsam die Treppe hinaufging, anstatt herunterzukommen, und taub für alle Einwendungen war, bis ich ihm nachging und ihn ergriff. In einer Minute waren wir vor dem Tor, und es war verschlossen, und Estella war verschwunden. Als wir wieder allein am Tageslicht standen, lehnte sich Joe mit dem Rücken gegen eine Wand und sagte zu mir: „Erstaunlich!" Und da blieb er so lange und sagte von Zeit zu Zeit, so oft: „Erstaunlich!", daß ich zu glauben begann, seine Sinne würden nie wieder zurückkehren. Endlich verlängerte er seine Bemerkung zu einem „Pip, ich versichere *Ihnen*, das ist ein Teufel!" und so wurde er nach und nach gesprächig und konnte weggehen.

Ich habe Grund zu der Annahme, daß Joes Verstand durch die Begegnung, die sie durchgemacht hatten, erhellt wurde und daß er auf dem Wege zu Pumblechook einen subtilen und tiefgründigen Plan erfand. Der Grund dafür liegt in dem, was sich in Herrn Pumblechooks Salon zugetragen hat, wo meine Schwester, als wir uns vorstellten, mit dem verhaßten Saatguthändler in Besprechung saß.

„Nun?" rief meine Schwester und wandte sich an uns beide zugleich. „Und was ist mit *dir passiert*? Ich wundere mich, daß Sie sich herablassen, in eine so arme Gesellschaft wie diese zurückzukehren, ich bin gewiß, daß ich es tue!"

„Miß Havisham," sagte Joe mit einem starren Blick auf mich, wie eine Anstrengung des Erinnerns: „hat es sehr gern gemacht, daß wir ihr Komplimente oder Achtung machen sollten, Pip?"

„Komplimente," sagte ich.

„Das war mein eigener Glaube," antwortete Joe; „Ihre Komplimente an Mrs. J. Gargery ..."

„Sie werden mir viel Gutes tun!" bemerkte meine Schwester; aber auch eher zufrieden.

„Und ich wünschte," fuhr Joe fort, indem er mich noch einmal fest ansah, wie eine neue Anstrengung des Erinnerns: „daß der Zustand von Miß Havishams Elter so wäre, wie es - nicht wahr gewesen wäre, Pip?"

„Daß sie das Vergnügen hat," fügte ich hinzu.

„Von Damengesellschaft," sagte Joe. Und holte tief Atem.

„Nun!" rief meine Schwester mit einem besänftigten Blick auf Herrn Pumblechook. „Sie mag anfangs die Höflichkeit gehabt haben, diese Botschaft zu senden, aber es ist besser spät als nie. Und was hat sie dem jungen Rantipole hier gegeben?"

„Sie hat ihm nichts gegeben," sagte Joe.

Mrs. Joe war kurz davor, auszubrechen, aber Joe fuhr fort.

„Was sie gab," sagte Joe: „das gab sie seinen Freunden." Und bei seinen Freunden, erklärte sie: ‚ich meine in die Hände seiner Schwester, Mrs. J. Gargery." Das waren ihre Worte; ‚Frau J. Gargery.' „Sie wußte vielleicht nicht," fügte Joe mit nachdenklicher Miene hinzu: „ob es Joe oder Jorge war."

Meine Schwester sah Pumblechook an, der die Ellbogen seines hölzernen Lehnstuhls glättete und ihr und dem Feuer zunickte, als ob er alles schon vorher gewußt hätte.

„Und wieviel hast du?" fragte meine Schwester lachend. Positiv lachen!

„Was würde die jetzige Gesellschaft zu zehn Pfund sagen?" fragte Joe.

„Man würde sagen," entgegnete meine Schwester kurz: „ziemlich gut. Nicht zu viel, aber ziemlich gut."

„Es ist also mehr als das," sagte Joe.

Der ängstliche Betrüger, Pumblechook, nickte sofort und sagte, während er sich die Armlehnen seines Stuhls rieb: „Es ist mehr als das, Mama."

„Nun, du willst doch nicht sagen ...," begann meine Schwester.

„Ja, das tue ich, Mama," sagte Pumblechook; „Aber warte ein bisschen. Fahre fort, Joseph. Gut in dir! Mach weiter!"

„Was würde die gegenwärtige Gesellschaft sagen," fuhr Joe fort: „auf zwanzig Pfund?"

„Hübsch wäre das Wort," entgegnete meine Schwester.

„Nun denn," sagte Joe: „es sind mehr als zwanzig Pfund."

Der erbärmliche Heuchler Pumblechook nickte wieder und sagte mit einem gönnerhaften Lachen: „Es ist mehr als das, Mama. Wieder gut! Folge ihr, Joseph!"

„Dann, um der Sache ein Ende zu machen," sagte Joe und reichte meiner Schwester freudig die Tasche; „Es sind fünfundzwanzig Pfund."

„Es sind fünfundzwanzig Pfund, Mama," wiederholte der gemeinste aller Betrüger, Pumblechook, und erhob sich, um ihr die Hand zu schütteln; „und es ist nicht mehr als Ihre Verdienste (wie ich sagte, als ich nach meiner Meinung gefragt wurde), und ich wünsche Ihnen Freude an dem Gelde!"

Hätte der Bösewicht hier Halt gemacht, so wäre sein Fall schrecklich genug gewesen, aber er schwärzte seine Schuld dadurch, daß er mich in Gewahrsam nahm, mit einem Patronatsrecht, das all seine früheren Verbrecherkünste weit hinter sich ließ.

„Siehst du, Joseph und Weib," sagte Pumblechook, indem er mich am Arm über dem Ellbogen faßte: „ich gehöre zu denen, die immer zu Ende führen, was sie begonnen haben. Dieser Junge muss gefesselt werden, aus der Hand. Das ist *meine* Art. Aus der Hand gefesselt."

„Gott weiß, Onkel Pumblechook," sagte meine Schwester und griff nach dem Gelde: „wir sind dir sehr verpflichtet."

„Kümmert euch nicht um mich, Mama," entgegnete der teuflische Maishändler. „Ein Vergnügen ist ein Vergnügen auf der ganzen Welt. Aber dieser Junge, weißt du; Wir müssen ihn fesseln lassen. Ich habe gesagt, ich würde mich darum kümmern – um Ihnen die Wahrheit zu sagen."

Die Richter saßen in der Nähe des Rathauses, und wir gingen sogleich hinüber, um mich in Gegenwart des Richters an Joe als Lehrling binden zu lassen. Ich sage, wir gingen hinüber, aber ich wurde von Pumblechook umgestoßen, gerade so, als ob ich in diesem Augenblick in die Tasche gegriffen oder eine Ricke abgefeuert hätte; ja, es war der allgemeine Eindruck vor Gericht, daß ich auf frischer Tat ertappt worden war; denn als Pumblechook mich durch die Menge vor sich herschob, hörte ich einige Leute sagen: „Was hat er getan?" und andere: „Er ist auch jung, sieht aber schlecht aus, nicht wahr?" Eine Person von mildem und wohlwollendem Aussehen gab mir sogar ein Traktat, das mit dem Holzschnitt eines böswilligen jungen Mannes geschmückt war, der mit einer vollkommenen Wurstwaren aus Fesseln ausgestattet war und den Titel trug, in meiner Zelle gelesen zu werden.

Der Saal war ein sonderbarer Ort, dachte ich, mit höheren Bänken als in einer Kirche – und mit Menschen, die über den Bänken hingen und zusahen – und mit mächtigen Richtern (einer mit gepudertem Kopf), die sich in Stühlen zurücklehnten, mit verschränkten Armen oder Schnupftabak nahmen oder einschliefen oder schrieben oder Zeitungen lasen – und mit einigen glänzenden schwarzen Porträts an den Wänden die mein unkünstlerisches Auge für eine Komposition von Hartgebranntem und Heftpflaster hielt. Hier, in einer Ecke, wurden meine Schuldverschreibungen ordnungsgemäß unterschrieben und beglaubigt, und ich wurde „gefesselt"; Herr Pumblechook hielt mich die ganze Zeit fest, als ob wir auf dem Wege zum Schafott hineingeschaut hätten, um diese kleinen Vorarbeiten zu erledigen.

Als wir wieder herausgekommen waren und die Knaben losgeworden waren, die durch die Erwartung, mich öffentlich gefoltert zu sehen, in gute Stimmung versetzt worden waren, und die sehr enttäuscht waren, als sie sahen, daß meine Freunde sich nur um mich scharten, kehrten wir zu Pumblechook zurück. Und da war meine Schwester von den fünfundzwanzig Guineen so begeistert, daß ihr nichts nützen konnte, als daß wir aus dem Glücksfall im Blauen Eber zu Mittag essen müßten, und daß Pumblechook mit seinem Chaiselongue hinüberfahren und die Hubbles und Mr. Wopsle bringen mußte.

Es wurde beschlossen, daß es geschehe, und ich verging einen höchst traurigen Tag. Denn es schien unergründlich in den Köpfen der ganzen Gesellschaft einleuchtend zu sein, daß ich ein Auswüchse der Unterhaltung war. Und um die Sache noch schlimmer zu machen, fragten sie mich alle von Zeit zu Zeit, kurz, wenn sie nichts anderes zu tun hatten, warum ich mich nicht amüsiere? Und was konnte ich damals anderes tun, als zu sagen, daß ich *mich amüsierte, wenn ich es nicht war!*

Aber sie waren erwachsen und hatten ihren eigenen Weg, und sie machten das Beste daraus. Dieser betrügerische Pumblechook, der zum wohltätigen Genossen des ganzen Anlasses erhoben worden war, nahm in der Tat die Spitze des Tisches ein; und als er sie auf meine Fesselung ansprach und ihnen teuflisch gratulierte, daß ich mit Gefängnis bestraft würde, wenn ich Karten spielte, starken Alkohol trank, lange Stunden oder schlechte Gesellschaft hatte oder mich anderen Launen hingab, die die Form meiner Schuldverschreibungen für fast unvermeidlich hielt, setzte er mich auf einen Stuhl neben sich, um seine Bemerkungen zu veranschaulichen.

Meine einzige andere Erinnerung an das große Fest ist, dass sie mich nicht schlafen ließen, aber immer, wenn sie mich fallen sahen, weckten sie mich und sagten mir, ich solle mich amüsieren. Daß Mr. Wopsle uns ziemlich spät am Abend Collins' Ode vortrug und sein blutbeflecktes Schwert mit solcher Wirkung niederwarf, daß ein Kellner hereinkam und sagte: „Die Werbeleute unten haben ihre Komplimente gemacht, und es waren nicht die Becherwaffen." Daß sie alle in ausgezeichneter Stimmung auf dem Heimwege waren und sangen: O Lady Fair! Mr. Wopsle nahm den Baß und behauptete mit ungeheuer kräftiger Stimme (als Antwort auf den neugierigen Langweiler, der das Musikstück in einer höchst unverschämten Weise leitet, indem er alles über jedermanns Privatangelegenheiten wissen wollte), daß *er* der Mann mit den wallenden weißen Locken und im ganzen der schwächste Pilger sei.

Endlich erinnere ich mich, daß ich, als ich in mein kleines Schlafzimmer kam, wirklich elend war und fest davon überzeugt war, daß ich Joes Beruf niemals mögen würde. Ich hatte es einmal gemocht, aber jetzt war es nicht mehr.

KAPITEL XIV.

Es ist ein höchst elendes Ding, sich der Heimat zu schämen. Es mag schwarze Undankbarkeit in der Sache liegen, und die Strafe mag Vergeltung üben und wohlverdient sein; aber daß es ein elendes Ding ist, kann ich bezeugen.

Das Zuhause war mir nie ein sehr angenehmer Ort gewesen, wegen des Temperaments meiner Schwester. Aber Joe hatte es geheiligt, und ich hatte daran geglaubt. Ich hatte an den besten Salon als an den elegantesten Salon geglaubt; Ich hatte an die Eingangstür geglaubt als ein geheimnisvolles Portal des Staatstempels, dessen feierliche Eröffnung mit einem Opfer von gebratenen Hühnern begleitet wurde; Ich hatte an die Küche als eine keusche, wenn auch nicht prächtige Wohnung geglaubt; Ich hatte an die Schmiede als den leuchtenden Weg zu Männlichkeit und Unabhängigkeit geglaubt. Innerhalb eines einzigen Jahres änderte sich alles. Nun war alles grob und gewöhnlich, und ich hätte es auf keinen Fall von Miß Havisham und Estella sehen lassen.

Wie viel von meinem ungnädigen Gemütszustand mag meine eigene Schuld gewesen sein, wie viel Miß Havisham, wie viel meine Schwester ist jetzt weder für mich noch für irgend jemand sonst von Bedeutung. Die Veränderung war in mir vollzogen; Die Sache war erledigt. Gut oder schlecht gemacht, entschuldbar oder unentschuldbar, es wurde getan.

Einst war es mir vorgekommen, wenn ich endlich meine Hemdsärmel hochkrempeln und in die Schmiede, Joe's Prentice, gehen würde, würde ich vornehm und glücklich sein. Jetzt war die Wirklichkeit in meinem Griff, ich fühlte nur, daß ich vom Staub der kleinen Kohle staubig war und daß ich eine Last auf meinem täglichen Gedächtnis hatte, für die der Amboß eine Feder war. Es gab Gelegenheiten in meinem späteren Leben (ich vermute, wie in den meisten Leben), wo ich eine Zeitlang das Gefühl hatte, als ob ein dicker Vorhang über all seine Interessen und Romantik gefallen wäre, um mich von allem auszuschließen, außer von dumpfer Ausdauer. Nie ist dieser Vorhang so schwer und leer gefallen, als als mein Lebensweg gerade vor mir lag, durch den neu betretenen Weg der Lehrzeit für Joe.

Ich erinnere mich, daß ich in einer späteren Periode meiner „Zeit" an Sonntagabenden, wenn die Nacht hereinbrach, auf dem Kirchhof herumstand, meine eigene Perspektive mit der windigen Aussicht auf die Sümpfe verglich und eine gewisse Ähnlichkeit zwischen ihnen erkannte, indem ich daran dachte, wie flach und niedrig beide waren, und wie auf beiden ein unbekannter Weg und ein dunkler Nebel und dann das Meer kam. Ich war am ersten Arbeitstag meiner Lehrzeit ebenso niedergeschlagen wie in jener späteren Zeit; aber ich bin froh zu wissen, daß ich Joe nie ein Murren zugestoßen habe, solange meine Schuldverhältnisse dauerten. Es ist so ziemlich das Einzige, was ich *in diesem Zusammenhang von mir selbst zu wissen froh* bin.

Denn obgleich es das einschließt, was ich hinzuzufügen fortfahre, so war doch das ganze Verdienst dessen, was ich hinzufüge, Joes Verdienst. Nicht weil ich treu war, sondern weil Joe treu war, bin ich nie weggelaufen und habe mich für einen Soldaten oder Matrosen entschieden. Nicht weil ich ein starkes Gefühl für die Tugend des Fleißes hatte, sondern weil Joe ein starkes Gefühl für die Tugend des Fleißes hatte, arbeitete ich mit erträglichem Eifer gegen den Strich. Es ist nicht möglich zu wissen, wie weit der Einfluß eines liebenswürdigen, ehrlichen, pflichterfüllenden Mannes in die Welt hinausfliegt; aber es ist sehr gut möglich, zu wissen, wie es einen selbst berührt hat, wenn man vorüberging, und ich weiß wohl, daß alles Gute, das sich mit meiner Lehrzeit vermischte, von einem einfachen zufriedenen Joe und nicht von einem rastlos strebenden, unzufriedenen mich herrührte.

Was ich wollte, wer kann das sagen? Wie soll *ich* das sagen, wenn ich es nie wusste? Was ich fürchtete, war, daß ich in einer unglücklichen Stunde, da ich am grimmigsten und gewöhnlichsten war, die Augen emporheben und Estella durch eines der hölzernen Fenster der Schmiede hereinschauen sehen würde. Ich wurde von der Furcht heimgesucht, daß sie mich früher oder später mit schwarzem Gesicht und schwarzen Händen bei der Verrichtung des gröbsten Teils meiner Arbeit erwischen und mich bejubeln und verachten würde. Oft, wenn ich nach Einbruch der Dunkelheit den Blasebalg für Joe zog und wir Old Clem sangen, und wenn der Gedanke, wie wir es bei Miß Havisham zu singen pflegten, mir Estellas Gesicht im Feuer zeigte, mit ihrem hübschen Haar, das im Winde flatterte, und ihren Augen, die mich verachteten, – oft blickte ich zu dieser Zeit nach den schwarzen Nachtpaneelen in der Wand, die damals die hölzernen Fenster bildeten und ich glaubte, sie sähe sie eben das Gesicht wegziehen, und glaubte, sie sei endlich gekommen.

Später, wenn wir zum Abendessen eintraten, sahen der Ort und das Mahl heimeliger aus als je, und ich schämte mich mehr denn je für mein Zuhause in meiner eigenen ungnädigen Brust.

Kapitel XV.

Da ich zu groß für das Zimmer von Mr. Wopsles Großtante wurde, endete meine Erziehung bei dieser lächerlichen Frau. Aber nicht eher, als bis Biddy mir alles mitgeteilt hatte, was sie wußte, von dem kleinen Preiskatalog bis zu einem komischen Lied, das sie einmal für einen halben Penny gekauft hatte. Obwohl der einzige zusammenhängende Teil des letztgenannten literarischen Stücks die Anfangszeilen waren,

>Als ich in die Stadt Lunnon ging, Sirs,
>
>Too rul loo rul
>
>Too rul loo rul
>
>War ich nicht sehr braun, Sirs?
>
>Zu rul, zu rul, zu rul
>
>♪ Too rul loo rul

– doch in meinem Wunsche, weiser zu werden, lernte ich diese Komposition mit dem größten Ernst auswendig; auch erinnere ich mich nicht, daß ich seinen Wert in Frage gestellt hätte, außer daß ich (und ich es noch immer tue) die Menge von Too rul etwas über die Poesie hinaus hielt. In meinem Hunger nach Informationen machte ich Herrn Wopsle Vorschläge, mir einige intellektuelle Krümel zu schenken, denen er freundlicherweise nachkam. Da es sich jedoch herausstellte, daß er mich nur als eine dramatische Laienfigur haben wollte, die man mir widerspricht und umarmte und beweinte und schikanierte und umklammerte und stach und auf mancherlei Weise umstieß, so lehnte ich diesen Unterricht bald ab; aber nicht eher, als bis Mr. Wopsle in seiner poetischen Wut mich schwer zerfleischt hatte.

Was auch immer ich erwarb, versuchte ich Joe zu vermitteln. Diese Behauptung klingt so gut, daß ich sie in meinem Gewissen nicht unerklärt durchgehen lassen kann. Ich wollte Joe weniger unwissend und gewöhnlich machen, damit er meiner Gesellschaft würdiger und weniger offen für Estellas Vorwürfe sei.

Die alte Batterie draußen in den Sümpfen war unser Studienort, und eine zerbrochene Schiefertafel und ein kurzes Stück Schieferstift waren unsere Lehrmittel, zu denen Joe immer eine Pfeife Tabak hinzufügte. Ich habe nie gekannt, daß Joe sich an irgend etwas von einem Sonntag auf den andern erinnern oder sich unter meinem Unterricht irgend eine Information aneignen könnte. Und doch rauchte er seine Pfeife in der Batterie mit einer weit klügern Miene als anderswo, selbst mit einer gelehrten Miene, als ob er sich als ungeheuer vorrückend betrachtete. Lieber Freund, ich hoffe, er hat es getan.

Es war angenehm und still, da draußen, die Segel auf dem Fluß zogen über die Erdwälle hinaus, und manchmal, wenn die Flut war, sah es aus, als gehörten sie zu versunkenen Schiffen, die noch auf dem Grunde des Wassers dahinfuhren. Jedesmal, wenn ich die Schiffe mit ausgebreiteten weißen Segeln auf dem Meer stehen sah, dachte ich irgendwie an Miß Havisham und Estella; und wenn das Licht schräg, in der Ferne, auf eine Wolke oder ein Segel oder einen grünen Hügel oder eine Wasserlinie fiel, war es genau dasselbe. – Miß Havisham und Estella und das fremde Haus und das seltsame Leben schienen etwas mit allem Malerischen zu tun zu haben.

Eines Sonntags, als Joe, der sich sehr an seiner Pfeife ergötzte, sich so sehr darüber aufgeregt hatte: „schrecklich dumpf" zu sein, daß ich ihn für den Tag aufgegeben hatte, lag ich eine Zeitlang mit dem Kinn auf der Hand auf dem Erdwerk und entdeckte überall in der Aussicht, am Himmel und im Wasser Spuren von Miß Havisham und Estella. bis ich mich endlich entschloß, einen Gedanken über sie zu erwähnen, der mir viel durch den Kopf gegangen war.

„Joe," sagte ich; „Glauben Sie nicht, daß ich Miß Havisham einen Besuch abstatten sollte?"

„Nun, Pip," entgegnete Joe und überlegte langsam. „Wozu?"

„Wozu, Joe? Wozu ist ein Besuch da?"

„Es gibt einige Witze," sagte Joe: „die für immer offen bleiben, Pip. Aber in Bezug auf Miß Havisham. Sie könnte glauben, du wolltest etwas – du hast etwas von ihr erwartet."

„Glaubst du nicht, daß ich sagen könnte, daß ich es nicht getan habe, Joe?"

„Das könntest du, alter Kerl," sagte Joe. „Und sie könnte es glauben. Genauso könnte sie es nicht tun."

Joe fühlte, wie ich, daß er damit einen Punkt gemacht hatte, und er zupfte kräftig an seiner Pfeife, um sie nicht durch Wiederholung zu schwächen.

„Sehen Sie, Pip," fuhr Joe fort, sobald er diese Gefahr überwunden hatte: „Miß Havisham hat das Schöne für Sie getan. Als Miß Havisham das hübsche Ding von Ihnen gemacht hatte, rief sie mich zurück, um mir zu sagen, daß das alles sei."

„Ja, Joe. Ich habe sie gehört."

„Alle," wiederholte Joe mit großem Nachdruck.

„Ja, Joe. Ich sage dir, ich habe sie gehört."

„Was ich meine, Pip, es könnte sein, daß sie meinte: - Mach Schluss damit! - Wie du warst! - Ich im Norden und du im Süden! - Bleib in Splittern!"

Daran hatte ich auch gedacht, und es war für mich alles andere als beruhigend, zu sehen, daß er daran gedacht hatte; denn es schien es wahrscheinlicher zu machen.

„Aber, Joe."

„Ja, alter Kerl."

„Hier bin ich, im ersten Jahre meiner Zeit, und seit dem Tage, da ich gefesselt wurde, habe ich Miß Havisham nicht mehr gedankt, nicht nach ihr gefragt oder gezeigt, daß ich mich an sie erinnere."

„Das ist wahr, Pip; und wenn Sie ihr nicht ein Paar Schuhe rund um den Rand geben würden - und was ich meine, da selbst ein Paar Schuhe rund um vier Uhr nicht als Geschenk annehmbar sein könnte, in einem totalen Gewimmel von Hufen" -

„Ich meine nicht diese Art von Erinnerung, Joe; Ich meine kein Geschenk."

Aber Joe hatte die Idee eines Geschenks in seinem Kopf und mußte darauf herumreiten. "Oder sogar," sagte er: „wenn man Ihnen half, ihr eine neue Kette für die Haustür zu nähen - oder sagen wir ein oder zwei grobe Haifischkopfschrauben für den allgemeinen Gebrauch - oder irgend etwas Leichtes, Phantasiestücke, wie eine Toastgabel, wenn sie ihre Muffins nahm, - oder ein Rosteisen, wenn sie eine Sprotte oder dergleichen nahm -„

„Ich meine gar kein Geschenk, Joe," warf ich ein.

„Nun," sagte Joe, indem er noch immer darauf herumhackte, als ob ich ihn besonders bedrängt hätte: „wenn ich du wäre, Pip, würde ich es nicht tun. Nein, würde ich *nicht*. Denn was ist eine Türkette, wenn sie immer eine oben hat? Und Shark-Headers ist anfällig für falsche Darstellungen. Und wenn es eine Toastgabel wäre, würdest du ins Messing gehen und dir selbst keine Ehre machen. Und der gewöhnlichste Arbeiter kann sich nicht auf einem Rost zeigen – denn ein Rost ist ein Rost," sagte Joe, indem er ihn mir standhaft einprägte, als ob er mich aus einer festen Täuschung aufrütteln wollte: „und du magst herumspielen, was du willst, aber ein Gitter wird herauskommen, entweder mit deiner Erlaubnis oder wieder mit deiner Erlaubnis. und du kannst nicht anders ..."

„Mein lieber Joe," rief ich verzweifelt und griff nach seinem Rock: „fahre nicht so fort. Ich habe nie daran gedacht, Miß Havisham ein Geschenk zu machen."

„Nein, Pip," stimmte Joe zu, als hätte er die ganze Zeit darum gekämpft; „und was ich dir sage, ist, du hast recht, Pip."

„Ja, Joe; aber was ich sagen wollte, war, daß, da wir im Augenblick ziemlich nachlässig sind, wenn Sie mir morgen einen halben Urlaub gönnen wollten, ich glaube, ich würde nach oben gehen und Miß Est – Havisham besuchen."

„Und ihr Name," sagte Joe ernst: „ist nicht Estavisham, Pip, es sei denn, daß sie umgekrempelt worden ist."

„Ich weiß, Joe, ich weiß. Es war ein Ausrutscher von mir. Was hältst du davon, Joe?"

Kurz gesagt, Joe dachte, wenn ich gut darüber dachte, dachte er gut darüber. Aber er legte ausdrücklich fest, daß, wenn ich nicht mit Herzlichkeit empfangen würde oder wenn ich nicht ermutigt würde, meinen Besuch als einen Besuch zu wiederholen, der keinen anderen Zweck hatte, sondern nur ein Besuch der Dankbarkeit für einen empfangenen Gefallen war, dann sollte diese experimentelle Reise keinen Nachfolger haben. Unter diesen Bedingungen habe ich versprochen, mich daran zu halten.

Nun hielt Joe einen Gesellen mit Wochenlohn, der Orlick hieß. Er gab vor, sein christlicher Name sei Dolge – eine klare Unmöglichkeit –, aber er war ein Bursche von solcher eigensinnigen Gesinnung, daß ich glaube, daß er in dieser Hinsicht nicht der Beute einer Täuschung war, sondern dem Dorfe absichtlich diesen Namen aufgezwungen hatte, um seinen Verstand zu beleidigen. Er war ein breitschultriger, lockerer, dunkelhäutiger Bursche von großer Kraft, nie in Eile und immer krumm. Er schien nicht einmal absichtlich zu seiner Arbeit zu kommen, sondern kroch wie zufällig hinein; und wenn er zu den lustigen Krämern ging, um sein Abendessen zu essen, oder wenn er abends fortging, so kroch er heraus wie Kain oder der wandernde Jude, als hätte er keine Ahnung, wohin er ging, und nicht die Absicht, jemals wiederzukommen. Er wohnte bei einem Schleusenwärter draußen in den Sümpfen und kam an Werktagen aus seiner Einsiedelei gekrümmt, die Hände in den Taschen und das Abendessen lose in einem Bündel um den Hals gebunden und auf dem Rücken baumelnd. Sonntags lag er meistens den ganzen Tag auf den Schleusentoren oder stand an Ricken und Scheunen. Er saß immer zusammen, lokomotivisch, die Augen auf den Boden gerichtet; und wenn er angesprochen oder sonst aufgefordert wurde, sie zu erheben, blickte er halb verärgert, halb verwirrt auf, als ob der einzige Gedanke, den er je gehabt habe, der, daß es eine ziemlich seltsame und schädliche Tatsache sei, daß er niemals denken sollte.

Dieser mürrische Geselle mochte mich nicht. Als ich noch sehr klein und schüchtern war, gab er mir zu verstehen, daß der Teufel in einem schwarzen Winkel der Schmiede wohne und daß er den Unhold sehr gut kenne, und daß es notwendig sei, das Feuer einmal in sieben Jahren mit einem lebendigen Knaben zu machen, und daß ich mich für Brennstoff halten dürfe. Als ich Joes Prentice wurde, fühlte sich Orlick vielleicht in dem Verdacht bestärkt, daß ich ihn verdrängen würde; aber er mochte mich noch weniger. Nicht, dass er jemals irgendetwas gesagt oder getan hätte, das offen Feindseligkeit hervorgerufen hätte; Ich bemerkte nur, daß er immer seine Funken in meine Richtung schlug und daß er, wenn ich den alten Clem sang, aus der Zeit kam.

Dolge Orlick war bei der Arbeit und am nächsten Tage anwesend, als ich Joe an meinen halben Urlaub erinnerte. Er sagte in diesem Augenblick nichts, denn er und Joe hatten eben ein Stück heißes Eisen zwischen sich gehabt, und ich saß am Blasebalg; aber nach und nach sagte er, sich auf seinen Hammer stützend:

„Jetzt, Meister! Sicher wirst du nicht nur einen von uns bevorzugen. Wenn der junge Pip halbe Ferien hat, so tue das auch für den alten Orlick." Ich vermute, er war etwa fünfundzwanzig Jahre alt, aber er sprach gewöhnlich von sich selbst als einem alten Menschen.

„Nun, was willst du mit einem halben Feiertag anfangen, wenn du ihn bekommst?" fragte Joe.

„Was mache *ich* damit! Was wird *er* damit anfangen? Ich werde genauso viel damit anfangen wie *er*," sagte Orlick.

„Pip geht in die Stadt," sagte Joe.

„Nun denn, was den alten Orlick betrifft, *so geht er in die* Stadt," erwiderte der Würdige. „Zwei können in die Stadt fahren. Es kann nicht nur ein Wot in die Stadt gehen."

„Verlieren Sie nicht die Beherrschung," sagte Joe.

„Soll, wenn ich will," knurrte Orlick. „Einige und ihr Uptowning! Jetzt, Meister! Kommen. Keine Bevorzugung in diesem Shop. Sei ein Mann!"

Da der Meister sich weigerte, sich mit dem Thema zu beschäftigen, bis der Geselle besser gelaunt war, stürzte sich Orlick an den Ofen, zog einen glühenden Riegel hervor und fuhr damit auf mich ein, als ob er ihn mir durch den Leib jagen wollte, schob ihn mir um den Kopf, legte ihn auf den Amboss, hämmerte ihn aus, als ob ich es wäre. dachte ich, und die Funken waren mein Blut, und sagte endlich, als er sich heiß und das Eisen kalt geschlagen hatte und er sich wieder auf seinen Hammer stützte:

„Jetzt, Meister!"

„Geht es dir jetzt gut?" fragte Joe.

„Ah! Mir geht es gut," sagte der schroffe alte Orlick.

„Dann, wie du gewöhnlich so gut an deiner Arbeit festhältst wie die meisten Männer," sagte Joe: „so laß es für alle ein halber Feiertag sein."

Meine Schwester hatte schweigend im Hof gestanden, in Hörweite - sie war eine höchst skrupellose Spionin und Zuhörerin -, und sie blickte augenblicklich zu einem der Fenster herein.

„Wie du, du Narr!" sagte sie zu Joe: „indem du solchen großen, müßigen Lumpen Ferien gibst. Sie sind ein reicher Mann, auf mein Leben angewiesen, auf diese Weise Lohn zu verschwenden. Ich wünschte, *ich* wäre sein Herr!"

„Du würdest jedermanns Herr sein, wenn du es wagst," erwiderte Orlick mit einem ungünstigen Grinsen.

„Laß sie in Ruhe," sagte Joe.)

„Ich würde es mit allen Nudeln und allen Spitzbuben aufnehmen," entgegnete meine Schwester und fing an, sich in mächtige Wut zu steigern. „Und ich könnte den Nudeln nicht gewachsen sein, ohne es mit deinem Herrn aufzunehmen, der der dümmköpfige König der Nudeln ist. Und ich könnte es nicht mit den Schurken aufnehmen, ohne es mit euch aufzunehmen, die ihr der schwärzeste und schlimmste Schurke zwischen diesem und Frankreich seid. Jetzt!"

„Du bist eine üble Spitzmaus, Mutter Gargery," knurrte der Geselle. „Wenn das einen Schurken zum Richter macht, so müßt Ihr ein guter Mann sein."

„Laß sie in Ruhe?" fragte Joe.

„Was hast du gesagt?" rief meine Schwester und fing an zu schreien. „Was hast du gesagt? Was hat dieser Kerl Orlick zu mir gesagt, Pip? Wie nannte er mich, während mein Mann daneben stand? Oh! oh! Oh!" Jeder dieser Ausrufe war ein Schrei; und ich muß von meiner Schwester bemerken, was ebenso auf alle gewalttätigen Frauen zutrifft, die ich je gesehen habe, daß die Leidenschaft für sie keine Entschuldigung war, denn es ist nicht zu leugnen, daß sie, anstatt in die Leidenschaft zu verfallen, sich bewußt und absichtlich außerordentliche Mühe gab, sich in sie zu zwingen, und in regelmäßigen Etappen blindlings wütend wurde; „Wie nannte er mich vor dem gemeinen Mann, der geschworen hatte, mich zu verteidigen? Oh! Halt mich! Oh!"

„Ah-h-h!" knurrte der Geselle zwischen den Zähnen: „ich würde dich halten, wenn du meine Frau wärst. Ich würde dich unter die Pumpe halten und sie aus dir herauswürgen."

„Ich sage dir, laß sie in Ruhe," sagte Joe.

„Ach! Ihn zu hören!" rief meine Schwester mit einem Händeklatschen und einem Schrei zugleich, und das war ihre nächste Stufe. „Die Namen zu hören, die er mir gibt! Dieser Orlick! In meinem eigenen Haus! Ich, eine verheiratete Frau! Mit meinem Mann, der bereitsteht! Oh! Oh!" Hier schlug meine Schwester nach einem Anfall von Klatschen und Geschrei die Hände auf ihre Brust und auf ihre Knie, warf ihre Mütze ab und raufte ihr Haar herunter, was die letzten Stationen auf ihrem Weg zur Raserei waren. Da sie zu dieser Zeit schon eine vollkommene Fury und ein voller Erfolg war, stürzte sie sich auf die Tür, die ich glücklicherweise verschlossen hatte.

Was konnte der unglückliche Joe jetzt, nach seinen unbeachteten Unterbrechungen in Klammern, anderes tun, als sich seinem Gesellen entgegenzustellen und ihn zu fragen, was er damit meinte, daß er sich zwischen sich und Mrs. Joe einmischte; Und ferner, ob er Mann genug sei, um heranzukommen? Der alte Orlick fühlte, daß die Situation nichts Geringeres zuließ, als daß er eingetreten sei, und verteidigte sich sogleich; Ohne also auch nur ihre versengten und verbrannten Schürzen auszuziehen, gingen sie wie zwei Riesen aufeinander los. Aber wenn irgend ein Mann in dieser Nachbarschaft sich gegen Joe behaupten konnte, so habe ich ihn nie gesehen. Orlick, als ob er nicht mehr wert gewesen wäre als der blasse junge Herr, befand sich sehr bald unter dem Kohlenstaub und hatte es nicht eilig, aus ihm herauszukommen. Dann schloß Joe die Tür auf und hob meine Schwester auf, die besinnungslos ans Fenster gefallen war (aber die den Kampf zuerst gesehen hatte, glaube ich), und die ins Haus getragen und niedergelegt wurde, und der man empfahl, sich zu erholen, und die nichts anderes tat, als zu kämpfen und die Hände in Joes Haar zu ballen. Dann trat jene eigentümliche Ruhe und Stille ein, die auf alle Aufruhr folgt; und dann ging ich mit der unbestimmten Empfindung, die ich immer mit einer solchen Stille verbunden habe, nämlich daß es Sonntag sei und jemand tot sei, die Treppe hinauf, um mich anzukleiden.

Als ich wieder herunterkam, fand ich Joe und Orlick auffegen, ohne eine andere Spur von Verwirrung als einen Schlitz in einem von Orlicks Nasenlöchern, der weder ausdrucksvoll noch dekorativ war. Ein Krug Bier war von den lustigen Krämern gekommen, und sie teilten ihn abwechselnd in friedlicher Weise. Die Stille übte einen beruhigenden und philosophischen Einfluß auf Joe aus, der mir auf die Straße folgte, um zum Abschied zu sagen: „Auf dem Rampage, Pip, und off the Rampage, Pip: So ist das Leben!"

Mit welch absurden Gefühlen (denn wir denken, daß die Gefühle, die bei einem Manne sehr ernst sind, bei einem Knaben ganz komisch sind), ich mich wieder bei Miß Havisham befand, spielt hier keine Rolle. Auch nicht, wie ich das Tor viele Male passierte und wieder passierte, bevor ich mich entschließen konnte zu klingeln. Auch nicht, wie ich darüber nachdachte, ob ich fortgehen sollte, ohne zu klingeln; auch nicht, wie ich ohne Zweifel gegangen wäre, wenn meine Zeit meine eigene gewesen wäre, um zurückzukehren.

Fräulein Sarah Pocket trat ans Tor. Keine Estella.

„Wie denn? Sind Sie wieder hier?" fragte Miß Pocket. „Was willst du?"

Als ich sagte, daß ich nur gekommen sei, um zu sehen, wie es Miß Havisham gehe, überlegte Sara offenbar, ob sie mich wegen meiner Geschäfte schicken solle oder nicht. Aber da sie nicht gewillt war, die Verantwortung aufs Spiel zu setzen, ließ sie mich herein und brachte sogleich die scharfe Botschaft, daß ich „heraufkommen" solle.

Alles war unverändert, und Miß Havisham war allein.

„Nun?" sagte sie, indem sie ihre Augen auf mich heftete. „Ich hoffe, es fehlt dir nichts? Du wirst nichts bekommen."

„Nein, Miß Havisham. Ich wollte Sie nur wissen lassen, daß ich in meiner Lehre sehr gut bin und Ihnen immer sehr dankbar bin."

„Da, da!" mit den alten, unruhigen Fingern. „Komm ab und zu; Ja!' rief sie plötzlich, indem sie sich und ihren Stuhl mir zuwandte, "Sie sehen sich nach Estella um? Hey?"

Ich hatte mich umgesehen, in der Tat nach Estella, und stammelte, ich hoffe, es sei ihr gut.

„Im Ausland," sagte Miß Havisham; „Erziehung für eine Dame; weit außerhalb der Reichweite; hübscher als je zuvor; bewundert von allen, die sie sehen. Fühlst du, daß du sie verloren hast?"

Es lag ein so bösartiges Vergnügen in ihrem Aussprechen der letzten Worte, und sie brach in ein so unangenehmes Lachen aus, daß ich nicht wußte, was ich sagen sollte. Sie ersparte mir die Mühe des Nachdenkens, indem sie mich entließ. Als mir die Thür von Sara mit dem walnussschalenartigen Antlitz schloß, fühlte ich mich mehr denn je unzufrieden mit meiner Heimat und mit meinem Gewerbe und mit allem; und das war alles, was ich aus *diesem* Antrag nahm.

Während ich die Hauptstraße entlanglungerte, trostlos nach den Schaufenstern blickte und darüber nachdachte, was ich kaufen würde, wenn ich ein Gentleman wäre, der aus der Buchhandlung käme als Mr. Wopsle. Mr. Wopsle hielt die rührende Tragödie von George Barnwell in der Hand, in die er in diesem Augenblick sechs Pence investiert hatte, um Pumblechook, mit dem er Tee trinken wollte, jedes Wort davon auf den Kopf zu häufen. Kaum hatte er mich erblickt, als schien er zu denken, daß eine besondere Vorsehung ihm einen „Prentice" in den Weg gelegt hatte, um gelesen zu werden; und er faßte mich und bestand darauf, daß ich ihn in die Pumblechouksche Stube begleitete. Da ich wußte, daß es zu Hause elend sein würde, und da die Nächte dunkel und der Weg trostlos waren und fast jede Gesellschaft auf dem Wege besser war als keine, so leistete ich keinen großen Widerstand; daher bogen wir in Pumblechook's ein, gerade als die Straße und die Geschäfte erleuchtet wurden.

Da ich nie bei einer anderen Darstellung von George Barnwell mitgewirkt habe, weiß ich nicht, wie lange es gewöhnlich dauern wird; aber ich weiß sehr wohl, daß es an jenem Abend bis halb neun Uhr dauerte, und daß, als Mr. Wopsle in Newgate ankam, ich glaubte, er würde nie zum Schafott gehen, er wurde so viel langsamer als in irgendeiner früheren Periode seiner schändlichen Laufbahn. Ich fand es ein wenig zu viel verlangt, daß er sich darüber beklagte, daß er in seiner Blüte doch kurz geschnitten war, als ob er nicht von Anfang an Blatt um Blatt gejagt hätte. Dies war jedoch nur eine Frage der Länge und Ermüdung. Was mich schmerzte, war die Identifikation der ganzen Angelegenheit mit meinem unbescholtenen Selbst. Als Barnwell anfing, etwas falsch zu machen, erkläre ich, dass ich mich positiv entschuldigte, und Pumblechooks entrüsteter Blick belastete mich so sehr. Auch Wopsle gab sich Mühe, mich im schlechtesten Licht darzustellen. Zugleich grausam und rührselig, wurde ich gezwungen, meinen Onkel zu ermorden, ohne irgend einen mildernden Umstand; Millwood hat mich bei jeder Gelegenheit in einen Streit verwickelt; Es wurde zu einer blanken Monomanie bei der Tochter meines Herrn, sich um einen Knopf für mich zu kümmern; und alles, was ich über mein keuchendes und zögerndes Benehmen an diesem verhängnisvollen Morgen sagen kann, ist, daß es der allgemeinen

Schwäche meines Charakters würdig war. Selbst nachdem ich glücklich gehängt worden war und Wopsle das Buch geschlossen hatte, saß Pumblechook da, starrte mich an, schüttelte den Kopf und sagte: „Sei gewarnt, Junge, sei gewarnt!" als ob es eine bekannte Tatsache wäre, daß ich daran denke, einen nahen Verwandten zu ermorden, vorausgesetzt, daß ich nur einen dazu bringen könnte, die Schwäche zu haben, mein Wohltäter zu werden.

Es war eine sehr dunkle Nacht, als alles vorüber war und ich mich mit Herrn Wopsle auf den Heimweg machte. Außerhalb der Stadt fanden wir einen starken Nebel, der nass und dick fiel. Die Schlagbaumlampe war verschwommen, anscheinend ganz außerhalb ihres gewöhnlichen Platzes, und ihre Strahlen schienen feste Substanz im Nebel zu sein. Wir bemerkten dies und erzählten, wie der Nebel mit einem Windwechsel von einem gewissen Teil unserer Sümpfe aufstieg, als wir auf einen Mann stießen, der sich im Windschatten des Schlagbaumhauses zusammenkauerte.

„Halloa!", sagten wir und hielten inne. „Orlick da?"

„Ah!" antwortete er und beugte sich zusammen. „Ich stand eine Minute daneben, um Gesellschaft zu bekommen."

„Sie sind spät dran," bemerkte ich.

Orlick antwortete nicht unnatürlich: „Nun? Und *du* bist spät dran."

„Wir sind," sagte Herr Wopsle, erhaben über seinen späten Auftritt: „wir haben uns einen intellektuellen Abend gegönnt, Herr Orlick."

Der alte Orlick knurrte, als ob er nichts dagegen zu sagen hätte, und wir gingen alle zusammen weiter. Ich fragte ihn sogleich, ob er seine halben Ferien in der Stadt auf und ab verbracht habe?

„Ja," sagte er: „alles. Ich komme hinter dir herein. Ich habe dich nicht gesehen, aber ich muss ziemlich dicht hinter dir gewesen sein. Übrigens, die Gewehre gehen wieder."

„Bei den Hulks?" fragte ich.

„Ja! Es gibt einige der Vögel, die aus den Käfigen geflogen wurden. Die Gewehre sind seit Einbruch der Dunkelheit in Betrieb. Du wirst gleich einen hören."

In der Tat waren wir noch nicht viele Schritte weiter gegangen, als der wohlbekannte Knall auf uns zukam, vom Nebel betäubt, und schwer über die Niederungen am Fluß hinweggerollt, als ob er die Flüchtigen verfolgte und bedrohte.

„Eine gute Nacht, um sich einzumischen," sagte Orlick. „Wir wären verwirrt, wie wir heute nacht einen Gefängnisvogel auf dem Flügel zur Strecke bringen könnten."

Das Thema war für mich suggestiv, und ich dachte schweigend darüber nach. Mr. Wopsle, der unglückliche Onkel der Tragödie des Abends, verfiel in seinem Garten in Camberwell in lautes Meditieren. Orlick, die Hände in den Taschen, beugte sich schwer an meine Seite. Es war sehr dunkel, sehr nass, sehr schlammig, und so planschten wir dahin. Von Zeit zu Zeit ertönte wieder der Knall der Signalkanonen und rollte wieder mürrisch den Lauf des Flusses entlang. Ich behielt mich für mich und meine Gedanken. Mr. Wopsle starb liebenswürdig in Camberwell, außerordentlich wild auf Bosworth Field und unter den größten Qualen in Glastonbury. Orlick knurrte manchmal: „Hau drauf, hau ihn raus, - der alte Clem! Mit einem Klirren nach dem Dicken - der alte Clem!" Ich dachte, er hätte getrunken, aber er war nicht betrunken.

So kamen wir in das Dorf. Der Weg, auf dem wir uns ihm näherten, führte uns an den drei lustigen Schiffern vorbei, die wir zu unserer Überraschung - es war elf Uhr - in einem Zustande der Aufregung fanden, mit weit geöffneter Thür und ungewohnten Lichtern, die hastig eingefangen und abgelegt worden waren, zerstreut. Mr. Wopsle kam herein, um zu fragen, was los sei (in der Annahme, daß ein Sträfling gefangen genommen worden sei), kam aber in großer Eile herausgelaufen.

„Es stimmt etwas nicht," sagte er, ohne stehen zu bleiben: „bei dir oben, Pip. Run all!"

„Was ist das?" fragte ich und hielt mit ihm Schritt. So auch Orlick an meiner Seite.

„Ich kann es nicht ganz verstehen. Das Haus scheint gewaltsam betreten worden zu sein, als Joe Gargery nicht da war. Von Sträflingen vermutet. Jemand wurde angegriffen und verletzt."

Wir rannten zu schnell, um zuzugeben, dass noch mehr gesagt wurde, und wir hielten nicht an, bis wir in unsere Küche kamen. Es war voller Menschen; das ganze Dorf war dort oder im Hofe; Und da war ein Chirurg, und da war Joe, und da war eine Gruppe von Frauen, alle auf dem Boden mitten in der Küche. Die arbeitslosen Umstehenden wichen zurück, als sie mich sahen, und so wurde ich meiner Schwester gewahr, die ohne Besinnung und Regung auf den nackten Brettern lag, wo sie von einem gewaltigen Schlag auf den Hinterkopf niedergeschlagen worden war, den sie von einer unbekannten Hand versetzt hatte, als sie ihr Gesicht dem Feuer zuwandte, und die dazu bestimmt war, nie wieder zu wüten. während sie die Frau von Joe war.

Kapitel XVI.

Da ich den Kopf voll mit George Barnwell hatte, war ich zuerst geneigt zu glauben, daß *ich bei* dem Angriff auf meine Schwester seine Hand im Spiel gehabt haben müsse, oder daß ich wenigstens als ihr naher Verwandter, von dem allgemein bekannt war, daß er ihr gegenüber verpflichtet war, ein berechtigterer Gegenstand des Verdachts war als irgend jemand sonst. Als ich aber am nächsten Morgen im klareren Lichte der Sache zu überdenken anfing und sie um mich herum von allen Seiten erörtern hörte, nahm ich eine andere, vernünftigere Ansicht über die Sache ein.

Joe war von viertel nach acht Uhr bis viertel vor zehn im Three Jolly Bargemen gewesen und hatte seine Pfeife geraucht. Während er dort war, hatte man meine Schwester an der Küchentür stehen sehen und mit einem Landarbeiter, der nach Hause ging, gute Nacht ausgetauscht. Der Mann konnte nicht genauer sagen, wann er sie sah (er geriet in große Verwirrung, als er es versuchte), als daß es vor neun Uhr gewesen sein mußte. Als Joe um fünf Minuten vor zehn nach Hause ging, fand er sie niedergeschlagen auf dem Boden und rief sofort Hilfe. Das Feuer brannte damals noch nicht ungewöhnlich schwach, und der Schnupftabak der Kerze war nicht sehr lang; Die Kerze war jedoch ausgeblasen worden.

Von irgendeinem Teil des Hauses war nichts weggenommen worden. Außer dem Ausblasen der Kerze, die auf einem Tisch zwischen der Tür und meiner Schwester stand und hinter ihr stand, als sie dem Feuer zugewandt stand und getroffen wurde, gab es auch keine Unordnung in der Küche, außer solchen, die sie selbst durch Fallen und Bluten verursacht hatte. Aber es gab einen bemerkenswerten Beweis vor Ort. Sie war von etwas Stumpfem und Schwerem am Kopf und an der Wirbelsäule getroffen worden; Nachdem die Schläge ausgeteilt waren, war etwas Schweres mit beträchtlicher Gewalt auf sie herabgeworfen worden, als sie auf dem Gesicht lag. Und auf dem Boden neben ihr, als Joe sie aufhob, lag das Fußeisen eines Sträflings, das auseinandergefeilt worden war.

Joe untersuchte dieses Eisen mit dem Auge eines Schmieds und erklärte, es sei vor einiger Zeit auseinander gefeilt worden. Das Geschrei und das Geschrei, das zu den Hulks ging, und die Leute, die von dort kamen, um das Eisen zu untersuchen, Joes Meinung bestätigte sich. Sie wagten nicht zu sagen, wann es die Gefangenenschiffe verlassen hatte, zu denen es zweifellos einst gehört hatte; Aber sie behaupteten, mit Sicherheit zu wissen, daß dieser spezielle Hammer von keinem der beiden Sträflinge, die letzte Nacht entkommen waren, getragen worden war. Ferner war einer von den beiden schon wieder gefangen und hatte sich nicht von seinem Eisen befreit.

Mit dem Wissen, was ich wusste, stellte ich hier eine eigene Schlussfolgerung auf. Ich glaubte, das Eisen sei das Bügeleisen meines Sträflings, das ich in den Sümpfen gesehen und gehört hatte, wie er daran feilte, aber mein Verstand beschuldigte ihn nicht, daß er es zu seinem letzten Gebrauch benutzt hätte. Denn ich glaubte, daß eine von zwei andern Personen in den Besitz desselben gelangt sei und daß er es zu dieser grausamen Rechnung gemacht habe. Entweder Orlick oder der fremde Mann, der mir die Akte gezeigt hatte.

Was nun Orlick betrifft; Er war genau so in die Stadt gegangen, wie er es uns erzählt hatte, als wir ihn am Schlagbaum abholten, er war den ganzen Abend in der Stadt gesehen worden, er war in verschiedenen Gesellschaften in mehreren Wirtshäusern gewesen, und er war mit mir und Mr. Wopsle zurückgekehrt. Es gab nichts gegen ihn, außer dem Streit; Und meine Schwester hatte sich mit ihm und mit allen anderen um sie herum zehntausendmal gestritten. Was den fremden Mann anbelangt; Wenn er zurückgekommen wäre, um seine beiden Banknoten zu holen, hätte es keinen Streit darüber geben können, denn meine Schwester war bereit, sie zurückzugeben. Außerdem hatte es keine Auseinandersetzung gegeben; Der Angreifer war so lautlos und plötzlich hereingekommen, daß sie niedergestreckt worden war, ehe sie sich umsehen konnte.

Es war schrecklich zu denken, dass ich die Waffe zur Verfügung gestellt hatte, wenn auch unbeabsichtigt, aber ich konnte kaum anders denken. Ich litt unsägliche Schwierigkeiten, während ich immer wieder überlegte, ob ich endlich den Zauber meiner Kindheit auflösen und Joe die ganze Geschichte erzählen sollte. Monatelang danach habe ich die Frage jeden Tag endgültig verneint und am nächsten Morgen wieder aufgegriffen und neu gestellt. Der Streit kam schließlich zu diesem: Das Geheimnis war jetzt ein so altes, so in mich hineingewachsen und ein Teil von mir geworden, daß ich es nicht losreißen konnte. Außer der Befürchtung, daß es nach so viel Unheil jetzt wahrscheinlicher denn je sein würde, Joe von mir zu entfremden, wenn er daran glaubte, hatte ich noch eine zügelnde Befürchtung, daß er es nicht glauben würde, sondern es mit den fabelhaften Hunden und Kalbskoteletts als eine monströse Erfindung vermischen würde. Indessen zögerte ich natürlich mit mir selbst – denn schwankte ich nicht zwischen Recht und Unrecht, wo die Sache immer geschieht? – und beschloß, eine vollständige Offenbarung zu machen, wenn ich eine solche neue Gelegenheit als eine neue Gelegenheit sehen sollte, bei der Entdeckung des Angreifers behilflich zu sein.

Die Constables und die Bow-Street-Männer aus London – denn das geschah in den Tagen der ausgestorbenen Polizei mit rotem Gürtel – waren ein oder zwei Wochen lang im Hause und taten ziemlich das, was ich von den Behörden in anderen derartigen Fällen gehört und gelesen habe. Sie nahmen mehrere offensichtlich falsche Leute auf, und sie rannten ihre Köpfe sehr hart gegen falsche Ideen und beharrten darauf, die Umstände den Ideen anzupassen, anstatt zu versuchen, Ideen aus den Umständen herauszuholen. Auch standen sie um die Thür des lustigen Kahns herum, mit wissenden und zurückhaltenden Blicken, die die ganze Nachbarschaft mit Bewunderung erfüllten; Und sie hatten eine geheimnisvolle Art, ihren Trunk zu sich zu nehmen, die fast so gut war, wie den Übeltäter zu nehmen. Aber nicht ganz, denn sie haben es nie getan.

Lange nachdem sich diese verfassungsmäßigen Gewalten zerstreut hatten, lag meine Schwester sehr krank im Bett. Ihr Sehvermögen war gestört, so daß sie Gegenstände vervielfältigt sah und statt der Wirklichkeit nach visionären Teetassen und Weingläsern griff; ihr Gehör war stark beeinträchtigt; auch ihr Andenken; und ihre Sprache war unverständlich. Als sie endlich so weit kam, daß man ihr die Treppe hinunterhalf, mußte sie meine Tafel immer bei sich behalten, damit sie schriftlich angeben konnte, was sie nicht in der Sprache angeben konnte. Da sie (abgesehen von einer sehr schlechten Handschrift) eine mehr als gleichgültige Rechtschreiberin war, und da Joe ein mehr als gleichgültiger Leser war, so ergaben sich zwischen ihnen außerordentliche Verwicklungen, zu deren Lösung ich immer hinzugezogen wurde. Die Verabreichung von Hammelfleisch statt von Arzneien, die Ersetzung von Joe durch Tee und der Bäcker durch Speck gehörten zu den mildesten Fehlern meiner eigenen Fehler.

Ihr Temperament hatte sich jedoch stark gebessert, und sie war geduldig. Eine zitternde Ungewißheit über die Thätigkeit aller ihrer Glieder wurde bald ein Theil ihres regelmäßigen Zustandes, und später, in Zwischenräumen von zwei oder drei Monaten, legte sie oft die Hände an den Kopf und verharrte dann ungefähr eine Woche lang in einer düsteren Verirrung des Geistes. Wir waren in Verlegenheit, eine geeignete Dienerin für sie zu finden, bis sich ein Umstand ereignete, der uns ablöste. Mr. Wopsles Großtante gewann eine feste Gewohnheit zu leben, in die sie verfallen war, und Biddy wurde ein Teil unseres Hauses.

Es mag ungefähr einen Monat nach dem Wiedererscheinen meiner Schwester in der Küche gewesen sein, als Biddy mit einer kleinen gesprenkelten Schachtel zu uns kam, in der sich ihr gesamtes Hab und Gut befand, und ein Segen für den Haushalt wurde. Vor allem aber war sie ein Segen für Joe, denn der liebe alte Mann war von der beständigen Betrachtung des Untergangs seiner Frau traurig zerrissen und hatte sich gewöhnt, wenn er sich abends um sie kümmerte, sich von Zeit zu Zeit an mich zu wenden und mit seinen blauen Augen zu sagen: „Eine so schöne Gestalt von einer Frau, wie sie einst war, Pip!" Biddy übernahm augenblicklich die klügste Verantwortung für sie, als ob sie sie von Kindheit an studiert hätte; Joe wurde in gewisser Weise in den Stand gesetzt, die größere Ruhe seines Lebens zu schätzen und sich von Zeit zu Zeit zu den lustigen Bargemen zu begeben, um eine Abwechslung zu finden, die ihm gut tat. Es war charakteristisch für die Polizisten, daß sie alle mehr oder weniger den armen Joe verdächtigt hatten (obgleich er es nie wußte), und daß sie mit einem Mann übereinstimmend ihn als einen der tiefsten Geister betrachteten, denen sie je begegnet waren.

Biddys erster Triumph in ihrem neuen Amt bestand darin, eine Schwierigkeit zu lösen, die mich völlig besiegt hatte. Ich hatte mich sehr bemüht, aber nichts daraus gemacht. So war es:

Wieder und wieder und wieder hatte meine Schwester auf der Schiefertafel ein Zeichen nachgezeichnet, das wie ein merkwürdiges T aussah, und dann mit dem größten Eifer unsere Aufmerksamkeit darauf gelenkt, daß es ihr besonders wünsche. Ich hatte vergeblich alles Herstellbare versucht, was mit einem T begann, von Teer über Toast bis hin zu Wanne. Endlich war es mir in den Sinn gekommen, daß das Schild wie ein Hammer aussah, und als ich meiner Schwester dieses Wort lustvoll ins Ohr rief, hatte sie angefangen, auf den Tisch zu hämmern, und hatte eine eingeschränkte Zustimmung ausgesprochen. Darauf hatte ich alle unsere Hämmer, einen nach dem andern, herbeigeholt, aber ohne Erfolg. Da dachte ich an eine Krücke, deren Form ziemlich dieselbe war, und ich borgte mir eine im Dorfe und zeigte sie meiner Schwester mit ziemlicher Zuversicht. Aber sie schüttelte den Kopf, als man es ihr zeigte, daß wir erschraken, daß sie sich in ihrem schwachen und zerschmetterten Zustande nicht den Hals verrenken könnte.

Als meine Schwester feststellte, dass Biddy sie sehr schnell verstand, tauchte dieses mysteriöse Zeichen wieder auf der Schiefertafel auf. Biddy betrachtete es nachdenklich, hörte meine Erklärung, sah nachdenklich meine Schwester an, sah Joe nachdenklich an (der auf der Tafel immer durch seinen Anfangsbuchstaben dargestellt war) und rannte in die Schmiede, gefolgt von Joe und mir.

„Natürlich!" rief Biddy mit frohlockendem Gesicht. „Siehst du nicht? Er ist es!"

Orlick, ohne Zweifel! Sie hatte seinen Namen verloren und konnte ihn nur mit seinem Hammer bezeichnen. Wir sagten ihm, warum wir ihn in die Küche kommen wollten, und er legte langsam seinen Hammer nieder, wischte sich mit dem Arm die Stirn, wischte noch einmal mit seiner Schürze darüber und kam mit einer merkwürdigen, lockeren, vagabundierenden Beugung in den Knien, die ihn stark auszeichnete, herausgebeugt.

Ich gestehe, daß ich erwartete, meine Schwester ihn denunzieren zu sehen, und daß ich von dem anderen Ergebnis enttäuscht war. Sie bekundete die größte Besorgnis, mit ihm in gutem Einvernehmen zu sein, war sichtlich sehr erfreut darüber, daß er endlich hervorgebracht wurde, und winkte ihr, ihm etwas zu trinken zu geben. Sie betrachtete sein Gesicht, als ob sie besonders wünschte, gewiß zu sein, daß er ihn freundlich aufnahm, sie zeigte jeden möglichen Wunsch, ihn zu versöhnen, und in allem, was sie tat, lag ein Hauch demütiger Sühne, wie ich ihn bei der Haltung eines Kindes gegen einen harten Herrn gesehen habe. Nach diesem Tage verging kaum ein Tag, an dem sie nicht den Hammer auf ihre Schiefertafel zog, und ohne daß Orlick sich hineinbeugte und verbissen vor ihr stand, als wüßte er ebensowenig wie ich, was er davon halten sollte.

Kapitel XVII.

Ich verfiel nun in eine regelmäßige Routine des Lehrlingslebens, die über die Grenzen des Dorfes und der Sümpfe hinaus durch keinen merkwürdigeren Umstand abwechslungsreich war, als durch die Ankunft meines Geburtstages und meinen erneuten Besuch bei Miß Havisham. Ich fand Miß Sarah Pocket noch immer im Dienst am Tore; Ich fand Miß Havisham gerade so, wie ich sie verlassen hatte, und sie sprach von Estella in derselben Weise, wenn nicht mit denselben Worten. Die Unterredung dauerte nur wenige Minuten, und sie gab mir eine Guinee, als ich ging, und sagte mir, ich solle an meinem nächsten Geburtstag wiederkommen. Ich darf gleich erwähnen, daß dies zu einem jährlichen Brauch wurde. Ich versuchte die Einnahme der Guinee bei der ersten Gelegenheit abzulehnen, aber mit keiner besseren Wirkung, als daß sie mich sehr ärgerlich fragte, ob ich mehr erwarte. Dann, und danach, habe ich es genommen.

So unveränderlich war das triste alte Haus, das gelbe Licht in dem dunklen Zimmer, das verblichene Gespenst in dem Stuhl neben dem Schminkglas, daß es mir vorkam, als ob das Anhalten der Uhren die Zeit an diesem geheimnisvollen Ort angehalten hätte, und während ich und alles andere draußen älter wurden, blieb es stehen. Das Tageslicht drang nie in das Haus, was meine Gedanken und Erinnerungen daran betraf, ebensowenig wie in Bezug auf die wirkliche Tatsache. Es verwirrte mich, und unter seinem Einfluß fuhr ich fort, im Grunde meines Herzens meinen Beruf zu hassen und mich der Heimat zu schämen.

Unmerklich wurde ich mir jedoch einer Veränderung in Biddy bewusst. Ihre Schuhe reichten bis zum Absatz, ihr Haar wuchs hell und ordentlich, ihre Hände waren immer sauber. Sie war nicht schön, sie war gewöhnlich und konnte nicht wie Estella sein, aber sie war angenehm, gesund und gutmütig. Sie war noch nicht länger als ein Jahr bei uns gewesen (ich erinnere mich, daß sie gerade aus der Trauer erwacht war, als es mich traf), als ich eines Abends bemerkte, daß sie merkwürdig nachdenkliche und aufmerksame Augen hatte; Augen, die sehr hübsch und sehr gut waren.

Es kam daher, daß ich meine Augen von einer Aufgabe erhob, über die ich nachdachte - einige Stellen aus einem Buch zu schreiben, um mich durch eine Art List auf zwei Arten gleichzeitig zu verbessern - und Biddy sah, wie er beobachtete, was ich vorhatte. Ich legte meine Feder nieder, und Biddy blieb in ihrer Handarbeit stehen, ohne sie abzulegen.

„Biddy," sagte ich: „wie machst du das? Entweder bin ich sehr dumm, oder du bist sehr klug."

„Was schaffe ich? Ich weiß es nicht," entgegnete Biddy lächelnd.

Sie bewältigte unser ganzes häusliches Leben, und zwar wunderbar; aber das meinte ich nicht, obgleich das, was ich meinte, noch überraschender machte.

„Wie bringen Sie es fertig, Biddy," fragte ich: „alles zu lernen, was ich lerne, und immer mit mir Schritt zu halten?" Ich fing an, ziemlich eitel auf meine Kenntnisse zu werden, denn ich gab meine Geburtstagsguineen dafür aus und legte den größten Teil meines Taschengeldes für ähnliche Investitionen beiseite; obgleich ich jetzt nicht daran zweifle, daß das Wenige, was ich wußte, zu diesem Preis außerordentlich teuer war.

„Ich könnte Sie ebensogut fragen," sagte Biddy: „wie *Sie* das machen?"

„Nein; denn wenn ich aus der Schmiede einer Nacht komme, kann man sehen, wie ich mich ihr zuwende. Aber du wendest dich nie daran um, Biddy."

„Ich glaube, ich muß es wie einen Husten fangen," sagte Biddy ruhig; und machte mit dem Nähen weiter.

Während ich mich in meinem hölzernen Stuhl zurücklehnte und Biddy mit dem Kopf zur Seite nähen sah, fing ich an, sie für ein ziemlich außerordentliches Mädchen zu halten. Denn ich erinnerte mich jetzt, daß sie in den Begriffen unseres Handels und in den Namen unserer verschiedenen Arbeiten und unserer verschiedenen Werkzeuge gleichermaßen bewandert war. Kurz gesagt, was auch immer ich wusste, Biddy wusste es. Theoretisch war sie schon eine genauso gute Schmiedin wie ich, oder sogar besser.

„Du gehörst zu denen, Biddy," sagte ich: „die jede Gelegenheit am besten ausnützen. Du hattest nie eine Chance, ehe du hierher kamst, und sieh, wie gut du bist!"

Biddy sah mich einen Augenblick an und fuhr dann mit dem Nähen fort. „Ich war aber dein erster Lehrer; nicht wahr?" sagte sie, während sie nähte.

„Biddy!" rief ich erstaunt aus. „Du weinst!"

„Nein, das bin ich nicht," sagte Biddy, sah auf und lachte. „Wie hast du das in den Kopf gesetzt?"

Was hätte es mir in den Kopf setzen können, wenn nicht das Glitzern einer Träne, die auf ihre Arbeit tropfte? Ich saß schweigend da und erinnerte mich, was für eine Plackerei sie gewesen war, bis Mr. Wopsles Großtante mit Erfolg diese schlechte Gewohnheit des Lebens überwunden hatte, die von manchen Leuten so gern loszuwerden wünschte. Ich erinnerte mich an die hoffnungslosen Umstände, von denen sie in dem elenden kleinen Laden und der elenden kleinen lärmenden Abendschule umgeben gewesen war, mit diesem elenden alten Bündel von Unfähigkeit, das immer hinter sich hergeschleppt und geschultert werden mußte. Ich dachte darüber nach, daß selbst in jenen ungünstigen Zeiten dasjenige, was sich jetzt entwickelte, in Biddy schlummernd gewesen sein mußte, denn in meiner ersten Unruhe und Unzufriedenheit hatte ich mich wie selbstverständlich an sie gewandt, um Hilfe zu erhalten. Biddy saß still und nähend da, ohne mehr zu weinen, und während ich sie ansah und über alles nachdachte, kam mir der Gedanke, daß ich Biddy vielleicht nicht dankbar genug gewesen war. Vielleicht war ich zu zurückhaltend und hätte sie mehr mit meinem Vertrauen bevormunden sollen (obwohl ich dieses Wort in meinen Meditationen nicht gebrauchte).

„Ja, Biddy," bemerkte ich, als ich es umgewälzt hatte: „du warst mein erster Lehrer, und das zu einer Zeit, als wir kaum daran dachten, jemals so zusammen zu sein, in dieser Küche."

„Ah, armes Ding!" antwortete Biddy. Es war wie ihre Selbstvergessenheit, die Bemerkung auf meine Schwester zu übertragen, aufzustehen und sich um sie zu kümmern, um sie bequemer zu machen; „Das ist leider wahr!"

„Nun," sagte ich: „wir müssen noch ein wenig miteinander reden, wie wir es früher getan haben. Und ich muss Sie noch ein wenig mehr zu Rate ziehen, wie ich es früher getan habe. Laß uns nächsten Sonntag einen ruhigen Spaziergang in den Sümpfen machen, Biddy, und ein langes Gespräch führen."

Meine Schwester wurde jetzt nie mehr allein gelassen; aber Joe übernahm an jenem Sonntagnachmittag mehr als bereitwillig die Pflege für sie, und Biddy und ich gingen zusammen aus. Es war Sommer und schönes Wetter. Als wir das Dorf, die Kirche und den Kirchhof hinter uns gelassen hatten und auf den Sümpfen unterwegs waren und die Segel der Schiffe zu sehen begannen, fing ich an, Miß Havisham und Estella in meiner gewöhnlichen Weise mit der Aussicht zu verbinden. Als wir an das Ufer kamen und uns ans Ufer setzten, während das

Wasser zu unseren Füßen plätscherte und alles ruhiger wurde, als es ohne dieses Geräusch gewesen wäre, beschloß ich, daß es ein guter Zeitpunkt und Ort sei, um Biddy in mein inneres Vertrauen aufzunehmen.

„Biddy," sagte ich, nachdem ich sie zur Verschwiegenheit verpflichtet hatte: „ich möchte ein Gentleman sein."

„O, das würde ich nicht tun, wenn ich Sie wäre!" erwiderte sie. „Ich glaube nicht, dass es antworten würde."

„Biddy," sagte ich mit einiger Strenge: „ich habe besondere Gründe, ein Gentleman sein zu wollen."

„Du weißt es am besten, Pip; aber glaubst du nicht, daß du glücklicher bist, als du bist?"

„Biddy," rief ich ungeduldig: „ich bin gar nicht so glücklich, wie ich bin. Ich bin angewidert von meiner Berufung und von meinem Leben. Ich habe mich nie an eines von beiden gewöhnt, seit ich gefesselt war. Sei nicht absurd."

„War ich lächerlich?" fragte Biddy und zog leise die Augenbrauen in die Höhe; „Das tut mir leid; Ich wollte es nicht sein. Ich möchte nur, daß du es gut machst und es dir bequem machst."

„Nun, so begreifen Sie ein für allemal, daß ich dort niemals behaglich sein werde oder kann - oder irgend etwas anderes als unglücklich -, Biddy! - es sei denn, ich kann ein ganz anderes Leben führen als das, das ich jetzt führe."

„Das ist schade!" sagte Biddy und schüttelte mit trauriger Miene den Kopf.

Nun hatte ich es auch so oft für schade gehalten, daß ich in dem eigentümlichen Streite mit mir selbst, den ich immer führte, halb geneigt war, Tränen des Ärgers und der Trauer zu vergießen, wenn Biddy ihre und meine eigenen Gefühle aussprach. Ich sagte ihr, sie habe recht, und ich wußte, daß es sehr zu bedauern war, aber es war doch nicht zu helfen.

„Wenn ich mich hätte niederlassen können," sagte ich zu Biddy, indem ich das kurze Gras in Reichweite ausrupfte, so wie ich mir einst meine Gefühle aus den Haaren gerissen und sie gegen die Brauhauswand gestoßen hatte: „wenn ich mich hätte niederlassen und die Schmiede nur halb so lieben können, wie ich es war, als ich klein war, Ich weiß, dass es viel besser für mich gewesen wäre. Dir und mir und Joe hätte es damals an nichts gefehlt, und Joe und ich wären vielleicht Partner geworden, als ich meine Zeit abgelaufen war, und ich wäre vielleicht sogar erwachsen geworden, um mit dir Gesellschaft zu haben, und wir hätten an einem schönen Sonntag an diesem Ufer gesessen, ganz verschiedene Leute. Ich wäre gut genug für *dich* gewesen, nicht wahr, Biddy?"

Biddy seufzte, als sie die Schiffe betrachtete, die weiterfuhren, und kehrte zur Antwort zurück: „Ja; Ich bin nicht übertrieben wählerisch." Es klang kaum schmeichelhaft, aber ich wußte, daß sie es gut meinte.

„Statt dessen," sagte ich, indem ich noch mehr Gras ausriß und ein oder zwei Halme kaute: „sieh, wie es mir geht. Unzufrieden und unbehaglich, und - was würde es für mich bedeuten, roh und gewöhnlich zu sein, wenn es mir niemand gesagt hätte!"

Biddy wandte ihr Gesicht plötzlich dem meinigen zu und sah mich weit aufmerksamer an, als sie auf die Segelschiffe geschaut hatte.

„Es war weder sehr wahr noch sehr höflich, das zu sagen," bemerkte sie, indem sie ihre Augen wieder auf die Schiffe richtete. „Wer hat das gesagt?"

Ich war beunruhigt, denn ich hatte mich losgerissen, ohne recht zu wissen, wohin ich gehen sollte. Aber jetzt ließ es sich nicht mehr abschütteln, und ich antwortete: „Die schöne junge Dame bei Miß Havisham, und sie ist schöner, als irgend jemand je war, und ich bewundere sie entsetzlich, und ich möchte ihretwegen ein Gentleman sein." Nachdem ich dieses wahnsinnige Geständnis gemacht hatte, fing ich an, mein ausgerissenes Gras in den Fluß zu werfen, als ob ich daran dachte, ihm zu folgen.

„Wollen Sie ein Gentleman sein, um sie zu ärgern oder um sie zu gewinnen?" Fragte mich Biddy nach einer Pause leise.

„Ich weiß es nicht," antwortete ich schwermütig.

„Weil, wenn es darum geht, sie zu ärgern," fuhr Biddy fort: „ich denken würde - aber Sie wissen es am besten -, daß es besser und unabhängiger wäre, wenn man sich nicht um ihre Worte kümmerte. Und wenn es darum geht, sie für sich zu gewinnen, so würde ich glauben - aber Sie wissen es am besten -, sie wäre es nicht wert, daß man sie für sich gewinnt."

Genau das, was ich mir schon oft gedacht hatte. Genau das, was mir in diesem Moment vollkommen offensichtlich war. Aber wie konnte ich, ein armer, benommener Dorfjunge, jene wunderbare Inkonsequenz vermeiden, in die die besten und weisesten Männer jeden Tag verfallen?

„Es mag alles ganz wahr sein," sagte ich zu Biddy: „aber ich bewundere sie entsetzlich."

Kurz, ich drehte mich auf das Gesicht, als ich dazu kam, und faßte das Haar auf beiden Seiten meines Kopfes gut und zerrte es gut. Die ganze Zeit über wußte ich, daß der Wahnsinn meines Herzens so wahnsinnig und unangebracht war, daß ich ganz wußte, daß es meinem Angesicht recht gedient hätte, wenn ich es an meinen Haaren emporgehoben und gegen die Kieselsteine gestoßen hätte, zur Strafe dafür, daß ich einem solchen Idioten angehörte.

Biddy war das klügste aller Mädchen, und sie versuchte nicht mehr, mit mir zu reden. Sie legte ihre Hand, die eine bequeme Hand war, wenn auch von der Arbeit aufgerauht, auf meine Hände, eine nach der anderen, und nahm sie sanft aus meinem Haar. Dann klopfte sie mir sanft beruhigend auf die Schulter, während ich, das Gesicht auf dem Ärmel, ein wenig weinte, genau wie ich es auf dem Brauereihof getan hatte, und mich unsicher überzeugt fühlte, daß ich von irgend jemandem, oder von allen, sehr mißhandelt worden sei; Ich kann nicht sagen, welche.

„Ich bin über eines froh," sagte Biddy: „und das ist, daß du das Gefühl hattest, mir dein Vertrauen schenken zu können, Pip. Und noch etwas freut mich, und das ist, daß Sie natürlich wissen, daß Sie sich darauf verlassen können, daß ich es behalte und es bisher immer verdiene. Wenn deine erste Lehrerin (eine so arme, die selbst so sehr unterrichtet werden müßte!) deine jetzige Lehrerin gewesen wäre, so glaubt sie zu wissen, welche Lektion sie erteilen würde. Aber es wäre schwer zu lernen, und du bist über sie hinausgekommen, und es nützt jetzt nichts mehr." Mit einem leisen Seufzer erhob sich Biddy von der Bank und sagte mit einer frischen, angenehmen Veränderung der Stimme: „Wollen wir noch ein wenig weiter gehen oder nach Hause gehen?"

„Biddy," rief ich, erhob mich, legte meinen Arm um ihren Hals und gab ihr einen Kuß: „ich werde dir immer alles erzählen."

„Bis Sie ein Gentleman sind," sagte Biddy.

„Du weißt, dass ich es nie sein werde, also ist das immer. Nicht, daß ich Gelegenheit hätte, Ihnen etwas zu sagen, denn Sie wissen alles, was ich weiß, wie ich Ihnen neulich abend zu Hause gesagt habe."

„Ah!" sagte Biddy ganz flüsternd, indem sie den Blick nach den Schiffen abwandte. Und dann wiederholte sie mit ihrer früheren angenehmen Veränderung: „Sollen wir noch ein Stück weiter gehen oder nach Hause gehen?"

Ich sagte zu Biddy, wir würden noch ein Stück weiter gehen, und das taten wir, und der Sommernachmittag ging in einen Sommerabend über, und es war sehr schön. Ich fing an zu überlegen, ob ich nicht doch unter diesen Umständen in einer natürlicheren und gesünderen Lage wäre, als bei Kerzenlicht in dem Zimmer mit den stehengebliebenen Uhren meinen Nachbarn zu spielen und von Estella verachtet zu werden. Ich dachte, es wäre sehr gut für mich, wenn ich sie mit all den übrigen Erinnerungen und Phantasien aus meinem Kopf verbannen und entschlossen an die Arbeit gehen könnte, das zu genießen, was ich zu tun hatte, und dabei zu bleiben und das Beste daraus zu machen. Ich fragte mich, ob ich nicht wußte, daß sie mich unglücklich machen würde, wenn Estella in diesem Augenblick an meiner Seite wäre, anstatt Biddy? Ich mußte zugeben, daß ich es mit Sicherheit wußte, und sagte mir: „Pip, was bist du für ein Narr!"

Wir unterhielten uns viel, während wir gingen, und alles, was Biddy sagte, schien richtig zu sein. Biddy war nie beleidigend oder launisch, oder Biddy heute und morgen jemand anderes; Sie hätte nur Schmerz und kein Vergnügen daraus gezogen, mir Schmerz zu bereiten; Sie hätte viel lieber ihre eigene Brust verwundet als die meine. Wie konnte es denn sein, daß sie mir nicht viel besser gefiel?

„Biddy," sagte ich, als wir heimwärts gingen: „ich wünschte, du könntest mich wieder in Ordnung bringen."

„Ich wünschte, ich könnte!" sagte Biddy.

„Wenn ich mich nur dazu durchringen könnte, mich in Sie zu verlieben – Sie haben nichts dagegen, daß ich so offen mit einem so alten Bekannten spreche?"

„Ach je, ganz und gar nicht!" sagte Biddy. „Mach dir nichts aus mir."

„Wenn ich mich nur dazu durchringen könnte, *wäre das* das Richtige für mich."

„Aber das wirst du nie," sagte Biddy.

Es schien mir an jenem Abend nicht ganz so unwahrscheinlich, wie es der Fall gewesen wäre, wenn wir einige Stunden vorher darüber gesprochen hätten. Ich bemerkte daher, daß ich dessen nicht ganz sicher war. Aber Biddy sagte, dass sie *es war*, und sie sagte es entschieden. In meinem Herzen glaubte ich, daß sie recht hatte; und doch nahm ich es auch ziemlich übel, daß sie in dieser Sache so positiv war.

Als wir in die Nähe des Kirchhofes kamen, mußten wir eine Böschung überqueren und über einen Pfahl in der Nähe eines Schleusentors gelangen. Da kam aus dem Tore, aus dem Schilf oder aus dem Schlamm (der ihm ganz in die Quere kam) der alte Orlick.

„Halloa!", knurrte er: „wo geht ihr beide hin?"

„Wohin sollen wir gehen, wenn nicht nach Hause?"

„Nun denn," sagte er: „es ärgert mich, wenn ich dich nicht zu Hause sehe!"

Diese Strafe, gerüttelt zu werden, war ein Lieblingsfall von ihm. Er maß dem Worte, von dem ich weiß, keine bestimmte Bedeutung bei, sondern benutzte es, wie seinen eigenen angeblichen christlichen Namen, um die Menschheit zu beleidigen und die Vorstellung von etwas Wild Schädlichem zu vermitteln. Als ich jünger war, hatte ich den allgemeinen Glauben, dass er, wenn er mich persönlich gerüttelt hätte, es mit einem scharfen und verdrehten Haken getan hätte.

Biddy war sehr dagegen, daß er mit uns ginge, und sagte flüsternd zu mir: „Laß ihn nicht kommen; Ich mag ihn nicht." Da ich ihn auch nicht mochte, erlaubte ich mir zu sagen, daß wir ihm dankten, aber wir wollten nicht nach Hause sehen. Er nahm diese Nachricht mit einem schallenden Gelächter auf und ließ sich zurückfallen, kam aber in einiger Entfernung hinter uns hergebeugt.

Neugierig, ob Biddy ihn verdächtige, an jenem mörderischen Angriff beteiligt gewesen zu sein, von dem meine Schwester nie Rechenschaft ablegen konnte, fragte ich sie, warum sie ihn nicht leiden könne.

„Oh," erwiderte sie und warf einen Blick über ihre Schulter, als er hinter uns herbeugte: „weil ich – ich fürchte, er liebt mich."

„Hat er dir jemals gesagt, dass er dich mag?" fragte ich empört.

„Nein," sagte Biddy und warf wieder einen Blick über ihre Schulter: „das hat er mir nie gesagt; aber er tanzt mich an, wenn er mir ins Auge fällt."

So neuartig und eigentümlich dieses Zeugnis der Anhänglichkeit auch sein mochte, so zweifelte ich doch nicht an der Richtigkeit der Deutung. Ich war in der Tat sehr heiß auf die Kühnheit des alten Orlick, sie zu bewundern; so heiß, als wäre es eine Schande für mich selbst.

„Aber es macht für Sie keinen Unterschied, wissen Sie," sagte Biddy ruhig.

„Nein, Biddy, das macht für mich keinen Unterschied; nur gefällt es mir nicht; Ich finde das nicht gut."

„Ich auch nicht," sagte Biddy. „Obwohl *das* für dich keinen Unterschied macht."

„Allerdings," sagte ich; „aber ich muß Ihnen sagen, daß ich keine Meinung von Ihnen hätte, Biddy, wenn er mit Ihrer eigenen Zustimmung auf Sie zutanzte."

Nach dieser Nacht behielt ich ein Auge auf Orlick und trat jedesmal, wenn die Umstände günstig waren, um in Biddy zu tanzen, vor ihn, um diese Vorführung zu verdunkeln. Er hatte sich in Joes Etablissement festgesetzt, weil meine Schwester plötzlich eine Vorliebe für ihn hatte, sonst hätte ich versucht, ihn zu entlassen. Er verstand und erwiderte meine guten Absichten, wie ich später Grund hatte, zu wissen.

Und nun, weil mein Geist vorher nicht verwirrt genug war, verkomplizierte ich seine Verwirrung fünfzigtausendfach, indem ich Zustände und Jahreszeiten hatte, in denen ich mir darüber im klaren war, daß Biddy unermeßlich besser war als Estella, und daß das schlichte, ehrliche Arbeitsleben, dessen ich geboren war, nichts an sich hatte, dessen ich mich zu schämen brauchte, sondern mir hinreichende Mittel zur Selbstachtung und zum Glück bot. Zu jenen Zeiten beschloß ich endgültig, daß meine Abneigung gegen den lieben alten Joe und die Schmiede verschwunden war und daß ich auf eine gerechte Weise erwachsen war, um mit Joe Partner zu sein und mit Biddy zusammen zu sein, – wenn in einem Augenblick eine verwirrende Erinnerung an die Tage von Havisham wie ein zerstörerisches Geschoss auf mich niederprasseln würde und zerstreue meinen Verstand wieder. Zerstreute Köpfe brauchen lange, um sich anzueignen; und oft, ehe ich sie wieder zusammengebracht hatte, wurden sie durch einen einzigen verirrten Gedanken nach allen Richtungen zerstreut, daß Miß Havisham vielleicht doch mein Glück machen würde, wenn meine Zeit abgelaufen war.

Wenn meine Zeit abgelaufen wäre, hätte ich mich immer noch auf dem Gipfel meiner Verwirrung befunden, wage ich zu behaupten. Er ging jedoch nie aus, sondern fand ein vorzeitiges Ende, wie ich weiter erzähle.

Kapitel XVIII.

Es war im vierten Jahr meiner Ausbildung bei Joe, und es war ein Samstagabend. Eine Gruppe hatte sich um das Feuer der Three Jolly Bargemen versammelt und hörte Mr. Wopsle aufmerksam zu, während er die Zeitung vorlas. Zu dieser Gruppe gehörte ich.

Ein sehr populärer Mord war begangen worden, und Mr. Wopsle war bis zu den Augenbrauen blutig befleckt. Er freute sich über jedes abscheuliche Adjektiv in der Beschreibung und identifizierte sich mit jedem Zeugen bei der Untersuchung. Er stöhnte leise: „Ich bin erledigt" als Opfer, und er brüllte barbarisch: „Ich werde dir dienen," wie der Mörder. Er gab das medizinische Zeugnis in pointierter Nachahmung unseres örtlichen Arztes; und er flötete und zitterte wie der alte Schlagbaumwärter, der Schläge gehört hatte, und zwar in einem Grade, der so lähmend war, daß man an der geistigen Tauglichkeit dieses Zeugen zweifeln mußte. Der Leichenbeschauer wurde in Mr. Wopsles Händen Timon von Athen; der Beadle, Coriolanus. Er amüsierte sich gründlich, und wir alle amüsierten uns und fühlten uns entzückend behaglich. In diesem behaglichen Gemütszustand kamen wir zu dem Urteil: Vorsätzlicher Mord.

Dann, und nicht früher, bemerkte ich einen fremden Herrn, der sich mir gegenüber über die Lehne des Sitzes beugte und zusah. Auf seinem Gesicht lag ein Ausdruck der Verachtung, und er biß sich in die Seite eines großen Zeigefingers, als er die Gruppe von Gesichtern betrachtete.

„Nun," sagte der Fremde zu Mr. Wopsle, als die Lektüre beendet war: „Sie haben alles zu Ihrer eigenen Zufriedenheit geregelt, daran zweifle ich nicht?"

Alle fuhren zusammen und blickten auf, als ob es der Mörder wäre. Er sah jeden kalt und sarkastisch an.

„Schuldig natürlich?" sagte er. „Raus damit. Komm!"

„Sir," entgegnete Mr. Wopsle: „ohne die Ehre Ihrer Bekanntschaft zu haben, sage ich schuldig." Darauf fassten wir alle den Mut, uns in einem bestätigenden Gemurmel zu vereinen.

„Ich weiß, daß Sie es tun," sagte der Fremde; „Ich wusste, dass du es tun würdest. Ich habe es Ihnen gesagt. Aber jetzt stelle ich Ihnen eine Frage. Weißt du, oder weißt du nicht, daß das englische Gesetz jeden Menschen für unschuldig hält, bis seine Schuld bewiesen ist?"

„Sir," begann Mr. Wopsle zu antworten: „da ich selbst Engländer bin" –

„Komm!" sagte der Fremde und biß ihm in den Zeigefinger. „Weichen Sie der Frage nicht aus. Entweder du weißt es, oder du weißt es nicht. Was soll es sein?"

Er stand da, den Kopf auf die Seite gelegt, sich selbst auf die Seite, in einer tyrannischen, fragenden Weise, und er warf den Zeigefinger nach Mr. Wopsle, wie um ihn zu markieren, bevor er ihn wieder anbiß.

„Jetzt!" sagte er. „Weißt du es, oder weißt du es nicht?"

„Gewiß, ich weiß es," erwiderte Mr. Wopsle.

„Gewiß, du weißt es. Warum hast du das dann nicht gleich gesagt? Nun will ich Ihnen noch eine Frage stellen" – er ergriff von Herrn Wopsle Besitz, als ob er ein Recht auf ihn hätte – „*wissen* Sie, daß noch keiner dieser Zeugen ins Kreuzverhör genommen worden ist?"

Mr. Wopsle fing an: „Ich kann nur sagen ...", als der Fremde ihn unterbrach.

„Was? Sie werden die Frage nicht beantworten, ja oder nein? Jetzt versuche ich es noch einmal." Er warf erneut mit dem Finger auf ihn. „Kümmere dich um mich. Ist Ihnen bekannt oder ist Ihnen nicht bekannt, dass noch keiner dieser Zeugen ins Kreuzverhör genommen worden ist? Komm, ich will nur ein Wort von dir. Ja oder nein?"

Mr. Wopsle zögerte, und wir fingen alle an, eine ziemlich schlechte Meinung von ihm zu haben.

„Komm!" sagte der Fremde: „ich will dir helfen. Du verdienst keine Hilfe, aber ich werde dir helfen. Schauen Sie sich das Papier an, das Sie in der Hand halten. Was ist das?"

„Was ist das?" wiederholte Mr. Wopsle, indem er es sehr ratlos betrachtete.

„Ist es," fuhr der Fremde in seiner sarkastischsten und mißtrauischsten Weise fort: „das bedruckte Papier, von dem Sie soeben gelesen haben?"

„Zweifellos."

„Zweifellos. Wenden Sie sich nun diesem Papier zu und sagen Sie mir, ob es eindeutig heißt, daß der Gefangene ausdrücklich gesagt habe, seine Rechtsberater hätten ihn angewiesen, seine Verteidigung ganz und gar zurückzubehalten?"

„Das habe ich eben gelesen," flehte Mr. Wopstle.

„Machen Sie sich nicht gewußt, was Sie eben lesen, Sir; Ich frage dich nicht, was du gerade liest. Du kannst das Vaterunser rückwärts lesen, wenn du willst, und hast es vielleicht schon heute getan. Drehen Sie sich zum Papier. Nein, nein, nein, mein Freund; nicht an die Spitze der Spalte; Du weißt es besser; nach unten, nach unten." (Wir alle fingen an, Mr. Wopsle für listig zu halten.) „Nun? Hast du es gefunden?"

„Hier ist es," sagte Mr. Wopsle.

„Nun, folgen Sie dieser Stelle mit Ihrem Auge und sagen Sie mir, ob sie deutlich sagt, daß der Gefangene ausdrücklich gesagt hat, er sei von seinen Rechtsberatern angewiesen worden, sich ganz und gar die Verteidigung vorzubehalten? Kommen! Machst du das daraus?"

Mr. Wopsle antwortete: „Das sind nicht die genauen Worte."

„Nicht die genauen Worte!" wiederholte der Herr bitter. „Ist das genau die Substanz?"

„Ja," sagte Mr. Wopsle.

„Ja," wiederholte der Fremde, indem er sich mit der rechten Hand nach dem Zeugen Wopsle nach der übrigen Gesellschaft umsah. „Und nun frage ich dich, was du zum Gewissen jenes Mannes sagst, der, diesen Gang vor Augen, seinen Kopf auf sein Kissen legen kann, nachdem er einen Mitmenschen ungehört für schuldig erklärt hat?"

Wir alle fingen an zu ahnen, daß Mr. Wopsle nicht der Mann war, für den wir ihn gehalten hatten, und daß man ihn allmählich entdeckte.

„Und derselbe Mann, denken Sie daran," fuhr der Gentleman fort, indem er den Finger heftig auf Mr. Wopsle warf: „derselbe Mann könnte als Geschworener zu eben diesem Prozeß vorgeladen werden, und nachdem er sich so tief engagiert hat, könnte er in den Schoß seiner Familie zurückkehren und sein Haupt auf sein Kissen legen, nachdem er absichtlich geschworen hat, daß er die zwischen unserem souveränen Herrn, dem König, und dem Gefangenen an der Bar verbundene Angelegenheit ernsthaft und wahrhaftig prüfen würde. und würde ein wahres Urteil nach den Beweisen ergehen, so wahr ihm Gott helfe!"

Wir waren alle fest davon überzeugt, daß der unglückliche Wopsle zu weit gegangen sei und besser mit seiner rücksichtslosen Laufbahn aufhören sollte, solange noch Zeit sei.

Der fremde Herr verließ mit einer Miene von Autorität, die nicht zu bestreiten war, und mit einer Art, die ausdrückte, als wüßte er etwas Geheimes über jeden von uns, das für jeden Einzelnen wirksam sein würde, wenn er es enthüllen wollte, verließ den hinteren Teil der Siedlung und trat in den Raum zwischen den beiden Siedlungen vor dem Feuer wo er stehen blieb, die linke Hand in der Tasche, und er biß sich in den Zeigefinger der rechten.

„Nach den Nachrichten, die ich erhalten habe," sagte er, indem er sich nach uns umsah, während wir alle vor ihm zitterten: „habe ich Grund zu der Annahme, daß es unter euch einen Schmied gibt, der Joseph - oder Joe - Gargery heißt. Wer ist der Mann?"

„Hier ist der Mann," sagte Joe.

Der fremde Herr winkte ihn von seinem Platz weg, und Joe ging.

„Sie haben einen Lehrling," fuhr der Fremde fort: „der allgemein Pip heißt? Ist er hier?"

„Ich bin hier!" Schrie ich.

Der Fremde erkannte mich nicht, aber ich erkannte ihn als den Herrn, den ich anläßlich meines zweiten Besuches bei Miß Havisham auf der Treppe getroffen hatte. Ich hatte ihn von dem Augenblick an gekannt, als ich ihn über die Hütte blicken sah, und jetzt, da ich ihm gegenüberstand, die Hand auf meine Schulter gelegt, prüfte ich noch einmal ausführlich seinen großen Kopf, seinen dunklen Teint, seine tiefliegenden Augen, seine buschigen schwarzen Augenbrauen, seine große Uhrkette, seine starken schwarzen Punkte von Bart und Backenbart. und sogar den Geruch von duftender Seife auf seiner großen Hand.

„Ich wünsche eine vertrauliche Unterredung mit Ihnen beiden," sagte er, als er mich in aller Ruhe überblickt hatte. „Es wird ein wenig Zeit brauchen. Vielleicht ist es besser, wenn wir zu Ihrem Wohnort gehen. Ich ziehe es vor, meiner Mitteilung hier nicht vorzugreifen; Du wirst nachher so viel oder so wenig davon an deine Freunde weitergeben, wie du willst; Damit habe ich nichts zu tun."

Inmitten eines staunenden Schweigens verließen wir drei den Jolly Bargemen und gingen in wundervollem Schweigen nach Hause. Während des Gehens sah mich der fremde Herr gelegentlich an und biß sich gelegentlich in die Seite seines Fingers. Als wir uns dem Haus näherten, ging Joe, der den Anlaß vage als einen eindrucksvollen und feierlichen ansah, voraus, um die Haustür zu öffnen. Unsere Konferenz fand in der Staatsstube statt, die schwach von einer einzigen Kerze erleuchtet wurde.

Es fing damit an, daß der fremde Herr sich an den Tisch setzte, die Kerze zu sich zog und einige Eintragungen in seinem Taschenbuch durchsah. Dann legte er das Taschenbuch auf und legte die Kerze ein wenig beiseite, nachdem er in der Dunkelheit nach Joe und mir herumgespäht hatte, um sich zu vergewissern, welche welche war.

„Mein Name," sagte er, „ist Jaggers und ich bin Advokat in London. Ich bin ziemlich bekannt. Ich habe ungewöhnliche Geschäfte mit Ihnen zu verhandeln, und ich beginne damit, Ihnen zu erklären, daß sie nicht von mir stammen. Wenn man mich um Rat gefragt hätte, wäre ich nicht hier gewesen. Es wurde nicht gefragt, und Sie sehen mich hier. Was ich als Vertrauter eines anderen zu tun habe, tue ich. Nicht weniger und nicht mehr."

Als er merkte, daß er uns von seinem Platz aus nicht sehr gut sehen konnte, erhob er sich, warf ein Bein über die Lehne eines Stuhles und lehnte sich darauf; So steht ein Fuß auf der Sitzfläche des Stuhls und ein Fuß auf dem Boden.

„Nun, Joseph Gargery, ich bin der Überbringer eines Anerbietens, Sie von diesem jungen Burschen, Ihrem Lehrling, zu entlasten. Sie würden nichts dagegen haben, seine Schuldverschreibungen auf seinen Wunsch und zu seinem Besten aufzuheben? Dir würde nichts dafür fehlen?"

„Gott bewahre, daß es mir an irgendetwas fehlen sollte, weil ich Pip nicht im Wege stehe," sagte Joe und starrte mich an.

„Gott bewahre, ist fromm, aber nicht zweckmäßig," entgegnete Mr. Jaggers. „Die Frage ist: Würdest du irgendetwas wollen? Willst du irgendetwas?"

„Die Antwort ist," entgegnete Joe streng: „nein."

Ich glaube, Mr. Jaggers warf Joe einen Blick zu, als hielte er ihn wegen seiner Uneigennützigkeit für einen Narren. Aber ich war zu sehr verwirrt zwischen atemloser Neugierde und Überraschung, um dessen sicher zu sein.

„Sehr gut," sagte Herr Jaggers. „Erinnern Sie sich an das Geständnis, das Sie gemacht haben, und versuchen Sie nicht, sofort davon abzuweichen."

„Wer wird es versuchen?" entgegnete Joe.

„Ich behaupte nicht, dass es irgendjemand ist. Hältst du einen Hund?"

„Ja, ich halte einen Hund."

„Bedenke also, dass Brag ein guter Hund ist, aber Holdfast ein besserer. Behalten Sie das im Auge, nicht wahr?" wiederholte Mr. Jaggers, schloß die Augen und nickte Joe mit dem Kopfe zu, als ob er ihm etwas verzeihen wollte. „Nun kehre ich zu diesem jungen Burschen zurück. Und die Kommunikation, die ich machen muss, ist, dass er große Erwartungen hat."

Joe und ich keuchten und sahen uns an.

„Ich habe den Auftrag, ihm mitzuteilen," sagte Herr Jaggers und warf den Finger seitwärts auf mich: „daß er in ein ansehnliches Gut kommen wird. Ferner, daß es der Wunsch des gegenwärtigen Besitzers dieses Besitzes ist, daß er sofort aus seiner gegenwärtigen Lebenssphäre und von diesem Orte entfernt und als Gentleman erzogen werde, mit einem Wort, als ein junger Bursche mit großen Erwartungen."

Mein Traum war geplatzt; Meine wilde Phantasie wurde von der nüchternen Wirklichkeit übertroffen; Miß Havisham war im Begriff, mein Vermögen im großen Stil zu machen.

„Nun, Mr. Pip," fuhr der Advokat fort: „ich richte den Rest dessen, was ich zu sagen habe, an Sie. Sie müssen erstens verstehen, daß es der Wunsch der Person ist, von der ich meine Instruktionen erhalte, daß Sie immer den Namen Pip tragen. Ich wage zu sagen, Sie werden nichts dagegen haben, daß Ihre großen Erwartungen mit dieser leichten Bedingung belastet werden. Aber wenn Sie etwas dagegen haben, ist es jetzt an der Zeit, es zu erwähnen."

Mein Herz klopfte so schnell, und in meinen Ohren klang ein solcher Gesang, daß ich kaum stammeln konnte, ich hätte nichts dagegen.

„Ich glaube nicht! Zweitens müssen Sie verstehen, Mr. Pip, daß der Name der Person, die Ihr liberaler Wohltäter ist, ein tiefes Geheimnis bleibt, bis die Person sich entschließt, ihn zu enthüllen. Ich bin ermächtigt zu erwähnen, dass es die Absicht der Person ist, es sich selbst aus erster Hand durch Mundpropaganda zu offenbaren. Wann oder wo diese Absicht verwirklicht werden kann, kann ich nicht sagen; Niemand kann das sagen. Es kann Jahre dauern. Nun müssen Sie deutlich verstehen, daß es Ihnen auf das entschiedenste untersagt ist, in allen Gesprächen, die Sie mit mir haben, irgend eine Untersuchung über diesen Punkt zu stellen oder irgend eine Anspielung oder Bezugnahme, wie fern sie auch sein mag, auf irgend eine Person *zu machen, wie auch immer sie die* Person ist. Wenn du einen Verdacht in deiner eigenen Brust hast, behalte diesen Verdacht in deiner eigenen Brust. Es kommt nicht zuletzt darauf an, was die Gründe für dieses Verbot sind; Sie können die stärksten und schwerwiegendsten Gründe sein, oder sie können nur eine Laune sein. Das ist nicht für euch, um danach zu fragen. Die Bedingung ist festgelegt. Ihre Annahme und Ihre Einhaltung als verbindlich ist die einzige verbleibende Bedingung, die mir von der Person auferlegt wird, von der ich meine Anweisungen entgegennehme und für die ich nicht anderweitig verantwortlich bin. Diese Person ist die Person, von der du deine Erwartungen ableitet, und das Geheimnis liegt allein bei dieser Person und bei mir. Wiederum keine sehr schwierige Bedingung, um einen solchen Anstieg des Vermögens zu belasten; Aber wenn Sie etwas dagegen einzuwenden haben, ist es jetzt an der Zeit, es zu erwähnen. Sprechen Sie darüber."

Abermals stammelte ich mit Mühe, daß ich nichts dagegen hätte.

„Ich glaube nicht! Nun, Mr. Pip, bin ich mit den Auflagen fertig." Obgleich er mich Mr. Pip nannte und mich eher wieder gut zu machen anfing, so konnte er doch einen gewissen Hauch von schikanischem Verdacht nicht loswerden; Und auch jetzt schloß er zuweilen die Augen und warf den Finger nach mir, während er sprach, so sehr, als wollte er ausdrücken, daß er allerlei Dinge wüßte, die zu meiner Verunglimpfung führten, wenn er sie nur erwähnen wollte. „Wir kommen nun zu den bloßen Einzelheiten der Anordnung. Ihr müsst wissen, dass, obwohl ich den Begriff ‚Erwartungen' mehr als einmal verwendet habe, ihr nicht nur mit Erwartungen ausgestattet seid. In meinen Händen liegt bereits eine Geldsumme, die für Ihre angemessene Erziehung und Ihren Unterhalt hinreichend ist. Sie werden mich bitte als Ihren Vormund betrachten. Oh!" denn ich wollte ihm danken: „ich sage Ihnen gleich, ich werde für meine Dienste bezahlt, sonst würde ich sie nicht leisten. Man ist der Ansicht, daß Sie in Übereinstimmung mit Ihrer veränderten Stellung besser erzogen werden müssen und daß Sie sich der Wichtigkeit und Notwendigkeit bewußt sein werden, diesen Vorteil sofort zu nutzen."

Ich sagte, ich hätte mich schon immer danach gesehnt.

„Ganz gleich, wonach Sie sich immer gesehnt haben, Mr. Pip," erwiderte er; „Halten Sie sich an das Protokoll. Wenn Sie sich jetzt danach sehnen, reicht das. Habe ich geantwortet, dass Sie bereit sind, sofort unter einen richtigen Lehrer gestellt zu werden? Ist es das?"

Ich stammelte ja, das war's.

„Gut. Nun sind eure Neigungen zu Rate zu ziehen. Ich halte das nicht für klug, aber es ist mein Vertrauen. Haben Sie jemals von einem Hauslehrer gehört, den Sie einem anderen vorziehen würden?"

Ich hatte noch nie von einem anderen Hauslehrer gehört als von Biddy und Mr. Wopsles Großtante; also verneinte ich.

„Es gibt einen gewissen Hauslehrer, von dem ich einige Kenntnis habe, und von dem ich glaube, daß er dazu geeignet sein könnte," sagte Herr Jaggers. „Ich empfehle ihn nicht, bemerken Sie; denn ich empfehle niemanden. Der Herr, von dem ich spreche, ist ein gewisser Mr. Matthew Pocket."

Ah! Ich habe den Namen sofort gepackt. Miß Havishams Verwandte. Der Matthäus, von dem Herr und Frau Camilla gesprochen hatten. Der Matthäus, dessen Platz es war, an Miß Havishams Kopf zu sein, wenn sie tot lag, in ihrem Brautkleide auf dem Tisch der Braut.

„Sie kennen den Namen?" fragte Mr. Jaggers, indem er mich scharfsinnig ansah und dann die Augen schloß, während er auf meine Antwort wartete.

Meine Antwort war, daß ich von dem Namen gehört hätte.

„Oh!" sagte er. „Du hast von dem Namen gehört. Aber die Frage ist, was sagst du dazu?"

Ich sagte oder versuchte es zu sagen, daß ich ihm für seine Empfehlung sehr dankbar sei ...

„Nein, mein junger Freund!" unterbrach er ihn und schüttelte sehr langsam den großen Kopf. „Besinnen Sie sich!"

Da ich mich nicht mehr erinnerte, fing ich wieder an, daß ich ihm für seine Empfehlung sehr dankbar sei.

„Nein, mein junger Freund," unterbrach er ihn, schüttelte den Kopf, runzelte die Stirn und lächelte zugleich: „nein, nein, nein; Es ist sehr gut gemacht, aber es geht nicht; Du bist zu jung, um mich damit zu fixieren. Empfehlung ist nicht das richtige Wort, Mr. Pip. Versuchen Sie es mit einem anderen."

Indem ich mich korrigierte, sagte ich, daß ich ihm sehr dankbar sei für seine Erwähnung von Mr. Matthew Pocket.

„*Das* ist es eher!" rief Mr. Jaggers. - Und (fügte ich hinzu) ich würde es gern mit diesem Herrn versuchen.

„Gut. Versuchen Sie es lieber in seinem eigenen Hause. Der Weg wird dir bereitet werden, und du kannst zuerst seinen Sohn sehen, der in London ist. Wann kommen Sie nach London?"

Ich sagte (indem ich Joe ansah, der regungslos dastand und zusah), daß ich glaubte, ich könnte gleich kommen.

„Erstens," sagte Herr Jaggers: „sollten Sie neue Kleider anziehen, und es sollten keine Arbeitskleidung sein. Sagen wir diesen Tag Woche. Sie werden etwas Geld brauchen. Soll ich Ihnen zwanzig Guineen lassen?"

Er zog mit der größten Kaltblütigkeit einen langen Geldbeutel hervor, zählte sie auf dem Tisch ab und schob sie mir hinüber. Es war das erste Mal, dass er sein

Bein vom Stuhl nahm. Er saß rittlings auf dem Stuhl, als er das Geld hinübergeschoben hatte, und saß da, seine Börse schwingend und Joe musternd.

„Nun, Joseph Gargery? Du siehst sprachlos aus?"

„Das *bin ich*!" sagte Joe in sehr entschiedener Weise.

„Es wurde verstanden, dass du nichts für dich selbst wolltest, erinnerst du dich?"

„Man hat es verstanden," sagte Joe. „Und man hat es verstanden. Und es wird immer ähnlich sein, demnach."

„Aber was," sagte Mr. Jaggers und schwang seinen Beutel: „was wäre, wenn es in meinem Auftrag stünde, Ihnen ein Geschenk als Entschädigung zu machen?"

„Als Entschädigung, wozu?" Fragte Joe.

„Für den Verlust seiner Dienste."

Joe legte seine Hand auf meine Schulter mit der Berührung einer Frau. Seitdem habe ich ihn oft wie den Dampfhammer, der einen Menschen zermalmen oder eine Eierschale klopfen kann, in seiner Kombination von Kraft und Sanftmut gedacht. „Pip ist der herzliche Willkommen," sagte Joe: „mit seinen Diensten frei zu gehen, zu ehren und glücklich zu sein, wie es ihm keine Worte sagen können. Aber wenn du glaubst, daß Geld mir den Verlust des kleinen Kindes entschädigen kann – was kommt dann in die Schmiede – und immer der beste aller Freunde!"

O lieber guter Joe, den ich so gern verlassen wollte und dem ich so undankbar war, ich sehe dich wieder, mit deinem muskulösen Schmiedearm vor den Augen, und deine breite Brust wogt und deine Stimme verhallt. O lieber, treuer, zärtlicher Joe, ich fühle das liebevolle Zittern deiner Hand auf meinem Arm, so feierlich an diesem Tage, als wäre es das Rauschen eines Engelsflügels gewesen!

Aber ich habe Joe damals ermutigt. Ich war verloren in den Labyrinthen meines künftigen Schicksals und konnte die Nebenwege, die wir zusammen gegangen waren, nicht zurückverfolgen. Ich flehte Joe an, getröstet zu werden, denn (wie er sagte) wir waren immer die besten Freunde gewesen, und (wie ich sagte) würden wir es immer sein. Joe riß die Augen mit dem losgelösten Handgelenk zusammen, als ob er sich selbst aufbohren wollte, sagte aber kein Wort mehr.

Mr. Jaggers hatte dies als einen angesehen, der in Joe den Dorftrottel und in mir seinen Hüter erkannte. Als es vorüber war, sagte er, indem er den Beutel in der Hand hielt, den er nicht mehr zu schwingen vermochte:

„Nun, Joseph Gargery, ich warne Sie, dies ist Ihre letzte Chance. Bei mir gibt es keine halben Sachen. Wenn du ein Geschenk annehmen willst, das ich dir machen soll, so sprich es aus, und du sollst es bekommen. Wenn Sie im Gegenteil sagen wollen ..." Hier wurde er zu seinem großen Erstaunen durch Joes plötzliche Arbeit um ihn herum gestoppt, mit allen Demonstrationen eines gescheiterten kämpferischen Vorsatzes.

„Was ich meine," rief Joe: „wenn du zu mir kommst und mich hetzt und beleidigst, dann komm heraus! Was ich als ‚sech' meine, wenn du ein Mann bist, komm schon! Was ich meine, das sage ich, was ich sage, meine ich und stehe oder falle!"

Ich zog Joe weg, und er wurde sofort besänftigungslos; er erklärte mir lediglich in einer zuvorkommenden Weise und als höfliche Entschuldigung an jeden, den es betreffen könnte, daß er nicht an seiner Stelle gehetzt und gequält werden würde. Mr. Jaggers war aufgestanden, als Joe es demonstrierte, und war in der Nähe der Tür zurückgewichen. Ohne die geringste Neigung zu zeigen, wieder hereinzukommen, hielt er dort seine Abschiedsrede. Sie waren diese.

„Nun, Mr. Pip, ich glaube, je eher Sie hier fortgehen – wie Sie ein Gentleman sein sollen –, desto besser. Lassen Sie es für diese Tageswoche stehen, und Sie werden in der Zwischenzeit meine gedruckte Adresse erhalten. Sie können im Postkutschenbüro in London eine Kutsche nehmen und direkt zu mir kommen. Begreife, dass ich weder auf die eine noch auf die andere Weise eine Meinung über das Vertrauen äußere, das ich einnehme. Ich werde dafür bezahlt, dass ich es unternehme, und ich tue es. Nun, verstehe das endlich. Verstehe das!"

Er schleuderte mit dem Finger auf uns beide, und ich glaube, er wäre weitergegangen, wenn er nicht Joe für gefährlich gehalten hätte und davongegangen wäre.

Irgend etwas kam mir in den Sinn, das mich veranlaßte, ihm nachzulaufen, als er nach dem Jolly Bargemen hinunterging, wo er einen gemieteten Wagen zurückgelassen hatte.

„Ich bitte um Verzeihung, Mr. Jaggers."

„Hallo!" sagte er und wandte sich um: „was ist los?"

„Ich wünsche, ganz recht zu haben, Mr. Jaggers, und mich an Ihre Weisungen zu halten; also dachte ich, es wäre besser, zu fragen. Wäre etwas dagegen einzuwenden, daß ich von jemandem, den ich hier kenne, Abschied nehme, ehe ich fortgehe?"

„Nein," sagte er und sah aus, als verstünde er mich kaum.

„Ich meine nicht nur im Dorfe, sondern auch in der Stadt?"

„Nein," sagte er. „Nichts dagegen."

Ich dankte ihm und lief wieder nach Hause, und da fand ich, daß Joe bereits die Haustür verschlossen und den Staatssalon verlassen hatte und am Küchenfeuer saß, eine Hand auf jedem Knie, und aufmerksam auf die glühenden Kohlen blickte. Auch ich setzte mich vor das Feuer und betrachtete die Kohlen, und lange Zeit wurde nichts gesagt.

Meine Schwester saß in ihrem gepolsterten Stuhl in ihrer Ecke, und Biddy saß an ihrer Handarbeit vor dem Feuer, und Joe saß neben Biddy, und ich saß neben Joe in der Ecke meiner Schwester gegenüber. Je mehr ich in die glühenden Kohlen blickte, desto unfähiger wurde ich, Joe anzusehen; je länger das Schweigen dauerte, desto unfähiger fühlte ich mich zu sprechen.

Endlich stieg ich aus: „Joe, hast du es Biddy gesagt?"

„Nein, Pip," entgegnete Joe, indem er noch immer auf das Feuer blickte und die Knie fest umklammerte, als ob er geheime Nachrichten hätte, die sie irgendwo zu vernichten beabsichtigten: „die ich dir überlassen habe, Pip."

„Es wäre mir lieber, wenn du es dir sagen würdest, Joe."

„Pip ist also ein glücklicher Gentleman," sagte Joe: „und Gott segne ihn dabei!"

Biddy ließ ihre Arbeit fallen und sah mich an. Joe hielt seine Knie und sah mich an. Ich schaute beide an. Nach einer Pause gratulierten sie mir beide herzlich; aber in ihren Glückwünschen lag ein gewisser Hauch von Traurigkeit, den ich mir ziemlich übelnahm.

Ich nahm es auf mich, Biddy (und durch Biddy Joe) mit der schweren Verpflichtung zu beeindrucken, die ich für meine Freunde hielt, nämlich nichts über den Schöpfer meines Vermögens zu wissen und nichts zu sagen. Es würde alles zur rechten Zeit herauskommen, bemerkte ich, und in der Zwischenzeit war nichts zu sagen, als daß ich von einem geheimnisvollen Gönner große Erwartungen erhalten hatte. Biddy nickte nachdenklich mit dem Kopfe in das Feuer hinein, als sie ihre Arbeit wieder aufnahm, und sagte, sie werde sehr eigen sein; und Joe, noch immer die Knie festhaltend, sagte: „Ja, ja, ich werde ein großer Genießer sein, Pip," und dann beglückwünschten sie mich abermals und fuhren fort, so viel Verwunderung über den Gedanken auszudrücken, daß ich ein Gentleman sei, daß es mir nicht halb gefiel.

Biddy gab sich unendliche Mühe, meiner Schwester eine Vorstellung von dem zu geben, was geschehen war. Soweit ich weiß, sind diese Bemühungen völlig gescheitert. Sie lachte und nickte viele Male mit dem Kopfe und wiederholte sogar nach Biddy die Worte ‚Pip' und ‚Eigentum.' Aber ich bezweifle, dass sie mehr Bedeutung hatten als ein Wahlruf, und ich kann mir kein düstereres Bild von ihrem Gemütszustand machen.

Ohne Erfahrung hätte ich es nie glauben können, aber als Joe und Biddy wieder fröhlicher wurden, wurde ich ganz düster. Unzufrieden mit meinem Vermögen konnte ich natürlich nicht sein; aber es ist möglich, daß ich, ohne es recht zu wissen, mit mir selbst unzufrieden war.

Jedenfalls saß ich da, den Ellbogen auf das Knie gestützt und das Gesicht auf die Hand gestützt, und sah ins Feuer, während die beiden davon sprachen, daß ich fortgehen solle und was sie ohne mich tun sollten und all das. Und jedesmal, wenn ich einen von ihnen erwischte, der mich ansah, wenn auch nie so freundlich (und sie sahen mich oft an, besonders Biddy), fühlte ich mich beleidigt, als ob sie mir irgendein Mißtrauen ausdrückten. Obwohl, wie der Himmel weiß, sie es nie durch Wort oder Zeichen taten.

Zu diesen Zeiten stand ich auf und schaute zur Tür hinaus; denn unsere Küchentür öffnete sich sofort in der Nacht und stand an Sommerabenden offen, um das Zimmer zu lüften. Die Sterne, zu denen ich damals meine Augen erhob, hielt ich, fürchte ich, nur für arme und bescheidene Sterne, weil sie auf den rustikalen Gegenständen funkelten, unter denen ich mein Leben verbracht hatte.

„Samstagabend," sagte ich, als wir bei unserem Abendessen mit Brot, Käse und Bier saßen. „Noch fünf Tage, und dann der Tag vor *dem* Tag! Sie werden bald gehen."

„Ja, Pip," bemerkte Joe, dessen Stimme in seinem Bierkrug hohl klang. „Sie werden bald gehen."

„Bald, bald gehen," sagte Biddy.

„Ich habe mir überlegt, Joe, wenn ich am Montag in die Stadt gehe und meine neuen Kleider bestelle, werde ich dem Schneider sagen, daß ich kommen und sie dort anziehen oder daß ich sie zu Mr. Pumblechook schicken lasse. Es wäre sehr unangenehm, von all den Leuten hier angestarrt zu werden."

„Mr. und Mrs. Hubble würden Sie vielleicht auch gern in Ihrer neuen Gestalt sehen, Pip," sagte Joe, indem er eifrig sein Brot mit seinem Käse darauf in der linken Handfläche schnitt und einen Blick auf mein unverkostetes Abendessen warf, als ob er an die Zeit dachte, als wir Scheiben zu vergleichen pflegten. „Wopsle könnte es auch. Und die Jolly Bargemen könnten das als Kompliment auffassen."

„Das ist genau das, was ich nicht will, Joe. Sie machten ein solches Geschäft daraus, ein so grobes und gewöhnliches Geschäft, daß ich es nicht ertragen konnte."

„Ah, das ist wahrhaftig, Pip!" sagte Joe. „Wenn du es nicht ertragen könntest ..."

Biddy fragte mich, während sie den Teller meiner Schwester in der Hand hielt: „Haben Sie darüber nachgedacht, wann Sie sich Mr. Gargery, Ihrer Schwester und mir zeigen werden? Du wirst dich uns zeigen; nicht wahr?"

„Biddy," entgegnete ich mit einigem Groll: „Sie sind so außerordentlich schnell, daß es schwer ist, mit Ihnen Schritt zu halten."

(„Sie war immer schnell," bemerkte Joe.)

„Hättest du noch einen Augenblick gewartet, Biddy, so hättest du mich sagen hören, daß ich eines Abends meine Kleider in einem Bündel hierher bringen werde, höchstwahrscheinlich am Abend, bevor ich fortgehe."

Biddy sagte nichts mehr. Ich verzieh ihr gutmütig, tauschte bald ein herzliches Gute-Nacht-Gespräch mit ihr und Joe aus und ging zu Bett. Als ich in mein kleines Zimmer kam, setzte ich mich hin und betrachtete es lange als ein armseliges Zimmer, von dem ich bald getrennt und für immer emporgehoben werden würde. Es war auch mit frischen jungen Erinnerungen ausgestattet, und noch in demselben Augenblick verfiel ich in dieselbe verworrene Spaltung des Geistes zwischen ihm und den besseren Zimmern, in die ich ging, wie ich es so oft zwischen der Schmiede und Miß Havisham's und Biddy und Estella gewesen war.

Den ganzen Tag über hatte die Sonne hell auf das Dach meines Dachbodens geschienen, und das Zimmer war warm. Als ich das Fenster aufriß und hinaussah, sah ich, wie Joe langsam durch die dunkle Tür unten hervortrat und sich ein oder zwei Mal in der Luft wandte; und dann sah ich, wie Biddy kam, ihm eine Pfeife brachte und sie ihm anzündete. Er rauchte noch nie so spät, und es schien mir, als ob er aus irgendeinem Grund Trost brauchte.

Gleich darauf stand er an der Tür unmittelbar unter mir und rauchte seine Pfeife, und Biddy stand auch da und sprach leise mit ihm, und ich wußte, daß sie von mir sprachen, denn ich hörte meinen Namen von beiden mehr als einmal in einem liebenswürdigen Ton nennen. Ich hätte nicht mehr gelauscht, wenn ich mehr hätte hören können; so zog ich mich vom Fenster zurück und setzte mich in meinen einzigen Stuhl neben dem Bette, wobei ich es sehr traurig und seltsam empfand, daß diese erste Nacht meines glänzenden Glücks die einsamste sein sollte, die ich je gekannt hatte.

Als ich nach dem offenen Fenster blickte, sah ich leichte Kränze von Joes Pfeife dort schweben, und ich glaubte, es sei wie ein Segen von Joe, der sich mir nicht aufdrängte oder vor mir zur Schau stellte, sondern die Luft durchdrang, die wir miteinander teilten. Ich löschte mein Licht aus und kroch ins Bett; und es war jetzt ein unruhiges Bett, und ich schlief nicht mehr den alten festen Schlaf darin.

KAPITEL XIX.

Der Morgen machte einen bedeutenden Unterschied in meiner allgemeinen Lebensaussicht, und sie erhellte sie so sehr, daß sie kaum noch dieselbe zu sein schien. Was mich am meisten bedrückte, war der Gedanke, daß sechs Tage zwischen mir und dem Tage der Abreise lagen; denn ich konnte mich der Befürchtung nicht erwehren, daß in der Zwischenzeit etwas mit London geschehen könnte, und daß, wenn ich dort ankäme, es entweder sehr verfallen oder ganz verschwunden sein würde.

Joe und Biddy waren sehr mitfühlend und angenehm, als ich von unserer bevorstehenden Trennung sprach; aber sie bezogen sich nur darauf, als ich es tat. Nach dem Frühstück holte Joe meine Schuldverschreibungen aus der Presse in der besten Stube hervor, und wir legten sie ins Feuer, und ich fühlte, daß ich frei war. Mit all der Neuheit meiner Emanzipation ging ich mit Joe in die Kirche und dachte, der Geistliche hätte das vielleicht nicht über den reichen Mann und das Himmelreich gelesen, wenn er alles gewußt hätte.

Nach unserem frühen Essen schlenderte ich allein hinaus, in der Absicht, die Sümpfe sofort zu erledigen und sie zu erledigen. Als ich an der Kirche vorüberging, empfand ich (wie ich es während des Morgengottesdienstes empfunden hatte) ein erhabenes Mitleid mit den armen Geschöpfen, die dazu bestimmt waren, Sonntag für Sonntag ihr ganzes Leben lang dorthin zu gehen und schließlich dunkel zwischen den niedrigen grünen Hügeln zu liegen. Ich versprach mir, eines Tages etwas für sie zu tun, und entwarf einen groben Plan, wie ich jedem im Dorfe ein Abendessen mit Roastbeef und Plumpudding, einem halben Liter Bier und einer Gallone Herablassung zuteil werden lassen sollte.

Wenn ich schon oft mit etwas Schamhaftem an meine Gesellschaft mit dem Flüchtling gedacht hatte, den ich einst zwischen diesen Gräbern hatte hinken sehen, was waren meine Gedanken an diesem Sonntag, da der Ort des Unglücklichen mit seinem Eiseneisen und seinem Abzeichen des Unglücklichen erinnerte, zerlumpt und zitternd! Mein Trost war, daß es vor langer Zeit geschehen war, und daß er ohne Zweifel weit forttransportiert worden war, und daß er für mich tot war und es vielleicht auch noch sein mochte.

Keine niedrigen, feuchten Böden mehr, keine Deiche und Schleusen, nichts mehr von diesem weidenden Vieh, obgleich sie in ihrer dumpfen Art jetzt eine respektvollere Miene zu tragen schienen und sich umsahen, um den Besitzer so großer Erwartungen so lange als möglich anzustarren, - leb wohl, eintönige Bekannte meiner Kindheit, von nun an war ich für London und Größe; Nicht für die Schmiedearbeit im Allgemeinen, sondern für dich! Ich machte mich jubelnd auf den Weg zu der alten Batterie, legte mich dort nieder und überlegte die Frage, ob Miß Havisham mich für Estella bestimmt habe, und schlief ein.

Als ich erwachte, war ich sehr überrascht, Joe neben mir sitzen zu sehen, der seine Pfeife rauchte. Er begrüßte mich mit einem fröhlichen Lächeln, als ich die Augen öffnete, und sagte:

„Da es das letzte Mal war, Pip, dachte ich, ich würde folgen."

„Und Joe, ich bin sehr froh, daß du das getan hast."

„Danke, Pip."

„Du kannst gewiß sein, lieber Joe," fuhr ich fort, nachdem wir uns die Hände geschüttelt hatten: „daß ich dich nie vergessen werde."

„Nein, nein, Pip!" sagte Joe in behaglichem Ton: „dessen bin ich gewiß. Ja, ja, alter Kerl! Gott sei Dank, es wäre nur nötig, es in einem Menschen gut zu verstehen, um dessen sicher zu sein. Aber es dauerte ein wenig, bis ich es gut hinbekommen hatte, die Veränderung kam so aufgewöhnlich prall; nicht wahr?"

Irgendwie war ich nicht besonders erfreut darüber, dass Joe sich meiner so mächtig sicher war. Ich hätte mir gewünscht, daß er Gefühle verraten oder gesagt hätte: „Es macht dir alle Ehre, Pip" oder etwas in der Art. Deshalb machte ich keine Bemerkung über Joes ersten Kopf; Er sagte nur zu seinem zweiten, daß die Nachricht in der Tat plötzlich gekommen sei, daß ich aber immer ein Gentleman habe sein wollen und oft und oft darüber nachgedacht hätte, was ich tun würde, wenn ich einer wäre.

„Hast du es abgesehen?" fragte Joe. „Erstaunlich!"

„Es ist schade, Joe," sagte ich: „daß du nicht ein bißchen mehr zurechtgekommen bist, als wir hier Unterricht hatten; nicht wahr?"

„Nun, ich weiß es nicht," entgegnete Joe. „Ich bin so schrecklich langweilig. Ich bin nur Meister meines eigenen Fachs. Es war immer schade, da ich so schrecklich langweilig war; aber es ist jetzt nicht mehr schade, als es war - heute vor zwölf Monaten - siehst du nicht?"

Was ich gemeint hatte, war, daß, wenn ich in mein Eigentum käme und etwas für Joe tun konnte, es viel angenehmer gewesen wäre, wenn er besser für eine Aufstiegsstufe geeignet gewesen wäre. Er war jedoch so vollkommen unschuldig an meiner Absicht, daß ich dachte, ich würde es lieber Biddy gegenüber erwähnen.

Als wir also nach Hause gegangen waren und Tee getrunken hatten, führte ich Biddy in unseren kleinen Garten am Wegesrand, und nachdem ich ihr zur Erhebung ihrer Stimmung allgemein gesagt hatte, daß ich sie nie vergessen würde, sagte ich, ich hätte sie um einen Gefallen zu bitten.

„Und es ist so, Biddy," sagte ich: „daß du keine Gelegenheit versäumen wirst, Joe ein wenig zu helfen."

„Wie helfen Sie ihm?" fragte Biddy mit einem festen Blick.

„Nun! Joe ist ein lieber guter Kerl - ich glaube sogar, er ist der liebste Kerl, der je gelebt hat -, aber er ist in manchen Dingen ziemlich rückständig. Zum Beispiel Biddy in seiner Gelehrsamkeit und seinen Manieren."

Obgleich ich Biddy ansah, während ich sprach, und obgleich sie die Augen weit aufriß, als ich gesprochen hatte, sah sie mich nicht an.

„O, seine Manieren! Genügen denn nicht seine Manieren?" fragte Biddy und pflückte ein Blatt der schwarzen Johannisbeere.

„Meine liebe Biddy, sie machen sich hier sehr gut ..."

„O! Sie *gedeihen* hier sehr gut?" unterbrach sie Biddy und betrachtete das Blatt in ihrer Hand genau.

„Hören Sie mich an, aber wenn ich Joe in eine höhere Sphäre versetzen wollte, wie ich ihn zu beseitigen hoffe, wenn ich vollständig in mein Eigentum komme, so würden sie ihm schwerlich Gerechtigkeit widerfahren."

„Und glauben Sie nicht, daß er das weiß?" fragte Biddy.

Es war eine so reizende Frage (denn sie war mir noch nie im entferntesten in den Sinn gekommen), daß ich schnippisch sagte:

„Biddy, was meinst du damit?"

Biddy, nachdem sie das Blatt zwischen ihren Händen in Stücke gerieben hatte - und der Geruch eines schwarzen Johannisbeerstrauchs hat sich mir seither an jenem Abend in dem kleinen Garten am Wegesrand in Erinnerung gerufen -: „Hast du nie daran gedacht, daß er stolz sein könnte?"

„Stolz?" wiederholte ich mit verächtlichem Nachdruck.

„O! es gibt viele Arten von Stolz," sagte Biddy, indem sie mich voll ansah und den Kopf schüttelte; „Stolz ist nicht nur von einer Art ..."

„Nun? Wozu hältst du an?" fragte ich.

„Nicht alle von einer Sorte," fuhr Biddy fort. „Er ist vielleicht zu stolz, um sich von jemandem von einer Stelle vertreiben zu lassen, die er kompetent ausfüllen kann und die er gut und mit Achtung ausfüllt. Um die Wahrheit zu sagen, ich glaube, er ist es; obgleich es kühn von mir klingt, das zu sagen, denn Sie müssen ihn weit besser kennen als ich."

„Nun, Biddy," sagte ich: „es tut mir sehr leid, dies bei dir zu sehen. Ich habe nicht erwartet, das bei dir zu sehen. Du bist neidisch, Biddy, und widerwillig. Du bist unzufrieden wegen meines gestiegenen Vermögens, und du kannst nicht umhin, es zu zeigen."

„Wenn Sie es übers Herz bringen, so zu denken," entgegnete Biddy: „so sagen Sie es. Sag es immer und immer wieder, wenn du es übers Herz bringst, so zu denken."

„Wenn Sie es übers Herz bringen, so meinen Sie, Biddy," sagte ich in tugendhaftem und überlegenem Tone; „schieben Sie es nicht auf mich. Es tut mir sehr leid, das zu sehen, und es ist eine - es ist eine schlechte Seite der menschlichen Natur. Ich hatte die Absicht, Sie zu bitten, alle kleinen Gelegenheiten, die Sie nach meinem Tod haben könnten, zu nutzen, um sich zu bessern, lieber Joe. Aber danach frage ich dich nichts. Es tut mir außerordentlich leid, das bei dir zu sehen, Biddy," wiederholte ich. „Es ist eine - es ist eine schlechte Seite der menschlichen Natur."

„Ob Sie mich schelten oder billigen," entgegnete der arme Biddy, „Sie können sich ebenso darauf verlassen, daß ich alles zu tun versuche, was in meiner Macht steht, hier und zu jeder Zeit. Und welche Meinung du auch von mir wegnimmst, sie wird keinen Unterschied machen in meinem Gedenken an dich. Aber ein Gentleman sollte auch nicht ungerecht sein," sagte Biddy und wandte den Kopf ab.

Ich wiederholte noch einmal herzlich, daß es eine schlechte Seite der menschlichen Natur sei (in welcher Empfindung ich seither Grund zu der Annahme sah, daß ich recht hatte), und ich ging den kleinen Pfad von Biddy weg entlang, und Biddy ging ins Haus, und ich ging durch das Gartentor hinaus und machte einen niedergeschlagenen Spaziergang bis zur Zeit des Abendessens; Wieder empfand ich es sehr traurig und seltsam, daß diese, die zweite Nacht meines glänzenden Schicksals, ebenso einsam und unbefriedigend sein sollte wie die erste.

Aber der Morgen erhellte meinen Blick wieder, und ich ermunterte Biddy um Milde, und wir ließen das Thema fallen. Ich zog die schönsten Kleider an, die ich besaß, ging in die Stadt, sobald ich hoffen konnte, die Läden offen zu finden, und stellte mich Herrn Trabb, dem Schneider, vor, der in der Stube hinter seinem Laden frühstückte und es nicht der Mühe wert fand, zu mir herauszukommen, sondern mich zu sich rief.

„Nun!" sagte Mr. Trabb in einer Art von Heil, der gut getroffen wird. „Wie geht es dir und was kann ich für dich tun?"

Mr. Trabb hatte sein heißes Brötchen in drei Federbetten geschnitten und schob Butter zwischen die Decken und deckte es zu. Er war ein wohlhabender alter Junggeselle, und sein offenes Fenster ging in einen blühenden kleinen Garten und Obstgarten, und neben seinem Kamin war ein wohlhabender eiserner Tresor in die Wand eingelassen, und ich zweifelte nicht, daß ein Haufen seines Wohlstands in Säcken darin aufbewahrt wurde.

„Herr Trabb," sagte ich: „es ist eine unangenehme Sache, die man erwähnen muß, weil es wie Prahlerei aussieht; aber ich bin in ein hübsches Gut gekommen."

Eine Veränderung ging über Mr. Trabb. Er vergaß die Butter im Bett, stand vom Bett auf, wischte sich die Finger über das Tischtuch und rief: „Gott segne meine Seele!"

„Ich gehe zu meinem Vormund nach London," sagte ich, zog beiläufig einige Guineen aus der Tasche und betrachtete sie; „und ich brauche einen modischen Anzug, in den ich hineingehe. Ich möchte sie bezahlen," fügte ich hinzu, sonst glaubte ich, er würde sie nur so tun, als ob er sie mache: „mit bereitem Gelde."

„Mein lieber Herr," sagte Herr Trabb, indem er ehrerbietig seinen Körper beugte, die Arme öffnete und sich die Freiheit nahm, mich an der Außenseite jedes Ellbogens zu berühren: „verletzen Sie mich nicht, indem Sie das erwähnen. Darf ich es wagen, Ihnen zu gratulieren? Würden Sie mir den Gefallen tun, in den Laden zu treten?"

Mr. Trabbs Junge war der kühnste Junge auf dem ganzen Lande. Als ich eingetreten war, fegte er den Laden, und er hatte sich seine Arbeit dadurch versüßt, daß er über mich hinwegfegte. Er fegte noch, als ich mit Herrn Trabb in den Laden trat, und er stieß den Besen gegen alle möglichen Ecken und Hindernisse, um (wie ich es verstand) die Gleichheit mit jedem Schmied, ob lebendig oder tot, auszudrücken.

„Halten Sie den Lärm zurück," sagte Herr Trabb mit der größten Strenge: „oder ich schlage Ihnen den Kopf ab! - Tun Sie mir den Gefallen, mich zu setzen, Sir. Nun, das," sagte Herr Trabb, indem er eine Rolle Tuch herunternahm und sie in fließender Weise über den Ladentisch ausbreitete, um seine Hand darunter zu legen, um den Glanz zu zeigen: „ist ein sehr süßer Artikel. Ich kann es für Ihren Zweck empfehlen, Sir, weil es wirklich extra super ist. Aber du wirst noch einige andere sehen. Gib mir Nummer vier, du!" (Zu dem Knaben und mit einem entsetzlich strengen Blick, in der er die Gefahr voraussah, daß der Schurke mich damit streicheln oder irgend ein anderes Zeichen der Vertrautheit machen würde.)

Mr. Trabb wandte seinen strengen Blick nicht von dem Knaben ab, bis er Nummer vier auf den Ladentisch gelegt hatte und sich wieder in sicherer Entfernung befand. Dann befahl er ihm, Nummer fünf und Nummer acht zu bringen. „Und laß mich hier keinen von deinen Tricks haben," sagte Herr Trabb: „sonst wirst du es bereuen, du junger Schurke, den längsten Tag, den du noch zu leben hast."

Herr Trabb beugte sich dann über Nummer vier und empfahl sie mir in einer Art ehrerbietiger Zuversicht als einen leichten Artikel für die Sommerkleidung, einen Artikel, der unter dem Adel und Adel sehr in Mode war, einen Artikel, den es ihm immer zur Ehre machen würde, darüber nachzudenken, welchen ein ausgezeichneter Mitbürger (wenn er mich für einen Mitbürger halten durfte) getragen hat. „Bringen Sie die Nummern fünf und acht mit, Sie Vagabund," sagte Herr Trabb nachher zu dem Knaben: „oder soll ich Sie aus dem Laden werfen und sie selbst bringen?"

Ich wählte mit Hilfe von Herrn Trabbs Urteil die Stoffe für einen Anzug aus und trat wieder in den Salon, um mich vermessen zu lassen. Denn obgleich Mr. Trabb mein Maß bereits besaß und früher ganz zufrieden damit gewesen war, sagte er entschuldigend, daß es „unter den gegebenen Umständen nicht genügen würde, Sir, - überhaupt nicht thun würde." So maß und berechnete mich Herr Trabb in der Stube, als ob ich ein Gut wäre und er der beste Landvermesser, und machte sich eine solche Mühe, daß ich fühlte, kein Anzug könne ihn für seine Mühen entschädigen. Als er endlich fertig war und sich bestimmt hatte, die Artikel am Donnerstagabend an Mr. Pumblechook zu senden, sagte er, die Hand auf das Schloß des Salons legend: „Ich weiß, Sir, daß man von Londoner Herren in der Regel nicht erwarten kann, daß sie die örtliche Arbeit bevormunden; aber wenn Sie mir von Zeit zu Zeit eine Wendung in der Eigenschaft eines Stadtbürgers geben wollten, würde ich es sehr schätzen. Guten Morgen, Sir, sehr gefällig. – Tür!"

Das letzte Wort wurde dem Knaben entgegengeschleudert, der nicht die geringste Ahnung hatte, was es bedeutete. Aber ich sah, wie er zusammenbrach, als sein Herr mich mit seinen Händen ausrieb, und meine erste entschiedene Erfahrung von der ungeheuren Macht des Geldes war, daß es moralisch auf seinen Rücken gelegt hatte, Trabbs Knabe.

Nach diesem denkwürdigen Ereignis ging ich zum Hutmacher, zum Schuhmacher und zum Strumpfmacher und fühlte mich eher wie Mutter Hubbards Hund, dessen Ausrüstung die Dienste so vieler Berufe erforderte. Ich ging auch zum Kutschenbüro und nahm meinen Platz am Samstagmorgen um sieben Uhr ein. Es war nicht nötig, überall zu erklären, daß ich in ein schönes Gut gekommen war; aber sooft ich irgend etwas in dieser Richtung sagte, folgte daraus, daß der amtierende Kaufmann aufhörte, seine Aufmerksamkeit durch das Fenster an der Hauptstraße abzulenken, und seine Gedanken auf mich konzentrierte. Als ich alles bestellt hatte, was ich brauchte, lenkte ich meine Schritte nach Pumblechook, und als ich mich dem Geschäftshaus des Herrn näherte, sah ich ihn vor seiner Tür stehen.

Er wartete mit großer Ungeduld auf mich. Er war früh mit dem Chaiselongue unterwegs gewesen, hatte in der Schmiede vorgesprochen und die Nachricht gehört. Er hatte für mich in der Stube von Barnwell eine Kollation vorbereitet, und auch er befahl seinem Ladenbesitzer: „aus der Gangway zu kommen," als meine heilige Person vorüberging.

„Mein lieber Freund," sagte Herr Pumblechook, indem er mich bei beiden Händen faßte, als er und ich mit der Kollation allein waren: „ich freue Sie über Ihr Glück. Wohlverdient, wohlverdient!"

Das kam auf den Punkt, und ich hielt es für eine vernünftige Art, sich auszudrücken.

„Der Gedanke," sagte Herr Pumblechook, nachdem er einige Augenblicke lang Bewunderung für mich geschnaubt hatte: „daß ich das demütige Werkzeug gewesen wäre, um dies zu veranlassen, ist eine stolze Belohnung."

Ich bat Herrn Pumblechook, sich daran zu erinnern, daß über diesen Punkt niemals etwas gesagt oder angedeutet werden dürfe.

„Mein lieber junger Freund," sagte Herr Pumblechook; „wenn Sie mir erlauben, Sie so zu nennen ..."

Ich murmelte: „Gewiß!" und Herr Pumblechook faßte mich wieder bei beiden Händen und machte eine Bewegung gegen seine Weste, die ein gefühlvolles Aussehen hatte, obgleich sie ziemlich tief aussah: „Mein lieber junger Freund, verlassen Sie sich darauf, daß ich in Ihrer Abwesenheit alles Mögliche tue, indem ich Joseph die Tatsache vor Augen halte in der Art einer mitfühlenden Beschwörung. Josef!! Joseph!!" Daraufhin schüttelte er den Kopf und klopfte darauf, um auszudrücken, dass er sich an Joseph mangelte.

„Aber, mein lieber junger Freund," sagte Herr Pumblechook: „Sie müssen hungrig sein, Sie müssen erschöpft sein. Sitzen. Hier ist ein Huhn, das vom Eber umrundet wurde, hier ist eine Zunge, die vom Eber herumgekommen ist, hier sind ein oder zwei kleine Dinger, die vom Eber herumgekommen sind, und ich hoffe, Sie werden sie nicht verachten. Aber sehe ich," sagte Herr Pumblechook, indem er sich im Augenblick, nachdem er sich niedergesetzt hatte, wieder aufstand: „ihn vor mir, wie ich in seiner glücklichen Kindheit immer mit ihm gespielt habe? Und darf ich – *darf* ich –?"

Dieser Mai ich, meinte, darf er die Hand schütteln? Ich willigte ein, und er war inbrünstig und setzte sich dann wieder.

„Hier ist Wein," sagte Herr Pumblechook. „Laßt uns trinken, dem Schicksal sei Dank, und möge sie ihre Lieblinge immer mit gleichem Urteil auswählen! Und doch kann ich nicht", sagte Herr Pumblechook, indem er sich wieder erhob, "Einen vor mir sehen – und gleichfalls auf Einen trinken – ohne noch einmal auszusprechen: Darf ich – *darf* ich –?"

Ich bejahte, und er schüttelte mir noch einmal die Hand, leerte sein Glas und stellte es auf den Kopf. Ich tat dasselbe; und wenn ich mich vor dem Trinken auf den Kopf gestellt hätte, so hätte mir der Wein nicht direkter zu Kopf steigen können.

Herr Pumblechook verhalf mir zum Leberflügel und zum besten Stück Zunge (jetzt keines von diesen abgelegenen „No Thoroughfares of Pork") und kümmerte sich, verhältnismäßig gesprochen, gar nicht um sich selbst. „Ah! Geflügel, Geflügel! Du hast dir wenig gedacht," sagte Herr Pumblechook, indem er das Huhn in der Schüssel apostrophierte: „als du noch ein junger Jungvogel warst, was dir bevorstand. Sie dachten nicht, daß Sie unter diesem bescheidenen Dache eine Erfrischung sein sollten, denn – nennen Sie es eine Schwäche, wenn Sie wollen," sagte Herr Pumblechook und erhob sich wieder: „aber darf ich? *darf* ich –?"

Es begann unnötig zu werden, die Form des Sagens zu wiederholen, dass er es könnte, und so tat er es sofort. Wie er es je so oft geschafft hat, ohne sich mit meinem Messer zu verletzen, weiß ich nicht.

„Und deine Schwester," fuhr er fort, nachdem er ein wenig beständig gegessen hatte: „die die Ehre hatte, dich mit der Hand zu erziehen! Es ist ein trauriges Bild, wenn man bedenkt, dass sie nicht mehr in der Lage ist, die Ehre vollständig zu verstehen. Darf ..."

Ich sah, dass er gleich wieder auf mich zukommen würde, und hielt ihn auf.

„Wir werden auf ihre Gesundheit trinken," sagte ich.

„Ah!" rief Mr. Pumblechook und lehnte sich in seinem Stuhl zurück, ganz schlaff vor Bewunderung: „so kennen Sie sie, Sir!" (Ich weiß nicht, wer Sir war, aber er war sicherlich nicht ich, und es war keine dritte Person anwesend); „So kennen Sie die Edelgesinnten, Sir! Immer nachsichtig und immer umgänglich. Es könnte," sagte der unterwürfige Pumblechook, indem er sein unverkostetes Glas hastig absetzte und sich wieder erhob: „für einen gewöhnlichen Menschen den Anschein erwecken, als ob er wiederholte - aber *darf* ich -?"

Als er das getan hatte, setzte er sich wieder hin und trank auf meine Schwester an. „Laß uns nie blind sein für ihre Temperamentfehler," sagte Herr Pumblechook: „aber es ist zu hoffen, daß sie es gut gemeint hat."

Ungefähr zu dieser Zeit begann ich zu beobachten, daß er im Gesicht rot wurde; was mich anbelangt, so fühlte ich mein ganzes Antlitz, von Wein durchtränkt und schlau.

Ich erwähnte Herrn Pumblechook, daß ich meine neuen Kleider zu ihm nach Hause schicken wollte, und er war entzückt, daß ich ihn so auszeichnete. Ich erwähnte den Grund, warum ich mich der Beobachtung im Dorfe entziehen wollte, und er lobte es in den Himmel. Es gäbe niemanden außer ihm selbst, deutete er an, der meines Vertrauens würdig sei, und - kurz, würde er es tun? Dann fragte er mich zärtlich, ob ich mich an unsere knabenhaften Summenspiele erinnere, und wie wir zusammen gegangen seien, um mich zum Lehrling zu machen, und wie er in der Tat immer meine Lieblingsphantasie und mein auserwählter Freund gewesen sei? Hätte ich zehnmal so viele Gläser Wein getrunken, als ich besaß, so hätte ich gewußt, daß er nie in diesem Verhältnis zu mir gestanden hätte, und hätte den Gedanken im Grunde meines Herzens verworfen. Trotzdem erinnere ich mich, daß ich überzeugt war, daß ich mich in ihm sehr getäuscht hatte und daß er ein vernünftiger, praktischer und gutherziger Mann war.

Nach und nach setzte er ein so großes Vertrauen in mich, daß er mich in Bezug auf seine eigenen Angelegenheiten um Rat fragte. Er erwähnte, daß die Möglichkeit einer großen Verschmelzung und eines Monopols des Getreide- und Saatguthandels auf diesen Grundstücken bestehe, wenn sie erweitert würden, wie es noch nie zuvor in dieser oder einer anderen Gegend geschehen sei. Was allein zur Verwirklichung eines ungeheuren Vermögens fehlte, hielt er für mehr Kapital. Das waren die beiden kleinen Worte, mehr Großbuchstaben. Nun schien es ihm (Pumblechook), daß, wenn dieses Kapital durch einen schlafenden Teilhaber in das Geschäft käme, Sir, welcher schlafende Teilhaber nichts zu thun hätte, als allein oder als Stellvertreter einzutreten, wann immer es ihm beliebte, und zweimal im Jahr hineinzugehen und seinen Gewinn in die Tasche zu nehmen. in der Höhe von fünfzig Prozent, – es schien ihm, als ob dies eine Öffnung für einen jungen Herrn von Geist und Vermögen sein könnte, die seiner Aufmerksamkeit wert sein würde. Aber was dachte ich? Er hatte großes Vertrauen in meine Meinung, und was dachte ich? Ich gab es als meine Meinung ab. „Warte ein bisschen!" Die vereinte Weite und Deutlichkeit dieser Ansicht beeindruckte ihn so sehr, daß er nicht mehr fragte, ob er mir die Hand geben dürfe, sondern sagte, er müsse es wirklich – und tat es.

Wir tranken den ganzen Wein, und Herr Pumblechook versprach sich immer und immer wieder, Joseph auf dem neuesten Stand zu halten (ich weiß nicht, welches Zeichen) und mir einen tüchtigen und beständigen Dienst zu leisten (ich weiß nicht, welchen Dienst). Er teilte mir auch zum ersten Male in meinem Leben mit, und gewiß, nachdem er sein Geheimnis wunderbar gut gehütet hatte, daß er immer von mir gesagt habe: „Dieser Knabe ist kein gewöhnlicher Knabe, und merke mir, sein Glück wird kein gewöhnliches Glück sein." Er sagte mit einem tränenreichen Lächeln, es sei eine eigentümliche Sache, daran zu denken, und ich sagte es auch. Endlich ging ich in die Luft hinaus, mit der dunklen Ahnung, daß etwas Ungewohntes an dem Benehmen des Sonnenscheins lag, und fand, daß ich schlummernd an den Schlagbaum gelangt war, ohne auf die Straße Rücksicht genommen zu haben.

Dort wurde ich durch Herrn Pumblechooks Zuruf wachgerüttelt. Er war schon weit die sonnige Straße hinunter und machte ausdrucksvolle Gesten, damit ich stehen blieb. Ich blieb stehen, und er kam atemlos herauf.

„Nein, mein lieber Freund," sagte er, als er wieder zu sich gekommen war. „Nicht, wenn ich etwas dagegen tun kann. Diese Gelegenheit wird nicht ganz ohne diese Liebenswürdigkeit Ihrerseits vorübergehen. – Darf ich, als ein alter Freund und Wohltäter? *Darf* ich?"

Wir schüttelten uns mindestens zum hundertsten Male die Hand, und er befahl mir mit der größten Entrüstung einen jungen Fuhrmann aus dem Weg zu räumen. Dann segnete er mich und winkte mir mit der Hand zu, bis ich an dem Krummstab auf der Straße vorbeigekommen war; und dann bog ich in ein Feld ein und machte ein langes Nickerchen unter einer Hecke, bevor ich meinen Heimweg antrat.

Ich hatte nur wenig Gepäck, das ich nach London mitnehmen konnte, denn nur wenig von dem Wenigen, was ich besaß, war für meine neue Station geeignet. Aber ich fing noch am selben Nachmittag an zu packen und packte wild Dinge zusammen, von denen ich wußte, daß ich sie am nächsten Morgen haben wollte, in einer Fiktion, daß es keinen Augenblick zu verlieren gab.

So vergingen Dienstag, Mittwoch und Donnerstag; und am Freitagmorgen ging ich zu Mr. Pumblechook, um meine neuen Kleider anzuziehen und Miß Havisham einen Besuch abzustatten. Mr. Pumblechooks eigenes Zimmer wurde mir zum Ankleiden überlassen und war eigens für die Veranstaltung mit sauberen Handtüchern geschmückt. Meine Kleidung war natürlich eher eine Enttäuschung. Wahrscheinlich blieb jedes neue und sehnsüchtig erwartete Kleidungsstück, das jemals angezogen wurde, seit die Kleidung eingetroffen war, eine Kleinigkeit hinter den Erwartungen der Trägerin zurück. Aber nachdem ich etwa eine halbe Stunde lang meinen neuen Anzug angezogen und eine ungeheure Haltung mit Mr. Pumblechooks sehr beschränktem Ankleideglas durchgemacht hatte, in dem vergeblichen Versuch, meine Beine zu sehen, schien es mir besser zu passen. Es war Marktmorgen in einer benachbarten Stadt, etwa zehn Meilen entfernt, und Herr Pumblechook war nicht zu Hause. Ich hatte ihm nicht genau gesagt, wann ich gehen wollte, und es war nicht wahrscheinlich, daß ich ihm vor meiner Abreise noch einmal die Hand schütteln würde. Es war alles so, wie es sein sollte, und ich ging in meinem neuen Outfit hinaus, furchtbar beschämt, an dem Ladenbesitzer vorbeigehen zu müssen, und im Grunde doch verdächtig, daß ich persönlich im Nachteil war, etwa wie Joe in seinem Sonntagsanzug.

Ich ging auf Umwegen durch alle Seitenwege zu Miß Havisham und klingelte wegen der steifen, langen Finger meiner Handschuhe gezwungen an der Glocke. Sarah Pocket trat an das Tor und taumelte förmlich zurück, als sie mich so verändert sah; Ihr walnussschalenartiges Antlitz färbte sich gleichfalls von Braun zu Grün und Gelb.

„Sie?" fragte sie. „Du? Du meine Güte! Was willst du?"

„Ich gehe nach London, Miß Pocket," sagte ich: „und möchte Miß Havisham Lebewohl sagen."

Man erwartete mich nicht, denn sie ließ mich im Hof eingesperrt, während sie ging, um mich zu fragen, ob ich eingelassen werden sollte. Nach einer sehr kurzen Verzögerung kehrte sie zurück und hob mich auf und starrte mich die ganze Zeit an.

Miß Havisham tötete in dem Zimmer mit dem lang gedeckten Tisch und stützte sich auf ihren Krückenstock. Das Zimmer war erleuchtet wie früher, und als wir eintraten, blieb sie stehen und wandte sich um. Da stand sie gerade auf der Höhe des verfaulten Brautkuchens.

„Geh nicht, Sarah," sagte sie. „Nun, Pip?"

„Ich breche morgen nach London ab, Miß Havisham," sagte ich außerordentlich vorsichtig: „und ich dachte, Sie würden nichts dagegen haben, wenn ich mich von Ihnen verabschiede."

„Das ist eine lustige Gestalt, Pip," sagte sie und ließ ihren Krückenstock um mich spielen, als ob sie, die gute Fee, die mich verwandelt hatte, das letzte Geschenk machte.

„Ich bin so glücklich geworden, seit ich Sie das letzte Mal gesehen habe, Miß Havisham," murmelte ich. „Und ich bin so dankbar dafür, Miß Havisham!"

„Ja, ja!" sagte sie und sah die verstörte und neidische Sarah mit Entzücken an. „Ich habe Mr. Jaggers gesehen. *Ich* habe davon gehört, Pip. Also gehst du morgen?"

„Ja, Miß Havisham."

„Und du bist von einer reichen Person adoptiert?"

„Ja, Miß Havisham."

„Nicht genannt?"

„Nein, Miß Havisham."

„Und Mr. Jaggers ist zu Ihrem Vormund ernannt worden?"

„Ja, Miß Havisham."

Sie freute sich über diese Fragen und Antworten, so sehr freute sie sich über Sarah Pockets eifersüchtige Bestürzung. „Nun!" fuhr sie fort; „Du hast eine vielversprechende Karriere vor dir. Seien Sie brav - verdienen Sie es - und halten Sie sich an Mr. Jaggers' Anweisungen." Sie sah mich an und sah Sarah an, und

Sarahs Antlitz rang aus ihrem wachsamen Gesicht ein grausames Lächeln. „Auf Wiedersehen, Pip, du wirst immer den Namen Pip behalten, weißt du."

„Ja, Miß Havisham."

„Auf Wiedersehen, Pip!"

Sie streckte ihre Hand aus, und ich kniete nieder und legte sie an meine Lippen. Ich hatte nicht überlegt, wie ich von ihr Abschied nehmen sollte; Es war für mich in dem Moment selbstverständlich, dies zu tun. Sie sah Sarah Pocket mit Triumph in ihren seltsamen Augen an, und so ließ ich meine gute Fee, beide Hände auf ihrem Krückenstock, mitten in dem schwach erleuchteten Zimmer neben dem morschen Brautkuchen stehen, der in Spinnweben verborgen war.

Sarah Pocket führte mich hinab, als wäre ich ein Gespenst, das man sehen müsste. Sie konnte nicht über mein Aussehen hinwegkommen und war im höchsten Grade verwirrt. Ich sagte: „Auf Wiedersehen, Miß Pocket," aber sie starrte sie nur an und schien nicht gefasst genug zu sein, um zu wissen, daß ich gesprochen hatte. Nachdem ich das Haus verlassen hatte, machte ich mich auf den Weg zurück zu Pumblechook, zog meine neuen Kleider aus, machte sie zu einem Bündel und ging in meinem älteren Kleid nach Hause, das ich - um die Wahrheit zu sagen - auch viel bequemer trug, obgleich ich das Bündel zu tragen hatte.

Und nun, diese sechs Tage, die so langsam hätten ablaufen sollen, waren schnell abgelaufen und waren vorüber, und morgen sah er mir fester ins Gesicht, als ich es ansehen konnte. Als die sechs Abende dahin geschrumpft waren, zu fünf, zu vier, zu drei, zu zwei, hatte ich die Gesellschaft von Joe und Biddy immer mehr zu schätzen gelernt. An diesem letzten Abend kleidete ich mich zu ihrer Freude in meine neuen Kleider und saß in meiner Pracht bis zum Schlafengehen. Wir hatten zu diesem Anlass ein warmes Abendessen, das mit dem unvermeidlichen Geflügelbraten geschmückt wurde, und zum Abschluss gab es noch ein bisschen Flip. Wir waren alle sehr niedrig und nicht höher, weil wir vorgaben, in bester Stimmung zu sein.

Ich sollte unser Dorf um fünf Uhr morgens mit meinem kleinen Koffer verlassen, und ich hatte Joe gesagt, daß ich ganz allein fortgehen wollte. Ich fürchte - ich fürchte schmerzlich -, daß dieser Zweck von dem Gefühl herrührte, daß der Gegensatz, den zwischen mir und Joe bestehen würde, wenn wir zusammen zur Kutsche gingen, entstand. Ich hatte mir vorgemacht, daß nichts von diesem Makel in der Anordnung sei; aber als ich an diesem letzten abend in mein kleines Zimmer hinaufging, fühlte ich mich genötigt, zuzugeben, daß es so sein könnte, und hatte einen Impuls auf mir, wieder hinunterzugehen und Joe zu bitten, am nächsten Morgen mit mir spazieren zu gehen. Das habe ich nicht.

Die ganze Nacht über fuhren in meinem unruhigen Schlaf Kutschen, die nicht nach London, sondern nach den falschen Orten fuhren und bald Hunde, bald Katzen, bald Schweine, bald Menschen, nie Pferde auf den Spuren hatten. Phantastische Fehlschläge der Reisen beschäftigten mich, bis der Tag anbrach und die Vögel sangen. Dann stand ich auf, kleidete mich halb an und setzte mich ans Fenster, um einen letzten Blick hinaus zu werfen, und schlief dabei ein.

Biddy war so früh aufgestanden, um mein Frühstück zu holen, daß, obgleich ich nicht eine Stunde am Fenster schlief, ich doch den Rauch des Küchenfeuers roch, als ich mit der schrecklichen Idee auffuhr, es müsse spät am Nachmittag sein. Aber lange danach, und lange nachdem ich das Klirren der Teetassen gehört hatte und ganz bereit war, wollte ich, dass der Entschluß die Treppe hinunterging. Immerhin blieb ich dort oben, schloß immer wieder meinen kleinen Koffer auf und ab und schloß ihn wieder auf und fest, bis Biddy mir zurief, daß ich zu spät käme.

Es war ein hastiges Frühstück ohne Geschmack. Ich erhob mich von dem Mahle und sagte mit einer gewissen Lebhaftigkeit, als ob es mir eben erst eingefallen wäre: „Nun! Ich glaube, ich muß fort!" Und dann küßte ich meine Schwester, die lachte und nickte und zitterte in ihrem gewöhnlichen Stuhl, küßte Biddy und schlang meine Arme um Joes Hals. Dann nahm ich meinen kleinen Koffer und ging hinaus. Das letzte, was ich von ihnen sah, war, als ich sogleich hinter mir ein Handgemenge hörte, und als ich zurückblickte, sah ich, wie Joe einen alten Schuh nach mir warf und Biddy einen anderen alten Schuh warf. Da hielt ich an, um meinen Hut zu schwenken, und der liebe alte Joe schwang seinen starken rechten Arm über dem Kopf und rief heiser: „Hooroar!" und Biddy hielt ihr die Schürze vors Gesicht.

Ich ging in gutem Schritt davon, weil ich dachte, es sei leichter zu gehen, als ich angenommen hatte, und dachte darüber nach, daß es nie gut gewesen wäre, wenn man einen alten Schuh hinter der Kutsche hergeworfen hätte, vor den Augen der ganzen Hauptstraße. Ich pfiff und machte mir nichts aus dem Weg. Aber das Dorf war sehr friedlich und still, und die leichten Nebel stiegen feierlich auf, als wollten sie mir die Welt zeigen, und ich war dort so unschuldig und klein gewesen, und alles dahinter war so unbekannt und groß, daß ich in einem Augenblick mit einem starken Heben und Schluchzen in Tränen ausbrach. Es war an dem Fingerpfahl am Ende des Dorfes, und ich legte meine Hand darauf und sagte: „Auf Wiedersehen, mein lieber, lieber Freund!"

Der Himmel weiß, dass wir uns unserer Tränen nie zu schämen brauchen, denn sie sind Regen auf den blendenden Staub der Erde, der über unseren harten Herzen liegt. Nachdem ich geweint hatte, ging es mir besser als vorher, bedauernder, meiner eigenen Undankbarkeit bewußter, sanfter. Wenn ich früher geweint hätte, hätte ich Joe bei mir gehabt.

So bedrückt war ich von diesen Tränen und davon, daß sie während des stillen Spaziergangs wieder ausbrachen, daß ich, als ich in der Kutsche saß und die Stadt leer war, mit schmerzendem Herzen überlegte, ob ich nicht absteigen würde, wenn wir die Pferde wechselten, zurückging und einen anderen Abend zu Hause verbrachte. und ein besserer Abschied. Wir zogen uns um, und ich hatte mich noch nicht entschieden und dachte noch immer zu meiner Bequemlichkeit darüber nach, daß es durchaus möglich sein würde, abzusteigen und zurückzugehen, wenn wir uns wieder umzogen. Und während ich mit diesen Überlegungen beschäftigt war, stellte ich mir eine genaue Ähnlichkeit mit Joe vor, wenn irgendein Mann die Straße entlang auf uns zukäme, und mein Herz klopfte hoch. – Als ob er vielleicht dort sein könnte!

Wir zogen uns wieder um, und noch einmal, und es war jetzt zu spät und zu weit, um zurückzugehen, und ich ging weiter. Und die Nebel waren jetzt alle feierlich aufgestiegen, und die Welt lag vor mir ausgebreitet.

Dies ist das Ende der ersten Phase von Pips Erwartungen.

KAPITEL XX.

Die Fahrt von unserer Stadt in die Metropole dauerte etwa fünf Stunden. Es war kurz nach Mittag, als die vierspännige Postkutsche, in der ich saß, in das Getümmel des Verkehrs eingeriet, das sich um die Cross Keys, Wood Street, Cheapside, London, ausbreitete.

Wir Engländer waren damals besonders der Meinung, daß es Verrat sei, daran zu zweifeln, daß wir das Beste von allem haben und sind; sonst, während ich von der Unermeßlichkeit Londons erschrocken war, glaube ich einige leise Zweifel gehabt zu haben, ob es nicht ziemlich häßlich, krumm, eng und schmutzig sei.

Mr. Jaggers hatte mir seine Adresse geschickt; es war Klein-Britannien, und er hatte auf seiner Karte nachgeschrieben: „Gleich aus Smithfield heraus und in der Nähe des Kutschenbüros." Nichtsdestoweniger packte mich ein Droschkenkutscher, der so viele Umhänge an seinem schmierigen Mantel zu haben schien, wie er Jahre alt war, in seine Kutsche und umzingelte mich mit einer klappelnden und klirrenden Stufenbarriere, als ob er mich fünfzig Meilen weit bringen wollte. Daß er auf seine Kiste stieg, die, wie ich mich erinnere, mit einem alten, verwitterten, erbsengrünen Hammertuch geschmückt war, das von Motten in Lumpen zerfressen worden war, war eine ziemliche Arbeit der Zeit. Es war eine wunderbare Equipage mit sechs großen Kronen draußen und zerlumpten Dingen dahinter, denn ich weiß nicht, an wie vielen Lakaien ich mich festhalten konnte, und einer Egge unter ihnen, damit die Lakaien nicht der Versuchung nachgaben.

Kaum hatte ich Zeit gehabt, mich an der Kutsche zu erfreuen und daran zu denken, wie sehr sie einem Strohhof glich, und doch wie einem Lumpenladen, und mich zu wundern, warum die Nasensäcke der Pferde darin aufbewahrt wurden, als ich bemerkte, wie der Kutscher anfing, abzusteigen, als ob wir gleich anhalten wollten. Und sogleich hielten wir in einer düsteren Straße bei gewissen Bureaus mit offener Tür, auf denen Mr. Jaggers gemalt war.

„Wie viel?" fragte ich den Kutscher.

Der Kutscher antwortete: „Einen Schilling, es sei denn, du willst mehr machen."

Ich sagte natürlich, dass ich nicht den Wunsch hätte, es mehr zu machen.

„Dann muß es ein Schilling sein," bemerkte der Kutscher. „Ich will keinen Ärger bekommen. *Ich* kenne *ihn!*" Er schloß finster ein Auge bei Mr. Jaggers' Namen und schüttelte den Kopf.

Als er seinen Schilling bekommen und im Laufe der Zeit den Aufstieg zu seiner Loge vollendet hatte und entkommen war (was seinen Geist zu erleichtern schien), ging ich mit meinem kleinen Koffer in der Hand in das Empfangsbüro und fragte: War Mr. Jaggers zu Hause?

„Er ist es nicht," entgegnete der Schreiber. „Er ist zur Zeit vor Gericht. Spreche ich Mr. Pip an?"

Ich deutete an, daß er sich an Mr. Pip wendete.

„Mr. Jaggers hat mir gesagt, würden Sie in seinem Zimmer warten? Er konnte nicht sagen, wie lange er wohl noch einen Fall hatte. Aber es liegt auf der Hand, dass er nicht länger bleiben wird, als er helfen kann, da seine Zeit wertvoll ist."

Mit diesen Worten öffnete der Angestellte eine Tür und führte mich in eine innere Kammer im hinteren Bereich. Hier fanden wir einen Herrn mit einem Auge, in einem Samtanzug und Kniehosen, der sich mit dem Ärmel die Nase wischte, als er beim Lesen der Zeitung unterbrochen wurde.

„Geh und warte draußen, Mike," sagte der Angestellte.

Ich fing an zu sagen, daß ich hoffe, daß ich nicht unterbreche, als der Schreiber diesen Herrn mit so wenig Zeremonie, wie ich es je gesehen habe, hinausstieß, seine Pelzmütze hinter sich herwarf und mich allein ließ.

Mr. Jaggers' Zimmer war nur durch ein Oberlicht erhellt und war ein höchst düsterer Ort; das Dachfenster, exzentrisch geneigt wie ein zerbrochener Kopf, und die verzerrten angrenzenden Häuser, die aussahen, als hätten sie sich verdreht, um durch das Dachfenster auf mich herabzublicken. Es waren nicht so viele Zeitungen herum, wie ich erwartet hätte; und es lagen einige merkwürdige Gegenstände herum, die ich nicht erwartet hätte, zu sehen, wie eine alte rostige Pistole, ein Schwert in einer Scheide, mehrere seltsam aussehende Schachteln und Pakete und zwei schreckliche Abgüsse auf einem Regal mit eigentümlich geschwollenen Gesichtern und zuckenden Nasen. Mr. Jaggers' eigener Stuhl mit hoher Lehne war von tödlichem schwarzem Roßhaar und mit Reihen von Messingnägeln ringsum, wie ein Sarg; und ich glaubte zu sehen, wie er sich darin zurücklehnte und mit dem Zeigefinger nach den Kunden biß. Das Zimmer war nur klein, und die Kunden schienen die Gewohnheit gehabt zu haben, sich an die Wand zu lehnen; die Wand, besonders gegenüber von Mr. Jaggers' Stuhl, war von den Schultern schmierig. Ich erinnerte mich auch, daß der einäugige Herr gegen die Wand geschlurft war, als ich die unschuldige Ursache dafür war, daß er hinausgeworfen worden war.

Ich setzte mich auf den Kundenstuhl, der gegen Herrn Jaggers' Stuhl gestellt war, und war fasziniert von der düsteren Atmosphäre des Ortes. Ich erinnerte mich, daß der Schreiber dieselbe Miene hatte, als wüßte er etwas zum Nachteil aller andern, wie sein Herr. Ich fragte mich, wie viele andere Schreiber es oben gab, und ob sie alle behaupteten, die gleiche schädliche Herrschaft über ihre Mitgeschöpfe zu haben. Ich fragte mich, was es mit all dem seltsamen Müll auf sich hatte und wie er dorthin gekommen war. Ich fragte mich, ob die beiden geschwollenen Gesichter von Mr. Jaggers' Familie waren, und wenn er so unglücklich war, ein Paar so übel aussehender Verwandter gehabt zu haben, warum er sie auf die staubige Stange steckte, damit sich die Schwarzen und Fliegen darauf niederlassen konnten, anstatt ihnen einen Platz zu Hause zu geben. Natürlich hatte ich keinen Londoner Sommertag erlebt, und meine Stimmung mochte durch die heiße, erschöpfte Luft und durch den Staub und den Schmutz, der auf allem lag, niedergedrückt worden sein. Aber ich saß verwundert und wartend in Mr. Jaggers' engstem Zimmer, bis ich die beiden Abgüsse auf dem Regal über Mr. Jaggers' Stuhl wirklich nicht ertragen konnte, aufstand und hinausging.

Als ich dem Beamten sagte, daß ich während des Wartens eine Drehung in der Luft machen würde, riet er mir, um die Ecke zu gehen und nach Smithfield zu kommen. So kam ich nach Smithfield; Und der schändliche Ort, der ganz mit Schmutz und Fett und Blut und Schaum beschmiert war, schien an mir zu kleben. Also wischte ich es so schnell wie möglich ab, indem ich in eine Straße einbog, wo ich die große schwarze Kuppel von St. Paul's hinter einem düsteren Steingebäude hervorlugen sah, von dem ein Passant sagte, es sei das Newgate-Gefängnis. Ich folgte der Mauer des Gefängnisses und fand die Fahrbahn mit Stroh bedeckt, um den Lärm der vorbeifahrenden Fahrzeuge zu dämpfen. und daraus und aus der Menge der Menschen, die herumstanden und stark nach Branntwein und Bier rochen, schloß ich, daß die Prozesse im Gange waren.

Während ich mich hier umsah, fragte mich ein außerordentlich schmutziger und halb betrunkener Justizminister, ob ich eintreten und einen Prozeß oder so hören wolle, und teilte mir mit, daß er mir für eine halbe Krone einen vorderen

Platz geben könne, von wo aus ich einen vollen Blick auf den Lord Oberrichter in seiner Perücke und seinem Gewand haben würde: er erwähnte diese schreckliche Gestalt wie ein Wachsfigurenkabinett und bot ihm sogleich zu dem reduzierten Preis von achtzehn Pence an. Da ich den Vorschlag unter dem Vorwand einer Verabredung ablehnte, war er so gut, mich in einen Hof zu führen und mir zu zeigen, wo der Galgen aufbewahrt wurde, und wo die Leute öffentlich ausgepeitscht wurden, und dann zeigte er mir die Schuldnertür, aus der die Schuldigen kamen, um gehängt zu werden; Er steigerte das Interesse an diesem schrecklichen Portal, indem er mir zu verstehen gab, daß übermorgen um acht Uhr morgens ‚vier gegen sie' an dieser Tür herauskommen würden, um nacheinander getötet zu werden. Das war schrecklich und gab mir eine widerwärtige Vorstellung von London; um so mehr, als der Besitzer des Lord Chief Justice (vom Hut bis zu den Stiefeln und wieder hinauf bis zum Einstecktuch seither) modrige Kleider trug, die ihm offenbar ursprünglich nicht gehört hatten, und bei denen ich mir in den Kopf setzte, daß er sie billig vom Henker gekauft hatte. Unter diesen Umständen glaubte ich, ihn für einen Schilling loszuwerden.

Ich trat in das Büro, um zu fragen, ob Mr. Jaggers schon hereingekommen sei, und ich fand, daß er es nicht war, und schlenderte wieder hinaus. Dieses Mal machte ich die Tour durch Little Britain und bog in Bartholomew Close ein; und jetzt wurde ich gewahr, daß neben mir auch andere Leute auf Mr. Jaggers warteten. Es waren zwei Männer von heimlichem Aussehen, die in Bartholomew Close herumlungerten und nachdenklich ihre Füße in die Ritzen des Pflasters steckten, während sie miteinander sprachen, und von denen der eine, als er zum ersten Mal an mir vorüberging, zu dem andern sagte: „Jaggers würden es tun, wenn es geschähe." Da stand ein Knäuel von drei Männern und zwei Frauen an einer Ecke, und eine der Frauen weinte auf ihrem schmutzigen Schal, und die andere tröstete sie, indem sie sagte, indem sie ihren eigenen Schal über die Schultern zog: „Jaggers ist für ihn, Melia, und was *könntest* du mehr haben?" Es war ein rotäugiger kleiner Jude, der in die Enge kam, während ich dort herumlungerte, in Gesellschaft eines zweiten kleinen Juden, den er auf eine Besorgung schickte; und während der Bote fort war, bemerkte ich, wie dieser Jude, der von höchst erregbarem Temperament war, unter einem Laternenpfahl einen Angststoß vorführte und sich in einer Art von Raserei mit den Worten begleitete: „O Jaggerth, Jaggerth, Jaggerth! alle andern in Cag-Maggerth, gebt mir Jaggerth!" Diese Zeugnisse der Beliebtheit meines Vormunds machten einen tiefen Eindruck auf mich, und ich bewunderte und wunderte mich mehr denn je.

Endlich, als ich nach dem eisernen Tor von Bartholomew Close nach Little Britain hinausblickte, sah ich Mr. Jaggers über die Straße auf mich zukommen. Alle anderen, die warteten, sahen ihn zu gleicher Zeit, und es war ein wahres Gedränge auf ihn los. Herr Jaggers legte mir eine Hand auf die Schulter und führte mich an seiner Seite, ohne etwas mit mir zu sagen, und wandte sich an seine Anhänger.

Zuerst nahm er die beiden geheimen Männer mit.

„Nun, ich habe Ihnen nichts mehr zu sagen," sagte Herr Jaggers und warf den Finger auf sie. "Ich will nicht mehr wissen, als ich weiß. Was das Ergebnis angeht, ist es ein Wurf. Ich habe Ihnen von Anfang an gesagt, dass es ein Wurf war. Hast du Wemmick bezahlt?"

„Wir haben das Geld heute morgen aufgebracht, Sir," sagte einer der Männer unterwürfig, während der andere Mr. Jaggers' Gesicht betrachtete.

„Ich frage dich nicht, wann du es dir ausgedacht hast, oder wo, oder ob du es dir überhaupt ausgedacht hast. Hat Wemmick es?"

„Ja, Sir," sagten die beiden Männer zusammen.

„Sehr gut; Dann kannst du gehen. Nun, ich will es nicht mehr haben!" sagte Mr. Jaggers und winkte ihnen mit der Hand zu, um sie hinter sich zu lassen. "Wenn du ein Wort mit mir sprichst, werde ich den Fall aufwerfen."

„Wir dachten, Mr. Jaggers ...", begann einer der Männer und zog seinen Hut ab.

„Das habe ich Ihnen gesagt, daß Sie es nicht tun sollen," sagte Herr Jaggers. „*Dachtest du*! Ich denke für dich; Das genügt Ihnen. Wenn ich dich will, weiß ich, wo ich dich finden kann; Ich will nicht, dass du mich findest. Jetzt werde ich es nicht mehr haben. Ich werde kein Wort hören."

Die beiden Männer sahen einander an, als Mr. Jaggers sie wieder hinter sich herwinkte, und fielen demütig zurück und wurden nicht mehr gehört.

„Und nun *Sie*!" sagte Herr Jaggers, indem er plötzlich innehielt und sich gegen die beiden Frauen mit den Tüchern wandte, von denen sich die drei Männer sanftmütig getrennt hatten: „oh! Amelia, nicht wahr?"

„Ja, Mr. Jaggers."

„Und erinnern Sie sich," entgegnete Mr. Jaggers: „daß Sie ohne mich nicht hier wären und nicht hier sein könnten?"

„O ja, mein Herr!" riefen beide Frauen zugleich. „Gott segne Sie, Sir, das wissen wir wohl!"

„Warum," sagte Mr. Jaggers: „kommen Sie hierher?"

„Meine Bill, Sir!" flehte die weinende Frau.

„Nun, ich sage Ihnen was!" sagte Herr Jaggers. „Ein für allemal. Wenn Sie nicht wissen, dass Ihr Gesetzentwurf in guten Händen ist, weiß ich es. Und wenn Sie hierher kommen und sich über Ihren Gesetzentwurf ärgern, werde ich ein Exempel an Ihrem Gesetzentwurf und an Ihnen statuieren und ihn mir durch die Finger gleiten lassen. Hast du Wemmick bezahlt?"

„O ja, Sir! Jeden Farden."

„Sehr gut. Dann hast du alles getan, was du tun musst. Sagen Sie noch ein Wort - ein einziges Wort -, und Wemmick wird Ihnen Ihr Geld zurückgeben."

Diese schreckliche Drohung führte dazu, dass die beiden Frauen sofort herunterfielen. Niemand blieb übrig als der erregte Jude, der die Röcke von Herrn Jaggers' Rock schon einige Male an die Lippen gezogen hatte.

„Ich kenne diesen Mann nicht!" sagte Mr. Jaggers in derselben vernichtenden Spannung. „Was will dieser Kerl?"

„Ma thear Mithter Jaggerth. Ist er der Bruder von Habraham Latharuth?"

„Wer ist er?" fragte Mr. Jaggers. „Lass meinen Mantel los."

Der Freier küßte noch einmal den Saum des Gewandes, bevor er es abgab, und antwortete: „Habraham Latharuth, auf dem Thuthpithion von Platte."

„Sie sind zu spät," sagte Herr Jaggers. „Ich bin über den Weg."

„Heiliger Vater, Mithter Jaggerth!" rief mein aufgeregter Bekannter und wurde bleich: „du bist nicht wieder Habraham Latharuth!"

„Das bin ich," sagte Mr. Jaggers: „und es hat ein Ende. Geh aus dem Weg."

„Mithter Jaggerth! Einen halben Augenblick! Mein Schatz ist in dieser Augenblickstunde zu Mithter Wemmick gegangen, um ihm einen schönen Termin anzubieten. Mithter Jaggerth! Ein halber Viertelmoment! Wenn Ihr den Condethenthun hättet, um von dem andern Thide freigekauft zu werden - zu einem hohen Preis! - Geld spielt keine Rolle! - Mithter Jaggerth - Mithter -!"

Mein Vormund warf seinen Bittsteller mit äußerster Gleichgültigkeit von sich und ließ ihn auf dem Pflaster tanzen, als ob es glühend heiß wäre. Ohne weitere Unterbrechung erreichten wir das Front Office, wo wir den Angestellten und den Mann in Samt mit der Pelzmütze fanden.

„Hier ist Mike," sagte der Angestellte, erhob sich von seinem Stuhl und wandte sich vertraulich an Mr. Jaggers.

„Oh!" wandte sich Mr. Jaggers an den Mann, der eine Haarsträhne in der Mitte seiner Stirn zupfte, wie der Bulle im Hahn Robin, der am Glockenstrick zupft; „Ihr Mann kommt heute nachmittag. Nun?"

„Nun, Herr Jaggers," entgegnete Mike mit der Stimme eines Mannes, der an einer konstitutionellen Erkältung leidet. „Wenn es mir viel Mühe macht, so habe ich einen gefunden, Sir, wie es sich eignen könnte."

„Was ist er bereit zu schwören?"

„Nun, Mas'r Jaggers," sagte Mike und wischte sich diesmal die Nase an seiner Pelzmütze. „Im Allgemeinen, jedenfalls."

Mr. Jaggers wurde plötzlich sehr wütend. „Nun, ich habe Sie schon gewarnt," sagte er, indem er den Zeigefinger auf den erschrockenen Klienten warf: „daß, wenn Sie sich jemals anmaßen sollten, hier so zu sprechen, ich ein Exempel an Ihnen statuieren würde. Du höllischer Schurke, wie kannst du es wagen, mir das zu sagen?"

Der Klient sah verängstigt, aber auch verwirrt aus, als ob er nicht wusste, was er getan hatte.

„Spooney!" sagte der Schreiber mit leiser Stimme und stieß ihn mit dem Ellbogen an. „Weicher Kopf! Müssen Sie es von Angesicht zu Angesicht sagen?"

„Nun, ich frage dich, du tollpatschiger Tölpel," sagte mein Vormund sehr streng: „noch einmal und zum letzten Male, was der Mann, den du hierher gebracht hast, zu schwören bereit ist?"

Mike sah meinen Vormund scharf an, als ob er versuchte, eine Lektion aus seinem Gesicht zu lernen, und erwiderte langsam: „Sei es auf den Charakter oder darauf, daß ich in seiner Gesellschaft gewesen bin und ihn die ganze Nacht nicht verlassen habe."

„Nun, sei vorsichtig. In welcher Lebensstellung befindet sich dieser Mann?"

Mike sah auf seine Mütze und schaute auf den Boden und schaute an die Decke und sah den Beamten an und sah mich sogar an, bevor er nervös zu antworten begann: „Wir haben ihn verkleidet wie ..." als mein Vormund ausstieß –

„Was? Du wirst es tun, ja?"

„Spooney!" fügte der Schreiber noch einmal hinzu.)

Nach einigem hilflosen Hin und Her heiterte sich Mike auf und begann von neuem:

„Er ist gekleidet wie ein ›ansehnlicher Pieman. Eine Art Konditor."

„Ist er hier?" fragte mein Vormund.

„Ich habe ihn," sagte Mike: „auf einer Türschwelle um die Ecke gelassen."

„Führe ihn an dem Fenster vorbei, und laß mich ihn sehen."

Das angegebene Fenster war das Bürofenster. Wir gingen alle drei hinter die Drahtjalousie und sahen sogleich den Klienten zufällig mit einem mörderisch aussehenden, hochgewachsenen Individuum in einem kurzen Anzug von weißem Leinen und einer Papiermütze vorbeigehen. Dieser arglose Konditor war keineswegs nüchtern und hatte im grünen Stadium der Genesung ein blaues Auge, das übermalt war.

„Sagen Sie ihm, er soll seinen Zeugen sofort wegnehmen," sagte mein Vormund mit äußerstem Widerwillen zu dem Beamten: „und fragen Sie ihn, was er damit meine, daß er einen solchen Kerl mitbringt."

Mein Vormund führte mich dann in sein Zimmer, und während er stehend aus einer Sandwichschachtel und einer Taschenflasche Sherry zu Mittag aß (er schien sein Sandwich beim Verzehr zu schikanieren), teilte er mir mit, welche Vorkehrungen er für mich getroffen hatte. Ich sollte nach ‚Barnard's Inn' gehen, in die Zimmer des jungen Mr. Pocket, wo ein Bett für meine Unterkunft eingeschickt worden war; Ich sollte bis Montag bei dem jungen Mr. Pocket bleiben; am Montag sollte ich mit ihm zu Besuch in das Haus seines Vaters gehen, um zu versuchen, wie es mir gefiel. Man sagte mir auch, wie hoch mein Taschengeld sein sollte, es war ein sehr freigiebiges Geld, und hatte mir aus einer Schublade meines Vormunds die Karten gewisser Kaufleute gegeben, mit denen ich für allerlei Kleider und andere Dinge, die ich vernünftigerweise brauchen konnte, zu verhandeln hatte. „Sie werden Ihren Kredit gut finden, Mr. Pip," sagte mein Vormund, dessen Flasche Sherry wie ein ganzes Faß voll roch, während er sich hastig erfrischte: „aber ich werde auf diese Weise imstande sein, Ihre Rechnungen zu überprüfen und Sie hochzuziehen, wenn ich sehe, daß Sie dem Wachtmeister davonlaufen. Natürlich wirst du irgendwie etwas falsch machen, aber das ist nicht meine Schuld."

Nachdem ich ein wenig über diese ermutigende Empfindung nachgedacht hatte, fragte ich Mr. Jaggers, ob ich eine Kutsche schicken könnte. Er sagte, es sei nicht der Mühe wert, ich sei meinem Ziel so nahe; Wemmick würde mit mir herumgehen, wenn es mir beliebte.

Dann fand ich, daß Wemmick der Schreiber im Nebenzimmer war. Ein anderer Beamter wurde von oben herabgeklingelt, um seinen Platz einzunehmen, während er unterwegs war, und ich begleitete ihn auf die Straße, nachdem ich meinem Vormund die Hand geschüttelt hatte. Wir fanden eine neue Gruppe von Leuten, die draußen herumlungerten, aber Wemmick bahnte sich einen Weg zwischen ihnen, indem er kühl und doch entschieden sagte: „Ich sage Ihnen, es hat keinen Zweck; Er wird mit einem von euch kein Wort zu sagen haben." Und wir waren bald von ihnen los und gingen Seite an Seite weiter.

KAPITEL XXI..

Als ich meinen Blick auf Mr. Wemmick warf, um zu sehen, wie er bei Tageslicht aussah, fand ich ihn einen trockenen Mann, ziemlich kleinwüchsig, mit einem viereckigen hölzernen Gesicht, dessen Ausdruck mit einem stumpfen Meißel unvollkommen ausgehauen worden zu sein schien. Es waren einige Spuren darin, die Grübchen hätten sein können, wenn das Material weicher und das Instrument feiner gewesen wäre, die aber, so wie es war, nur Dellen waren. Der Meißel hatte drei oder vier dieser Versuche gemacht, seine Nase zu verschönern, aber er hatte sie aufgegeben, ohne sich zu bemühen, sie zu glätten. Ich hielt ihn für einen Junggesellen, weil seine Wäsche ausgefranst war, und er schien viele Trauerfälle erlitten zu haben; denn er trug mindestens vier Trauerringe, nebst einer Brosche, die eine Dame darstellte, und einer Trauerweide an einem Grab mit einer Urne darauf. Ich bemerkte auch, daß mehrere Ringe und Siegel an seiner Uhrkette hingen, als ob er mit Erinnerungen an verstorbene Freunde beladen wäre. Er hatte funkelnde Augen, kleine, scharfe, schwarze, und dünne, breit gefleckte Lippen. Er hatte sie, soweit ich glaube, seit vierzig bis fünfzig Jahren besessen.

„Sie waren also noch nie in London?" fragte mich Mr. Wemmick.

„Nein," sagte ich.

„*Ich* war einmal neu hier," sagte Herr Wemmick. „Rum zum Nachdenken!"

„Sie kennen es jetzt gut?"

„Ja, ja," sagte Herr Wemmick. „Ich kenne die Bewegungen dahinter."

„Ist es ein sehr böser Ort?" fragte ich, mehr um etwas zu sagen, als um mich zu informieren.

„Du kannst in London betrogen, ausgeraubt und ermordet werden. Aber es gibt überall viele Leute, die das für dich tun."

„Wenn böses Blut zwischen dir und ihnen ist," sagte ich, um es ein wenig zu mildern.

„O! Ich weiß nichts von bösem Blut," entgegnete Herr Wemmick; „Es gibt nicht viel böses Blut. Sie werden es tun, wenn es etwas zu holen gibt."

„Das macht es noch schlimmer."

„Glauben Sie das?" entgegnete Herr Wemmick. „Ungefähr dasselbe, sollte ich sagen."

Er trug den Hut auf dem Hinterkopf und blickte geradeaus vor sich hin: er ging in sich geschlossen, als gäbe es auf der Straße nichts, was seine Aufmerksamkeit beanspruchen könnte. Sein Mund glich so sehr wie ein Postamt, daß er mechanisch lächelte. Wir waren auf dem Gipfel des Holborn Hill angelangt, ehe ich wußte, daß es sich nur um eine mechanische Erscheinung handelte und daß er überhaupt nicht lächelte.

„Wissen Sie, wo Mr. Matthew Pocket wohnt?" fragte ich Herrn Wemmick.

„Ja," sagte er und nickte in die Richtung. „In Hammersmith, westlich von London."

„Ist das weit?"

„Nun! Sagen wir fünf Meilen."

„Kennst du ihn?"

„Nun, Sie sind ein regelmäßiger Kreuzverhör!" sagte Herr Wemmick und sah mich mit zustimmender Miene an. „Ja, ich kenne ihn. *Ich* kenne ihn!"

Es lag ein Hauch von Toleranz oder Herabwürdigung in seinen Worten, der mich ziemlich bedrückte; und ich blickte noch immer seitwärts auf seinen Gesichtsblock, auf der Suche nach einer ermutigenden Note des Textes, als er sagte, wir seien hier in Barnard's Inn. Meine Niedergeschlagenheit wurde durch diese Ankündigung nicht gelindert, denn ich hatte angenommen, daß es ein Hotel von Mr. Barnard sei, für das das Blue Boar in unserer Stadt nur ein Wirtshaus sei. Während ich Barnard jetzt für einen körperlosen Geist oder eine Fiktion hielt und sein Gasthaus für die schäbigste Ansammlung schäbiger Gebäude, die je in einem Winkel als Klub für Kater zusammengequetscht worden waren.

Wir betraten diesen Hafen durch ein Tor und wurden durch einen einleitenden Gang in ein melancholisches kleines Viereck entlassen, das mir wie ein flacher Begräbnisplatz erschien. Ich glaubte, es gäbe die düstersten Bäume darin, die düstersten Spatzen und die düstersten Katzen und die düstersten Häuser (an der Zahl ein halbes Dutzend oder so), die ich je gesehen hatte. Ich glaubte, die Fenster der Kammern, in die diese Häuser geteilt waren, waren in allen Stadien von verfallenen Jalousien und Vorhängen, verkrüppelten

Blumentöpfen, zerbrochenem Glas, staubigem Verfall und elendem Provisorium; während To Let, To Let, To Let, aus leeren Zimmern mich anstarrten, als ob nie neue Unglückliche dort kämen, und die Rache der Seele Barnards durch den allmählichen Selbstmord der gegenwärtigen Bewohner und ihr unheiliges Begräbnis unter dem Kies langsam besänftigt wurde. Eine mürrische Trauer von Ruß und Rauch kleidete diese verlassene Schöpfung Barnards, und sie hatte Asche auf ihr Haupt gestreut und erduldete Buße und Demütigung wie ein bloßes Staubloch. So weit mein Sehsinn; während Hausschwamm und Nassfäule und all die stillen Fäulnisse, die in vernachlässigten Dächern und Kellern verrotten, die Fäulnis von Ratte und Maus und Käfer und Kutschenställen in der Nähe, sich schwach an meinen Geruchssinn wandten und stöhnten: „Probieren Sie Barnards Mischung."

Diese Verwirklichung der ersten meiner großen Erwartungen war so unvollkommen, daß ich Herrn Wemmick mit Bestürzung ansah. „Ah!" sagte er, mich verkennend; „Der Ruhestand erinnert an das Land. So geht es mir."

Er führte mich in eine Ecke und führte mich eine Treppe hinauf, die mir schien, als würde sie langsam zu Sägespänen zusammenfallen, so daß die oberen Mieter eines Tages auf ihre Türen hinaussahen und sich ohne die Möglichkeit sahen, herunterzukommen, in eine Reihe von Gemächern im obersten Stockwerk führten. Mr. Pocket, jun., war an die Tür gemalt, und auf dem Briefkasten hing ein Etikett: „Kehren Sie in Kürze zurück."

„Er hätte kaum gedacht, daß Sie so bald kommen würden," erklärte Herr Wemmick. „Du willst mich nicht mehr?"

„Nein, danke," sagte ich.

„Da ich das Geld behalte," bemerkte Herr Wemmick: „werden wir uns höchstwahrscheinlich ziemlich oft treffen. Guten Tag."

„Guten Tag."

Ich streckte meine Hand aus, und Mr. Wemmick sah sie zuerst an, als ob er glaubte, ich wolle etwas. Dann sah er mich an und sagte, indem er sich korrigierte:

„Gewiß! Ja. Sie haben die Gewohnheit, sich die Hand zu schütteln?"

Ich war ziemlich verwirrt und dachte, es müsste nicht in London Mode sein, sagte aber ja.

„Ich bin so weit davon gekommen!" sagte Herr Wemmick: „nur daß es endlich so weit ist. Ich freue mich sehr, Ihre Bekanntschaft zu machen. Guten Tag!"

Als wir uns die Hand geschüttelt hatten und er fort war, öffnete ich das Treppenfenster und hätte mich beinahe geköpft, denn die Leinen waren verfault, und er fiel herunter wie die Guillotine. Glücklicherweise ging es so schnell, dass ich den Kopf nicht herausgesteckt hatte. Nach dieser Flucht begnügte ich mich damit, durch den verkrusteten Schmutz des Fensters einen nebligen Blick auf das Gasthaus zu werfen und traurig hinauszublicken und mir zu sagen, daß London entschieden überbewertet sei.

Mr. Pocket, Juniors Idee von ‚Kürze' war nicht die meine, denn ich hatte mich fast wahnsinnig gemacht, weil ich eine halbe Stunde lang hinausgeschaut hatte, und hatte meinen Namen mehrmals mit dem Finger in den Schmutz aller Fensterscheiben geschrieben, ehe ich Schritte auf der Treppe hörte. Allmählich erhob sich vor mir der Hut, der Kopf, das Halstuch, die Weste, die Hosen und die Stiefel eines Mitglieds der Gesellschaft, das ungefähr so hoch war wie ich. Er hatte eine Papiertüte unter jedem Arm und einen Topf Erdbeeren in der einen Hand und war außer Atem.

„Mr. Pip?" fragte er.

„Herr Pocket?" fragte ich.

„Ach Gott!" rief er. „Es tut mir außerordentlich leid; aber ich wußte, daß um die Mittagszeit eine Kutsche aus Ihrem Teil des Landes fuhr, und ich dachte, Sie würden mit dieser kommen. Die Sache ist die, daß ich deinetwegen unterwegs gewesen bin – nicht daß das eine Entschuldigung wäre –, denn ich dachte, da ich vom Lande komme, könntest du nach dem Essen ein wenig Obst mögen, und ich ging nach dem Covent Garden Market, um es gut zu kaufen."

Aus einem Grund, den ich hatte, fühlte ich mich, als ob meine Augen aus meinem Kopf heraus beginnen würden. Ich nahm seine Aufmerksamkeit zusammenhanglos zur Kenntnis und begann zu glauben, dies sei ein Traum.

„Ach Gott!" sagte Mr. Pocket junior. „Diese Tür klemmt so!"

Da er schnell dabei war, Marmelade aus seinen Früchten zu machen, indem er mit der Tür rang, während er die Papiertüten unter seinen Armen trug, bat ich ihn, mir zu erlauben, sie zu halten. Er gab sie mit einem freundlichen Lächeln ab und kämpfte mit der Tür, als wäre sie ein wildes Tier. Endlich gab es so plötzlich nach, daß er auf mich zurücktaumelte, und ich taumelte durch die gegenüberliegende Tür, und wir lachten beide. Und doch war es mir, als müßten mir die Augen aus dem Kopfe treten, und es müßte ein Traum sein.

„Bitte, kommen Sie herein," sagte Mr. Pocket junior. „Erlauben Sie mir, Ihnen den Weg zu weisen. Ich bin hier ziemlich kahl, aber ich hoffe, Sie werden bis

Montag einigermaßen gut zurechtkommen können. Mein Vater meinte, du würdest dich morgen mit mir angenehmer verstehen als mit ihm, und vielleicht möchtest du einen Spaziergang durch London machen. Ich bin sicher, ich werde mich sehr freuen, Ihnen London zu zeigen. Was unseren Tisch betrifft, so werden Sie ihn hoffentlich nicht so schlecht finden, denn er wird von unserem Kaffeehaus hier geliefert werden, und zwar (es ist nur recht, möchte ich hinzufügen) auf Ihre Kosten, wie Mr. Jaggers es angeordnet hat. Was unsere Wohnung anbelangt, so ist sie durchaus nicht prächtig, denn ich habe mein eigenes Brot zu verdienen, und mein Vater hat mir nichts zu geben, und ich würde es nicht annehmen wollen, wenn er es hätte. Das ist unser Wohnzimmer, gerade solche Stühle und Tische und Teppiche und so weiter, wie sie von zu Hause entbehren können. Du darfst mir das Tischtuch, die Löffel und die Rollen nicht zuschreiben, denn sie kommen aus dem Kaffeehaus. Das ist mein kleines Schlafzimmer; ziemlich muffig, aber Barnard's *ist* muffig. Dies ist Ihr Schlafzimmer; die Möbel sind für den Anlaß gemietet, aber ich hoffe, sie werden den Zweck erfüllen; wenn du etwas brauchst, gehe ich hin und hole es. Die Gemächer sind zurückgezogen, und wir werden allein zusammen sein, aber wir werden nicht kämpfen, wage ich zu sagen. Aber mein Lieber, ich bitte um Verzeihung, du hältst die ganze Zeit die Frucht in der Hand. Bitte, laß mich dir diese Tüten abnehmen. Ich schäme mich ziemlich."

Als ich Mr. Pocket junior gegenüberstand und ihm die Taschen reichte, Eins, Zwei, sah ich die erste Erscheinung in seine Augen treten, von der ich wußte, daß sie in den meinen war, und er sagte, indem er zurückfiel:

„Gott segne mich, du bist der umherstreifende Junge!"

„Und Sie," sagte ich: „sind der blasse junge Herr!"

KAPITEL XXII.

Der blasse junge Herr und ich standen in Barnard's Inn und betrachteten einander, bis wir beide in Gelächter ausbrachen. "Die Vorstellung, daß du es bist!" sagte er. „Die Vorstellung, daß Sie es sind!" sagte ich. Und dann betrachteten wir einander von neuem und lachten wieder. „Nun," sagte der bleiche junge Herr, indem er gutmütig die Hand ausstreckte: „ich hoffe, es ist jetzt alles vorüber, und es wird großmütig von Ihnen sein, wenn Sie mir verzeihen, daß ich Sie so umgestoßen habe."

Ich schloß aus dieser Rede, daß Herr Herbert Pocket (denn Herbert war der Name des blassen jungen Herrn) seine Absicht noch immer ziemlich mit seiner Hinrichtung verwechselte. Aber ich gab eine bescheidene Antwort, und wir schüttelten uns herzlich die Hände.

„Sie waren damals noch nicht in Ihr Glück gekommen?" fragte Herbert Pocket.

„Nein," sagte ich.

„Nein," stimmte er zu: „ich habe gehört, daß es erst vor kurzem geschehen ist. *Damals war ich* eher auf der Suche nach dem Glück."

„Wirklich?"

„Ja. Miß Havisham hatte nach mir geschickt, um zu sehen, ob sie Gefallen an mir finden könnte. Aber sie konnte es nicht, jedenfalls tat sie es nicht."

Ich hielt es für höflich, zu bemerken, dass ich überrascht war, das zu hören.

„Schlechter Geschmack," sagte Herbert lachend: „aber eine Tatsache. Ja, sie hatte mich zu einem Probebesuch kommen lassen, und wenn ich es mit Erfolg überstanden hätte, wäre ich wohl versorgt worden; vielleicht wäre ich für Estella so gewesen, wie Sie es nennen mögen."

„Was ist das?" fragte ich mit plötzlichem Ernst.

Während wir uns unterhielten, ordnete er sein Obst in Tellern, was seine Aufmerksamkeit teilte und die Ursache dafür war, daß er dieses Wort verloren hatte. „Affianced," erklärte er, immer noch mit den Früchten beschäftigt. „Verlobt. Verlobt. Wie heißt er. Jedes Wort dieser Art."

„Wie haben Sie Ihre Enttäuschung ertragen?" Fragte ich.

„Puh!" sagte er: „ich habe mich nicht viel darum gekümmert. *Sie ist* eine Tatarin."

„Fräulein Havisham?"

„Ich sage nicht nein dazu, aber ich meinte Estella. Dieses Mädchen ist hart, hochmütig und launisch bis zum letzten Grade und ist von Miß Havisham dazu erzogen worden, sich an dem ganzen männlichen Geschlecht zu rächen."

„In welcher Beziehung steht sie zu Miß Havisham?"

„Keine," sagte er. „Nur adoptiert."

„Warum sollte sie sich an all dem männlichen Geschlecht rächen? Was für eine Rache?"

„Herr, Herr Pip!" sagte er. „Weißt du es nicht?"

„Nein," sagte ich.

„Ach Gott! Es ist eine ganz schöne Geschichte und soll bis zum Abendessen aufbewahrt werden. Und nun erlaube ich mir, Ihnen eine Frage zu stellen. Wie bist du an jenem Tag dorthin gekommen?"

Ich erzählte es ihm, und er war aufmerksam, bis ich fertig war, und brach dann wieder in Gelächter aus und fragte mich, ob ich nachher wund hätte? Ich fragte ihn nicht, ob *er* es sei, denn meine Überzeugung in diesem Punkt war vollkommen begründet.

„Herr Jaggers ist Ihr Vormund, verstehe ich?" fuhr er fort.

„Ja."

„Sie wissen, daß er Miß Havishams Geschäftsmann und Advokat ist und ihr Vertrauen genießt, wie es sonst niemand hat?"

Das brachte mich (so fühlte ich) auf gefährliches Terrain. Ich antwortete mit einem Zwang, den ich nicht zu verbergen versuchte, daß ich Mr. Jaggers am Tage unseres Kampfes in Miß Havishams Hause gesehen hätte, aber nie zu einer anderen Zeit, und daß ich glaube, er könne sich nicht erinnern, mich jemals dort gesehen zu haben.

„Er war so zuvorkommend, meinen Vater als Ihren Hauslehrer vorzuschlagen, und er bat meinen Vater, es vorzuschlagen. Natürlich wußte er von meinem Vater aus seiner Verbindung mit Miß Havisham. Mein Vater ist Miß Havishams Vetter;

Nicht, daß das einen vertrauten Verkehr zwischen ihnen voraussetzte, denn er ist ein schlechter Höfling und wird sie nicht besänftigen."

Herbert Pocket hatte eine offene und lockere Art, die sehr einnehmend war. Ich hatte damals und seither niemanden gesehen, der mir in jedem Blick und Ton stärker die natürliche Unfähigkeit ausdrückte, etwas Geheimes und Gemeines zu tun. Es lag etwas wunderbar Hoffnungsvolles in seiner allgemeinen Miene, und etwas, das mir gleichzeitig zuflüsterte, daß er niemals sehr erfolgreich oder reich werden würde. Ich weiß nicht, wie das war. Bei dieser ersten Gelegenheit, bevor wir uns zum Abendessen hinsetzten, wurde ich von diesem Gedanken durchdrungen, aber ich kann nicht sagen, auf welche Weise.

Er war noch immer ein blasser junger Herr und besaß inmitten seines Geistes und seiner Lebhaftigkeit eine gewisse besiegte Mattheit, die nicht auf natürliche Stärke zu deuten schien. Er hatte kein schönes Gesicht, aber es war besser als schön: Er war außerordentlich liebenswürdig und heiter. Seine Gestalt war ein wenig unbeholfen, wie in den Tagen, als meine Knöchel sich solche Freiheiten genommen hatten, aber sie sah aus, als würde sie immer leicht und jung sein. Ob Mr. Trabbs örtliche Arbeit anmutiger auf ihm gesessen hätte als auf mir, mag eine Frage sein; aber ich bin mir bewußt, daß er seine ziemlich alten Kleider viel besser auszog als ich meinen neuen Anzug.

Da er so mitteilsam war, hatte ich das Gefühl, dass diese Zurückhaltung meinerseits eine schlechte Belohnung sein würde, die für unser Alter ungeeignet wäre. Ich erzählte ihm daher meine kleine Geschichte und betonte, daß es mir verboten sei, mich nach meinem Wohltäter zu erkundigen. Ich erwähnte ferner, daß, da ich als Schmied auf dem Lande erzogen worden sei und sehr wenig von der Höflichkeit verstehe, ich es als eine große Güte von ihm ansehen würde, wenn er mir einen Wink geben würde, wenn er mich in Verlegenheit sähe oder mich irrig mache.

„Mit Vergnügen," sagte er: „obgleich ich zu prophezeien wage, daß Sie nur sehr wenige Andeutungen brauchen werden. Ich wage zu behaupten, daß wir oft zusammen sein werden, und ich möchte jede unnötige Zurückhaltung zwischen uns verbannen. Wollen Sie mir den Gefallen tun, mich sogleich bei meinem Vornamen Herbert zu nennen?"

Ich bedankte mich und sagte, dass ich es tun würde. Ich teilte ihm im Gegenzug mit, dass mein Vorname Philip sei.

„Ich halte nichts von Philipp," sagte er lächelnd: „denn es klingt wie ein moralischer Junge aus dem Buchstabierbuch, der so faul war, daß er in einen

Teich fiel, oder so fett, daß er nicht aus den Augen sehen konnte, oder so habgierig, daß er seinen Kuchen einschloß, bis die Mäuse ihn fraßen, oder so entschlossen war, in ein Vogelnest zu gehen, daß er sich von Bären fressen ließ, die in der Nachbarschaft wohnten. Ich sage Ihnen, was mir gefallen würde. Wir sind so harmonisch, und Sie sind Schmied gewesen, würden Sie etwas dagegen haben?"

„Ich hätte nichts gegen alles, was Sie vorschlagen," antwortete ich: „aber ich verstehe Sie nicht."

„Hätten Sie etwas gegen Händel wegen eines vertrauten Namens? Es gibt ein reizendes Musikstück von Händel, der heißt ‚Der harmonische Schmied'."

„Es würde mir sehr gefallen."

„Dann, mein lieber Händel," sagte er, indem er sich umwandte, als die Thür aufging: „hier ist das Diner, und ich muß Sie bitten, sich an die Tischplatte zu setzen, denn das Diner ist von Ihnen bestimmt."

Davon wollte ich nichts hören, also nahm er das Oberteil, und ich sah ihn an. Es war ein nettes kleines Diner – es schien mir damals ein wahres Lord Mayor's Feast zu sein – und es gewann noch mehr Geschmack, weil es unter diesen unabhängigen Umständen gegessen wurde, ohne alte Leute und mit London um uns herum. Dies wurde noch durch einen gewissen Zigeunercharakter noch verstärkt, der das Bankett in Gang setzte; denn während der Tisch, wie Herr Pumblechook hätte sagen können, der Schoß des Luxus war, da er ganz aus dem Kaffeehause heraus eingerichtet war, so war der umliegende Bereich des Wohnzimmers von verhältnismäßig weidelosem und verschlagenem Charakter; Dem Kellner auferlegte er die umherirrende Gewohnheit, die Decken auf den Fußboden zu legen (wo er darüber fiel), die geschmolzene Butter in den Lehnstuhl, das Brot auf die Bücherregale, den Käse in den Kohlenschrank und das gekochte Huhn in mein Bett im Nebenzimmer zu legen, wo ich einen großen Teil der Petersilie und der Butter in einem Zustande des Zusammengelierens fand, als ich mich zur Nacht zurückzog. Das alles machte das Festmahl entzückend, und wenn der Kellner nicht da war, um mich zu beobachten, war mein Vergnügen ohne Leichtigkeit.

Wir hatten einige Fortschritte bei dem Diner gemacht, als ich Herbert an sein Versprechen erinnerte, mir von Miß Havisham zu erzählen.

„Stimmt," antwortete er. „Ich werde es sofort einlösen. Lassen Sie mich das Thema einleiten, Händel, indem ich erwähne, daß es in London nicht üblich ist, das Messer in den Mund zu stecken – aus Furcht vor Unfällen –, und daß die

Gabel zwar für diesen Gebrauch reserviert ist, aber nicht weiter als nötig hineingesteckt wird. Es ist kaum der Rede wert, aber es ist genauso gut, es zu tun, wie es andere Leute tun. Auch wird der Löffel in der Regel nicht über der Hand, sondern unter der Hand verwendet. Das hat zwei Vorteile. Man kommt besser an den Mund heran (und das ist ja der Zweck), und man spart sich viel von der Haltung, Austern zu öffnen, von Seiten des rechten Ellbogens."

Er machte diese freundlichen Vorschläge in einer so lebhaften Weise, daß wir beide lachten und ich kaum errötete.

„Nun," fuhr er fort: „was Miß Havisham betrifft. Miß Havisham, wie Sie wissen müssen, war ein verwöhntes Kind. Ihre Mutter starb, als sie noch ein Baby war, und ihr Vater verweigerte ihr nichts. Ihr Vater war ein Landmann in Ihrem Teil der Welt und Brauer. Ich weiß nicht, warum es ein Crack sein sollte, Brauer zu sein; Aber es ist unbestreitbar, dass man zwar nicht vornehm sein und backen kann, aber man kann so vornehm sein wie nie zuvor und brauen. Man sieht es jeden Tag."

„Und doch darf ein Gentleman kein Wirtshaus führen; Darf er?" fragte ich.

„Keineswegs," entgegnete Herbert; „Aber ein Wirtshaus kann einen Gentleman behalten. Brunnen! Mr. Havisham war sehr reich und sehr stolz. Genauso wie seine Tochter."

„Miß Havisham war ein Einzelkind?" Ich wagte es.

„Halt einen Augenblick, ich komme dazu. Nein, sie war kein Einzelkind; Sie hatte einen Halbbruder. Ihr Vater hat sich wieder privat verheiratet - seine Köchin, glaube ich eher."

„Ich dachte, er sei stolz," sagte ich.

„Mein guter Händel, so war er. Seine zweite Frau heiratete er privat, weil er stolz war, und im Laufe der Zeit *starb sie*. Als sie tot war, erzählte er wohl zuerst seiner Tochter, was er getan hatte, und dann wurde der Sohn ein Teil der Familie und wohnte in dem Hause, das Sie kennen. Als der Sohn ein junger Mann wurde, erwies er sich als aufrührerisch, verschwenderisch, pflichtwidrig - ganz und gar schlecht. Endlich enterbte ihn sein Vater; aber er wurde weicher, als er im Sterben lag, und verließ ihn wohlhabend, wenn auch nicht annähernd so wohlhabend wie Miß Havisham. - Nehmen Sie noch ein Glas Wein und entschuldigen Sie, wenn ich erwähne, daß die Gesellschaft als Körperschaft nicht erwartet, daß man sein Glas so streng gewissenhaft leert, daß man es mit dem Rand auf der Nase nach unten dreht."

Ich hatte dies in einem Übermaß an Aufmerksamkeit für seinen Vortrag getan. Ich dankte ihm und entschuldigte mich. Er sagte: „Überhaupt nicht" und fuhr fort.

„Miß Havisham war jetzt eine Erbin, und Sie können sich denken, daß sie als eine große Partie angesehen wurde. Ihr Halbbruder hatte nun wieder reichlich Mittel, aber was mit Schulden und was mit neuem Wahnsinn vergeudete sie wieder aufs furchtbarste. Zwischen ihm und ihr bestanden stärkere Meinungsverschiedenheiten, als es zwischen ihm und seinem Vater bestanden hatte, und man vermutet, daß er einen tiefen, tödlichen Groll gegen sie hegte, weil sie den Zorn des Vaters beeinflußt hatte. Nun komme ich zum grausamen Theile der Geschichte: ich breche nur ab, mein lieber Händel, um zu bemerken, daß eine Serviette nicht in einen Becher kommt."

Warum ich versuchte, meine in meinen Becher zu packen, vermag ich ganz und gar nicht zu sagen. Ich weiß nur, daß ich mich mit einer Beharrlichkeit, die einer viel besseren Sache würdig war, ertappte, die größten Anstrengungen unternahm, um sie in diese Grenzen zu drücken. Abermals dankte ich ihm und entschuldigte mich, und wieder sagte er in der heitersten Weise: „Keineswegs, das weiß ich!" und fuhr fort.

„Es erschien auf der Bühne, sagen wir bei den Rennen oder den öffentlichen Bällen oder wo man sonst will – ein gewisser Mann, der Miß Havisham liebte. Ich habe ihn nie gesehen (denn das geschah vor fünfundzwanzig Jahren, bevor Sie und ich es waren, Händel), aber ich habe meinen Vater sagen hören, daß er ein anständiger Mann sei, und zwar ein Mann für diesen Zweck. Daß er aber nicht ohne Unwissenheit und Vorurteil für einen Gentleman gehalten werden sollte, ist mein Vater mit aller Entschiedenheit überzeugt; denn es ist ein Grundsatz von ihm, daß kein Mensch, der nicht im Herzen ein wahrer Gentleman war, seit Anbeginn der Welt, jemals ein wahrer Gentleman in seinem Benehmen war. Er sagt, kein Lack kann die Maserung des Holzes verbergen; Und je mehr Lack Sie auftragen, desto mehr wird sich die Maserung ausdrücken. Brunnen! Dieser Mann verfolgte Miß Havisham aufmerksam und erklärte, ihr ergeben zu sein. Ich glaube, sie hatte bis dahin nicht viel Empfänglichkeit gezeigt; Aber die ganze Empfänglichkeit, die sie besaß, kam damals zum Vorschein, und sie liebte ihn leidenschaftlich. Es besteht kein Zweifel, dass sie ihn perfekt vergötterte. Er machte sich ihre Zuneigung so systematisch zunutze, daß er große Summen Geld von ihr erhielt, und er veranlaßte sie, ihren Bruder um einen Anteil an der Brauerei zu kaufen, den ihm sein Vater schwach hinterlassen hatte, und zwar mit der Begründung, daß er, wenn er ihr Gatte sei, alles halten und verwalten müsse.

Ihr Vormund war damals noch nicht in Miß Havishams Ratschlägen, und sie war zu hochmütig und zu sehr verliebt, um sich von irgend jemandem beraten zu lassen. Ihre Verwandten waren arm und intrigant, mit Ausnahme meines Vaters; Er war arm genug, aber nicht zeitgefällig oder eifersüchtig. Als einziger Unabhängiger unter ihnen warnte er sie, dass sie zu viel für diesen Mann tue und sich zu rückhaltlos in seine Gewalt begebe. Sie benutzte die erste Gelegenheit, um meinen Vater in seiner Gegenwart ärgerlich aus dem Haus zu beordern, und mein Vater hat sie seitdem nicht mehr gesehen."

Ich dachte daran, wie sie gesagt hatte: „Matthäus wird endlich kommen und mich besuchen, wenn ich tot auf den Tisch gelegt werde," und ich fragte Herbert, ob sein Vater so eingefleischt gegen sie sei?

„Das ist es nicht," sagte er: „aber sie hat ihn beschuldigt, in Gegenwart ihres künftigen Gatten enttäuscht zu sein, in der Hoffnung, sie für seinen eigenen Fortschritt zu, und wenn er jetzt zu ihr ginge, würde es wahr aussehen - sogar für ihn - und sogar für sie. Um zu dem Mann zurückzukehren und ihm ein Ende zu machen. Der Hochzeitstag stand fest, die Brautkleider wurden gekauft, die Hochzeitstour wurde geplant, die Hochzeitsgäste waren eingeladen. Der Tag kam, aber nicht der Bräutigam. Er hat ihr einen Brief geschrieben ..."

„Die sie erhielt," fiel ich ein: „als sie sich für ihre Hochzeit ankleidete? Um zwanzig Minuten vor neun?"

„Zu der Stunde und Minute," sagte Herbert und nickte: „bei welcher sie nachher alle Uhren stehen hielt. Was daran war, und daß es die Ehe auf das herzloseste zerbrach, kann ich Ihnen nicht sagen, weil ich es nicht weiß. Als sie sich von einer schlimmen Krankheit, die sie hatte, erholte, verwüstete sie den ganzen Ort, wie du es gesehen hast, und hat seitdem nicht mehr das Licht des Tages erblickt."

„Ist das die ganze Geschichte?" fragte ich, nachdem ich darüber nachgedacht hatte.

„Alles, was ich davon weiß; und in der Tat weiß ich nur so viel, indem ich es mir selbst ausfindig mache; denn mein Vater vermeidet es immer, und selbst als Miß Havisham mich einlud, dorthin zu gehen, erzählte er mir nicht mehr davon, als es unbedingt nötig war, daß ich es verstehen würde. Aber eines habe ich vergessen. Man hat angenommen, daß der Mann, dem sie ihr unangebrachtes Vertrauen schenkte, durchweg in Übereinstimmung mit ihrem Halbbruder gehandelt habe; daß es sich um eine Verschwörung zwischen ihnen gehandelt habe; und dass sie die Gewinne geteilt haben."

„Ich wundere mich, daß er sie nicht geheiratet und das ganze Vermögen bekommen hat," sagte ich.

„Er mag schon verheiratet gewesen sein, und ihre grausame Demütigung mag ein Teil des Plans ihres Halbbruders gewesen sein," sagte Herbert. „Achtung! Das weiß ich nicht."

„Was ist aus den beiden Männern geworden?" fragte ich, nachdem ich noch einmal über das Thema nachgedacht hatte.

„Sie verfielen in tiefere Schande und Erniedrigung – wenn es noch tiefere geben kann – und in den Ruin."

„Sind sie jetzt noch am Leben?"

„Ich weiß es nicht."

„Sie sagten vorhin, Estella sei nicht mit Miß Havisham verwandt, sondern adoptiert. Wann adoptiert?"

Herbert zuckte die Achseln. „Es hat immer eine Estella gegeben, seit ich von einer Miß Havisham gehört habe. Ich weiß nicht mehr. Und nun, Händel," sagte er, indem er die Geschichte gleichsam von sich warf, "besteht zwischen uns eine vollkommen offene Übereinkunft. Alles, was ich über Miß Havisham weiß, wissen Sie."

„Und alles, was ich weiß," erwiderte ich: „wissen Sie."

„Ich glaube voll und ganz. Es kann also keine Konkurrenz oder Verwirrung zwischen dir und mir geben. Und was die Bedingung anbelangt, an die du deinen Fortschritt im Leben knüpfst, nämlich daß du nicht fragen oder diskutieren sollst, wem du ihn schuldig bist, so kannst du sehr sicher sein, daß er niemals von mir oder irgend jemandem, der zu mir gehöre, angegriffen oder auch nur annähernd betreten wird."

In Wahrheit sagte er dies mit so viel Feinfühligkeit, daß ich das Gefühl hatte, mit dem Thema erledigt zu sein, obwohl ich noch viele Jahre unter dem Dache seines Vaters sein sollte. Und doch sagte er es mit so viel Bedeutung, daß ich fühlte, daß er Miß Havisham ebenso vollkommen als meine Wohltäterin verstand, wie ich selbst die Tatsache begriff.

Es war mir früher nicht in den Sinn gekommen, daß er zu dem Thema geführt hatte, um es uns aus dem Wege zu räumen; aber wir waren um so leichter und leichter, weil wir es angeschnitten hatten, daß ich jetzt merkte, daß dies der Fall war. Wir waren sehr fröhlich und gesellig, und ich fragte ihn im Laufe des Gesprächs, was er sei. Er antwortete: „Ein Kapitalist, ein Versicherer von

Schiffen." Ich vermute, er sah, wie ich mich im Zimmer umsah, auf der Suche nach irgendwelchen Zeichen der Schiffahrt oder des Kapitals, denn er fügte hinzu: „In der Stadt."

Ich hatte große Vorstellungen von dem Reichtum und der Bedeutung der Schiffsversicherer in der Stadt, und ich begann mit Ehrfurcht daran zu denken, einen jungen Versicherer auf den Rücken gelegt, sein unternehmungslustiges Auge geschwärzt und seinen verantwortlichen Kopf aufgeschnitten zu haben. Aber zu meiner Erleichterung überkam mich wieder der seltsame Eindruck, daß Herbert Pocket niemals sehr erfolgreich oder reich werden würde.

„Ich werde mich nicht damit begnügen, mein Kapital bloß für die Versicherung von Schiffen zu verwenden. Ich werde einige gute Lebensversicherungsaktien aufkaufen und in die Richtung einsteigen. Ich werde auch ein wenig auf die Art des Bergbaus gehen. Nichts von alledem wird mich daran hindern, einige tausend Tonnen auf eigene Rechnung zu chartern. Ich glaube," sagte er, in seinem Stuhl zurückgelehnt: „nach Ostindien Handel treiben gegen Seide, Tücher, Gewürze, Farben, Drogen und kostbare Hölzer. Es ist ein interessanter Handel."

„Und die Profite sind groß?" fragte ich.

„Ungeheuerlich!" sagte er.

Ich schwankte wieder und begann zu denken, dass hier größere Erwartungen waren als meine eigenen.

„Ich glaube, ich werde auch," sagte er, indem er die Daumen in die Westentaschen steckte: „nach Westindien Handel treiben für Zucker, Tabak und Rum. Auch nach Ceylon, vor allem wegen der Stoßzähne von Elefanten."

„Sie werden eine Menge Schiffe brauchen," sagte ich.

„Eine vollkommene Flotte," sagte er.

Ganz überwältigt von der Pracht dieser Geschäfte, fragte ich ihn, wohin die Schiffe, die er versicherte, gegenwärtig hauptsächlich Handel trieben?

„Ich habe noch nicht mit der Versicherung begonnen," antwortete er. „Ich schaue mich um."

Irgendwie schien dieses Streben eher zu Barnard's Inn zu passen. Ich sagte (in einem Ton der Überzeugung): „Ah-h!"

„Ja. Ich bin in einem Kontor und sehe mich um."

„Ist ein Kontor rentabel?" Fragte ich.

„Zu – meinen Sie mit dem jungen Burschen, der darin mitspielt?" fragte er zur Antwort.

„Jawohl; für dich."

„Nein, nein; Nicht für mich." Er sagte dies mit der Miene von jemandem, der sorgfältig abrechnet und eine Bilanz zieht. „Nicht direkt profitabel. Das heißt, es bringt mir nichts, und ich muss mich selbst behalten."

Das sah freilich nicht gewinnbringend aus, und ich schüttelte den Kopf, als wollte ich andeuten, daß es schwierig sein würde, viel akkumuliertes Kapital aus einer solchen Einnahmequelle anzulegen.

„Aber die Sache ist die," sagte Herbert Pocket: „daß du dich umsiehst. *Das ist* das Großartige. Du bist in einem Rechenhaus, weißt du, und du siehst dich um."

Es schien mir wie eine eigentümliche Implikation, daß man nicht aus einem Rechenhaus herauskommen und sich umsehen könne; aber ich überließ mich schweigend seiner Erfahrung.

„Dann kommt die Zeit," sagte Herbert: „wo du deine Öffnung siehst. Und du gehst hinein, stürzt dich darauf und machst dein Kapital, und dann bist du da! Wenn du einmal dein Kapital verdient hast, hast du nichts anderes zu tun, als es zu verwenden."

Das war seiner Art, diese Begegnung im Garten zu führen, sehr ähnlich; sehr gerne. Auch die Art, wie er seine Armut ertrug, entsprach genau der Art, wie er diese Niederlage ertrug. Es schien mir, als ob er jetzt alle Schläge und Schläge mit derselben Miene aufnahm, wie er damals die meinigen einstecken musste. Es war augenscheinlich, daß er nichts als das Nötigste um sich hatte, denn alles, was ich bemerkte, war meinetwegen aus dem Kaffeehaus oder anderswo eingesandt worden.

Und doch, da er sein Glück bereits in seinem eigenen Geiste gemacht hatte, war er so bescheiden damit, daß ich ihm sehr dankbar war, daß er sich nicht aufgebläht hatte. Es war eine angenehme Ergänzung zu seiner von Natur aus angenehmen Art, und wir verstanden uns hervorragend. Abends gingen wir auf der Straße spazieren und gingen zum halben Preis ins Theater; und am nächsten Tag gingen wir in die Kirche der Westminster Abbey, und am Nachmittag gingen wir in den Parks spazieren; und ich fragte mich, wer all die Pferde dort beschlagen hatte, und wünschte, Joe hätte es getan.

Bei mäßiger Berechnung waren an jenem Sonntag viele Monate vergangen, seit ich Joe und Biddy verlassen hatte. Der Raum, der zwischen mir und ihnen lag, nahm an dieser Ausdehnung teil, und unsere Sümpfe waren weit entfernt. Dass ich am allerletzten Sonntag, den es je gab, in meiner alten Kirchgangskleidung in unserer alten Kirche hätte sein können, schien eine Kombination von

Unmöglichkeiten zu sein, geographisch und sozial, sonnen- und mondbezogen. Und doch gab es in den Londoner Straßen, die so voll von Menschen waren und in der Abenddämmerung so hell erleuchtet waren, deprimierende Andeutungen von Vorwürfen, daß ich die armselige alte Küche zu Hause so weit weg verlegt hätte; und mitten in der Nacht fielen die Schritte eines unfähigen Betrügers von einem Portier, der unter dem Vorwand, es zu beobachten, in Barnard's Inn herumsprang, hohl auf mein Herz.

Am Montagmorgen um viertel vor neun ging Herbert in das Rechenhaus, um sich zu melden – um sich wohl auch nach ihm umzusehen –, und ich leistete ihm Gesellschaft. Er sollte in ein oder zwei Stunden abreisen, um mich nach Hammersmith zu begleiten, und ich sollte auf ihn warten. Es schien mir, als ob die Eier, aus denen junge Versicherer ausgebrütet wurden, in Staub und Hitze ausgebrütet wurden, wie die Eier der Strauße, nach den Orten zu urteilen, an welche sich die beginnenden Riesen an einem Montagmorgen begaben. Auch das Kontorhaus, in dem Herbert assistierte, zeigte sich in meinen Augen durchaus nicht als ein gutes Observatorium; Es war ein hinteres zweites Stockwerk einen Hof höher, von einer schmutzigen Präsenz in allen Einzelheiten, und mit einem Blick in ein anderes hinteres zweites Stockwerk, anstatt hinaus.

Ich wartete, bis es Mittag war, und ging auf Wechselgeld, und ich sah fluche Männer dort sitzen, die unter den Rechnungen über die Schiffahrt saßen und die ich für große Kaufleute hielt, obwohl ich nicht begreifen konnte, warum sie alle außer Mut sein sollten. Als Herbert kam, aßen wir in einem berühmten Hause zu Mittag, das ich damals sehr verehrte, das ich aber jetzt für den erbärmlichsten Aberglauben in Europa halte, und wo ich schon damals bemerken mußte, daß auf den Tischtüchern, den Messern und den Kellnerkleidern viel mehr Soße war als in den Steaks. Nachdem wir diese Kollation zu einem mäßigen Preis abgesetzt hatten (in Anbetracht des Fettes, das nicht berechnet wurde), gingen wir zurück nach Barnard's Inn, holten mein kleines Portmanteau und nahmen dann die Kutsche nach Hammersmith. Wir kamen dort um zwei oder drei Uhr nachmittags an und hatten nur sehr wenig Weg, um zu Mr. Pockets Haus zu gehen. Wir öffneten den Riegel eines Tores und gelangten geradewegs in einen kleinen Garten mit Blick auf den Fluß, in dem Mr. Pockets Kinder herumspielten. Und wenn ich mich nicht in einem Punkt täusche, wo meine Interessen oder Vorurteile gewiß nicht betroffen sind, so sah ich, daß die Kinder von Mr. und Mrs. Pocket nicht heranwuchsen oder erzogen wurden, sondern zusammenbrachen.

Mrs. Pocket saß auf einem Gartenstuhl unter einem Baum und las, die Beine auf einen andern Gartenstuhl gestützt; und Mrs. Pockets zwei Kindermädchen sahen sich um, während die Kinder spielten. „Mama," sagte Herbert: „das ist der junge Mr. Pip." Worauf Mrs. Pocket mich mit einem Ausdruck liebenswürdiger Würde empfing.

„Meister Alick und Miß Jane," rief eine der Ammen zwei der Kinder zu: „wenn ihr gegen die Büsche prallt, so fallt ihr in den Fluß und ertrinkt, und was wird euer Vater dann sagen?"

Zu gleicher Zeit hob die Amme Mrs. Pockets Taschentuch auf und sagte: „Wenn das nicht sechsmal reicht, hast du es fallen lassen, Mama!" Darauf lachte Mrs. Pocket und sagte: „Danke, Flopson," ließ sich nur auf einen Stuhl nieder und nahm ihr Buch wieder auf. Ihr Antlitz nahm sogleich einen zusammengekniffenen und aufmerksamen Ausdruck an, als ob sie schon seit einer Woche las, aber ehe sie ein halbes Dutzend Zeilen lesen konnte, heftete sie ihre Augen auf mich und sagte: „Ich hoffe, Ihrer Mutter geht es gut?" Diese unerwartete Frage brachte mich in eine solche Verlegenheit, daß ich in der absurdesten Weise zu sagen begann, daß, wenn es eine solche Person gegeben hätte, ich keinen Zweifel daran hätte, daß sie ganz gesund gewesen wäre und ihr sehr dankbar gewesen wäre und ihr Komplimente geschickt hätte, als die Krankenschwester mir zu Hilfe kam.

„Nun!" rief sie und hob das Einstecktuch auf: „wenn das nicht siebenmal reicht! Was machst du heute nachmittag, Mama!" Mrs. Pocket nahm ihr Eigentum entgegen, zuerst mit einem Blick unaussprechlicher Überraschung, als ob sie es noch nie gesehen hätte, dann mit einem Lachen des Wiedererkennens und sagte: „Danke, Flopson!" vergaß mich und las weiter.

Ich fand, da ich jetzt Muße hatte, sie zu zählen, daß nicht weniger als sechs kleine Taschen vorhanden waren, die sich in verschiedenen Stadien des Auffallens befanden. Kaum war ich bei der Gesamtzahl angelangt, als man eine Septime wie in der Luft klagend klagen hörte.

„Wenn es nicht ist, Baby!" sagte Flopson, der es anscheinend für höchst überraschend hielt. „Beeilt euch, Müller."

Millers, die die andere Amme war, zog sich ins Haus zurück, und nach und nach verstummte das Wehklagen des Kindes, als wäre es ein junger Bauchredner mit etwas im Munde. Mrs. Pocket las die ganze Zeit, und ich war neugierig, was das Buch sein könnte.

Wir warteten, wie ich annahm, darauf, daß Mr. Pocket zu uns herauskommen würde; jedenfalls warteten wir dort, und so hatte ich Gelegenheit, das merkwürdige Familienphänomen zu beobachten, daß, wenn eines der Kinder sich beim Spielen in die Nähe von Mrs. Pocket verirrte, es immer über sie stolperte und über sie stürzte, immer sehr zu ihrem augenblicklichen Erstaunen und zu ihrem eigenen, anhaltenderen Lamento. Ich war in Verlegenheit, mir diesen überraschenden Umstand zu erklären, und konnte nicht umhin, mich in Spekulationen darüber zu ergehen, bis nach und nach Millers mit dem Säugling herabkam, das Flopson Flopson übergab, und Flopson übergab es Mrs. Pocket, als auch sie ziemlich kopfüber über Mrs. Pocket hinwegging. Baby und alles, und wurde von Herbert und mir gefangen.

„Gnädiger Herr, Flopson!" sagte Mrs. Pocket und sah einen Augenblick von ihrem Buch ab: „alle purzeln!"

„Gnädiger Mensch, Mama!" entgegnete Flopson mit hochrotem Gesicht; „Was hast du da?"

„*Ich* bin hier, Flopson?" fragte Mrs. Pocket.

„Ach, wenn es nicht dein Schemel ist!" rief Flopson. „Und wenn du es so unter deinen Röcken trägst, wer kann da schon beim Sturz helfen? Hier! Nimm das Baby, Mama, und gib mir dein Buch."

Mrs. Pocket befolgte den Rat und tanzte den Säugling ungeschickt ein wenig auf ihrem Schoß, während die andern Kinder darum spielten. Dies hatte nur eine sehr kurze Zeit gedauert, als Mrs. Pocket summarisch befahl, daß sie alle zu einem Nickerchen ins Haus geführt werden sollten. So machte ich bei dieser ersten Gelegenheit die zweite Entdeckung, daß die Pflege der kleinen Taschen darin bestand, abwechselnd aufzustehen und sich hinzulegen.

Unter diesen Umständen, als Flopson und Millers die Kinder wie eine kleine Schafherde ins Haus gebracht hatten und Mr. Pocket herauskam, um meine Bekanntschaft zu machen, war ich nicht sehr überrascht, als ich fand, daß Mr. Pocket ein Herr mit einem ziemlich verwirrten Gesichtsausdruck und mit seinem sehr grauen Haar auf dem Kopfe war. Als sähe er nicht ganz den Weg, irgendetwas richtig zu stellen.

KAPITEL XXIII.

Mr. Pocket sagte, er freue sich, mich zu sehen, und er hoffe, daß es mir nicht leid tue, ihn zu sehen. „Denn ich bin wirklich nicht," fügte er mit dem Lächeln seines Sohnes hinzu: „eine beunruhigende Persönlichkeit." Er war ein jung aussehender Mann, trotz seiner Verwirrung und seines sehr grauen Haares, und sein Benehmen schien ganz natürlich. Ich gebrauche das Wort natürlich, in dem Sinne, dass es unberührt ist; Es lag etwas Komisches in seiner verstörten Art, als ob es geradezu lächerlich gewesen wäre, wenn er nicht selbst das Gefühl gehabt hätte, daß es sehr nahe daran gewesen wäre. Als er ein wenig mit mir gesprochen hatte, sagte er zu Mrs. Pocket mit einem etwas ängstlichen Zusammenziehen seiner Augenbrauen, die schwarz und schön waren: „Belinda, ich hoffe, Sie haben Mr. Pip willkommen geheißen?" Und sie schaute von ihrem Buch auf und sagte: „Ja." Dann lächelte sie mich in einem zerstreuten Geisteszustand an und fragte mich, ob mir der Geschmack des Orangenblütenwassers liebe? Da die Frage weder in der Nähe noch in der Ferne mit irgend einem vorhergehenden oder späteren Geschäft zu tun hatte, so betrachte ich sie, wie ihre früheren Ansätze, in allgemeiner herablassender Konversation verworfen worden.

Ich erfuhr in wenigen Stunden und darf gleich erwähnen, daß Mrs. Pocket die einzige Tochter eines ganz zufällig verstorbenen Ritters war, der sich die Überzeugung ausgedacht hatte, daß sein verstorbener Vater zum Baronet ernannt worden wäre, wenn nicht jemand aus ganz persönlichen Motiven gegen ihn eingetreten wäre - ich weiß nicht wessen wenn ich je gewußt hätte - die des Souveräns, des Premierministers, des Lordkanzlers, des Erzbischofs von Canterbury, irgend jemand - und mich mit dem Recht dieser ganz vermeintlichen Thatsache an die Adligen der Erde geheftet hätte. Ich glaube, er war selbst zum Ritter geschlagen worden, weil er die englische Grammatik mit der Feder stürmte, in einer verzweifelten Ansprache, die in Pergament vertieft war, anläßlich der Grundsteinlegung eines Gebäudes und einer königlichen Persönlichkeit entweder die Kelle oder den Mörser reichte. Wie dem auch sei, er hatte befohlen, Mrs. Pocket von ihrer Wiege an zu einer erziehen, die in der Natur der Dinge einen

Titel heiraten müsse und die vor der Aneignung plebejischer häuslicher Kenntnisse bewahrt werden müsse.

Dieser verständige Vater hatte eine so erfolgreiche Wache und Schutzbefohlenheit über die junge Dame eingerichtet, daß sie höchst zierlich, aber vollkommen hilflos und unbrauchbar herangewachsen war. Mit diesem glücklichen Charakter war sie in der ersten Blüte ihrer Jugend Mr. Pocket begegnet, der sich ebenfalls in der ersten Blüte der Jugend befand und sich nicht recht entschied, ob er auf den Wollsack steigen oder sich mit einer Mitra eindecken sollte. Da es nur eine Frage der Zeit war, das eine oder das andere zu tun, so hatten er und Mrs. Pocket die Zeit bei der Stirnlocke gepackt (obwohl sie, nach ihrer Länge zu urteilen, anscheinend geschnitten werden mußte) und ohne Wissen des vernünftigen Elternteils geheiratet. Der verständige Vater, der nichts zu geben oder zurückzuhalten hatte als seinen Segen, hatte ihnen nach kurzem Ringen die Mitgift ansehnlich zugesprochen und Herrn Pocket mitgeteilt, daß seine Frau "ein Schatz für einen Prinzen" sei. Herr Pocket hatte seitdem den Schatz des Prinzen in die Sitten der Welt investiert, und es sollte ihm nur gleichgültiges Interesse eingebracht haben. Nichtsdestoweniger war Mrs. Pocket im allgemeinen der Gegenstand einer eigentümlichen Art von respektvollem Mitleid, weil sie keinen Titel geheiratet hatte; während Mr. Pocket der Gegenstand einer sonderbaren Art von Verzeihung war, weil er nie einen bekommen hatte.

Mr. Pocket führte mich in das Haus und zeigte mir mein Zimmer, das angenehm und so eingerichtet war, daß ich es mit Bequemlichkeit für mein eigenes privates Wohnzimmer benutzen konnte. Dann klopfte er an die Thüren zweier ähnlicher Zimmer und stellte mich ihren Bewohnern vor, die Drummle und Startop hießen. Drummle, ein alt aussehender junger Mann von hohem architektonischen Stand, pfiff. Startop, jünger an Jahren und Aussehen, las und hielt den Kopf, als ob er sich in Gefahr wähnte, ihn mit einer zu starken Ladung Wissen zu sprengen.

Sowohl Mr. als auch Mrs. Pocket hatten eine so merkliche Miene, als befänden sie sich in fremden Händen, daß ich mich fragte, wer wirklich im Besitz des Hauses sei, und sie dort wohnen ließ, bis ich diese unbekannte Macht in den Dienern entdeckte. Es war vielleicht ein glatter Weg, um Ärger zu ersparen; aber es sah aus, als sei es teuer, denn die Dienerschaft fühlte es als eine Pflicht, die sie sich selbst schuldig waren, nett zu essen und zu trinken und unten viel Gesellschaft zu haben. Sie ließen Mr. und Mrs. Pocket einen sehr großzügigen Tisch zu, und doch schien es mir immer, als ob der bei weitem beste Teil des Hauses, in dem man hätte einquartiert werden können, die Küche gewesen wäre, - immer vorausgesetzt, der Kostgänger sei zur Selbstverteidigung fähig, denn ehe ich eine Woche dort gewesen war, hatte eine benachbarte Dame, die die Familie persönlich nicht kannte, Sie habe gesehen, wie Millers das Baby geohrfeigt habe. Das betrübte Mrs. Pocket sehr, die bei Erhalt des Briefes in Tränen ausbrach und sagte, es sei eine außerordentliche Sache, daß die Nachbarn sich nicht um ihre eigenen Angelegenheiten kümmerten.

Nach und nach erfuhr ich, hauptsächlich von Herbert, daß Mr. Pocket in Harrow und Cambridge erzogen worden war, wo er sich ausgezeichnet hatte; daß aber, als er das Glück gehabt habe, Mrs. Pocket sehr früh in seinem Leben zu heiraten, seine Aussichten beeinträchtigt und den Beruf eines Schleifers ergriffen habe. Nachdem er eine Anzahl stumpfer Klingen geschliffen hatte, von denen es merkwürdig war, daß ihre Väter, wenn sie einflußreich waren, ihm immer beim Vorziehen halfen, es aber immer vergaßen, wenn die Klingen den Schleifstein verlassen hatten, war er dieser armseligen Arbeit überdrüssig und nach London gekommen. Hier hatte er, nachdem er nach und nach an höheren Hoffnungen gescheitert war, mit Tauchern "gelesen", denen es an Gelegenheiten gefehlt oder sie vernachlässigt worden waren, und er hatte andere für besondere Anlässe umgebaut, seine Errungenschaften der literarischen Zusammenstellung und Korrektur zugewandt und mit diesen Mitteln, zu einigen sehr bescheiden privaten Mitteln hinzugekommen, das Haus, das ich sah, noch immer instand gehalten.

Mr. und Mrs. Pocket hatten einen krötenhaften Nachbarn; eine Witwe von jenem höchst mitfühlenden Wesen, daß sie mit jedermann übereinstimmte, jeden segnete und über jedermann Lächeln und Tränen vergoß, je nach den Umständen. Diese Dame hieß Mrs. Coiler, und ich hatte die Ehre, sie am Tage meiner Einsetzung zum Essen einzuladen. Sie gab mir auf der Treppe zu verstehen, daß es ein Schlag für die liebe Mrs. Pocket sei, daß der liebe Mr. Pocket gezwungen sei, Herren zu empfangen, um mit ihm zu lesen. Das galt nicht für mich, sagte sie mir in einem Schwall von Liebe und Vertrauen (zu diesem Zeitpunkt kannte ich sie noch nicht einmal fünf Minuten); wären sie alle wie Ich, so wäre es eine ganz andere Sache.

„Aber, liebe Mrs. Pocket," sagte Mrs. Coiler: „nach ihrer frühen Enttäuschung (nicht daß der liebe Mr. Pocket daran schuld gewesen wäre) so viel Luxus und Eleganz verlangt" -

„Ja, gnädige Frau," sagte ich, um sie aufzuhalten, denn ich fürchtete, sie würde weinen.

„Und sie ist von so aristokratischer Gesinnung …"

„Ja, gnädige Frau," sagte ich noch einmal, mit demselben Ziel wie zuvor.

„Daß es schwer *ist*," sagte Mrs. Coiler: „daß die Zeit und Aufmerksamkeit des lieben Mr. Pocket von der lieben Mrs. Pocket abgelenkt wird."

Ich konnte mich des Gedankens nicht erwehren, daß es noch schwieriger sein würde, wenn die Zeit und Aufmerksamkeit des Metzgers von der lieben Mrs. Pocket abgelenkt würde; aber ich sagte nichts und hatte in der Tat genug zu tun, indem ich schüchtern über meine Sitten wachte.

Durch das, was zwischen Mrs. Pocket und Drummle vorging, während ich auf mein Messer und meine Gabel, meinen Löffel, meine Gläser und andere Instrumente der Selbstzerstörung achtete, erfuhr ich, daß Drummle, dessen christlicher Name Bentley war, in Wirklichkeit der nächste Erbe einer Baronet war. Es stellte sich ferner heraus, daß das Buch, das ich Mrs. Pocket im Garten hatte lesen sehen, nur von Titeln handelte, und daß sie das genaue Datum kannte, an dem ihr Großvater in das Buch gekommen sein würde, wenn er überhaupt jemals gekommen wäre. Drummle sagte nicht viel, aber in seiner beschränkten Art (er kam mir wie ein mürrischer Kerl vor) sprach er wie einer der Auserwählten und erkannte Mrs. Pocket als eine Frau und eine Schwester. Niemand als sie selbst und Mrs. Hacker, die krötende Nachbarin, zeigten irgendein Interesse an diesem Theile des Gesprächs, und es schien mir, daß es Herbert peinlich war; aber es versprach noch lange zu dauern, als der Page mit der Ankündigung eines häuslichen Leidens hereinkam. Es war in der Tat so, dass der Koch das Rindfleisch verlegt hatte. Zu meinem unaussprechlichen Erstaunen sah ich jetzt zum ersten Male, wie Mr. Pocket sich durch eine Aufführung erleichterte, die mir sehr außerordentlich vorkam, die aber auf niemanden sonst einen Eindruck machte, und mit der ich bald ebenso vertraut wurde wie die übrigen. Er legte das Schnitzmesser und die Gabel nieder und war gerade mit dem Schnitzen beschäftigt, fuhr mit beiden Händen in sein zerzaustes Haar und schien sich außerordentlich zu bemühen, sich daran aufzurichten. Als er dies getan und sich gar nicht erhoben hatte, fuhr er ruhig fort mit dem, was er vorhatte.

Mrs. Coiler wechselte dann das Thema und fing an, mir zu schmeicheln. Es gefiel mir ein paar Augenblicke, aber sie schmeichelte mir so sehr eklig, dass das Vergnügen bald vorbei war. Sie hatte eine schlangenhafte Art, mir nahe zu kommen, wenn sie vorgab, als interessiere sie sich lebhaft für die Freunde und Orte, die ich verlassen hatte, und die ganz und gar verwinkelt und gespalten war; und wenn sie gelegentlich auf Startop (der sehr wenig zu ihr sagte) oder auf

Drummle (der weniger sagte) ansprang, beneidete ich sie vielmehr, weil sie auf der entgegengesetzten Seite des Tisches saßen.

Nach dem Essen wurden die Kinder vorgestellt, und Mrs. Coiler machte bewundernde Bemerkungen über ihre Augen, Nasen und Beine, eine kluge Art, ihren Verstand zu verbessern. Es waren noch vier kleine Mädchen und zwei kleine Knaben, außer dem Kinde, das beides hätte sein können, und dem nächsten Nachfolger des Kindes, der noch keines von beiden war. Sie waren von Flopson und Millers hereingebracht worden, als ob diese beiden Unteroffiziere irgendwo für Kinder rekrutiert und diese angeworben hätten, während Mrs. Pocket die jungen Edelleute ansah, die hätten sein sollen, als ob sie eher das Vergnügen gehabt hätte, sie schon früher zu besichtigen, aber nicht recht wußte, was sie von ihnen halten sollte.

„Hier! Gib mir deine Gabel, Mama, und nimm das Baby," sagte Flopson. „Nimm es nicht so, sonst bekommst du den Kopf unter den Tisch."

So geraten, nahm Mrs. Pocket es in die andere Richtung und legte den Kopf auf den Tisch; was sich allen Anwesenden durch eine ungeheure Gehirnerschütterung ankündigte.

„Liebes, liebes Kind! Gib es mir zurück, Mama," sagte Flopson; „und Miß Jane, kommen Sie und tanzen Sie zum Baby, tun Sie!"

Eines der kleinen Mädchen, ein bloßes Milben, das anscheinend vorzeitig die Verantwortung für die andern auf sich genommen hatte, trat neben mir von seinem Platz und tanzte auf und von dem Kinde, bis es aufhörte zu weinen und lachte. Da lachten alle Kinder, und Herr Pocket, der sich inzwischen zweimal an den Haaren aufzurichten versucht hatte, lachte, und wir lachten alle und freuten uns.

Flopson verdopplte das Kind an den Gelenken wie eine holländische Puppe, brachte es dann sicher auf Mrs. Pockets Schoß und gab ihm die Nußknacker zum Spielen; gleichzeitig empfahl er Mrs. Pocket, darauf zu achten, daß die Griffe dieses Instruments wahrscheinlich nicht mit seinen Augen übereinstimmten, und forderte Miß Jane scharf auf, sich um dasselbe zu kümmern. Dann verließen die beiden Krankenschwestern das Zimmer und lieferten sich auf der Treppe ein lebhaftes Handgemenge mit einem zerstreuten Pagen, der beim Essen gewartet hatte und offenbar die Hälfte seiner Knöpfe am Spieltisch verloren hatte.

Ich wurde sehr beunruhigt, als Mrs. Pocket mit Drummle in eine Diskussion über zwei Baronets geriet, während sie eine in Zucker und Wein getränkte Orangenscheibe aß und, das Kind auf ihrem Schoß vergessend, die entsetzlichsten

Dinge mit den Nußknackern anstellte. Endlich verließ die kleine Jane, die ihr junges Gehirn in Gefahr sah, leise ihren Platz und entlockte ihr mit vielen kleinen Tricks die gefährliche Waffe. Mrs. Pocket, die ungefähr zu gleicher Zeit ihre Orange leerte, und da sie damit nicht einverstanden war, sagte sie zu Jane:

„Du ungezogenes Kind, wie kannst du es wagen? Geh und setz dich in diesem Augenblick!"

„Mama, meine Liebe," lispelte das kleine Mädchen: „das Kind hat ihm die Augen ausgemacht."

„Wie können Sie es wagen, mir das zu sagen?" entgegnete Mrs. Pocket. „Geh und setz dich jetzt auf deinen Stuhl!"

Mrs. Pockets Würde war so erdrückend, daß ich mich ganz beschämt fühlte, als ob ich selbst etwas getan hätte, um sie aufzurütteln.

„Belinda," entgegnete Mr. Pocket vom andern Ende des Tisches, „wie können Sie nur so unvernünftig sein? Jane hat sich nur eingemischt, um das Baby zu schützen."

„Ich werde nicht zulassen, daß sich jemand einmischt," sagte Mrs. Pocket. „Es wundert mich, Matthew, daß du mich dem Affront der Einmischung aussetzt."

„Guter Gott!" rief Mr. Pocket in einem Ausbruch verzweifelter Verzweiflung. „Sollen Säuglinge in ihre Gräber gerammt werden, und kann niemand sie retten?"

„Ich werde mich von Jane nicht stören lassen," sagte Mrs. Pocket mit einem majestätischen Blick auf den unschuldigen kleinen Verbrecher. „Ich hoffe, ich kenne die Lage meines armen Großvaters. Jane, in der Tat!"

Mr. Pocket fuhr sich wieder die Hände in die Haare und erhob sich diesmal wirklich einige Zentimeter aus seinem Stuhl. „Hört das!" rief er hilflos den Elementen zu. „Babys sollen für die Stellung des armen Großvaters der Leute totgeschlagen werden!" Dann ließ er sich wieder nieder und schwieg.

Wir schauten alle verlegen auf die Tischdecke, während dies geschah. Es trat eine Pause ein, während welcher das ehrliche und unbändige Kind eine Reihe von Sprüngen und Krähen nach der kleinen Jane machte, die mir als das einzige Glied der Familie (abgesehen von den Dienstboten) erschien, mit dem es eine bestimmte Bekanntschaft hatte.

„Mr. Drummle," sagte Mrs. Pocket: „wollen Sie nach Flopson klingeln? Jane, du pflichtloses kleines Ding, geh und leg dich hin. Jetzt, Baby, Schatz, komm mit Mama!"

Das Kind war die Seele der Ehre und protestierte mit aller Kraft. Er krümmte sich verkehrt herum über Mrs. Pockets Arm, zeigte der Gesellschaft ein Paar Strickschuhe und Noppen an Stelle seines weichen Gesichts und wurde in höchster Meuterei ausgeführt. Und es gewann schließlich seine Spitze, denn ich sah es innerhalb weniger Minuten durch das Fenster, wie es von der kleinen Jane gepflegt wurde.

Es traf sich, daß die andern fünf Kinder bei Tisch zurückblieben, weil Flopson eine private Verabredung hatte und sie niemanden etwas angingen. So wurde ich auf die gegenseitigen Beziehungen zwischen ihnen und Herrn Pocket aufmerksam, die sich in folgender Weise veranschaulichten. Mr. Pocket, mit der gewöhnlichen Verwirrung seines Gesichts und zerzaustem Haar, sah sie einige Minuten lang an, als könne er nicht begreifen, wie sie in diesem Establissement untergebracht worden seien, und warum sie nicht von der Natur bei jemand anderem einquartiert worden seien. Dann stellte er ihnen in einer entfernten missionarischen Art gewisse Fragen, zum Beispiel, warum der kleine Joe das Loch in der Halsrüsche habe, der gesagt habe: Pa, Flopson würde es flicken, wenn sie Zeit hätte, und wie die kleine Fanny zu dem Lumpen gekommen sei, der gesagt habe: Pa, Millers würde es umschlagen, wenn sie es nicht vergaß. Dann verfiel er in elterliche Zärtlichkeit, gab ihnen einen Schilling für das Stück und befahl ihnen, zu gehen und zu spielen; Und dann, als sie hinausgingen, entließ er mit einer sehr starken Anstrengung, sich an den Haaren aufzurichten, das hoffnungslose Thema.

Abends wurde auf dem Fluss gerudert. Da Drummle und Startop jeder ein Boot besaßen, beschloß ich, das meinige aufzustellen und beide herauszuschneiden. Ich war ziemlich gut in den meisten Übungen, in denen Landknaben geübt sind, aber da ich mir bewußt war, daß es mir an Eleganz des Stils für die Themse, um nicht zu sagen für andere Gewässer, fehlte, so verpflichtete ich mich sogleich, mich unter den Unterricht des Gewinners eines Preisverleihers zu stellen, der auf unserer Treppe spielte und dem ich von meinen neuen Verbündeten vorgestellt wurde. Diese praktische Autorität verwirrte mich sehr, indem sie sagte, ich hätte den Arm eines Schmieds. Wenn er hätte wissen können, wie sehr ihn das Kompliment seinen Schüler gekostet hätte, so bezweifle ich, daß er es bezahlt hätte.

Nachdem wir abends nach Hause gekommen waren, gab es ein Tablett zum Abendessen, und ich glaube, wir hätten uns alle amüsiert, wenn nicht ein ziemlich unangenehmes häusliches Ereignis passiert wäre. Mr. Pocket war guter Dinge, als ein Hausmädchen hereinkam und sagte: „Wenn es Ihnen recht ist, Sir, möchte ich mit Ihnen sprechen."

„Sprechen Sie mit Ihrem Herrn?" fragte Mrs. Pocket, deren Würde wieder erwachte. „Wie kannst du dir so etwas ausdenken? Gehen Sie und sprechen Sie mit Flopson. Oder sprich mit mir - zu einer andern Zeit."

‚Ich bitte um Verzeihung, gnädige Frau," entgegnete das Hausmädchen: „ich möchte sofort sprechen und mit dem Herrn sprechen."

Hierauf verließ Mr. Pocket das Zimmer, und wir machten unser Bestes, bis er zurückkam.

„Das ist ein hübsches Ding, Belinda!" sagte Mr. Pocket und kehrte mit einer Miene zurück, die Trauer und Verzweiflung ausdrückte. „Da liegt die Köchin bewußtlos betrunken auf dem Küchenboden, mit einem großen Bündel frischer Butter im Schrank, bereit, um sie als Fett zu verkaufen!"

Mrs. Pocket zeigte augenblicklich eine sehr liebenswürdige Rührung und sagte: „Das ist das Werk dieser verhaßten Sophie!"

„Was meinst du damit, Belinda?" fragte Mr. Pocket.

„Sophie hat es Ihnen gesagt," sagte Mrs. Pocket. „Habe ich sie nicht mit eigenen Augen gesehen und mit meinen eigenen Ohren gehört, bin ich vorhin ins Zimmer gekommen und habe Sie gebeten, mit Ihnen sprechen zu dürfen?"

„Aber hat sie mich nicht die Treppe hinuntergeführt, Belinda," entgegnete Mr. Pocket: „und mir die Frau und auch das Bündel gezeigt?"

„Und verteidigst du sie, Matthew," sagte Mrs. Pocket: „weil sie Unheil angerichtet hat?"

Mr. Pocket stieß ein kläglisches Stöhnen aus.

„Soll ich, Großvaters Enkelin, nichts im Hause sein?" fragte Mrs. Pocket. „Außerdem ist die Köchin immer eine sehr liebenswerte, respektvolle Frau gewesen und hat in der natürlichsten Weise, als sie kam, um sich um die Situation zu kümmern, gesagt, sie fühle, ich sei zur Herzogin geboren."

Da stand ein Sofa, auf dem Mr. Pocket stand, und er ließ sich in der Haltung des sterbenden Gladiators darauf fallen. Noch immer in dieser Haltung sagte er mit hohler Stimme: „Gute Nacht, Mr. Pip," als ich es für ratsam hielt, zu Bett zu gehen und ihn zu verlassen.

KAPITEL XXIV.

Nach zwei oder drei Tagen, als ich mich in meinem Zimmer eingerichtet und mehrmals nach London hin und her gereist war und meinen Kaufleuten alles bestellt hatte, was ich wollte, hatten Herr Pocket und ich ein langes Gespräch miteinander. Er wußte mehr von meiner beabsichtigten Laufbahn, als ich selbst wußte, denn er bezog sich darauf, daß ihm Mr. Jaggers gesagt habe, daß ich für keinen Beruf bestimmt sei und daß ich für mein Schicksal gut genug ausgebildet sein würde, wenn ich mich mit dem Durchschnitt junger Männer in wohlhabenden Verhältnissen ‚messen' könnte. Ich willigte natürlich ein, da ich nichts Gegenteiliges wußte.

Er riet mir, gewisse Orte in London zu besuchen, um mir die bloßen Grundlagen anzueignen, die ich wünschte, und ihn mit den Funktionen des Erklärers und Direktors aller meiner Studien zu betrauen. Er hoffte, daß ich mit kluger Hilfe wenig finden würde, was mich entmutigen könnte, und bald in der Lage sein würde, auf jede andere Hilfe als die seine zu verzichten. Durch seine Art, dies und noch viel mehr in ähnlichem Sinne zu sagen, stellte er sich in einer bewundernswerten Weise in vertrauliche Beziehungen mit mir her; und ich kann gleich sagen, daß er immer so eifrig und ehrenhaft war, wenn es darum ging, seinen Vertrag mit mir zu erfüllen, daß er mich eifrig und ehrenhaft machte, indem er den meinigen mit ihm erfüllte. Hätte er sich als Lehrer gleichgültig gezeigt, so hätte ich das Kompliment ohne Zweifel als Schüler erwidert; Er gab mir keine solche Entschuldigung, und jeder von uns widerfuhr dem andern. Auch habe ich nie angenommen, daß er irgend etwas Lächerliches an sich gehabt hätte – oder irgend etwas anderes als das Ernsthafte, Ehrliche und Gute –, was in seinem Hauslehrer mit mir verkehrte.

Als diese Punkte abgemacht und so weit ausgeführt waren, daß ich ernsthaft zu arbeiten begonnen hatte, kam mir der Gedanke, daß, wenn ich mein Zimmer in Barnard's Inn behalten könnte, mein Leben angenehm abwechslungsreich sein würde, während meine Manieren für Herberts Gesellschaft nicht schlechter sein würden. Mr. Pocket erhob nichts gegen diese Anordnung, sondern drängte darauf, daß sie, bevor irgend ein Schritt in derselben unternommen werden könne, meinem Vormund vorgelegt werden müsse. Ich fühlte, daß diese Delikatesse aus der Erwägung entstand, daß der Plan Herbert einige Kosten ersparen würde, und so ging ich nach Little Britain und theilte Mr. Jaggers meinen Wunsch mit.

„Wenn ich die Möbel, die ich jetzt gemietet habe, kaufen könnte," sagte ich: „und noch ein oder zwei andere Kleinigkeiten, so würde ich mich dort ganz zu Hause fühlen."

„Gehen Sie!" sagte Herr Jaggers mit einem kurzen Lachen. „Ich habe dir doch gesagt, dass du weiterkommst. Brunnen! Wie viel willst du?"

Ich sagte, ich wüsste nicht, wie viel.

„Kommen Sie!" erwiderte Herr Jaggers. „Wie viel? Fünfzig Pfund?"

„O, nicht annähernd so sehr."

„Fünf Pfund?" fragte Mr. Jaggers.

Das war ein so großer Fall, dass ich unbehaglich sagte: „Oh, mehr als das."

„Mehr als das, eh!" entgegnete Herr Jaggers, indem er mir auflauerte, die Hände in den Taschen, den Kopf zur Seite geneigt und die Augen auf die Wand hinter mir gerichtet; „Wie viel noch?"

„Es ist so schwer, eine Summe festzusetzen," sagte ich zögernd.

„Kommen Sie!" sagte Herr Jaggers. „Lass uns loslegen. Zweimal fünf; Reicht das? Dreimal fünf; Reicht das? Viermal fünf; Wird das genügen?"

Ich sagte, ich denke, das würde gut gehen.

„Vier mal fünf sind gut genug, nicht wahr?" sagte Mr. Jaggers und runzelte die Brauen. „Nun, was hältst du von vier mal fünf?"

„Was soll ich daraus machen?"

„Ah!" sagte Herr Jaggers; „Wie viel?"

„Ich glaube, Sie machen zwanzig Pfund," sagte ich lächelnd.

„Macht nichts, was *ich* daraus mache, mein Freund," bemerkte Mr. Jaggers mit einem wissenden und widersprüchlichen Kopfschütteln. „Ich will wissen, was *du* daraus machst."

„Zwanzig Pfund, natürlich."

„Wemmick!" sagte Mr. Jaggers und öffnete die Tür seines Büros. „Nehmen Sie Mr. Pips schriftlichen Befehl und zahlen Sie ihm zwanzig Pfund."

Diese stark ausgeprägte Art, Geschäfte zu machen, machte auf mich einen sehr ausgeprägten Eindruck, und zwar nicht von angenehmer Art. Herr Jaggers lachte nie, aber er trug große, helle, knarrende Stiefel, und wenn er sich auf diesen Stiefeln niederbeugte, den großen Kopf nach unten gebeugt und die Augenbrauen zusammengezogen, um eine Antwort zu erwarten, verursachte er zuweilen das Knarren der Stiefel. Als ob *sie* trocken und misstrauisch lachten. Da er jetzt ausging, und da Wemmick lebhaft und gesprächig war, sagte ich zu Wemmick, daß ich kaum wüßte, was ich von Mr. Jaggers' Benehmen halten sollte.

„Sagen Sie ihm das, und er wird es als Kompliment auffassen," antwortete Wemmick; „Er meint nicht, daß Sie *wissen sollten*, was Sie davon halten sollen. – Oh," denn ich sah erstaunt aus: „es ist nichts Persönliches; Es ist professionell: nur professionell."

Wemmick saß an seinem Schreibtisch, aß zu Mittag – und knabberte – an einem trockenen, harten Keks; Stücke, von denen er von Zeit zu Zeit in seinen Mundschlitz warf, als ob er sie einsteckte.

„Mir kommt es immer vor," sagte Wemmick: „als ob er eine Menschenfalle aufgestellt hätte und sie beobachtete. Plötzlich – klick – bist du erwischt!"

Ohne zu bemerken, daß Menschenfallen nicht zu den Annehmlichkeiten des Lebens gehörten, sagte ich, ich glaube, er sei sehr geschickt?

„Tief," sagte Wemmick: „wie Australien." Er deutete mit der Feder auf den Büroboden, um auszudrücken, daß Australien für die Zwecke der Figur symmetrisch auf dem entgegengesetzten Punkt des Erdballs verstanden wurde. „Wenn es etwas Tieferes gäbe," fügte Wemmick hinzu und brachte seine Feder zu Papier: „dann wäre er es."

Dann sagte ich, ich glaube, er hätte ein gutes Geschäft, und Wemmick sagte: „Ca-pi-tal!" Dann fragte ich, ob es viele Beamte gäbe? worauf er antwortete:

„Wir haben nicht oft Kontakt zu Angestellten, weil es nur einen Jaggers gibt, und die Leute werden ihn nicht aus zweiter Hand haben. Wir sind nur zu viert. Möchten Sie sie sehen? Du bist einer von uns, wie ich sagen darf."

Ich nahm das Angebot an. Als Mr. Wemmick alle Kekse in die Post gesteckt und mir mein Geld aus einer Kasse in einem Schrank bezahlt hatte, den er irgendwo auf dem Rücken aufbewahrte und aus seinem Rockkragen wie einen eisernen Zopf hervorzog, gingen wir die Treppe hinauf. Das Haus war dunkel und schäbig, und die schmierigen Schultern, die in Mr. Jaggers' Zimmer ihre Spuren hinterlassen hatten, schienen seit Jahren die Treppe auf und ab zu schlurfen. Im ersten Stock des vorderen Stockwerks war ein Angestellter, der etwas zwischen einem Zöllner und einem Rattenfänger aussah – ein großer, blasser, aufgeblasener, geschwollener Mann –, aufmerksam mit drei oder vier Personen von schäbigem Aussehen beschäftigt, die er so unhöflich behandelte, wie jeder, der in Mr. Jaggers' Kassen einzahlte, behandelt zu werden schien. „Beweise zusammentragen," sagte Mr. Wemmick, als wir herauskamen: „für die Bailey." In dem Zimmer darüber saß ein kleiner, schlaffer Terrier von einem Beamten mit herabhängendem Haar (sein Schnitt schien vergessen worden zu sein, als er noch ein Hündchen war) in ähnlicher Weise mit einem Mann mit schwachen Augen beschäftigt, den mir Mr. Wemmick als einen Schmelzer vorstellte, der seinen Topf immer am Kochen hielt und der mich schmolz, was mir gefiel. und der in einem übermäßigen weißen Schweiß war, als ob er seine Kunst an sich selbst ausprobiert hätte. In einem Hinterzimmer beugte sich ein Mann mit hohen Schultern und Gesichtsschmerzen, der in schmutzigen Flanell gewickelt war und alte schwarze Kleider trug, die aussahen, als wären sie gewachst worden, über seine Arbeit, Reinschriften der Banknoten der beiden anderen Herren für Mr. Jaggers' eigenen Gebrauch anzufertigen.

Das war alles, was das Establishment war. Als wir wieder die Treppe hinuntergingen, führte mich Wemmick in das Zimmer meines Vormunds und sagte: „Das hast du schon gesehen."

„Bitte," sagte ich, als die beiden abscheulichen Abgüsse mit dem zuckenden Blick darauf meinen Blick wieder erblickten: „wessen Ebenbilder sind das?"

„Diese?" fragte Wemmick, setzte sich auf einen Stuhl und blies den Staub von den schrecklichen Köpfen, bevor er sie niederließ. „Das sind zwei Berühmtheiten. Berühmte Kunden von uns, die uns eine Welt voller Kredite eingebracht haben. Dieser Kerl (du mußt in der Nacht heruntergekommen sein und in das Tintenfaß geguckt haben, um diesen Fleck auf deine Augenbraue zu bekommen, du alter Schlingel!) hat seinen Herrn ermordet und es nicht böse geplant, da er nicht zur Beweisführung geführt wurde."

„Ist er wie er?" fragte ich und schreckte vor dem Tier zurück, während Wemmick auf seine Augenbraue spuckte und sie mit dem Ärmel rieb.

„Wie er? Es ist er selbst, weißt du. Die Besetzung wurde in Newgate gedreht, direkt nachdem er abgeschaltet worden war. Du hattest eine besondere Vorliebe für mich, nicht wahr, alter Gelehrter?" fragte Wemmick. Dann erklärte er diesen liebevollen Apostroph, indem er seine Brosche, die die Dame und die Trauerweide am Grab mit der Urne darauf darstellte, berührte und sagte: „Habe sie für mich anfertigen lassen, Express!"

„Ist die Dame irgendjemand?" fragte ich.

„Nein," entgegnete Wemmick. „Nur sein Spiel. (Du mochtest dein bisschen Spiel, nicht wahr?) Nein; ‚Mr. Pip,' mit einer Ausnahme – und sie gehörte nicht zu dieser schlanken Dame, und Sie hätten sie nicht dabei erwischt, wie sie sich um diese Urne kümmerte, wenn nicht etwas zu trinken darin gewesen wäre." Als Wemmicks Aufmerksamkeit auf seine Brosche gelenkt war, legte er den Abdruck nieder und polierte die Brosche mit seinem Einstecktuch.

„Ist das andere Geschöpf zu demselben Ende gekommen?" Fragte ich. „Er hat den gleichen Blick."

„Sie haben recht," sagte Wemmick; „Es ist der echte Look. Ungefähr so, als ob ein Nasenloch von einem Roßhaar und einem kleinen Angelhaken gefangen wäre. Ja, er kam zu demselben Ende; das ganz natürliche Ende hier, das versichere ich Ihnen. Er fälschte Testamente, diese Klinge tat es, wenn er nicht auch die vermeintlichen Erblasser einschläferte. Sie waren allerdings ein Gentleman Cove" (Mr. Wemmick apostrophierte wieder): „und Sie sagten, Sie könnten Griechisch schreiben. Ja, hüpfbar! Was für ein Lügner warst du! Ich habe noch nie einen solchen Lügner getroffen wie dich!" Bevor er seinen verstorbenen Freund wieder in sein Regal stellte, berührte Wemmick den größten seiner Trauerringe und sagte: „Erst am Vortag losgeschickt, um ihn für mich zu kaufen."

Während er den anderen Gips aufsetzte und vom Stuhl herunterkam, kam mir der Gedanke, dass all sein persönlicher Schmuck aus ähnlichen Quellen stammte. Da er keine Scheu vor diesem Thema gezeigt hatte, so wagte ich die Freiheit, ihm die Frage zu stellen, als er vor mir stand und sich die Hände abwischte.

„O ja," erwiderte er: „das sind alles Gaben dieser Art. Einer bringt den andern, siehst du; Das ist der Weg. Ich nehme sie immer. Es sind Kuriositäten. Und sie sind Eigentum. Sie sind vielleicht nicht viel wert, aber schließlich sind sie Eigentum und tragbar. Es bedeutet Ihnen nicht mit Ihrem glänzenden Ausguck etwas, aber was mich betrifft, so ist mein Leitstern immer: ‚Holen Sie sich tragbares Eigentum'."

Als ich diesem Lichte gehuldigt hatte, fuhr er freundlich fort:

„Wenn es Ihnen nichts Besseres zu tun gäbe, wenn es Ihnen nichts ausmacht, mich in Walworth zu besuchen, so könnte ich Ihnen ein Bett anbieten, und ich würde es als eine Ehre betrachten. Ich habe Ihnen nicht viel zu zeigen; aber solche zwei oder drei Kuriositäten, wie ich sie habe, möchten Sie vielleicht überblicken; und ich liebe ein Stück Garten und ein Gartenhaus."

Ich sagte, ich würde mich freuen, seine Gastfreundschaft anzunehmen.

„Danke," sagte er; „Dann werden wir in Erwägung ziehen, daß es abgenommen wird, wenn es Ihnen paßt. Haben Sie schon mit Mr. Jaggers zu Abend gegessen?"

„Noch nicht."

„Nun," sagte Wemmick: „er wird Ihnen Wein geben, und zwar guten Wein. Ich gebe dir einen Punsch, und keinen schlechten Punsch. Und jetzt erzähle ich Ihnen etwas. Wenn Sie mit Mr. Jaggers speisen gehen, sehen Sie sich seine Haushälterin an."

„Werde ich etwas sehr Ungewöhnliches sehen?"

„Nun," sagte Wemmick: „du wirst ein wildes Tier gezähmt sehen. Gar nicht so ungewöhnlich, werden Sie mir sagen. Ich antworte, das hängt von der ursprünglichen Wildheit des Tieres und der Menge der Zähmung ab. Es wird Ihre Meinung über Mr. Jaggers' Kräfte nicht schmälern. Behalten Sie es im Auge."

Ich sagte ihm, dass ich es tun würde, mit all dem Interesse und der Neugierde, die seine Vorbereitung erweckte. Als ich mich verabschiedete, fragte er mich, ob ich fünf Minuten darauf verwenden wolle, Mr. Jaggers "dabei" zu sehen.

Aus mehreren Gründen, und nicht zuletzt, weil ich nicht genau wusste, worum es bei Mr. Jaggers gehen würde, bejahte ich. Wir tauchten in die Stadt ein und kamen in ein überfülltes Polizeigericht, wo ein Blutsverwandter (im mörderischen Sinne) des Verstorbenen mit dem phantasievollen Geschmack an Broschen an der Bar stand und unbehaglich etwas kaute; während mein Vormund eine Frau im Verhör oder Kreuzverhör hatte - ich weiß nicht welches, - und sie und die Bank und alle Anwesenden mit Ehrfurcht schlug. Wenn irgendjemand, welchen Grades auch immer, ein Wort sagte, das ihm nicht gefiel, verlangte er sofort, dass es ‚entfernt' wurde. Wenn jemand kein Geständnis machte, sagte er: „Ich werde es aus dir herausholen!" und wenn jemand ein Geständnis machte, sagte er: „Jetzt habe ich dich!" Die Beamten zitterten unter einem einzigen Biss seines Fingers. Diebe und Diebe hingen in furchtbarem Entzücken an seinen Worten und zuckten zusammen, als sich ein Haar seiner Augenbrauen nach ihnen wandte. Auf welcher Seite er stand, wußte ich nicht zu erkennen, denn er schien mir, als würde er den ganzen Ort in einer Mühle mahlen; Ich weiß nur, daß er, als ich mich auf den Zehenspitzen hinausstahl, nicht an der Seite der Bank saß; denn er machte dem alten Herrn, der unter dem Tisch den Vorsitz führte, ganz krampfhaft die Beine, indem er sein Benehmen als Vertreter des britischen Rechts und der Gerechtigkeit auf diesem Stuhl an jenem Tage anprangerte.

KAPITEL XXV.

Bentley Drummle, der ein so mürrischer Bursche war, daß er sogar ein Buch zur Hand nahm, als ob der Verfasser ihm ein Leid zugefügt hätte, nahm eine Bekanntschaft nicht in angenehmerer Stimmung auf. Schwer in Gestalt, Bewegung und Auffassungsgabe, in dem trägen Teint seines Gesichts und in der großen, unbeholfenen Zunge, die sich in seinem Munde zu räkeln schien, während er selbst in einem Zimmer herumlungerte, war er müßig, stolz, geizig, zurückhaltend und mißtrauisch. Er stammte von reichen Leuten unten in Somersetshire ab, die diese Kombination von Eigenschaften gehegt und gepflegt hatten, bis sie entdeckten, dass sie nur vom Alter her und ein Dummkopf war. So war Bentley Drummle zu Mr. Pocket gekomken, als er einen Kopf größer war als dieser Herr und ein halbes Dutzend Köpfe dicker als die meisten Herren.

Startop war von einer schwachen Mutter verwöhnt und zu Hause geblieben, als er in der Schule hätte sein sollen, aber er hing ihr ergeben und bewunderte sie über die Maßen. Er besaß die zarten Züge einer Frau und war – „wie Sie sehen können, obgleich Sie sie nie gesehen haben," sagte Herbert zu mir – „genau wie seine Mutter." Es war nur natürlich, daß ich ihm viel freundlicher gefiel als Drummle, und daß er und ich selbst an den ersten Abenden unserer Bootsfahrt nebeneinander nach Hause fuhren und uns von Boot zu Boot unterhielten, während Bentley Drummle allein in unserem Kielwasser unter den überhängenden Ufern und zwischen den Schilfen auftauchte. Er kroch immer an die Küste heran wie ein unbequemes amphibisches Geschöpf, selbst wenn die Flut ihn schnell auf den Weg getrieben hätte; und ich stelle mir immer vor, wie er uns in der Dunkelheit oder am Wasser nachjagte, wenn unsere beiden eigenen Boote den Sonnenuntergang oder das Mondlicht mitten im Strom brachen.

Herbert war mein enger Gefährte und Freund. Ich schenkte ihm einen halben Anteil an meinem Boote, was die Gelegenheit war, daß er oft nach Hammersmith hinunterkam; und der Besitz eines halben Anteils an seinen Gemächern führte mich oft nach London. Wir liefen rund um die Uhr zwischen den beiden Orten hin und her. Ich habe noch immer eine Zuneigung zu diesem Weg (obgleich er nicht mehr so angenehm ist wie damals), geformt in der Beeindruckbarkeit unerprobter Jugend und Hoffnung.

Als ich ein oder zwei Monate in Mr. Pockets Familie gewesen war, tauchten Mr. und Mrs. Camilla auf. Camilla war die Schwester von Mr. Pocket. Georgiana, die ich bei derselben Gelegenheit bei Miß Havisham gesehen hatte, erschien ebenfalls. Sie war eine Cousine, eine unverdauliche ledige Frau, die ihre Starrheit Religion und ihre Leber Liebe nannte. Diese Leute haßten mich mit dem Haß der Habgier und der Enttäuschung. Es versteht sich von selbst, daß sie mich in meinem Wohlstand mit der niederträchtigsten Gemeinheit verspotteten. Gegen Mr. Pocket, als einen erwachsenen Säugling, der keine Ahnung von seinen eigenen Interessen hatte, zeigten sie die selbstgefällige Nachsicht, die ich von ihnen hatte ausdrücken hören. Mrs. Pocket verachteten sie; Aber sie ließen zu, dass die arme Seele im Leben schwer enttäuscht wurde, weil dies ein schwaches Licht auf sie selbst warf.

Dies war die Umgebung, in der ich mich niederließ und mich meiner Erziehung widmete. Bald nahm ich teure Gewohnheiten an und fing an, eine Summe Geld auszugeben, die ich in wenigen Monaten fast fabelhaft gefunden hätte; aber durch Gut und Böse blieb ich bei meinen Büchern. Es lag kein anderes Verdienst darin, als daß ich Verstand genug hatte, meine Mängel zu fühlen. Zwischen Mr. Pocket und Herbert kam ich schnell voran; und da der eine oder der andere immer an meiner Hand war, um mir den gewünschten Aufbruch zu verschaffen, und Hindernisse aus dem Wege geräumt waren, so mußte ich ein ebenso großer Trottel sein wie Drummle, wenn ich weniger getan hätte.

Ich hatte Mr. Wemmick seit einigen Wochen nicht gesehen, als ich ihm einen Brief schreiben und ihm vorschlug, an einem bestimmten Abend mit ihm nach Hause zu gehen. Er antwortete, es würde ihm viel Freude bereiten, und er würde mich um sechs Uhr im Bureau erwarten. Dorthin ging ich, und da fand ich ihn, wie er den Schlüssel zu seinem Schrank auf den Rücken legte, als die Uhr schlug.

„Haben Sie daran gedacht, nach Walworth hinunterzugehen?" fragte er.

„Gewiß," sagte ich: „wenn Sie damit einverstanden sind."

„Sehr gerne," antwortete Wemmick: „denn ich habe den ganzen Tag meine Beine unter dem Schreibtisch gehabt und werde sie gern ausstrecken. Nun, ich will Ihnen sagen, was ich zum Abendessen bekommen habe, Mr. Pip. Ich habe ein geschmortes Steak, das ich zu Hause zubereitet habe, und einen kalten gebratenen Huhn, der aus der Köchei kommt. Ich glaube, es ist zärtlich, denn der Meister des Ladens war neulich in einigen Fällen von uns Geschworener, und wir ließen ihn leicht im Stich." Ich erinnerte ihn daran, als ich das Huhn kaufte, und sagte: „Such uns ein gutes aus, alter Brite, denn wenn wir dich noch ein oder zwei Tage in der Kiste gelassen hätten, hätten wir es leicht machen können." Er sprach dazu: „Laß mich dir das beste Geflügel im Laden zum Geschenk machen." Ich ließ ihn natürlich. Was es angeht, ist es Eigentum und tragbar. Sie haben nichts gegen einen alten Elternteil, hoffe ich?"

Ich glaubte wirklich, er sprach noch immer von dem Huhn, bis er hinzufügte: „Weil ich einen alten Vater bei mir habe." Dann sagte ich, was Höflichkeit erforderte.

„Sie haben also noch nicht mit Mr. Jaggers zu Abend gegessen?" fuhr er fort, als wir weitergingen.

„Noch nicht."

„Das hat er mir heute nachmittag gesagt, als er dich kommen hörte. Ich gehe davon aus, daß Sie morgen eine Einladung erhalten werden. Er wird auch deine Kumpels fragen. Drei von ihnen; nicht wahr?"

Obgleich ich nicht die Gewohnheit hatte, Drummle zu meinen vertrauten Vertrauten zu zählen, antwortete ich: „Ja."

„Nun, er wird die ganze Bande fragen" - ich fühlte mich bei diesem Wort kaum beglückwünscht - „und was er dir gibt, wird er dir Gutes geben. Freuen Sie sich nicht auf Abwechslung, aber Sie werden Exzellenz haben. Und es gibt noch ein Rum-Ding in seinem Hause," fuhr Wemmick nach einer kurzen Pause fort, als ob die Bemerkung auf die Haushälterin folgte; „Er läßt nachts nie eine Tür oder ein Fenster zumachen."

„Ist er nie bestohlen worden?"

„Das ist es!" entgegnete Wemmick. Er sagt, und gibt es öffentlich: „Ich will den Mann sehen, der mich ausraubt." Gott segne Sie, ich habe ihn hundertmal sagen hören, wenn ich ihn einmal gehört habe, zu den normalen Crackern in unserem Frontoffice: „Ihr wisst, wo ich wohne; Nun wird dort nie ein Bolzen gezogen; Warum machen Sie nicht ein Geschäft mit mir? Kommen; Kann ich dich nicht in Versuchung führen?" Kein Mann von ihnen, Sir, würde es kühn genug sein, es aus Liebe oder Geld daran zu versuchen.

„Sie fürchten ihn so sehr?" fragte ich.

„Fürchten Sie ihn!" sagte Wemmick. „Ich glaube dir, sie fürchten ihn. Nicht aber das, was er listig versteht, selbst wenn er sich ihnen widersetzt. Kein Silber, Sir. Britannia Metal, jeder Löffel."

„Sie würden also nicht viel haben," bemerkte ich, "selbst wenn sie ..."

„Ah! Aber *er* würde viel haben," unterbrach mich Wemmick: „und sie wissen es. Er würde ihr Leben haben, und das Leben von Dutzenden von ihnen. Er würde alles haben, was er kriegen konnte. Und es ist unmöglich zu sagen, was er nicht bekommen könnte, wenn er sich darauf einließe."

Ich verfiel in eine Meditation über die Größe meines Vormunds, als Wemmick bemerkte:

„Was das Fehlen von Plate anbelangt, so ist das nur seine natürliche Tiefe, weißt du. Ein Fluss ist seine natürliche Tiefe, und er ist seine natürliche Tiefe. Schauen Sie sich seine Uhrkette an. Das ist real genug."

„Er ist sehr massiv," sagte ich.

„Massiv?" wiederholte Wemmick. „Ich denke schon. Und seine Uhr ist eine goldene Repetition und hundert Pfund wert, wenn sie einen Pfennig wert ist. Mr. Pip, es gibt ungefähr siebenhundert Diebe in dieser Stadt, die alles über diese Uhr wissen; Es gibt keinen Mann, keine Frau und kein Kind unter ihnen, das nicht das kleinste Glied in dieser Kette erkennen und es wie glühend glühend fallen lassen würde, wenn man es dazu verleitete, es zu berühren."

Zuerst mit solchen Reden, später mit Gesprächen allgemeinerer Art betörten Herr Wemmick und ich die Zeit und den Weg, bis er mir zu verstehen gab, daß wir in der Gegend von Walworth angekommen seien.

Es schien eine Ansammlung von Seitengassen, Gräben und kleinen Gärten zu sein und den Anschein eines ziemlich langweiligen Ruhestands zu bieten. Wemmicks Haus war ein kleines hölzernes Häuschen inmitten eines Gartens, und die Spitze des Hauses war ausgeschnitten und gestrichen wie eine mit Gewehren bestückte Batterie.

„Mein eigenes Werk," sagte Wemmick. „Sieht hübsch aus; nicht wahr?"

Ich habe es sehr gelobt, ich glaube, es war das kleinste Haus, das ich je gesehen habe; mit den sonderbarsten gotischen Fenstern (der weitaus größte Teil davon ist Scheinfenster) und einer gotischen Tür, die fast zu klein war, um hineinzukommen.

„Das ist ein richtiger Fahnenmast," sagte Wemmick: „und sonntags halte ich eine richtige Flagge hoch. Dann schauen Sie hier. Nachdem ich diese Brücke überquert habe, hebe ich sie hoch - so - und unterbreche die Verbindung."

Die Brücke war ein Brett und überquerte einen Abgrund, der etwa vier Fuß breit und zwei Fuß tief war. Aber es war sehr angenehm, den Stolz zu sehen, mit dem er es in die Höhe hob und schnell machte; Er lächelte dabei, genüsslich und nicht nur mechanisch.

„Jeden Abend um neun Uhr Greenwich-Zeit," sagte Wemmick: „feuert das Gewehr. Da ist er, siehst du! Und wenn man ihn gehen hört, wird man wohl sagen, er ist ein Stinger."

Das erwähnte Geschütz war in einer abgesonderten Festung aufgestellt, die aus Gitterwerk erbaut war. Er war vor der Witterung durch eine raffinierte kleine Plane in der Art eines Regenschirms geschützt.

„Dann, hinten," sagte Wemmick: „außer Sichtweite, um den Gedanken an Befestigungen nicht zu behindern – denn bei mir ist es ein Grundsatz: Wenn Sie einen Gedanken haben, führen Sie ihn aus und halten Sie ihn aufrecht – ich weiß nicht, ob das Ihre Meinung ist" – sagte ich entschieden.

„Hinten steht ein Schwein, und da sind Hühner und Kaninchen; dann setze ich mein eigenes kleines Gestell zusammen und züchte Gurken; und du wirst beim Abendessen beurteilen, was für einen Salat ich aufbringen kann. Also, Sir," sagte Wemmick und lächelte wieder, aber auch ernst, indem er den Kopf schüttelte: „wenn Sie annehmen können, daß der kleine Ort belagert ist, so würde er an Lebensmitteln eine verdammt gute Zeit bereithalten."

Dann führte er mich zu einer Laube, die etwa ein Dutzend Schritte entfernt lag, die aber durch so raffinierte Wegwindungen erreicht war, daß es ziemlich lange dauerte, sie zu erreichen; Und in diesem Rückzugsort wurden unsere Gläser schon aufgestellt. Unser Punsch kühlte in einem Ziersee ab, an dessen Rand die Laube erhoben war. Dieses Stück Wasser (mit einer Insel in der Mitte, die der Salat zum Abendessen hätte sein können) war von kreisförmiger Form, und er hatte darin einen Brunnen gebaut, der, wenn man eine kleine Mühle in Gang setzte und einen Korken aus einer Pfeife nahm, so mächtig spielte, daß man den Handrücken ganz nass machte.

„Ich bin mein eigener Ingenieur und mein eigener Zimmermann und mein eigener Klempner und mein eigener Gärtner und mein eigener Tausendsassa," sagte Wemmick, indem er meine Komplimente annahm. „Nun; Das ist eine gute Sache, weißt du. Es wischt die Spinnweben von Newgate weg und erfreut die Alten. Es würde Ihnen nichts ausmachen, sofort den Alten vorgestellt zu werden, nicht wahr? Es würde dich nicht rauswerfen?"

Ich drückte meine Bereitschaft aus, und wir gingen in das Schloß. Da fanden wir am Feuer sitzend einen sehr alten Mann in einem Flanellrock: sauber, fröhlich, behaglich und gut gepflegt, aber sehr taub.

„Wohlgealterter Vater," sagte Wemmick und schüttelte ihm in einer herzlichen und scherzhaften Weise die Hand: „wie geht es Ihnen?"

„In Ordnung, John; Gut!" antwortete der Alte.

„Hier ist Mr. Pip, ein alter Vater," sagte Wemmick: „und ich wünschte, Sie könnten seinen Namen hören. Nicken Sie ihm zu, Mr. Pip; Das ist es, was er mag. Nicken Sie ihm zu, wenn Sie wollen, wie ein Zwinkern!"

"Das ist ein schöner Ort für meinen Sohn, Sir," rief der alte Mann, während ich so heftig nickte, wie ich nur konnte. "Das ist ein hübscher Vergnügungsplatz, Sir. Dieser Ort und diese schönen Werke darauf sollten von der Nation nach der Zeit meines Sohnes zum Vergnügen des Volkes zusammengehalten werden."

„Du bist so stolz darauf wie Kasperle; Nicht wahr, Alter?" sagte Wemmick, indem er den alten Mann mit sehr hartem Gesicht betrachtete; „*da ist* ein Nicken für dich," und gab ihm einen gewaltigen; „*da ist* noch ein anderer für dich," indem er ihm einen noch gewaltigeren gab; „Das gefällt dir, nicht wahr? Wenn Sie nicht müde sind, Mr. Pip - obwohl ich weiß, daß es für Fremde ermüdend ist -, werden Sie ihm noch ein Trinkgeld geben? Du kannst dir nicht vorstellen, wie es ihm gefällt."

Ich gab ihm noch ein paar Trinkgelder, und er war bester Dinge. Wir ließen ihn sich anstrengen, um die Hühner zu füttern, und setzten uns zu unserem Punsch in die Laube; wo Wemmick mir erzählte, während er eine Pfeife rauchte, daß er viele Jahre gebraucht habe, um das Anwesen auf den jetzigen Stand der Vollkommenheit zu bringen.

„Ist es Ihr eigenes, Mr. Wemmick?"

„O ja," sagte Wemmick: „ich habe es nach und nach erwischt. Es ist ein Freehold, von George!"

„Ist es das wirklich? Ich hoffe, Mr. Jaggers bewundert es?"

„Habe es noch nie gesehen," sagte Wemmick. „Noch nie davon gehört. Nie einen Alten gesehen. Noch nie von ihm gehört. Nein; Das Büro ist das eine, das Privatleben das andere. Wenn ich das Büro betrete, lasse ich das Schloss hinter mir, und wenn ich das Schloss betrete, lasse ich das Büro hinter mir. Wenn es Ihnen in keiner Weise unangenehm ist, werden Sie mir die Ehre erweisen, dasselbe zu tun. Ich möchte nicht, dass professionell darüber gesprochen wird."

Natürlich fühlte ich, daß mein guter Glaube mit der Befolgung seiner Bitte verbunden war. Da der Punsch sehr gut war, saßen wir da und tranken ihn und unterhielten uns, bis es fast neun Uhr war. „In die Nähe von Kanonenschüssen," sagte Wemmick dann, indem er seine Pfeife niederlegte; „Es ist der Leckerbissen der Alten."

Als wir wieder in das Schloß eintraten, fanden wir den Alten mit erwartungsvollen Augen den Schürhaken erhitzend, als Vorbereitung auf die Aufführung dieser großen nächtlichen Zeremonie. Wemmick stand mit der Uhr in der Hand, bis der Augenblick gekommen war, den glühenden Schürhaken von den Alten zu nehmen und die Batterie zu reparieren. Er nahm ihn und ging hinaus, und alsbald ging der Stachel mit einem Knall los, der das verrückte Kästchen eines Häuschens erschütterte, als müßte es in Stücke fallen, und jedes Glas und jede Teetasse darin zum Klingen brachte. Darauf schrie der Alte, der, wie ich glaube, aus seinem Lehnstuhl geblasen worden wäre, wenn er sich nicht an den Ellbogen festgehalten hätte, jubelnd: „Er ist gefeuert! Ich habe ihn gehört!" und ich nickte dem alten Herrn zu, bis es keine Redewendung mehr ist, zu erklären, daß ich ihn absolut nicht sehen konnte.

Die Zeit zwischen dieser Zeit und dem Abendessen widmete Wemmick der Vorführung seiner Sammlung von Kuriositäten. Sie waren meist von verbrecherischem Charakter; sie bestanden aus der Feder, mit der eine berühmte Fälschung begangen worden war, einem oder zwei vornehmen Rasiermessern, einigen Haarlocken und mehreren handgeschriebenen Geständnissen, die unter Verurteilung geschrieben worden waren, und auf die Mr. Wemmick besonderen Wert legte, um seine eigenen Worte zu gebrauchen: „Jeder von ihnen lügt, Sir." Diese waren angenehm zerstreut zwischen kleinen Exemplaren von Porzellan und Glas, verschiedenen hübschen Kleinigkeiten, die der Besitzer des Museums angefertigt hatte, und einigen Tabakstopfen, die von den Alten geschnitzt worden waren. Sie waren alle in dem Zimmer des Schlosses ausgestellt, in das ich zuerst eingeführt worden war, und das nicht nur als allgemeines Wohnzimmer, sondern auch als Küche diente, wenn ich nach einem Topf auf dem Herd und einem ehernen Bijou über dem Kamin urteilen darf, das zur Aufhängung eines Bräters bestimmt war.

Es war ein hübsches kleines Mädchen anwesend, das sich tagsüber um die Alten kümmerte. Als sie das Abendbrottuch ausgelegt hatte, wurde die Brücke herabgelassen, um ihr einen Ausgang zu verschaffen, und sie zog sich für die Nacht zurück. Das Abendessen war vortrefflich; und obgleich das Schloß so sehr der Hausschwammfäule unterworfen war, daß es wie eine schlechte Nuß schmeckte, und obgleich das Schwein noch weiter weg hätte sein können, so freute ich mich doch herzlich über meine ganze Unterhaltung. Auch gab es in meinem kleinen Türmchenschlafzimmer keinen Nachteil, abgesehen davon, daß zwischen mir und dem Fahnenmast eine so dünne Decke war, daß es mir vorkam, als müßte ich, wenn ich mich im Bett auf den Rücken legte, die ganze Nacht über die Stange auf meiner Stirn balancieren.

Wemmick stand früh am Morgen auf, und ich fürchte, ich hörte, wie er meine Stiefel putzte. Darauf wandte er sich der Gartenarbeit zu, und ich sah ihn von meinem gotischen Fenster aus, wie er tat, als ob er den Alten beschäftigte, und ihm in einer sehr hingebungsvollen Weise zunickte. Unser Frühstück war so gut wie das Abendessen, und pünktlich um halb acht brachen wir nach Little Britain auf. Nach und nach wurde Wemmick trockener und härter, während wir weitergingen, und sein Mund verengte sich wieder zu einem Postamt. Endlich, als wir bei seinem Geschäftssitz angelangt waren und er den Schlüssel aus dem Rockkragen zog, sah er seines Besitzes in Walworth so unbewußt aus, als ob das Schloß und die Zugbrücke und die Laube und der See und der Brunnen und die Alten alle zusammen durch die letzte Entladung des Stinger in den Weltraum geweht worden wären.

KAPITEL XXVI.

Es stellte sich heraus, wie Wemmick es mir gesagt hatte, daß ich schon früh Gelegenheit hatte, das Etablissement meines Vormunds mit dem seines Kassierers und Beamten zu vergleichen. Mein Vormund war in seinem Zimmer und wusch sich die Hände mit seiner duftenden Seife, als ich von Walworth in das Bureau trat; und er rief mich zu sich und gab mir die Einladung für mich und meine Freunde, auf die Wemmick mich vorbereitet hatte. „Keine Zeremonie," befahl er: „und kein Abendkleid, und sagen Sie morgen." Ich fragte ihn, wohin wir kommen sollten (denn ich hatte keine Ahnung, wo er wohnte), und ich glaube, es war seine allgemeine Abneigung, irgend etwas wie ein Geständnis zu machen, daß er antwortete: "Komm her, ich nehme dich mit nach Hause." Ich ergreife diese Gelegenheit, um zu bemerken, dass er seine Kunden abgewaschen hat, als wäre er ein Chirurg oder Zahnarzt. Er hatte einen eigens eingerichteten Schrank in seinem Zimmer, der nach der duftenden Seife roch wie in einem Parfümeursladen. Er hatte ein ungewöhnlich großes Handtuch auf einer Rolle in der Tür, und er wusch sich die Hände, wischte sie ab und trocknete sie über das ganze Handtuch, wenn er von einem Polizeigericht kam oder einen Kunden aus seinem Zimmer entließ. Als ich und meine Freunde am nächsten Tage um sechs Uhr zu ihm kamen, schien er mit einem Fall von dunklerer Hautfarbe als gewöhnlich beschäftigt gewesen zu sein, denn wir fanden ihn mit dem Kopf in den Schrank gesteckt, wo er sich nicht nur die Hände wusch, sondern auch sein Gesicht wusch und seine Kehle gurgelte. Und selbst als er das alles getan und um das Handtuch herumgegangen war, zog er sein Taschenmesser heraus und kratzte das Etui aus seinen Nägeln, bevor er seinen Mantel anzog.

Es gab einige Leute, die wie gewöhnlich umherschlichen, wenn wir auf die Straße hinausgingen, und die augenscheinlich begierig waren, mit ihm zu sprechen; aber es lag etwas so Schlüssiges in dem Heiligenschein duftender Seife, der seine Gegenwart umgab, daß sie ihn für diesen Tag aufgaben. Als wir westwärts gingen, erkannte man ihn immer wieder von einem Gesicht in der Menge der

Straßen, und jedesmal, wenn das geschah, sprach er lauter mit mir; aber sonst erkannte er niemanden und bemerkte auch nicht, daß ihn jemand erkannte.

Er führte uns in die Gerrard Street in Soho, zu einem Haus auf der Südseite dieser Straße. Ziemlich ein stattliches Haus seiner Art, aber kläglich arm an Malerarbeiten und mit schmutzigen Fenstern. Er zog seinen Schlüssel heraus und öffnete die Tür, und wir traten alle in einen steinernen Saal, kahl, düster und wenig benutzt. Also geht es eine dunkelbraune Treppe hinauf in eine Reihe von drei dunkelbraunen Räumen im ersten Stock. An den getäfelten Wänden hingen geschnitzte Girlanden, und als er zwischen ihnen stand und uns begrüßte, weiß ich, wie sie meiner Meinung nach aus Schleifen aussahen.

Das Abendessen wurde in dem besten dieser Zimmer eingenommen; das zweite war sein Ankleidezimmer; das dritte, sein Schlafzimmer. Er erzählte uns, dass er das ganze Haus besaß, aber selten mehr davon benutzte, als wir sahen. Der Tisch war bequem gedeckt – natürlich kein Silber im Service –, und an der Seite seines Stuhles saß ein geräumiger Speisekellner, auf dem eine Vielzahl von Flaschen und Karaffen standen, und vier Schüsseln Obst zum Nachtisch. Ich bemerkte die ganze Zeit, dass er alles unter seiner eigenen Hand behielt und alles selbst verteilte.

Im Zimmer stand ein Bücherschrank; Ich habe auf der Rückseite der Bücher gesehen, dass es sich um Beweise, Strafrecht, Kriminalbiographie, Prozesse, Parlamentsbeschlüsse und solche Dinge handelte. Die Möbel waren alle sehr solide und gut, wie seine Uhrkette. Es hatte jedoch ein offizielles Aussehen, und es war nichts rein Dekoratives zu sehen. In einer Ecke stand ein kleiner Tisch mit Papieren mit einer Schirmlampe, so daß es ihm schien, als bringe er auch in dieser Hinsicht das Bureau mit nach Hause und schob es eines Abends zur Arbeit.

Da er meine drei Gefährten bis jetzt kaum gesehen hatte, denn er und ich waren zusammen gegangen, so stand er, nachdem er die Glocke geläutet hatte, auf dem Kaminteppich und sah sie forschend an. Zu meiner Überraschung schien er sich sofort hauptsächlich, wenn nicht sogar ausschließlich für Drummle zu interessieren.

„Pip," sagte er, legte seine große Hand auf meine Schulter und führte mich ans Fenster: „ich kenne das eine nicht vom andern. Wer ist die Spinne?"

„Die Spinne?" fragte ich.

„Der fleckige, ausladende, mürrische Kerl."

„Das ist Bentley Drummle," antwortete ich; „Der mit dem zarten Gesicht ist Startop."

Er machte nicht die geringste Rede von „dem mit dem zarten Gesicht" und entgegnete: „Bentley Drummle ist sein Name, nicht wahr? Ich mag das Aussehen des Kerls."

Er fing sogleich an, mit Drummle zu reden, ohne sich von seiner Antwort in seiner schweren, zurückhaltenden Art abschrecken zu lassen, sondern offenbar durch sie veranlaßt zu werden, ihm die Rede aus dem Leibe zu treiben. Ich sah die beiden an, als zwischen mir und ihnen die Haushälterin trat und die erste Schüssel für den Tisch hatte.

Sie war eine Frau von etwa vierzig Jahren, wie ich annahm, aber ich mochte sie für jünger gehalten haben, als sie war. Ziemlich groß, von geschmeidiger, flinker Gestalt, außerordentlich bleich, mit großen, verblichenen Augen und einer Menge wallender Haare. Ich kann nicht sagen, ob irgend eine kranke Affektion des Herzens veranlaßt hat, daß ihre Lippen sich öffneten, als ob sie keuchte, und daß ihr Antlitz einen eigentümlichen Ausdruck von Plötzlichkeit und Flattern trug; aber ich weiß, daß ich Macbeth vor ein oder zwei Abenden im Theater gesehen hatte, und daß ihr Gesicht mir so vorkam, als ob es von feuriger Luft ganz gestört wäre, wie die Gesichter, die ich aus dem Hexenkessel hatte aufsteigen sehen.

Sie setzte die Schüssel auf, berührte meinen Vormund leise mit einem Finger am Arm, um ihm mitzuteilen, daß das Essen fertig sei, und verschwand. Wir setzten uns an den runden Tisch, und mein Vormund hielt Drummle auf der einen Seite, während Startop auf der andern saß. Es war ein edles Gericht mit Fischen, das die Haushälterin auf den Tisch gebracht hatte, und wir aßen nachher ein Stück von ebenso erlesenem Hammelfleisch und dann einen ebenso erlesenen Vogel. Soßen, Weine, alles, was wir brauchten, und alles Gute wurden von unserem Wirt von seinem Speiseaufschlag ausgegeben; und wenn sie den Tisch umrundet hatten, stellte er sie immer wieder zurück. Ebenso teilte er uns für jeden Gang saubere Teller und Messer und Gabeln aus und ließ die eben entleerten in zwei Körbe auf den Boden neben seinem Stuhl fallen. Außer der Haushälterin erschien keine andere Dienerin. Sie machte sich an jede Schüssel; und ich sah in ihrem Gesicht immer ein Gesicht, das aus dem Kessel aufstieg. Jahre später machte ich dieser Frau ein schreckliches Bildnis, indem ich ein Gesicht, das keine andere natürliche Ähnlichkeit mit ihm hatte, als das von wallendem Haar herrührte, hinter einer Schüssel mit flammendem Branntwein in einem dunklen Zimmer vorbeigehen ließ.

Veranlaßt durch ihre eigene auffallende Erscheinung und durch Wemmicks Vorbereitung, die Haushälterin besonders zu beachten, bemerkte ich, daß sie, wenn sie im Zimmer war, ihre Augen aufmerksam auf meinen Vormund richtete und die Hände von jeder Schüssel, die sie ihm vorsetzte, zögernd entfernte, als fürchtete sie, daß er sie zurückrief. und er möge sprechen, wenn sie in der Nähe sei, wenn er etwas zu sagen hätte. Ich glaubte, in seinem Benehmen ein Bewußtsein dessen zu erkennen und die Absicht, sie stets in Atem zu halten.

Das Diner verlief heiter, und obgleich mein Vormund den Untertanen eher zu folgen schien, als daß er sie hervorbrachte, so wußte ich doch, daß er uns den schwächsten Teil unserer Gesinnung entriss. Was mich anbelangt, so fand ich, daß ich meine Neigung ausdrückte, Ausgaben zu verschwenden, Herbert zu bevormunden und mich meiner großen Aussichten zu rühmen, ehe ich ganz wußte, daß ich die Lippen aufgemacht hatte. So war es bei uns allen, aber bei niemandem mehr als bei Drummle, dessen Neigung, die übrigen widerwillig und mißtrauisch zu umgürten, aus ihm herausgeschraubt wurde, ehe der Fisch herausgenommen wurde.

Erst jetzt, als wir beim Käse angelangt waren, drehte sich unser Gespräch um unsere Ruderkunststücke, und Drummle wurde dafür gerühmt, daß er eine Nacht auf seine langsame, amphibische Weise hinter sich gelassen hatte. Hierauf theilte er unserm Wirt mit, daß er unser Zimmer unserer Gesellschaft vorziehe, und daß er an Geschicklichkeit mehr sei als unser Herr, und daß er uns an Kraft wie Spreu zerstreuen könne. Durch eine unsichtbare Einwirkung brachte ihn mein Vormund wegen dieser Kleinigkeit zu einer Schärfe, die an Grausamkeit grenzte; Und er entblößte und spannte seinen Arm, um zu zeigen, wie muskulös er war, und wir alle entblößten und streckten unsere Arme in einer lächerlichen Weise.

Nun räumte die Haushälterin gerade den Tisch ab; Mein Vormund, der sich nicht um sie kümmerte, sondern die Seite seines Gesichts von ihr abgewandt hatte, lehnte sich in seinem Stuhl zurück, biß sich in die Seite des Zeigefingers und zeigte ein Interesse an Drummle, das mir ganz unerklärlich war. Plötzlich schlug er mit seiner großen Hand auf die der Haushälterin, wie eine Falle, als sie sie über den Tisch streckte. Er tat dies so plötzlich und klug, dass wir alle in unserem törichten Streit innehielten.

„Wenn Sie von Stärke sprechen," sagte Herr Jaggers: „*so* zeige ich Ihnen ein Handgelenk. Molly, lass sie dein Handgelenk sehen."

Ihre eingeklemmte Hand lag auf dem Tisch, aber sie hatte ihre andere Hand bereits hinter ihre Taille gelegt. „Meister," sagte sie mit leiser Stimme, die Augen aufmerksam und flehend auf ihn geheftet. „Tu es nicht."

„*Ich* werde Ihnen ein Handgelenk zeigen," wiederholte Mr. Jaggers mit dem unerschütterlichen Entschluß, es zu zeigen. „Molly, lass sie dein Handgelenk sehen."

„Meister," murmelte sie wieder. „Bitte!"

„Molly," sagte Mr. Jaggers, indem er sie nicht ansah, sondern hartnäckig auf die entgegengesetzte Seite des Zimmers blickte: „lassen Sie sie Ihre beiden Handgelenke sehen. Zeigen Sie ihnen. Komm!"

Er nahm seine Hand von der ihren und drehte das Handgelenk auf den Tisch. Sie zog die andere Hand von hinten hervor und streckte die beiden nebeneinander aus. Das letzte Handgelenk war stark entstellt, tief vernarbt und quer und breit vernarbt. Als sie die Hände ausstreckte, wandte sie ihre Augen von Mr. Jaggers ab und richtete sie wachsam auf jeden von uns übrigen.

„Hier ist Kraft," sagte Mr. Jaggers und zeichnete kühl mit dem Zeigefinger die Sehnen nach. „Nur sehr wenige Männer haben die Kraft des Handgelenks wie diese Frau. Es ist bemerkenswert, welch bloße Griffkraft in diesen Händen steckt. Ich hatte Gelegenheit, viele Hände zu bemerken; aber ich habe in dieser Hinsicht, weder eines Mannes noch einer Frau, einen stärkeren gesehen als diese."

Während er diese Worte in einem gemächlichen, kritischen Stil sagte, fuhr sie fort, jeden von uns in regelmäßiger Folge anzusehen, während wir saßen. In dem Augenblick, als er schwieg, sah sie ihn wieder an. „Das genügt, Molly," sagte Mr. Jaggers und nickte ihr leicht zu. „Du bist bewundert worden und kannst gehen." Sie zog die Hände zurück und ging aus dem Zimmer, und Herr Jaggers steckte die Karaffen von seinem stummen Kellner auf, füllte sein Glas und reichte den Wein herum.

„Um halb neun, meine Herren," sagte er: „müssen wir uns trennen. Betet, dass ihr eure Zeit so gut wie möglich nutzt. Ich freue mich, euch alle zu sehen. Herr Drummle, ich trinke auf Sie."

Wenn seine Absicht, Drummle herauszupicken, darin bestand, ihn noch mehr herauszuholen, so ist es vollkommen gelungen. In einem mürrischen Triumph zeigte Drummle seine mürrische Abwertung für us übrige, und zwar in einem immer offensiveren Grade, bis er geradezu unerträglich wurde. Durch alle seine Stadien hindurch folgte ihm Mr. Jaggers mit demselben seltsamen Interesse. Er schien tatsächlich als Würze für Mr. Jaggers' Wein zu dienen.

In unserem knabenhaften Mangel an Diskretion tranken wir wohl zu viel, und ich weiß, daß wir zu viel geredet haben. Besonders erregt wurden wir bei einem grobschlächtigen Spott von Drummle, der besagte, daß wir zu frei mit unserem

Geld umgingen. Das veranlaßte mich, mit mehr Eifer als Diskretion zu bemerken, daß es von ihm mit einer bösen Gnade gekommen sei, dem Startop erst vor einer Woche oder so in meiner Gegenwart Geld geliehen hatte.

„Nun," erwiderte Drummle; „Er wird bezahlt werden."

„Ich will nicht andeuten, daß er es nicht tun wird," sagte ich: „aber es könnte Sie veranlassen, über uns und unser Geld den Mund zu halten, sollte ich meinen."

„*Du* solltest nachdenken!" entgegnete Drummle. „Oh Herr!"

„Ich wage zu behaupten," fuhr ich fort, indem ich sehr streng meinte, „daß Sie keinem von uns Geld leihen würden, wenn wir es wollten."

„Sie haben recht," sagte Drummle. „Ich würde keinem von euch einen Sixpence leihen. Ich würde niemandem einen Sixpence leihen."

„Eher gemein, unter diesen Umständen zu borgen, sollte ich sagen."

„*Das solltest du* sagen," wiederholte Drummle. „Oh Herr!"

Das war um so ärgerlicher, um so mehr, als ich mich nicht gegen seine mürrische Stumpfheit wehren konnte, daß ich, ohne auf Herberts Bemühungen, mich zu beschränken, achtete, sagte:

„Kommen Sie, Mr. Drummle, da wir schon bei der Sache sind, so will ich Ihnen erzählen, was zwischen Herbert hier und mir vorgefallen ist, als Sie das Geld geborgt haben."

„*Ich* will nicht wissen, was zwischen Herbert und dir vorgefallen ist," knurrte Drummle. Und ich glaube, er fügte mit einem leiseren Knurren hinzu, daß wir beide zum Teufel gehen und uns schütteln könnten.

„Ich will es Ihnen aber sagen," sagte ich: „ob Sie es wissen wollen oder nicht. Wir sagten, als du es sehr froh in die Tasche stecktest, es zu bekommen, scheinst du dich ungeheuer darüber zu amüsieren, daß er so schwach war, es zu leihen."

Drummle lachte geradezu und saß lachend in unseren Gesichtern, die Hände in den Taschen und die runden Schultern erhoben; was deutlich bedeutete, daß es ganz wahr sei und daß er uns als Esel verachtete.

Hierauf nahm ihn Startop bei der Hand, wenn auch mit einer viel besseren Anmut, als ich gezeigt hatte, und ermahnte ihn, ein wenig angenehmer zu sein. Da Startop ein lebhafter, aufgeweckter junger Bursche war, und Drummle das genaue Gegenteil war, war letzterer immer geneigt, ihn als eine direkte persönliche Beleidigung zu verübeln. Er erwiderte jetzt in einer groben, klumpigen Weise, und Startop versuchte, die Diskussion mit einer kleinen Höflichkeit abzulenken, die uns alle zum Lachen brachte. Drummle, der sich über diesen kleinen Erfolg mehr als über alles andere ärgerte, zog ohne jede Drohung oder Warnung die Hände aus den Taschen, senkte die runden Schultern, fluchte, ergriff ein großes Glas und hätte es seinem Gegner an den Kopf geworfen, wenn nicht unser Unterhalter es in dem Augenblick, als es zu diesem Zweck erhoben wurde, geschickt ergriffen hätte.

„Meine Herren," sagte Mr. Jaggers, indem er bedächtig das Glas absetzte und seinen goldenen Repetierer an der massiven Kette hervorzog: „es tut mir außerordentlich leid, Ihnen mitteilen zu müssen, daß es halb neun ist."

Auf diesen Wink erhoben wir uns alle, um uns zu entfernen. Bevor wir an der Straßentür ankamen, nannte Startop Drummle fröhlich „Old Boy," als wäre nichts passiert. Aber der alte Knabe war so weit davon entfernt, zu antworten, daß er nicht einmal auf derselben Seite des Weges nach Hammersmith gehen wollte; Herbert und ich, die wir in der Stadt geblieben waren, sahen sie die Straße von entgegengesetzten Seiten hinuntergehen; Startop voran, und Drummle blieb im Schatten der Häuser zurück, so wie er es gewohnt war, in seinem Boot zu folgen.

Da die Tür noch nicht geschlossen war, dachte ich, ich würde Herbert einen Augenblick dort lassen und wieder hinauflaufen, um ein Wort mit meinem Vormund zu sprechen. Ich fand ihn in seinem Ankleidezimmer, umgeben von seinem Stiefelvorrat, schon fleißig dabei, seine Hände in Unschuld zu waschen.

Ich sagte ihm, ich sei wieder heraufgekommen, um ihm zu sagen, wie leid es mir tue, daß etwas Unangenehmes geschehen sei, und daß ich hoffe, er werde mir nicht viel Vorwürfe machen.

„Puh!" sagte er, indem er sein Gesicht verwischte und durch die Wassertropfen sprach; „Es ist nichts, Pip. Aber ich mag diese Spinne."

Er hatte sich jetzt zu mir umgedreht und schüttelte den Kopf, pustete und trocknete sich.

„Es freut mich, daß Sie ihn mögen, Sir," sagte ich: „aber ich tue es nicht."

„Nein, nein," stimmte mein Vormund zu; „Hab nicht zu viel mit ihm zu tun. Halten Sie sich so weit wie möglich von ihm fern. Aber ich mag den Burschen, Pip; Er ist einer von der wahren Sorte. Nun, wenn ich eine Wahrsagerin wäre ..."

Als ich aus dem Handtuch schaute, fiel er mir ins Auge.

„Aber ich bin kein Wahrsager," sagte er, ließ den Kopf in ein Handtuch sinken und trocknete sich an den beiden Ohren. „Du weißt, was ich bin, nicht wahr? Gute Nacht, Pip."

„Gute Nacht, Sir."

Ungefähr einen Monat später war die Zeit der Spinne bei Mr. Pocket für immer vorbei, und zur großen Erleichterung des ganzen Hauses außer Mrs. Pocket ging er nach Hause in das Familienloch.

KAPITEL XXVII.

„MEIN LIEBER MR. PIP:

Ich schreibe dies auf Bitten von Mr. Gargery, um Ihnen mitzuteilen, daß er in Begleitung von Mr. Wopsle nach London reist und sich freuen würde, wenn es Ihnen gestattet wäre, Sie sehen zu dürfen. Er besuchte Barnard's Hotel am Dienstagmorgen um neun Uhr, und wenn er nicht einverstanden war, so bat er um Nachricht. Deine arme Schwester ist noch so gut wie damals, als du gegangen bist. Wir sprechen jeden Abend in der Küche von dir und fragen uns, was du sagst und tust. Wenn man es jetzt im Lichte einer Freiheit betrachtet, so entschuldigt es aus Liebe zu den armen alten Zeiten. Nicht mehr, lieber Mr. Pip, von

Ihr stets zuvorkommender und liebevoller Diener, BIDDY."

„P.S. Er wünscht ganz besonders, daß ich schreibe, *was Lerchen sind.* Er sagt, ihr werdet verstehen. Ich hoffe und zweifle nicht, daß es angenehm sein wird, ihn zu sehen, wenn auch ein Gentleman, denn Sie hatten immer ein gutes Herz, und er ist ein würdiger, würdiger Mann. Ich habe ihn alles gelesen, bis auf den letzten kleinen Satz, und er wünscht ganz bestimmt, daß ich noch einmal schreibe, *was Scherzen sind.*"

Ich erhielt diesen Brief am Montagmorgen mit der Post, und daher war der Termin für den nächsten Tag bestimmt. Lassen Sie mich genau gestehen, mit welchen Gefühlen ich Joes Kommen entgegensah.

Nicht mit Vergnügen, obgleich ich durch so viele Bande mit ihm verbunden war; Nein; mit beträchtlicher Unruhe, einiger Demütigung und einem scharfen Gefühl der Inkongruenz. Wenn ich ihn hätte fernhalten können, indem ich Geld bezahlt hätte, hätte ich sicherlich Geld bezahlt. Meine größte Beruhigung war, daß er nach Barnard's Inn und nicht nach Hammersmith kommen würde und daher Bentley Drummle nicht in die Quere kommen würde. Ich hatte wenig

Einwendungen dagegen, daß er von Herbert oder seinem Vater, vor denen ich beide Achtung hatte, gesehen wurde; aber ich besaß die schärfste Sensibilität dafür, daß er von Drummle, den ich verachtete, gesehen wurde. So werden im Laufe des Lebens unsere schlimmsten Schwächen und Gemeinheiten in der Regel zum Wohle der Menschen begangen, die wir am meisten verachten.

Ich hatte angefangen, die Gemächer immer auf irgendeine ganz unnötige und unangemessene Weise zu schmücken, und die Kämpfe mit Barnard erwiesen sich als sehr kostspielig. Zu diesem Zeitpunkt waren die Zimmer schon ganz anders als das, was ich vorgefunden hatte, und ich genoß die Ehre, einige prominente Seiten in den Büchern eines benachbarten Tapezierers zu belegen. Ich war in der letzten Zeit so schnell vorangekommen, daß ich sogar einen Knaben in Stiefeln – hohen Stiefeln – in Knechtschaft und Sklaverei gefangen hatte, von dem man hätte sagen können, daß ich meine Tage verbringe. Denn nachdem ich das Ungeheuer (aus dem Abfall der Familie meiner Waschfrau) gemacht und es mit einem blauen Rock, einer Kanarienweste, einer weißen Krawatte, cremefarbenen Hosen und den schon erwähnten Stiefeln bekleidet hatte, mußte ich ihm ein wenig zu tun und viel zu essen finden; Und mit diesen beiden schrecklichen Anforderungen verfolgte er mein Dasein.

Dieses rächende Gespenst wurde befohlen, am Dienstagmorgen um acht Uhr in der Halle Dienst zu tun (es war zwei Fuß im Quadrat, wie es für die Bodendecke verlangt wurde), und Herbert schlug gewisse Dinge zum Frühstück vor, von denen er glaubte, daß sie Joe gefallen würden. Obgleich ich ihm aufrichtig dankbar war, daß er so interessiert und rücksichtsvoll war, so hatte ich doch ein seltsames, halb provoziertes Gefühl des Verdachts, daß Joe, wenn er ihn besucht hätte, nicht ganz so lebhaft darüber gesprochen hätte.

Indessen kam ich am Montagabend in die Stadt, um mich für Joe fertig zu machen, und ich stand früh am Morgen auf und ließ das Wohnzimmer und den Frühstückstisch ihr prächtigstes Aussehen annehmen. Unglücklicherweise nieselte es am Morgen, und ein Engel konnte nicht verbergen, daß Barnard vor dem Fenster rußige Tränen vergoß, wie ein schwacher Riese von einem Feger.

Als die Zeit heranrückte, wäre ich gern davongelaufen, aber der Rächer befand sich auf Befehl in der Halle, und bald hörte ich Joe auf der Treppe. Ich wußte, daß es Joe war, an seiner unbeholfenen Art, die Treppe hinaufzusteigen – seine Staatsstiefel waren ihm immer zu groß – und an der Zeit, die er brauchte, um die Namen in den anderen Stockwerken während seines Aufstiegs zu lesen. Als er endlich vor unserer Tür stehen blieb, hörte ich, wie sein Finger über die gemalten Buchstaben meines Namens fuhr, und ich hörte ihn später deutlich durch das

Schlüsselloch einatmen. Endlich stieß er einen leisen Schlag aus, und Pepper – so lautete der kompromittierende Name des rächenden Knaben – verkündete: „Mr. Gargery!" Ich dachte, er würde sich nie die Füße abwischen, und ich müßte hinausgegangen sein, um ihn von der Matte zu heben, aber endlich kam er herein.

„Joe, wie geht es dir, Joe?"

„Pip, wie AIR you (Pip), Pip?"

Mit seinem guten, ehrlichen Antlitz, das ganz glühte und glänzte, und dem Hut, den er zwischen uns auf den Boden legte, ergriff er meine beiden Hände und bewegte sie gerade auf und ab, als wäre ich die letzte patentierte Pumpe gewesen.

„Ich freue mich, dich zu sehen, Joe. Gib mir deinen Hut."

Aber Joe, der es vorsichtig mit beiden Händen aufhob, wie ein Vogelnest mit Eiern darin, wollte nichts davon hören, daß er sich von diesem Stück Eigentum trennen sollte, und beharrte darauf, in einer höchst unangenehmen Weise darüber zu sprechen.

„Den hast du, der gewachsen ist," sagte Joe: „und der angeschwollen ist und der vornehm geworden ist." Joe dachte ein wenig nach, ehe er dieses Wort entdeckte; „Damit du gewiß deinem König und deinem Vaterland zur Ehre gehst."

„Und du, Joe, siehst wunderbar gut aus."

„Gott sei Dank," sagte Joe: „ich bin den meisten lieb. Und deine Schwester, sie ist nicht schlimmer als sie war. Und Biddy, sie hat immer Recht und ist bereit. Und jeder Freund ist kein Hintermänner, wenn nicht gar kein Forarder. Ceptin Wopsle; Er hat einen Tropfen getrunken."

Die ganze Zeit über rollte Joe (immer noch mit beiden Händen das Vogelnest sorgfältig hütend) mit den Augen im Zimmer umher und um das geblümte Muster meines Schlafrocks.

„Hast du einen Tropfen getrunken, Joe?"

„Ja," sagte Joe mit gesenkter Stimme: „er hat die Kirche verlassen und ist zur Schauspielerei übergegangen. Und das Schauspiel hat ihn auch mit mir nach London gebracht. Und sein Wunsch war," sagte Joe, indem er das Vogelnest für einen Augenblick unter den linken Arm nahm und mit dem rechten darin nach einem Ei tastete; „wenn es nicht beleidigend ist, wie ich es tun würde, und du das."

Ich nahm, was Joe mir gab, und fand, daß es der zerknitterte Spielplan eines kleinen Theaters in der Metropole war, auf dem in derselben Woche der erste Auftritt „des berühmten Provinzialamateurs von roscianischem Ruhm angekündigt wurde, dessen einzigartige Darbietung auf dem höchsten tragischen Gang unseres Nationalbarden in letzter Zeit in den hiesigen dramatischen Kreisen so großes Aufsehen erregt hat."

„Warst du bei seinem Auftritt, Joe?" Ich erkundigte mich.

„Das *war ich*," sagte Joe mit Nachdruck und Feierlichkeit.

„Gab es eine große Sensation?"

„Ja," sagte Joe: „ja, es waren gewiß ein Stück Orangenschale. Partickler, als er den Geist sieht. Obgleich ich es mir selbst vorstelle, Sir, ob es berechnet wäre, einen Mann mit einem tüchtigen Hirsch bei seiner Arbeit zu halten, fortwährend zwischen ihn und den Geist mit einem ‚Amen!' zu schneiden. Ein Mann mag ein Unglück gehabt haben und in der Kirche gewesen sein," sagte Joe und senkte seine Stimme zu einem streitenden und gefühlvollen Ton: „aber das ist kein Grund, warum Sie ihn zu einem solchen Zeitpunkt hinauswerfen sollten. Was ich meine, wenn man dem Geist des eigenen Vaters nicht gestattet werden kann, seine Aufmerksamkeit zu beanspruchen, was dann, Sir? Noch mehr, wenn seine Trauer unglücklicherweise so gering ist, daß das Gewicht der schwarzen Federn sie abträgt, so versuche sie so zu halten, wie du willst."

Ein Gespensterblick in Joes eigenem Gesicht verriet mir, daß Herbert das Zimmer betreten hatte. Also stellte ich Joe Herbert vor, der seine Hand ausstreckte; aber Joe wich vor ihm zurück und hielt sich an dem Vogelnest fest.

„Ihr Diener, Sir," sagte Joe: „was ich hoffe, da Sie und Pip" – hier fiel sein Blick auf den Rächer, der gerade einen Toast auf den Tisch legte und so deutlich die Absicht bekundete, diesen jungen Herrn zu einem Mitglied der Familie zu machen, daß ich die Stirn runzelte und ihn noch mehr verwirrte – „ich meine, Sie zwei Herren, was ich hoffe, wenn Sie Ihre Elfen in dieser Nähe haben? Denn für den Augenblick mag es ein sehr gutes Wirtshaus sein, nach Londoner Meinung," sagte Joe vertraulich: „und ich glaube, daß sein Charakter es versteht; aber ich würde selbst kein Schwein darin halten, nicht für den Fall, daß ich wollte, daß es gesund mästete und mit einem melleren Geschmack äße."

Nachdem er dieses schmeichelhafte Zeugnis von den Vorzügen unserer Wohnung abgelegt und nebenbei die Neigung gezeigt hatte, mich ‚Sir' zu nennen, lud Joe, sich zu Tisch zu setzen, im ganzen Zimmer nach einem geeigneten Platz umher, auf dem er seinen Hut ablegen könnte, als ob er nur auf einigen sehr wenigen in der Natur seltenen Substanzen einen Ruheplatz finden könnte. und stellte es schließlich auf eine äußerste Ecke des Schornsteins, von wo aus es von Zeit zu Zeit abfiel.

„Trinken Sie Tee oder Kaffee, Mr. Gargery?" fragte Herbert, der immer den Vorsitz über einen Vormittag führte.

„Danke, Sir," sagte Joe, von Kopf bis Fuß steif: „ich nehme, was Ihnen am angenehmsten ist."

„Was sagst du zum Kaffee?"

„Danke, Sir," entgegnete Joe, augenscheinlich entmutigt von dem Vorschlag: „da Sie so gütig sind, einen schicken Kaffee zu machen, so werde ich nicht im Widerspruch zu Ihren eigenen Ansichten stehen. Aber findest du es nicht nie ein bißchen essend?"

„Sagen Sie also Tee," sagte Herbert und schenkte ihn ein.

Hier fiel Joes Hut vom Kaminsims, und er sprang von seinem Stuhl auf, hob ihn auf und setzte ihn genau an die gleiche Stelle. Als wäre es ein absoluter Punkt guter Zucht, dass sie bald wieder abstürzen sollte.

„Wann sind Sie in die Stadt gekommen, Mr. Gargery?"

„War es gestern nachmittag?" fragte Joe, nachdem er hinter der Hand gehustet hatte, als ob er seit seiner Ankunft Zeit gehabt hätte, den Keuchhusten zu fangen. „Nein, das war es nicht. Ja, das war es. Ja. Es war gestern nachmittag" (mit einem Anschein einer Mischung aus Weisheit, Erleichterung und strenger Unparteilichkeit).

„Haben Sie schon etwas von London gesehen?"

„Ja, ja, Sir," sagte Joe: „ich und Wopsle sind geradewegs fortgegangen, um uns die Blacking Ware'us anzusehen. Aber wir fanden nicht, dass es seinem Ebenbild auf den roten Scheinen an den Ladentüren entsprach; was ich meine," fügte Joe erklärend hinzu: „da es dort zu architektonisch gezeichnet ist."

Ich glaube wirklich, Joe hätte dieses Wort (das in meinem Kopf eine Architektur ausdrückte, die ich kenne) zu einem vollkommenen Chor verlängert, wenn nicht seine Aufmerksamkeit durch seinen Hut erregt worden wäre, der umzukippen drohte. In der Tat verlangte es von ihm eine beständige Aufmerksamkeit und eine Schnelligkeit des Auges und der Hand, wie sie das Wicket-Keeping erfordert. Er machte ein außerordentliches Spiel damit und bewies die größte Geschicklichkeit; jetzt stürzte er sich auf ihn und fing ihn ordentlich auf, als er fiel; bald hielt er es nur auf halbem Wege an, schlug es nieder und machte es in verschiedenen Teilen des Zimmers und gegen einen großen Teil des Musters des Papiers an der Wand lustig, ehe er sich sicher fühlte, damit zu schließen; endlich spritzte ich es in das Schlammbecken, wo ich mir die Freiheit nahm, Hand daran zu legen.

Was seinen Hemdkragen und seinen Rockkragen anbelangte, so war es verwirrend, darüber nachzudenken – beides unlösbare Geheimnisse. Warum sollte sich ein Mann so weit aufschürfen, bevor er sich als vollständig bekleidet betrachten kann? Warum sollte er meinen, es sei notwendig, sich für seine Festtagskleidung durch Leiden läutern zu lassen? Dann verfiel er in solche unerklärlichen Anfälle von Meditationen, mit der Gabel in der Mitte zwischen Teller und Mund; Hatten seine Augen in so seltsame Richtungen gelenkt; war von so merkwürdigem Husten befallen; saß so weit vom Tisch entfernt und ließ so viel mehr fallen, als er aß, und tat, als hätte er es nicht fallen lassen; daß ich von Herzen froh war, als Herbert uns verließ und nach der Stadt ging.

Ich besaß weder den gesunden Menschenverstand noch das gute Gefühl, zu wissen, daß das alles meine Schuld war, und daß, wenn ich es mit Joe leichter gemacht hätte, Joe leichter mit mir gewesen wäre. Ich fühlte mich ungeduldig gegen ihn und außer Rand und Laune gegen ihn; in diesem Zustand häufte er Feuerkohlen auf mein Haupt.

„Wir beide sind jetzt allein, Sir," begann Joe.

„Joe," unterbrach ich ihn kleinlich: „wie können Sie mich nennen, Sir?"

Joe sah mich einen Augenblick lang mit etwas an, das leicht wie Vorwurf klang. So lächerlich seine Krawatte auch war und wie seine Kragen waren, so fühlte ich doch eine Art von Würde in seinem Blick.

„Da wir beide jetzt allein sind," fuhr Joe fort: „und da ich die Absicht und die Fähigkeit habe, nicht mehr viele Minuten zu bleiben, so will ich jetzt zum Schluß kommen und wenigstens anfangen, zu erwähnen, was mich veranlaßt hat, diese Ehre zu haben. Denn wäre es nicht so," sagte Joe mit seiner alten, klaren Miene: „daß mein einziger Wunsch darin bestünde, Ihnen nützlich zu sein, so hätte ich nicht die Ehre gehabt, in der Gesellschaft und Wohnung von Herren Witze zu brechen."

Ich war so ungern, den Blick noch einmal zu sehen, daß ich keine Einwendungen gegen diesen Ton erhob.

„Nun, Sir," fuhr Joe fort: „so war es. Ich war neulich abend bei der Barkeeperin, Pip." – jedesmal, wenn er in Zuneigung verfiel, nannte er mich Pip, und so oft er in Höflichkeit zurückfiel, nannte er mich Sir; „wenn mit seinem Wagen Pumblechook vorfährt. Derselbe Identische," sagte Joe, indem er einen neuen Weg einschlug: „kämmt mir zuweilen die Luft in die falsche Richtung, schrecklich, indem er die Stadt hinauf und hinunter verrät, als wäre es der, der immer deine kindliche Gesellschaft hatte und von dir als Spielkamerad angesehen wurde."

„Unsinn. Du warst es, Joe."

„Und ich glaubte es vollkommen, Pip," sagte Joe und schüttelte leicht den Kopf: „obgleich es jetzt wenig bedeutet, Sir. Nun, Pip; Derselbe Identische, zu dem seine Sitten zu stürmisch neigen, kam zu mir in den Bargemen (eine Pfeife und ein halber Liter Bier geben dem Arbeiter Erfrischung, Sir, und übertreiben Sie es nicht), und sein Wort lautete: ‚Joseph, Miß Havisham, sie wünscht mit Ihnen zu sprechen.'"

„Miß Havisham, Joe?"

„Sie wünschte," so Pumblechooks Wort, „mit Ihnen zu sprechen." Joe saß da und verdrehte die Augen an der Decke.

„Ja, Joe? Fahren Sie fort, bitte."

„Am nächsten Tage, Sir," sagte Joe und sah mich an, als ob ich schon weit weg wäre: „nachdem ich mich gereinigt habe, gehe ich und sehe Miß A."

„Fräulein A., Joe? Miß Havisham?"

„Das sage ich, Sir," erwiderte Joe mit einer Miene juristischer Förmlichkeit, als ob er sein Testament machte: „Miß A., oder anders Havisham." Ihr Gesichtsausdruck schien folgendermaßen zu sein: „Herr Gargery. Sie stehen in Korrespondenz mit Mr. Pip?" Nachdem ich einen Brief von Ihnen erhalten hatte, konnte ich sagen: „Ich bin." Als ich Ihre Schwester heiratete, Sir, sagte ich: „Ich will!" und als ich Ihrem Freund Pip antwortete, sagte ich: „Ich bin." „Willst du ihm also sagen," sagte sie: „daß Estella nach Hause gekommen ist und sich freuen würde, ihn zu sehen."

Ich spürte, wie mein Gesicht aufflammte, als ich Joe ansah. Ich hoffe, eine entfernte Ursache für seine Entlassung war mein Bewußtsein, daß, wenn ich seinen Auftrag gekannt hätte, ich ihn mehr ermutigt hätte.

„Biddy," fuhr Joe fort: „als ich nach Hause kam und ihr Fell bat, die Nachricht an dich zu schreiben, hielt sie sich ein wenig zurück." Biddy sagt: „Ich weiß, er wird sehr froh sein, wenn er es durch Mundpropaganda bekommt, es ist Urlaubszeit, du willst ihn sehen, geh!" „Ich bin nun zu Ende gefaßt, Sir," sagte Joe, indem er sich von seinem Stuhl erhob: „und, Pip, ich wünsche Ihnen immer alles Gute und immer Gedeihens zu einer immer größeren Höhe."

„Aber du gehst jetzt nicht, Joe?"

„Ja, das bin ich," sagte Joe.

„Aber du kommst doch zum Essen zurück, Joe?"

„Nein, das bin ich nicht," sagte Joe.

Unsere Blicke trafen sich, und all das ‚Sir' schmolz aus diesem männlichen Herzen, als er mir die Hand reichte.

„Pip, lieber alter Kerl, das Leben besteht aus so vielen zusammengeschweißten Scheiteln, wie ich sagen darf, und der eine ist Schmied, der andere ist ein Weißschmied, einer ist ein Goldschmied und einer ist ein Kupferschmied. Gräben unter solchen müssen kommen und befriedigt werden, wie sie kommen. Wenn es heute überhaupt einen Fehler gegeben hat, dann ist es meiner. Du und ich sind nicht zwei Figuren, die zusammen in London sind; noch nirgends anders als das, was privat und bekannt ist und unter Freunden verstanden wird. Es ist nicht so, daß ich stolz bin, sondern daß ich recht haben will, denn du wirst mich nie mehr in diesen Kleidern sehen. Ich irre mich in diesen Klamotten. Ich irre mich aus der Schmiede, der Küche oder aus den Maschen. Du wirst nicht halb so viel Fehler an mir finden, wenn du an mich denkst in meinem Schmiedekleid, mit dem Hammer in der Hand oder sogar an meiner Pfeife. Du wirst nicht halb so viel an mir tadeln, wenn du, wenn du, wenn du, wenn du mich jemals sehen willst, kommst und deinen Kopf an das Schmiedfenster steckst und Joe, den Schmied, dort am alten Amboss, in der alten verbrannten Schürze, siehst, wie er an der alten Arbeit festhält. Ich bin schrecklich langweilig, aber ich hoffe, ich habe endlich etwas durchgesetzt, was dem Recht nahe kommt. Und so segne dich Gott, lieber alter Pip, alter Kerl, Gott segne dich!"

Ich hatte mich in meiner Einbildung nicht getäuscht, daß er eine einfache Würde besäße. Die Mode seiner Kleidung konnte ihr ebensowenig in den Weg kommen, als er diese Worte sprach, als sie ihr im Himmel in den Weg kommen konnte. Er berührte mich sanft an der Stirn und ging hinaus. Sobald ich mich zur Genüge erholt hatte, eilte ich ihm nach und suchte ihn in den benachbarten Straßen; Aber er war fort.

KAPITEL XXVIII.

Es war klar, daß ich am nächsten Tage in unsere Stadt zurückkehren mußte, und im ersten Anflug meiner Reue war es ebenso klar, daß ich bei Joe bleiben mußte. Aber als ich mir morgen meinen Logenplatz bei der Kutsche gesichert hatte und bei Mr. Pocket und zurück war, war ich von dem letzten Punkt durchaus nicht überzeugt und fing an, Gründe zu erfinden und Entschuldigungen zu finden, um bei dem Blauen Eber zu übernachten. Ich würde bei Joe eine Unannehmlichkeit sein; Man erwartete mich nicht, und mein Bett würde nicht fertig sein; Ich würde zu weit von Miß Havishams Wohnung entfernt sein, und sie war anspruchsvoll und mochte es vielleicht nicht. Alle anderen Betrüger auf Erden sind nichts für die Selbstbetrüger, und mit solchen Vorwänden habe ich mich selbst betrogen. Sicherlich eine merkwürdige Sache. Daß ich unschuldig eine schlechte halbe Krone von der Fabrikation eines anderen annehme, ist vernünftig genug; daß ich aber wissentlich die falsche Münze meiner eigenen Münze für gutes Geld halte! Ein zuvorkommender Fremder nimmt unter dem Vorwand, meine Banknoten zur Sicherheit kompakt zusammenzufalten, die Banknoten auseinander und gibt mir Nußschalen; aber was ist sein Taschenspielertrick gegen den meinen, wenn ich meine eigenen Nußschalen zusammenfalte und sie mir als Noten weitergebe!

Nachdem ich beschlossen hatte, daß ich zum Blauen Eber gehen müsse, war mein Gemüt sehr beunruhigt durch die Unentschlossenheit, ob ich den Avenger nehmen sollte oder nicht. Es war verlockend, an diesen teuren Söldner zu denken, der im Torbogen des Posthofs des Blauen Ebers öffentlich seine Stiefel lüftete; es war fast feierlich, sich vorzustellen, wie er beiläufig in der Schneiderei hervorgebracht wurde und die respektlosen Sinne von Trabbs Knaben verwirrte. Auf der anderen Seite könnte sich Trabbs Junge in seine Intimität einschleichen und ihm Dinge erzählen; oder, ein rücksichtsloser und verzweifelter Schuft, wie ich wußte, ihn in der Hauptstraße anpöbelte. Auch meine Gönnerin könnte von ihm hören und es nicht gutheißen. Im Großen und Ganzen beschloß ich, den Avenger hinter mir zu lassen.

Es war die Nachmittagskutsche, in der ich meinen Platz eingenommen hatte, und da der Winter jetzt Einzug gehalten hatte, würde ich erst zwei oder drei Stunden nach Einbruch der Dunkelheit an meinem Ziel ankommen. Unsere Zeit, als wir von den Kreuzschlüsseln aus starteten, war zwei Uhr. Ich kam mit einer Viertelstunde Vorsprung auf dem Boden an, begleitet von dem Rächer – wenn ich diesen Ausdruck mit jemandem verbinden darf, der sich nie um mich gekümmert hat, wenn er es vielleicht verhindern könnte.

Damals war es üblich, die Sträflinge mit der Postkutsche zu den Werften hinunterzubringen. Da ich oft von ihnen in der Eigenschaft auswärtiger Passagiere gehört und sie mehr als einmal auf der Landstraße gesehen hatte, wie sie ihre gebügelten Beine über das Wagendach baumeln ließen, so hatte ich keine Ursache, mich zu wundern, als Herbert, als er mir im Hofe begegnete, zu mir kam und mir sagte, daß zwei Sträflinge mit mir hinuntergingen. Aber ich hatte einen Grund, der ein alter Grund dafür war, dass die Verfassung ins Wanken geriet, wann immer ich das Wort ‚Sträfling' hörte.

„Sie haben nichts dagegen, Händel?" fragte Herbert.

„O nein!"

„Ich dachte, du scheinst so, als ob du sie nicht magst?"

„Ich kann nicht so tun, als ob ich sie liebe, und ich nehme an, Sie nicht besonders. Aber ich habe nichts gegen sie."

„Seht! Da sind sie," sagte Herbert: „die aus dem Wasserhahn kommen. Was für ein erniedrigender und abscheulicher Anblick das ist!"

Sie hatten wohl ihre Wärter behandelt, denn sie hatten einen Gefängniswärter bei sich, und alle drei kamen heraus und wischten sich den Mund an den Händen ab. Die beiden Sträflinge waren mit Handschellen gefesselt und hatten Bügeleisen an den Beinen, Bügeleisen von einem Muster, das ich gut kannte. Sie trugen das Kleid, das ich ebenfalls gut kannte. Ihr Wärter hatte eine Reihe von Pistolen und trug einen Knüppel mit dicken Noppen unter dem Arm; aber er stand in gutem Einvernehmen mit ihnen, stand mit ihnen neben sich und sah dem Anbringen der Pferde zu, ganz mit einer Miene, als ob die Sträflinge eine interessante Ausstellung wären, die im Augenblick nicht formell eröffnet sei, und er der Kurator. Der eine war ein größerer und kräftigerer Mann als der andere und schien nach den geheimnisvollen Sitten der Welt, sowohl des Sträflings als des Freien, ihm den kleineren Anzug zugeteilt zu haben. Seine Arme und Beine waren wie große Nadelkissen von diesen Formen, und seine Kleidung verkleidete ihn lächerlich; aber ich erkannte sein halbgeschlossenes Auge auf einen Blick. Da stand der Mann, den ich an einem Sonnabendabend auf der Siedlung bei den Three Jolly Bargemen gesehen und der mich mit seinem unsichtbaren Gewehr zu Fall gebracht hatte!

Es war leicht, sich zu vergewissern, daß er mich noch nicht mehr kannte, als wenn er mich noch nie in seinem Leben gesehen hätte. Er sah zu mir hinüber, und sein Auge musterte meine Uhrkette, und dann spuckte er zufällig und sagte etwas zu dem andern Sträfling, und sie lachten und schlangen sich mit einem Klirren ihres Kupplungsmanakels herum und sahen etwas anderes an. Die große Zahl auf dem Rücken, als wären es Straßentüren; ihre grobe, räudige, plumpe äußere Oberfläche, als wären sie niedere Tiere; ihre gebügelten Beine, die entschuldigend mit Einstecktüchern bekränzt waren; und die Art, wie alle Anwesenden sie ansahen und sich von ihnen fernhielten; machten sie (wie Herbert gesagt hatte) zu einem höchst unangenehmen und erniedrigenden Schauspiel.

Aber das war noch nicht das Schlimmste. Es stellte sich heraus, daß der ganze hintere Teil des Wagens von einer Familie genommen worden war, die aus London weggezogen war, und daß es für die beiden Gefangenen keinen anderen Platz gab als auf dem Vordersitz hinter dem Kutscher. Darauf geriet ein cholerischer Herr, der den vierten Platz auf dem Sitze eingenommen hatte, in eine sehr heftige Leidenschaft und sagte, es sei ein Vertragsbruch, ihn mit einer so schurkischen Gesellschaft zu vermischen, und es sei giftig und verderblich und schändlich und schändlich, und ich weiß nicht, was sonst noch. Zu dieser Zeit stand der Wagen bereit und der Kutscher ungeduldig, und wir waren alle im Begriff, aufzustehen, und die Gefangenen waren mit ihrem Wärter herübergekommen und brachten jenen merkwürdigen Geschmack von Brotwickel, Futter, Seilgarn und Herdstein mit, der die Gegenwart des Sträflings begleitet.

„Nehmen Sie es nicht so übel, Sir," flehte der Wärter den ärgerlichen Passagier an; „Ich setze mich selbst neben dich. Ich werde sie an die Außenseite der Reihe legen. Sie werden sich nicht in Ihre Angelegenheiten einmischen, Sir. Du brauchst nicht zu wissen, dass sie da sind."

„Und geben Sie mir nicht die Schuld," knurrte der Sträfling, den ich erkannt hatte. „*Ich* will nicht gehen. *Ich* bin bereit, zurückzubleiben. Was mich betrifft, so ist jeder bei *mir* willkommen."

„Oder meine," sagte der andere barsch. „*Ich* hätte keinen von euch beleidigt, wenn es nach mir gegangen wäre." Da lachten sie beide und fingen an, Nüsse zu knacken und die Schalen herumzuspucken. – Wie ich wirklich glaube, ich hätte es selbst gern getan, wenn ich an ihrer Stelle gewesen wäre und so verachtet worden wäre.

Endlich wurde beschlossen, daß dem erzürnten Herrn nicht zu helfen sei, und daß er entweder in seiner zufälligen Gesellschaft gehen oder zurückbleiben müsse. Er setzte sich also auf seinen Platz und klagte immer noch, und der Wärter stieg auf den Platz neben ihm, und die Sträflinge rappelten sich, so gut sie konnten, auf, und der Sträfling, den ich erkannt hatte, saß hinter mir und hauchte mir auf den Haaren.

„Auf Wiedersehen, Händel!" rief Herbert, als wir losfuhren. Ich dachte, was für ein Glück es sei, daß er einen anderen Namen für mich gefunden hatte als Pip.

Es ist unmöglich zu beschreiben, mit welcher Schärfe ich den Atem des Sträflings fühlte, nicht nur auf meinem Hinterkopf, sondern entlang meiner ganzen Wirbelsäule. Das Gefühl war, als würde man im Mark mit einer stechenden und suchenden Säure berührt, es brachte meine Zähne zum Zittern. Er schien mehr zu atmen zu haben als ein anderer Mann und dabei mehr Lärm zu machen; und ich war mir bewußt, daß ich bei meinen schüchternen Anstrengungen, ihn abzuwehren, auf einer Seite hochschultrig wurde.

Das Wetter war elend rauh, und die beiden verfluchten die Kälte. Es machte uns alle träge, ehe wir weit gegangen waren, und wenn wir das Halfway-Haus hinter uns gelassen hatten, dösten und zitterten wir gewöhnlich und schwiegen. Ich selbst schlief ein, als ich über die Frage nachdachte, ob ich diesem Geschöpf ein paar Pfund Sterling zurückgeben sollte, bevor ich es aus den Augen verliere, und wie ich es am besten tun könnte. Während ich mich vorwärts stürzte, als ob ich zwischen den Pferden baden wollte, erwachte ich erschrocken und nahm die Frage wieder auf.

Aber ich mußte es länger verloren haben, als ich gedacht hatte, denn obgleich ich in der Dunkelheit und in den unruhigen Lichtern und Schatten unserer Lampen nichts erkennen konnte, verfolgte ich doch in dem kalten, feuchten Winde, der uns entgegenblies, das Sumpfland. Die Sträflinge beugten sich nach vorne, um sich zu wärmen und mich gegen den Wind abzuschirmen, und waren mir näher als zuvor. Die allerersten Worte, die ich sie austauschen hörte, als ich zu Bewusstsein kam, waren die Worte meines eigenen Gedankens: „Zwei Ein-Pfund-Noten."

„Wie hat er sie bekommen?" fragte der Sträfling, den ich nie gesehen hatte.

„Woher soll ich das wissen?" entgegnete der andere. „Er hatte sie irgendwie verstaut. Gib ihm Freunde, erwarte ich."

„Ich wünschte," sagte der andere mit einem bitteren Fluch über die Kälte: „ich hätte sie hier."

„Zwei Ein-Pfund-Noten oder Freunde?"

„Zwei Ein-Pfund-Noten. Ich würde alle Freunde, die ich je hatte, für einen verkaufen und halte es für ein gesegnetes Geschäft. Brunnen? Also sagt er ...?"

„Er sagt," fuhr der Sträfling fort, den ich erkannt hatte: „es war alles in einer halben Minute hinter einem Haufen Holz im Werft gesagt und getan, ‚Sie werden entlassen.' Ja, das war ich. Würde ich den Knaben ausfindig machen, der ihn gefüttert und sein Geheimnis gehütet hatte, und ihm zwei Ein-Pfund-Scheine geben? Ja, das würde ich. Und das habe ich getan."

„Noch mehr zum Narren!" knurrte der andere. „Ich hätte sie für einen Mann ausgegeben, in Witz und Trunken. Er muss ein Grüner gewesen sein. Wollen Sie damit sagen, daß er nichts von Ihnen wußte?"

„Nicht ein Ha'porth. Verschiedene Gangs und verschiedene Schiffe. Er wurde erneut wegen Gefängnisausbruchs vor Gericht gestellt und zum Lebenslänglichen ernannt."

„Und war das – Ehre! – das einzige Mal, daß Sie in diesem Teil des Landes trainiert haben?"

„Das einzige Mal."

„Was mögen Sie über den Ort gedacht haben?"

„Ein höchst tierischer Ort. Schlammbank, Nebel, Sumpf und Arbeit; Arbeit, Sumpf, Nebel und Schlammbank."

Sie beschimpften beide den Ort in sehr starken Worten, knurrten nach und nach heraus und hatten nichts mehr zu sagen.

Nachdem ich dieses Gespräch belauscht hatte, wäre ich gewiß abgestiegen und in der Einsamkeit und Dunkelheit der Landstraße zurückgelassen worden, wenn ich nicht überzeugt gewesen wäre, daß der Mann keinen Verdacht gegen meine Identität hegte. Ja, ich war nicht nur durch den Lauf der Natur so verändert, sondern auch so anders gekleidet und so verschieden umgegeben, daß es durchaus nicht wahrscheinlich war, daß er mich ohne zufällige Hilfe hätte erkennen können. Nichtsdestoweniger war das Zusammentreffen, daß wir zusammen in der Kutsche saßen, seltsam genug, um mich mit der Furcht zu erfüllen, daß irgendein anderer Zufall mich jeden Augenblick in seinem Ohr mit meinem Namen in Verbindung bringen könnte. Aus diesem Grunde beschloß ich, sobald wir die Stadt berührten, auszusteigen und mich seinem Ohr zu entziehen. Dieses Gerät habe ich erfolgreich ausgeführt. Mein kleiner Koffer steckte im Stiefel unter meinen Füßen; Ich brauchte nur ein Scharnier zu drehen, um es herauszuholen; Ich warf es vor mir hin, stieg nach ihm ab und blieb bei der ersten Lampe auf den ersten Steinen des Stadtpflasters zurück. Was die Sträflinge anbelangt, so gingen sie mit der Kutsche ihres Weges, und ich wußte, wann sie zum Fluß gebracht werden würden. In meiner Phantasie sah ich das Boot mit seiner Sträflingsmannschaft an der schleimgewaschenen Treppe auf sie warten, - hörte wieder das schroffe „Mach Platz, du!" und befahl den Hunden, - sah wieder die böse Arche Noah auf dem schwarzen Wasser liegen.

Ich hätte nicht sagen können, wovor ich mich fürchtete, denn meine Furcht war ganz unbestimmt und unbestimmt, aber es überkam mich eine große Furcht. Als ich in das Hotel ging, fühlte ich, wie mich eine Furcht erzittern machte, die weit über die bloße Befürchtung einer schmerzlichen oder unangenehmen Wiedererkennung hinausging. Ich bin überzeugt, daß es keine deutliche Gestalt annahm, und daß es die Wiederbelebung des Schreckens der Kindheit für einige Minuten war.

Das Kaffeezimmer im Blauen Eber war leer, und ich hatte dort nicht nur mein Essen bestellt, sondern mich auch dazu gesetzt, ehe der Kellner mich kannte. Sobald er sich für die Nachlässigkeit seines Gedächtnisses entschuldigt hatte, fragte er mich, ob er Stiefel für Herrn Pumblechook schicken solle?

„Nein," sagte ich: „gewiß nicht."

Der Kellner (er war es, der an dem Tage, an dem ich gefesselt war, die große Remonstranz aus den Werbespots hervorgebracht hatte) schien überrascht zu sein und ergriff die erste Gelegenheit, mir ein schmutziges altes Exemplar einer Lokalzeitung so direkt in den Weg zu legen, daß ich es ergriff und diesen Absatz las:

Unsere Leser werden nicht ganz ohne Interesse in Bezug auf den kürzlichen romantischen Vermögensaufstieg eines jungen Eisenhandwerkers aus dieser Nachbarschaft erfahren (was übrigens ein Thema für die Zauberfeder unseres noch nicht allgemein anerkannten Bürgers TOOBY, des Dichters unserer Kolumnen!), dass der früheste Gönner, Gefährte des Jünglings, und Freund, war eine hoch angesehene Persönlichkeit, die mit dem Getreide- und Saatguthandel nicht ganz unverbunden war und deren außerordentlich bequeme und geräumige

Geschäftsräume nur hundert Meilen von der Hauptstraße entfernt liegen. Es ist nicht ganz unabhängig von unseren persönlichen Gefühlen, daß wir ihn als den Mentor unseres jungen Telemachos bezeichnen, denn es ist gut zu wissen, daß unsere Stadt den Gründer des letzteren Vermögen hervorgebracht hat. Erkundigt sich die gedankenzusammengezogene Stirn des einheimischen Weisen oder das glänzende Auge der einheimischen Schönheit, wessen Schicksal es ist? Wir glauben, dass Quintin Matsys der SCHMIED von Antwerpen war. VERB. SAFT.

Ich bin überzeugt, auf großer Erfahrung beruhend, daß, wenn ich in den Tagen meines Wohlstandes an den Nordpol gegangen wäre, ich dort jemandem begegnet wäre, einem wandernden Esquimaux oder einem zivilisierten Menschen, der mir gesagt hätte, daß Pumblechook mein frühester Gönner und der Begründer meines Vermögens gewesen sei.

KAPITEL XXIX.

Manchmal am Morgen war ich auf und draußen. Es war noch zu früh, um zu Miß Havisham zu gehen, und so schlenderte ich auf dem Lande auf Miß Havishams Seite der Stadt, die nicht Joes Seite war; Ich könnte morgen dorthin gehen, an meine Gönnerin denken und glänzende Bilder von ihren Plänen für mich malen.

Sie hatte Estella adoptiert, sie hatte mich so gut wie adoptiert, und es konnte nicht umhin, ihre Absicht zu sein, uns zusammenzubringen. Sie behielt es mir vor, das verlassene Haus wiederherzustellen, den Sonnenschein in die dunklen Zimmer zu lassen, die Uhren in Gang zu setzen und die kalten Herde zu lodern, die Spinnweben niederzureißen, das Ungeziefer zu vernichten, kurz, alle glänzenden Taten des jungen Ritters der Romantik zu vollbringen und die Prinzessin zu heiraten. Ich war stehen geblieben, um das Haus zu betrachten, als ich vorüberging; und die versengten roten Backsteinmauern, die versperrten Fenster und der starke grüne Efeu, der mit seinen Zweigen und Sehnen selbst die Schornsteine umklammerte, wie mit sehnigen alten Armen, hatten ein reiches, anziehendes Geheimnis geschaffen, dessen Held ich war. Estella war die Inspiration und natürlich das Herz davon. Aber obgleich sie mich so stark in Besitz genommen hatte, obgleich meine Phantasie und meine Hoffnung so sehr auf sie gerichtet waren, obgleich ihr Einfluß auf mein knabenhaftes Leben und meinen Charakter allmächtig gewesen war, so verlieh ich ihr selbst an jenem romantischen Morgen keine anderen Eigenschaften als die, die sie besaß. Ich erwähne dies an dieser Stelle aus einem bestimmten Zweck, weil es der Schlüssel ist, durch den ich in mein armseliges Labyrinth verfolgt werden soll. Meiner Erfahrung nach kann die konventionelle Vorstellung von einem Liebenden nicht immer wahr sein. Die uneingeschränkte Wahrheit ist, dass ich, als ich Estella mit der Liebe eines Mannes liebte, sie einfach deshalb liebte, weil ich sie unwiderstehlich fand. Ein für allemal; Zu meinem Kummer wußte ich oft, oft, wenn nicht immer, daß ich sie liebte gegen die Vernunft, gegen die Verheißung, gegen den Frieden, gegen die Hoffnung, gegen das Glück, gegen alle Entmutigung, die es geben konnte. Ein für allemal; Ich liebte sie nichtsdestoweniger, weil ich sie wußte, und sie hatte nicht mehr Einfluß darauf, mich zurückzuhalten, als wenn ich sie inbrünstig für die menschliche Vollkommenheit gehalten hätte.

Ich gestaltete meinen Gang so, dass ich zu meiner alten Zeit am Tor ankam. Als ich mit unsicherer Hand an der Glocke geläutet hatte, wandte ich dem Tor den Rücken zu, während ich mich bemühte, wieder zu Atem zu kommen und das Klopfen meines Herzens einigermaßen leise zu halten. Ich hörte, wie sich die Seitentür öffnete und Schritte über den Hof kamen; aber ich tat, als hörte ich nicht, selbst als das Tor in seinen rostigen Angeln schwankte.

Als ich endlich die Schulter berührte, fuhr ich zusammen und drehte mich um. Ich fing damals viel natürlicher an, mich einem Mann in einem nüchternen grauen Kleid gegenüberzusehen. Den letzten Mann, den ich auf diesem Platz als Portier an Miß Havishams Tür zu sehen erwartet hätte.

„Orlick!"

„Ah, junger Meister, es gibt mehr Veränderungen als Ihre. Aber komm rein, komm rein. Es ist gegen meinen Befehl, das Tor offen zu halten."

Ich trat ein, und er schwang ihn, schloß ihn ab und zog den Schlüssel heraus. „Ja!" sagte er, sich umsehend, nachdem er mir hartnäckig einige Schritte auf das Haus zugegangen war. „Hier bin ich!"

„Wie bist du hierher gekommen?"

„Ich komme hierher," erwiderte er: „auf meinen Beinen. Ich habe meine Kiste in einem Karren mitgebracht."

„Bist du für immer hier?"

„Ich bin wohl nicht hier, um Schaden anzurichten, junger Meister?"

Da war ich mir nicht so sicher. Ich hatte Muße, die Erwiderung in meinem Geiste zu erwägen, während er langsam seinen schweren Blick vom Pflaster über meine Beine und Arme zu meinem Gesicht erhob.

„Dann hast du die Schmiede verlassen?" Ich habe gesagt.

„Sieht das aus wie eine Schmiede?" erwiderte Orlick und ließ seinen Blick mit einer Miene der Kränkung um sich kreisen. „Nun, sieht es so aus?"

Ich fragte ihn, wie lange er Gargerys Schmiede verlassen habe.

„Hier gleicht ein Tag dem andern," antwortete er: „daß ich es nicht weiß, ohne ihn auszuwerfen. Aber ich komme schon einige Zeit hierher, seit du gegangen bist."

„Das hätte ich dir sagen können, Orlick."

„Ah!" sagte er trocken. „Aber dann muss man ein Gelehrter sein."

Inzwischen waren wir in dem Hause angelangt, wo ich sein Zimmer gerade hinter der Seitentür fand, mit einem kleinen Fenster darin, das auf den Hof hinausging. In seinen kleinen Proportionen war es nicht unähnlich der Art von Platz, die man in Paris gewöhnlich einem Pförtner zuweist. An der Wand hingen einige Schlüssel, zu denen er jetzt den Torschlüssel hinzufügte; und sein mit Flickwerk überzogenes Bett befand sich in einer kleinen inneren Teilung oder Nische. Das Ganze sah schlampig, eingeengt und schläfrig aus, wie ein Käfig für einen menschlichen Siebenschläfer; während er, der dunkel und schwer im Schatten einer Ecke am Fenster aufragte, aussah wie das menschliche Murmelmaus, für das es eingerichtet war, und das war er auch.

„Ich habe dieses Zimmer noch nie gesehen," bemerkte ich; „aber früher gab es hier keinen Portier."

„Nein," sagte er; „Erst als es sich herumtrug, gab es keinen Schutz mehr auf dem Gelände, und es wurde als gefährlich angesehen, mit Sträflingen und Tag und Rag und Bobtail, die auf und ab gingen. Und dann wurde ich als ein Mann empfohlen, der einem anderen Mann so gut geben konnte, wie er mitbrachte, und ich nahm es an. Es ist leichter, als zu brüllen und zu hämmern. – Das ist geladen, das heißt."

Mein Auge war von einem Gewehr mit einem messinggebundenen Schaft über dem Kamin getroffen worden, und sein Auge war dem meinigen gefolgt.

„Nun," sagte ich, ohne Lust auf ein weiteres Gespräch, „soll ich zu Miß Havisham hinaufgehen?"

„Verbrennen Sie mich, wenn ich es weiß!" erwiderte er, indem er sich erst streckte und dann schüttelte; „Mein Befehl endet hier, junger Meister. Ich klopfe mit dem Hammer hier auf diese Glocke, und du gehst den Gang entlang, bis du jemandem begegnest."

„Ich glaube, man wird von mir erwartet?"

„Verbrenne mich doppelt, wenn ich das sagen darf!" sagte er.

Darauf bog ich in den langen Gang ein, den ich zuerst in meinen dicken Stiefeln betreten hatte, und er ließ seine Glocke ertönen. Am Ende des Ganges, während die Glocke noch widerhallte, fand ich Sarah Pocket, die jetzt meinetwegen konstitutionell grün und gelb geworden zu sein schien.

„Oh!" sagte sie. „Sie, nicht wahr, Mr. Pip?"

„Das ist es, Miß Pocket. Ich freue mich, Ihnen mitteilen zu können, daß es Mr. Pocket und seiner Familie gut geht."

„Sind sie klüger?" fragte Sarah mit einem kläglichen Kopfschütteln; „Sie sollten besser klüger als gut sein. Ah, Matthäus, Matthäus! Sie kennen Ihren Weg, Sir?"

Erträglich, denn ich war schon oft im Dunkeln die Treppe hinaufgestiegen. Ich stieg jetzt hinauf, in leichteren Stiefeln als früher, und klopfte in meiner alten Weise an die Thür von Miß Havishams Zimmer. „Pips Rap," hörte ich sie sofort sagen; „Komm herein, Pip."

Sie saß in ihrem Stuhl neben dem alten Tische, in dem alten Kleide, die beiden Hände auf dem Stock gekreuzt, das Kinn darauf gestützt und die Augen auf das Feuer gerichtet. Neben ihr, mit dem weißen Schuh, den sie nie getragen hatte, in der Hand, und den Kopf gebeugt, als sie ihn ansah, saß eine elegante Dame, die ich noch nie gesehen hatte.

„Kommen Sie herein, Pip," fuhr Miß Havisham fort, ohne sich umzusehen oder aufzublicken; „Komm herein, Pip, wie geht es dir, Pip? Du küßt mir also die Hand, als ob ich eine Königin wäre, nicht wahr?"

Sie blickte plötzlich zu mir auf, bewegte nur die Augen und wiederholte in grimmig spielender Weise:

„Nun?"

„Ich habe gehört, Miß Havisham," sagte ich etwas ratlos: „daß Sie so gütig waren, mich zu bitten, Sie zu besuchen, und ich kam sofort."

„Nun?"

Die Dame, die ich noch nie gesehen hatte, hob die Augen auf und sah mich an, und da sah ich, daß es Estellas Augen waren. Aber sie war so verändert, so viel schöner, so viel weiblicher, hatte in allen Dingen Bewunderung gewonnen, hatte so wunderbare Fortschritte gemacht, daß es mir schien, als hätte ich keine gemacht. Als ich sie ansah, glaubte ich, daß ich hoffnungslos wieder in den groben und gemeinen Knaben zurückglitt. O das Gefühl der Distanz und der Ungleichheit, das über mich kam, und die Unzugänglichkeit, die über sie kam!

Sie reichte mir ihre Hand. Ich stammelte etwas von der Freude, die ich empfand, sie wiederzusehen, und davon, dass ich mich schon lange, lange darauf gefreut hatte.

„Finden Sie sie sehr verändert, Pip?" fragte Miß Havisham mit ihrem gierigen Blick und schlug mit dem Stock auf einen Stuhl, der zwischen ihnen stand, um mir ein Zeichen zu geben, mich dort niederzusetzen.

„Als ich hereinkam, Miß Havisham, glaubte ich, daß weder in dem Gesicht noch in der Gestalt etwas von Estella zu sehen sei; aber jetzt legt sich alles so merkwürdig in das Alte hinein ..."

„Was? Du wirst doch nicht in die alte Estella hineinsagen?" Miß Havisham unterbrach ihn. „Sie war stolz und beleidigend, und du wolltest von ihr weggehen. Weißt du nicht mehr?"

Ich sagte verwirrt, das sei lange her, und ich wüßte es damals nicht besser, und dergleichen. Estella lächelte mit vollkommener Fassung und sagte, sie zweifle nicht daran, daß ich recht gehabt und daß sie sehr unangenehm gewesen sei.

„Ist *er* verändert?" fragte Miß Havisham.

„Sehr gerne," sagte Estella und sah mich an.

„Weniger grob und gewöhnlich?" sagte Miß Havisham und spielte mit Estellas Haar.

Estella lachte und sah den Schuh in ihrer Hand an, und lachte wieder, sah mich an und legte den Schuh ab. Sie behandelte mich immer noch wie einen Jungen, aber sie lockte mich weiter.

Wir saßen in dem träumerischen Zimmer unter den alten, seltsamen Einflüssen, die so auf mich eingewirkt hatten, und ich erfuhr, daß sie eben erst aus Frankreich zurückgekehrt war und nach London gehen würde. Stolz und eigensinnig wie von alters her, hatte sie diese Eigenschaften ihrer Schönheit so unterworfen, daß es unmöglich und unnatürlich war – oder ich glaubte es – sie von ihrer Schönheit zu trennen. Wahrhaftig, es war unmöglich, ihre Gegenwart von all den elenden Sehnsüchten nach Geld und Vornehmheit zu trennen, die meine Knabenzeit gestört hatten, von all den unbeherrschten Bestrebungen, die mich zuerst vor meiner Heimat und vor Joe beschämt hatten, von all den Gesichten, die ihr Antlitz in das glühende Feuer erhoben und es aus dem Eisen auf dem Amboß geschlagen hatten. Er holte ihn aus dem Dunkel der Nacht, um durch das hölzerne Fenster der Schmiede hineinzuschauen und davonzuhuschen. Mit einem Wort, es war mir unmöglich, sie in der Vergangenheit oder in der Gegenwart von dem innersten Leben meines Lebens zu trennen.

Es wurde beschlossen, daß ich den ganzen Rest des Tages dort bleiben und am Abend ins Hotel und morgen nach London zurückkehren sollte. Als wir uns eine Weile unterhalten hatten, schickte Miß Havisham uns beide hinaus, um in dem vernachlässigten Garten spazieren zu gehen; wenn wir nach und nach hereinkämen, sagte sie, würde ich sie ein wenig herumschieben, wie in alten Zeiten.

Estella und ich gingen also durch das Tor in den Garten hinaus, durch das ich mich verirrt hatte, um dem bleichen jungen Herrn, jetzt Herbert, zu begegnen; Ich, im Geiste zitternd und den Saum ihres Kleides anbetend machend; sie, ganz gefaßt und ganz entschieden nicht den meinigen Saum anbetend machend. Als wir uns dem Ort des Zusammentreffens näherten, blieb sie stehen und sagte:

„Ich muß ein eigenartiges kleines Geschöpf gewesen sein, um mich an jenem Tage zu verstecken und diesen Kampf zu sehen; aber ich tat es, und es hat mir sehr viel Spaß gemacht."

„Du hast mich sehr belohnt."

„Habe ich?" antwortete sie beiläufig und vergesslich. „Ich erinnere mich, daß ich einen großen Einwand gegen Ihren Gegner hegte, weil ich es übel fand, daß er hierher gebracht wurde, um mich mit seiner Gesellschaft zu belästigen."

„Er und ich sind jetzt gute Freunde."

„Bist du das? Ich glaube mich aber zu erinnern, daß du mit seinem Vater gelesen hast?"

„Ja."

Ich machte das Geständnis nur widerstrebend, denn es schien knabenhaft auszusehen, und sie behandelte mich schon mehr als genug wie einen Knaben.

„Seit deinem Wechsel des Schicksals und der Aussichten hast du auch deine Gefährten gewechselt," sagte Estella.

„Natürlich," sagte ich.

„Und notwendigerweise," fügte sie in hochmütigem Tone hinzu; „Was einst für dich eine gute Gesellschaft war, wäre jetzt für dich eine ganz unpassende Gesellschaft."

In meinem Gewissen zweifle ich sehr, ob ich noch die Absicht hatte, Joe zu besuchen; aber wenn ich es getan hätte, so hätte diese Bemerkung sie in die Flucht geschlagen.

„Sie hatten damals keine Ahnung von Ihrem bevorstehenden Glück?" fragte Estella mit einer leichten Handbewegung, die auf die Kampfzeiten hindeutete.

„Nicht im geringsten."

Die Miene der Vollständigkeit und Überlegenheit, mit der sie an meiner Seite ging, und die Miene der Jugendlichkeit und Unterwürfigkeit, mit der ich an der ihren ging, bildeten einen Kontrast, den ich stark empfand. Es würde mich mehr gekränkt haben, als es tat, wenn ich mich nicht als jemand angesehen hätte, der es hervorruft, indem ich so für sie abgesondert und ihr zugewiesen war.

Der Garten war zu verwildert und zu groß, um ihn mit Leichtigkeit zu betreten, und nachdem wir ihn zwei- oder dreimal umrundet hatten, kamen wir wieder in den Hof der Brauerei. Ich führte sie zu einer Nettigkeit, wo ich sie an jenem ersten alten Tage auf den Fässern hatte gehen sehen, und sie sagte mit einem kalten, nachlässigen Blick in diese Richtung: „Habe ich?" Ich erinnerte sie daran, wo sie aus dem Haus gekommen war und mir mein Essen und Trinken gegeben hatte, und sie sagte: „Ich erinnere mich nicht." „Du erinnerst dich nicht, daß du mich zum Weinen gebracht hast?" sagte ich. „Nein," sagte sie, schüttelte den Kopf und sah sich um. Ich glaube wahrhaftig, daß sie sich nicht erinnerte und sich nicht im geringsten darum kümmerte, mich innerlich wieder zum Weinen brachte, und das ist das schärfste Weinen von allen.

„Du mußt wissen," sagte Estella herablassend zu mir, wie es eine glänzende und schöne Frau zu tun pflegt: „daß ich kein Herz habe, wenn das etwas mit meinem Gedächtnis zu tun hat."

Ich kam durch einen Jargon, der so weit ging, dass ich mir die Freiheit nahm, daran zu zweifeln. Das wusste ich besser. Dass es ohne sie keine solche Schönheit geben könnte.

„Ach! Ich habe ein Herz, in das man stechen oder schießen kann, daran zweifle ich nicht," sagte Estella: „und wenn es aufhörte zu schlagen, würde ich natürlich aufhören zu sein. Aber Sie wissen, was ich meine. Ich habe da keine Sanftmut, kein Mitleid – Sentiment – Unsinn."

Was *ging* mir durch den Kopf, als sie still stand und mich aufmerksam ansah? Irgendetwas, das ich an Miß Havisham gesehen hatte? Nein. In einigen ihrer Blicke und Gebärden lag jene Ähnlichkeit mit Miß Havisham, die man oft bemerkt, als von Kindern erworben, von erwachsenen Personen, mit denen sie viel verkehrt und zurückgezogen waren, und die, wenn die Kindheit vorüber ist, gelegentlich eine merkwürdige Ähnlichkeit des Ausdrucks zwischen Gesichtern hervorbringt, die sonst ganz verschieden sind. Und doch konnte ich das nicht auf Miß Havisham zurückführen. Ich schaute noch einmal hin, und obwohl sie mich immer noch ansah, war die Andeutung verschwunden.

Was *war* das?

„Ich meine es ernst," sagte Estella nicht so sehr mit gerunzelter Stirn (denn ihre Stirn war glatt), als mit einer Verfinsterung ihres Gesichts; „Wenn wir schon viel zusammengewürfelt werden, so glaubst du es lieber gleich. Nein!" und hielt mich gebieterisch zurück, als ich meine Lippen öffnete. „Ich habe meine Zärtlichkeit nirgends geschenkt. So etwas habe ich noch nie gehabt."

Im nächsten Augenblick waren wir in der Brauerei, die so lange nicht mehr benutzt worden war, und sie zeigte auf die hohe Galerie, wo ich sie am ersten Tage hatte ausgehen sehen, und sagte mir, sie erinnere sich, dort oben gewesen zu sein und mich erschrocken unten stehen gesehen zu haben. Als meine Augen ihrer weißen Hand folgten, durchkreuzte mich wieder dieselbe dunkle Ahnung, die ich unmöglich fassen konnte. Mein unwillkürlicher Schreck veranlaßte sie, ihre Hand auf meinen Arm zu legen. Augenblicklich verschwand der Geist wieder und war verschwunden.

Was *war* das?

„Was ist los?" fragte Estella. „Hast du schon wieder Angst?"

„Das würde ich tun, wenn ich glauben würde, was Sie vorhin gesagt haben," erwiderte ich, um es auszuschalten.

„Dann tust du es nicht? Sehr gut. Jedenfalls heißt es. Miß Havisham wird Sie bald auf Ihrem alten Posten erwarten, obgleich ich glaube, daß dieser jetzt mit anderen alten Habseligkeiten beiseite gelegt werden könnte. Machen wir noch eine Runde durch den Garten und gehen wir dann hinein. Kommen! Du sollst heute keine Tränen über meine Grausamkeit vergießen; du sollst mein Page sein und mir deine Schulter geben."

Ihr hübsches Kleid war auf den Boden gerutscht. Sie hielt es jetzt in einer Hand und berührte mit der anderen leicht meine Schulter, während wir gingen. Wir gingen noch zwei- oder dreimal um den verfallenen Garten herum, und für mich stand alles in voller Blüte. Wenn das grüne und gelbe Unkrautgewächs in den Ritzen der alten Mauer die kostbarsten Blumen gewesen wären, die je geweht haben, so hätte es in meinem Andenken nicht mehr geschätzt werden können.

Es gab keinen Unterschied der Jahre zwischen uns, um sie weit von mir zu entfernen; Wir waren fast gleich alt, obgleich das Alter bei ihr natürlich mehr aussagte als bei mir; aber der Ausdruck der Unzugänglichkeit, den ihre Schönheit und ihr Benehmen ihr verlieh, quälte mich mitten in meinem Entzücken, und auf dem Gipfel der Gewißheit fühlte ich, daß unsere Gönnerin uns füreinander erwählt hatte. Elender Junge!

Endlich gingen wir wieder ins Haus, und dort hörte ich mit Erstaunen, daß mein Vormund zu Miß Havisham in Geschäften heruntergekommen sei und zum Essen wiederkommen werde. Die alten, winterlichen Zweige der Kronleuchter in dem Zimmer, in dem der modrige Tisch aufgestellt war, waren angezündet worden, während wir unterwegs waren, und Miß Havisham saß in ihrem Stuhl und wartete auf mich.

Es war, als würden wir den Stuhl selbst in die Vergangenheit zurückschieben, als wir den alten langsamen Rundgang um die Asche des Brautmahls begannen. Aber im Leichenzimmer, wo die Figur des Grabes in den Stuhl zurückgefallen war und die Augen auf sie heftete, sah Estella heller und schöner aus als zuvor, und ich war noch stärker verzaubert.

Die Zeit schmolz so dahin, daß unsere frühe Essensstunde heranrückte und Estella uns verließ, um uns vorzubereiten. Wir waren in der Mitte des langen Tisches stehen geblieben, und Miß Havisham, einen ihrer dürren Arme aus dem Stuhl ausgestreckt, legte die geballte Hand auf das gelbe Tuch. Als Estella über ihre Schulter zurückblickte, bevor sie zur Tür hinausging, küßte Miß Havisham ihr die Hand mit einer gefräßigen Intensität, die ihrer Art nach ganz schrecklich war.

Dann, als Estella fort war und wir beide allein zurückblieben, wandte sie sich an mich und sagte flüsternd:

„Ist sie schön, anmutig, gut gewachsen? Bewunderst du sie?"

„Jeder, der sie sieht, muß es wissen, Miß Havisham."

Sie legte einen Arm um meinen Hals und zog meinen Kopf dicht an den ihren, während sie auf dem Stuhl saß. „Liebe sie, liebe sie, liebe sie! Wie benutzt sie dich?"

Ehe ich antworten konnte (wenn ich überhaupt eine so schwierige Frage hätte beantworten können), wiederholte sie: „Liebe sie, liebe sie, liebe sie! Wenn sie dir wohlgesonnen ist, liebe sie. Wenn sie dich verwundet, liebe sie. Wenn sie dein Herz in Stücke reißt, und je älter und stärker es wird, desto tiefer wird es zerreißen, so liebe sie, liebe sie, liebe sie!"

Nie hatte ich einen so leidenschaftlichen Eifer gesehen, wie er mit dem Aussprechen dieser Worte verbunden war. Ich fühlte, wie die Muskeln des dünnen Armes um meinen Hals mit der Heftigkeit, die sie besaß, anschwollen.

„Höre mich, Pip! Ich habe sie adoptiert, um geliebt zu werden. Ich habe sie gezüchtet und erzogen, damit sie geliebt wird. Ich habe sie zu dem entwickelt, was sie ist, damit sie geliebt werden kann. Ich liebe sie!"

Sie sagte das Wort oft genug, und es konnte kein Zweifel darüber bestehen, daß sie es sagen wollte; Aber wenn das oft wiederholte Wort Haß statt Liebe - Verzweiflung - Rache - schrecklicher Tod gewesen wäre, so hätte es von ihren Lippen nicht mehr wie ein Fluch klingen können.

„Ich will dir sagen," sagte sie in demselben hastigen, leidenschaftlichen Flüstern, "was wahre Liebe ist. Es ist blinde Hingabe, bedingungslose Selbsterniedrigung, völlige Unterwerfung, Vertrauen und Glaube gegen sich selbst und gegen die ganze Welt, das ganze Herz und die ganze Seele dem Schläger zu überlassen – wie ich es getan habe!"

Als sie zu ihr kam und zu einem wilden Schrei, der darauf folgte, faßte ich sie um die Hüften. Denn sie erhob sich in dem Stuhl, in dem Leichentuch eines Kleides, und schlug in die Luft, als ob sie sich gleich gegen die Wand geschlagen und tot umgefallen wäre.

All dies ging in wenigen Sekunden vorbei. Als ich sie in ihren Stuhl zog, fühlte ich einen Duft, den ich kannte, und als ich mich umwandte, sah ich meinen Vormund im Zimmer.

Er trug immer (ich glaube, ich habe es noch nicht erwähnt) ein Einstecktuch von reicher Seide und von imposanten Proportionen, das für ihn in seinem Beruf von großem Wert war. Ich habe gesehen, wie er einen Klienten oder einen Zeugen so erschreckte, indem er dieses Einstecktuch feierlich entfaltete, als ob er sich gleich die Nase putzen wollte, und dann innehielt, als ob er wüßte, daß er keine Zeit dazu haben würde, bevor sich ein solcher Klient oder Zeuge verpflichtete, daß die Selbstverpflichtung unmittelbar, ganz selbstverständlich folgte. Als ich ihn im Zimmer sah, hatte er dieses ausdrucksvolle Einstecktuch in beiden Händen und sah uns an. Als er meinem Blick begegnete, sagte er durch eine augenblickliche und stumme Pause in dieser Haltung deutlich: „Allerdings? Merkwürdig!" und dann das Einstecktuch mit wunderbarer Wirkung in den richtigen Gebrauch zurück.

Miß Havisham hatte ihn gleich gesehen wie ich und fürchtete sich (wie alle anderen) vor ihm. Sie machte einen heftigen Versuch, sich zu fassen, und stammelte, er sei so pünktlich wie immer.

„So pünktlich wie immer," wiederholte er, indem er auf uns zukam. „(Wie geht es dir, Pip? Soll ich Sie mitnehmen, Miß Havisham? Einmal rund?) Und du bist also hier, Pip?"

Ich erzählte ihm, als ich angekommen war, und wie Miß Havisham gewünscht hatte, daß ich zu Estella komme. Darauf antwortete er: "Ah! Sehr schöne junge Dame!" Dann schob er Miß Havisham in ihrem Stuhl mit der einen seiner großen Hände vor sich her und steckte die andere in seine Hosentasche, als ob die Tasche voller Geheimnisse wäre.

„Nun, Pip! Wie oft haben Sie Fräulein Estella schon gesehen?" fragte er, als er stehen blieb.

„Wie oft?"

„Ah! Wie oft? Zehntausendmal?"

„Ach! Sicher nicht so viele."

„Zweimal?"

„Jaggers," warf Miß Havisham zu meiner großen Erleichterung ein: „laß meinen Pip in Ruhe und geh mit ihm zu deinem Essen."

Er gehorchte, und wir tasteten uns gemeinsam die dunkle Treppe hinab. Während wir noch auf dem Weg zu den freistehenden Wohnungen auf der anderen Seite des gepflasterten Hofes waren, fragte er mich, wie oft ich Miß Havisham hatte essen und trinken sehen; Er bot mir eine breite Auswahl, wie üblich, zwischen hundert Mal und einmal.

Ich überlegte und sagte: „Niemals."

„Und wird es auch nie tun, Pip," erwiderte er mit einem finsteren Lächeln. „Sie hat sich nie dabei sehen lassen, wie sie beides tut, seit sie ihr jetziges Leben gelebt hat. Sie wandert in der Nacht umher und legt dann die Hände an die Nahrung, die sie nimmt."

„Bitte, mein Herr," sagte ich: „darf ich Ihnen eine Frage stellen?"

„Das darfst du," sagte er: „und ich kann mich weigern, darauf zu antworten. Stellen Sie Ihre Frage."

„Estellas Name. Ist es Havisham oder ...?" Ich hatte dem nichts hinzuzufügen.

„Oder was?" fragte er.

„Ist es Havisham?"

„Es ist Havisham."

Dies führte uns zum Eßtisch, wo sie und Sarah Pocket uns erwarteten. Mr. Jaggers führte den Vorsitz, Estella saß ihm gegenüber, ich sah meinen grün-gelben Freund an. Wir speisten sehr gut und wurden von einer Magd bedient, die ich in meinem ganzen Kommen und Gehen noch nie gesehen hatte, die aber, soviel ich weiß, die ganze Zeit in diesem geheimnisvollen Hause gewesen war. Nach dem Essen wurde meinem Vormund (er war offenbar mit dem Weinlese gut vertraut) eine Flasche ausgesuchten alten Portweins hingestellt, und die beiden Damen verließen uns.

Irgend etwas, das der entschiedenen Zurückhaltung Mr. Jaggers unter diesem Dache gleichkäme, habe ich nirgends gesehen, nicht einmal bei ihm. Er behielt seine Blicke für sich und richtete seine Augen während des Essens kaum ein einziges Mal auf Estellas Gesicht. Als sie mit ihm sprach, hörte er zu und antwortete mit der Zeit, sah sie aber nicht an, so daß ich sehen konnte. Andererseits sah sie ihn oft mit Interesse und Neugierde, wenn nicht gar mit Mißtrauen an, aber sein Gesicht zeigte nicht die geringste Bewußtsein. Während des ganzen Mittagessens hatte er ein trockenes Vergnügen daran, Sarah Pocket grüner und gelber zu machen, indem er oft im Gespräch mit mir auf meine Erwartungen hinwies; aber auch hier zeigte er kein Bewußtsein und erweckte sogar den Anschein, als habe er diese Anspielungen aus meinem unschuldigen Selbst herausgepresst – und sogar erpresst, obwohl ich nicht weiß, wie.

Und als er und ich allein beisammen waren, saß er da mit einer Miene, als ob er wegen der Informationen, die er besaß, allgemein daneben lüge, das war wirklich zu viel für mich. Er nahm seinen Wein ins Kreuzverhör, als er nichts anderes in der Hand hatte. Er hielt es zwischen sich und die Kerze, kostete den Portwein, rollte ihn im Munde, schluckte ihn, sah noch einmal auf sein Glas, roch den Portwein, probierte ihn, trank ihn, füllte ihn wieder und nahm das Glas wieder ins Kreuzverhör, bis ich so nervös wurde, als ob ich gewußt hätte, daß der Wein ihm etwas zu meinem Nachteil sagte. Drei- oder viermal dachte ich schwach, ich würde ein Gespräch beginnen; aber sooft er sah, daß ich ihn etwas fragen wollte, sah er mich mit dem Glas in der Hand an und wälzte seinen Wein im Munde, als ob er mich bitten wollte, darauf zu achten, daß es nichts nütze, denn er könne nicht antworten.

Ich glaube, Miß Pocket war sich bewußt, daß ihr Anblick sie in die Gefahr brachte, zum Wahnsinn angestachelt zu werden und vielleicht ihre Mütze abzureißen – die sehr häßlich war, wie ein Musselin-Wischmopp – und den Boden mit ihren Haaren zu bestreuen, die gewiß nie auf ihrem Kopfe gewachsen waren . Sie erschien nicht, als wir nachher in Miß Havishams Zimmer hinaufgingen, und wir vier spielten Whist. In der Zwischenzeit hatte Miß Havisham in phantastischer Weise einige der schönsten Juwelen von ihrem Schminktisch in Estellas Haar, um ihren Busen und ihre Arme gelegt; und ich sah, wie sogar mein Vormund sie unter seinen dichten Augenbrauen hervorsah und sie ein wenig hob, als ihre Lieblichkeit vor ihm lag, mit jenen reichen Röten von Glanz und Farbe darin.

Von der Art und Weise, wie er unsere Trümpfe in Gewahrsam nahm und mit gemeinen kleinen Karten an den Enden der Hände herauskam, vor denen der

Ruhm unserer Könige und Königinnen gänzlich erniedrigt wurde, sage ich nichts, auch nicht von dem Gefühl, das ich hatte, als er uns persönlich im Lichte dreier sehr offensichtlicher und armseliger Rätsel betrachtete, die er vor langer Zeit entdeckt hatte. Worunter ich litt, war die Unvereinbarkeit zwischen seiner kalten Präsenz und meinen Gefühlen für Estella. Es war nicht so, daß ich wußte, daß ich es nie ertragen würde, mit ihm über sie zu sprechen, daß ich es nicht ertragen würde, ihn mit seinen Stiefeln nach ihr knarren zu hören, daß ich es nie ertragen würde, zu sehen, wie er seine Hände in Unschuld wußte; Es war, daß meine Bewunderung nur ein oder zwei Fuß von ihm entfernt sein sollte, - es war, daß meine Gefühle mit ihm an derselben Stelle sein sollten - *das* war der quälende Umstand.

Wir spielten bis neun Uhr, und dann wurde verabredet, daß ich, wenn Estella nach London käme, vor ihrem Kommen gewarnt werden und sie in der Kutsche treffen sollte; und dann nahm ich Abschied von ihr, berührte sie und verließ sie.

Mein Wächter lag beim Eber im Nebenzimmer. Weit in die Nacht hinein klangen Miß Havishams Worte: "Liebe sie, liebe sie, liebe sie!" Ich passte sie für meine eigene Wiederholung an und sagte hunderte Male zu meinem Kissen: "Ich liebe sie, ich liebe sie, ich liebe sie!" Da überkam mich ein Ausbruch der Dankbarkeit, daß sie für mich, den einstigen Schmiedjungen, bestimmt sein sollte. Da dachte ich, wenn sie, wie ich befürchtete, noch keineswegs überaus dankbar für dieses Schicksal wäre, wann würde sie anfangen, sich für mich zu interessieren? Wann sollte ich das Herz in ihr erwecken, das jetzt stumm war und schlief?

Ach ich! Ich dachte, das waren hohe und große Emotionen. Aber ich hätte nie gedacht, daß es etwas Niedriges und Kleines wäre, wenn ich mich von Joe fernhielt, weil ich wußte, daß sie ihn verachten würde. Es war nur ein Tag vergangen, und Joe hatte mir die Tränen in die Augen getrieben; sie waren bald getrocknet, Gott verzeihe mir! bald getrocknet.

KAPITEL XXX.

Nachdem ich die Sache gründlich erwogen hatte, als ich mich am Morgen im „Blauen Eber" ankleidete, beschloß ich, meinem Vormund zu sagen, daß ich bezweifle, daß Orlick der richtige Mann sei, um einen Vertrauensposten bei Miß Havisham zu bekleiden. „Ja, er ist natürlich nicht der richtige Mann, Pip," sagte mein Vormund, der sich im voraus über den allgemeinen Kopf befriedigt hatte: „denn der Mann, der den Posten des Vertrauens ausfüllt, ist nie der richtige Mann." Es schien ihn ganz in Stimmung zu versetzen, als er fand, daß dieser Posten nicht ausnahmsweise von der richtigen Art von Mann besetzt war, und er hörte zufrieden zu, als ich ihm erzählte, welche Kenntnisse ich von Orlick hatte. „Sehr gut, Pip," bemerkte er, als ich geendet hatte: „ich werde gleich herumgehen und unsern Freund auszahlen." Etwas beunruhigt über diese summarische Aktion, zögerte ich ein wenig und deutete sogar an, daß es schwierig sein könnte, mit unserem Freund selbst fertig zu werden. „O nein, das wird er nicht," sagte mein Vormund, indem er mit vollkommener Zuversicht auf sein Taschentuch zeigte; „Ich möchte sehen, wie er die Frage mit *mir* diskutiert."

Da wir zusammen mit der Mittagskutsche nach London zurückfuhren und ich unter solchen Schrecken des Pumblechook frühstückte, daß ich kaum meine Tasse halten konnte, so gab mir dies Gelegenheit, mir zu sagen, daß ich spazieren zu gehen wünsche und daß ich die Londoner Straße entlangfahren würde, solange Mr. Jaggers beschäftigt sei, wenn er dem Kutscher Bescheid geben würde, daß ich mich an meinen Platz setzen würde, wenn ich eingeholt würde. So war ich in der Lage, gleich nach dem Frühstück vom Blauen Eber zu fliegen. Nachdem ich dann eine Schleife von etwa ein paar Meilen in das offene Land hinter Pumblechooks Gelände gemacht hatte, gelangte ich wieder in die Hauptstraße, ein wenig hinter dieser Falle, und fühlte mich in verhältnismäßiger Sicherheit.

Es war interessant, wieder in der stillen Altstadt zu sein, und es war nicht unangenehm, hier und da plötzlich erkannt und angestarrt zu werden. Ein oder zwei von den Kaufleuten sprangen sogar aus ihren Läden und gingen ein Stück vor mir die Straße hinunter, um sich umzudrehen, als ob sie etwas vergessen hätten, und mir von Angesicht zu Angesicht gegenübergingen, – bei welchen Gelegenheiten ich nicht weiß, ob sie oder ich den schlechteren Vorwand machten; sie tun es nicht, oder ich sehe es nicht. Trotzdem war meine Stellung eine vornehme, und ich war durchaus nicht unzufrieden damit, bis das Schicksal mich diesem unbeschränkten Schurken, Trabbs Knaben, in den Weg warf.

Als ich an einem bestimmten Punkt meines Fortschritts meinen Blick über die Straße schweifen ließ, sah ich Trabbs Knaben sich nähern und sich mit einem leeren blauen Sack auspeitschen. Da ich glaubte, daß eine heitere und unbewußte Betrachtung seiner Person mir am besten gezieme und am ehesten geeignet wäre, seinen bösen Sinn zu besiegen, trat ich mit diesem Ausdruck des Antlitzes vor und wollte mich vielmehr zu meinem Erfolg beglückwünschen, als plötzlich die Knie des Knaben Trabbs aneinanderstießen, sein Haar sich aufsträubte, seine Mütze abfiel und er an allen Gliedern heftig zitterte. taumelte auf die Straße hinaus und schrie dem Volk zu: „Haltet mich! Ich bin so erschrocken!" tat so, als befände er sich in einem Anfall von Schrecken und Zerknirschung, der durch die Würde meines Aussehens hervorgerufen wurde. Als ich an ihm vorüberging, klapperten seine Zähne laut in seinem Kopfe, und mit allen Zeichen äußerster Demütigung warf er sich in den Staub nieder.

Das war schwer zu ertragen, aber das war nichts. Ich war noch keine zweihundert Schritte vorgerückt, als ich zu meinem unaussprechlichen Schrecken, Erstaunen und meiner Entrüstung wieder Trabbs Knaben herankommen sah. Er kam um eine schmale Ecke. Seine blaue Tasche trug er über die Schulter, ehrlicher Fleiß strahlte in seinen Augen, und in seinem Gang zeigte sich der Entschluß, mit heiterer Lebhaftigkeit zu Trabb's zu gehen. Mit einem Schreck wurde er auf mich aufmerksam und wurde wie früher heftig besucht; aber diesmal war seine Bewegung kreisend, und er taumelte um mich herum, die Knie noch mehr gequält und die Hände erhoben, als flehe er um Gnade. Seine Leiden wurden von einem Haufen Zuschauer mit der größten Freude begrüßt, und ich fühlte mich zutiefst bestürzt.

Ich war noch nicht so viel weiter die Straße hinunter gekommen als das Postamt, als ich wieder Trabbs Knaben in einem Seitenwege herumschießen sah. Diesmal war er völlig verändert. Er trug die blaue Tasche in der Art meines großen Rockes und stolzierte auf dem Bürgersteig auf der gegenüberliegenden Straßenseite auf mich zu, begleitet von einer Gesellschaft entzückter junger Freunde, denen er von Zeit zu Zeit mit einer Handbewegung zurief: „Ich weiß es nicht!" Worte können nicht beschreiben, wie viel Ärger und Verletzung Trabbs Knabe mir zugefügt hat, als er neben mir vorüberging, zog er seinen Hemdkragen hoch, flocht sein Seitenhaar zusammen, streckte einen Arm nach oben und grinste verschwenderisch vorbei, zuckte mit den Ellbogen und dem Körper und sagte zu seinen Dienern: „Ich weiß nicht, ich weiß nicht, meine Seele weiß es nicht!" Die Schande, die ihn gleich darauf mit Krähen begleitete, fing an zu krähen und mich über die Brücke zu verfolgen, wie von einem überaus niedergeschlagenen Huhn, das mich gekannt hatte, als ich Schmied war, und gipfelte in der Schande, mit der ich die Stadt verließ und von ihr sozusagen ins freie Land hinausgeworfen wurde.

Aber wenn ich nicht bei dieser Gelegenheit Trabbs Knaben das Leben genommen hätte, so sehe ich wirklich nicht ein, was ich hätte tun können, als auszuharren. Mit ihm auf der Straße zu kämpfen oder von ihm einen geringeren Lohn als das beste Blut seines Herzens zu verlangen, wäre vergeblich und erniedrigend gewesen. Außerdem war er ein Knabe, den kein Mann verletzen konnte; eine unverwundbare und ausweichende Schlange, die, als sie in eine Ecke gejagt wurde, zwischen den Beinen ihres Entführers wieder hervorflog und verächtlich kläffte. Ich schrieb jedoch mit der Post vom nächsten Tage an Mr. Trabb, um ihm mitzuteilen, daß Mr. Pip es ablehnen müsse, weiter mit jemandem zu verhandeln, der so weit vergessen könne, was er den besten Interessen der Gesellschaft schuldig sei, als einen Knaben zu beschäftigen, der in jedem anständigen Gemüt Abscheu errede.

Die Kutsche mit Mr. Jaggers im Innern fuhr zur rechten Zeit vor, und ich nahm wieder meinen Logenplatz ein und kam wohlbehalten in London an, aber nicht gesund, denn mein Herz war tot. Gleich nach meiner Ankunft schickte ich Joe einen Bußdorsch und ein Faß Austern (als Wiedergutmachung dafür, daß ich nicht selbst gegangen war) und ging dann weiter nach Barnard's Inn.

Ich fand Herbert beim Essen von kaltem Fleisch und freute mich, mich wieder willkommen zu heißen. Nachdem ich den ‚Avenger' ins Kaffeehaus geschickt hatte, um das Diner zu ergänzen, fühlte ich, daß ich noch am selben Abend meiner Freundin und meinem Kumpel meine Brust öffnen mußte. Da an Vertrauen bei dem Rächer in der Halle, die man nur im Lichte eines Vorzimmers zum Schlüsselloch betrachten konnte, nicht gedenken konnte, so schickte ich ihn ins Schauspiel. Ein besserer Beweis für die Schwere meiner Knechtschaft an diesen Zuchtmeister konnte kaum gegeben werden, als die erniedrigenden Schichten, zu denen ich beständig getrieben wurde, um ihm eine Anstellung zu finden. Die Extremität ist so gemein, daß ich ihn zuweilen in die Ecke des Hyde-Parks schickte, um zu sehen, wie viel Uhr es sei.

Als das Essen beendet war und wir mit den Füßen auf dem Kotflügel saßen, sagte ich zu Herbert: „Mein lieber Herbert, ich habe Ihnen etwas ganz Besonderes zu sagen."

„Mein lieber Händel," erwiderte er: „ich werde Ihr Vertrauen schätzen und achten."

„Es geht mich an, Herbert," sagte ich: „und noch eine andere Person."

Herbert schlug die Füße übereinander, sah mit dem Kopf zur Seite auf das Feuer, und nachdem er es eine Zeitlang vergeblich angeschaut hatte, sah er mich an, weil ich nicht weiterging.

„Herbert," sagte ich und legte die Hand auf sein Knie: „ich liebe - ich bewundere - Estella."

Anstatt wie gebannt zu sein, antwortete Herbert in einer leichten, selbstverständlichen Weise: „Genau. Nun?"

„Nun, Herbert? Ist das alles, was Sie sagen? Nun?"

„Was nun?" fragte Herbert. „Das weiß ich natürlich."

„Woher wissen Sie das?" fragte ich.

„Woher weiß ich das, Händel? Warum, von dir."

„Ich habe es dir nie gesagt."

„Habe ich es mir gesagt! Du hast mir nie gesagt, wann du dir die Haare habe schneiden lassen, aber ich habe Sinne gehabt, um es wahrzunehmen. Du hast sie immer verehrt, seit ich dich kenne. Du hast deine Verehrung und dein Kofferwort hier zusammengebracht. Habe es mir gesagt! Warum, hast du mir immer den ganzen Tag lang gesagt. Als du mir deine eigene Geschichte erzähltest, hast du mir offen gesagt, daß du sie zu verehren anfingst, als du sie zum ersten Mal sahst, als du noch sehr jung warst."

„Nun gut," sagte ich, dem dies ein neues und nicht unwillkommenes Licht war: „ich habe nie aufgehört, sie anzubeten. Und sie ist zurückgekehrt, ein höchst schönes und elegantes Geschöpf. Und ich habe sie gestern gesehen. Und wenn ich sie früher verehrt habe, so verehre ich sie jetzt doppelt."

„Ein Glück für dich, Händel," sagte Herbert: „daß du für sie auserwählt und ihr zugeteilt bist. Ohne in verbotenes Terrain einzudringen, dürfen wir es wagen zu sagen, daß darüber unter uns kein Zweifel bestehen kann. Hast du schon eine Ahnung, was Estella über die Frage der Anbetung denkt?"

Ich schüttelte düster den Kopf. „Ach! Sie ist Tausende von Meilen von mir entfernt," sagte ich.

„Geduld, mein lieber Händel: Zeit genug, Zeit genug. Aber du hast noch etwas zu sagen?"

„Ich schäme mich, es zu sagen," entgegnete ich: „und doch ist es nicht schlimmer, es zu sagen, als es zu denken. Du nennst mich einen Glückspilz. Natürlich bin ich. Ich war erst gestern noch ein Schmiedjunge; Ich bin - was soll ich sagen, daß ich heute bin?"

„Sagen Sie einen guten Kerl, wenn Sie einen Satz brauchen," entgegnete Herbert lächelnd und schlug die Hand auf den meinigen Rücken: „ein guter Kerl, in den sich Ungestüm und Zögern, Kühnheit und Schüchternheit, Handlung und Traum eigentümlich mischten."

Ich hielt einen Augenblick inne, um zu überlegen, ob es wirklich diese Mischung in meinem Charakter gab. Im Großen und Ganzen habe ich die Analyse keineswegs erkannt, aber ich hielt sie nicht für der Mühe wert, sie in Frage zu stellen.

„Wenn ich frage, wie ich mich heute nennen soll, Herbert," fuhr ich fort: „so sage ich, was ich in meinen Gedanken habe. Du sagst, ich habe Glück. Ich weiß, daß ich nichts getan habe, um mich im Leben zu erheben, und daß das Glück allein mich erhoben hat; Das bedeutet, sehr viel Glück zu haben. Und doch, wenn ich an Estella denke ..."

(„Und wann nicht, weißt du?" Herbert warf hinein, die Augen auf das Feuer gerichtet; was ich für freundlich und mitfühlend von ihm hielt.)

„Dann, mein lieber Herbert, kann ich Ihnen nicht sagen, wie abhängig und unsicher ich mich fühle und wie ich Hunderten von Zufällen ausgesetzt bin. Obwohl ich verbotenes Terrain vermeide, wie du es soeben getan hast, kann ich dennoch sagen, dass alle meine Erwartungen von der Beständigkeit einer Person abhängen (die keine Person nennt). Und bestenfalls wie unbestimmt und unbefriedigend, nur um dann so vage zu wissen, was sie sind!" Indem ich dies sagte, entlastete ich meinen Geist von dem, was schon immer da gewesen war, mehr oder weniger, wenn auch zweifellos das meiste seit gestern.

„Nun, Händel," erwiderte Herbert in seiner heiteren, hoffnungsvollen Weise: „es scheint mir, als ob wir in der Verzagtheit der zärtlichen Leidenschaft mit der Lupe in das Maul unseres geschenkten Pferdes blicken. Ebenso scheint es mir, als ob wir, wenn wir unsere Aufmerksamkeit auf die Untersuchung konzentrieren, eine der besten Seiten des Tieres übersehen. Haben Sie mir nicht gesagt, daß Ihr Vormund, Herr Jaggers, Ihnen am Anfang gesagt hat, daß Sie nicht nur mit Erwartungen begabt sind? Und selbst wenn er es Ihnen nicht gesagt hätte -

obgleich das ein sehr großes Wenn, das gebe ich zu -, könnten Sie glauben, daß von allen Männern in London Mr. Jaggers der Mann ist, der seine gegenwärtigen Verwandten Ihnen gegenüber hält, wenn er nicht seines Bodens sicher wäre?"

Ich sagte, ich könne nicht leugnen, dass dies eine Stärke sei. Ich sagte es (und das tun die Leute in solchen Fällen oft) wie ein etwas widerstrebendes Zugeständnis an Wahrheit und Gerechtigkeit, als ob ich es leugnen wollte!

„Ich glaube, es *wäre* eine Stärke," sagte Herbert: „und ich glaube, Sie wären verwirrt, wenn Sie sich eine stärkere vorstellen würden; Was das übrige betrifft, so müssen Sie die Zeit Ihres Vormunds abwarten, und er muss die Zeit seines Klienten abwarten. Du wirst einundzwanzig sein, bevor du weißt, wo du bist, und dann wirst du vielleicht eine weitere Erleuchtung erlangen. Auf jeden Fall werden Sie ihm näher kommen, denn er muß endlich kommen."

„Was für ein hoffnungsvolles Gemüt Sie haben!" sagte ich und bewunderte dankbar seine heitere Art.

„Das hätte ich tun sollen," sagte Herbert: „denn ich habe nicht viel anderes. Ich muß nebenbei zugeben, daß der gesunde Sinn dessen, was ich eben gesagt habe, nicht mir eigen ist, sondern dem meines Vaters. Die einzige Bemerkung, die ich je von ihm über Ihre Geschichte machen hörte, war die letzte: „Die Sache ist erledigt und erledigt, sonst wäre Mr. Jaggers nicht dabei." Und ehe ich nun noch etwas von meinem Vater oder meines Vaters Sohn sage, und mein Vertrauen mit Vertrauen erwidere, will ich mich Ihnen einen Augenblick lang ernsthaft unangenehm machen, geradezu abstoßend."

„Es wird Ihnen nicht gelingen," sagte ich.

„O ja, das werde ich!" sagte er. „Eins, zwei, drei, und jetzt bin ich dran. Händel, mein guter Freund!" - obgleich er in diesem leichten Tone sprach, so war er doch sehr ernst - „ich habe gedacht, seit wir mit den Füßen auf diesem Kotflügel gesprochen haben, daß Estella gewiß keine Bedingung für Ihr Erbe sein kann, wenn sie nicht von Ihrem Vormund erwähnt wird. Habe ich recht, wenn ich das, was Sie mir gesagt haben, so verstehe, daß er sich weder direkt noch indirekt auf irgendeine Weise auf sie bezogen hat? Haben Sie zum Beispiel nicht einmal angedeutet, daß Ihr Gönner Ansichten über Ihre Heirat haben könnte?"

„Niemals."

„Nun, Händel, ich bin ganz frei von dem Geschmack saurer Trauben, auf meiner Seele und Ehre! Da du nicht an sie gebunden bist, kannst du dich nicht von ihr lösen? - Ich habe dir gesagt, ich würde unangenehm sein."

Ich wandte den Kopf zur Seite, denn mit einem Rauschen und Schwingen, wie die alten Sumpfwinde, die vom Meere heraufkommen, ein Gefühl, wie es mich am Morgen bezwungen hatte, als ich die Schmiede verließ, als die Nebel sich feierlich aufzogen und als ich meine Hand auf den Fingerpfahl des Dorfes legte, schlug es mir wieder ins Herz. Eine Weile herrschte Stille zwischen uns.

„Jawohl; aber mein lieber Händel," fuhr Herbert fort, als ob wir miteinander sprachen, anstatt zu schweigen: „daß es so fest in der Brust eines Knaben verwurzelt ist, den die Natur und die Umstände so romantisch machten, macht es sehr ernst. Denken Sie an ihre Erziehung, und denken Sie an Miß Havisham. Denke daran, was sie selbst ist (jetzt bin ich abstoßend und du verabscheust mich). Das kann zu elenden Dingen führen."

„Ich weiß es, Herbert," sagte ich, den Kopf noch immer abgewandt: „aber ich kann nicht anders."

„Du kannst dich nicht lösen?"

„Nein. Unmöglich!"

„Du kannst es nicht versuchen, Händel?"

„Nein. Unmöglich!"

„Nun," sagte Herbert, indem er sich lebhaft schüttelte, als ob er geschlafen hätte, und das Feuer anfing: „jetzt will ich mich bemühen, mich wieder angenehm zu machen!"

Er ging also im Zimmer umher, schüttelte die Vorhänge aus, stellte die Stühle an ihren Platz, ordnete die Bücher und dergleichen, die herumlagen, sah in den Saal, schaute in den Briefkasten, schloß die Tür und kehrte zu seinem Stuhl am Feuer zurück, wo er sich niedersetzte und das linke Bein in beide Arme legte.

„Ich wollte ein oder zwei Worte sagen, Händel, über meinen Vater und den Sohn meines Vaters. Ich fürchte, es ist kaum nötig, daß der Sohn meines Vaters bemerkt, daß das Haus meines Vaters in seiner Haushaltung nicht besonders glänzend ist."

„Es ist immer genug da, Herbert," sagte ich, um etwas Ermunterndes zu sagen.

„O ja! und das sagt der Müllmann, glaube ich, mit der stärksten Zustimmung, und das gilt auch für den Marineladen in der Seitenstraße. Im Ernst, Händel, denn das Thema ist ernst genug, Sie wissen es so gut wie ich, wie es ist. Ich glaube, es gab einmal eine Zeit, wo mein Vater die Sache nicht aufgegeben hatte; Aber wenn es je einen gab, dann ist die Zeit vorbei. Darf ich Sie fragen, ob Sie jemals Gelegenheit gehabt haben, unten in Ihrem Teil des Landes zu bemerken, daß die

Kinder aus nicht gerade geeigneten Ehen immer ganz besonders darauf bedacht sind, verheiratet zu werden?"

Das war eine so eigentümliche Frage, daß ich ihn erwiderte: „Ist es so?"

„Ich weiß es nicht," sagte Herbert: „das ist es, was ich wissen will. Denn das ist bei uns ganz klar der Fall. Meine arme Schwester Charlotte, die neben mir war und starb, bevor sie vierzehn Jahre alt war, war ein schlagendes Beispiel. Little Jane ist genauso. In ihrem Wunsch, ehelich gefestigt zu werden, könnte man meinen, sie habe ihr kurzes Dasein in der fortwährenden Betrachtung häuslicher Glückseligkeit zugebracht. Der kleine Alick in einem Kleid hat bereits Vorkehrungen für seine Verbindung mit einem geeigneten jungen Menschen in Kew getroffen. Und in der Tat, ich glaube, wir sind alle verlobt, außer dem Baby."

„Dann bist du es?" fragte ich.

„Das bin ich," sagte Herbert; „Aber es ist ein Geheimnis."

Ich versicherte ihm, daß ich das Geheimnis bewahre, und bat ihn, mit weiteren Einzelheiten begünstigt zu werden. Er hatte so vernünftig und gefühlvoll von meiner Schwäche gesprochen, daß ich etwas über seine Stärke wissen wollte.

„Darf ich nach dem Namen fragen?" Ich habe gesagt.

„Name von Clara," sagte Herbert.

„Wohnen Sie in London?"

„Ja, vielleicht sollte ich erwähnen," sagte Herbert, der merkwürdig niedergeschlagen und sanftmütig geworden war, seit wir auf das interessante Thema gekommen waren: „daß sie ziemlich unter den unsinnigen Familienvorstellungen meiner Mutter steht. Ihr Vater hatte mit der Bestückung von Passagierschiffen zu tun. Ich glaube, er war eine Art Zahlmeister."

„Was ist er nun?" fragte ich.

„Er ist jetzt ein Invalide," antwortete Herbert.

„Von ...?"

„Im ersten Stock," sagte Herbert. Das war durchaus nicht das, was ich meinte, denn ich hatte beabsichtigt, meine Frage auf seine Mittel zu beziehen. „Ich habe ihn nie gesehen, denn er hat sein Zimmer immer über dem Kopf behalten, seit ich Clara kenne. Aber ich habe ihn ständig gehört. Er macht ungeheure Ruder, brüllt und schlägt mit irgend einem furchtbaren Instrument auf den Boden." Indem er mich ansah und dann herzlich lachte, fand Herbert für den Augenblick seine gewohnte lebhafte Art wieder.

„Erwarten Sie nicht, ihn zu sehen?" fragte ich.

„O ja, ich erwarte ihn beständig," entgegnete Herbert: „weil ich ihn nie höre, ohne zu erwarten, daß er durch die Decke stürzt. Aber ich weiß nicht, wie lange die Sparren halten werden."

Als er wieder herzlich gelacht hatte, wurde er wieder sanftmütig und erzählte mir, daß er in dem Augenblick, als er das Kapital zu begreifen anfing, die Absicht gehabt habe, diese junge Dame zu heiraten. Er fügte als selbstverständlicher Vorschlag hinzu, der Niedergeschlagenheit hervorrief: „Aber du *kannst nicht* heiraten, weißt du, während du dich umsiehst."

Als wir das Feuer betrachteten und darüber nachdachten, wie schwer es manchmal sei, diese Hauptstadt zu verwirklichen, steckte ich die Hände in die Taschen. Ein zusammengefalteter Zettel in einem von ihnen erregte meine Aufmerksamkeit, ich öffnete ihn und fand, daß es der Spielzettel war, den ich von Joe erhalten hatte, in Verwandtschaft mit dem berühmten Provinzdiletten von roscianischem Ruhm. „Und Gott segne mein Herz," fügte ich unwillkürlich laut hinzu: „es ist heute abend!"

Dies änderte augenblicklich das Thema und veranlaßte uns, uns eilig zu entschließen, das Stück zu besuchen. Als ich mich also verpflichtet hatte, Herbert in der Angelegenheit seines Herzens mit allen möglichen und undurchführbaren Mitteln zu trösten und zu begünstigen, und als Herbert mir gesagt hatte, daß seine Verwandte mich bereits dem Ruf nach kenne und daß ich ihr vorgestellt werden würde, und als wir uns herzlich die Hand geschüttelt hätten und unser gegenseitiges Vertrauen ausgesprochen hätten, wir bliesen unsere Kerzen aus, machten unser Feuer an, verriegelten unsere Tür und machten uns auf den Weg, um Herrn Wopsle und Dänemark zu suchen.

KAPITEL XXXI.

Bei unserer Ankunft in Dänemark fanden wir den König und die Königin dieses Landes in zwei Lehnstühlen auf einem Küchentisch erhoben und hielten einen Hof. Der ganze dänische Adel war anwesend; sie bestehen aus einem edlen Knaben in den Waschlederstiefeln eines riesenhaften Vorfahren, einem ehrwürdigen Peer mit schmutzigem Gesicht, der erst spät aus dem Volke hervorgegangen zu sein scheint, und dem dänischen Rittertum mit einem Kamm im Haar und einem Paar weißseidener Beine, die im Ganzen ein weibliches Aussehen bieten. Mein begabter Städter stand düster da, mit verschränkten Armen, und ich hätte mir gewünscht, seine Locken und seine Stirn wären wahrscheinlicher gewesen.

Im Laufe der Handlung ereigneten sich mehrere merkwürdige kleine Umstände. Der verstorbene König des Landes schien bei seinem Tode nicht nur von Husten geplagt gewesen zu sein, sondern er habe ihn auch mit ins Grab genommen und zurückgebracht. Das königliche Phantom trug auch ein gespenstisches Manuskript um seinen Knüppel, auf das es sich gelegentlich zu beziehen schien, und zwar mit einer Miene der Besorgnis und der Neigung, den Bezugspunkt zu verlieren, die auf einen Zustand der Sterblichkeit hindeuteten. Ich glaube, das war es, was dazu führte, daß die Galerie dem Shade riet: „umzudrehen!" – eine Empfehlung, die sie äußerst übel aufnahm. Auch war von diesem majestätischen Geiste zu bemerken, daß er, während er immer mit der Miene erschien, als sei er schon lange draußen gewesen und eine ungeheure Strecke zurückgelegt, wahrnehmbar von einer dicht angrenzenden Mauer kam. Dies veranlaßte seine Schrecken, höhnisch aufgenommen zu werden. Die Königin von Dänemark, eine sehr dralle Dame, wenn auch zweifellos historisch unverschämt, wurde von der Öffentlichkeit als zu viel Messing an sich angesehen; ihr Kinn war mit einem breiten Band von diesem Metall an ihrem Diadem befestigt (als ob sie herrliche Zahnschmerzen hätte), ihre Taille war von einem andern und jeder ihrer Arme von einem andern umschlossen, so daß sie offen als "die Pauke" genannt wurde. Der edle Knabe in den Ahnenstiefeln war inkonsequent und stellte sich gleichsam in einem Atemzug als ein tüchtiger Seemann, ein wandelnder Schauspieler, ein Totengräber, ein Geistlicher und eine Person von äußerster Wichtigkeit bei einem Hoffechtkampf dar, nach dessen Autorität geübtes Auge und schönes Unterscheidungsvermögen die schönsten Schläge beurteilt wurden. Dies führte allmählich zu einem Mangel an Duldung für ihn und sogar, als er bei den heiligen Weihen entdeckt wurde und sich weigerte, die Trauerfeier zu halten, zu einer allgemeinen Empörung, die sich in Form von Nüssen äußerte. Endlich war Ophelia eine Beute eines so langsamen musikalischen Wahnsinns, daß, als sie im Laufe der Zeit ihr weißes Musselintuch abgenommen, zusammengefaltet und begraben hatte, ein mürrischer Mann, der lange seine ungeduldige Nase gegen eine Eisenstange in der ersten Reihe der Galerie gekühlt hatte, knurrte: „Jetzt ist das Kind zu Bett gebracht, laß uns zu Abend essen!" Was, gelinde gesagt, nicht in Ordnung war.

Auf meinen unglücklichen Bürger häuften sich alle diese Vorfälle mit spielerischer Wirkung. Wann immer dieser unentschlossene Prinz eine Frage stellen oder einen Zweifel äußern musste, half ihm das Publikum dabei. Wie zum Beispiel; Auf die Frage, ob es edler sei, zu leiden, brüllten einige ja, andere nein, und einige, die zu beiden Ansichten neigten, sagten: „Wirf dich hin!" Und es entstand eine ganze Debattiergesellschaft. Als er fragte, was solche Kerle wie er, die zwischen Erde und Himmel kriechen, tun sollten, wurde er durch lautes Geschrei ermuntert: „Hört, hört!" Als er mit ungeordnetem Strumpf erschien (die Unordnung drückte sich nach der Gewohnheit durch eine sehr saubere Falte in der Spitze aus, die ich vermute, immer mit einem Bügeleisen hochgezogen wird), fand auf der Galerie ein Gespräch über die Blässe seines Beines statt und darüber, ob es durch die Wendung, die das Gespenst ihm gegeben hatte, veranlaßt worden sei. Als er die Blockflöten nahm - ganz wie eine kleine schwarze Flöte, die eben im Orchester gespielt und an der Tür ausgereicht worden war -, wurde er einstimmig für die Rule Britannia berufen. Als er dem Spieler empfahl, die Luft nicht so zu sägen, sagte der mürrische Mann: „Und *tu* es auch nicht; Du bist viel schlimmer als *er*!" Und es tut mir leid, hinzufügen zu müssen, daß Mr. Wopsle bei jeder dieser Gelegenheiten mit schallendem Gelächter begrüßt wurde.

Aber seine größten Prüfungen fanden auf dem Kirchhof statt, der wie ein Urwald aussah, mit einer Art kleinem kirchlichen Waschhaus auf der einen Seite und einem Schlagbaumtor auf der andern Seite. Mr. Wopsle in einem umfassenden schwarzen Mantel, der beim Eintreten durch den Schlagbaum gesehen wurde, wurde freundlich ermahnt: "Achtung! Hier kommt der Leichenbestatter, um zu sehen, wie Sie mit Ihrer Arbeit vorankommen!" Ich glaube, es ist in einem konstitutionellen Lande wohlbekannt, daß Mr. Wopsle unmöglich den Schädel hätte zurückgeben können, nachdem er darüber moralisiert hatte, ohne seine Finger auf einer weißen Serviette abzustauben, die er von seiner Brust genommen hatte; aber selbst diese unschuldige und unentbehrliche Handlung blieb nicht ohne den Kommentar: „Wai-ter!" Die Ankunft des Leichnams zur Bestattung (in einem leeren schwarzen Kasten mit auffallendem Deckel) war das Signal zu einer allgemeinen Freude, die durch die Entdeckung eines Individuums unter den Trägern, das sich nicht identifizieren ließ, noch gesteigert wurde. Die Freude begleitete Herrn Wopsle während seines Kampfes mit Laertes am Rande des Orchesters und des Grabes und ließ nicht mehr nach, bis er den König vom Küchentisch gestoßen und von den Knöcheln aufwärts um Zoll gestorben war.

Wir hatten anfangs einige blasse Anstrengungen gemacht, Mr. Wopsle Beifall zu spenden; aber sie waren zu hoffnungslos, um darauf zu beharren. So saßen wir da und fühlten lebhaft mit ihm, lachten aber doch von Ohr zu Ohr. Ich lachte die ganze Zeit über über meinen Trotz, so drollig war die ganze Sache; und doch hatte ich den latenten Eindruck, daß in Mr. Wopsles Redeweise etwas ausgesprochen Schönes lag – nicht um alter Assoziationen willen, fürchte ich, sondern weil sie sehr langsam, sehr öde, sehr bergauf und bergab war und ganz anders war als jede Art und Weise, in der sich irgendein Mensch in irgendwelchen natürlichen Lebens- oder Todesverhältnissen jemals über irgend etwas geäußert hätte. Als die Tragödie vorüber war und man ihn gerufen und gejohlt hatte, sagte ich zu Herbert: „Laß uns gleich gehen, oder vielleicht werden wir ihn treffen."

Wir beeilten uns so schnell wir konnten, die Treppe hinunter, aber wir waren auch nicht schnell genug. An der Tür stand ein jüdischer Mann mit einer unnatürlich starken Augenbraue, der mir ins Auge fiel, als wir weitergingen, und sagte, als wir mit ihm heraufkamen:

„Mr. Pip und Freund?"

Identität von Mr. Pip und seinem Freund gestanden.

„Herr Waldengarver," sagte der Mann: „würde sich freuen, die Ehre zu haben."

„Waldengarver?" Ich wiederholte – als Herbert mir ins Ohr flüsterte: „Wahrscheinlich Wopsle."

„Oh!" sagte ich. „Jawohl. Sollen wir dir folgen?"

„Ein paar Schritte, bitte." Als wir in einer Seitengasse waren, drehte er sich um und fragte: „Wie sah er wohl aus? – Ich habe ihn angezogen."

Ich weiß nicht, wie er ausgesehen hat, außer einer Beerdigung; mit einer großen dänischen Sonne oder einem Stern, der an einem blauen Band um seinen Hals hing, das ihm den Anschein gegeben hatte, als sei er in einem außerordentlichen Feuerwehramt versichert. Aber ich sagte, er hätte sehr nett ausgesehen.

„Als er zu Grabe kam," sagte unser Schaffner: „zeigte er seinen Mantel schön. Aber nach dem Flügel zu urteilen, sah es mir so aus, als ob er, wenn er das Gespenst in der Wohnung der Königin sah, vielleicht mehr aus seinen Strümpfen gemacht haben könnte."

Ich stimmte bescheiden zu, und wir fielen alle durch eine kleine schmutzige Schwingtür in eine Art heißen Kiste unmittelbar dahinter. Hier entledigte sich Herr Wopsle seiner dänischen Kleider, und hier war gerade noch Platz, daß wir ihn über die Schultern hinweg betrachten konnten, indem wir die Tür oder den Deckel des Koffers weit offen hielten.

„Meine Herren," sagte Mr. Wopsle: „ich bin stolz, Sie zu sehen. Ich hoffe, Mr. Pip, Sie werden mir verzeihen, daß ich herumschicke. Ich hatte das Glück, Sie in früheren Zeiten zu kennen, und das Drama hat immer einen Anspruch auf die Edlen und Wohlhabenden gehabt, der jemals anerkannt worden ist."

Inzwischen versuchte Herr Waldengarver in furchtbarem Schweiße, sich aus seinem fürstlichen Zobel zu befreien.

„Häuten Sie Mr. Waldengarver die Strümpfe ab," sagte der Besitzer des Grundstücks: „oder Sie werden sie zerschlagen. Wenn du sie vernichtest, wirst du fünfunddreißig Schilling verlieren. Shakspeare wurde nie mit einem schöneren Paar beglückwünscht. Schweigen Sie jetzt in Ihrem Stuhl und überlassen Sie sie mir."

Damit sank er auf die Knie und fing an, sein Opfer zu häuten; der, als er den ersten Strumpf auszog, gewiß mit seinem Stuhl nach hinten gefallen wäre, wenn nicht sowieso kein Platz zum Fallen gewesen wäre.

Bis dahin hatte ich mich gefürchtet, ein Wort über das Stück zu sagen. Aber dann blickte Herr Waldengarver selbstgefällig zu uns auf und sagte:

„Meine Herren, wie kam es Ihnen vor, voraus zu gehen?"

Herbert sagte von hinten (und stieß mich gleichzeitig an): „Capitally." Also sagte ich: „Groß."

„Wie gefiel Ihnen meine Lektüre der Figur, meine Herren?" fragte Herr Waldengarver fast, wenn nicht ganz, mit Gönnerhaftigkeit.

Herbert sagte von hinten (und stieß mich wieder an): „Massiv und betoniert." So sagte ich kühn, als ob ich es erfunden hätte und darum bitten müßte, darauf zu bestehen: „Massiv und betoniert."

„Ich freue mich, Ihre Zustimmung zu haben, meine Herren," sagte Herr Waldengarver mit einer Miene der Würde, obgleich er zu diesem Zeitpunkt an die Wand gedrückt und sich an der Sitzfläche des Stuhles festhielt.

„Aber ich will Ihnen eins sagen, Herr Waldengarver," sagte der Mann, der auf den Knien lag: „worin Sie in Ihrer Lektüre sind. Jetzt Vorsicht! Es ist mir egal, wer das Gegenteil sagt; Ich sage es Ihnen. Du bist gerade dabei, Hamlet zu lesen, als du deine Beine im Profil bekommst. Der letzte Hamlet, als ich mich ankleidete, machte die gleichen Fehler bei seiner Lesung bei der Probe, bis ich ihn dazu brachte, eine große rote Oblate auf jedes seiner Schienbeine zu legen, und dann ging ich bei der Probe (die die letzte war) vorne, Sir, in den hinteren Teil des Grabens, und wann immer seine Lesung ihn ins Profil brachte, Ich rief: ‚Ich sehe keine Waffeln!' Und am Abend war seine Lektüre sehr schön."

Herr Waldengarver lächelte mich an, als wollte er sagen: „ein treuer Abhängiger – ich übersehe seine Torheit," und sagte dann laut: „Meine Ansicht ist ein wenig klassisch und nachdenklich für sie hier; Aber sie werden sich verbessern, sie werden sich verbessern."

Herbert und ich sagten zusammen: Oh, sie würden sich zweifellos verbessern.

„Haben Sie bemerkt, meine Herren," fragte Herr Waldengarver: „daß es einen Mann auf der Galerie gab, der sich bemühte, den Gottesdienst – ich meine, die Darstellung – zu verspotten?"

Wir antworteten kleinmütig, dass wir eher glaubten, einen solchen Mann bemerkt zu haben. Ich fügte hinzu: „Er war betrunken, ohne Zweifel."

„O nein, Sir," sagte Mr. Wopsle: „nicht betrunken. Sein Arbeitgeber würde dafür sorgen, Sir. Sein Arbeitgeber erlaubte es ihm nicht, betrunken zu sein."

„Sie kennen seinen Arbeitgeber?" fragte ich.

Herr Wopsle schloß die Augen und öffnete sie wieder; beide Zeremonien werden sehr langsam durchgeführt. „Sie müssen bemerkt haben, meine Herren," sagte er: „einen unwissenden und unverfrorenen Esel mit krächzender Kehle und einem Gesicht, das eine niedrige Bosheit ausdrückte, der die Rolle des Claudius, des Königs von Dänemark, spielte – ich will nicht sagen, aufrechterhalten. Das ist sein Arbeitgeber, meine Herren. So ist der Beruf!"

Ohne recht zu wissen, ob mir Mr. Wopsle mehr leid getan hätte, wenn er in Verzweiflung gewesen wäre, so tat er mir so leid, daß ich die Gelegenheit benutzte, als er sich umdrehte, um seine Zahnspange aufsetzen zu lassen – was uns vor der Tür drängte –, um Herbert zu fragen, was er davon halte, ihn zum Abendessen nach Hause zu holen? Herbert sagte, er halte es für freundlich, dies zu tun; deshalb lud ich ihn ein, und er ging mit uns zu Barnard, bis in die Augen eingewickelt, und wir taten unser Bestes für ihn, und er saß bis zwei Uhr morgens da, ließ seinen Erfolg Revue passieren und entwarf seine Pläne. Ich weiß im einzelnen nicht mehr, was sie waren, aber ich erinnere mich allgemein, daß er mit der Wiederbelebung des Dramas anfing und damit endete, es zu zermalmen; insofern sein Ableben sie völlig beraubt und ohne Chance und Hoffnung zurücklassen würde.

Elend legte ich mich doch noch zu Bett, dachte elend an Estella und träumte kläglich, daß alle meine Erwartungen zunichte gemacht worden seien und daß ich vor zwanzigtausend Menschen vor zwanzigtausend Menschen die Hand zur Ehe mit Herberts Clara geben oder Fräulein Havishams Geist den Hamlet spielen müßte, ohne zwanzig Worte davon zu wissen.

KAPITEL XXXII.

Eines Tages, als ich mit meinen Büchern und Mr. Pocket beschäftigt war, erhielt ich einen Brief mit der Post, dessen bloßes Äußeres mich in ein großes Aufruhr versetzte; denn obgleich ich die Handschrift, in der sie adressiert war, nie gesehen hatte, so erriet ich doch, wessen Hand es war. Er hatte keinen festen Anfang, wie „Lieber Herr Pip" oder „Lieber Pip" oder „Sehr geehrter Herr" oder „Liebes irgend etwas," sondern er lautete folgendermaßen:

> „Ich komme übermorgen mit der Mittagskutsche nach London. Ich glaube, es wurde ausgemacht, daß Sie mich treffen sollten? Jedenfalls hat Miß Havisham diesen Eindruck, und ich schreibe ihm gehorsam. Sie sendet dir ihre Grüße."

Mit Ihrem, ESTELLA.

Wenn Zeit gewesen wäre, hätte ich wahrscheinlich mehrere Kleider für diesen Anlaß bestellt; aber da es keinen gab, so wollte ich mich mit denen begnügen, die ich besaß. Mein Appetit verschwand augenblicklich, und ich kannte keine Ruhe und keine Ruhe, bis der Tag kam. Nicht, dass mich seine Ankunft mitgebracht hätte; denn da ging es mir schlimmer als je zuvor, und ich fing an, das Kutschenbüro in der Wood Street in Cheapside zu verfolgen, ehe die Kutsche den blauen Eber in unserer Stadt verlassen hatte. Obgleich ich das ganz genau wußte, so fühlte ich mich doch, als ob es nicht sicher wäre, das Kutschenbüro länger als fünf Minuten auf einmal aus den Augen zu lassen; und in diesem Zustande der Unvernunft hatte ich die erste halbe Stunde einer Wache von vier oder fünf Stunden verrichtet, als Wemmick mir entgegenlief.

„Hallo, Mr. Pip," sagte er; „Wie geht es dir? Ich hätte wohl kaum gedacht, dass das *dein* Beat ist."

Ich erklärte, daß ich auf jemanden wartete, der mit der Kutsche heranküme, und erkundigte mich nach dem Schloß und den Alten.

„Beiden ein blühender Dank," sagte Wemmick: „und besonders den Alten. Er hat ein wunderbares Gefieder. Nächsten Geburtstag wird er zweiundachtzig Jahre alt. Ich habe die Idee, zweiundachtzigmal zu schießen, wenn die Nachbarschaft sich nicht beklagen sollte, und meine Kanone sollte dem Druck gewachsen sein. Dies ist jedoch kein Londoner Gerede. Was glaubst du, wohin ich gehen werde?"

„Nach dem Bureau?" fragte ich, denn er tendierte in diese Richtung.

„Das Nächste," entgegnete Wemmick: „ich gehe nach Newgate. Wir befinden uns gerade in einem Bankiers-Paketkoffer, und ich bin die Straße hinunter gewesen, um einen Blick auf den Schauplatz des Geschehens zu werfen, und muß daraufhin ein oder zwei Worte mit unserem Klienten sprechen."

„Hat Ihr Klient den Raub begangen?" Fragte ich.

„Segne deine Seele und deinen Leib, nein," antwortete Wemmick sehr trocken. „Aber er wird dessen beschuldigt. Das könnten Sie oder ich auch sein. Jeder von uns könnte dessen beschuldigt werden, weißt du."

„Nur ist es keiner von uns," bemerkte ich.

„Ja!" sagte Wemmick und berührte mich mit dem Zeigefinger an der Brust; „Sie sind ein tiefsinniger Mensch, Mr. Pip! Möchten Sie einen Blick auf Newgate werfen? Hast du noch Zeit?"

Ich hatte so viel Zeit zu verlieren, daß der Vorschlag eine Erleichterung war, obgleich er unvereinbar war mit meinem latenten Wunsche, das Kutschenbüro im Auge zu behalten. Mit dem Gemurmel, ich würde mich erkundigen, ob ich Zeit hätte, mit ihm spazieren zu gehen, ging ich in das Bureau und erkundigte mich bei dem Beamten mit der schönsten Genauigkeit und sehr zur Prüfung seines Temperaments nach dem frühesten Augenblick, in dem die Kutsche zu erwarten sei, was ich im voraus ebenso gut wußte wie er. Ich kehrte dann zu Mr. Wemmick zurück, und entschlossen, meine Uhr zu konsultieren und durch die erhaltenen Nachrichten überrascht zu sein, nahm ich sein Anerbieten an.

In wenigen Minuten waren wir in Newgate und gingen durch die Hütte, wo einige Fesseln an den kahlen Wänden zwischen den Gefängnisregeln hingen, in das Innere des Gefängnisses. Zu jener Zeit wurden die Gefängnisse sehr vernachlässigt, und die Periode übertriebener Reaktion, die auf jedes öffentliche Unrecht folgte und die immer die schwerste und längste Strafe ist, war noch weit entfernt. So wurden die Verbrecher nicht besser untergebracht und ernährt als die Soldaten (von den Armen ganz zu schweigen) und steckten selten ihre

Gefängnisse in Brand, um den Geschmack ihrer Suppe zu verbessern. Es war Besuchszeit, als Wemmick mich aufnahm, und ein Kiffer drehte seine Runden mit Bier; und die Gefangenen, die hinter Gittern in den Höfen saßen, kauften Bier und unterhielten sich mit Freunden; Und es war eine mürrische, hässliche, ungeordnete, deprimierende Szene.

Es fiel mir auf, daß Wemmick unter den Gefangenen wandelte, wie ein Gärtner unter seinen Pflanzen wandelt. Das kam mir zum ersten Mal in den Sinn, als er eine Schießerei sah, die in der Nacht aufgekommen war, und sagte: „Was, Kapitän Tom? Sind *Sie* dabei? Ah, in der Tat!" und auch: „Ist das der schwarze Schnabel hinter der Zisterne? Warum ich diese zwei Monate nicht nach dir gesucht habe; Wie findest du dich selbst?" Ebenso, wie er an den Gitterstäben stehen blieb und sich um ängstliche Einflüsterer kümmerte, die immer einzeln waren, sah Wemmick, der sein Postamt in unbeweglichem Zustande hatte, sie während der Besprechung an, als ob er besonders auf die Fortschritte achtete, die sie seit dem letzten beobachteten Zeitpunkt gemacht hatten, um bei ihrem Prozeß in vollem Schlag herauszukommen.

Er war sehr beliebt, und ich fand, daß er die vertraute Abteilung von Mr. Jaggers' Geschäft übernahm; obgleich auch etwas von Mr. Jaggers' Zustand an ihm hing und es ihm verbot, sich über gewisse Grenzen hinaus zu nähern. Seine persönliche Anerkennung für jeden einzelnen Kunden bestand in einem Nicken und darin, daß er den Hut mit beiden Händen ein wenig leichter auf den Kopf setzte, dann das Postamt festzog und die Hände in die Taschen steckte. In ein oder zwei Fällen gab es Schwierigkeiten bei der Erhöhung der Gebühren, und dann sagte Herr Wemmick, so weit wie möglich von dem unzulänglichen Geld, das er erwirtschaftete, zurückwich: „Es nützt nichts, mein Junge. Ich bin nur ein Untergebener. Ich kann es nicht mehr aushalten. Machen Sie nicht auf diese Weise mit einem Untergebenen weiter. Wenn du nicht imstande bist, dein Quantum aufzubringen, mein Junge, so wendest du dich besser an einen Direktor; Es gibt eine Menge Auftraggeber in diesem Beruf, wissen Sie, und was für den einen nicht der Mühe wert ist, kann für den anderen der Mühe wert sein; Das ist meine Empfehlung an Sie, wenn ich als Untergebener spreche. Versuchen Sie es nicht mit nutzlosen Maßnahmen. Warum sollten Sie? Nun, wer ist der Nächste?"

So gingen wir durch Wemmicks Gewächshaus, bis er sich zu mir umdrehte und sagte: „Beachte den Mann, dem ich die Hand schütteln werde." Ich hätte es ohne Vorbereitung tun sollen, da er noch niemandem die Hand geschüttelt hatte.

Kaum hatte er gesprochen, trat ein behäbiger, aufrechter Mann (den ich jetzt sehe, während ich schreibe) in einem abgetragenen olivfarbenen Gehrock, mit einer eigentümlichen Blässe, die das Rot in seinem Teint überdeckte, und Augen, die umherwanderten, wenn er sie zu fixieren suchte, an eine Ecke des Gitters heran und legte die Hand an seinen Hut, der eine fettige und fettige Oberfläche wie kalte Brühe hatte, mit einem halbernsten und halb scherzhafter militärischer Gruß.

„Oberst, auf Sie!" sagte Wemmick; „Wie geht es Ihnen, Oberst?"

„In Ordnung, Mr. Wemmick."

„Es wurde alles getan, was getan werden konnte, aber die Beweise waren zu stark für uns, Oberst."

„Ja, es war zu stark, Sir, aber *das ist mir* gleichgültig."

„Nein, nein," sagte Wemmick kühl: „*das* ist Ihnen gleichgültig." Dann wandte er sich an mich und sagte: „Er hat Seiner Majestät diesem Mann gedient. War Soldat in der Linie und hat sich seine Entlassung erkauft."

Ich sagte: „Wirklich?" und die Augen des Mannes sahen mich an, und dann schauten sie über meinen Kopf hinweg, und dann sahen sie sich um, und dann fuhr er sich mit der Hand über die Lippen und lachte.

„Ich glaube, ich werde am Montag aus der Sache heraus sein, Sir," sagte er zu Wemmick.

„Vielleicht," entgegnete mein Freund: „aber man weiß es nicht."

„Ich freue mich, daß ich Gelegenheit habe, Ihnen Lebewohl zu sagen, Herr Wemmick," sagte der Mann und streckte die Hand zwischen zwei Gitterstäben aus.

„Danke!" sagte Wemmick und schüttelte ihm die Hand. „Das Gleiche gilt für Sie, Colonel."

„Wenn das, was ich bei mir trug, als ich entwendet wurde, wahr gewesen wäre, Herr Wemmick," sagte der Mann, der seine Hand nicht loslassen wollte: „so würde ich Sie um die Gunst gebeten haben, einen anderen Ring zu tragen – als Anerkennung für Ihre Aufmerksamkeiten."

„Ich nehme das Testament für die Tat an," sagte Wemmick. „Übrigens; Du warst ein ziemlicher Taubenzüchter." Der Mann blickte in den Himmel. „Man hat mir gesagt, Sie hätten eine bemerkenswerte Art von Bechern. *Könnten* Sie irgendeinen Freund von Ihnen beauftragen, mir ein Paar zu bringen, wenn Sie keine Verwendung mehr dafür haben?"

„Es wird geschehen, Sir."

„Gut," sagte Wemmick: „für sie wird gesorgt werden. Guten Tag, Oberst. Auf Wiedersehen!" Sie schüttelten sich wieder die Hände, und als wir weggingen, sagte Wemmick zu mir: „Ein Münzer, ein sehr guter Arbeiter. Der Bericht des Protokollführers wird heute erstellt, und er wird gewiß am Montag hingerichtet werden. Aber sehen Sie, was die Sache betrifft, so ist ein Taubenpaar doch tragbares Eigentum." Mit diesen Worten blickte er zurück, nickte der toten Pflanze zu und ließ dann seine Augen über sich schweifen, als er den Hof verließ, als überlege er, welcher andere Topf am besten an seiner Stelle passen würde.

Als wir durch die Loge aus dem Gefängnis kamen, fand ich, daß die große Wichtigkeit meines Vormunds von den Wärtern nicht weniger geschätzt wurde als von denen, die sie in der Obhut hielten. „Nun, Mr. Wemmick," sagte der Türhüter, der uns zwischen den beiden mit Nieten und Stacheln versehenen Toren hielt und das eine sorgfältig verriegelte, bevor er das andere aufschloß: „was wird Mr. Jaggers mit diesem Mord am Wasser anfangen? Wird er es zum Totschlag machen, oder was wird er daraus machen?"

„Warum fragst du ihn nicht?" entgegnete Wemmick.

„O ja, ich wage zu sagen!" sagte der Schlüsselmann.

„Nun, so ist es mit ihnen hier, Mr. Pip," bemerkte Wemmick und wandte sich mit verlängertem Postamt an mich. „Sie kümmern sich nicht darum, was sie von mir, dem Untergebenen, verlangen; aber Sie werden sie nie dabei erwischen, wie sie meinem Direktor Fragen stellen."

„Ist dieser junge Herr einer der ›Prentices‹ oder ‚Articles' Ihres Bureaus?" fragte der Türsteher mit einem Grinsen über Mr. Wemmicks Humor.

„Da geht er wieder, siehst du!" rief Wemmick: „ich hab's dir gesagt! Stellt dem Untergebenen noch eine Frage, bevor seine erste trocken ist! Nun, angenommen, Mr. Pip ist einer von ihnen?"

„Nun," sagte der Diener und grinste wieder: „er weiß, was Herr Jaggers ist."

„Ja!" rief Wemmick und schlug plötzlich scherzhaft auf den Schlüssel ein: „Sie sind dumm wie einer Ihrer eigenen Schlüssel, wenn Sie es mit meinem Direktor zu tun haben, das wissen Sie. Laß uns raus, du alter Fuchs, oder ich bringe ihn dazu, dich wegen falscher Gefangenschaft zu verklagen."

Der Türsteher lachte und gab uns einen guten Tag und stand lachend über den Stacheln des Pförtners, als wir die Stufen auf die Straße hinabstiegen.

„Wohlgemerkt, Mr. Pip," sagte Wemmick ernst in mein Ohr, indem er meinen Arm ergriff, um vertraulicher zu sein; „Ich weiß nicht, ob Mr. Jaggers etwas Besseres tut als die Art und Weise, wie er sich so hoch hält. Er ist immer so high. Seine konstante Größe ist wie ein Quartett mit seinen immensen Fähigkeiten. Dieser Oberst wagte ebensowenig Abschied von ihm zu nehmen, als jener Schlüsselmann ihn nach seinen Absichten in Bezug auf einen Fall zu fragen wagte. Dann, zwischen seiner Größe und ihnen, schlüpft er in seinen Untergebenen hinein – siehst du nicht? – und so hat er sie mit Leib und Seele."

Ich war sehr beeindruckt, und das nicht zum ersten Mal, von der Subtilität meines Vormunds. Um die Wahrheit zu gestehen, wünschte ich mir von ganzem Herzen, und das nicht zum ersten Male, daß ich einen andern Vormund von geringeren Fähigkeiten gehabt hätte.

Mr. Wemmick und ich trennten uns in dem Bureau in Little Britain, wo wie gewöhnlich Bittsteller für Mr. Jaggers' Nachricht herumlungerten, und ich kehrte zu meiner Wache in der Straße des Kutschenbüros zurück, mit etwa drei Stunden zur Hand. Ich verbrachte die ganze Zeit mit dem Gedanken, wie seltsam es sei, daß ich von all diesem Makel des Gefängnisses und des Verbrechens umgeben sein sollte; daß ich ihr in meiner Kindheit an einem Winterabend in unseren einsamen Sümpfen zum ersten Mal begegnet wäre; daß er zweimal wieder aufgetaucht sein müßte und wie ein Fleck aussah, der verblasst, aber nicht verschwunden war; dass es auf diese neue Weise mein Glück und meinen Aufstieg durchdringen würde. Während mein Geist so beschäftigt war, dachte ich an die schöne junge Estella, stolz und vornehm, die auf mich zukam, und ich dachte mit absolutem Abscheu an den Kontrast zwischen dem Gefängnis und ihr. Ich wünschte, Wemmick wäre mir nicht begegnet, oder ich hätte ihm nicht nachgegeben und wäre mit ihm gegangen, damit ich ausgerechnet an diesem Tage des Jahres nicht Newgate in meinem Atem und auf meinen Kleidern gehabt hätte. Ich klopfte mir den Gefängnisstaub von den Füßen, während ich hin und her schlenderte, schüttelte ihn aus meinem Kleid und atmete seine Luft aus meinen Lungen aus. Ich fühlte mich so verunreinigt, als ich mich erinnerte, wer kommen würde, daß die Kutsche doch schnell kam, und ich war noch nicht frei von dem beschmutzenden Bewußtsein von Herrn Wemmicks Wintergarten, als ich ihr Gesicht am Wagenfenster sah und ihre Hand mir zuwinken sah.

Was *war* der namenlose Schatten, der in diesem einen Augenblick wieder vorübergegangen war?

KAPITEL XXXIII.

In ihrem pelzigen Reisekleid schien Estella zarter zu sein, als sie je erschienen war, selbst in meinen Augen. Ihr Benehmen war gewinnender, als sie es mir früher hatte glauben lassen, und ich glaubte Miß Havishams Einfluß auf die Veränderung zu erkennen.

Wir standen im Wirtshof, während sie mir ihr Gepäck zeigte, und als alles eingesammelt war, erinnerte ich mich, da ich in der Zwischenzeit alles außer sich selbst vergessen hatte, daß ich nichts von ihrem Ziel wußte.

„Ich gehe nach Richmond," sagte sie mir. „Unsere Lehre ist, daß es zwei Richmonds gibt, einen in Surrey und einen in Yorkshire, und daß mein Richmond der Surrey ist. Die Entfernung beträgt zehn Meilen. Ich soll einen Wagen haben, und du sollst mich mitnehmen. Das ist mein Beutel, und Sie sollen meine Gebühren daraus bezahlen. O, du mußt den Geldbeutel nehmen! Wir haben keine andere Wahl, du als uns, unseren Anweisungen zu gehorchen. Wir sind nicht frei, unseren eigenen Mitteln zu folgen, du und ich."

Als sie mich ansah, wie sie mir die Handtasche reichte, hoffte ich, dass in ihren Worten eine innere Bedeutung lag. Sie sagte sie abfällig, aber nicht mit Missfallen.

„Es wird ein Wagen kommen müssen, Estella. Wollen Sie sich hier ein wenig ausruhen?"

„Ja, ich soll hier ein wenig ausruhen, und ich soll Tee trinken, und du sollst dich die ganze Zeit um mich kümmern."

Sie schob ihren Arm durch den meinen, als ob es geschehen müßte, und ich bat einen Kellner, der die Kutsche angestarrt hatte wie ein Mann, der so etwas noch nie in seinem Leben gesehen hatte, uns ein privates Wohnzimmer zu zeigen. Darauf zog er eine Serviette hervor, als wäre es ein magischer Hinweis, ohne den er den Weg nach oben nicht finden konnte, und führte uns in das schwarze Loch des Hauses, das mit einem verkleinernden Spiegel (ein ganz überflüssiger Gegenstand, wenn man die Proportionen des Lochs bedenkt), einer Sardellensoße und irgendwelchen Pasteten versehen war. Als ich gegen diesen

Rückzug Einspruch erhob, führte er uns in ein anderes Zimmer, in dem ein Esstisch für dreißig Personen stand, und auf dem Gitter ein verbranntes Blatt eines Heftes unter einem Scheffel Kohlenstaub. Nachdem er diese erloschene Feuersbrunst gesehen und den Kopf geschüttelt hatte, folgte er meinem Befehl; welches, da es sich nur als „Tee für die Dame" erwies, ihn in einem sehr niedergeschlagenen Gemütszustande aus dem Zimmer schickte.

Ich fühlte und bin mir bewußt, daß die Luft dieses Zimmers in seiner starken Verbindung von Stall und Suppenbrühe zu dem Schluß hätte veranlaßt werden können, daß die Kutschenabteilung nicht gut lief und daß der geschäftüchtige Besitzer die Pferde für die Erfrischungsabteilung einkochte. Und doch war das Zimmer für mich alles in allem, Estella war darin. Ich dachte, dass ich mit ihr dort ein Leben lang glücklich hätte sein können. (Ich war damals überhaupt nicht glücklich dort, und ich wusste es sehr gut.)

„Wohin gehen Sie, nach Richmond?" fragte ich Estella.

„Ich werde mit großen Kosten bei einer Dame leben," sagte sie: „bei einer Dame, die die Macht hat oder sagt, sie habe es, mich herumzuführen und mich vorzustellen und die Leute mir und mich den Leuten zu zeigen."

„Ich nehme an, Sie werden sich über Abwechslung und Bewunderung freuen?"

„Ja, das glaube ich."

Sie antwortete so nachlässig, daß ich sagte: „Du sprichst von dir, als wärst du ein anderer."

„Wo hast du gelernt, wie ich von anderen spreche? Komm, komm," sagte Estella und lächelte entzückt: „du darfst nicht erwarten, daß ich für dich in die Schule gehe; Ich muss auf meine Weise sprechen. Wie gedeihen Sie mit Mr. Pocket?"

„Ich wohne ganz angenehm dort; wenigstens" - Es schien mir, als ob ich eine Chance verliere.

„Wenigstens?" wiederholte Estella.

„So angenehm, wie ich es überall konnte, weit weg von dir."

„Du dummer Knabe," sagte Estella ganz ruhig: „wie kannst du nur solchen Unsinn reden? Ihr Freund, Mr. Matthew, ist, glaube ich, den übrigen seiner Familie überlegen?"

„In der Tat sehr überlegen. Er ist niemandes Feind ..."

„Fügen Sie nur seine eigenen hinzu," warf Estella ein: „denn ich haße diese Art von Menschen. Aber er ist wirklich uneigennützig und über wenig Eifersucht und Bosheit erhaben, wie ich gehört habe?"

„Ich bin sicher, dass ich allen Grund habe, das zu sagen."

„Sie haben nicht allen Grund, dies von den übrigen seiner Leute zu sagen," sagte Estella und nickte mir mit einem Ausdruck zu, der zugleich ernst und aufmunternd klang: „denn sie bedrängen Miß Havisham mit Berichten und Andeutungen zu Ihrem Nachteil. Sie beobachten dich, stellen dich falsch dar, schreiben Briefe über dich (manchmal anonym), und du bist die Qual und die Beschäftigung ihres Lebens. Du kannst dir selbst kaum vorstellen, welchen Hass diese Leute auf dich empfinden."

„Sie tun mir hoffentlich nichts Böses?"

Anstatt zu antworten, brach Estella in Gelächter aus. Das war mir sehr eigentümlich, und ich sah sie mit großer Verwirrung an. Als sie aufhörte – und sie hatte nicht träge, sondern mit wahrem Vergnügen gelacht –, sagte ich in meiner schüchternen Art gegen sie:

„Ich hoffe, ich kann mir vorstellen, daß Sie sich nicht amüsieren würden, wenn sie mir etwas Böses täten."

„Nein, nein, dessen kannst du gewiß sein," sagte Estella. „Du kannst sicher sein, dass ich lache, weil sie versagen. O, diese Leute mit Miß Havisham und die Folterungen, die sie erdulden!" Sie lachte wieder, und selbst jetzt, da sie mir gesagt hatte, warum, war ihr Lachen für mich sehr eigentümlich, denn ich konnte nicht daran zweifeln, daß es echt war, und doch schien es zu viel für die Gelegenheit. Ich dachte, hier müsse wirklich mehr sein, als ich wußte; Sie sah den Gedanken in meinem Kopf und beantwortete ihn.

„Es ist nicht leicht, selbst für dich," sagte Estella: „zu wissen, welche Befriedigung es mir gibt, diese Leute vereitelt zu sehen, oder welch ein angenehmes Gefühl für das Lächerliche ich habe, wenn sie lächerlich gemacht werden. Denn du bist nicht von klein auf in diesem fremden Hause erzogen worden. Ich war. Du hattest nicht deinen kleinen Verstand geschärft durch ihre Intrigen gegen dich, unterdrückt und wehrlos, unter der Maske des Mitleids und des Mitleids und was sonst noch so weich und beruhigend ist. Ich hatte. Du hast nicht allmählich deine runden, kindlichen Augen immer weiter geöffnet, um jene Betrügerin von einer Frau zu entdecken, die ihre Seelenruhe für das Erwachen in der Nacht berechnet. Das habe ich."

Für Estella war es jetzt nicht mehr zum Lachen, noch beschwor sie diese Erinnerungen von einem seichten Ort herauf. Ich wäre nicht die Ursache für ihren Blick gewesen, trotz all meiner Erwartungen auf einen Haufen.

„Zwei Dinge kann ich dir sagen," sagte Estella. „Erstens, ungeachtet des Sprichwortes, daß beständiges Fallenlassen einen Stein zermürbt, können Sie beruhigt sein, daß diese Leute niemals - niemals in hundert Jahren - Ihren Boden bei Miß Havisham, in irgend einer Einzelheit, ob groß oder klein, beeinträchtigen werden. Zweitens: Ich bin dir verpflichtet als die Ursache, warum sie so geschäftig und so gemein sind, und meine Hand liegt darauf."

Als sie es mir scherzhaft reichte - denn ihre dunklere Stimmung war nur von kurzer Dauer gewesen -, hielt ich es fest und führte es an meine Lippen. „Du lächerlicher Junge," sagte Estella: „wirst du nie eine Warnung annehmen? Oder küßt du mir die Hand in demselben Geiste, in dem ich mich einst von dir die Wange küssen ließ?"

„Was war das für ein Geist?" fragte ich.

„Ich muß einen Augenblick nachdenken. Ein Geist der Verachtung für die Rehkitze und Verschwörer."

„Wenn ich ja sage, darf ich dann noch einmal die Wange küssen?"

„Du hättest fragen sollen, bevor du die Hand berührt hast. Aber ja, wenn Sie wollen."

Ich beugte mich nieder, und ihr ruhiges Gesicht war wie das einer Statue. „Nun," sagte Estella und glitt davon, sobald ich ihre Wange berührte: „du sollst dafür sorgen, daß ich Tee trinke, und du sollst mich nach Richmond bringen."

Daß sie in diesen Ton zurückkehrte, als ob uns unsere Gesellschaft aufgezwungen würde und wir nur Marionetten wären, schmerzte mich; aber alles in unserem Verkehr bereitete mir Schmerzen. Wie auch immer ihr Ton mir gegenüber sein mochte, ich konnte ihm nicht vertrauen und keine Hoffnung darauf aufbauen; und doch machte ich weiter gegen Vertrauen und Hoffnung. Warum sollte man es tausendmal wiederholen? So war es immer.

Ich klingelte nach dem Tee, und der Kellner, der mit seinem magischen Wink wieder erschien, brachte nach und nach etwa fünfzig Beilagen zu dieser Erfrischung, aber vom Tee war nicht eine Spur zu sehen. Ein Teebrett, Tassen und Untertassen, Teller, Messer und Gabeln (einschließlich Schnitzer), Löffel (verschiedene), Salzfässer, ein sanftmütiges Muffin, das mit äußerster Vorsicht unter einem starken eisernen Deckel eingeschlossen war, Moses in den Binsen, gekennzeichnet durch ein weiches Stück Butter in einer Menge Petersilie, ein blasses Brot mit gepudertem Kopf, zwei Abdrücke von den Stäben des Küchenkamins auf dreieckigen Brotstücken, und schließlich eine fette Familienurne; mit dem der Kellner hereintaumelte und in seinem Antlitz Last und Leiden ausdrückte. Nach längerer Abwesenheit in diesem Stadium der Unterhaltung kam er endlich mit einem kostbar aussehenden Sarg zurück, der Zweige enthielt. Diese tränkte ich in heißem Wasser, und so entzog ich aus dem Ganzen diesen Geräten eine Tasse von ich weiß nicht was für Estella.

Die Rechnung bezahlt, und der Kellner erinnerte sich, und der Ostler war nicht vergessen, und das Stubenmädchen wurde in Betracht gezogen, mit einem Worte, das ganze Haus wurde in einen Zustand der Verachtung und Feindseligkeit versetzt, und Estellas Geldbeutel wurde sehr leichter, wir stiegen in unsere Postkutsche und fuhren davon. Wir bogen in die Cheapside ein und ratterten die Newgate Street hinauf, und bald waren wir unter den Mauern, deren ich mich so schämte.

„Was ist das für ein Ort?" Fragte mich Estella.

Ich tat töricht, als ob ich es zuerst nicht erkannte, und erzählte es ihr dann. Als sie es ansah, zog sie den Kopf wieder ein und murmelte: „Elende!" Ich hätte meinen Besuch unter keinen Umständen gestanden.

„Mr. Jaggers," sagte ich, indem ich es einem andern geschickt ausdrückte: „hat den Ruf, mehr in die Geheimnisse dieses düsteren Ortes eingeweiht zu sein, als irgend ein Mann in London."

„Er ist mehr in die Geheimnisse aller Orte eingeweiht, glaube ich," sagte Estella mit leiser Stimme.

„Sie sind wohl daran gewöhnt, ihn oft zu sehen?"

„Ich bin es gewohnt, ihn in ungewissen Abständen zu sehen, seit ich denken kann. Aber ich kenne ihn jetzt nicht besser, als ich es tat, ehe ich offen sprechen konnte. Welche Erfahrungen haben Sie selbst mit ihm gemacht? Kommst du mit ihm voran?"

„Einmal an sein mißtrauisches Benehmen gewöhnt," sagte ich: „so habe ich mich sehr gut geschlagen."

„Bist du intim?"

„Ich habe mit ihm in seinem Privathaus gespeist."

„Ich glaube," sagte Estella und zuckte zusammen: „das muß ein merkwürdiger Ort sein."

„Es ist ein merkwürdiger Ort."

Ich hätte mich gehütet, selbst mit ihr zu freimütig über meine Vormundin zu sprechen; aber ich wäre so weit gegangen, das Diner in der Gerrard Street zu beschreiben, wenn wir nicht in einen plötzlichen Gasschein geraten wären. Es schien, solange es dauerte, ganz entflammt und lebendig zu sein von jenem unerklärlichen Gefühl, das ich früher gehabt hatte; und als wir heraus waren, war ich einige Augenblicke lang so benommen, als ob ich im Blitz gewesen wäre.

So gerieten wir in ein anderes Gespräch, und es ging hauptsächlich um die Art und Weise, wie wir reisten, und darum, welche Teile Londons auf dieser und welche auf jener Seite davon lagen. Die große Stadt sei ihr fast neu, sagte sie mir, denn sie habe Miß Havishams Nachbarschaft nie verlassen, bis sie nach Frankreich gegangen sei, und sie sei damals nur durch London gegangen, um hin und zurück zu gehen. Ich fragte sie, ob mein Vormund irgend etwas für sie sorge, solange sie hier bliebe? Darauf sagte sie mit Nachdruck: „Gott bewahre!" und nicht mehr.

Es war mir unmöglich, mich des Eindrucks zu erwehren, daß sie mich anziehen wollte; daß sie sich selbst zum Sieg gemacht habe und mich auch gewonnen hätte, wenn die Aufgabe Mühe gehabt hätte. Aber das machte mich nicht glücklicher, denn selbst wenn sie nicht den Ton angenommen hätte, daß wir von anderen entsorgt wurden, so hätte ich doch gefühlt, daß sie mein Herz in ihrer Hand hielt, weil sie es absichtlich wählte, und nicht, weil es ihr eine Zärtlichkeit abgerungen hätte, es zu zerquetschen und wegzuwerfen.

Als wir durch Hammersmith kamen, zeigte ich ihr, wo Mr. Matthew Pocket wohnte, und sagte, es sei kein großer Weg von Richmond, und ich hoffe, sie manchmal zu sehen.

„O ja, du sollst mich sehen; Du sollst kommen, wenn du es für richtig hältst; Du sollst der Familie gegenüber erwähnt werden; In der Tat, Sie sind schon erwähnt."

Ich fragte, ob es ein großer Haushalt sei, dem sie angehören würde.

„Nein; Es gibt nur zwei; Mutter und Tochter. Die Mutter ist eine Dame von einigem Stande, wenn auch nicht abgeneigt, ihr Einkommen zu erhöhen."

„Ich wundere mich, daß Miß Havisham sich so bald wieder von Ihnen trennen kann."

„Es ist ein Teil von Miß Havishams Plänen für mich, Pip," sagte Estella mit einem Seufzer, als ob sie müde wäre; "Ich soll ihr beständig schreiben und sie regelmäßig sehen und berichten, wie es mir geht – mir und den Juwelen, denn sie gehören jetzt fast alle mir."

Es war das erste Mal, dass sie mich bei meinem Namen nannte. Natürlich tat sie das mit Absicht, und sie wußte, daß ich sie in Ehren halten sollte.

Wir kamen viel zu früh nach Richmond, und unser Ziel dort war ein Haus am Grünen – ein biederes altes Haus, wo Reifen, Puder und Flicken, gestickte Mäntel, gerollte Strümpfe, Rüschen und Schwerter oft ihre Hoftage gehabt hatten. Einige uralte Bäume vor dem Hause waren noch in einer Mode geschnitten, die so förmlich und unnatürlich war wie die Reifen, Perücken und steifen Röcke; aber ihre eigenen Plätze in der großen Prozession der Toten waren nicht mehr weit, und sie würden sich bald in sie fallen lassen und den stillen Weg der übrigen gehen.

Eine Glocke mit einer alten Stimme, die zu ihrer Zeit oft zum Hause gesagt hatte: Hier ist der grüne Farthingale, hier ist das diamantenbesetzte Schwert, hier sind die Schuhe mit den roten Absätzen und der blaue Solitär –, ertönte ernst im Mondschein, und zwei kirschfarbene Mägde kamen herbeigeflogen, um Estella zu empfangen. Die Türöffnung nahm bald ihre Kisten auf, und sie reichte mir die Hand und lächelte, sagte gute Nacht und war gleichfalls in sich versunken. Und noch immer stand ich da und betrachtete das Haus und dachte daran, wie glücklich ich sein würde, wenn ich dort mit ihr lebte, und ich wußte, daß ich nie glücklich mit ihr war, sondern immer unglücklich.

Ich stieg in den Wagen, um nach Hammersmith zurückgebracht zu werden, und ich stieg mit schlimmem Herzschmerz ein, und ich stieg mit noch schlimmerem Herzschmerz aus. Vor unserer Haustür fand ich die kleine Jane Pocket, die von einer kleinen Gesellschaft in Begleitung ihres kleinen Liebhabers nach Hause kam; und ich beneidete ihren kleinen Liebhaber, obgleich er Flopson unterworfen war.

Mr. Pocket hielt Vorträge; denn er war ein höchst entzückender Dozent über die Hauswirtschaft, und seine Abhandlungen über die Verwaltung von Kindern und Dienstboten galten als die allerbesten Lehrbücher über diese Themen. Aber Mrs. Pocket war zu Hause und befand sich in kleinen Schwierigkeiten, weil das Kind mit einem Nadeletui untergebracht worden war, um es während der unerklärlichen Abwesenheit (bei einem Verwandten in der Fußgarde) von Millers ruhig zu halten. Und es fehlten mehr Nadeln, als man für einen Patienten von so zarten Jahren als ganz gesund ansehen konnte, wenn er sie äußerlich anwendete oder als Stärkungsmittel einnahm.

Da Mr. Pocket mit Recht dafür gerühmt wurde, daß er die vortrefflichsten praktischen Ratschläge gab, daß er eine klare und gesunde Auffassung der Dinge und einen höchst vernünftigen Verstand besaß, so hatte ich in meinem Herzen den Gedanken, ihn zu bitten, mein Vertrauen anzunehmen. Aber als ich zufällig zu Mrs. Pocket aufblickte, wie sie dasaß und ihr Würdebuch las, nachdem sie mir das Bett als ein souveränes Heilmittel für Babys verschrieben hatte, dachte ich: Nun – nein, das würde ich nicht.

KAPITEL XXXIV.

Als ich mich an meine Erwartungen gewöhnt hatte, hatte ich unmerklich begonnen, ihre Wirkung auf mich selbst und die Menschen um mich herum zu bemerken. Ihren Einfluß auf meinen eigenen Charakter verbarg ich so gut wie möglich, aber ich wußte sehr wohl, daß nicht alles gut war. Ich lebte in einem Zustand chronischen Unbehagens über mein Benehmen gegen Joe. Mein Gewissen war bei Biddy durchaus nicht wohl. Wenn ich in der Nacht erwachte, dachte ich - wie Camilla - mit einer Müdigkeit auf meinem Herzen, daß ich glücklicher und besser gewesen wäre, wenn ich nie Miß Havishams Gesicht gesehen hätte und zu einem Mann aufgestiegen wäre, der sich damit begnügte, mit Joe in der ehrlichen alten Schmiede Teilhaber zu sein. Manches Mal an Abenden, wenn ich allein saß und in das Feuer schaute, dachte ich, es gibt doch kein Feuer wie das Schmiedefeuer und das Küchenfeuer zu Hause.

Und doch war Estella so untrennbar mit all meiner Unruhe und Unruhe des Geistes verbunden, daß ich wirklich in Verwirrung geriet über die Grenzen meines eigenen Anteils an seiner Hervorbringung. Das heißt, wenn ich keine Erwartungen gehabt hätte und doch an Estella gedacht hätte, so könnte ich mir nicht zu meiner Zufriedenheit vorstellen, daß ich es viel besser gemacht hätte. Was nun den Einfluß meiner Stellung auf andere anbelangte, so befand ich mich in keiner solchen Schwierigkeit, und so erkannte ich, wenn auch vielleicht dunkel genug, daß sie für niemanden von Nutzen war, und vor allem, daß sie für Herbert nicht vorteilhaft war. Meine verschwenderischen Gewohnheiten verleiteten seine Leichtigkeit zu Ausgaben, die er sich nicht leisten konnte, verdarben die Einfachheit seines Lebens und störten seine Ruhe durch Sorgen und Reue. Ich bereute es durchaus nicht, daß ich unwissentlich die anderen Zweige der Familie Pocket zu den armseligen Künsten verdammt hatte, die sie ausübten; denn solche Kleinigkeiten waren ihre natürliche Neigung und wären von jedem andern heraufbeschworen worden, wenn ich sie hätte schlummern lassen. Aber bei Herbert war es ein ganz anderer Fall, und es machte mir oft einen Stich, wenn ich daran dachte, daß ich ihm einen bösen Dienst erwiesen hätte, indem ich seine spärlich eingerichteten Gemächer mit unpassenden Polsterarbeiten überfüllte und ihm den kanarienbrüstigen Rächer zur Verfügung stellte.

Als ein unfehlbares Mittel, es mir leicht zu machen, fing ich an, eine Menge Schulden zu machen. Ich konnte kaum anfangen, aber Herbert musste auch anfangen, und so folgte er bald. Auf Startops Vorschlag ließen wir uns in einen Klub wählen, der "Finken des Hains" hieß und dessen Zweck ich nie erraten habe, wenn nicht die Mitglieder alle vierzehn Tage teuer speisen, sich nach dem Essen so viel wie möglich miteinander streiten und sechs Kellner auf der Treppe betrinken sollten. Ich weiß, daß diese erfreulichen gesellschaftlichen Zwecke so ausnahmslos erreicht wurden, daß Herbert und ich nichts anderes verstanden, was in dem ersten stehenden Trinkspruch der Gesellschaft gemeint war, der lautete: „Meine Herren, möge die gegenwärtige Förderung des guten Gefühls unter den Finken des Hains immer vorherrschend sein."

Die Finches gaben ihr Geld töricht aus (das Hotel, in dem wir speisten, war in Covent Garden), und der erste Fink, den ich sah, als ich die Ehre hatte, mich dem Grove anzuschließen, war Bentley Drummle, der damals in einer eigenen Droschke durch die Stadt zappelte und den Pfosten an den Straßenecken großen Schaden zufügte. Gelegentlich schoß er sich kopfüber über die Schürze aus seiner Equipage; und ich sah ihn einmal, wie er sich auf diese unbeabsichtigte Weise – wie Kohlen – an der Tür des Hains auslieferte. Aber hier greife ich ein wenig vor, denn ich war kein Finch und konnte es nach den heiligen Gesetzen der Gesellschaft auch nicht sein, bis ich volljährig wurde.

Im Vertrauen auf meine eigenen Mittel hätte ich Herberts Kosten gern auf mich genommen; aber Herbert war stolz, und ich konnte ihm keinen solchen Vorschlag machen. So geriet er nach allen Richtungen hin in Schwierigkeiten und sah sich fortwährend um. Als wir allmählich in späte Stunden und späte Gesellschaft verfielen, bemerkte ich, daß er sich zur Frühstückszeit mit einem verzagten Auge umsah; daß er gegen Mittag anfing, sich hoffnungsvoller umzusehen; daß er zusammensackte, wenn er zum Essen kam; daß er das Kapital in der Ferne nach dem Essen ziemlich deutlich zu verraten schien; dass er gegen Mitternacht fast das Kapital realisiert hätte; und daß er gegen zwei Uhr morgens wieder so niedergeschlagen war, daß er davon sprach, ein Gewehr zu kaufen und nach Amerika zu gehen, mit dem allgemeinen Zweck, Büffel zu zwingen, sein Glück zu machen.

Ich war gewöhnlich etwa die Hälfte der Woche in Hammersmith, und wenn ich in Hammersmith war, spukte ich in Richmond, von wo aus ich nach und nach getrennt war. Herbert kam oft nach Hammersmith, wenn ich dort war, und ich glaube, zu dieser Jahreszeit hatte sein Vater gelegentlich die flüchtige Wahrnehmung, dass die Stelle, die er suchte, noch nicht erschienen war. Aber in dem allgemeinen Zusammenbruch der Familie war sein Hinaustaumeln im Leben irgendwo eine Sache, die sich irgendwie vollziehen mußte. Inzwischen wurde Herr Pocket grauer und versuchte sich öfter durch die Haare aus seiner Verwirrung zu erheben. Während Mrs. Pocket die Familie mit ihrem Schemel zum Stolpern brachte, ihr Würdebuch las, ihr Einstecktuch verlor, uns von ihrem Großvater erzählte und den jungen Menschen das Schießen lehrte, indem sie ihn ins Bett schoss, wenn er ihre Aufmerksamkeit erregte.

Da ich jetzt eine Periode meines Lebens verallgemeinere, um mir den Weg frei zu machen, so kann ich dies kaum besser tun, als indem ich sogleich die Beschreibung unserer gewöhnlichen Sitten und Sitten in Barnard's Inn vervollständige.

Wir gaben so viel Geld aus, wie wir konnten, und bekamen so wenig dafür, wie die Leute sich entschließen konnten, uns zu geben. Wir waren immer mehr oder weniger elend, und die meisten unserer Bekannten befanden sich in demselben Zustand. Es gab eine schwule Fiktion unter uns, dass wir uns ständig amüsierten, und eine skelettierte Wahrheit, dass wir es nie taten. Soweit ich weiß, war unser Fall in letzter Hinsicht ein ziemlich gewöhnlicher.

Jeden Morgen ging Herbert mit einer immer neuen Miene in die Stadt, um sich umzusehen. Ich besuchte ihn oft in dem dunklen Hinterzimmer, in dem er mit einem Tintenfaß, einem Hutklammer, einem Kohlenfaß, einem Stringkästchen, einem Almanach, einem Schreibtisch und einem Schemel verkehrte; und ich erinnere mich nicht, daß ich ihn jemals etwas anderes tun sah, als sich umzusehen. Wenn wir alle so treu täten, wozu wir uns verpflichtet hatten, so treu wie Herbert, könnten wir in einer Republik der Tugenden leben. Er hatte nichts anderes zu tun, der arme Kerl, als zu einer bestimmten Stunde des Nachmittags „zu Lloyd's zu gehen" - in Erwartung einer Zeremonie, bei der er seinen Direktor sah, glaube ich. Er hat nie etwas anderes im Zusammenhang mit Lloyd's getan, was ich herausfinden konnte, als wieder zurückzukommen. Wenn er fühlte, daß seine Sache ungewöhnlich ernst war und daß er unbedingt eine Lücke finden mußte, ging er in einer geschäftigen Zeit auf „Wechsel" und ging in einer Art düsterer Country-Tanzgestalt unter den versammelten Magnaten ein und aus. "Denn," sagt Herbert zu mir, als er bei einer dieser besonderen Gelegenheiten zum Essen nach Hause kommt: „ich finde die Wahrheit so, Händel, daß man eine Öffnung nicht bekommt, sondern daß man zu ihr gehen muß - so bin ich gewesen."

Wenn wir weniger aneinander gebunden gewesen wären, hätten wir uns wohl regelmäßig jeden Morgen gehaßt. Ich verabscheute die Gemächer in jener Zeit der Reue über alle Maßen und konnte den Anblick der Livree des Rächers nicht ertragen; die damals teurer und weniger einträglich aussah als zu irgendeiner anderen Zeit in den vierundzwanzig Stunden. Als wir uns mehr und mehr verschuldeten, wurde das Frühstück immer hohler, und da ich einmal zur Frühstückszeit (durch einen Brief) mit einem Gerichtsverfahren bedroht wurde: „nicht ganz ohne Verbindung," wie meine Lokalzeitung sich ausdrückte: „mit Schmuck," ging ich so weit, den Rächer am blauen Kragen zu packen und ihn von den Füßen zu schütteln. so daß er wirklich in der Luft war, wie ein gestiefelter Amor, weil er sich anmaßte, daß wir eine Rolle wollten.

Zu gewissen Zeiten – das heißt zu unsicheren Zeiten, denn sie hingen von unserer Laune ab – sagte ich zu Herbert, als ob es eine merkwürdige Entdeckung wäre:

„Mein lieber Herbert, wir kommen schlecht voran."

„Mein lieber Händel," sagte Herbert in aller Aufrichtigkeit zu mir: „wenn Sie mir glauben wollen, so kamen mir durch einen seltsamen Zufall eben diese Worte über die Lippen."

„Dann, Herbert," antwortete ich: „laß uns unsere Angelegenheiten in Betracht ziehen."

Wir haben immer eine tiefe Befriedigung daraus gezogen, einen Termin zu diesem Zweck zu vereinbaren. Ich dachte immer, das sei ein Geschäft, das sei die Art, die Sache zu konfrontieren, das sei die Art, den Feind an der Kehle zu packen. Und ich weiß, dass Herbert das auch dachte.

Wir bestellten etwas ganz Besonderes zum Abendessen, mit einer Flasche von etwas ähnlich Ungewöhnlichem, damit unser Geist für den Anlaß gestärkt und wir dem Ziel gerecht würden. Nach dem Abendessen holten wir ein Bündel Stifte, einen reichlichen Vorrat an Tinte und eine ansehnliche Show von Schreib- und Löschpapier hervor. Denn es hatte etwas sehr Angenehmes, viel Schreibwaren zu haben.

Dann nahm ich ein Blatt Papier und schrieb mit sauberer Hand die Überschrift: „Memorandum of Pip's debts"; mit Barnard's Inn und dem Datum sehr sorgfältig hinzugefügt. Herbert nahm auch ein Blatt Papier und schrieb mit ähnlichen Förmlichkeiten darüber: „Memorandum über Herberts Schulden."

Jeder von uns sprach dann von einem wirren Haufen Papiere an seiner Seite, das in Schubladen geworfen, in Löcher in den Taschen abgenutzt, beim

Anzünden von Kerzen halb verbrannt, wochenlang in den Spiegel gesteckt und sonst beschädigt worden war. Das Geräusch des Gehens unserer Federn erfrischte uns außerordentlich, so daß es mir zuweilen schwer fiel, zwischen diesem erbaulichen Geschäft und der tatsächlichen Bezahlung des Geldes zu unterscheiden. Was den verdienstvollen Charakter anbelangt, so schienen beide Dinge ungefähr gleich zu sein.

Wenn wir eine Weile geschrieben hatten, fragte ich Herbert, wie es ihm ergangen ist. Herbert hätte sich wahrscheinlich beim Anblick seiner sich anhäufenden Figuren höchst reumütig am Kopf gekratzt.

„Sie steigen auf, Händel," pflegte Herbert zu sagen; „Auf mein Leben häufen sie sich."

„Seien Sie standhaft, Herbert," erwiderte ich und fuhr mit großem Eifer mit meiner eigenen Feder herum. „Schau dem Ding ins Gesicht. Schauen Sie sich Ihre Angelegenheiten an. Starren Sie sie aus dem Angesicht an."

„Das würde ich tun, Händel, nur starren sie *mich* an."

Aber meine Entschlossenheit sollte ihre Wirkung zeigen, und Herbert fiel wieder an die Arbeit. Nach einer Weile gab er wieder auf, mit der Begründung, er habe die Rechnung von Cobbs, Lobbs oder Nobbs nicht bekommen.

„Dann, Herbert, schätzen Sie; schätzen Sie es in runden Zahlen und legen Sie es nieder."

„Was für ein tüchtiger Kerl Sie sind!" erwiderte mein Freund mit Bewunderung. „Ihre Geschäftskraft ist wirklich sehr bemerkenswert."

Das dachte ich auch. Bei diesen Gelegenheiten erwarb ich mir den Ruf eines Geschäftsmannes ersten Ranges, schnell, entschlossen, energisch, klar, kühl. Als ich alle meine Verpflichtungen auf meine Liste geschrieben hatte, verglich ich jede mit der Rechnung und hakte sie ab. Meine Selbstbestätigung, wenn ich einen Eintrag ankreuzte, war ein ziemlich luxuriöses Gefühl. Als ich keine Häkchen mehr zu machen hatte, faltete ich alle meine Scheine gleichmäßig zusammen, heftete sie auf den Rücken und band das Ganze zu einem symmetrischen Bündel zusammen. Dann tat ich dasselbe für Herbert (der bescheiden sagte, er besäße nicht mein administratives Genie) und fühlte, daß ich seine Angelegenheiten für ihn in den Mittelpunkt gerückt hatte.

Meine Geschäftsgewohnheiten hatten noch eine weitere positive Eigenschaft, die ich „Margin lassen" nannte. Zum Beispiel; angenommen, Herberts Schulden belaufen sich auf hundertvierundsechzig Pfund vierundzwei Pence, so würde ich sagen: „Lassen Sie einen Spielraum und setzen Sie sie auf zweihundert." Oder, angenommen, meine eigene wäre viermal so groß, so würde ich einen Spielraum lassen und sie auf siebenhundert setzen. Ich hatte die höchste Meinung von der Weisheit dieser Marge, aber ich muss zugeben, dass ich sie im Rückblick für ein teures Gerät halte. Denn wir stießen immer sofort auf neue Schulden im vollen Umfang der Marge, und manchmal gerieten wir in dem Sinne von Freiheit und Zahlungsfähigkeit, die sie vermittelte, ziemlich weit in eine andere Marge.

Aber es war eine Ruhe, eine Ruhe, ein tugendhafter Stille, die auf diese Untersuchungen unserer Angelegenheiten folgten, die mir für den Augenblick eine bewundernswerte Meinung von mir selbst gaben. Beruhigt durch meine Anstrengungen, meine Methode und Herberts Komplimente, saß ich mit seinem symmetrischen Bündel und meinem eigenen auf dem Tisch vor mir zwischen dem Briefpapier und fühlte mich eher wie eine Art Bank als wie eine Privatperson.

Bei diesen feierlichen Gelegenheiten schloßen wir unsere äußere Tür, um nicht gestört zu werden. Eines Abends war ich in meinen heiteren Zustand gefallen, als wir hörten, wie ein Brief durch den Schlitz in der besagten Tür fiel und auf die Erde fiel.
„Er ist für Sie, Händel," sagte Herbert, indem er hinausging und damit zurückkam: „und ich hoffe, es ist nichts dabei." Dies war eine Anspielung auf das schwere schwarze Siegel und den schwarzen Rand.

Der Brief war mit Trabb & Co. unterzeichnet, und sein Inhalt lautete einfach, daß ich ein geehrter Herr sei und daß sie mich baten, mir mitzuteilen, daß Mrs. J. Gargery am vergangenen Montag um zwanzig Minuten nach sechs Uhr abends aus dem Leben geschieden sei und daß meine Anwesenheit bei der Beerdigung am nächsten Montag um drei Uhr nachmittags erbeten werde.

KAPITEL XXXV.

Es war das erste Mal, dass sich auf meinem Lebensweg ein Grab öffnete, und die Lücke, die es in den glatten Boden riss, war wunderbar. Die Gestalt meiner Schwester in ihrem Stuhl am Küchenfeuer verfolgte mich Tag und Nacht. Daß der Ort ohne sie sein könnte, schien mein Verstand nicht zu begreifen; und während ich in der letzten Zeit selten oder nie an sie gedacht hatte, hatte ich jetzt die seltsamsten Vorstellungen, daß sie mir auf der Straße entgegenkäme oder daß sie gleich an die Tür klopfen würde. Auch in meinen Zimmern, mit denen sie nie in Verbindung gebracht worden war, war zugleich die Leere des Todes und eine fortwährende Andeutung des Klangs ihrer Stimme oder der Wendung ihres Gesichts oder ihrer Gestalt, als ob sie noch lebte und oft dort gewesen wäre.

Was auch immer mein Schicksal gewesen sein mochte, ich hätte mich kaum mit viel Zärtlichkeit an meine Schwester erinnern können. Aber ich vermute, es gibt einen Schock des Bedauerns, der ohne viel Zärtlichkeit bestehen kann. Unter seinem Einfluß (und vielleicht um den Mangel des sanfteren Gefühls auszugleichen) ergriff mich eine heftige Entrüstung gegen den Angreifer, unter dem sie so viel gelitten hatte; und ich fühlte, daß ich mit hinreichenden Beweisen Orlick oder irgend einen andern bis zum äußersten hätte verfolgen können.

Nachdem ich an Joe geschrieben hatte, um ihn zu trösten und ihm zu versichern, daß ich zu dem Begräbnis kommen würde, verbrachte ich die dazwischen liegenden Tage in dem merkwürdigen Gemütszustande, den ich mir vorgestellt habe. Ich ging früh am Morgen hinunter und stieg rechtzeitig bei dem blauen Eber ab, um zur Schmiede hinüberzugehen.

Es war wieder schönes Sommerwetter, und während ich dahinging, kehrten die Zeiten, wo ich ein kleines hilfloses Geschöpf war und meine Schwester mich nicht verschonte, lebhaft zurück. Aber sie kehrten mit einem sanften Ton zurück, der selbst die Schärfe milderte. Für den Augenblick flüsterte mir der Hauch der Bohnen und des Klees zu, daß der Tag kommen müsse, an dem es für mein

Andenken gut wäre, wenn andere, die in der Sonne wandelten, sanfter würden, wenn sie an mich dachten.

Endlich kam ich in Sichtweite des Hauses und sah, daß Trabb und Co. eine Leichenexekution vollzogen und Besitz ergriffen hatten. Zwei düstere, lächerliche Personen, jede demonstrativ eine Krücke mit einer schwarzen Binde zur Schau stellte, als ob dieses Instrument irgend jemandem Trost spenden könnte, waren an der Haustür postiert; und in einem von ihnen erkannte ich einen Postboten, der vom Eber entlassen worden war, weil er am Brautmorgen ein junges Paar in eine Sägegrube verwandelt hatte, weil er wegen Trunkenheit sein Pferd mit beiden Armen um den Hals reiten mußte. Alle Kinder des Dorfes und die meisten Frauen bewunderten diese Zobelwächter und die geschlossenen Fenster des Hauses und der Schmiede; und als ich heraufkam, klopfte einer der beiden Aufseher (der Postbote) an die Tür, was bedeutete, daß ich viel zu sehr von Kummer erschöpft war, um noch Kraft zu haben, für mich selbst anzuklopfen.

Ein anderer Zobelaufseher (ein Zimmermann, der einmal zwei Gänse für eine Wette gegessen hatte) öffnete die Tür und führte mich in die beste Stube. Hier hatte sich Herr Trabb den besten Tisch genommen, alle Blätter aufgesammelt und hielt mit Hilfe einer Menge schwarzer Stecknadeln eine Art schwarzen Bazar ab. Im Augenblick meiner Ankunft hatte er gerade den Hut eines Menschen in schwarze lange Kleider gesteckt, wie ein afrikanisches Baby; Da streckte er seine Hand nach der meinigen aus. Aber ich, irregeführt durch die Handlung und verwirrt durch die Gelegenheit, schüttelte ihm die Hand mit allen Zeugnissen warmer Zuneigung.

Der arme, liebe Joe, in einen kleinen schwarzen Mantel gehüllt, der zu einer großen Schleife unter dem Kinn gebunden war, saß abseits am oberen Ende des Zimmers; wo er als Haupttrauerredner offenbar bei Trabb stationiert gewesen war. Als ich mich niederbeugte und zu ihm sagte: „Lieber Joe, wie geht es dir?" sagte er: „Pip, alter Kerl, du hast sie gekannt, als sie noch eine schöne Gestalt von einem ..." und drückte meine Hand und sagte nichts mehr.

Biddy, die in ihrem schwarzen Kleid sehr adrett und bescheiden aussah, ging ruhig hin und her und war sehr hilfreich. Als ich mit Biddy gesprochen hatte, da ich glaubte, es sei nicht die Zeit zum Reden, ging ich hin und setzte mich neben Joe, und ich fing an, mich zu fragen, in welchem Theile des Hauses sie – meine Schwester – sei. Da die Luft in der Stube vom Duft süßen Kuchens trüb war, sah ich mich nach dem Tisch mit den Erfrischungen um; Es war kaum zu sehen, bis man sich an die Dunkelheit gewöhnt hatte, aber es lag ein aufgeschnittener Pflaumenkuchen darauf, und es waren aufgeschnittene Orangen und Butterbrote und Kekse und zwei Karaffen, die ich sehr gut als Schmuck kannte, aber in meinem ganzen Leben noch nie gesehen hatte; eine voll Portwein und eine mit Sherry. Als ich an diesem Tisch stand, bemerkte ich den unterwürfigen Pumblechook in einem schwarzen Mantel und mehreren Ellen Hutband, der sich abwechselnd vollstopfte und unterwürfige Bewegungen machte, um meine Aufmerksamkeit zu erregen. In dem Augenblick, als es ihm gelang, kam er zu mir herüber (er atmete Sherry und Krümel) und sagte mit gedämpfter Stimme: „Darf ich, lieber Herr?" und tat es. Dann beschrieb ich Mr. und Mrs. Hubble; Letzterer in einem anständigen, sprachlosen Paroxysmus in einer Ecke. Wir waren alle im Begriff „zu folgen," und wir waren alle im Begriff, getrennt (von Trabb) zu lächerlichen Bündeln zusammengebunden zu werden.

„Was ich meine, Pip," flüsterte mir Joe zu, als wir das waren, was Mr. Trabb im Salon „formierte," zwei und zwei – und es war schrecklich wie die Vorbereitung zu einer düsteren Art von Tanz; „was ich meine, Sir, da ich sie am liebsten selbst in die Kirche getragen hätte, nebst drei oder vier befreundeten Leuten, die mit willigen Zügen und Waffen dorthin gekommen wären, aber man dachte, die Nachbarn würden auf solche herabsehen und gleichsam der Meinung sein, daß es an Achtung fehle."

„Alle Einstecktücher raus!" rief Herr Trabb mit niedergeschlagener, geschäftsmäßiger Stimme. „Einstecktücher raus! Wir sind bereit!"

So hielten wir uns alle die Taschentücher vors Gesicht, als ob unsere Nasen bluteten, und feilten zwei und zwei aus; Joe und ich; Biddy und Pumblechook; Herr und Frau Hubble. Die sterblichen Überreste meiner armen Schwester waren durch die Küchentür gebracht worden, und da es ein Punkt der Unternehmungszeremonie war, daß die sechs Träger unter einem schrecklichen schwarzen Samtgehäuse mit weißem Rand erstickt und geblendet werden mußten, sah das Ganze aus wie ein blindes Ungeheuer mit zwölf menschlichen Beinen, das schlurfte und stolperte. unter der Leitung von zwei Wärtern, dem Postboten und seinem Kameraden.

Die Nachbarschaft fand indessen großen Anklang mit diesen Anordnungen, und wir wurden sehr bewundert, als wir durch das Dorf gingen; der jüngere und kräftigere Theil der Gemeinde machte von Zeit zu Zeit Sprünge, um uns abzuschneiden, und lauerte auf, um uns an Aussichtspunkten abzufangen. In solchen Augenblicken riefen die Ausgelasseneren unter ihnen, als wir um eine Ecke der Erwartung kamen, aufgeregt: „*Da* kommen sie!" „*Hier* sind sie!" und wir wurden fast bejubelt. Dabei ärgerte mich sehr der elende Pumblechook, der, hinter mir stehend, die ganze Zeit über mit zarter Aufmerksamkeit mein wallendes Hutband ordnete und meinen Mantel glättete. Meine Gedanken wurden noch mehr von dem übermäßigen Stolz von Mr. und Mrs. Hubble abgelenkt, die überaus eingebildet und eitler waren, Mitglieder einer so angesehenen Prozession zu sein.

Und nun lag die Reihe der Sümpfe klar vor uns, aus denen die Segel der Schiffe auf dem Fluß hervorwuchsen; und wir gingen auf den Kirchhof, in der Nähe der Gräber meiner unbekannten Eltern, Philip Pirrip, des verstorbenen Kirchspiels, und auch Georgiana, der Gattin des Obengenannten. Und da lag meine Schwester still in der Erde, während die Lerchen hoch über ihr sangen und der leichte Wind sie mit schönen Schatten von Wolken und Bäumen übersäte.

Von dem Benehmen des weltlich gesinnten Pumblechook während dieser Zeit will ich nicht mehr sagen, als daß alles an mich gerichtet war; und daß, selbst als jene edlen Stellen verlesen wurden, die die Menschheit daran erinnern, wie sie nichts in die Welt gebracht und nichts herausgenommen hat, wie sie wie ein Schatten vergeht und nie lange in einem Aufenthalt verweilt, ich ihn einen Vorbehalt wegen des Falles eines jungen Herrn husten hörte, der unerwartet in ein großes Vermögen kam. Als wir zurückkamen, besaß er die Kühnheit, mir zu sagen, er wünschte, meine Schwester hätte gewußt, daß ich ihr so viel Ehre erwiesen hätte, und anzudeuten, daß sie es für vernünftig erkauft um den Preis ihres Todes gehalten hätte. Hierauf trank er den ganzen Rest des Sherrys, und Mr. Hubble trank den Portwein, und die beiden unterhielten sich (was ich später in solchen Fällen üblich beobachtet habe), als ob sie von einer ganz anderen Rasse als die Verstorbenen und notorisch unsterblich wären. Schließlich ging er mit Mr. und Mrs. Hubble fort – um einen Abend daraus zu machen, wie ich überzeugt war, und um den lustigen Barkeepern zu erzählen, daß er der Gründer meines Vermögens und mein frühester Wohltäter sei.

Als sie alle fort waren und als Trabb und seine Leute – aber nicht sein Knabe; Ich suchte ihn – hatte ihre Mumien in Säcke gestopft und war auch fort, das Haus fühlte sich gesünder an. Bald darauf aßen Biddy, Joe und ich zusammen ein kaltes Abendessen; aber wir speisten in der besten Stube, nicht in der alten Küche, und Joe war so außerordentlich wählerisch, was er mit Messer und Gabel und Salzfaß und was sonst noch machte, daß wir sehr zurückgehalten wurden. Aber nach dem Essen, als ich ihn zwang, seine Pfeife zu nehmen, und als ich mit ihm in der Schmiede herumlungerte und wir uns zusammen auf den großen Steinblock draußen setzten, kamen wir besser voran. Mir fiel auf, daß Joe nach der Beerdigung seine Kleider so weit wechselte, daß er einen Kompromiß zwischen seinem Sonntagskleid und seinem Arbeitskleid einging; worin der liebe Bursche natürlich aussah und wie der Mann, der er war.

Er war sehr erfreut, als ich fragte, ob ich in meinem eigenen kleinen Zimmer schlafen dürfe, und ich war auch zufrieden; denn ich fühlte, daß ich mit der Bitte etwas Großes getan hatte. Als die Schatten des Abends hereinbrachen, benutzte ich die Gelegenheit, um mit Biddy in den Garten zu gehen, um ein wenig zu plaudern.

„Biddy," sagte ich: „ich glaube, Sie hätten mir über diese traurigen Dinge schreiben können."

„Tun Sie das, Mr. Pip?" fragte Biddy. „Ich hätte geschrieben, wenn ich das gedacht hätte."

„Glauben Sie nicht, daß ich unfreundlich sein will, Biddy, wenn ich sage, daß ich glaube, daß Sie das hätten denken sollen."

„Tun Sie das, Mr. Pip?"

Sie war so ruhig und hatte eine so ordentliche, gute und hübsche Art mit ihr, daß mir der Gedanke nicht gefiel, sie wieder zum Weinen zu bringen. Nachdem ich ein wenig in ihre niedergeschlagenen Augen geschaut hatte, als sie neben mir ging, gab ich diesen Punkt auf.

„Ich nehme an, es wird dir schwer fallen, jetzt hier zu bleiben, Biddy?"

„Ach! Das kann ich nicht, Mr. Pip," sagte Biddy in einem Tone des Bedauerns, aber immer noch der stillen Überzeugung. „Ich habe mit Mrs. Hubble gesprochen und gehe morgen zu ihr. Ich hoffe, wir werden in der Lage sein, uns gemeinsam um Mr. Gargery zu kümmern, bis er sich beruhigt hat."

„Wie wirst du leben, Biddy? Wenn du irgendetwas willst ..."

„Wie soll ich leben?" wiederholte Biddy, indem sie mit einer augenblicklichen Röte auf ihrem Gesicht einfiel. „Ich werde es Ihnen sagen, Mr. Pip. Ich werde versuchen, den Platz der Lehrerin in der neuen Schule hier fast fertig zu bekommen. Ich kann von allen Nachbarn gut empfohlen werden, und ich hoffe, dass ich fleißig und geduldig sein und mich selbst unterrichten kann, während ich andere unterrichte. Sie wissen, Mr. Pip," fuhr Biddy lächelnd fort, indem sie ihre Augen zu meinem Gesicht erhob, "die neuen Schulen sind nicht wie die alten, aber ich habe nach dieser Zeit viel von Ihnen gelernt und habe seitdem Zeit gehabt, mich zu verbessern."

„Ich glaube, du würdest dich immer verbessern, Biddy, unter allen Umständen."

„Ah! Außer in meiner bösen Seite der menschlichen Natur," murmelte Biddy.

Es war nicht so sehr ein Vorwurf als ein unwiderstehliches lautes Denken. Brunnen! Ich dachte, auch diesen Punkt würde ich aufgeben. Also ging ich mit Biddy ein Stück weiter und schaute schweigend in ihre niedergeschlagenen Augen.

„Ich habe die Einzelheiten des Todes meiner Schwester nicht gehört, Biddy."

„Sie sind sehr schmächtig, das arme Ding. Sie hatte sich vier Tage lang in einem ihrer schlechten Zustände befunden, obgleich sie sich in letzter Zeit eher gebessert als verschlechtert hatten, als sie am Abend, gerade zur Teezeit, wieder herauskam und ganz offen sagte: ‚Joe.' Da sie lange Zeit kein Wort gesprochen hatte, lief ich und holte Mr. Gargery aus der Schmiede. Sie gab mir Zeichen, daß sie wünschte, daß er sich dicht neben sie setze, und daß ich ihm die Arme um den Hals legen sollte. Ich legte sie ihm um den Hals, und sie legte ihren Kopf ganz zufrieden und zufrieden auf seine Schulter. Und so sagte sie sogleich wieder ‚Joe' und einmal ‚Verzeihung' und einmal ‚Pip.' Und so hob sie ihren Kopf nicht mehr, und nur eine Stunde später legten wir ihn auf ihr eigenes Bett, weil wir feststellten, dass sie verschwunden war."

Biddy weinte; Der dunkler werdende Garten, die Gasse und die Sterne, die herauskamen, verschwammen vor meinen Augen.

„Es ist nie etwas entdeckt worden, Biddy?"

„Nichts."

„Weißt du, was aus Orlick geworden ist?"

„Nach der Farbe seiner Kleider müßte ich meinen, daß er in den Steinbrüchen arbeitet."

„Natürlich haben Sie ihn denn gesehen? - Warum sehen Sie den dunklen Baum in der Gasse an?"

„Ich habe ihn dort gesehen, in der Nacht, in der sie starb."

„Das war auch nicht das letzte Mal, Biddy?"

„Nein; Ich habe ihn dort gesehen, seit wir hier spazieren gehen. - Es nützt nichts," sagte Biddy, indem sie ihre Hand auf meinen Arm legte, als ich hinauslaufen wollte: „Sie wissen, daß ich Sie nicht täuschen würde; Er war keine Minute da, und er ist weg."

Es erweckte meine größte Entrüstung, als ich sah, daß sie noch immer von diesem Kerl verfolgt wurde, und ich fühlte mich gegen ihn eingefleischt. Ich sagte es ihr und sagte ihr, daß ich jedes Geld ausgeben und jede Mühe auf mich nehmen würde, um ihn aus diesem Lande zu vertreiben. Nach und nach verleitete sie mich zu mäßigeren Gesprächen, und sie erzählte mir, wie Joe mich liebte und wie Joe sich nie über irgend etwas beklagte - sie sagte nicht, über mich; Sie hatte es nicht nötig; Ich wußte, was sie meinte, aber er tat immer seine Pflicht in seiner Lebensweise mit einer starken Hand, einer ruhigen Zunge und einem sanften Herzen.

„Ja, es wäre schwer, zu viel von ihm zu sagen," sagte ich; „Und Biddy, wir müssen oft von diesen Dingen sprechen, denn natürlich werde ich jetzt oft hier unten sein. Ich werde den armen Joe nicht allein lassen."

Biddy sagte kein einziges Wort.

„Biddy, hörst du mich nicht?"

„Jawohl, Mr. Pip."

„Ganz zu schweigen davon, daß Sie mich Mr. Pip nennen - was mir geschmacklos erscheint, Biddy - was meinen Sie damit?"

„Was soll ich damit sagen?" fragte Biddy schüchtern.

„Biddy," sagte ich tugendhaft selbstbewußt: „ich muß fragen, was Sie damit meinen?"

„Dadurch?" fragte Biddy.

„Nun, hallen Sie nicht wider," erwiderte ich. „Du hast immer nicht widerhallt, Biddy."

„Früher nicht!" sagte Biddy. „O Herr Pip! Gebraucht!"

Brunnen! Ich dachte eher, ich würde auch diesen Punkt aufgeben. Nach einer weiteren stillen Drehung im Garten fiel ich wieder auf die Hauptposition zurück.

„Biddy," sagte ich: „ich machte eine Bemerkung darüber, daß ich oft hierher komme, um Joe zu sehen, und Sie nahmen sie mit ausgesprochenem Schweigen auf. Haben Sie die Güte, Biddy, mir zu sagen, warum."

„Sind Sie denn ganz sicher, daß Sie ihn oft sehen werden?" fragte Biddy, indem er auf dem schmalen Gartenweg stehen blieb und mich unter den Sternen mit klarem und ehrlichem Auge ansah.

„O mein Gott!" sagte ich, als ob ich mich gezwungen sahe, Biddy in Verzweiflung aufzugeben. „Das ist wirklich eine sehr schlechte Seite der menschlichen Natur! Sagen Sie nicht mehr, wenn Sie wollen, Biddy. Das schockiert mich sehr."

Aus diesem triftigen Grunde hielt ich Biddy während des Abendessens auf Abstand, und als ich in mein altes Kämmerlein hinaufging, nahm ich so stattlich Abschied von ihr, wie ich es in meiner murmelnden Seele mit dem Kirchhof und dem Ereignis des Tages für vereinbar halten konnte. So oft ich in der Nacht unruhig war, und das war jede Viertelstunde, dachte ich darüber nach, was für eine Lieblosigkeit, was für eine Kränkung, was für ein Unrecht Biddy mir angetan hatte.

Früh am Morgen sollte ich gehen. Früh am Morgen war ich draußen und sah ungesehen durch eines der hölzernen Fenster der Schmiede. Da stand ich minutenlang und sah Joe an, der bereits bei der Arbeit war, mit einem Glanz von Gesundheit und Kraft auf seinem Gesicht, das es erkennen ließ, als ob die helle Sonne des Lebens, das ihm bevorstand, darauf schien.

„Auf Wiedersehen, lieber Joe! – Nein, wischen Sie es nicht ab – um Gottes willen, geben Sie mir Ihre geschwärzte Hand! – Ich werde bald und oft unten sein."

„Nie zu früh, Sir," sagte Joe: „und nie zu oft, Pip!"

Biddy erwartete mich an der Küchentür mit einer Tasse frischer Milch und einer Kruste Brot. "Biddy," sagte ich, als ich ihr zum Abschied die Hand reichte: „ich bin nicht zornig, aber ich bin verletzt."

„Nein, tun Sie nicht weh," flehte sie ganz pathetisch; „laß nur mich verletzen, wenn ich ungestüm gewesen bin."

Wieder stiegen die Nebel auf, als ich wegging. Wenn sie mir offenbarten, was ich vermute, daß sie es taten, daß ich *nicht* zurückkommen würde und daß Biddy ganz recht hatte, so kann ich nur sagen, daß sie auch ganz recht hatten.

KAPITEL XXXVI.

Herbert und ich fuhren fort, immer schlimmer zu werden, indem wir unsere Schulden erhöhten, unsere Angelegenheiten untersuchten, Margen hinterließen und dergleichen musterhafte Geschäfte; und die Zeit verging, ob sie nun oder nicht, wie sie es zu tun vermag; und ich wurde volljährig – in Erfüllung von Herberts Prophezeiung, daß ich es tun würde, ehe ich wußte, wo ich war.

Herbert selbst war acht Monate vor mir volljährig geworden. Da er nichts anderes hatte als seine Volljährigkeit, so erregte das Ereignis in Barnard's Inn kein tiefes Aufsehen. Aber wir hatten meinem einundzwanzigsten Geburtstag mit einer Menge von Spekulationen und Vorahnungen entgegengefiebert, denn wir hatten beide bedacht, daß mein Vormund bei dieser Gelegenheit kaum umhin konnte, etwas Bestimmtes zu sagen.

Ich hatte dafür gesorgt, dass es an meinem Geburtstag in Little Britain gut verstanden wurde. Am Tage vorher erhielt ich eine offizielle Notiz von Wemmick, in der er mir mitteilte, daß Mr. Jaggers sich freuen würde, wenn ich ihn um fünf Uhr nachmittags an diesem günstigen Tag aufsuchen würde. Das überzeugte uns, daß etwas Großes geschehen würde, und versetzte mich in eine ungewöhnliche Aufregung, als ich mich in das Bureau meines Vormunds begab, ein Muster von Pünktlichkeit.

Im Vorzimmer gratulierte mir Wemmick und rieb sich nebenbei die Seite seiner Nase mit einem zusammengefalteten Stück Seidenpapier, das mir gut aussah. Aber er sagte nichts davon und winkte mir mit einem Nicken in das Zimmer meines Vormunds. Es war November, und mein Vormund stand vor seinem Feuer, den Rücken gegen den Kamin gelehnt, die Hände unter den Rockschößen.

„Nun, Pip," sagte er: „ich muß Sie heute Mr. Pip nennen. Herzlichen Glückwunsch, Mr. Pip."

Wir schüttelten uns die Hände – er war immer ein bemerkenswert kleiner Rüttler – und ich dankte ihm.

„Nehmen Sie einen Stuhl, Mr. Pip," sagte mein Vormund.

Als ich mich setzte, und er seine Haltung beibehielt und die Brauen über seine Stiefel zog, fühlte ich mich im Nachteil, der mich an jene alte Zeit erinnerte, als man mich auf einen Grabstein gesetzt hatte. Die beiden gräßlichen Abgüsse auf dem Regal waren nicht weit von ihm entfernt, und ihr Gesichtsausdruck war, als machten sie einen dummen, apoplektischen Versuch, dem Gespräch beizuwohnen.

„Nun, mein junger Freund," begann mein Vormund, als wäre ich ein Zeuge in der Loge: „ich werde ein oder zwei Worte mit Ihnen reden."

„Wenn Sie gestatten, Sir."

„Was glauben Sie," sagte Mr. Jaggers, indem er sich vorbeugte, um den Boden zu betrachten, und dann den Kopf zurückwarf, um nach der Decke zu blicken: „was glauben Sie, wovon Sie leben?"

„Im Tempo von, Sir?"

„Bei," wiederholte Mr. Jaggers, immer noch an die Decke blickend: „der - Preis - von?" Und dann sah er sich im Zimmer um und blieb stehen, das Einstecktuch in der Hand, halb bis zur Nase.

Ich hatte so oft in meine Angelegenheiten geschaut, daß ich jede Ahnung, die ich je von ihrer Bedeutung gehabt haben mochte, gründlich vernichtet hatte. Widerwillig gestand ich, dass ich nicht in der Lage war, die Frage zu beantworten. Diese Antwort schien Herrn Jaggers angenehm zu sein, und er sagte: „Das dachte ich mir!" und sich mit einer Miene der Befriedigung die Nase putzte.

„Nun, ich habe *Ihnen* eine Frage gestellt, mein Freund," sagte Mr. Jaggers. „Hast du mich etwas zu fragen?"

„Natürlich wäre es mir eine große Erleichterung, Ihnen einige Fragen zu stellen, Sir; aber ich erinnere mich an Ihr Verbot."

„Fragen Sie einen," sagte Mr. Jaggers.

„Soll mir heute mein Wohltäter bekannt gemacht werden?"

„Nein. Frag einen anderen."

„Wird mir diese Zuversicht bald vermittelt werden?"

„Verzichten Sie einen Augenblick darauf," sagte Herr Jaggers: „und fragen Sie einen andern."

Ich sah mich um, aber es schien jetzt kein Entrinnen mehr zu geben, der Frage zu entgehen: „Habe ich - irgend etwas zu empfangen, Sir?" Darauf sagte Mr.

Jaggers triumphierend: „Ich dachte, wir sollten dazu kommen!" und rief Wemmick zu, er solle ihm das Stück Papier geben. Wemmick erschien, gab es ab und verschwand.

„Nun, Mr. Pip," sagte Mr. Jaggers: „kommen Sie, wenn Sie wollen. Du hast hier ziemlich frei gezeichnet; Ihr Name taucht ziemlich oft in Wemmicks Kassenbuch auf; Aber Sie sind natürlich verschuldet?"

„Ich fürchte, ich muß ja sagen, Sir."

„Du weißt, du mußt ja sagen; nicht wahr?" fragte Mr. Jaggers.

„Jawohl, Sir."

„Ich frage dich nicht, was du schuldest, weil du es nicht weißt; und wenn du es wüßtest, würdest du es mir nicht sagen; Man würde sagen, weniger. Ja, ja, mein Freund," rief Mr. Jaggers und winkte mit dem Zeigefinger, um mich aufzuhalten, während ich protestierte. „Es ist wahrscheinlich genug, daß Sie denken, Sie würden es nicht tun, aber Sie würden es tun. Sie werden mich entschuldigen, aber ich weiß es besser als Sie. Nehmt nun dieses Stück Papier in die Hand. Hast du es? Sehr gut. Nun entfalte es und sag mir, was es ist."

„Das ist eine Banknote," sagte ich: „über fünfhundert Pfund."

„Das ist eine Banknote," wiederholte Mr. Jaggers: „über fünfhundert Pfund. Und eine sehr ansehnliche Summe Geld, wie ich finde. Du hältst es so?"

„Wie könnte ich auch anders machen!"

„Ah! Aber beantworten Sie die Frage," sagte Herr Jaggers.

„Zweifellos."

„Sie halten es ohne Zweifel für eine ansehnliche Summe Geldes. Nun, diese ansehnliche Summe Geld, Pip, gehört dir. Es ist ein Geschenk an euch an diesem Tag, im Ernst eurer Erwartungen. Und zu dem Kurs dieser ansehnlichen Geldsumme pro Jahr und zu keinem höheren Satz sollt ihr leben, bis der Spender des Ganzen erscheint. Das heißt, Sie werden jetzt Ihre Geldangelegenheiten ganz in Ihre eigenen Hände nehmen und von Wemmick hundertfünfundzwanzig Pfund pro Quartal beziehen, bis Sie mit dem Quell und nicht mehr mit dem bloßen Agenten in Verbindung stehen. Wie ich euch schon früher gesagt habe, bin ich nur der Agent. Ich führe meine Anweisungen aus, und ich werde dafür bezahlt. Ich halte sie für unvernünftig, aber ich werde nicht dafür bezahlt, dass ich eine Meinung über ihre Verdienste abgegeben habe."

Ich fing an, meinem Wohltäter meine Dankbarkeit für die große Freigebigkeit auszusprechen, mit der man mich behandelte, als Mr. Jaggers mich unterbrach.

„Ich bin nicht dafür bezahlt, Pip," sagte er kühl: „deine Worte irgend jemandem zu überbringen," und dann raffte er seine Rockschöße zusammen, wie er das Thema zusammengesucht hatte, und stand mit gerunzelter Stirn über seinen Stiefeln, als ob er sie verdächtige, Absichten gegen ihn zu haben.

Nach einer Pause deutete ich an:

„Es gab soeben eine Frage, Mr. Jaggers, die ich für einen Augenblick zu unterbinden wünschte. Ich hoffe, ich mache nichts Falsches, wenn ich es noch einmal frage?"

„Was ist es?" fragte er.

Ich hätte wissen können, dass er mir niemals helfen würde; Aber es hat mich überrascht, die Frage neu formulieren zu müssen, als wäre sie ganz neu. „Ist es wahrscheinlich," sagte ich nach kurzem Zögern: „daß mein Gönner, der Quellkeim, von dem Sie gesprochen haben, Herr Jaggers, bald ..." Hier blieb ich vorsichtig stehen.

„Bald was?" fragte Mr. Jaggers. „Das ist keine Frage, so wie es aussieht, weißt du."

„Werden Sie bald nach London kommen," sagte ich, nachdem ich nach einer bestimmten Wortwahl gesucht hatte: „oder mich irgendwo anders herbeirufen?"

„Nun, hier," erwiderte Herr Jaggers, indem er mich zum ersten Male mit seinen dunklen, tiefliegenden Augen fixierte: „müssen wir zu dem Abend zurückkehren, an dem wir uns zum ersten Male in Ihrem Dorfe begegneten. Was habe ich dir denn gesagt, Pip?"

„Sie sagten mir, Mr. Jaggers, daß es Jahre dauern könnte, bis diese Person erscheine."

„Ganz recht," sagte Herr Jaggers: „das ist meine Antwort."

Als wir uns voll ansahen, fühlte ich, wie mein Atem schneller wurde in meinem starken Verlangen, etwas aus ihm herauszuholen. Und da ich fühlte, daß es schneller kam, und da ich fühlte, daß er sah, daß es schneller kam, fühlte ich, daß ich weniger Aussicht hatte als je, etwas aus ihm herauszubekommen.

„Glauben Sie, daß es noch Jahre dauern wird, Mr. Jaggers?"

Mr. Jaggers schüttelte den Kopf, nicht indem er die Frage verneinte, sondern indem er den Gedanken verneinte, daß er irgendwie dazu gebracht werden könnte, sie zu beantworten – und die beiden schrecklichen Züge der zuckenden Gesichter sahen aus, als ob meine Augen zu ihnen hinaufwanderten, als ob sie in ihrer schwebenden Aufmerksamkeit in eine Krise geraten wären und niesen wollten.

„Kommen Sie!" sagte Mr. Jaggers, indem er mit den Rückseiten seiner erwärmten Hände die Hinterbeine wärmte: „ich will Ihnen gegenüber offen sein, mein Freund Pip. Das ist eine Frage, die mir nicht gestellt werden darf. Du wirst das besser verstehen, wenn ich dir sage, dass es eine Frage ist, die mich kompromittieren könnte. Kommen! Ich gehe mit Ihnen noch ein wenig weiter; Ich werde noch etwas sagen."

Er beugte sich so tief nieder, um die Stirn über seine Stiefel zu runzeln, daß er in der Pause, die er machte, die Waden seiner Beine zu reiben vermochte.

„Wenn diese Person es enthüllt," sagte Mr. Jaggers, indem er sich aufrichtete: „werden Sie und diese Person Ihre eigenen Angelegenheiten regeln. Wenn diese Person sich offenlegt, wird meine Rolle in diesem Geschäft aufhören und bestimmen. Wenn diese Person sich enthüllt, wird es für mich nicht notwendig sein, etwas davon zu wissen. Und das ist alles, was ich zu sagen habe."

Wir sahen einander an, bis ich die Augen zurückzog und nachdenklich auf den Boden blickte. Aus dieser letzten Rede schloß ich, daß Miß Havisham ihm aus irgendeinem Grunde oder ohne Grund nicht ins Vertrauen gezogen hatte, daß sie mich für Estella bestimmt hatte; daß er sich darüber ärgerte und eine Eifersucht darauf empfand; oder daß er wirklich etwas gegen diesen Plan einzuwenden habe und nichts damit zu tun haben wolle. Als ich die Augen wieder erhob, bemerkte ich, daß er mich die ganze Zeit klug angeschaut hatte und es immer noch tat.

„Wenn das alles ist, was Sie zu sagen haben, Sir," bemerkte ich: „so kann ich nichts mehr zu sagen haben."

Er nickte zustimmend, zog seine vom Dieb gefürchtete Uhr hervor und fragte mich, wo ich speisen würde. antwortete ich in meinen Gemächern mit Herbert. Wie es sein mußte, fragte ich ihn, ob er uns mit seiner Gesellschaft begünstigen würde, und er nahm die Einladung prompt an. Aber er bestand darauf, mit mir nach Hause zu gehen, damit ich keine zusätzlichen Vorbereitungen für ihn treffe, und er hatte zuerst ein oder zwei Briefe zu schreiben und sich natürlich die Hände zu waschen. Also sagte ich, ich würde in das Außenbüro gehen und mit Wemmick sprechen.

Die Sache war die, daß, als die fünfhundert Pfund in meine Tasche gekommen waren, ein Gedanke in meinen Kopf gekommen war, der schon oft da gewesen war; und es schien mir, daß Wemmick eine gute Person war, mit der man sich über solche Gedanken beraten konnte.

Er hatte seinen Schrank bereits verschlossen und Vorbereitungen getroffen, um nach Hause zu gehen. Er hatte seinen Schreibtisch verlassen, seine beiden schmierigen Büroleuchter hervorgeholt und sie in einer Reihe mit den Löschern auf eine Platte in der Nähe der Tür gestellt, bereit zum Löschen; Er hatte sein Feuer niedergeschlagen, Hut und Mantel bereit gelegt und schlug sich mit seinem Schoß auf die Brust, um sich nach dem Geschäft sportlich zu betätigen.

„Herr Wemmick," sagte ich: „ich möchte Sie nach Ihrer Meinung fragen. Ich bin sehr begierig, einem Freund zu dienen."

Wemmick zog sein Postamt zusammen und schüttelte den Kopf, als ob seine Meinung gegen jede verhängnisvolle Schwäche dieser Art tot wäre.

„Dieser Freund," fuhr ich fort: „versucht sich im Handelsleben durchzusetzen, hat aber kein Geld und findet es schwierig und entmutigend, einen Anfang zu machen. Jetzt will ich ihm irgendwie zu einem Anfang verhelfen."

„Mit dem Geld im Rücken?" fragte Wemmick in einem Ton, der trockener war als alle Sägespäne.

„Mit *etwas* Geld im Geld," antwortete ich, denn eine unbehagliche Erinnerung an das symmetrische Bündel Papiere zu Hause durchzuckte mich – „mit *etwas* Geld im Rücken und vielleicht einer gewissen Vorwegnahme meiner Erwartungen."

„Mr. Pip," sagte Wemmick: „ich möchte Ihnen gern auf den Fingern die Namen der verschiedenen Brücken aufzählen, die bis nach Chelsea Reach hinaufführen. Mal sehen; es gibt London, eines; Southwark, zwei; Blackfriars, drei; Waterloo, vier; Westminster, fünf; Vauxhall, sechs." Er hatte jede Brücke der Reihe nach abgehakt, den Griff seines Safeschlüssels in der Handfläche. „Es gibt bis zu sechs zur Auswahl."

„Ich verstehe Sie nicht," sagte ich.

„Wählen Sie Ihre Brücke, Mr. Pip," entgegnete Wemmick: „machen Sie einen Spaziergang auf Ihrer Brücke und werfen Sie Ihr Geld über den Mittelbogen Ihrer Brücke in die Themse, und Sie kennen das Ende der Brücke. Dienen Sie einem Freund damit, und Sie kennen vielleicht auch das Ende – aber es ist ein weniger angenehmes und nützliches Ende."

Ich hätte ihm eine Zeitung in den Mund stecken können, er hat sie so weit gemacht, nachdem er das gesagt hat.

„Das ist sehr entmutigend," sagte ich.

„Es sollte so sein," sagte Wemmick.

„Dann sind Sie der Meinung," fragte ich mit einer gewissen Entrüstung: „daß ein Mann niemals ..."

„Einem Freund tragbares Eigentum anlegen?" fragte Wemmick. „Gewiß sollte er das nicht. Es sei denn, er will den Freund loswerden – und dann stellt sich die Frage, wie viel tragbares Eigentum es wert sein mag, ihn loszuwerden."

„Und das," sagte ich: „ist Ihre wohlüberlegte Meinung, Herr Wemmick?"

„Das," erwiderte er: „ist meine wohlüberlegte Meinung in diesem Bureau."

„Ah!" sagte ich und drückte ihn, denn ich glaubte, ihn hier in der Nähe eines Schießloches zu sehen; „aber wäre das Ihre Meinung in Walworth?"

„Mr. Pip," erwiderte er mit Ernst: „Walworth ist ein Ort, und dieses Bureau ist ein anderer. So wie der Alte eine Person ist und Mr. Jaggers eine andere. Sie dürfen nicht miteinander verwechselt werden. Meine Walworth-Gefühle müssen in Walworth eingenommen werden; Niemand als meine amtlichen Gesinnungen kann in diesem Amt berücksichtigt werden."

„Gut," sagte ich sehr erleichtert: „dann werde ich Sie in Walworth aufsuchen, Sie können sich darauf verlassen."

„Mr. Pip," erwiderte er: „Sie werden dort willkommen sein, in privater und persönlicher Eigenschaft."

Wir hatten dieses Gespräch mit leiser Stimme geführt, da wir wohl wußten, daß die Ohren meines Vormunds die schärfsten der scharfen waren. Als er jetzt mit einem Handtuch in der Tür erschien, zog Wemmick seinen Mantel an und stand bereit, um die Kerzen auszulöschen. Wir gingen alle drei zusammen auf die Straße, und von der Türschwelle aus wandte sich Wemmick in seinen Weg, und Mr. Jaggers und ich wandten uns dem unsrigen zu.

Ich konnte nicht umhin, mir an diesem Abend mehr als einmal zu wünschen, daß Mr. Jaggers einen Alten in der Gerrard Street gehabt hätte, oder einen Stachel, oder ein Etwas, oder einen Jemanden, um seine Brauen ein wenig zu falten. Es war ein unangenehmer Gedanke an einem einundzwanzigsten Geburtstag, daß das Erwachsenwerden in einer so behüteten und mißtrauischen Welt, wie er sie ausdrückte, kaum der Mühe wert schien. Er war tausendmal besser unterrichtet und klüger als Wemmick, und doch hätte ich tausendmal lieber Wemmick zum Essen eingeladen. Und Mr. Jaggers machte nicht nur mich sehr melancholisch, denn nachdem er fort war, sagte Herbert von sich selbst, die Augen auf das Feuer geheftet, daß er glaubte, ein Verbrechen begangen zu haben, und die Einzelheiten desselben vergessen habe, so niedergeschlagen und schuldig fühlte er sich.

KAPITEL XXXVII.

Da ich den Sonntag für den besten Tag hielt, um Mr. Wemmicks Walworth-Empfindungen aufzunehmen, widmete ich den nächsten Sonntagnachmittag einer Wallfahrt nach dem Schlosse. Als ich vor den Zinnen ankam, fand ich den Union Jack wehend und die Zugbrücke hochgezogen; aber unbeirrt von dieser Demonstration des Trotzes und Widerstandes klingelte ich an der Pforte und wurde von den Alten in der ruhigsten Weise eingelassen.

„Mein Sohn, Herr," sagte der Alte, nachdem er die Zugbrücke gesichert hatte: „hatte lieber im Sinn, daß Sie zufällig hereinkommen könnten, und er ließ wissen, daß er bald von seinem Nachmittagsspaziergang nach Hause kommen würde. Er geht sehr regelmäßig spazieren, ist mein Sohn. Sehr regelmäßig in allem, ist mein Sohn."

Ich nickte dem alten Herrn zu, wie Wemmick selbst genickt haben mochte, und wir gingen hinein und setzten uns an den Kamin.

„Sie haben die Bekanntschaft meines Sohnes gemacht, Sir," sagte der alte Mann in seiner zwitschernden Weise, während er sich die Hände an der Flamme wärmte: „in seinem Bureau, vermute ich?" Ich nickte. „Hah! Ich habe gehört, daß mein Sohn ein wunderbarer Helfer in seinem Geschäft ist, Sir?" Ich nickte heftig. „Jawohl; so erzählen sie es mir. Sein Geschäft ist das Gesetz?" Ich nickte ener. „Bei meinem Sohne ist es noch erstaunlicher," sagte der Alte: „denn er ist nicht zum Gesetz, sondern zum Weinbäcker erzogen worden."

Neugierig zu erfahren, wie der alte Herr über den Ruf des Herrn Jaggers unterrichtet war, brüllte ich ihm diesen Namen zu. Er versetzte mich in die größte Verwirrung, indem er herzlich lachte und sehr lebhaft antwortete: „Nein, freilich; Du hast recht." Und bis auf diese Stunde habe ich nicht die leiseste Ahnung, was er meinte oder welchen Scherz ich zu machen glaubte.

Da ich nicht fortwährend dasitzen und ihm zunicken konnte, ohne irgendeinen andern Versuch zu machen, ihn zu interessieren, schrie ich auf die Frage, ob sein eigener Beruf im Leben „der Weinküster" gewesen sei. Dadurch, daß ich diesen

Ausdruck mehrere Male aus mir herauspresste und dem alten Herrn auf die Brust klopfte, um ihn mit ihm in Verbindung zu bringen, gelang es mir endlich, mir meinen Sinn verständlich zu machen.

„Nein," sagte der alte Herr; „Die Lagerung, die Lagerung. Zuerst drüben," schien er den Schornstein hinauf zu meinen, aber ich glaube, er hatte die Absicht, mich nach Liverpool zu verweisen; „Und dann in der City of London hier. Da ich jedoch ein Gebrechen habe – denn ich bin schwerhörig, Sir –"

Ich drückte in Pantomime mein größtes Erstaunen aus.

„Ja, schwerhörig; Da diese Krankheit über mich gekommen war, ging mein Sohn in das Gesetz, und er nahm sich meiner an, und nach und nach machte er dieses elegante und schöne Gut aus. Aber um auf das zurückzukommen, was du gesagt hast, weißt du," fuhr der alte Mann fort, wieder herzlich lachend: „was ich sage, ist: Nein, gewiß; Du hast recht."

Ich fragte mich bescheiden, ob mein äußerster Scharfsinn mich in den Stand gesetzt hätte, etwas zu sagen, was ihn nur halb so sehr amüsiert hätte wie diese eingebildete Höflichkeit, als ich durch ein plötzliches Klicken in der Wand auf einer Seite des Schornsteins und das gespenstische Aufprallen einer kleinen hölzernen Klappe mit dem Wort ‚JOHN' darauf aufgeschreckt wurde. Der alte Mann folgte meinen Augen und rief mit großem Triumph: „Mein Sohn ist nach Hause gekommen!" und wir gingen beide zur Zugbrücke hinaus.

Es war viel wert, Wemmick zu sehen, wie er mir von der anderen Seite des Grabens aus einen Gruß zuwinkte, wo wir uns doch mit größter Leichtigkeit hätten die Hand schütteln können. Der Alte war so entzückt, die Zugbrücke zu benutzen, daß ich ihm nicht anbot, ihm zu helfen, sondern still schwieg, bis Wemmick herübergekommen war und mich Miß Skiffins vorgestellt hatte; eine Dame, von der er begleitet wurde.

Miß Skiffins war von hölzerner Erscheinung und befand sich, wie ihre Begleiterin, in der Postfiliale des Dienstes. Sie mochte etwa zwei oder drei Jahre jünger gewesen sein als Wemmick, und ich schätzte, daß sie im Besitz von tragbaren Gütern war. Der Schnitt ihres Kleides von der Taille aufwärts, sowohl vorn als hinten, ließ ihre Gestalt sehr wie einen Knabendrachen aussehen; und ich hätte ihr Kleid ein wenig zu entschieden orange und ihre Handschuhe ein wenig zu intensiv grün nennen können. Aber sie schien ein guter Kerl zu sein und zeigte eine hohe Achtung für die Alten. Es dauerte nicht lange, bis ich entdeckte, daß sie ein häufiger Besucher im Schloß war; denn als wir eintraten und ich Wemmick ein Kompliment über seine geniale Erfindung machte, sich den Alten zu melden, bat er mich, meine Aufmerksamkeit einen Augenblick auf die andere Seite des Schornsteins zu richten, und verschwand. Bald darauf ertönte ein weiteres Klicken, und eine weitere kleine Tür mit ‚Miß Skiffins' darauf prallte; dann schloß Miß Skiffins, und John fiel auf; dann stürzten Miß Skiffins und John beide zusammen auf und schlößen schließlich zusammen ein. Als Wemmick von der Arbeit mit diesen mechanischen Geräten zurückkehrte, drückte ich die große Bewunderung aus, mit der ich sie betrachtete, und er sagte: „Nun, wissen Sie, sie sind sowohl angenehm als auch nützlich für die Alten. Und bei George, Sir, es ist eine erwähnenswerte Sache, daß von allen Leuten, die an dieses Tor kommen, das Geheimnis dieser Züge nur den Alten, Miß Skiffins und mir bekannt ist."

„Und Mr. Wemmick hat sie gemacht," fügte Miß Skiffins hinzu: „mit seinen eigenen Händen aus dem Kopfe."

Während Miß Skiffins ihre Haube abnahm (sie behielt ihre grünen Handschuhe während des Abends als äußeres und sichtbares Zeichen, daß Gesellschaft war), lud mich Wemmick ein, mit ihm einen Spaziergang um das Anwesen zu machen und zu sehen, wie die Insel im Winter aussehe. Da ich glaubte, er tat dies, um mir Gelegenheit zu geben, seine Walworth-Gefühle auszudrücken, ergriff ich die Gelegenheit, sobald wir das Schloß verlassen hatten.

Nachdem ich mir die Sache mit Sorgfalt überlegt hatte, näherte ich mich meinem Gegenstand, als ob ich ihn noch nie angedeutet hätte. Ich teilte Wemmick mit, daß ich um Herbert Pocket besorgt sei, und erzählte ihm, wie wir uns zum ersten Mal begegnet waren und wie wir gekämpft hatten. Ich warf einen Blick auf Herberts Haus und auf seinen Charakter und darauf, daß er keine anderen Mittel besaß als solche, für die er von seinem Vater abhängig war; jene, die unsicher und unpünktlich sind. Ich spielte auf die Vorteile an, die ich in meiner ersten Rohheit und Unwissenheit aus seiner Gesellschaft gezogen hatte, und ich gestand, daß ich fürchtete, ich hätte sie nur schlecht vergolten, und daß er ohne mich und meine Erwartungen besser hätte handeln können. Indem ich Miß Havisham in großer Entfernung im Hintergrund hielt, deutete ich noch immer an, daß ich mit ihm in seinen Aussichten wetteifern könnte, und daß er gewiß eine großmütige Seele besäße und weit über jedes gemeine Mißtrauen, jede Vergeltung und jeden Plan erhaben sei. Aus allen diesen Gründen, erzählte ich Wemmick, und weil er mein junger Gefährte und Freund war und ich eine große Zuneigung zu ihm hegte, wünschte ich mein eigenes Glück, einige Strahlen auf ihn zu werfen, und suchte daher bei Wemmicks Erfahrung und Kenntnis der Menschen und Angelegenheiten Rat, wie ich am besten mit meinen Mitteln versuchen könnte, Herbert zu einem gegenwärtigen Einkommen zu verhelfen. sagen wir von hundert im Jahr, um ihn in guter Hoffnung und Herzen zu erhalten – und ihn allmählich zu einer kleinen Teilhabe zu erkaufen. Ich bat Wemmick zum Schluß um Einsicht, daß meine Hilfe immer ohne Herberts Wissen oder Verdacht geleistet werden müsse und daß es sonst niemanden auf der Welt gebe, mit dem ich mich beraten könnte. Ich schloß damit, daß ich ihm die Hand auf die Schulter legte und sagte: „Ich kann nicht anders, als mich Ihnen anzuvertrauen, obgleich ich weiß, daß es Ihnen lästig sein muß; aber das ist deine Schuld, daß du mich hierher gebracht hast."

Wemmick schwieg eine Weile, dann sagte er mit einer Art Erschrocken: „Nun, wissen Sie, Mr. Pip, ich muß Ihnen eins sagen. Das ist teuflisch gut von euch."

„Sag, du wirst mir dann helfen, brav zu sein," sagte ich.

„Ecod," erwiderte Wemmick kopfschüttelnd: „das ist nicht mein Beruf."

„Das ist auch nicht Ihr Handelsplatz," sagte ich.

„Sie haben recht," erwiderte er. „Du hast den Nagel auf den Kopf getroffen. Mr. Pip, ich werde meine Mütze aufsetzen, und ich denke, alles, was Sie tun wollen, wird nach und nach geschehen. Skiffins (das ist ihr Bruder) ist Buchhalter und Agent. Ich werde ihn ausfindig machen und für Sie arbeiten."

„Ich danke dir zehntausendmal."

„Im Gegenteil," sagte er: „ich danke Ihnen, denn obgleich wir streng privat und persönlich sind, so kann man doch erwähnen, daß es Spinnweben von Newgate gibt, die sie wegwischen."

Nach einer weiteren kleinen Unterhaltung in demselben Sinne kehrten wir in das Schloß zurück, wo wir Fräulein Skiffins beim Zubereiten des Tees fanden. Die verantwortungsvolle Pflicht, den Toast zu machen, wurde den Alten übertragen, und der vortreffliche alte Herr war so sehr darauf bedacht, daß er mir in einiger Gefahr schien, die Augen zum Schmelzen zu bringen. Es war keine nominelle Mahlzeit, die wir zubereiten wollten, sondern eine kraftvolle Realität. Der Alte bereitete einen solchen Heuhaufen Buttertoast zu, daß ich ihn kaum darüber sehen konnte, wie er auf einem eisernen Gestell köchelte, das an der obersten Bar befestigt war; während Fräulein Skiffins einen solchen Jorum Tee kochte, daß das Schwein in den hinteren Räumen in große Aufregung geriet und wiederholt den Wunsch äußerte, an der Unterhaltung teilzunehmen.

Die Fahne war geschlagen und das Geschütz abgefeuert worden, und zwar im rechten Augenblick, und ich fühlte mich so behaglich von dem übrigen Walworth abgeschnitten, als ob der Graben dreißig Fuß breit und ebenso tief wäre. Nichts störte die Ruhe des Schlosses, als das gelegentliche Aufstoßen von John und Miß

Skiffins, die von einer krampfhaften Krankheit heimgesucht wurden, die mir leidvoll unbehaglich war, bis ich mich daran gewöhnt hatte. Ich schloß aus der methodischen Art von Miß Skiffins' Anordnungen, daß sie dort jeden Sonntagabend Tee kochte; und ich vermutete eher, daß eine klassische Brosche, die sie trug und die das Profil einer unerwünschten Frau mit einer sehr geraden Nase und einem sehr neuen Mond darstellte, ein tragbares Stück Eigentum war, das ihr von Wemmick geschenkt worden war.

Wir aßen den ganzen Toast und tranken den Tee in Portionen, und es war entzückend zu sehen, wie warm und fettig wir alle danach wurden. Besonders die Alten hätten für einen sauberen alten Häuptling eines wilden Stammes durchgehen können, der eben geölt worden war. Nach einer kurzen Pause der Ruhe wusch Fräulein Skiffins - in Abwesenheit der kleinen Dienerin, die, wie es schien, sich am Sonntagnachmittag an den Schoß ihrer Familie zurückzog - das Teegeschirr in einer unbedeutenden damenhaften Amateurmanier ab, die keinen von uns kompromittierte. Dann zog sie wieder ihre Handschuhe an, und wir gingen um das Feuer herum, und Wemmick sagte: „Nun, alter Vater, geben Sie uns das Papier."

Wemmick erklärte mir, während der Alte seine Brille herausnahm, daß dies der Sitte entspreche und daß es dem alten Herrn eine unendliche Befriedigung bereite, die Nachricht laut vorzulesen. „Ich will mich nicht entschuldigen," sagte Wemmick: „denn er ist nicht zu vielen Vergnügungen fähig - nicht wahr, alter P.?"

„In Ordnung, John, in Ordnung," entgegnete der alte Mann, als er sich angesprochen sah.

„Nicken Sie ihm nur ab und zu zu, wenn er von seinem Papier wegsieht," sagte Wemmick: „und er wird glücklich sein wie ein König. Wir sind alle aufmerksam, Aged One."

„Gut, John, gut!" entgegnete der heitere alte Mann, so beschäftigt und so zufrieden, daß es wirklich sehr reizend war.

Die Lektüre der Alten erinnerte mich an den Unterricht bei Mr. Wopsles Großtante, mit der angenehmeren Eigentümlichkeit, daß sie durch ein Schlüsselloch zu kommen schien. Da er die Kerzen in seiner Nähe haben wollte und da er immer im Begriff war, entweder den Kopf oder die Zeitung hineinzulegen, so bedurfte er einer ebenso großen Wachsamkeit wie eine Pulvermühle. Aber Wemmick war ebenso unermüdlich und sanftmütig in seiner Wachsamkeit, und der Alte las weiter, ohne sich seiner vielen Rettungen bewußt zu sein. Wann immer er uns ansah, drückten wir alle das größte Interesse und Erstaunen aus und nickten, bis er wieder fortfuhr.

Als Wemmick und Miß Skiffins nebeneinander saßen und ich in einer schattigen Ecke saß, bemerkte ich, wie Mr. Wemmicks Mund sich langsam und allmählich verlängerte, was stark darauf hindeutete, daß er langsam und allmählich seinen Arm um Miß Skiffins' Taille legte. Im Laufe der Zeit sah ich, wie seine Hand auf der anderen Seite von Miß Skiffins erschien; aber in diesem Augenblick hielt Miß Skiffins ihn mit dem grünen Handschuh zurück, wickelte seinen Arm wieder ab, als wäre er ein Kleidungsstück, und legte ihn mit der größten Überlegung vor sich auf den Tisch. Miß Skiffins' Gelassenheit, während sie dies tat, war einer der merkwürdigsten Anblicke, die ich je gesehen habe, und wenn ich die Handlung für eine Abstraktion des Geistes hätte halten können, so würde ich annehmen, daß Miß Skiffins sie mechanisch ausführte.

Nach und nach bemerkte ich, wie Wemmicks Arm wieder zu verschwinden begann und allmählich aus dem Blickfeld verschwand. Kurz darauf begann sich sein Mund wieder zu weiten. Nach einer Pause der Spannung, die sehr fesselnd und fast schmerzlich war, sah ich seine Hand auf der anderen Seite von Fräulein Skiffins erscheinen. Augenblicklich unterbrach Miß Skiffins ihn mit der Sauberkeit eines ruhigen Boxers, nahm den Gürtel oder Cestus ab wie früher und legte ihn auf den Tisch. Da ich die Tafel für den Pfad der Tugend halte, so bin ich berechtigt zu behaupten, daß während der ganzen Zeit, in der der Alte las, Wemmicks Arm vom Pfad der Tugend abkam und von Fräulein Skiffins auf ihn zurückgerufen wurde.

Endlich las sich der Alte in einen leichten Schlaf. Dies war die Zeit, in der Wemmick einen kleinen Wasserkocher, ein Tablett mit Gläsern und eine schwarze Flasche mit einem Porzellankorken hervorfertigte, der einen geistlichen Würdenträger von rubinrotem und gesellschaftlichem Aussehen darstellte. Mit Hilfe dieser Geräte hatten wir alle etwas Warmes zu trinken, auch der Alte, der bald wieder wach war. Miß Skiffins mischte sich, und ich bemerkte, daß sie und Wemmick aus einem Glas tranken. Natürlich wußte ich es besser, als Miß Skiffins nach Hause zu bringen, und unter den gegebenen Umständen hielt ich es für das beste, zuerst zu gehen; was ich auch tat, indem ich von den Alten herzlich Abschied nahm und einen angenehmen Abend verbracht hatte.

Noch ehe eine Woche verstrichen war, erhielt ich einen Brief von Wemmick, datiert von Walworth, in dem er mir mitteilte, er hoffe, in dieser Angelegenheit, die unsere privaten und persönlichen Fähigkeiten betreffe, einige Fortschritte gemacht zu haben, und daß er sich freuen würde, wenn ich ihn in dieser

Angelegenheit wiedersehen könnte. So ging ich wieder nach Walworth, und noch einmal, und noch einmal, und ich sah ihn nach Verabredung mehrere Male in der City, hatte aber nie eine Verbindung mit ihm über diesen Gegenstand in oder in der Nähe von Little Britain. Das Resultat war, daß wir einen würdigen jungen Kaufmann oder Schiffsmakler fanden, der noch nicht lange im Geschäft war, der kluge Hilfe und Kapital brauchte und der zu gegebener Zeit und nach Erhalt einen Teilhaber haben wollte. Zwischen ihm und mir wurden geheime Artikel unterzeichnet, von denen Herbert betroffen war, und ich zahlte ihm die Hälfte meiner fünfhundert Pfund und verpflichtete mich zu verschiedenen anderen Zahlungen: einige, die zu bestimmten Zeitpunkten aus meinem Einkommen fällig wurden, andere, abhängig davon, daß ich in mein Eigentum kam. Fräulein Skiffins' Bruder führte die Unterhandlung. Wemmick durchdrang es, tauchte aber nie darin auf.

Die ganze Sache war so geschickt geführt, daß Herbert nicht den geringsten Verdacht hegte, daß ich meine Hand im Spiel hatte. Nie werde ich das strahlende Gesicht vergessen, mit dem er eines Nachmittags nach Hause kam und mir als eine gewaltige Nachricht erzählte, wie er sich in einen gewissen Clarriker (der Name des jungen Kaufmanns) verliebt habe, daß Clarriker eine außerordentliche Neigung zu ihm gezeigt habe und daß er glaube, daß die Öffnung endlich gekommen sei. Von Tag zu Tag, als seine Hoffnungen stärker und sein Antlitz heller wurde, mußte er mich für einen immer zärtlicheren Freund gehalten haben, denn ich hatte die größte Mühe, meine Tränen des Triumphes zurückzuhalten, als ich ihn so glücklich sah. Endlich, als die Sache erledigt war, und er an diesem Tage in Clarrikers Haus eingetreten war und er einen ganzen Abend lang in einer Röte von Freude und Erfolg mit mir gesprochen hatte, weinte ich wirklich, als ich zu Bett ging, bei dem Gedanken, daß meine Erwartungen jemandem etwas Gutes getan hätten.

Ein großes Ereignis in meinem Leben, der Wendepunkt meines Lebens, eröffnet sich nun vor meinem Blick. Bevor ich aber mit der Erzählung fortfahre, und bevor ich zu all den Veränderungen übergehe, die damit verbunden sind, muß ich Estella ein Kapitel widmen. Es ist nicht viel, was ich dem Thema geben kann, das so lange mein Herz erfüllte.

KAPITEL XXXVIII.

Wenn dieses biedere alte Haus in der Nähe des Green in Richmond jemals heimgesucht werden sollte, wenn ich tot bin, so wird es gewiß von meinem Geist heimgesucht werden. O die vielen, vielen Nächte und Tage, durch die der unruhige Geist in mir das Haus heimsuchte, als Estella dort wohnte! Lass meinen Körper sein, wo er will, mein Geist wanderte immer, wanderte, wanderte, um dieses Haus herum.

Die Dame, bei der Estella untergebracht war, Mrs. Brandley mit Namen, war Witwe und hatte eine Tochter, die mehrere Jahre älter war als Estella. Die Mutter sah jung aus, und die Tochter sah alt aus; Der Teint der Mutter war rosa, der der Tochter gelb; Die Mutter hat sich für die Frivolität entschieden, die Tochter für die Theologie. Sie befanden sich in einer Lage, wie man es nennt, und besuchten und wurden von einer großen Anzahl von Menschen besucht. Zwischen ihnen und Estella bestand wenig, wenn überhaupt, eine Gefühlsgemeinschaft, aber es stellte sich die Einsicht ein, daß sie für sie notwendig waren und daß sie für sie notwendig war. Mrs. Brandley war vor der Zeit ihrer Abgeschiedenheit eine Freundin von Miß Havisham gewesen.

In Mrs. Brandleys Haus und außerhalb von Mrs. Brandleys Haus erlitt ich jede Art und jeden Grad von Folter, die Estella mir zufügen konnte. Die Art meiner Beziehungen zu ihr, die mich in eine vertraute Lage versetzte, ohne mich in eine günstige Lage zu versetzen, trug zu meiner Zerstreuung bei. Sie benutzte mich, um andere Verehrer zu necken, und sie benutzte die Vertrautheit zwischen ihr und mir so, daß sie meine Hingabe an sie beständig gering machte. Wäre ich ihr Sekretär, Verwalter, Halbbruder, armer Verwandter gewesen, wäre ich ein jüngerer Bruder ihres ernannten Gatten gewesen, so hätte ich mir nicht weiter von meinen Hoffnungen entfernt erscheinen können, als ich ihr am nächsten war. Das Vorrecht, sie bei ihrem Namen zu nennen und sie mich bei meinem Namen nennen zu hören, wurde unter den gegebenen Umständen zu einer Verschlimmerung meiner Prüfungen; und wenn ich es auch für wahrscheinlich halte, daß es ihre andern Liebhaber fast wahnsinnig gemacht hätte, so weiß ich doch nur zu sicher, daß es mich fast wahnsinnig gemacht hätte.

Sie hatte Verehrer ohne Ende. Ohne Zweifel machte meine Eifersucht jeden, der sich ihr näherte, zu einem Bewunderer; Aber davon gab es auch ohne das mehr als genug.

Ich sah sie oft in Richmond, ich hörte oft von ihr in der Stadt, und ich pflegte sie und die Brandleys oft auf das Wasser mitzunehmen; es gab Picknicks, Festtage, Theaterstücke, Opern, Konzerte, Feste, allerlei Vergnügungen, durch die ich sie verfolgte, und sie alle waren mir ein Elend. Ich hatte nie eine Stunde Glück in ihrer Gesellschaft, und doch war mein Geist während der ganzen vierundzwanzig Stunden von dem Glück geprägt, sie bis zum Tode bei mir zu haben.

Während dieses ganzen Theils unseres Verkehrs – und er dauerte, wie ich gleich sehen werde, lange, wie ich damals dachte –, kehrte sie gewöhnlich in den Ton zurück, der ausdrückte, daß unsere Verbindung uns aufgezwungen worden sei. Es gab andere Zeiten, wo sie in diesem Ton und in all ihren vielen Tönen plötzlich zusammenbrach und mich zu bemitleiden schien.

„Pip, Pip," sagte sie eines Abends, als sie zu einer solchen Kontrolle kam, als wir getrennt an einem dunkler werdenden Fenster des Hauses in Richmond saßen; „Wirst du niemals eine Warnung annehmen?"

„Wovor?"

„Von mir."

„Ich warne davor, mich von dir anziehen zu lassen, meinst du, Estella?"

„Soll ich meinen! Wenn du nicht weißt, was ich meine, bist du blind."

Ich hätte geantwortet, daß die Liebe gewöhnlich für blind gehalten werde, aber aus dem Grunde, weil ich immer – und das war nicht das geringste meiner Leiden – von dem Gefühl zurückgehalten wurde, daß es ungroßmütig sei, mich ihr aufzudrängen, wo sie doch wußte, daß sie nicht anders konnte, als Miß Havisham zu gehorchen. Meine Befürchtung war immer, daß diese Erkenntnis ihrerseits mich in ihrem Stolz schwer benachteiligte und mich zum Gegenstand eines rebellischen Kampfes in ihrem Schoße machte.

„Jedenfalls," sagte ich: „habe ich vorhin keine Warnung erhalten, denn Sie haben mir geschrieben, diesmal zu Ihnen zu kommen."

„Das ist wahr," sagte Estella mit einem kalten, nachlässigen Lächeln, das mich immer erschauderte.

Nachdem sie eine Weile die Dämmerung draußen betrachtet hatte, fuhr sie fort:

„Die Zeit ist gekommen, wo Miß Havisham mich für einen Tag in Satis haben möchte. Du sollst mich dorthin bringen und zurückbringen, wenn du willst. Sie würde es vorziehen, wenn ich nicht allein reiste, und hat etwas dagegen, mein Dienstmädchen zu empfangen, denn sie hat einen empfindlichen Abscheu davor, von solchen Leuten angesprochen zu werden. Kannst du mich mitnehmen?"

„Kann ich dich mitnehmen, Estella!"

„Kannst du also? Übermorgen, wenn Sie wollen. Du sollst alle Gebühren aus meinem Beutel bezahlen. Hören Sie, in welchem Zustand Sie gehen?"

„Und muß gehorchen," sagte ich.

Das war die ganze Vorbereitung, die ich für diesen oder ähnliche Besuche erhielt; Miß Havisham hat mir nie geschrieben, und ich hatte auch nur ihre Handschrift gesehen. Wir gingen am übernächsten Tage hinunter und fanden sie in dem Zimmer, wo ich sie zuerst gesehen hatte, und es erübrigt sich hinzuzufügen, daß sich in Satis House nichts verändert hatte.

Sie liebte Estella noch schrecklicher, als sie es gewesen war, als ich sie das letzte Mal zusammen gesehen hatte; Ich wiederhole das Wort mit Bedacht, denn es lag etwas geradezu Schreckliches in der Energie ihrer Blicke und Umarmungen. Sie hing an Estellas Schönheit, an ihren Worten, an ihren Gebärden und saß da und murmelte ihre eigenen zitternden Finger, während sie sie ansah, als ob sie das schöne Geschöpf, das sie aufgezogen hatte, verschlinge.

Von Estella aus sah sie mich mit einem forschenden Blick an, der in mein Herz einzudringen und seine Wunden zu erforschen schien. „Wie benutzt sie dich, Pip; wie benutzt sie dich?" fragte sie mich noch einmal mit ihrem hexenhaften Eifer, selbst vor Estellas Ohr. Aber wenn wir nachts an ihrem flackernden Feuer saßen, war sie höchst seltsam; denn dann hielt sie Estellas Hand durch ihren Arm gezogen und in ihrer Hand umklammert und erpresste von ihr, indem sie sich auf das bezog, was Estella ihr in ihren regelmäßigen Briefen erzählt hatte, die Namen und Zustände der Männer, die sie fasziniert hatte; und während Miß Havisham mit der Heftigkeit eines tödlich verwundeten und kranken Geistes über diese Rolle nachdachte, saß sie mit der andern Hand auf ihrem Krückenstock, dem Kinn auf diesem, und ihre bleichen, hellen Augen starrten mich an, ein wahres Gespenst.

Ich sah darin, so elend es mich auch machte, und so bitter das Gefühl der Abhängigkeit und ja der Erniedrigung war, das es erweckte, daß Estella dazu bestimmt war, Miß Havishams Rache an den Männern zu üben, und daß sie mir nicht eher übergeben werden sollte, als bis sie es eine Zeitlang befriedigt hatte. Ich sah darin einen Grund, warum sie mir vorher zugeteilt worden war. Miß Havisham schickte sie aus, um sie zu locken, zu quälen und Unheil anzurichten, und schickte sie mit der boshaften Versicherung, daß sie für alle Bewunderer unerreichbar sei und daß alle, die auf diese Besetzung setzten, sicher seien, zu verlieren. Ich sah darin, daß auch ich von einer Perversion des Scharfsinns gequält wurde, selbst wenn der Preis für mich reserviert war. Ich sah darin den Grund, warum ich so lange aufgehalten worden war, und den Grund, warum mein verstorbener Vormund sich weigerte, sich auf die förmliche Kenntnis eines solchen Planes einzulassen. Mit einem Worte, ich sah in dieser Miß Havisham, wie ich sie damals und dort vor Augen hatte und immer vor meinen Augen gehabt hatte; und ich sah darin den deutlichen Schatten des dunklen und ungesunden Hauses, in dem ihr Leben vor der Sonne verborgen war.

Die Kerzen, die ihr Zimmer erleuchteten, waren in Wandlampen an der Wand angebracht. Sie ragten hoch über die Erde und brannten mit der gleichmäßigen Dumpfheit des künstlichen Lichts in der Luft, die selten erneuert wird. Als ich mich umsah und auf die bleiche Finsternis, die sie machten, und auf die stehengebliebene Uhr, auf die verdorrten Brautkleider auf dem Tisch und auf dem Boden und auf ihre eigene schreckliche Gestalt mit ihrem geisterhaften Spiegelbild, das das Feuer groß an die Decke und an die Wand warf, sah ich in allem die Konstruktion, zu der mein Geist gekommen war. wiederholt und zu mir zurückgeworfen. Meine Gedanken wanderten in das große Zimmer auf der anderen Seite des Treppenabsatzes, wo der Tisch ausgebreitet war, und ich sah ihn gleichsam geschrieben in den Spinnweben vom Mittelstück, in dem Krabbeln der Spinnen auf dem Tuch, in den Spuren der Mäuse, die ihre kleinen, ermunterten Herzen hinter den Paneelen nahmen: und in dem Tasten und Verweilen der Käfer auf dem Fußboden.

Anläßlich dieses Besuches kam es zu einigen scharfen Worten zwischen Estella und Miß Havisham. Es war das erste Mal, dass ich sie gegensätzlich sah.

Wir saßen am Feuer, wie eben beschrieben, und Miß Havisham hatte noch immer Estellas Arm durch den ihren gezogen und hielt noch immer Estellas Hand in der ihrigen, als Estella sich allmählich loszureißen begann. Sie hatte schon mehr als einmal eine stolze Ungeduld gezeigt und diese heftige Zuneigung lieber ertragen, als sie anzunehmen oder zu erwidern.

„Was!" sagte Miß Havisham und ließ ihre Augen auf sich aufblitzen: „sind Sie meiner überdrüssig?"

„Nur ein wenig müde von mir selbst," erwiderte Estella, indem sie ihren Arm loslöste und zu dem großen Kamin ging, wo sie stand und auf das Feuer hinabblickte.

„Sprich die Wahrheit, du Undankbarer!" rief Miß Havisham und schlug ihren Stock leidenschaftlich auf den Boden; „Du hast genug von mir."

Estella sah sie mit vollkommener Fassung an und blickte wieder auf das Feuer hinab. Ihre anmutige Gestalt und ihr schönes Antlitz drückten eine selbstbeherrschte Gleichgültigkeit gegen die wilde Hitze des andern aus, die fast grausam war.

„Sie sind Stock und Stein!" rief Miß Havisham. „Du kaltes, kaltes Herz!"

„Was?" fragte Estella, indem sie ihre gleichgültige Haltung beibehielt, während sie sich an den großen Kamin lehnte und nur die Augen bewegte; „Machst du mir Vorwürfe, daß ich kalt bin? Du?"

„Sind Sie es nicht?" war die heftige Antwort.

„Du mußt es wissen," sagte Estella. „Ich bin, was du aus mir gemacht hast. Nimm all das Lob, nimm alle Schuld auf dich; nimm all den Erfolg, nimm all das Scheitern; Kurz gesagt, nimm mich."

„O, sehen Sie sie an, sehen Sie sie an!" rief Miß Havisham bitter. „Sieh sie so hart und undankbar an, auf dem Herd, wo sie aufgezogen wurde! Wo ich sie in diese elende Brust nahm, als sie zum ersten Mal aus ihren Stichen blutete, und wo ich sie jahrelang zärtlich überschüttet habe!"

„Wenigstens war ich nicht an dem Pakt beteiligt," sagte Estella: „denn wenn ich gehen und sprechen konnte, so war es soviel, wie ich tun konnte, als er geschlossen wurde. Aber was hätten Sie? Du warst sehr gut zu mir, und ich verdanke dir alles. Was hättest du?"

„Liebe," antwortete der andere.

„Du hast es."

„Das habe ich nicht," sagte Miß Havisham.

„Mutter durch Adoption," erwiderte Estella, ohne von der leichten Anmut ihrer Haltung abzuweichen, ohne die Stimme zu erheben wie die andere, ohne sich dem Zorn oder der Zärtlichkeit hinzugeben: „Mutter durch Adoption, ich habe gesagt, daß ich dir alles verdanke. Alles, was ich besitze, gehört mir frei. Alles, was du mir gegeben hast, stehe dir zu Gebote zurück, um es wieder zu haben. Darüber hinaus habe ich nichts. Und wenn du mich bittest, dir etwas zu geben, was du mir nie gegeben hast, dann können meine Dankbarkeit und meine Pflicht keine Unmöglichkeiten bewirken."

„Habe ich ihr nie Liebe gegeben?" rief Miß Havisham und wandte sich wild an mich. „Habe ich ihr nie eine brennende Liebe geschenkt, die von der Eifersucht und von scharfem Schmerz immer untrennbar ist, während sie so zu mir spricht! Soll sie mich verrückt nennen, sie soll mich verrückt nennen!"

„Warum sollte ich dich verrückt nennen," entgegnete Estella: „ausgerechnet ich? Lebt irgend jemand, der weiß, welche Ziele du hast, halb so gut wie ich? Lebt irgend jemand, der weiß, was für ein beständiges Gedächtnis du hast, halb so gut wie ich? Ich, der ich auf demselben Herd auf dem kleinen Schemel gesessen habe, der auch jetzt neben dir steht, deine Lektionen gelernt und in dein Antlitz geschaut habe, als dein Antlitz mir fremd war und mich erschreckte!"

„Bald vergessen!" stöhnte Miß Havisham. „Die Zeiten sind schnell vergessen!"

„Nein, nicht vergessen," entgegnete Estella: „nicht vergessen, aber in meinem Gedächtnis aufbewahrt. Wann habt ihr mich mit eurer Lehre für falsch befunden? Wann hast du mich dabei ertappt, dass ich nicht auf deinen Unterricht achte? Wann haben Sie mich hier gefunden," sie berührte ihre Brust mit der Hand: „zu irgend etwas, was Sie ausgeschlossen haben? Sei gerecht zu mir."

„So stolz, so stolz!" stöhnte Miß Havisham und strich sich mit beiden Händen das graue Haar weg.

„Wer hat mich gelehrt, stolz zu sein?" entgegnete Estella. „Wer hat mich gelobt, als ich meine Lektion gelernt habe?

„So hart, so hart!" stöhnte Miß Havisham mit ihrer früheren Handlung.

„Wer hat mich gelehrt, hart zu sein?" entgegnete Estella. „Wer hat mich gelobt, als ich meine Lektion gelernt habe?"

„Aber stolz und hart zu mir zu sein!" Miß Havisham schrie ganz auf, als sie die Arme ausstreckte. „Estella, Estella, Estella, stolz und hart zu mir zu sein!"

Estella sah sie einen Augenblick mit einer Art ruhiger Verwunderung an, ließ sich aber sonst nicht stören; Als der Augenblick vorüber war, blickte sie wieder auf das Feuer hinab.

„Ich kann mir nicht vorstellen," sagte Estella und hob nach einem Schweigen die Augen: „warum du so unvernünftig sein solltest, wenn ich dich nach einer Trennung besuche. Ich habe euer Unrecht und seine Ursachen nie vergessen. Ich bin dir und deiner Erziehung nie untreu geworden. Ich habe nie eine Schwäche gezeigt, die ich mir selbst vorwerfen könnte."

„Wäre es eine Schwäche, meine Liebe zu erwidern?" rief Miß Havisham. „Aber ja, ja, sie würde es so nennen!"

„Ich fange an zu glauben," sagte Estella nachdenklich, nachdem sie noch einen Augenblick ruhigen Staunens erlitten hatte: „daß ich fast verstehe, wie die Sache zustande kommt. Wenn du deine Adoptivtochter ganz in der dunklen Enge dieser Zimmer erzogen hättest und sie nie wissen ließest, daß es so etwas wie Tageslicht gibt, bei dem sie dein Antlitz nicht ein einziges Mal gesehen hat, wenn du das getan hättest und dann aus einem bestimmten Grund gewollt hättest, daß sie das Tageslicht verstehe und alles darüber wisse, Du wärst enttäuscht und wütend gewesen?"

Miß Havisham, den Kopf in die Hände gestützt, saß da, stieß ein leises Stöhnen aus und wiegte sich auf ihrem Stuhl, gab aber keine Antwort.

„Oder," sagte Estella: „was ein näherer Fall ist, wenn du sie von Anbeginn ihres Verstandes mit deiner äußersten Energie und Macht gelehrt hättest, daß es so etwas wie das Tageslicht gibt, daß es aber dazu gemacht ist, ihr Feind und Zerstörer zu sein, und daß sie sich immer gegen es wenden muß, denn es hat dich verdorben und würde sie sonst verderben, wenn du dies getan hättest, Und wenn du dann aus einem bestimmten Grund gewollt hättest, daß sie sich auf natürliche Weise ans Tageslicht begebe, und sie es nicht konntest, wärst du enttäuscht und wütend gewesen?"

Miß Havisham saß da und hörte zu (oder es schien so, denn ich konnte ihr Gesicht nicht sehen), gab aber immer noch keine Antwort.

„Also," sagte Estella: „muß man mich nehmen, wie ich gemacht bin. Der Erfolg ist nicht mein, der Misserfolg ist nicht mein, aber beides zusammen macht mich aus."

Miß Havisham hatte, ich wußte kaum wie, auf dem Fußboden niedergelassen, zwischen den verblichenen Brautreliquien, mit denen er übersät war. Ich benutzte den Augenblick - ich hatte von Anfang an einen gesucht -, um das Zimmer zu verlassen, nachdem ich Estella mit einer Handbewegung um ihre Aufmerksamkeit erfleht hatte. Als ich ging, stand Estella noch immer an dem großen Kaminsims, so wie sie die ganze Zeit über gestanden hatte. Miß Havishams graues Haar lag ganz auf dem Boden zwischen den andern Brautwracks und war ein erbärmlicher Anblick.

Mit niedergeschlagenem Herzen ging ich eine Stunde und länger im Sternenlicht über den Hof, über die Brauerei und über den verfallenen Garten. Als ich endlich den Mut faßte, in das Zimmer zurückzukehren, fand ich Estella auf Miß Havishams Knie sitzend, einige Stiche in einem jener alten Kleidungsstücke aufnahm, die in Stücke fielen und an die ich seither oft durch die verblichenen Fetzen alter Banner erinnert wurde, die ich in den Kathedralen hatte hängen sehen. Nachher spielten Estella und ich Karten, wie früher, nur waren wir jetzt geschickt und spielten französische Spiele, und so verging der Abend, und ich ging zu Bett.

Ich lag in diesem separaten Gebäude auf der anderen Seite des Hofes. Es war das erste Mal, daß ich mich in Satis House zur Ruhe legte, und der Schlaf wollte sich mir nicht nähern. Tausend Miß Havishams verfolgten mich. Sie saß auf dieser Seite meines Kissens, auf jener Seite, am Kopfende des Bettes, am Fuße, hinter der halbgeöffneten Tür des Ankleidezimmers, im Ankleidezimmer, im Zimmer über mir, im Zimmer unten – überall. Endlich, als die Nacht gegen zwei Uhr langsam herankroch, fühlte ich, daß ich den Ort als Liegeplatz gar nicht mehr ertragen konnte und daß ich aufstehen mußte. Ich erhob mich daher, zog meine Kleider an und ging über den Hof in den langen steinernen Gang, in der Absicht, den äußeren Hof zu erreichen und dort zur Erleichterung meines Geistes spazieren zu gehen. Aber kaum war ich im Gange, als ich meine Kerze auslöschte; denn ich sah, wie Miß Havisham geisterhaft daran vorbeiging und einen leisen Schrei ausstieß. Ich folgte ihr in einiger Entfernung und sah sie die Treppe hinaufgehen. Sie trug eine nackte Kerze in der Hand, die sie wahrscheinlich von einem der Wandlampen in ihrem Zimmer genommen hatte und die bei ihrem Licht ein höchst unirdischer Gegenstand war. Als ich am Fuße der Treppe stand, fühlte ich die modrige Luft des Festzimmers, ohne zu sehen, wie sie die Tür öffnete, und ich hörte sie hingehen und so hinüber in ihr eigenes Zimmer, und so hinüber in dieses, ohne aufzuhörenden leisen Schrei zu hören. Nach einer Weile versuchte ich in der Dunkelheit, sowohl herauszukommen als auch umzukehren, aber ich konnte weder das eine noch das andere, bis einige Streifen des Tages hereinkamen und mir zeigten, wo ich meine Hände hinlegen sollte. Während der ganzen Pause, wenn ich die Treppe hinunterging, hörte ich ihre Schritte, sah ihr Licht über mir vorüberziehen und hörte ihren unaufhörlichen leisen Schrei.

Ehe wir am nächsten Tage abreisten, war der Streit zwischen ihr und Estella nicht wieder lebendig geworden, und er ist auch nie bei einer ähnlichen Gelegenheit wieder aufgeflammt; Und es gab vier ähnliche Gelegenheiten, soweit ich mich erinnern kann. Auch Miß Havishams Benehmen gegen Estella änderte sich in keiner Weise, außer daß ich glaubte, daß es so etwas wie Furcht in seinen früheren Zügen hatte.

Es ist unmöglich, dieses Blatt meines Lebens umzublättern, ohne den Namen Bentley Drummle darauf zu setzen; oder ich würde es sehr gerne tun.

Bei einer gewissen Gelegenheit, als die Finken in großer Zahl versammelt waren und die gute Stimmung in der gewöhnlichen Weise dadurch gefördert wurde, daß niemand mit einem andern einverstanden war, rief der Vorsitzende Finch den Hain zur Ordnung, da Herr Drummle noch nicht auf eine Dame angestoßen hatte; was nach der feierlichen Verfassung der Gesellschaft an diesem Tage an der Reihe war. Ich glaubte zu sehen, wie er mich häßlich anstarrte, während die Karaffen im Umlauf waren, aber da zwischen uns keine Liebe verloren ging, konnte das leicht sein. Wie groß war meine entrüstete Überraschung, als er die Gesellschaft aufforderte, ihn zu „Estella" zu verpflichten!

„Estella, wer?" fragte ich.

„Macht nichts," erwiderte Drummle.

„Estella, wohin?" fragte ich. „Du mußt sagen, wohin." Was er auch war, als Finch.

„Von Richmond, meine Herren," sagte Drummle, indem er mich außer Frage stellte: „und eine unvergleichliche Schönheit."

Er wußte viel von unvergleichlichen Schönheiten, von einem gemeinen, elenden Idioten! flüsterte ich Herbert.

„Ich kenne diese Dame," sagte Herbert über den Tisch hinweg, als der Trinkspruch ausgesprochen worden war.

„*Tun Sie das*?" fragte Drummle.

„Und ich auch," fügte ich mit scharlachrotem Gesicht hinzu.

„*Tun Sie das*?" fragte Drummle. „*O* Herr!"

Dies war die einzige Erwiderung – außer Glas oder Geschirr –, die das schwere Geschöpf zu machen imstande war; aber ich wurde darüber so erzürnt, als ob es mit Witz durchlöchert wäre, und ich erhob mich sofort an meinem Platz und sagte, ich könne nicht umhin, es für die Unverschämtheit des ehrenwerten Finch zu halten, in diesen Hain hinabzusteigen – wir sprachen immer davon, in diesen Hain hinabzusteigen, als eine hübsche parlamentarische Ausdrucksweise – hinunter zu jenem Hain und machte ihm einen Heiratsantrag, von dem er nichts wußte. Herr Drummle fuhr darauf auf und fragte, was ich damit meine? Worauf ich ihm die äußerste Antwort gab, daß ich glaubte, er wüßte, wo ich zu finden sei.

Ob es in einem christlichen Lande möglich sei, danach ohne Blut auszukommen, war eine Frage, über die die Finken geteilter Meinung waren. Die Debatte darüber wurde in der Tat so lebhaft, daß mindestens sechs weitere Abgeordnete während der Diskussion sechs weiteren sagten, sie glaubten zu wissen, wo *sie zu* finden seien. Endlich wurde jedoch beschlossen (da der Hain ein Ehrengericht ist), daß, wenn Mr. Drummle von der Dame ein noch so geringes Zeugnis vorlegen würde, daß er die Ehre habe, sie kennen zu dürfen, Mr. Pip als Gentleman und Finch sein Bedauern darüber ausdrücken müsse: „in eine Wärme verraten worden zu sein, die es tut." Der nächste Tag war für die Aufführung bestimmt (damit unsere Ehre nicht durch den Aufschub kalt werde), und am nächsten Tage erschien Drummle mit einem höflichen kleinen Geständnis in Estellas Hand, daß sie die Ehre gehabt habe, mehrere Male mit ihm zu tanzen. Es blieb mir nichts anderes übrig, als zu bedauern, daß ich „in eine Wärme verraten worden war," und im ganzen den Gedanken, daß ich irgendwo zu finden sei, als unhaltbar zu verwerfen. Drummle und ich saßen dann eine Stunde lang da und schnaubten einander an, während der Hain sich in einen wahllosen Widerspruch verwickelte, und schließlich erklärte man, die Förderung des guten Gefühls sei mit erstaunlicher Geschwindigkeit vorangeschritten.

Ich erzähle das leichthin, aber es war keine leichte Sache für mich. Denn ich kann nicht recht ausdrücken, welchen Schmerz es mir bereitete, daran zu denken, daß Estella einem verächtlichen, tollpatschigen, mürrischen Tölpel, der so weit unter dem Durchschnitt lag, irgendeinen Gefallen erweisen sollte. Bis auf den gegenwärtigen Augenblick glaube ich, daß es sich auf ein reines Feuer von Großmut und Uneigennützigkeit in meiner Liebe zu ihr bezog, daß ich den Gedanken nicht ertragen konnte, daß sie sich vor diesem Hund beugen würde. Ohne Zweifel wäre ich unglücklich gewesen, wen auch immer sie bevorzugt hätte; aber ein würdigerer Gegenstand hätte mir eine andere Art und einen anderen Grad von Kummer bereitet.

Es war leicht für mich, es herauszufinden, und ich fand es bald heraus, daß Drummle begonnen hatte, sie genau zu verfolgen, und daß sie es ihm erlaubte. Eine kleine Weile, und er war immer hinter ihr her, und er und ich kreuzten uns jeden Tag. Er hielt sich fest, in einer dumpfen, beharrlichen Weise, und Estella hielt ihn fest; bald mit Ermunterung, bald mit Entmutigung, bald ihm fast schmeichelnd, bald ihn offen verachtend, bald ihn sehr gut kennend, bald kaum erinnernd, wer er war.

Die Spinne, wie Mr. Jaggers sie genannt hatte, war es jedoch gewohnt, auf der Lauer zu liegen, und besaß die Geduld seines Stammes. Dazu kam, daß er ein starrköpfiges Vertrauen in sein Geld und in die Größe seiner Familie besaß, die ihm zuweilen gute Dienste leistete und fast an die Stelle der Konzentration und des entschlossenen Zielstrebs trat. Die Spinne, die Estella beharrlich beobachtete, beobachtete also viele hellere Insekten und rollte sich oft im richtigen Moment ab und ließ sich fallen

Auf einem gewissen Versammlungsball in Richmond (damals gab es an den meisten Orten Versammlungsbälle), wo Estella alle anderen Schönheiten in den Schatten gestellt hatte, hing dieser stümperhafte Trommler so um sie herum und mit so viel Duldsamkeit von ihrer Seite, daß ich beschloß, mit ihr über ihn zu sprechen. Ich ergriff die nächste Gelegenheit; das war, als sie darauf wartete, daß Mrs. Blandley sie nach Hause bringen sollte, und saß abseits zwischen einigen Blumen, bereit zum Aufbruch. Ich war bei ihr, denn ich begleitete sie fast immer hin und wieder zurück.

„Bist du müde, Estella?"

„Eher Pip."

„Das solltest du sein."

„Sagen Sie lieber, ich würde es nicht sein; denn ich habe meinen Brief an Satis House zu schreiben, bevor ich schlafen gehe."

„Erzählen Sie von dem Triumph von heute abend?" fragte ich. „Gewiß ein sehr armseliger, Estella."

„Was meinst du damit? Ich wusste nicht, dass es welche gegeben hatte."

„Estella," sagte ich: „sieh dir doch den Kerl da drüben an, der hier zu uns hinüberschaut."

„Warum sollte ich ihn ansehen?" entgegnete Estella, indem sie statt dessen ihre Augen auf mich richtete. „Was ist an dem Kerl da drüben in der Ecke, um Ihre Worte zu gebrauchen, das ich mir anzusehen brauche?"

„Ja, das ist gerade die Frage, die ich Ihnen stellen will," sagte ich: „denn er hat die ganze Nacht um Sie herumgeschwebt."

„Motten und allerlei häßliche Geschöpfe," erwiderte Estella mit einem Blick auf ihn: „schweben um eine brennende Kerze. Kann die Kerze etwas dagegen tun?"

„Nein," erwiderte ich; „aber kann die Estella nichts dafür?"

„Nun," sagte sie lachend nach einem Augenblick: „vielleicht. Ja. Alles, was du willst."

„Aber, Estella, höre mich sprechen. Es macht mich unglücklich, daß Sie einen so allgemein verachteten Mann wie Drummle ermutigen. Du weißt, dass er verachtet wird."

„Nun?" fragte sie.

„Du weißt, er ist innerlich ebenso unbeholfen wie außen. Ein mangelhafter, schlecht gelaunter, erniedrigender, dummer Kerl."

„Nun?" fragte sie.

„Du weißt, er hat nichts zu empfehlen, als Geld und eine lächerliche Liste von verwirrten Vorgängern; Nun, nicht wahr?"

„Nun?" fragte sie wieder; Und jedesmal, wenn sie es sagte, öffnete sie ihre schönen Augen um so weiter.

Um die Schwierigkeit zu überwinden, über diese Einsilbe hinwegzukommen, nahm ich sie ihr ab und sagte, indem ich sie mit Nachdruck wiederholte: „Nun! Und das ist der Grund, warum es mich elend macht."

Nun, wenn ich hätte glauben können, daß sie Drummle mit dem Gedanken begünstigte, mich – mich – unglücklich zu machen, so wäre ich darüber besseren Herzens gewesen; aber in ihrer gewohnten Art hat sie mich so völlig außer Frage gestellt, daß ich nichts dergleichen glauben konnte.

„Pip," sagte Estella und ließ ihren Blick über das Zimmer schweifen, „sei nicht töricht über die Wirkung auf dich. Es mag seine Wirkung auf andere haben und so gemeint sein. Es lohnt sich nicht, darüber zu diskutieren."

„Ja, das ist es," sagte ich: „weil ich es nicht ertragen kann, daß die Leute sagen: ‚Sie wirft ihre Gnaden und Reize an einen bloßen Rüpel, den Niedrigsten in der Menge.'"

„Ich kann es ertragen," sagte Estella.

„Ach! sei nicht so stolz, Estella, und nicht so unbeugsam."

„Nennt mich stolz und unbeugsam in diesem Atemzug!" sagte Estella und öffnete die Hände. „Und in seinem letzten Atemzug hat er mir Vorwürfe gemacht, daß ich mich zu einem Rüpel herabgebeugt habe!"

„Es ist kein Zweifel, daß Sie das tun," sagte ich etwas hastig: „denn ich habe gesehen, wie Sie ihm heute abend Blicke und Lächeln zuwarfen, wie Sie es mir nie schenken."

„Willst du also, daß ich," sagte Estella und wandte sich plötzlich mit einem starren, ernsten, wenn nicht zornigen Blick um: „um dich zu täuschen und in die Falle zu locken?"

„Betrügst du ihn und fängst ihn in eine Falle, Estella?"

„Ja, und viele andere, alle außer dir. Hier ist Mrs. Brandley. Mehr will ich nicht sagen."

Und nun, da ich dem Thema, das mein Herz so erfüllte und es so oft schmerzte und wieder schmerzte, das eine Kapitel gewidmet habe, gehe ich ungehindert zu dem Ereignis über, das noch länger über mir gelegen hatte; das Ereignis, auf das man sich vorzubereiten begonnen hatte, ehe ich wußte, daß die Welt Estella besaß, und in den Tagen, wo ihr kindlicher Verstand seine ersten Verzerrungen von Miß Havishams zehrenden Händen erhielt.

In der östlichen Geschichte wurde die schwere Platte, die in der Hitze der Eroberung auf das Staatsbett fallen sollte, langsam aus dem Steinbruch herausgeschmiedet, der Tunnel, in dem das Seil sie an seinem Platz halten sollte, wurde langsam durch die Felsligen getragen, die Platte wurde langsam angehoben und in das Dach eingepasst. Das Seil wurde dorthin gespannt und langsam durch die kilometerlange Mulde zu dem großen eisernen Ring geführt. Als alles mit viel Arbeit fertig gemacht war und die Stunde gekommen war, wurde der Sultan mitten in der Nacht geweckt, und die geschärfte Axt, die das Seil von dem großen eisernen Ring lösen sollte, wurde ihm in die Hand gegeben, und er schlug damit zu, und das Seil teilte sich und stürzte davon, und die Decke stürzte ein. Also, in meinem Fall; Alle Arbeit, nah und fern, die bis zum Ende strebte, war vollbracht; und in einem Augenblick war der Schlag getroffen, und das Dach meiner Festung stürzte auf mich herab.

KAPITEL XXXIX.

Ich war dreiundzwanzig Jahre alt. Kein Wort hatte ich mehr gehört, um mich über meine Erwartungen aufzuklären, und mein dreiundzwanzigster Geburtstag war eine Woche vorüber. Wir hatten Barnard's Inn vor mehr als einem Jahr verlassen und wohnten im Tempel. Unsere Gemächer befanden sich im Gartenhof, unten am Fluss.

Mr. Pocket und ich hatten uns seit einiger Zeit über unsere ursprünglichen Beziehungen getrennt, obgleich wir in den besten Beziehungen fortfuhren. Ungeachtet meiner Unfähigkeit, mich auf irgend etwas festzulegen – was hoffentlich aus der rastlosen und unvollständigen Zeit, auf der ich meine Mittel besaß, entsprang –, hatte ich eine Vorliebe für das Lesen und las regelmäßig so viele Stunden des Tages. Die Sache mit Herbert war noch immer im Gange, und alles mit mir war so, wie ich es bis zum Schluß des letzten vorhergehenden Kapitels niedergeschrieben habe.

Geschäftlich hatte Herbert eine Reise nach Marseille unternommen. Ich war allein und hatte ein dumpfes Gefühl des Alleinseins. Entmutigt und ängstlich, lange gehofft, daß morgen oder nächste Woche mir der Weg frei sein würde, und lange enttäuscht, vermißte ich traurig das heitere Gesicht und die bereitwillige Antwort meines Freundes.

Es war miserables Wetter; stürmisch und nass, stürmisch und nass; Und Schlamm, Schlamm, Schlamm, tief in allen Straßen. Tag für Tag war ein riesiger, schwerer Schleier von Osten her über London gezogen, und er fuhr immer noch, als ob im Osten eine Ewigkeit von Wolken und Wind wäre. Die Böen waren so wütend gewesen, daß den hohen Gebäuden der Stadt das Blei von den Dächern gerissen worden war; und auf dem Lande waren Bäume ausgerissen und Segel von Windmühlen mitgerissen worden; und von der Küste waren düstere Berichte von Schiffbruch und Tod eingetroffen. Heftige Regenschauer hatten diese Windstöße begleitet, und der Tag, der gerade zu Ende ging, als ich mich zum Lesen hinsetzte, war der schlimmste von allen gewesen.

Seit jener Zeit sind in diesem Theile des Tempels Veränderungen vorgenommen worden, und er hat jetzt nicht mehr einen so einsamen Charakter wie damals, und er ist auch nicht mehr so dem Fluß ausgesetzt. Wir wohnten auf dem Dach des letzten Hauses, und der Wind, der den Fluß hinaufrauschte, erschütterte das Haus in dieser Nacht, wie Kanonenschüsse oder Brüche eines Meeres. Als der Regen mit ihm kam und gegen die Fenster prasselte, dachte ich, indem ich die Augen zu ihnen erhob, während sie schaukelten, daß ich mich in einem sturmgepeitschten Leuchtturm wähnte. Von Zeit zu Zeit rollte der Rauch den Schornstein hinunter, als ob er es nicht ertragen könnte, in eine solche Nacht hinauszugehen; und als ich die Türen öffnete und die Treppe hinuntersah, wurden die Treppenlampen ausgeblasen; und als ich mein Gesicht mit den Händen beschattete und durch die schwarzen Fenster blickte (sie noch so wenig zu öffnen war bei solchem Wind und Regen unmöglich), sah ich, daß die Lampen im Hof ausgeblasen waren und die Lampen auf den Brücken und am Ufer zitterten. und daß die Kohlenfeuer in den Kähnen auf dem Fluß vor dem Wind fortgerissen wurden wie glühende Spritzer im Regen.

Ich las, während ich mit der Uhr auf dem Tisch las, in der Absicht, mein Buch um elf Uhr zu schließen. Als ich sie schloß, schlugen die Paulskirche und alle die vielen Kirchturmuhren in der Stadt, von denen einige vorausgingen, andere begleiteten, andere folgten, diese Stunde. Der Klang war merkwürdig vom Wind verunsichert; und ich lauschte und dachte daran, wie der Wind es angriff und zerriß, als ich einen Schritt auf der Treppe hörte.

Welche nervöse Torheit mich erschrecken ließ und sie schrecklich mit den Schritten meiner toten Schwester in Verbindung brachte, macht nichts. Es war in einem Augenblick vorüber, und ich lauschte wieder und hörte den Schritt hereinstolpern. Da ich mich erinnerte, daß die Treppenlichter ausgeblasen waren, nahm ich meine Leselampe und ging auf den Treppenkopf hinaus. Wer auch immer unten war, hatte stehen geblieben, als er meine Lampe sah, denn alles war still.

„Da unten ist doch jemand, nicht wahr?" rief ich und schaute nach unten.

„Ja," sagte eine Stimme aus der Dunkelheit darunter.

„Welchen Boden möchten Sie?"

„Die Spitze. Herr Pip."

„Das ist mein Name. – Es ist nichts los?"

„Gar nichts," entgegnete die Stimme. Und der Mann kam herein.

Ich stand mit meiner Lampe über das Treppengeländer, und er trat langsam in sein Licht. Es war eine Schirmlampe, die auf ein Buch schien, und ihr Lichtkreis war sehr zusammengezogen; so daß er nur einen Augenblick darin war und dann wieder hinaus. In diesem Augenblick hatte ich ein mir fremdes Gesicht gesehen, das mit einer unbegreiflichen Miene aufblickte, als sei er von meinem Anblick gerührt und erfreut.

Als ich die Lampe bewegte, während der Mann sich bewegte, bemerkte ich, daß er ansehnlich, aber grob wie ein Seereisender gekleidet war. Dass er langes, eisengraues Haar hatte. Dass er etwa sechzig Jahre alt war. Dass er ein muskulöser Mann war, stark auf den Beinen, und dass er durch die Witterung braun und abgehärtet war. Als er die letzten ein oder zwei Stufen hinaufstieg und das Licht meiner Lampe uns beide umfaßte, sah ich mit einer dummen Art von Erstaunen, daß er mir beide Hände entgegenstreckte.

„Bitte, was haben Sie zu tun?" fragte ich ihn.

„Mein Geschäft?" wiederholte er und hielt inne. „Ah! Ja. Ich werde Ihnen mit Ihrer Erlaubnis meine Sache erklären."

„Wollen Sie hereinkommen?"

„Ja," antwortete er; „Ich möchte hereinkommen, Meister."

Ich hatte ihm die Frage ungastlich genug gestellt, denn ich ärgerte mich über die Art von heller und befriedigter Erkenntnis, die noch immer in seinem Gesicht leuchtete. Ich ärgerte mich darüber, weil es zu implizieren schien, dass er von mir erwartete, dass ich darauf antworten würde. Aber ich führte ihn in das Zimmer, das ich soeben verlassen hatte, und nachdem ich die Lampe auf den Tisch gestellt hatte, bat ich ihn so höflich, wie ich konnte, sich zu erklären.

Er sah sich mit der seltsamsten Miene um, mit einer Miene staunenden Vergnügens, als ob er an den Dingen, die er bewunderte, Anteil hätte, und er zog einen rauhen Oberrock und seinen Hut aus. Da sah ich, daß sein Kopf zerfurcht und kahl war, und daß das lange eisengraue Haar nur an den Seiten wuchs. Aber ich sah nichts, was ihn auch nur im Geringsten erklärte. Im Gegenteil, im nächsten Augenblick sah ich ihn, wie er mir wieder beide Hände entgegenstreckte.

„Was meinen Sie damit?" fragte ich, halb im Verdacht, daß er verrückt sei.

Er hielt inne, indem er mich ansah, und rieb sich langsam mit der rechten Hand über den Kopf. „Es ist eine Schande für einen Mann," sagte er mit rauher, gebrochener Stimme: „wenn er so fern gesucht hat und so weit gekommen ist; aber daran bist du nicht schuld, und wir sind auch nicht schuld. Ich werde in einer halben Minute sprechen. Geben Sie mir bitte eine halbe Minute."

Er setzte sich auf einen Stuhl, der vor dem Feuer stand, und bedeckte seine Stirn mit seinen großen, braunen, geäderten Händen. Ich sah ihn aufmerksam an und wich ein wenig von ihm zurück; aber ich kannte ihn nicht.

„Es ist niemand in der Nähe," sagte er und blickte über seine Schulter; „Gibt es das?"

„Warum stellen Sie, ein Fremder, der um diese Nachtzeit in meine Zimmer kommt, diese Frage?" fragte ich.

„Sie sind ein Spiel," erwiderte er und schüttelte den Kopf mit einer absichtlichen Zuneigung, die zugleich höchst unverständlich und höchst ärgerlich war; „Ich bin froh, dass du erwachsen geworden bist, ein Spiel! Aber halte mich nicht fest. Es würde dir sehr leid tun, es getan zu haben."

Ich gab die Absicht auf, die er entdeckt hatte, denn ich kannte ihn! Bis jetzt konnte ich mich an keinen einzigen Zug erinnern, aber ich kannte ihn! Wenn Wind und Regen die dazwischen liegenden Jahre verjagt, alle dazwischen liegenden Gegenstände zerstreut, uns auf den Kirchhof gespült hätten, wo wir uns zum ersten Mal auf so verschiedenen Ebenen gegenüberstanden, so hätte ich meinen Sträfling nicht deutlicher kennen können, als ich ihn jetzt kannte, als er auf dem Stuhl vor dem Feuer saß. Es ist nicht nötig, eine Akte aus seiner Tasche zu nehmen und sie mir zu zeigen; es war nicht nötig, das Taschentuch vom Hals zu nehmen und es um seinen Kopf zu wickeln; Er brauchte sich nicht mit beiden Armen zu umarmen, sich zitternd durch den Raum zu drehen und mich wiederzuerkennen. Ich kannte ihn, ehe er mir eines dieser Hilfsmittel gab, obgleich ich mir einen Augenblick vorher nicht bewußt gewesen war, daß ich seine Identität auch nur im entferntesten ahnen konnte.

Er kehrte zu mir zurück und streckte wieder beide Hände aus. Da ich nicht wußte, was ich tun sollte, denn in meinem Erstaunen hatte ich meine Selbstbeherrschung verloren, reichte ich ihm widerstrebend die Hände. Er faßte sie herzlich, hob sie an die Lippen, küßte sie und hielt sie noch immer fest.

„Du hast dich edel benommen, mein Junge," sagte er. „Edel, Pip! Und ich habe es nie vergessen!"

Als sich sein Benehmen veränderte, als ob er mich sogar umarmen wollte, legte ich eine Hand auf seine Brust und legte ihn weg.

„Bleib!" sagte ich. „Halt! Wenn du mir dankbar bist für das, was ich getan habe, als ich ein kleines Kind war, dann hoffe ich, dass du deine Dankbarkeit gezeigt hast, indem du deine Lebensweise verbessert hast. Wenn Sie hierher gekommen sind, um mir zu danken, dann war das nicht nötig. Und doch, wie du mich auch entdeckt hast, so muß doch etwas Gutes in dem Gefühl sein, das dich hierher geführt hat, und ich werde dich nicht zurückweisen; aber Sie müssen doch begreifen, daß - ich" -

Meine Aufmerksamkeit wurde durch die Eigentümlichkeit seines starren Blickes auf mich so gefesselt, daß die Worte auf meiner Zunge verhallten.

„Sie sagten," bemerkte er, als wir uns schweigend gegenübergestanden hatten: „daß ich gewiß verstehen muß. Was, das muß ich doch verstehen?"

„Daß ich nicht den Wunsch haben kann, den zufälligen Verkehr mit Ihnen, den ich vor langer Zeit hatte, unter diesen verschiedenen Umständen zu erneuern. Ich bin froh zu glauben, dass du Buße getan und dich erholt hast. Ich freue mich, Ihnen das sagen zu können. Ich freue mich, dass Sie gekommen sind, um mir zu danken, da ich meine, dass ich es verdiene, mir zu danken. Aber unsere Wege sind nichtsdestoweniger unterschiedliche Wege. Du bist nass und siehst müde aus. Willst du etwas trinken, bevor du gehst?"

Er hatte sein Halstuch locker wieder aufgeschoben und stand da, mich scharf beobachtend, und biß in ein langes Ende des Tuches. „Ich glaube," antwortete er, immer noch das Ende vor dem Munde und mich noch immer beobachtend: „daß ich *trinken werde* (ich danke dir), ehe ich gehe."

Auf einem Beistelltisch stand ein Tablett bereit. Ich brachte es an den Tisch in der Nähe des Feuers und fragte ihn, was er haben wolle. Er berührte eine der Flaschen, ohne sie anzusehen oder zu sprechen, und ich machte ihm heißen Rum und Wasser. Ich versuchte, meine Hand dabei ruhig zu halten, aber sein Blick, wie er sich in seinem Stuhl zurücklehnte und das lange, zerschlissene Ende seines Halstuchs zwischen den Zähnen trug - offenbar vergessen -, machte es mir sehr schwer, meine Hand zu beherrschen. Als ich ihm endlich das Glas hinstellte, sah ich mit Erstaunen, daß seine Augen voll Tränen waren.

Bis zu diesem Zeitpunkt war ich stehen geblieben, um nicht zu verhehlen, daß ich ihn fort wünschte. Aber ich wurde durch das sanfte Aussehen des Mannes erweicht und fühlte einen Hauch von Vorwurf. „Ich hoffe," sagte ich, indem ich mir hastig etwas in ein Glas steckte und einen Stuhl an den Tisch zog: „daß Sie nicht glauben werden, daß ich vorhin hart zu Ihnen gesprochen habe. Ich hatte nicht die Absicht, es zu tun, und es tut mir leid, wenn ich es getan habe. Ich wünsche dir alles Gute und glücklich!"

Als ich mein Glas an die Lippen setzte, warf er einen überraschten Blick auf das Ende seines Halstuches, das beim Öffnen aus dem Mund fiel und die Hand ausstreckte. Ich gab ihm den meinen, und dann trank er und zog sich den Ärmel über Augen und Stirn.

„Wie lebst du?" fragte ich ihn.

„Ich bin Schafzüchter, Viehzüchter und noch andere Berufe in der neuen Welt gewesen," sagte er; „viele tausend Meilen stürmisches Wasser davon entfernt."

„Ich hoffe, Sie haben es gut gemacht?"

„Ich habe mich wunderbar geschlagen. Es gibt andere, die länger ausgegangen sind als ich, weil sie es auch gut gemacht haben, aber kein Mensch hat es auch nur annähernd so gut gemacht wie ich. Ich bin berühmt dafür."

„Es freut mich, das zu hören."

„Ich hoffe, Sie das sagen zu hören, mein lieber Junge."

Ohne innezuhalten, um diese Worte oder den Ton, in dem sie gesprochen wurden, zu verstehen, wandte ich mich ab zu einem Punkt, der mir gerade in den Sinn gekommen war.

„Haben Sie je einen Boten gesehen, den Sie mir einst geschickt haben," fragte ich: „seit er dieses Vertrauen übernommen hat?"

„Wirf ihn nie zu Gesicht. Ich warne davor, es zu tun."

„Er kam treu und brachte mir die beiden Ein-Pfund-Noten. Ich war damals ein armer Junge, wie Sie wissen, und für einen armen Jungen waren sie ein kleines Glück. Aber wie du habe ich mich seitdem gut geschlagen, und du mußt sie mir zurückzahlen lassen. Du kannst sie für einen andern armen Jungen verwenden." Ich holte meine Handtasche heraus.

Er sah mir nach, wie ich meine Börse auf den Tisch legte und sie öffnete, und er sah mir zu, wie ich zwei Ein-Pfund-Scheine von ihrem Inhalt trennte. Sie waren sauber und neu, und ich breitete sie aus und übergab sie ihm. Er sah mich noch immer an, legte sie übereinander, faltete sie längs zusammen, drehte sie, zündete sie an der Lampe an und ließ die Asche in das Tablett fallen.

„Darf ich so kühn sein," sagte er dann mit einem Lächeln, das wie ein Stirnrunzeln aussah, und mit einem Stirnrunzeln, das wie ein Lächeln aussah: „Sie zu fragen, *wie* es Ihnen ergangen ist, da Sie und ich auf diesen einsamen, zitternden Sümpfen waren?"

„Wie?"

„Ah!"

Er leerte sein Glas, erhob sich und stand an der Seite des Feuers, die schwere braune Hand auf dem Kaminsims. Er setzte einen Fuß an die Stangen, um ihn zu trocknen und zu wärmen, und der nasse Stiefel fing an zu dampfen; aber er sah weder darauf noch auf das Feuer, sondern unverwandt auf mich. Erst jetzt fing ich an zu zittern.

Als sich meine Lippen geöffnet und einige Worte ohne Klang geformt hatten, zwang ich mich, ihm zu sagen (obgleich ich es nicht deutlich konnte), daß ich auserwählt worden sei, die Nachfolge eines Besitzes anzutreten.

„Darf eine bloße Kriegsmünze fragen, was für ein Eigentum?" fragte er.

Ich stockte: „Ich weiß es nicht."

„Darf eine bloße Kriegsmünze fragen, wessen Eigentum?" fragte er.

Ich stockte wieder: „Ich weiß es nicht."

„Darf ich wohl eine Vermutung anstellen," sagte der Sträfling: „über Ihr Einkommen, seit Sie volljährig geworden sind! Nun zur ersten Zahl. Fünf?"

Mit klopfendem Herzen wie ein schwerer Hammer ungeordneter Wirkung, erhob ich mich von meinem Stuhl, stand mit der Hand auf der Lehne und sah ihn wild an.

„Was einen Vormund betrifft," fuhr er fort. „Es hätte irgendeinen Vormund oder dergleichen geben müssen, als du noch minderjährig warst. Ein Anwalt vielleicht. Was nun den ersten Buchstaben des Namens dieses Advokaten betrifft. Wäre es J?"

Die ganze Wahrheit meiner Lage blitzte über mich herein; und ihre Enttäuschungen, Gefahren, Schanden, Folgen aller Art stürzten in solcher Menge herein, daß ich von ihnen niedergedrückt wurde und um jeden Atemzug kämpfen mußte, den ich tat.

„Sagen Sie es," fuhr er fort: „als der Arbeitgeber jenes Advokaten, dessen Name mit einem J beginnt und Jaggers sein könnte, so sagen Sie es so, als wäre er über das Meer nach Portsmouth gekommen, dort gelandet und habe zu Ihnen kommen wollen." „Aber du hast mich ausfindig gemacht," sagst du eben. „Brunnen! Aber habe ich dich herausgefunden? Nun, ich habe von Portsmouth aus an eine Person in London geschrieben, um Einzelheiten über Ihre Adresse zu erfahren. Der Name dieser Person? Warum, Wemmick."

Ich hätte kein Wort sprechen können, obwohl es gewesen wäre, um mein Leben zu retten. Ich stand da, eine Hand auf der Stuhllehne und eine Hand auf meiner Brust, wo ich zu ersticken schien – ich stand so da und sah ihn wild an, bis ich nach dem Stuhl griff, als das Zimmer anfing, sich zu beben und zu drehen. Er fing mich auf, zog mich auf das Sofa, lehnte mich gegen die Kissen und beugte sich vor mir auf ein Knie, indem er das Gesicht, an das ich mich jetzt gut erinnerte und vor dem ich schauderte, ganz nahe an das meinige brachte.

„Ja, Pip, lieber Junge, ich habe dich zum Gentleman gemacht! Ich bin's, der es geschafft hat! Ich schwor damals, so sicher wie je, eine Guinee zu verdienen, daß die Guinee an Sie gehen sollte. Ich schwor mir, sicher wie eh und je, als ich spezifizierte und reich wurde, du solltest reich werden. Ich lebte roh, damit du glatt lebst; Ich habe hart gearbeitet, dass du über der Arbeit stehen sollst. Welche Chancen, lieber Junge? Sage ich es, damit du dich verpflichtet fühlst? Nicht ein bisschen. Ich sage es, damit du weißt, daß der dort gejagte Misthaufenhund, in dem du das Leben hältst, seinen Kopf so hoch erhoben hat, daß er einen Gentleman abgeben könnte – und, Pip, du bist er!"

Der Abscheu, den ich gegen den Mann empfand, die Furcht, die ich vor ihm hatte, der Widerwille, mit dem ich vor ihm zurückschreckte, hätte nicht übertroffen werden können, wenn er ein schreckliches Tier gewesen wäre.

„Schau mal, Pip. Ich bin dein zweiter Vater. Du bist mein Sohn, mehr für mich noch für irgendeinen Sohn. Ich habe Geld beiseite gelegt, nur damit du es ausgeben kannst. Als ich ein gemieteter Schäfer in einer einsamen Hütte war und keine Gesichter sah als Gesichter von Schafen, bis ich halb vergaß, wie die Gesichter der Männer und Frauen aussahen, sah ich deinen. Ich lasse mein Messer oft in dieser Hütte fallen, wenn ich mein Mittag- oder Abendessen aß, und ich sagte: ‚Da ist wieder der Junge, der mich ansieht, während ich esse und trinke!' Ich sehe dich dort viele Male, so deutlich wie immer sehe ich dich auf diesen nebligen Sümpfen. ‚Herr, schlage mich tot!' Ich sage jedesmal – und ich gehe in die Luft, um es unter freiem Himmel zu sagen –, ‚aber wenn ich Freiheit und Geld bekomme, werde ich aus diesem Jungen einen Gentleman machen!' Und ich habe es geschafft. Sieh dich an, lieber Junge! Seht euch diese Unterkünfte hier an, die eines Lords würdig sind! Ein Lord? Ah! Du sollst bei den Herren Geld für Wetten zeigen und sie schlagen!"

In seiner Hitze und seinem Triumph und in dem Bewußtsein, daß ich nahe in Ohnmacht gefallen war, bemerkte er nicht, daß ich das alles aufgenommen hatte. Es war das einzige Körnchen Erleichterung, das ich hatte.

„Sieh her!" fuhr er fort, indem er meine Uhr aus der Tasche zog und ihm einen Ring am Finger zuwandte, während ich vor seiner Berührung zurückschreckte, als wäre er eine Schlange gewesen: „ein goldener und schöner Mensch: *das ist* ein

Gentleman, hoffe ich! Ein Diamant, der ganz mit Rubinen besetzt ist; *das ist* ein Gentleman, hoffe ich! Sieh dir deine Wäsche an; fein und schön! Schauen Sie sich Ihre Kleidung an; Besseres ist nicht zu bekommen! Und auch Ihre Bücher," er wandte seinen Blick im Zimmer umher: „die sich zu Hunderten auf ihren Regalen auftürmen! Und du liest sie; Nicht wahr? Ich sehe, Sie haben sie gelesen, als ich hereinkam. Ha ha ha! Du sollst sie mir vorlesen, lieber Junge! Und wenn sie in fremden Sprachen sind, die ich nicht verstehe, so werde ich genauso stolz sein, als wenn ich es verstünde."

Wieder ergriff er meine beiden Hände und führte sie an seine Lippen, während mir das Blut in den Adern gefrierte.

„Hast du nichts dagegen, zu reden, Pip," sagte er, nachdem er sich wieder den Ärmel über die Augen und die Stirn gezogen hatte, als das Klicken in seiner Kehle kam, an das ich mich wohl erinnerte, und er war mir um so schrecklicher, als er es so ernst meinte; „Du kannst es nicht besser machen und nicht schweigen, lieber Junge. Du hast dich nicht so langsam darauf gefreut, wie ich es getan habe; Du warst nicht so darauf vorbereitet wie ich. Aber hast du nicht nie gedacht, dass ich es sein könnte?"

„O nein, nein, nein," erwiderte ich: „niemals, niemals!"

„Nun, siehst du, es *ist mir passiert*, und zwar im Alleingang. Nie eine Menschenseele darin als ich selbst und Mr. Jaggers."

„War sonst niemand da?" Fragte ich.

„Nein," sagte er mit einem Blick der Überraschung: „wer sollte es sonst geben? Und, lieber Junge, wie gut du geworden bist! Irgendwo gibt es leuchtende Augen – nicht wahr? Gibt es nicht irgendwo leuchtende Augen, an die du gerne denkst?"

O Estella, Estella!

„Sie werden dir gehören, lieber Junge, wenn du sie mit Geld kaufen kannst. Nicht, daß ein Gentleman wie Sie, der so gut aufgestellt ist wie Sie, sie nicht mit seinem eigenen Spiel gewinnen könnte; aber das Geld wird dich unterstützen! Laß mich ausreden, was ich dir sagen wollte, lieber Junge. Von dieser Hütte dort und der dortigen Vermietung bekam ich das Geld, das mir mein Herr hinterlassen hatte (der starb und derselbe war wie ich), und erhielt meine Freiheit und ging für mich selbst. In allem, was ich wollte, habe ich mich für dich entschieden. „Herr, mach einen Schandfleck darüber," sage ich, wohin ich auch ging: „wenn er nicht wäre!" Es gedieh alles wunderbar. Wie ich Ihnen soeben zu verstehen gegeben habe, bin ich berühmt dafür. Es war das Geld, das ich mir hinterlassen hatte, und die Gewinne der ersten Jahre, die ich Mr. Jaggers nach Hause schickte – alles für

Sie –, als er zum ersten Mal zu Ihnen kam, und zwar in Übereinstimmung mit meinem Brief."

O daß er nie gekommen wäre! Daß er mich in der Schmiede zurückgelassen hatte – weit davon entfernt, zufrieden zu sein, aber im Vergleich dazu glücklich!

„Und dann, lieber Junge, war es für mich eine Belohnung, sieh her, im Geheimen zu wissen, daß ich einen Gentleman abgab. Die Blutpferde dieser Kolonisten mochten den Staub über mich aufwirbeln, während ich ging; was soll ich sagen? Ich sage mir: „Ich mache einen besseren Gentleman und du wirst es auch nie sein!" Wenn einer von ihnen zu einem andern sagt: „Er war vor ein paar Jahren ein Sträfling und ist jetzt ein unwissender gewöhnlicher Kerl, obwohl er Glück hat," was soll ich sagen? Ich sage mir: „Wenn ich kein Gentleman bin und noch keine Gelehrsamkeit habe, so bin ich der Besitzer eines solchen. Alle auf euch besitzen Vieh und Land; Wer von Ihnen besitzt einen erzogenen Londoner Gentleman?" Auf diese Weise halte ich mich am Laufen. Und so hielt ich fest vor meinem Sinn, daß ich gewiß eines Tages kommen und meinen Jungen auf seinem eigenen Grund und Boden sehen und mich ihm bekannt machen würde."

Er legte seine Hand auf meine Schulter. Ich schauderte bei dem Gedanken, dass seine Hand für alles, was ich wusste, mit Blut befleckt sein könnte.

„Es ist nicht leicht für mich, Pip, ihnen Teile zu lassen, und es ist auch nicht sicher. Aber ich hielt daran fest, und je härter es war, desto stärker hielt ich daran fest, denn ich war entschlossen und mein Wille fest entschlossen. Endlich habe ich es geschafft. Lieber Junge, ich habe es geschafft!"

Ich versuchte, meine Gedanken zu sammeln, aber ich war fassungslos. Während der ganzen Zeit war es mir vorgekommen, als ob ich mich mehr um den Wind und den Regen kümmerte als um ihn; Selbst jetzt konnte ich seine Stimme nicht von diesen Stimmen unterscheiden, obwohl sie laut waren und seine Stimme schwieg.

„Wo willst du mich hinbringen?" fragte er sofort. „Ich muß irgendwo untergebracht werden, lieber Junge."

„Schlafen?" fragte ich.

„Ja. Und um lange und fest zu schlafen," antwortete er; „denn ich bin monatelang von See gespült und gewaschen worden."

„Mein Freund und Gefährte," sagte ich, indem ich mich vom Sofa erhob: „ist abwesend; Sie müssen sein Zimmer haben."

„Er wird morgen nicht wiederkommen; Wird er?"

„Nein," antwortete ich, trotz meiner äußersten Anstrengungen, fast mechanisch; „Nicht morgen."

„Weil, sieh her, lieber Junge," sagte er, indem er seine Stimme senkte und einen langen Finger in eindrucksvoller Weise auf meine Brust legte: „Vorsicht ist geboten."

„Wie meinst du das? Vorsicht?"

„Bei G——, es ist der Tod!"

„Was ist der Tod?"

„Ich wurde auf Lebenszeit geschickt. Es ist der Tod, zurückzukommen. In den letzten Jahren ist zu viel zurückgekommen, und ich würde gewiß gehängt werden, wenn man mich erwischte."

Es bedurfte nichts als dieser; Der Unglückliche, nachdem er mich jahrelang mit seinen goldenen und silbernen Ketten beladen hatte, hatte sein Leben riskiert, um zu mir zu kommen, und ich hielt es dort in meiner Obhut! Wenn ich ihn geliebt hätte, anstatt ihn zu verabscheuen; wenn ich mich durch die stärkste Bewunderung und Zuneigung zu ihm hingezogen gefühlt hätte, anstatt mit dem stärksten Widerwillen vor ihm zurückzuschrecken; Schlimmer hätte es nicht kommen können. Im Gegenteil, es wäre besser gewesen, denn seine Bewahrung hätte dann ganz natürlich und zärtlich mein Herz angesprochen.

Meine erste Sorge war, die Fensterläden zu schließen, so daß kein Licht von außen zu sehen war, und dann die Türen zu schließen und zu verschließen. Während ich das tat, stand er am Tisch, trank Rum und aß Kekse; und als ich ihn so beschäftigt sah, sah ich meinen Sträfling wieder auf den Sümpfen bei seinem Mahle. Es schien mir fast, als müsse er sich gleich bücken, um an seinem Bein zu feilen.

Als ich in Herberts Zimmer getreten war und jede andere Verbindung zwischen ihm und der Treppe als durch das Zimmer, in dem unsere Unterhaltung stattgefunden hatte, abgeschaltet hatte, fragte ich ihn, ob er zu Bett gehen wolle? Er bejahte, bat mich aber um etwas von meiner „Herrenwäsche," um sie morgens anzuziehen. Ich holte es heraus und legte es für ihn bereit, und mir lief wieder das Blut in den Adern, als er mich wieder bei beiden Händen faßte, um mir gute Nacht zu sagen.

Ich entfernte mich, ohne zu wissen, wie ich es machte, flickte das Feuer in dem Zimmer, wo wir beisammen gewesen waren, und setzte mich daneben, aus Angst, zu Bett zu gehen. Eine Stunde oder länger blieb ich zu betäubt, um nachzudenken; und erst als ich zu denken anfing, fing ich an, vollständig zu wissen, wie Schiffbruch ich hatte und wie das Schiff, auf dem ich gesegelt war, in Stücke gerissen war.

Miß Havishams Absichten gegen mich, alles nur ein Traum; Estella wurde nicht für mich entworfen; Ich litt in Satis House nur als Bequemlichkeit, als Stachel für die gierigen Verwandten, als Modell mit einem mechanischen Herzen, an dem ich üben konnte, wenn keine andere Übung zur Hand war; das waren die ersten Intelligenzen, die ich hatte. Aber, der schärfste und tiefste Schmerz von allen, es war für den Sträfling, der sich, ich wußte nicht welcher Verbrechen, schuldig gemacht hatte und der Gefahr war, aus den Zimmern, wo ich saß und nachdachte, und an der Tür des alten Baileys aufgehängt zu werden, daß ich Joe verlassen hatte.

Ich wäre jetzt nicht zu Joe zurückgekehrt, ich wäre jetzt nicht zu Biddy zurückgekehrt, um irgendeine Rücksicht; Ich vermute nur, weil mein Gefühl für mein eigenes wertloses Benehmen ihnen gegenüber größer war als jede Rücksicht. Keine Weisheit der Welt hätte mir den Trost geben können, den ich aus ihrer Einfalt und Treue hätte schöpfen können; aber ich konnte niemals, niemals, ungeschehen machen, was ich getan hatte.

In jeder Wut des Windes und jedem Rauschen des Regens hörte ich Verfolger. Zweimal hätte ich schwören können, dass es an der Außentür klopfte und flüsterte. Mit diesen Befürchtungen begann ich mir vorzustellen oder mich daran zu erinnern, daß ich geheimnisvolle Warnungen vor der Annäherung dieses Mannes erhalten hatte. Daß ich seit Wochen auf der Straße an Gesichtern vorbeigegangen bin, die ich für die seinen gehalten habe. Daß diese Ähnlichkeiten zahlreicher geworden seien, je näher er, als er über das Meer gekommen sei. Daß sein böser Geist diese Boten irgendwie zu den meinigen geschickt habe, und daß er jetzt in dieser stürmischen Nacht sein Wort halte und mit mir sei.

Zu diesen Betrachtungen gesellte sich der Gedanke, daß ich ihn mit meinen kindlichen Augen als einen verzweifelt gewalttätigen Mann gesehen hatte; dass ich gehört habe, wie ein anderer Sträfling wiederholt habe, dass er versucht habe, ihn zu ermorden; daß ich ihn unten im Graben habe reißen und kämpfen sehen wie ein wildes Tier. Aus solchen Erinnerungen brachte ich eine halb geformte Furcht in das Licht des Feuers, daß es nicht sicher sein könnte, dort mitten in der wilden, einsamen Nacht mit ihm eingeschlossen zu sein. Diese dehnte sich, bis sie das Zimmer erfüllte, und trieb mich, eine Kerze zu nehmen, hineinzugehen und meine schreckliche Last zu betrachten.

Er hatte sich ein Taschentuch um den Kopf gerollt, und sein Gesicht senkte sich im Schlaf. Aber er schlief, und zwar ruhig, obwohl er eine Pistole auf dem Kissen liegen hatte. Davon überzeugt, zog ich leise den Schlüssel zur Außenseite seiner Tür ab und richtete ihn auf ihn, bevor ich mich wieder ans Feuer setzte. Nach und nach rutschte ich vom Stuhl und legte mich auf den Boden. Als ich erwachte, ohne mich im Schlaf von der Einsicht meines Elends getrennt zu haben, schlugen die Uhren der Kirchen nach Osten fünf Uhr, die Kerzen waren erloschen, das Feuer war erloschen, und Wind und Regen verstärkten die dichte, schwarze Finsternis.

DIES IST DAS ENDE DER ZWEITEN STUFE DER ERWARTUNGEN VON PIP.

KAPITEL XL.

Es war ein Glück für mich, dass ich Vorsichtsmaßnahmen treffen musste, um (soweit es mir möglich war) die Sicherheit meines gefürchteten Besuchers zu gewährleisten; denn dieser Gedanke, der mich beim Erwachen bedrängte, hielt andere Gedanken in einer verwirrten Halle in der Ferne fest.

Es verlag sich von selbst, daß es unmöglich war, ihn in den Gemächern verborgen zu halten. Es wäre nicht möglich, und der Versuch, dies zu tun, würde unweigerlich Verdacht erregen. Ich hatte zwar jetzt keinen Rächer mehr in meinen Diensten, aber ich wurde von einer aufrührerischen alten Frau betreut, die von einem lebhaften Lumpensack unterstützt wurde, den sie ihre Nichte nannte, und ein Zimmer vor ihnen geheim zu halten, hieß Neugierde und Übertreibung hervorrufen. Sie hatten beide schwache Augen, was ich lange Zeit darauf zurückgeführt hatte, daß sie chronisch in Schlüssellöcher hineinschauten, und sie waren immer zur Stelle, wenn man sie nicht brauchte; In der Tat war das neben dem Diebstahl ihre einzige verlässliche Eigenschaft. Um mit diesen Leuten kein Geheimnis zu machen, beschloß ich, am Morgen zu verkünden, daß mein Onkel unerwartet vom Lande gekomen sei.

Für diesen Weg entschied ich mich, als ich noch im Dunkeln nach Mitteln suchte, Licht zu bekommen. Da ich doch nicht über die Mittel stolperte, war ich geneigt, in die benachbarte Hütte zu gehen und den Wächter mit seiner Laterne kommen zu lassen. Als ich nun die schwarze Treppe hinabtastete, fiel ich über etwas, und dieses Etwas war ein Mann, der in einer Ecke kauerte.

Da der Mann auf meine Frage, was er dort treibe, keine Antwort gab, sondern sich schweigend meiner Berührung entzog, lief ich nach der Loge und forderte den Wächter auf, schnell zu kommen; Sie erzählten ihm von dem Vorfall auf dem Rückweg. Da der Wind so heftig war wie immer, so kümmerten wir uns nicht, das Licht in der Laterne zu gefährden, indem wir die erloschenen Lampen auf der Treppe wieder anzündeten, sondern untersuchten die Treppe von unten nach oben und fanden dort niemanden. Da kam mir der Gedanke, daß der Mann in meine Zimmer geschlüpft sein könnte; Ich zündete also meine Kerze bei dem Wächter an, ließ ihn an der Tür stehen und untersuchte sie sorgfältig, einschließlich des Zimmers, in dem mein gefürchteter Gast schlief. Alles war still, und gewiß befand sich kein anderer Mann in diesen Gemächern.

Es beunruhigte mich, daß ausgerechnet in dieser Nacht des Jahres ein Laurer auf der Treppe gewesen sein sollte, und ich fragte den Wächter, um ihm eine hoffnungsvolle Erklärung zu entlocken, als ich ihm an der Tür einen Schluck reichte, ob er irgendeinen Herrn an seinem Tor eingelassen habe, der merklich auswärts gespeist habe? Ja, sagte er; Zu verschiedenen Zeiten der Nacht, drei. Der eine wohnte in Fountain Court, die beiden andern in der Lane, und er hatte sie alle nach Hause gehen sehen. Der einzige andere Mann, der in dem Hause wohnte, zu dem meine Gemächer gehörten, war seit einigen Wochen auf dem Lande gewesen, und er war gewiß in der Nacht nicht zurückgekehrt, denn wir hatten seine Thür mit seinem Siegel gesehen, als wir die Treppe hinaufkamen.

„Da die Nacht so schlimm ist, Herr," sagte der Wächter, indem er mir mein Glas zurückgab: „so sind ungewöhnlich wenige durch mein Tor hereingekommen. Außer diesen drei Herren, die ich genannt habe, erinnere ich mich nicht mehr an einen andern seit etwa elf Uhr, als ein Fremder nach Ihnen fragte."

„Mein Onkel," murmelte ich. „Ja."

„Sie haben ihn gesehen, Sir?"

„Ja. Oh ja."

„Und die Person, die mit ihm zusammen ist?"

„Person mit ihm!" wiederholte ich.

„Ich hielt die Person für sie, die bei ihm war," entgegnete der Wächter. „Die Person hielt an, als sie anhielt, um sich nach mir zu erkundigen, und die Person nahm diesen Weg, als sie diesen Weg nahm."

„Was für ein Mensch?"

Der Wächter hatte es nicht besonders bemerkt; er sollte sagen, ein arbeitender Mensch; Nach bestem Wissen und Gewissen trug er eine staubfarbene Kleidung unter einem dunklen Mantel. Der Wächter machte sich die Sache leichter als ich, und das natürlich; Ich habe keinen Grund, warum ich ihm Gewicht beimesse.

Als ich ihn losgeworden war, was ich für gut hielt, ohne langwierige Erklärungen zu geben, war mein Gemüt durch diese beiden Umstände zusammengenommen sehr beunruhigt. Obgleich sie leicht unschuldig auseinander zu lösen waren, wie zum Beispiel irgendein Gast oder ein Gast zu Hause, der nicht in die Nähe dieses Wächtertores gegangen war, sich auf meine Treppe verirrt und dort eingeschlafen sein mochte, und mein namenloser Besucher jemanden mitgebracht haben mochte, um ihm den Weg zu zeigen, so sahen sie doch, wenn sie zusammengereiht waren, für jemanden ein häßliches Aussehen aus, das ebenso zu Mißtrauen und Furcht neigte, wie es die Veränderungen einiger Stunden getan hatten mich gemacht.

Ich zündete mein Feuer an, das um diese Morgenzeit mit einer rohen, bleichen Fackel brannte, und fiel vor ihm in einen Schlummer. Es schien mir, als hätte ich eine ganze Nacht geschlafen, als die Uhren sechs schlugen. Da volle anderthalb Stunden zwischen mir und dem Tageslicht lagen, schlummerte ich wieder; jetzt, als ich unruhig aufwachte, mit weitschweifigen Gesprächen über nichts, in meinen Ohren; jetzt donnert der Wind im Schornstein; endlich fiel ich in einen tiefen Schlaf, aus dem mich das Tageslicht mit einem Schreck weckte.

Die ganze Zeit über war ich nie in der Lage gewesen, über meine eigene Situation nachzudenken, und ich konnte es auch noch nicht. Ich hatte nicht die Kraft, mich darum zu kümmern. Ich war sehr niedergeschlagen und verzweifelt, aber auf eine zusammenhanglose Art und Weise. Was die Entwicklung eines Plans für die Zukunft anbelangt, so hätte ich ebensogut einen Elefanten formen können. Als ich die Fensterläden öffnete und auf den nassen, wilden Morgen hinaussah, der ganz bleierner Ton war; wenn ich von Zimmer zu Zimmer ging; als ich mich zitternd wieder vor das Feuer setzte und darauf wartete, daß meine Wäscherin erschien; Ich dachte darüber nach, wie elend ich war, wußte aber kaum, warum, oder wie lange ich es gewesen war, oder an welchem Wochentag ich das Nachdenken machte, oder wer ich war, der es machte.

Endlich traten die Alte und die Nichte ein, die letztere mit einem Kopfe, der nicht leicht von ihrem staubigen Besen zu unterscheiden war, und zeigten sich überrascht, als sie mich und das Feuer erblickten. Dem erzählte ich, wie mein Onkel in der Nacht gekommen sei und dann eingeschlafen habe, und wie die Frühstücksvorbereitungen entsprechend abgeändert werden sollten. Dann wusch ich mich und zog mich an, während sie die Möbel umwarfen und Staub machten; und so saß ich wieder in einer Art Traum oder Schlafwachen am Feuer und wartete darauf, daß Er zum Frühstück kommen würde.

Nach und nach öffnete sich seine Tür und er kam heraus. Ich konnte mich nicht überwinden, seinen Anblick zu ertragen, und ich glaubte, er hätte bei Tageslicht ein schlimmeres Aussehen.

„Ich weiß nicht einmal," sagte ich mit leiser Stimme, als er sich an den Tisch setzte: „mit welchem Namen ich Sie nennen soll. Ich habe gesagt, daß du mein Onkel bist."

„Das war's, lieber Junge! Nennen Sie mich Onkel."

„Sie haben wohl einen Namen an Bord des Schiffes angenommen?"

„Ja, lieber Junge. Ich habe den Namen Provis angenommen."

„Wollen Sie diesen Namen behalten?"

„Ja, ja, lieber Junge, es ist so gut wie ein anderer, es sei denn, du möchtest noch einen."

„Wie lautet Ihr richtiger Name?" fragte ich ihn flüsternd.

„Magwitch," antwortete er in demselben Tone; „Chrrisen'd Abel."

„Wozu bist du erzogen worden?"

„Eine Kriegsminze, lieber Junge."

Er antwortete ganz ernst und gebrauchte das Wort, als ob es einen Beruf bezeichnete.

„Als Sie gestern abend in den Tempel kamen …," sagte ich und hielt inne, um mich zu fragen, ob das wirklich gestern abend gewesen sein könnte, der so lange her zu sein schien.

„Ja, lieber Junge?"

„Als du durch das Tor hereinkamst und den Wächter nach dem Weg hierher fragtest, hattest du da noch jemanden?"

„Mit mir? Nein, lieber Junge."

„Aber es war doch jemand da?"

„Ich habe es nicht besonders beachtet," sagte er zweifelnd: „da ich die Sitten des Ortes nicht kannte. Aber ich glaube, es gab auch eine Person, die länger als ich hereinkam."

„Sind Sie in London bekannt?"

„Ich hoffe nicht!" sagte er und gab seinem Zeigefinger einen Ruck in den Nacken, der mich heiß und krank werden ließ.

„Waren Sie einmal in London bekannt?"

„Nicht über und über, lieber Junge. Ich war meistens in der Provinz."

„Waren Sie – vor Gericht gestellt – in London?"

„Um welche Zeit?" fragte er mit scharfem Blick.

„Das letzte Mal."

Er nickte. „So kannte ich Mr. Jaggers zuerst. Jaggers war für mich."

Es lag mir auf den Lippen, ihn zu fragen, wofür er geprüft worden sei, aber er nahm ein Messer, gab ihm einen Schwung und fiel mit den Worten: „Und was ich getan habe, ist ausgearbeitet und bezahlt!" beim Frühstück nieder.

Er aß in einer gefräßigen Weise, die sehr unangenehm war, und alle seine Handlungen waren ungehobelt, lärmend und gierig. Einige seiner Zähne hatten ihm versagt, seit ich ihn in den Sümpfen hatte fressen sehen, und als er sein Essen im Maul drehte und den Kopf seitwärts drehte, um seine stärksten Reißzähne darauf zu richten, sah er schrecklich aus wie ein hungriger alter Hund. Hätte ich Appetit bekommen, so hätte er ihn mir genommen, und ich hätte so gesessen, wie ich es tat, von ihm abgestoßen von einer unüberwindlichen Abneigung und finster auf das Tuch blickend.

„Ich bin ein harter Kerl, lieber Junge," sagte er als höfliche Entschuldigung, als er sein Mahl beendete: „aber das war ich immer. Wäre es in meiner Konstitution gewesen, ein leichterer Grubber zu sein, so wäre ich vielleicht in leichtere Schwierigkeiten geraten. Genauso muss ich meinen Rauch haben. Als ich zum ersten Mal als Hirte auf der anderen Seite der Welt verdingt wurde, glaubte ich, daß ich mich selbst in ein wahnsinniges Schaf verwandelt hätte, wenn ich nicht geraucht hätte."

Bei diesen Worten erhob er sich vom Tische, legte die Hand in die Brust des Mantels, den er trug, und holte eine kurze schwarze Pfeife und eine Handvoll losen Tabaks von der Art, die man Negerkopf nennt, hervor. Nachdem er seine Pfeife gefüllt hatte, steckte er den überschüssigen Tabak wieder zurück, als wäre seine Tasche eine Schublade. Dann nahm er mit der Zange eine glühende Kohle aus dem Feuer und zündete seine Pfeife an, drehte sich dann mit dem Rücken zum Feuer auf dem Kaminteppich um und machte seine Lieblingshandlung, indem er beide Hände nach den meinigen ausstreckte.

„Und das," sagte er, indem er meine Hände in den seinigen auf und ab bewegte, während er an seiner Pfeife paffte: „und das ist der Gentleman, den ich gemacht habe! Der echte Echte! Es tut mir gut, dich anzusehen, Pip. Alles, was ich verspüre, ist, daneben zu stehen und dich anzusehen, lieber Junge!"

Ich ließ meine Hände so schnell wie möglich los und merkte, dass ich langsam anfing, mich der Betrachtung meines Zustandes zuwenden. Woran ich gekettet war und wie schwer, wurde mir klar, als ich seine heisere Stimme hörte und saß und zu seinem zerfurchten kahlen Kopf mit den eisengrauen Haaren an den Seiten hinaufblickte.

„Ich darf nicht sehen, wie mein Herr es in den Schlamm der Straßen steckt; Es darf kein Schlamm an *seinen* Stiefeln sein. Mein Herr muß Pferde haben, Pip! Pferde zum Reiten, Pferde zum Fahren, und Pferde für seinen Diener, um zu reiten und zu fahren. Sollen die Kolonisten ihre Pferde haben (und Blut, wenn Sie wollen, guter Gott!) und nicht mein Londoner Herr? Nein, nein. Wir werden ihnen ein anderes Paar Schuhe zeigen als dieses, Pip; nicht wahr?"

Er zog ein großes, dickes Taschenbuch aus der Tasche, das vor Papieren nur so strotzte, und warf es auf den Tisch.

„Es lohnt sich, etwas in diesem Buch auszugeben, lieber Junge. Es ist dein. Alles, was ich habe, ist nicht mein; Es ist Dein. Seien Sie nicht vorsichtig damit. Es gibt noch mehr, wo das herkommt. Ich bin in den alten Landpelz gekommen, um zu sehen, wie mein Herr sein Geld *wie* ein Gentleman ausgibt. Das wird *mir* ein Vergnügen sein. *Es wird mir* ein Vergnügen sein, ihn dabei zu sehen. Und sprengt euch alle!" schloß er, indem er sich im Zimmer umsah und einmal mit einem lauten Schnippen mit den Fingern schnippte, "sprengt euch alle, vom Richter mit der Perücke bis zum Kolonisten, der den Staub aufwirbelt, ich werde einen besseren Gentleman zeigen als die ganze Ausrüstung auf euch zusammengenommen!"

„Halt!" sagte ich, fast in einem Wahnsinn von Furcht und Abneigung: „ich möchte mit Ihnen sprechen. Ich möchte wissen, was zu tun ist. Ich möchte wissen, wie du vor Gefahr bewahrt werden kannst, wie lange du bleiben wirst, welche Projekte du hast."

„Sieh her, Pip," sagte er, indem er seine Hand auf meinen Arm legte, und zwar in einer plötzlich veränderten und gedämpften Weise; „Erstens, sieh her. Ich habe mich vor einer halben Minute vergessen. Was ich sagte, war niederträchtig; Das war es; Niedrig. Sieh her, Pip. Schauen Sie darüber hinweg. Ich werde nicht niedrig sein."

„Erstens," fuhr ich halb stöhnend fort: „welche Vorsichtsmaßregeln können getroffen werden, damit Sie nicht erkannt und ergriffen werden?"

„Nein, lieber Junge," sagte er in demselben Tone wie zuvor: „die gehen nicht voran. Die Niedrigkeit steht an erster Stelle. Ich habe nicht so viele Jahre gebraucht, um einen Gentleman zu machen, nicht ohne zu wissen, was ihm gebührt. Sieh her, Pip. Ich war niedergeschlagen; das war ich; Niedrig. Sieh es dir an, lieber Junge."

Ein Gefühl des grimmig-lächerlichen Lächelns veranlaßte mich zu einem ärgerlichen Lachen, als ich erwiderte: „Ich *habe* es mir angesehen. Im Namen des Himmels, reiten Sie nicht darauf herum!"

„Ja, aber sieh mal," beharrte er. „Lieber Junge, ich bin nicht so pelzig gekommen, nicht um niedrig zu sein. Nun, mach weiter, lieber Junge. Du warst ein Sprichwort ..."

„Wie sind Sie vor der Gefahr zu schützen, in die Sie sich begeben haben?"

„Nun, lieber Junge, die Gefahr ist nicht so groß. Ohne daß ich darüber unterrichtet worden wäre, ist die Gefahr nicht so groß zu bedeuten. Es gibt Jaggers, und es gibt Wemmick, und da bist du. Wer ist sonst noch da, um zu informieren?"

„Gibt es denn keine Möglichkeit, daß Sie auf der Straße erkannt werden?" fragte ich.

„Nun," entgegnete er: „es sind nicht viele. Ich habe auch nicht die Absicht, mich in den Zeitungen unter dem Namen A. M. zu bewerben, der aus Botany Bay zurückgekehrt ist; Und die Jahre sind vergangen, und wer kann davon profitieren? Trotzdem, sieh her, Pip. Wenn die Gefahr fünfzigmal so groß gewesen wäre, so wäre ich doch zu Ihnen gekommen, wohlgemerkt."

„Und wie lange bleibst du?"

„Wie lange?" fragte er, indem er seine schwarze Pfeife aus dem Mund nahm und die Kinnlade senkte, während er mich ansah. „Ich gehe nicht zurück. Ich bin für immer gekommen."

„Wo sollst du wohnen?" fragte ich. „Was soll mit dir geschehen? Wo wirst du sicher sein?"

„Lieber Junge," entgegnete er: „es gibt Verkleidungsperücken, die man für Geld kaufen kann, und es gibt Haarpuder und Brillen und schwarze Kleider - kurze Hosen und was sonst noch. Andere haben es auf Nummer sicher schon früher gemacht, und was andere vor uns getan haben, können andere auch tun. Was das Wo und Wie des Lebens betrifft, lieber Junge, so sag mir deine eigene Meinung darüber."

„Du nimmst es jetzt gelassen," sagte ich: „aber du warst gestern abend sehr ernst, als du schworst, es sei der Tod."

„Und so schwöre ich, es ist der Tod," sagte er, indem er seine Pfeife wieder in den Mund steckte: „und der Tod am Strick, auf offener Straße, nicht von diesem Pelz, und es ist ernst, daß du es so verstehst. Was dann, wenn das einmal geschehen ist? Hier bin ich. Jetzt zurückzugehen wäre so schlimm, wie standhaft zu bleiben – schlimmer. Außerdem, Pip, bin ich hier, weil ich es von dir gemeint habe, Jahre und Jahre. Was mich anbelangt, so bin ich jetzt ein alter Vogel, der seit seiner ersten Flügge alle möglichen Fallen gewagt hat, und ich habe keine Scheu, mich auf eine Vogelscheuche zu setzen. Wenn der Tod darin verborgen ist, dann gibt es ihn, und lass ihn herauskommen, und ich werde ihm gegenüberstehen, und dann werde ich an ihn glauben und nicht vorher. Und nun laß mich einen Blick auf meinen Herrn Agen werfen."

Wieder nahm er mich bei beiden Händen und musterte mich mit einer Miene bewundernder Besitzerschaft, während er die ganze Zeit mit großer Selbstgefälligkeit rauchte.

Es schien mir, als könne ich nichts Besseres tun, als ihm in der Nähe eine stille Wohnung zu verschaffen, die er in Besitz nehmen könnte, wenn Herbert zurückkehrte, den ich in zwei oder drei Tagen erwartete. Daß das Geheimnis Herbert als eine unvermeidliche Notwendigkeit anvertraut werden mußte, selbst wenn ich die ungeheure Erleichterung, die ich daraus ziehen würde, es mit ihm zu teilen, hätte ausschließen können, war mir klar. Aber Herrn Provis (ich beschloß, ihn bei diesem Namen zu nennen) war es durchaus nicht so klar, er behielt sich seine Zustimmung zu Herberts Teilnahme vor, bis er ihn gesehen und sich ein günstiges Urteil über seine Physiognomie gebildet haben würde. „Und selbst dann, lieber Junge," sagte er und zog ein schmieriges kleines schwarzes Testament aus der Tasche: „so werden wir ihn auf seinen Eid setzen."

Zu behaupten, daß mein schrecklicher Gönner dieses kleine schwarze Buch über die Welt nur bei sich trug, um die Leute im Notfall zu beschwören, hieße, etwas auszusprechen, was ich nie ganz festgestellt habe; aber das kann ich sagen, daß ich nie gewußt habe, daß er es zu einem anderen Zweck verwendet hat. Das Buch selbst sah aus, als sei es von einem Gericht gestohlen worden, und vielleicht veranlaßte ihn seine Kenntnis seiner Vorgeschichte, in Verbindung mit seinen eigenen Erfahrungen in dieser Hinsicht, auf seine Macht als eine Art juristischen Zauber oder Zauber. Bei dieser ersten Gelegenheit, bei der er es schrieb, erinnerte ich mich, wie er mich vor langer Zeit auf dem Kirchhof Treue schwören ließ, und wie er sich gestern abend so beschrieben hatte, als ob er in seiner Einsamkeit immer zu seinen Entschlüssen schwöre.

Da er jetzt einen Seemannsanzug trug, in dem er aussah, als hätte er Papageien und Zigarren zu entsorgen, so besprach ich nun mit ihm, welches Kleid er tragen sollte. Er hegte einen außerordentlichen Glauben an die Tugenden von ‚Shorts' als Verkleidung und hatte sich in Gedanken ein Kleid entworfen, das ihn zu etwas zwischen einem Dekan und einem Zahnarzt gemacht hätte. Mit ziemlicher Mühe gelang es mir, ihn dazu zu bringen, eine Kleidung anzunehmen, die mehr der eines wohlhabenden Bauern glich; und wir verabredeten, daß er sein Haar kurz schneiden und ein wenig Puder tragen sollte. Und da er noch weder von der Wäscherin noch von ihrer Nichte gesehen worden war, so sollte er sich bis zum Kleiderwechsel aus ihren Blicken heraushalten.

Es scheint ein Leichtes zu sein, über diese Vorsichtsmaßnahmen zu entscheiden; aber in meinem benommenen, um nicht zu sagen zerstreuten Zustand dauerte es so lange, daß ich erst um zwei oder drei Uhr nachmittags ausstieg, um sie fortzusetzen. Er sollte während meiner Abwesenheit in den Gemächern eingeschlossen bleiben und auf keinen Fall die Tür öffnen.

Da es meines Wissens in der Essex Street eine ansehnliche Herberge gab, deren Rückseite in den Tempel hinausging und fast in der Nähe meiner Fenster lag, so begab ich mich zuerst in dieses Haus und hatte das Glück, das zweite Stockwerk für meinen Onkel, Herrn Provis, zu sichern. Ich ging dann von Laden zu Laden und tätigte die Einkäufe, die notwendig waren, um sein Aussehen zu verändern. Da dieses Geschäft abgewickelt wurde, wandte ich mein Gesicht auf eigene Rechnung Little Britain zu. Mr. Jaggers saß an seinem Schreibtisch, aber als er mich eintreten sah, stand er sofort auf und stellte sich vor sein Feuer.

„Nun, Pip," sagte er: „sei vorsichtig."

„Das werde ich, Sir," erwiderte ich. Denn als ich vorbeikam, hatte ich mir gut überlegt, was ich sagen würde.

„Verpflichten Sie sich nicht," sagte Herr Jaggers: „und verpflichten Sie sich auch nicht. Du verstehst - irgendjemand. Sag mir nichts: Ich will nichts wissen; Ich bin nicht neugierig."

Natürlich sah ich, dass er wusste, dass der Mann gekommen war.

„Ich möchte mich nur überzeugen, Mr. Jaggers," sagte ich: „daß das, was man mir erzählt hat, wahr ist. Ich habe keine Hoffnung, daß es unwahr ist, aber ich kann es wenigstens bestätigen."

Mr. Jaggers nickte. „Aber sagten Sie ‚erzählt' oder ‚informiert'?" fragte er mich, den Kopf zur Seite geneigt und nicht mich, sondern lauschend auf den Boden blickend. „Erzählt scheint verbale Kommunikation zu implizieren. Mit einem Mann in New South Wales kann man nicht verbal kommunizieren, wissen Sie."

„Ich will sagen, unterrichtet, Mr. Jaggers."

„Gut."

„Ich habe von einer Person namens Abel Magwitch erfahren, daß er der Wohltäter ist, der mir so lange unbekannt war."

„Das ist der Mann," sagte Mr. Jaggers: „in Neusüdwales."

„Und nur er?" fragte ich.

„Und nur er," sagte Mr. Jaggers.

„Ich bin nicht so unvernünftig, Sir, daß ich Sie für meine Irrtümer und falschen Schlüsse verantwortlich halte; aber ich dachte immer, es sei Miß Havisham."

„Wie Sie sagen, Pip," entgegnete Mr. Jaggers, indem er seine Augen kühl auf mich richtete und in den Zeigefinger biß: „ich bin durchaus nicht dafür verantwortlich."

„Und doch sah es so aus, Sir," flehte ich mit niedergeschlagenem Herzen.

„Nicht das geringste Beweisstück, Pip," sagte Mr. Jaggers, schüttelte den Kopf und raffte seine Röcke zusammen. „Nimm nichts auf sein Aussehen; Nehmen Sie alles auf Beweise. Es gibt keine bessere Regel."

„Ich habe nichts mehr zu sagen," sagte ich mit einem Seufzer, nachdem ich eine Weile geschwiegen hatte. „Ich habe meine Informationen überprüft, und es hat ein Ende."

„Und da Magwitch sich in Neusüdwales endlich zu Tage gegeben hat," sagte Mr. Jaggers: „werden Sie begreifen, Pip, wie streng ich mich während meines ganzen Verkehrs mit Ihnen stets an die strenge Linie der Tatsachen gehalten habe. Es gab nie die geringste Abweichung von der strikten Linie der Tatsachen. Dessen sind Sie sich wohl bewußt?"

„Ganz recht, Sir."

„Ich theilte Magwitch in Neusüdwales, als er mir zuerst schrieb - von Neusüdwales aus - die Warnung mit, daß er nicht erwarten dürfe, daß ich jemals von der strengen Linie der Tatsachen abweiche. Ich theilte ihm noch eine andere Warnung mit. Er schien mir in seinem Brief dunkel angedeutet zu haben, daß er eine entfernte Idee hatte, Sie hier in England zu sehen. Ich warnte ihn, daß ich davon nichts mehr hören dürfe; daß er durchaus nicht geeignet sei, eine Begnadigung zu erlangen; daß er für die Dauer seines natürlichen Lebens ausgebürgert worden sei; und daß sein Auftreten in diesem Lande ein Verbrechen wäre, das ihn der äußersten Strafe des Gesetzes unterwerfen würde. Ich habe Magwitch diese Warnung gegeben," sagte Mr. Jaggers und sah mich fest an. „Ich habe es nach New South Wales geschrieben. Er hat sich daran orientiert, ohne Zweifel."

„Gewiß," sagte ich.

„Ich bin von Wemmick benachrichtigt worden," fuhr Mr. Jaggers fort, indem er mich noch immer fest ansah: „daß er einen Brief unter dem Datum Portsmouth von einem Kolonisten namens Purvis erhalten hat, oder" –

„Oder Provis," schlug ich vor.

„Oder Provis – danke, Pip. Vielleicht *ist es* Provis? Vielleicht wissen Sie, daß es Provis ist?"

„Ja," sagte ich.

„Du weißt, dass es Provis ist. Ein Brief unter dem Datum Portsmouth von einem Kolonisten namens Provis, der im Namen von Magwitch um die Einzelheiten Ihrer Adresse bittet. Wemmick schickte ihm, wie ich höre, die Einzelheiten mit der Post zurück. Wahrscheinlich haben Sie durch Provis die Erklärung von Magwitch in Neusüdwales erhalten?"

„Es kam durch Provis," antwortete ich.

„Guten Tag, Pip," sagte Mr. Jaggers und reichte ihm die Hand; „Schön, Sie gesehen zu haben. Wenn Sie schriftlich mit der Post an Magwitch in Neusüdwales schreiben oder mit ihm durch Provis in Verbindung treten, haben Sie die Güte zu erwähnen, daß Ihnen die Einzelheiten und Belege unseres Long-Kontos zusammen mit dem Saldo zugesandt werden; Denn es ist noch ein Gleichgewicht übrig. Guten Tag, Pip!"

Wir schüttelten uns die Hände, und er sah mich so lange an, wie er mich sehen konnte. Ich wandte mich an der Tür, und er sah mich noch immer scharf an, während die beiden abscheulichen Gipsverbände auf dem Brett zu versuchen schienen, die Augenlider zu öffnen und aus ihren geschwollenen Kehlen zu drängen: „O, was ist das für ein Mann!"

Wemmick war nicht da, und obwohl er an seinem Schreibtisch gesessen hatte, hätte er nichts für mich tun können. Ich ging geradewegs nach dem Tempel zurück, wo ich die schrecklichen Provis in Sicherheit fand, die Rum und Wasser tranken und den Negerkopf rauchten.

Am nächsten Tag kamen die Kleider, die ich bestellt hatte, alle nach Hause, und er zog sie an. Alles, was er anzog, wurde ihm weniger (wie es mir düster erschien) als das, was er vorher getragen hatte. Meiner Meinung nach war etwas in ihm, das es hoffnungslos machte, ihn zu verstellen. Je mehr ich ihn anzog und je besser ich ihn anzog, desto mehr sah er aus wie der krumme Flüchtling in den Sümpfen. Diese Wirkung auf meine ängstliche Phantasie war ohne Zweifel zum

Teil darauf zurückzuführen, daß sein altes Gesicht und Benehmen mir immer vertrauter geworden waren; aber ich glaube auch, daß er eines seiner Beine schleppte, als ob noch ein Gewicht Eisen darauf lastete, und daß vom Kopf bis zu den Füßen ein Sträfling in dem Körnchen des Mannes steckte.

Die Einflüsse seines einsamen Hüttenlebens wirkten sich überdies auf ihn aus und gaben ihm ein wildes Aussehen, das kein Kleid zu zähmen vermochte; Dazu kamen die Einflüsse seines späteren gebrandmarkten Lebens unter den Menschen und, um dem Ganzen die Krone aufzusetzen, sein Bewußtsein, daß er jetzt auswich und sich versteckte. In all seiner Art, wie er saß und stand, aß und trank, wie er mit hohen Schultern und Widerwillen herumgrübelte, wie er sein großes Klappmesser mit Horngriff herausnahm, es an seinen Beinen abwischte und sein Essen schnitt, wie er leichte Gläser und Tassen an die Lippen hob, als wären sie plumpe Pannikins, wie wenn er einen Keil von seinem Brot abhackte, und indem er die letzten Stücke Soße um seinen Teller herum und um sich herum aufsaugte, als ob er das Beste aus einem Zugeständnis machen wollte, und dann seine Fingerspitzen darauf trocknete und dann hinunterschluckte – auf diese und tausend andere kleine, namenlose Fälle, die sich jede Minute des Tages ereigneten, war der Gefangene, der Verbrecher, der Knecht. so einfach, wie schlicht nur sein kann.

Es war seine eigene Idee gewesen, diesen Hauch von Puder zu tragen, und ich hatte den Puder aufgegeben, nachdem ich die Shorts überwunden hatte. Aber ich kann die Wirkung davon, wenn es ankommt, mit nichts vergleichen als mit der wahrscheinlichen Wirkung von Rouge auf die Toten; So schrecklich war die Art, wie alles in ihm, was zu unterdrücken höchst wünschenswert war, durch diese dünne Schicht des Scheins hindurchfuhr und an seinem Scheitel hervorzulodern schien. Es wurde sofort aufgegeben, als er es versuchte, und er trug sein graues Haar kurz geschnitten.

Worte können nicht sagen, was für ein Gefühl ich zugleich von dem schrecklichen Geheimnis hatte, das er für mich war. Wenn er eines Abends einschlief, die verknoteten Hände an den Seiten des Lehnstuhls zusammengeballt und den kahlen Kopf mit tiefen Falten tätowiert, die auf seine Brust fielen, saß ich da und sah ihn an, wunderte mich, was er getan hatte, und lud ihn mit allen Verbrechen des Kalenders auf, bis der Impuls mächtig wurde, aufzuspringen und vor ihm davonzufliegen. Mit jeder Stunde steigerte sich mein Abscheu vor ihm so sehr, daß ich sogar glaube, ich hätte diesem Impuls in den ersten Qualen des Verfolgtseins nachgegeben, trotz allem, was er für mich getan hatte, und der Gefahr, die er einging, wenn nicht die Wußte gehabt hätte, daß Herbert bald zurückkehren müsse. Einmal stand ich tatsächlich nachts aus dem Bett auf und fing an, mich in meine schlimmsten Kleider zu kleiden, in der eiligen Absicht, ihn mit allem, was ich besaß, dort zu lassen und mich als Privatsoldat für Indien zu melden.

Ich bezweifle, dass ein Gespenst schrecklicher zu mir hätte sein können, oben in diesen einsamen Räumen an langen Abenden und langen Nächten, wo der Wind und der Regen immer vorbeirauschten. Ein Gespenst hätte nicht meinetwegen gefangen und gehängt werden können, und die Rücksicht, die er haben könnte, und die Furcht, die er haben würde, waren keine geringe Ergänzung zu meinen Schrecken. Wenn er nicht schlief oder mit einem zerlumpten Kartenspiel eine komplizierte Art von Geduld spielte, ein Spiel, das ich weder vorher noch nachher gesehen hatte, und bei dem er seine Gewinne aufzeichnete, indem er sein Klappmesser in den Tisch steckte, wenn er nicht mit einer dieser Beschäftigungen beschäftigt war, bat er mich, ihm vorzulesen: „Fremde Sprache, lieber Junge!" Während ich gehorchte, stand er, ohne ein Wort zu verstehen, vor dem Feuer und musterte mich mit der Miene eines Ausstellers, und ich sah ihn zwischen den Fingern der Hand, mit der ich mein Gesicht beschattete, in stummer Miene an die Möbel appellieren, auf meine Geschicklichkeit zu achten. Der eingebildete Schüler, der von dem unförmigen Geschöpf verfolgt wurde, das er gottlos gemacht hatte, war nicht elender als ich, verfolgt von dem Geschöpf, das mich gemacht hatte, und mit stärkerem Widerwillen von ihm zurückwich, je mehr er mich bewunderte und je mehr er mich liebte.

Davon steht, ich bin vernünftig, geschrieben, als ob es ein Jahr gedauert hätte. Es dauerte etwa fünf Tage. Da ich Herbert die ganze Zeit erwartete, wagte ich nicht auszugehen, es sei denn, daß ich nach Einbruch der Dunkelheit mit Provis lüftete. Endlich, eines Abends, als das Essen vorüber war und ich ganz erschöpft in einen Schlummer gefallen war, denn meine Nächte waren aufgewühlt und meine Ruhe durch furchtbare Träume unterbrochen, wurde ich durch den willkommenen Schritt auf der Treppe geweckt. Provis, der auch geschlafen hatte, taumelte bei dem Geräusch, das ich machte, auf, und in einem Augenblick sah ich sein Klappmesser in seiner Hand glänzen.

„Still! Es ist Herbert!" Ich habe gesagt; und Herbert kam hereingestürmt, mit der luftigen Frische von sechshundert Meilen Frankreich auf ihm.

„Händel, mein Lieber, wie geht es dir, und nochmals, wie geht es dir, und nochmals, wie geht es dir? Ich scheine zwölf Monate fort gewesen zu sein! Ja, so muss ich gewesen sein, denn du bist ganz mager und blaß geworden! Händel, mein - Hallo! Ich bitte um Verzeihung."

Er wurde in seinem Laufen und in seinem Händeschütteln mit mir durch den Anblick von Provis gestoppt. Provis, der ihn mit starrer Aufmerksamkeit betrachtete, hob langsam sein Klappmesser auf und kramte in einer andern Tasche nach etwas anderem.

„Herbert, mein lieber Freund," sagte ich und schloß die Flügeltüren, während Herbert starrend und verwundert dastand: „etwas sehr Seltsames ist geschehen. Das ist – ein Besucher von mir."

„Es ist schon gut, lieber Junge!" sagte Provis, indem er mit seinem kleinen schwarzen Büchlein vortrat und sich dann an Herbert wandte. „Nimm es in deine rechte Hand. Herr, schlage dich auf der Stelle tot, wenn du dich jemals in irgendeiner Weise spaltest! Küss ihn!"

„Tun Sie es, wie er es wünscht," sagte ich zu Herbert. Herbert sah mich mit freundlichem Unbehagen und Erstaunen an, und Provis schüttelte ihm sogleich die Hand und sagte: „Jetzt stehen Sie auf Ihrem Eid, wissen Sie. Und glaub mir nie auf meinem, wenn Pip nicht einen Gentleman aus dir macht!"

KAPITEL XLI.

Vergeblich würde ich versuchen, das Erstaunen und die Unruhe Herberts zu schildern, als er, ich und Provis sich vor das Feuer setzten und ich das ganze Geheimnis erzählte. So sehr, daß ich meine eigenen Gefühle in Herberts Gesicht widergespiegelt sah und nicht zuletzt unter ihnen meinen Abscheu gegen den Mann, der so viel für mich getan hatte.

Was allein schon eine Spaltung zwischen diesem Mann und uns herbeigeführt hätte, wenn es nicht einen anderen trennenden Umstand gegeben hätte, war sein Triumph in meiner Geschichte. Abgesehen von seinem beunruhigenden Gefühl, daß er seit seiner Rückkehr einmal ‚niedergeschlagen' gewesen war – worauf er in dem Augenblick, als meine Enthüllung beendet war, Herbert gegenüber zu sprechen begann –, hatte er keine Ahnung von der Möglichkeit, daß ich irgend etwas an meinem Glück auszusetzen hatte. Seine Prahlerei, er habe mich zu einem Gentleman gemacht, und er sei gekommen, um zu sehen, wie ich den Charakter mit seinen reichlichen Mitteln stütze, war für mich ebenso bestimmt wie für ihn selbst. Und daß es für uns beide eine höchst angenehme Prahlerei war, und daß wir beide sehr stolz darauf sein müßten, war eine Schlußfolgerung, die sich in seinem eigenen Geiste ganz festsetzte.

„Obwohl, sieh mal, Pips Kamerad," sagte er zu Herbert, nachdem er eine Weile gesprochen hatte: „ich weiß sehr wohl, daß ich, seit ich zurückgekommen bin, eine halbe Minute lang, niedergeschlagen gewesen bin. Ich sagte zu Pip, ich wusste es, da ich niedergeschlagen gewesen war. Aber ärgern Sie sich nicht darüber. Ich habe Pip nicht zu einem Gentleman gemacht, und Pip wird dich nicht zu einem Gentleman machen, und ich solle nicht wissen, was euch beiden gebührt. Lieber Junge und Pips Kamerad, ihr beide könnt darauf zählen, daß ich immer einen vornehmen Maulkorb trage. Maulkorb bin ich seit jener halben Minute, als ich in die Niedrigkeit verraten wurde, Maulkorb bin ich jetzt noch, Maulkorb werde ich immer sein."

Herbert sagte: „Gewiß," sah aber aus, als läge darin kein besonderer Trost, und blieb verwirrt und bestürzt zurück. Wir sehnten uns auf die Zeit, wo er in seine Wohnung gehen und uns allein lassen würde, aber er war offenbar eifersüchtig, uns zusammen zu lassen, und saß lange da. Es war Mitternacht, als ich ihn in die Essex Street führte und ihn sicher durch seine eigene dunkle Tür hereinsah. Als sie sich über ihm schloß, erlebte ich den ersten Augenblick der Erleichterung, den ich seit der Nacht seiner Ankunft erlebt hatte.

Nie ganz frei von einer unbehaglichen Erinnerung an den Mann auf der Treppe, hatte ich mich immer umgesehen, wenn ich meinen Gast nach Einbruch der Dunkelheit ausführte und ihn zurückbrachte; und ich sah mich jetzt um. So schwer es in einer großen Stadt auch ist, sich des Verdachts zu erwehren, beobachtet zu werden, wenn der Geist sich der diesbezüglichen Gefahr bewußt ist, so konnte ich mich doch nicht überzeugen, daß irgend einer der Leute in Sichtweite sich um meine Bewegungen kümmerte. Die wenigen, die vorbeigingen, gingen auf ihren verschiedenen Wegen, und die Straße war leer, als ich in den Tempel zurückkehrte. Niemand war mit uns durch das Tor gegangen, niemand mit mir durch das Tor gegangen. Als ich an dem Brunnen vorbeiging, sah ich seine erleuchteten Hinterfenster hell und ruhig aussehen, und als ich einige Augenblicke in der Tür des Gebäudes stand, in dem ich wohnte, bevor ich die Treppe hinaufstieg, war der Gartenhof so still und leblos, wie es die Treppe war, als ich sie hinaufstieg.

Herbert empfing mich mit offenen Armen, und ich hatte noch nie so selig empfunden, was es heißt, einen Freund zu haben. Nachdem er einige gesunde Worte des Mitleids und der Ermutigung gesprochen hatte, setzten wir uns nieder und erörterten die Frage: Was sei zu tun?

Der Stuhl, den Provis eingenommen hatte, blieb noch immer dort, wo er gestanden hatte, denn er hatte eine Kasernenart bei sich, um sich auf eine unruhige Weise an einer Stelle aufzuhängen und mit seiner Pfeife und seinem Negerkopf und seinem Klappmesser und seinem Kartenspiel und was nicht alles für ihn zu tun hatte, als ob alles für ihn auf eine Schiefertafel gelegt worden wäre – Ich sage, sein Stuhl blieb stehen, Herbert nahm ihn unbewußt, sprang aber im nächsten Augenblick auf, stieß ihn weg und nahm einen anderen. Er hatte keine Veranlassung, nachher zu sagen, daß er eine Abneigung gegen meinen Gönner hegte, und ich hatte auch keine Veranlassung, meine eigene zu bekennen. Wir tauschten dieses Vertrauen aus, ohne eine Silbe zu formen.

„Was," sagte ich zu Herbert, als er sich in einem andern Stuhle saß, „was ist zu thun?"

„Mein armer, lieber Händel," erwiderte er, den Kopf haltend: „ich bin zu betäubt, um daran zu denken."

„So war ich, Herbert, als der Schlag zum ersten Mal fiel. Dennoch muss etwas getan werden. Er ist auf verschiedene neue Ausgaben bedacht: Pferde und Wagen und verschwenderische Erscheinungen aller Art. Er muss irgendwie gestoppt werden."

„Sie meinen, Sie können nicht annehmen ..."

„Wie kann ich nur?" Ich unterbrach ihn, als Herbert eine Pause machte. „Denk an ihn! Sieh ihn an!"

Ein unwillkürlicher Schauer überkam uns beide.

„Und doch fürchte ich, die schreckliche Wahrheit ist, Herbert, daß er an mir hängt, fest an mir hängt. Gab es je ein solches Schicksal!"

„Mein armer, lieber Händel," wiederholte Herbert.

„Dann," sagte ich: „da ich hier stehen geblieben bin und nie wieder einen Pfennig von ihm genommen habe, so bedenke doch, was ich ihm schon schuldig bin! Andererseits: ich bin hoch verschuldet - sehr hoch für mich, die ich jetzt keine Erwartungen mehr hege, und ich bin zu keinem Beruf erzogen worden, und ich tauge zu nichts."

„Nun, gut, gut!" Herbert protestierte. „Sag nicht umsonst."

„Wofür bin ich geeignet? Ich weiß nur eines, wozu ich tauge, und das ist, für einen Soldaten zu gehen. Und ich hätte gehen können, mein lieber Herbert, wenn ich nicht die Aussicht gehabt hätte, mich mit Ihrer Freundschaft und Zuneigung zu beraten."

Natürlich brach ich dort zusammen, und natürlich tat Herbert, abgesehen davon, daß er meine Hand warm umfaßte, so, als wüßte er es nicht.

„Allerdings, mein lieber Händel," sagte er plötzlich: „Soldat zu sein, geht nicht an. Wenn Sie auf diese Gönnerschaft und diese Gunst verzichten würden, würden Sie dies wohl in der leisen Hoffnung tun, eines Tages das zurückzuzahlen, was Sie bereits besessen haben. Nicht sehr stark, diese Hoffnung, wenn man zum Soldaten ging! Außerdem ist es absurd. In Clarrikers Haus, so klein es auch ist, würdest du unendlich viel besser sein. Ich arbeite auf eine Partnerschaft hin, wissen Sie."

Armer Kerl! Er ahnte kaum, mit wessen Geld.

„Aber es ist noch eine andere Frage," sagte Herbert. „Das ist ein unwissender, entschlossener Mann, der schon lange eine fixe Idee hat. Mehr noch, er scheint

351

mir (ich könnte ihn falsch einschätzen) ein Mann von verzweifeltem und grimmigem Charakter zu sein."

„Ich weiß, daß er es ist," erwiderte ich. „Lassen Sie mich Ihnen sagen, welche Beweise ich davon gesehen habe." Und ich erzählte ihm, was ich in meiner Erzählung nicht erwähnt hatte, von dieser Begegnung mit dem anderen Sträfling.

„So siehst du," sagte Herbert; „Denk mal dran! Er kommt unter Lebensgefahr hierher, um seine fixe Idee zu verwirklichen. Im Augenblick der Erkenntnis, nach all seiner Mühe und seinem Warten, ziehst du ihm den Boden unter den Füßen weg, zerstörst seine Idee und machst seine Gewinne für ihn wertlos. Sehen Sie nichts, was er unter der Enttäuschung tun könnte?"

„Ich habe es gesehen, Herbert, und davon geträumt, seit der verhängnisvollen Nacht seiner Ankunft. Nichts ist mir so deutlich in den Sinn gekommen, als daß er sich in den Weg stellte, gefangen genommen zu werden."

„Dann kannst du dich darauf verlassen," sagte Herbert: „daß die Gefahr groß wäre, daß er es täte. Das ist seine Macht über Sie, solange er in England bleibt, und das wäre sein leichtsinniger Weg, wenn Sie ihn im Stich ließen."

Ich war so ergriffen von dem Schrecken dieses Gedankens, der mich von Anfang an bedrückt hatte und dessen Ausführung mich in gewisser Weise für seinen Mörder halten mußte, daß ich mich nicht in meinem Stuhl ausruhen konnte, sondern auf und ab zu gehen begann. Ich sagte indessen zu Herbert, daß, selbst wenn Provis wider seinen Willen erkannt und gefangen genommen würde, ich als die Ursache, wenn auch unschuldig, elend sein würde. Ja; obgleich ich so elend war, ihn in großer und Nähe bei mir zu haben, und obgleich ich viel lieber mein ganzes Leben lang in der Schmiede gearbeitet hätte, als daß ich je dazu gekommen wäre!

Aber die Frage: Was war zu tun?

„Das Erste und Wichtigste, was zu thun ist," sagte Herbert: „ist, ihn aus England herauszuholen. Du wirst mit ihm gehen müssen, und dann wird er vielleicht dazu veranlaßt werden."

„Aber bringen Sie ihn dorthin, wo ich will, könnte ich verhindern, daß er zurückkommt?"

„Mein guter Händel, ist es nicht klar, daß mit Newgate in der nächsten Straße ein weit größeres Risiko darin besteht, wenn Sie ihm den Verstand brechen und ihn hier und anderswo leichtsinnig machen? Wenn ein Vorwand, ihn zu entkommen, aus diesem anderen Sträfling oder aus irgend etwas anderem in seinem Leben gemacht werden könnte, jetzt."

„Wieder da!" sagte ich und blieb mit ausgestreckten Händen vor Herbert stehen, als ob sie die Verzweiflung des Falles enthielten. „Ich weiß nichts über sein Leben. Es hat mich fast wahnsinnig gemacht, eine Nacht hier zu sitzen und ihn vor mir zu sehen, so verbunden mit meinem Glück und Unglück und doch so unbekannt für mich, außer als der elende Elende, der mich zwei Tage in meiner Kindheit erschreckte."

Herbert erhob sich, legte seinen Arm in den meinen, und wir gingen langsam zusammen hin und her und betrachteten den Teppich.

„Händel," sagte Herbert, indem er innehielt: „Sie sind überzeugt, daß Sie von ihm keinen Nutzen mehr ziehen können; Tun Sie das?"

„Vollkommen. Gewiß würdest du es auch tun, wenn du an meiner Stelle wärst?"

„Und Sie sind überzeugt, daß Sie mit ihm brechen müssen?"

„Herbert, kannst du mich fragen?"

„Und du hast und mußt diese Zärtlichkeit für das Leben haben, das er deinetwegen aufs Spiel gesetzt hat, daß du ihn, wenn möglich, davor bewahren mußt, es wegzuwerfen. Dann müssen Sie ihn aus England herausholen, bevor Sie einen Finger rühren, um sich zu befreien. Wenn das geschehen ist, befreien Sie sich im Namen des Himmels, und wir werden es zusammen durchstehen, lieber alter Junge."

Es war ein Trost, ihm die Hand zu schütteln und auf und ab zu gehen, ohne daß nur das getan war.

„Nun, Herbert," sagte ich: „in Anschluß an die Kenntnis seiner Geschichte. Es gibt nur einen Weg, den ich kenne. Ich muss ihn ohne Umschweife fragen."

„Ja. Fragen Sie ihn," sagte Herbert: „wenn wir morgens beim Frühstück sitzen." Denn er hatte gesagt, als er von Herbert Abschied nahm, daß er mit uns zum Frühstück kommen würde.

Nachdem dieses Projekt geschmiedet war, gingen wir zu Bett. Ich hatte die wildesten Träume von ihm und erwachte unerfrischt; Ich erwachte auch, um die Furcht wiederzugewinnen, die ich in der Nacht verloren hatte, daß er als zurückgekehrter Transport entdeckt werden könnte. Als ich aufwachte, verlor ich diese Angst nie.

Er kam zur festgesetzten Zeit zu sich, zog sein Klappmesser heraus und setzte sich zu seinem Mahle. Er war voll von Plänen: „daß sein Gentleman stark und wie ein Gentleman hervorgehen sollte," und forderte mich auf, schnell mit dem

Taschenbuch zu beginnen, das er in meinem Besitz gelassen hatte. Er betrachtete die Gemächer und seine eigene Wohnung als vorübergehende Residenzen und riet mir, sofort nach einer ‚modischen Krippe' in der Nähe des Hyde Parks Ausschau zu halten, in der er ‚sich austoben könnte.' Als er sein Frühstück beendet hatte und sich das Messer am Bein abwischte, sagte ich zu ihm, ohne ein Wort der Vorrede zu sagen:

„Nachdem du gestern abend fort warst, erzählte ich meinem Freund von dem Kampfe, den die Soldaten in den Sümpfen fanden, als wir heraufkamen. Weißt du noch?"

„Denken Sie daran!" sagte er. „Ich denke schon!"

„Wir wollen etwas über diesen Mann wissen – und über Sie. Es ist seltsam, nicht mehr über einen von beiden und besonders über Sie zu wissen, als ich gestern abend zu erzählen vermochte. Ist dies nicht eine ebenso gute Zeit wie eine andere, um mehr zu wissen?"

„Nun!" sagte er nach reiflicher Überlegung. „Du hast deinen Eid geleistet, weißt du, Pips Kamerad?"

„Gewiß," antwortete Herbert.

„Was alles betrifft, was ich sage, wissen Sie," beharrte er. „Der Eid gilt für alle."

„Ich verstehe es, dass ich das tue."

„Und sieh her! Alles, was ich getan habe, ist ausgearbeitet und bezahlt," beharrte er erneut.

„So sei es."

Er zog seine schwarze Pfeife heraus und wollte sie mit Negerkopf füllen, als er das Tabakgewirr in seiner Hand betrachtete und zu glauben schien, es könnte den Faden seiner Erzählung verwirren. Er steckte sie wieder zurück, steckte seine Pfeife in ein Knopfloch seines Rockes, legte eine Hand auf jedes Knie, und nachdem er einige Augenblicke lang einen zornigen Blick auf das Feuer geworfen hatte, sah er sich nach uns um und sagte, was folgte.

KAPITEL XLII.

Lieber Junge und Pips Kamerad. Ich bin nicht bereit, dir mein Leben wie ein Lied oder ein Märchenbuch zu erzählen. Aber um es Ihnen kurz und bündig zu machen, will ich es gleich in einen Bissen Englisch stecken. Im Gefängnis und außerhalb des Gefängnisses, im Gefängnis und außerhalb des Gefängnisses, im Gefängnis und außerhalb des Gefängnisses. So, du hast es. Das ist *so* ziemlich mein Leben, bis zu den Zeiten, als ich verschifft wurde, war Pip mein Freund.

Man hat mir alles angetan, ziemlich gut – nur nicht gehängt. Ich bin eingesperrt worden wie ein silbernes Teekübel. Ich bin hierher gekarrt und dorthin gekarrt worden, und aus dieser Stadt und aus jener Stadt hinausgejagt und in den Vorräten stecken geblieben, gepeitscht und besorgt und gefahren. Ich habe ebensowenig Ahnung, wo ich geboren bin, als du – wenn überhaupt. Unten in Essex werde ich mir zum ersten Mal meiner selbst bewusst, ein diebischer Rüben für meinen Lebensunterhalt. Summun war mir davongelaufen – ein Mann – ein Kesselflicker –, und er hatte das Feuer mitgenommen und mich sehr kalt gelassen.

Ich wusste, dass ich Magwitch heiße, Chrisen Abel. Woher ich das wusste? So sehr ich auch wusste, dass die Namen der Vögel in den Hecken Buchfink, Sparrer, Drossel waren. Ich hätte denken können, es wäre alles eine Lüge, aber als sich die Namen der Vögel als wahr herausstellen, nahm ich an, dass meine es taten.

So viel Pelz, wie ich finden konnte, gibt es keine Seele, die den jungen Abel Magwitch sieht, mit uns wenig an ihm als an ihm, die sich nicht vor ihm fürchtet und ihn entweder fortjagt oder aufhebt. Ich wurde aufgenommen, aufgenommen, aufgenommen, in dem Maße, wie ich regelmäßig erwachsen wurde.

So war es, daß ich, als ich noch ein zerlumptes kleines Geschöpf war, das so bemitleidet werden mußte, wie ich es nur je sehe (nicht, daß ich in den Spiegel geschaut hätte, denn es gibt nicht viele mir bekannte Innere von möblierten Häusern), den Namen des Abgehärteten erhielt. Das ist ein schrecklich hartgesottener Mann‹, sagen sie zu den Gefängniswärtern und suchen sich mich heraus. "Man kann sagen, daß er im Gefängnis lebt, dieser Junge." Dann sahen sie mich an, und ich sah sie an, und sie maßen meinen Kopf, einige an ihnen, sie maßen besser meinen Bauch, und andere gaben mir Traktate, was ich nicht lesen konnte, und hielten mir Reden, die ich nicht verstand. Sie haben mir immer vom Teufel erzählt. Aber was zum Teufel sollte ich tun? Ich muß mir doch etwas in den Magen stecken, nicht wahr?" - Aber ich bin ein Versager, und ich weiß, was mir gebührt. Lieber Junge und Pips Kamerad, fürchte dich nicht, daß ich niedrig bin.

Herumtrampeln, betteln, stehlen, arbeiten manchmal, wenn ich konnte, - obgleich das nicht so oft, wie du vielleicht denkst, bis du die Frage aufwirfst, ob du zu bereit gewesen wärst, mir selbst Arbeit zu geben - ein bißchen Wilderer, ein bißchen Arbeiter, ein bißchen Fuhrmann, ein bißchen ein Hüter, ein bißchen ein Krämer, ein bißchen Straßenhändler, ein bisschen von den meisten Dingen, die sich nicht auszahlen und zu Ärger führen, muss ich ein Mann sein. Ein desertierender Soldat in einer Reisendenrast, der bis zum Kinn unter einer Menge Tätowierungen verborgen lag, lernte mich lesen; und ein reisender Riese, der seinen Namen mit einem Penny unterschrieb, lernte mich schreiben. Ich warne davor, jetzt nicht mehr so oft einzusperren wie früher, aber ich habe immer noch meinen guten Anteil an Tastenmetall verschlissen.

Bei den Rennen in Epsom, vor über zwanzig Jahren, lernte ich einen Mann kennen, dessen Schädel ich mit diesem Schürhaken zertrümmern würde, wie die Klaue eines Hummers, wenn ich ihn auf diesem Herd hätte. Sein richtiger Name war Compeyson; und das ist der Mann, lieber Junge, den du mich im Graben hämmern siehst, nach dem, was du deinem Kameraden Arter wirklich gesagt hast, ich sei gestern abend fort gewesen.

Er hat sich bei einem Gentleman einquartiert, diesem Compeyson, und er war auf ein öffentliches Pensionat gegangen und hatte gelernt. Er war ein sanftmütiger Mensch im Reden und ein Dummkopf über die Art und Weise der vornehmen Leute. Er sah auch gut aus. Es war in der Nacht vor dem großen Rennen, als ich ihn auf der Heide fand, in einer Bude, von der ich wußte, daß sie sich dort befand. Er und einige andere saßen zwischen den Tischen, als ich eintrat, und der Wirt (der mich kannte und ein sportlicher Mensch war) rief ihn heraus und sagte: „Ich glaube, das ist ein Mann, der Ihnen passen könnte" - und das bedeutete ich.

Compeyson, er schaut mich sehr bemerkend an, und ich schaue ihn an. Er hat eine Uhr und eine Kette und einen Ring und eine Brustnadel und einen schönen Anzug.

„Nach dem Äußeren zu urteilen, haben Sie Pech," sagt Compeyson zu mir.

„Ja, Meister, und ich bin noch nie viel darin gewesen." (Ich war zuletzt wegen Landstreicherei aus dem Kingston Gefängnis gekommen. Nicht nur, was es für etwas anderes hätte sein können; Aber es warnt nicht.)

„Das Glück ändert sich," sagt Compeyson; „Vielleicht ändert sich deiner."

Ich sage: „Ich hoffe, es mag so sein. Es ist Platz."

„Was können Sie tun?" fragt Compeyson.

„Iss und trinke," sage ich; wenn du die Materialien findest.

Compeyson lachte, sah mich wieder sehr bemerkend an, gab mir fünf Schilling und bestimmte mich für den nächsten Abend. Gleicher Ort.

Ich ging am nächsten abend zu Compeyson, wo es auch war, und Compeyson nahm mich zu seinem Mann und Partner. Und was war Compeysons Geschäft, in das wir gehen sollten? Compeysons Geschäft bestand in Betrügereien, Handschriftenfälschungen, gestohlenen Banknotenübergaben und dergleichen. Alle Arten von Fallen, die Compeyson mit seinem Kopf aufstellen und seine eigenen Beine heraushalten konnte, um den Gewinn zu erzielen und einen anderen Mann hereinzulassen, war Compeysons Geschäft. Er hatte nicht mehr Herz als eine eiserne Feile, er war kalt wie der Tod, und er hatte den Kopf des Teufels, von dem die Rede war.

Es gab noch einen andern mit Compeyson, der Arthur hieß – nicht weil er so geweiht war, sondern als Familienname. Er befand sich in einem Niedergang und war ein Schatten, den man sich ansehen konnte. Er und Compeyson hatten vor einigen Jahren eine schlimme Sache mit einer reichen Dame gehabt, und sie hatten einen Topf voll Geld damit verdient; aber Compeyson wettete und spielte, und er hätte die Steuern des Königs verspeist. Arthur war also ein Sterbender, und ein sterbender Armer, und die Schrecken lasteten auf ihm, und Compeysons Frau (die Compeyson meistens trat) hatte Mitleid mit ihm, wenn sie konnte, und Compeyson hatte Mitleid mit nichts und niemandem.

Ich hätte eine Warnung von Arthur nehmen können, aber ich habe es nicht getan. und ich will nicht so tun, als wäre ich ein Partick'ler – denn wo ist das Gute daran, lieber Junge und Kamerad? So fing ich mit Compeyson an, und ich war ein armseliges Werkzeug in seinen Händen. Arthur wohnte im obersten Stockwerk von Compeysons Haus (es war in der Nähe von Brentford), und Compeyson führte ein sorgfältiges Buch über Kost und Logis über ihn für den Fall, daß es ihm jemals besser gehen sollte. Aber Arthur beglich die Rechnung bald. Das zweite oder dritte Mal, daß ich ihn sehe, kommt er spät in der Nacht in

Compeysons Salon geeilt, nur mit einem Flanellkleid bekleidet, mit schweißgebadeten Haaren, und er sagt zu Compeysons Frau: ›Sally, sie ist jetzt wirklich oben und ich bin nicht mehr los, und ich kann sie nicht loswerden. Sie ist ganz in Weiß‹, sagt er: „mit weißen Blumen im Haar, und sie ist schrecklich verrückt, und sie hat ein Leichentuch über dem Arm hängen, und sie sagt, sie wird es mir um fünf Uhr morgens anziehen."

Compeyson sagt: „Warum, du Narr, weißt du denn nicht, daß sie einen lebendigen Leib hat? Und wie sollte sie da oben sein, ohne durch die Tür oder durch das Fenster und die Treppe hinaufzukommen?"

„Ich weiß nicht, wie sie da ist," sagt Arthur und zittert vor Schrecken: „aber sie steht in der Ecke am Fußende des Bettes und ist furchtbar wahnsinnig. Und dort, wo ihr das Herz gebrochen ist – *du hast* es gebrochen! – da sind Blutstropfen."

„Compeyson sprach hart, aber er war immer ein Feigling. Geh hinauf, dieser schwatzende Kranke," sagt er zu seiner Frau: „und Magwitch, hilf ihr, ja?" Aber er kam nie in die Nähe von sich selbst.

Compeysons Frau und ich brachten ihn zu Bett, und er tobte entsetzlich. „Warum sieh sie dir an!", ruft er. „Sie schüttelt das Leichentuch über mich! Siehst du sie nicht? Sieh dir ihre Augen an! Ist es nicht schrecklich, sie so wütend zu sehen?" Dann weint er: „Sie wird es mir anziehen, und dann bin ich fertig! Nimm es ihr weg, nimm es weg!" Und dann faßte er uns und fuhr fort, mit ihr zu reden und ihr zu antworten, bis ich halb glaubte, sie selbst zu sehen.

Compeysons Frau, die an ihn gewöhnt war, gab ihm etwas Schnaps, um die Schrecken zu vertreiben, und nach und nach beruhigte er sich. „O, sie ist fort! War ihr Hüter für sie?", fragt er. „Ja," sagt Compeysons Frau. „Hast du ihm gesagt, er soll sie einsperren und einsperren?" „Jawohl." „Und ihr das häßliche Ding wegzunehmen?" „Ja, ja, in Ordnung." „Du bist ein gutes Geschöpf," sagt er „verlass mich nicht, was immer du tust, und danke!"

Er ruhte ganz ruhig, bis es ein paar Minuten bis fünf brauchte, dann fuhr er mit einem Schrei auf und schrie: „Hier ist sie! Sie hat das Leichentuch wieder. Sie entfaltet es. Sie kommt aus der Ecke. Sie kommt ins Bett. Halte mich fest, beide auf dir – einen von jeder Seite – laß sie mich nicht damit berühren. Hah! Damals hat sie mich vermisst. Lass sie es mir nicht über die Schultern werfen. Lass sie mich nicht hochheben, um ihn um mich herum zu bewegen. Sie hebt mich hoch. Halte mich unten!" Dann richtete er sich kräftig auf und war tot.

Compeyson ließ es ruhig angehen und war ein guter Befreiungsschlag für beide Seiten. Er und ich waren bald beschäftigt, und zuerst schwor er mich (da er immer listig war) auf mein eigenes Buch, dieses kleine schwarze Buch hier, lieber Junge, worauf ich deinen Kameraden geschworen habe.

Um nicht auf die Dinge einzugehen, die Compeyson und ich geplant haben – was eine Woche dauern würde –, will ich dir nur sagen, lieber Junge und Pips Kamerad, daß dieser Mann mich in solche Netze geriet, die mich zu seinem schwarzen Sklaven machten. Ich stand immer in seiner Schuld, immer unter seiner Fuchtel, immer ein Arbeitender, immer ein Gefährdungsgefahr. Er war jünger als ich, aber er hatte Handwerk, und er hatte gelernt, und er übertraf mich fünfhundertmal, und es gab keine Gnade. Meine Missis, da ich es schwer hatte mit – Halt! Ich habe *sie nicht* hereingeholt …"

Er sah sich verwirrt um, als ob er seinen Platz in dem Buche seines Gedenkens verloren hätte; Und er wandte sein Angesicht dem Feuer zu, breitete die Hände breiter auf die Knie und hob sie ab und legte sie wieder an.

„Es ist nicht nötig, darauf einzugehen," sagte er und sah sich noch einmal um. „Die Zeit mit Compeyson war eine so schwere Zeit, wie ich sie je erlebt habe; Das heißt, es ist alles gesagt. Habe ich es Ihnen gesagt, als ich allein wegen eines Vergehens vor Gericht stand, während ich mit Compeyson zusammen war?"

Ich antwortete: Nein.

„Nun," sagte er: „das *war ich* und wurde überführt. Was die Aufnahme eines Verdachts anbelangt, so war das zwei- oder dreimal in den vier oder fünf Jahren, die er dauerte; Aber es fehlten Beweise. Endlich wurden Compeyson und ich beide wegen eines Verbrechens verurteilt – unter der Anklage, gestohlene Banknoten in Umlauf gebracht zu haben –, und es gab noch andere Anklagen. Compeyson sagte zu mir: „Getrennte Verteidigung, keine Kommunikation," und das war alles. Und ich war so elend arm, daß ich alle Kleider, die ich besaß, verkaufte, mit Ausnahme der Kleider, die mir auf dem Rücken hingen, ehe ich Jaggers bekommen konnte.

Als wir auf die Anklagebank gesetzt wurden, fiel mir vor allem auf, wie ein Gentleman Compeyson aussah, mit seinem lockigen Haar, seinen schwarzen Kleidern und seinem weißen Taschentuch, und was für ein gewöhnlicher Lump ich aussah. Als die Anklage eröffnete und die Beweise kurz gemacht wurden, bemerkte ich, wie schwer das alles auf mir lastete und wie leicht es ihm fiel. Als die Beweise in der Kiste vorgelegt wurden, bemerkte ich, daß ich es immer war, der gekommen war und auf den man schwören konnte, wie immer ich es war, dem das Geld ausgezahlt worden war, wie ich es immer war, der die Sache zu bearbeiten schien und den Gewinn erzielte. Aber wenn die Verteidigung kommt, dann sehe ich den Plan klarer; denn, sagt der Rath Compeysons: „Mylord und meine Herren, hier haben Sie zwei Personen nebeneinander vor sich, wie Ihre Augen weit auseinander sehen können; einer, der jüngere, gut erzogene Mensch, der als solcher angesprochen werden wird; einer, der ältere, schlecht erzogene Mensch, der als solcher angesprochen werden wird; einer, der jüngere, wurde in diesen Geschäften hier selten, wenn überhaupt, gesehen und nur geahnt; Der andere, der Älteste, wurde immer in ihnen gesehen und trug immer seine Schuld vor Augen. Kannst du daran zweifeln, wenn nur eines darin ist, welches das Eine ist, und wenn es zwei darin gibt, welches das Schlimmste ist?" Und dergleichen. Und wenn es sich um den Charakter handelt, warnen Sie nicht Compeyson, wie er in der Schule gewesen war, und warnen Sie nicht seine Schulkameraden, die in dieser und jener Stellung waren, und warnen Sie ihn nicht, wie er von Zeugen in solchen Klubs und Gesellschaften gekannt worden war, und nicht zu seinem Nachteil? Und warne mich nicht, wie man es früher versucht hatte und wie man es über Stock und Stein in Brautbrunnen und Lock-Ups gewusst hatte! Und wenn es sich um das Reden handelt, so warne dich nicht vor Compeyson, der mit ihnen sprechen könnte, während sein Gesicht von Zeit zu Zeit in sein weißes Taschentuch sinkt – ah! und ich bin es nicht, der nur sagen könnte: „Meine Herren, dieser Mann an meiner Seite ist ein höchst kostbarer Schurke?" Und wenn das Urteil kommt, warnen Sie nicht Compeyson, wie man ihm wegen seines guten Charakters und seiner schlechten Gesellschaft zur Gnade empfohlen hat, und geben Sie mir alle Informationen preis, die er mir geben konnte, und warnen Sie mich nicht, der nie ein anderes Wort als schuldig bekommen hat? Und wenn ich zu Compeyson sage: „Sobald ich aus diesem Gericht heraus bin, werde ich dir das Gesicht zerschlagen!" Ist es nicht Compeyson, der den Richter bittet, geschützt zu werden, und zwei Schlüsselschlösser zwischen uns stehen läßt? Und wenn wir verurteilt werden, ist er es nicht, der sieben Jahre bekommt, und ich vierzehn, und ist er es nicht, den der Richter bedauert, weil er es so gut gemacht hat, und bin ich es nicht, wie der Richter wahrnimmt, ein alter Verbrecher von wilder Leidenschaft, der wahrscheinlich noch schlimmer werden wird?

Er hatte sich in einen Zustand großer Aufregung versetzt, aber er hielt ihn zurück, atmete zwei- oder dreimal kurz durch, schluckte ebenso oft, streckte die Hand nach mir aus und sagte beruhigend: „Ich werde nicht niedergeschlagen sein, lieber Junge!"

Er hatte sich so erhitzt, daß er sein Taschentuch herauszog und sich Gesicht, Kopf, Hals und Hände abwischte, ehe er fortfahren konnte.

„Ich hatte Compeyson gesagt, daß ich sein Gesicht zertrümmern würde, und ich schwor, Herr, zerschmettere mein! um es zu tun. Wir saßen auf demselben Gefängnisschiff, aber ich konnte ihn nicht lange erreichen, obwohl ich es versuchte. Endlich kam ich hinter ihn und schlug ihm auf die Wange, um ihn umzudrehen und einen zerschmetternden Schlag auf ihn zu bekommen, als ich gesehen und ergriffen wurde. Das schwarze Loch dieses Schiffes warnte nicht vor einem starken Loch, vor Schwarzen Löchern, die schwimmen und tauchen konnten. Ich flüchtete an die Küste und versteckte mich dort unter den Gräbern und beneidete sie, wie es in ihnen und überall war, als ich meinen Jungen zum ersten Mal sah."

Er betrachtete mich mit einem Blick der Zuneigung, der ihn mir fast wieder zuwider machte, obgleich ich großes Mitleid mit ihm empfunden hatte.

Von meinem Jungen wurde mir zu verstehen gegeben, daß Compeyson auch in diesen Sümpfen unterwegs war. Bei meiner Seele, ich glaube halb, daß er in seinem Schrecken entflohen ist, um sich von mir zu befreien, ohne zu wissen, daß ich es war, der an Land gegangen war. Ich habe ihn gejagt. Ich schlug ihm ins Gesicht. „Und nun," sagte ich: „als das Schlimmste, was ich tun kann, ohne mich um mich selbst zu kümmern, werde ich dich zurückschleppen." Und ich wäre davongeschwommen, ihn an den Haaren geschleppt, wenn es dazu gekommen wäre, und ich hätte ihn ohne die Soldaten an Bord gebracht.

„Natürlich hat er bis zum Schluß das Beste davon gehabt – sein Charakter war so gut. Er war entkommen, als er von mir und meinen mörderischen Absichten halb wild gemacht worden war; und seine Strafe war leicht. Ich wurde in Eisen gesteckt, wieder vor Gericht gestellt und zum Leben verurteilt. Ich habe nicht für mein Leben aufgehört, lieber Junge und Pips Kamerad, hier zu sein."

Er wischte sich wieder ab, wie er es früher getan hatte, und zog dann langsam seinen Tabaksknäuel aus der Tasche, zupfte seine Pfeife aus dem Knopfloch, füllte sie langsam und fing an zu rauchen.

„Ist er tot?" fragte ich nach einem Schweigen.

„Ist wer tot, lieber Junge?"

„Compeyson."

„Er hofft, daß *ich* es bin, wenn er noch lebt, können Sie sicher sein," sagte er mit einem grimmigen Blick. „Ich habe nie mehr von ihm gehört."

Herbert hatte mit seinem Bleistift in den Einband eines Buches geschrieben. Er schob mir leise das Buch hinüber, während Provis rauchend dastand und die Augen auf das Feuer heftete, und ich las darin:

„Der junge Havisham hieß Arthur. Compeyson ist der Mann, der sich als Miß Havishams Liebhaber ausgab."

Ich schloß das Buch, nickte Herbert leicht zu und legte das Buch beiseite; aber wir sagten beide nichts, und beide sahen Provis an, der rauchend am Feuer stand.

KAPITEL XLIII.

Warum sollte ich innehalten und fragen, wie viel von meiner Scheu vor Provis auf Estella zurückzuführen sein könnte? Warum sollte ich auf meiner Straße verweilen, um den Gemützustand, in dem ich mich von dem Schandfleck des Gefängnisses zu befreien suchte, ehe ich ihr in der Kutsche begegnete, mit dem Gemützustand zu vergleichen, in dem ich jetzt über den Abgrund zwischen Estella in ihrem Stolz und ihrer Schönheit und dem zurückgekehrten Transporteur, den ich beherbergte, nachdachte? Der Weg würde dadurch nicht glatter werden, das Ende würde nicht besser sein, ihm würde nicht geholfen werden, und ich würde es nicht mildern.

Eine neue Furcht war durch seine Erzählung in meinem Gemüt hervorgerufen worden; Oder besser gesagt, seine Erzählung hatte der Angst, die bereits da war, Form und Zweck gegeben. Wenn Compeyson noch am Leben wäre und seine Rückkehr erfahren sollte, so könnte ich kaum daran zweifeln, was die Folgen haben sollten. Daß Compeyson in tödlicher Furcht vor ihm stand, konnte keiner von beiden viel besser wissen als ich; und daß ein solcher Mann, wie man ihn beschrieben hatte, zögern würde, sich auf dem sicheren Wege, ein Denunziant zu werden, endgültig von einem gefürchteten Feinde zu befreien, war kaum vorstellbar.

Nie hatte ich geatmet, und niemals wollte ich – so beschloß ich – ein Wort von Estella an Provis einatmen. Aber ich sagte zu Herbert, daß ich, ehe ich ins Ausland gehen könne, sowohl Estella als auch Miß Havisham sehen müsse. Das war, als wir in der Nacht des Tages, in der Provis uns seine Geschichte erzählte, allein gelassen wurden. Ich beschloß, am nächsten Tage nach Richmond zu gehen, und ging hin.

Als ich mich bei Mrs. Brandley vorstellte, wurde Estellas Zofe gerufen, um mir mitzuteilen, daß Estella aufs Land gegangen sei. Wo? Nach Satis House, wie immer. Nicht wie sonst, sagte ich, denn sie war noch nie ohne mich dorthin gegangen; Wann würde sie zurückkommen? In der Antwort lag ein Ausdruck von

Zurückhaltung, der meine Verwirrung noch steigerte, und die Antwort lautete, daß ihr Dienstmädchen glaubte, sie würde nur für eine kurze Zeit zurückkommen. Ich konnte mir nichts daraus machen, außer daß es gemeint war, daß ich nichts daraus machen sollte, und ich ging völlig unbehaglich wieder nach Hause.

Eine weitere nächtliche Beratung mit Herbert, nachdem Provis nach Hause gegangen war (ich nahm ihn immer mit nach Hause und sah immer gut aus), führte uns zu dem Schluß, daß von einer Reise ins Ausland nichts zu sagen sei, bis ich von Miß Havisham zurückkäme. In der Zwischenzeit sollten Herbert und ich getrennt voneinander überlegen, was wir am besten sagen sollten; ob wir uns irgendeinen Anschein ausdenken sollten, als fürchteten wir, er stehe unter verdächtiger Beobachtung; oder ob ich, der ich noch nie im Ausland gewesen war, eine Expedition vorschlagen würde. Wir wußten beide, daß ich nur irgend etwas vorzuschlagen brauchte, und er würde einwilligen. Wir waren uns einig, daß an seine vielen verbleibenden Tage in seiner gegenwärtigen Gefahr nicht zu denken war.

Am andern Tage besaß ich die Gemeinheit, so zu tun, als ob ich unter dem bindenden Versprechen stünde, zu Joe hinunterzugehen; aber ich war zu fast jeder Gemeinheit gegen Joe oder seinen Namen fähig. Provis sollte während meiner Abwesenheit streng vorsichtig sein, und Herbert sollte die Obhut für ihn übernehmen, die ich genommen hatte. Ich sollte nur eine Nacht abwesend sein, und bei meiner Rückkehr sollte die Befriedigung seiner Ungeduld über meinen Anfang als Gentleman in größerem Maßstab beginnen. Da kam es mir in den Sinn, und wie ich später auch Herbert fand, daß es am besten wäre, ihn unter diesem Vorwand über das Wasser zu bringen, um Einkäufe zu machen oder dergleichen.

Nachdem ich so den Weg für meine Expedition nach Miß Havisham freigemacht hatte, fuhr ich mit der Frühkutsche ab, ehe es noch hell war, und war auf der offenen Landstraße unterwegs, als der Tag herankroch, anhaltend und wimmernd und zitternd und wie ein Bettler in Wolkenflecken und Nebelfetzen gehüllt. Als wir nach einer Nieselfahrt zum Blauen Eber fuhren, wen sollte ich mit dem Zahnstocher in der Hand unter dem Tor hervorkommen sehen, um nach dem Wagen zu sehen, wenn nicht Bentley Drummle!

Da er so tat, als sähe er mich nicht, tat ich so, als sähe ich ihn nicht. Es war ein sehr lahmer Vorwand auf beiden Seiten; der Lahme, weil wir beide in das Kaffeezimmer gingen, wo er eben sein Frühstück beendet hatte und wo ich das meinige bestellte. Es war mir ein Gift, ihn in der Stadt zu sehen, denn ich wußte sehr wohl, warum er hierher gekommen war.

Ich tat so, als lese ich eine schmierige, längst veraltete Zeitung, die in ihren Lokalnachrichten nichts halb so lesbares enthielt als die Fremdstoffe von Kaffee, Essiggurken, Fischsaucen, Soße, geschmolzener Butter und Wein, mit denen sie über und über besprengt war, als ob sie die Masern in höchst unregelmäßiger Form genommen hätte, und saß an meinem Tisch, während er vor dem Feuer stand. Nach und nach wurde es mir zu einer ungeheuren Verletzung, daß er vor dem Feuer stand. Und ich stand auf, entschlossen, meinen Teil davon zu haben. Ich musste meine Hand hinter seine Beine legen, um den Schürhaken zu machen, als ich zum Kamin ging, um das Feuer zu schüren, aber ich tat immer noch so, als würde ich ihn nicht kennen.

„Ist das ein Schnitt?" fragte Mr. Drummle.

„Oh!" sagte ich mit dem Schürhaken in der Hand; „Du bist es, oder? Wie geht es dir? Ich habe mich gefragt, wer es war, der das Feuer ferngehalten hat."

Mit diesen Worten stieß ich gewaltig an, und nachdem ich das getan hatte, pflanzte ich mich Seite an Seite mit Herrn Drummle, die Schultern gerade und den Rücken zum Feuer gebeugt.

„Sie sind soeben heruntergekommen?" fragte Mr. Drummle, indem er mich mit der Schulter ein wenig wegschob.

„Ja," sagte ich und stieß *ihn* ein wenig mit *der* Schulter weg.

„Ein tierischer Ort," sagte Drummle. „Ihr Teil des Landes, glaube ich?"

„Ja," stimmte ich zu. „Man hat mir gesagt, es ist Ihrem Shropshire sehr ähnlich."

„Nicht im geringsten so," sagte Drummle.

Hier betrachtete Herr Drummle seine Stiefel, und ich sah meine an, und dann sah Herr Drummle meine Stiefel an, und ich sah seine an.

„Bist du schon lange hier?" fragte ich, entschlossen, keinen Zentimeter des Feuers nachzugeben.

„Lange genug, um es satt zu haben," entgegnete Drummle, indem er gähnte, aber ebenso entschlossen.

„Bleibst du lange hier?"

„Das kann ich nicht sagen," antwortete Mr. Drummle. „Und du?"

„Das kann ich nicht sagen," sagte ich.

Ich fühlte hier durch ein Kribbeln in meinem Blut, daß, wenn Mr. Drummles Schulter noch eine Haaresbreite Raum beansprucht hätte, ich ihn ruckartig zum Fenster gestoßen hätte; ebenso, daß, wenn meine eigene Schulter eine ähnliche Behauptung erhoben hätte, Mr. Drummle mich in die nächste Kiste gestoßen hätte. Er pfiff ein wenig. Ich auch.

„Ich glaube, hier gibt es ein großes Stück Sümpfe?" fragte Drummle.

„Ja. Was soll das?" fragte ich.

Mr. Drummle sah mich an, dann meine Stiefel, dann sagte er: „Oh!" und lachte.

„Sind Sie amüsiert, Mr. Drummle?"

„Nein," sagte er: „nicht besonders. Ich mache einen Ausritt im Sattel. Ich habe vor, diese Sümpfe zum Vergnügen zu erkunden. Dort gibt es abgelegene Dörfer, erzählen sie mir. Merkwürdige kleine Wirtshäuser - und Schmieden - und das. Kellner!"

„Jawohl, Sir."

„Ist mein Pferd bereit?"

„Zur Tür gebracht, Sir."

„Sage ich. Sehen Sie hier, Sir. Die Dame wird heute nicht reiten; Das Wetter macht es nicht."

„Sehr gut, Sir."

„Und ich esse nicht, weil ich bei der Dame speisen werde."

„Sehr gut, Sir."

Dann warf Drummle einen Blick auf mich, mit einem unverschämten Triumph auf seinem großen, gerunzten Gesicht, das mir, so dumpf er auch war, ins Herz schnitt und mich so erbitterte, daß ich mich geneigt fühlte, ihn in meine Arme zu nehmen (wie der Räuber im Märchenbuch die alte Dame genommen haben soll) und ihn auf das Feuer zu setzen.

Eines war uns beiden klar, und das war, dass keiner von uns das Feuer aufgeben konnte, bis die Erleichterung kam. Da standen wir, gut aufgerichtet davor, Schulter an Schulter und Fuß an Fuß, die Hände hinter uns, keinen Zentimeter rührend. Das Pferd war draußen im Nieselregen vor der Tür zu sehen, mein Frühstück wurde auf den Tisch gestellt, das von Drummle wurde weggeräumt, der Kellner lud mich ein, zu beginnen, ich nickte, wir blieben beide standhaft.

„Bist du seitdem im Hain gewesen?" fragte Drummle.

„Nein," sagte ich: „ich hatte genug von den Finken, als ich das letzte Mal dort war."

„War das, als wir eine Meinungsverschiedenheit hatten?"

„Ja," antwortete ich sehr kurz.

„Komm, komm! Sie lassen dich leicht davonkommen," höhnte Drummle. „Du hättest nicht die Beherrschung verlieren sollen."

„Herr Drummle," sagte ich: „Sie sind nicht befähigt, in dieser Angelegenheit Ratschläge zu erteilen. Wenn ich die Beherrschung verliere (nicht, dass ich das bei dieser Gelegenheit zugeben würde), werfe ich keine Gläser."

„Das tue ich," sagte Drummle.

Nachdem ich ihn ein- oder zweimal in einem immer größer werdenden Zustande schwelender Wildheit angeschaut hatte, sagte ich:

„Herr Drummle, ich habe dieses Gespräch nicht gesucht, und ich glaube nicht, daß es angenehm ist."

„Das ist es gewiß nicht," sagte er oberflächlich über die Schulter hinweg; „Ich denke mir nichts dabei."

„Und deshalb," fuhr ich fort: „werde ich mit Ihrer Erlaubnis vorschlagen, daß wir in Zukunft keine Art von Kommunikation mehr führen."

„Ganz meine Meinung," sagte Drummle: „und was ich selbst vorgeschlagen oder - wahrscheinlicher - ohne Vorschlag gemacht hätte. Aber verlieren Sie nicht die Beherrschung. Hast du ohne das nicht genug verloren?"

„Was meinen Sie damit, Sir?"

„Kellner!" antwortete Drummle.

Der Kellner erschien wieder.

„Sehen Sie, Sir. Sie verstehen wohl, daß die junge Dame heute nicht reitet und daß ich bei der jungen Dame zu Mittag esse?"

„Ganz recht, Sir!"

Als der Kellner mit der flachen Hand meine schnell kühlende Teekanne betastet und mich flehentlich angeschaut und ausgegangen war, nahm Drummle, darauf bedacht, die Schulter neben mir nicht zu bewegen, eine Zigarre aus der Tasche und biß das Ende ab, zeigte aber keine Spur von Rührung. Würgend und kochend, wie ich war, fühlte ich, daß wir kein Wort weiter gehen konnten, ohne Estellas Namen zu nennen, den ich nicht ertragen konnte, ihn aussprechen zu hören; und so blickte ich versteinert auf die gegenüberliegende Wand, als ob niemand anwesend wäre, und zwang mich zum Schweigen. Wie lange wir in dieser lächerlichen Lage verharrt hätten, läßt sich nicht sagen, wenn nicht drei blühende Bauern eingefallen wären, glaube ich, die vom Kellner angegriffen worden waren, in das Kaffeezimmer gekommen wären, ihre großen Röcke aufknöpften und sich die Hände rieben, und vor denen wir, als sie auf das Feuer zustürmten, nachgeben mußten.

Ich sah ihn durch das Fenster, wie er die Mähne seines Pferdes ergriff und in seiner stümperhaften, brutalen Weise aufstieg, sich anschlich und zurückwich. Ich glaubte, er sei fort, als er zurückkam und nach einem Anzünden für die Zigarre in seinem Mund verlangte, die er vergessen hatte. Ein Mann in einem staubfarbenen Kleid erschien mit dem, was man brauchte – ich konnte nicht sagen, woher: ob aus dem Wirtshof oder von der Straße oder wo nicht –, und als Drummle sich aus dem Sattel beugte, sich seine Zigarre anzündete und lachte, mit einem Ruck des Kopfes gegen die Fenster des Kaffeezimmers gerichtet, erinnerten mich die hängenden Schultern und das zerzauste Haar dieses Mannes, der mir den Rücken zukehrte, an Orlick.

Zu sehr verwirrt, um mich im Augenblick darum zu kümmern, ob er es war oder nicht, oder doch das Frühstück anzurühren, wusch ich mir das Wetter und die Reise von Gesicht und Händen und ging hinaus in das denkwürdige alte Haus, das ich um so besser nie betreten hätte. nie gesehen zu haben.

KAPITEL XLIV.

In dem Zimmer, wo der Schminktisch stand und wo die Wachskerzen an der Wand brannten, fand ich Miß Havisham und Estella; Miß Havisham saß auf einem Sofa in der Nähe des Feuers, und Estella auf einem Kissen zu ihren Füßen. Estella strickte, und Miß Havisham sah zu. Sie hoben beide die Augen, als ich eintrat, und beide sahen eine Veränderung in mir. Das habe ich aus dem Blick, den sie ausgetauscht haben, abgeleitet.

„Und welcher Wind," sagte Miß Havisham: „weht Sie hierher, Pip?"

Obwohl sie mich unverwandt ansah, sah ich, dass sie ziemlich verwirrt war. Estella hielt einen Augenblick inne, die Augen auf mich gerichtet, und ging dann fort, und ich glaubte in der Bewegung ihrer Finger so deutlich zu lesen, als ob sie mir in dem stummen Alphabet gesagt hätte, daß sie bemerkte, daß ich meinen wahren Wohltäter entdeckt hätte.

„Miß Havisham," sagte ich: „ich bin gestern nach Richmond gereist, um mit Estella zu sprechen; und als ich sah, daß irgendein Wind sie hierher geweht hatte, folgte ich ihr."

Miß Havisham winkte mir zum dritten oder vierten Male, mich zu setzen, und ich nahm den Stuhl neben dem Schminktisch ein, den ich sie oft hatte einnehmen sehen. Mit all dem Verderben zu meinen Füßen und um mich herum schien es an diesem Tag ein natürlicher Ort für mich zu sein.

„Was ich Estella zu sagen hatte, Miß Havisham, das werde ich Ihnen gleich sagen – in wenigen Augenblicken. Es wird Sie nicht überraschen, es wird Ihnen nicht missfallen. Ich bin so unglücklich, wie du es nur sein konntest."

Miß Havisham sah mich unverwandt an. Ich konnte an der Bewegung von Estellas Fingern sehen, wie sie arbeiteten, daß sie auf das achtete, was ich sagte; aber sie blickte nicht auf.

„Ich habe herausgefunden, wer mein Patron ist. Es ist keine glückliche Entdeckung und wird mich wahrscheinlich nie an Ansehen, Stellung, Vermögen oder sonst etwas bereichern. Es gibt Gründe, warum ich davon nicht mehr sagen darf. Es ist nicht mein Geheimnis, sondern das eines anderen."

Als ich eine Weile schwieg, Estella ansah und überlegte, wie ich weitermachen sollte, wiederholte Miß Havisham: „Es ist nicht Ihr Geheimnis, sondern das eines anderen. Nun?"

„Als Sie mich zum ersten Mal hierher bringen ließen, Miß Havisham, als ich zu dem Dorfe drüben gehörte, von dem ich wünschte, ich wäre nie fortgegangen, so bin ich wohl wirklich hierher gekommen, wie jeder andere zufällige Junge hätte kommen können, als eine Art Diener, um einen Mangel oder eine Laune zu befriedigen und dafür bezahlt zu werden?"

„Ja, Pip," erwiderte Miß Havisham und nickte unverwandt mit dem Kopfe; „Das hast du."

„Und dieser Herr Jaggers ..."

„Mr. Jaggers," sagte Miß Havisham, indem sie mich mit fester Stimme aufhob: „hatte nichts damit zu tun und wußte nichts davon. Daß er mein Anwalt ist, und daß er der Anwalt Ihres Gönners ist, ist ein Zufall. Er verhält sich in derselben Beziehung zu der Zahl der Menschen, und sie könnte leicht entstehen. Wie dem auch sei, es ist entstanden und wurde von niemandem veranlaßt."

Jedermann hätte in ihrem hageren Gesicht sehen können, daß es bisher keine Unterdrückung oder Ausflüchte gab.

„Aber als ich in den Irrtum verfiel, in dem ich so lange verharrte, haben Sie mich wenigstens verführt?" fragte ich.

„Ja," erwiderte sie und nickte wieder unverwandt: „ich lasse Sie weitergehen."

„War das freundlich?"

„Wer bin ich?" rief Miß Havisham, indem sie ihren Stock auf den Boden schlug und so plötzlich in Zorn ausbrach, daß Estella überrascht zu ihr aufblickte: „wer bin ich, um Gottes willen, daß ich gütig bin?"

Es war eine schwache Klage, die ich vorgebracht hatte, und ich hatte nicht die Absicht gehabt, sie zu erheben. Das sagte ich ihr, als sie nach diesem Ausbruch grübelnd dasaß.

„Nun, gut, gut!" sagte sie. „Was noch?"

„Ich bin für meinen alten Besuch hier reichlich bezahlt worden," sagte ich, um sie zu beruhigen: „als ich in die Lehre ging, und ich habe diese Fragen nur zu meiner eigenen Information gestellt. Was folgt, hat einen anderen (und hoffentlich uneigennützigeren) Zweck. Indem Sie meinen Irrtum belustigen, Miß

Havisham, so haben Sie – vielleicht werden Sie jeden Ausdruck liefern, der Ihre Absicht ausdrückt, ohne Sie zu beleidigen – Ihre selbstsüchtigen Beziehungen?"

„Das habe ich. Ja, sie wollen es so! Das würdest du auch. Was ist meine Geschichte gewesen, daß ich mir die Mühe gemacht habe, sie oder dich anzuflehen, es nicht so zu wollen! Du hast deine eigenen Schlingen gemacht. *Ich habe* sie nie gemacht."

Ich wartete, bis sie wieder ruhig war – denn auch das schoß auf eine wilde und plötzliche Weise aus ihr hervor –, und fuhr fort.

„Ich bin in eine Familie Ihrer Verwandten geworfen worden, Miß Havisham, und seit ich nach London gegangen bin, bin ich beständig unter ihnen gewesen. Ich weiß, daß sie ebenso ehrlich unter meiner Täuschung gewesen sind wie ich selbst. Und ich würde falsch und niederträchtig sein, wenn ich Ihnen nicht sagen würde, ob es Ihnen wohlgefällig ist oder nicht, und ob Sie geneigt sind, ihm Glauben zu schenken oder nicht, daß Sie sowohl Herrn Matthew Pocket als auch seinem Sohn Herbert zutiefst Unrecht getan haben, wenn Sie meinen, sie seien anders als großmütig, aufrichtig, offen. und unfähig zu irgendetwas Gestaltendem oder Gemeinem."

„Sie sind Ihre Freunde," sagte Miß Havisham.

„Sie machten sich zu meinen Freunden," sagte ich: „als sie glaubten, ich hätte sie abgelöst; und als Sarah Pocket, Miß Georgiana und Mistreß Camilla nicht meine Freundinnen waren, glaube ich."

Dieser Gegensatz zwischen ihnen und den übrigen schien, wie ich zu sehen, ihr Gutes zu tun. Sie sah mich eine Weile scharf an und sagte dann leise:

„Was willst du für sie?"

„Nur," sagte ich: „daß du sie nicht mit den andern verwechselst. Sie mögen vom gleichen Blut sein, aber glauben Sie mir, sie sind nicht von derselben Natur."

Miß Havisham sah mich noch immer scharf an und wiederholte:

„Was willst du für sie?"

„Ich bin nicht so schlau, siehst du," antwortete ich, bewußt, daß ich ein wenig errötete: „als daß ich vor dir verbergen könnte, selbst wenn ich es wünschte, daß ich etwas will. Miß Havisham, wenn Sie das Geld entbehren wollten, um meinem Freunde Herbert einen bleibenden Lebensdienst zu erweisen, der aber nach der Natur des Falles ohne sein Wissen geschehen muß, so könnte ich Ihnen zeigen, wie es geht."

„Warum muß man das ohne sein Wissen tun?" fragte sie, indem sie die Hände auf ihren Stock legte, um mich um so aufmerksamer zu betrachten.

„Weil," sagte ich: „ich selbst vor mehr als zwei Jahren ohne sein Wissen den Dienst begonnen habe, und ich will nicht verraten werden. Warum ich an meiner Fähigkeit scheitere, es zu beenden, kann ich nicht erklären. Es ist ein Teil des Geheimnisses, das einer anderen Person gehört und nicht mir."

Allmählich wandte sie ihre Augen von mir ab und wandte sie auf das Feuer. Nachdem sie es lange beobachtet hatte, was in der Stille und im Schein der langsam schwindenden Kerzen zu dauern schien, wurde sie durch das Zusammenfallen einiger roter Kohlen aufgeweckt und sah mich wieder an – zuerst leer, dann mit einer sich allmählich konzentrierenden Aufmerksamkeit. Die ganze Zeit strickte Estella weiter. Als Miß Havisham ihre Aufmerksamkeit auf mich gerichtet hatte, sagte sie, als ob unser Gespräch nicht unterbrochen worden wäre:

„Was noch?"

„Estella," wandte ich mich jetzt an sie und versuchte, meine zitternde Stimme zu beherrschen: „du weißt, daß ich dich liebe. Du weißt, daß ich dich lange und innig geliebt habe."

Sie erhob die Augen zu meinem Gesicht, als sie so angesprochen wurde, und ihre Finger arbeiteten an ihrer Arbeit, und sie sah mich mit unbewegter Miene an. Ich sah, daß Miß Havisham von mir zu ihr und von ihr zu mir blickte.

„Ich hätte das früher sagen sollen, wenn ich nicht einen großen Fehler gehabt hätte. Es veranlaßte mich zu der Hoffnung, daß Miß Havisham uns füreinander bestimmte. Obwohl ich dachte, du könntest dir nicht helfen, unterließ ich es, es zu sagen. Aber ich muss es jetzt sagen."

Estella bewahrte ihre unbewegte Miene und schüttelte mit den Fingern immer noch den Kopf.

„Ich weiß," antwortete ich auf diese Handlung: „ich weiß. Ich habe keine Hoffnung, daß ich dich jemals mein nennen werde, Estella. Ich weiß nicht, was bald aus mir werden wird, wie arm ich sein mag oder wohin ich gehen werde. Trotzdem liebe ich dich. Ich habe dich geliebt, seit ich dich zum ersten Mal in diesem Hause gesehen habe."

Sie sah mich völlig regungslos und mit beschäftigten Fingern an und schüttelte wieder den Kopf.

„Es wäre grausam von Miß Havisham gewesen, entsetzlich grausam, sich an der Empfänglichkeit eines armen Knaben zu üben und mich all die Jahre hindurch mit einer eitlen Hoffnung und einem müßigen Streben zu quälen, wenn sie über den Ernst dessen, was sie tat, nachgedacht hätte. Aber ich glaube, das hat sie nicht. Ich glaube, daß sie in der Erduldung ihrer eigenen Prüfung die meinige vergessen hat, Estella."

Ich sah, wie Miß Havisham die Hand auf ihr Herz legte und sie dort hielt, während sie dasaß und abwechselnd auf Estella und auf mich blickte.

„Es scheint," sagte Estella sehr ruhig: „daß es Empfindungen, Phantasien gibt – ich weiß nicht, wie ich sie nennen soll –, die ich nicht zu begreifen vermag. Wenn du sagst, dass du mich liebst, weiß ich, was du meinst, als eine Form von Worten; aber mehr nicht. Du sprichst nichts in meiner Brust an, du berührst dort nichts. Es ist mir völlig egal, was du sagst. Ich habe versucht, Sie davor zu warnen; Nun, nicht wahr?"

Ich sagte kläglich: „Ja."

„Ja. Aber du würdest nicht gewarnt werden, denn du dachtest, ich hätte es nicht so gemeint. Nun, glaubten Sie nicht auch?"

„Ich dachte und hoffte, du könntest es nicht ernst meinen. Du, so jung, unerprobt und schön, Estella! Sicherlich ist es nicht in der Natur."

„Es liegt in *meiner* Natur," erwiderte sie. Und dann fügte sie mit Nachdruck auf den Worten hinzu: „Es liegt in der Natur, die in mir gebildet ist. Ich mache einen großen Unterschied zwischen dir und allen anderen Menschen, wenn ich so viel sage. Ich kann nicht mehr."

„Ist es nicht wahr," fragte ich: „daß Bentley Drummle hier in der Stadt ist und Sie verfolgt?"

„Das ist ganz wahr," erwiderte sie, indem sie ihn mit der Gleichgültigkeit äußerster Verachtung ansah.

„Daß du ihn ermunterst und mit ihm ausreitest, und daß er noch heute mit dir speist?"

Sie schien ein wenig erstaunt zu sein, daß ich es wissen sollte, erwiderte aber wieder: „Ganz wahr."

„Du kannst ihn nicht lieben, Estella!"

Ihre Finger blieben zum ersten Mal stehen, als sie ziemlich ärgerlich erwiderte: „Was habe ich dir gesagt? Glaubst du trotzdem, daß ich nicht meine, was ich sage?"

„Du würdest ihn nie heiraten, Estella?"

Sie blickte zu Miß Havisham hin und überlegte einen Augenblick, während sie ihre Arbeit in den Händen hielt. Dann sagte sie: „Warum sagst du dir nicht die Wahrheit? Ich werde ihn heiraten."

Ich ließ mein Gesicht in die Hände sinken, konnte mich aber besser beherrschen, als ich hätte erwarten können, wenn man bedenkt, welche Qual es mir bereitete, sie diese Worte sagen zu hören. Als ich mein Gesicht wieder erhob, lag ein so gräßlicher Ausdruck auf Miß Havishams Ausdruck, daß er mich selbst in meiner leidenschaftlichen Eile und Trauer beeindruckte.

„Estella, liebste Estella, lassen Sie sich nicht von Miß Havisham zu diesem verhängnisvollen Schritt verleiten. Schieben Sie mich für immer beiseite - das haben Sie getan, das weiß ich wohl -, aber gönnen Sie sich einer würdigeren Person als Drummle. Miß Havisham gibt Sie ihm als die größte Kränkung und Kränkung, die man den vielen weit besseren Männern, die Sie bewundern, und den wenigen, die Sie wirklich lieben, zufügen kann. Unter diesen wenigen gibt es vielleicht einen, der dich noch so innig liebt, obwohl er dich noch nicht so lange geliebt hat wie ich. Nimm ihn, und ich kann es besser ertragen, deinetwillen!"

Mein Ernst erweckte in ihr ein Wunder, das schien, als ob es von Mitleid ergriffen worden wäre, wenn sie mich ihrem eigenen Geiste überhaupt verständlich hätte machen können.

„Ich gehe," sagte sie wieder mit sanfterer Stimme: „um mich mit ihm zu vermählen. Die Vorbereitungen für meine Heirat sind im Gange, und ich werde bald heiraten. Warum führen Sie den Namen meiner Mutter durch Adoption verletzend ein? Es ist meine eigene Tat."

„Deine eigene Handlung, Estella, dich auf ein Tier zu stürzen?"

„Auf wen soll ich mich loswerden?" erwiderte sie lächelnd. „Soll ich mich auf den Mann stürzen, der am ehesten fühlen würde (wenn die Menschen solche Dinge fühlen), dass ich ihm nichts genommen habe? Dort! Es ist vollbracht. Ich werde es gut genug machen, und mein Mann wird es auch tun. Was mich zu dem führte, was Sie diesen verhängnisvollen Schritt nennen, so hätte Miß Havisham mich warten und mich noch nicht verheiraten lassen; aber ich bin des Lebens müde, das ich geführt habe und das sehr wenig Reize für mich hat, und ich bin willig genug, es zu ändern. Sag nicht mehr. Wir werden uns nie verstehen."

„So ein gemeines Tier, so ein dummes Tier!" drängte ich verzweifelt.

„Fürchte dich nicht, daß ich ihm ein Segen bin," sagte Estella; „Das werde ich nicht sein. Kommen! Hier ist meine Hand. Trennen wir uns darüber, du visionärer Junge – oder Mann?"

„O Estella!" Ich antwortete, als meine bittern Tränen schnell auf ihre Hand fielen, tue, was ich wolle, um sie zurückzuhalten; „selbst wenn ich in England bliebe und meinen Kopf mit den andern mithalten könnte, wie könnte ich Sie, Drummles Frau, sehen?"

„Unsinn," entgegnete sie: „Unsinn. Das wird in kürzester Zeit vorübergehen."

„Niemals, Estella!"

„Du wirst mich in einer Woche aus deinen Gedanken holen."

„Aus meinen Gedanken! Du bist ein Teil meiner Existenz, ein Teil von mir selbst. Du warst in jeder Zeile, die ich je gelesen habe, seit ich hierher kam, der rauhe, gemeine Junge, dessen armes Herz du schon damals verwundet hast. Du warst in allen Aussichten, die ich seither gesehen habe, auf dem Fluss, auf den Segeln der Schiffe, in den Sümpfen, in den Wolken, im Licht, in der Finsternis, im Wind, in den Wäldern, im Meer, auf den Straßen. Du warst die Verkörperung jeder anmutigen Phantasie, die mein Geist je kennengelernt hat. Die Steine, aus denen die stärksten Londoner Gebäude gemacht sind, sind nicht wirklicher oder unmöglicher, sie durch Ihre Hände zu verdrängen, als Ihre Gegenwart und Ihr Einfluß für mich, dort und überall, gewesen sind und sein werden. Estella, bis zur letzten Stunde meines Lebens kannst du nicht wählen, sondern bleibst Teil meines Charakters, Teil des kleinen Guten in mir, Teil des Bösen. Aber in dieser Trennung verbinde ich dich nur mit dem Guten; und daran will ich dich immer treu halten, denn du mußt mir weit mehr Gutes als Böses getan haben, laß mich nun fühlen, welch heftige Bedrängnis ich empfinden darf. O Gott segne dich, Gott verzeihe dir!"

In welcher Ekstase des Unglücks ich diese zerbrochenen Worte aus mir herausbekam, weiß ich nicht. Die Rhapsodie quoll in mir auf, wie Blut aus einer inneren Wunde, und sprudelte heraus. Ich hielt ihre Hand einige Augenblicke lang an meine Lippen und verließ sie. Aber immer später erinnerte ich mich – und bald darauf mit stärkerem Grund –, daß, während Estella mich nur mit ungläubigem Staunen ansah, die gespenstische Gestalt Miß Havishams, die Hand noch immer ihr Herz bedeckt, sich in einen gräßlichen Blick des Mitleids und der Reue zu verwandeln schien.

Alles erledigt, alles weg! So viel war getan und gegangen, daß, als ich durch das Tor hinausging, das Licht des Tages von dunklerer Farbe schien als beim

Eintreten. Eine Zeitlang versteckte ich mich in einigen Gassen und Seitenpfaden und machte mich dann auf den Weg, um den ganzen Weg nach London zu Fuß zu gehen. Denn ich war inzwischen so weit zu mir gekommen, daß ich glaubte, ich könne nicht in das Gasthaus zurückkehren und Drummle dort sehen; daß ich es nicht ertragen könnte, auf dem Wagen zu sitzen und angesprochen zu werden; daß ich mir nichts halb so Gutes tun könne, als mich zu ermüden.

Es war nach Mitternacht, als ich die London Bridge überquerte. Den engen Verwicklungen der Straßen folgend, die damals in der Nähe des Middlesex-Ufers des Flusses nach Westen führten, war mein Zugang zum Tempel am leichtesten nahe am Flussufer, durch Whitefriars. Man erwartete mich nicht vor morgen; aber ich hatte meine Schlüssel und könnte, wenn Herbert zu Bett ginge, selbst zu Bett gehen, ohne ihn zu stören.

Da es selten vorkam, daß ich durch das Tor der Weißen Brüder hereinkam, nachdem der Tempel geschlossen war, und da ich sehr schlammig und müde war, so nahm ich es nicht übel, daß der Nachtportier mich mit großer Aufmerksamkeit musterte, während er mir das Tor ein wenig aufhielt, damit ich eintreten konnte. Um sein Andenken zu erleichtern, nannte ich meinen Namen.

„Ich war nicht ganz sicher, Sir, aber ich dachte es. Hier ist eine Notiz, Sir. Der Bote, der es brachte, sagte, würdest du so gut sein, es bei meiner Laterne zu lesen?"

Sehr überrascht von der Bitte, nahm ich die Notiz. Er war an Philip Pip, Esquire, gerichtet, und oben auf der Aufschrift standen die Worte: „BITTE LESEN SIE DIES HIER." Ich öffnete sie, der Wächter hielt sein Licht in die Höhe, und las darin in Wemmicks Schrift:

„GEH NICHT NACH HAUSE."

KAPITEL XLV.

Sobald ich die Warnung gelesen hatte, wandte ich mich vom Tempeltor ab und machte mich auf den Weg nach der Fleet Street, nahm dort einen späten Droschkenwagen und fuhr zu den Hummums in Covent Garden. Zu jener Zeit war dort immer zu jeder Stunde der Nacht ein Bett zu bekommen, und der Kammerherr ließ mich an seinem bereitstehenden Tor herein, zündete die Kerze der Reihe nach auf seinem Brett an und führte mich geradewegs in das Schlafzimmer, der Reihe nach, die auf seiner Liste stand. Es war eine Art Gewölbe im hinteren Erdgeschoß, in dem ein despotisches Ungeheuer von einem Bettgestell mit vier Pfosten stand, das sich über den ganzen Platz erstreckte, eines seiner willkürlichen Beine in den Kamin und das andere in die Türöffnung steckte und den elenden kleinen Waschtisch in einer ganz göttlich gerechten Weise zusammendrückte.

Da ich um ein Nachtlicht gebeten hatte, hatte mir der Kammerherr, ehe er mich verließ, das gute alte konstitutionelle Rauschlicht jener tugendhaften Tage hereingebracht, einen Gegenstand wie das Gespenst eines Spazierstocks, der sich augenblicklich den Rücken brach, wenn man ihn berührte, an dem man nie etwas anzünden konnte, und der in Einzelhaft am Fuße eines hohen Zinnturmes lag, perforiert mit runden Löchern, die ein starres, hellwaches Muster an den Wänden bildeten. Als ich zu Bett gegangen war und mit wunden Füßen, müde und elend dalag, fand ich, daß ich meine Augen ebensowenig schließen konnte, wie ich die Augen dieses törichten Argus schließen konnte. Und so starrten wir uns in der Finsternis und im Tod der Nacht an.

Was für eine traurige Nacht! Wie ängstlich, wie düster, wie lange! Es roch unwirtlich in dem Zimmer, nach kaltem Ruß und heißem Staub; und als ich in die Ecken des Wagens über meinem Kopf hinaufblickte, dachte ich, was für eine Menge blauer Flaschenfliegen aus der Metzgerei, Ohrwürmer vom Markt und Engerlinge vom Lande dort oben für den nächsten Sommer ausharren müssen. Dies veranlaßte mich zu der Überlegung, ob jemals einer von ihnen hinuntergefallen sei, und dann glaubte ich, ich fühlte, wie Licht auf mein Gesicht fiel – eine unangenehme Wendung des Denkens, die mir andere und anstößigere Annäherungen in den Rücken trieb. Als ich eine Weile wach gelegen hatte, fingen jene außerordentlichen Stimmen, von denen die Stille wimmelte, an, sich hörbar zu machen. Der Schrank flüsterte, der Kamin seufzte, der kleine Waschtisch tickte, und eine Gitarrensaite spielte gelegentlich in der Kommode. Ungefähr zur gleichen Zeit bekamen die Augen an der Wand einen neuen Ausdruck, und in jeder dieser starren Runden, die ich sah, stand geschrieben: GEHEN SIE NICHT NACH HAUSE.

Welche nächtlichen Phantasien und Nachtgeräusche auch immer auf mich eindrangen, sie wehrten dieses GEHEN SIE NICHT NACH HAUSE. Er flocht sich in alles, was ich mir vorstellte, wie es ein körperlicher Schmerz getan hätte. Nicht lange zuvor hatte ich in den Zeitungen gelesen, wie ein unbekannter Herr in der Nacht zu den Hummums gekommen war, sich zu Bett gelegt und sich selbst zerstört hatte und am Morgen blutüberströmt gefunden worden war. Es kam mir in den Sinn, daß er eben dieses meine Gewölbe bewohnt haben mußte, und ich erhob mich, um mich zu vergewissern, daß keine roten Flecken zu sehen waren; dann öffnete ich die Tür, um in die Gänge hinauszusehen und mich durch die Gesellschaft eines fernen Lichtes aufzuheitern, in dessen Nähe ich den Kammerherrn schlummern sah. Aber die ganze Zeit hindurch, warum ich nicht nach Hause gehen sollte, was zu Hause geschehen war, wann ich nach Hause gehen sollte, und ob Provis zu Hause sicher sei, waren Fragen, die mich so beschäftigten, daß man hätte glauben können, es könne kein Platz mehr für ein anderes Thema darin sein. Selbst wenn ich an Estella dachte und daran, wie wir uns an jenem Tage für immer getrennt hatten, und wenn ich mich an alle Umstände unseres Abschieds erinnerte, an alle ihre Blicke und Töne und an die Bewegung ihrer Finger, während sie strickte, selbst dann ging ich hier und dort und überall der Warnung nach: Geh nicht nach Hause. Als ich schließlich vor lauter Erschöpfung von Geist und Körper einschlief, wurde es zu einem riesigen schattenhaften Verb, das ich konjugieren musste. Imperativ Stimmung, Präsens: Geh nicht nach Hause, lass ihn nicht nach Hause gehen, lass uns nicht nach Hause gehen, geh nicht du oder du nach Hause, lass sie nicht nach Hause gehen. Dann möglicherweise: Ich kann und kann nicht nach Hause gehen; und ich könnte, könnte nicht, wollte und sollte nicht nach Hause gehen; bis ich fühlte, daß ich zerstreut war, mich auf das Kissen wälzte und wieder auf die starrenden Kreise an der Wand blickte.

Ich hatte eine Anweisung hinterlassen, daß ich um sieben Uhr gerufen werden sollte; denn es war klar, daß ich Wemmick sehen mußte, bevor ich irgend einen andern sah, und ebenso klar, daß dies ein Fall war, in dem nur seine Walworth-Gefühle zu verstehen waren. Es war eine Erleichterung, aus dem Zimmer herauszukommen, in dem die Nacht so elend gewesen war, und ich brauchte keine Sekunde an die Tür zu klopfen, um mich aus meinem unruhigen Bett aufzuschrecken.

Um acht Uhr erhob sich die Zinnen des Schlosses vor meinen Augen. Da die kleine Dienerin zufällig mit zwei heißen Brötchen in die Festung eintrat, ging ich in ihrer Begleitung durch den Poster und über die Zugbrücke und trat so ohne Ankündigung in die Gegenwart Wemmicks, der für sich und die Alten Tee kochte. Eine offene Tür gab den Blick frei auf den Alten im Bett.

„Hallo, Mr. Pip!" sagte Wemmick. „Sie sind also nach Hause gekommen?"

„Ja," erwiderte ich; „aber ich bin nicht nach Hause gegangen."

„Das ist schon in Ordnung," sagte er und rieb sich die Hände. „Ich habe an jedem der Tore des Tempels einen Zettel für dich hinterlassen, auf die Chance. An welchem Tor bist du gekommen?"

Ich erzählte es ihm.

„Ich werde im Laufe des Tages zu den andern gehen und die Banknoten vernichten," sagte Wemmick; „Es ist eine gute Regel, niemals dokumentarische Beweise zu hinterlassen, wenn man etwas dagegen tun kann, weil man nicht weiß, wann sie eingefügt werden können. Ich werde mir eine Freiheit mit dir nehmen. *Würde* es Ihnen etwas ausmachen, diese Wurst für den Alten P. zu toasten?"

Ich sagte, ich würde mich freuen, es zu tun.

„Dann kannst du deiner Arbeit nachgehen, Mary Anne," sagte Wemmick zu dem kleinen Diener; „Was uns uns selbst läßt, sehen Sie nicht, Mr. Pip?" fügte er mit einem Augenzwinkern hinzu, als sie verschwand.

Ich dankte ihm für seine Freundschaft und Vorsicht, und unser Gespräch ging leise weiter, während ich die Wurst des Alten anstieß und er die Krume vom Brötchen des Alten mit Butter bestrich.

„Nun, Mr. Pip, Sie wissen," sagte Wemmick: „Sie und ich verstehen uns. Wir sind in unserer privaten und persönlichen Eigenschaft und haben heute schon eine vertrauliche Transaktion abgeschlossen. Offizielle Stimmungen sind eine Sache. Wir sind extra offiziell."

Ich habe herzlich zugestimmt. Ich war so nervös, daß ich schon die Wurst der Alten wie eine Fackel angezündet hatte und sie ausblasen mußte.

„Ich habe gestern morgen zufällig gehört," sagte Wemmick: „daß ich an einem bestimmten Ort bin, wohin ich Sie einst geführt habe – selbst unter uns gesagt, es ist gut, Namen nicht zu nennen, wenn es vermeidbar ist" –

„Lieber nicht," sagte ich: „ich verstehe Sie."

„Ich hörte dort gestern morgen zufällig," sagte Wemmick: „daß eine gewisse Person, die nicht ganz unkoloniale Beschäftigungen betreibt und nicht ohne tragbares Eigentum ist – ich weiß nicht, wer es wirklich sein mag – wir wollen diese Person nicht nennen" –

„Nicht nötig," sagte ich.

„Hatte in einem gewissen Theile der Welt, wohin viele Leute gehen, ein wenig Aufsehen erregt, nicht immer zur Befriedigung ihrer eigenen Neigungen und nicht ganz ohne Rücksicht auf die Staatsausgaben" –

Als ich sein Gesicht betrachtete, machte ich ein ziemliches Feuerwerk aus der Wurst der Alten und zerstreute sowohl meine eigene Aufmerksamkeit als auch die Wemmicks sehr; wofür ich mich entschuldigt habe.

„Indem er von diesem Orte verschwindet und man nichts mehr von ihm hört. Worauf," sagte Wemmick: „Vermutungen angestellt und Theorien gebildet worden waren. Ich habe auch gehört, daß Sie in Ihren Gemächern in Garden Court in Temple beobachtet worden sind und vielleicht wieder beobachtet werden."

„Von wem?" fragte ich.

„Darauf würde ich nicht eingehen," sagte Wemmick ausweichend: „das könnte mit den offiziellen Verantwortlichkeiten kollidieren. Ich hörte es, wie ich zu meiner Zeit andere merkwürdige Dinge an derselben Stelle gehört habe. Ich erzähle es euch nicht auf der Grundlage der erhaltenen Informationen. Ich habe es gehört."

Während er sprach, nahm er mir die Toastgabel und die Wurst ab und bereitete das Frühstück des Alten ordentlich auf einem kleinen Tablett vor. Ehe er es ihm hinsetzte, ging er mit einem sauberen weißen Tuch in das Zimmer des Alten, band es dem alten Herrn unter das Kinn, stützte ihn auf, legte seine Nachtmütze auf die Seite und machte eine ganz schroffe Miene. Dann stellte er sein Frühstück mit großer Sorgfalt vor sich hin und sagte: „Gut, nicht wahr, alter P.?" Worauf der heitere Alte antwortete: „In Ordnung, John, mein Junge, in Ordnung!" Da es eine stillschweigende Übereinkunft zu geben schien, daß das Zeitalter sich nicht in einem vorzeigbaren Zustand befinde und daher als unsichtbar zu betrachten sei, so tat ich so, als wüßte ich nichts von diesem Vorgang.

„Diese Beobachtung meiner Gemächer (die ich einst zu vermuten Grund gehabt habe)," sagte ich zu Wemmick, als er zurückkam: „ist untrennbar mit der Person verbunden, bei der Sie Werbung gemacht haben; Ist es das?"

Wemmick sah sehr ernst aus. „Ich könnte es nicht wagen, das zu sagen, weil ich weiß. Ich meine, ich konnte es zuerst nicht wagen, zu sagen, dass es so war. Aber entweder ist es das, oder es wird sein, oder es ist in großer Gefahr, es zu sein."

Da ich sah, daß er durch die Treue zu Klein-Britannien davon abgehalten wurde, so viel zu sagen, als er konnte, und da ich ihm dankbar war, wie weit er sich bemühte, zu sagen, was er tat, konnte ich ihn nicht bedrängen. Aber ich sagte ihm, nachdem ich ein wenig über dem Feuer nachgedacht hatte, daß ich ihm eine Frage stellen möchte, je nachdem, ob er antwortet oder nicht, je nachdem, wie er es für richtig hält, und in der Gewißheit, daß sein Weg richtig sein wird. Er hielt in seinem Frühstück inne, verschränkte die Arme, kniff die Hemdsärmel zusammen (seine Vorstellung von Bequemlichkeit im Hause bestand darin, ohne Mantel zu sitzen) und nickte mir einmal zu, um mir meine Frage zu stellen.

„Sie haben von einem Mann von schlechtem Charakter gehört, der in Wahrheit Compeyson heißt?"

Er antwortete mit einem weiteren Nicken.

„Lebt er?"

Noch ein Nicken.

„Ist er in London?"

Er nickte mir noch einmal zu, drückte das Postamt außerordentlich zusammen, nickte mir ein letztes Mal zu und fuhr mit seinem Frühstück fort.

„Jetzt," sagte Wemmick: „ist die Frage vorüber," was er betonte und zu meiner Führung wiederholte: „komme ich zu dem, was ich getan habe, nachdem ich gehört habe, was ich gehört habe. Ich bin nach Garden Court gegangen, um Sie zu finden; Da ich Sie nicht fand, ging ich zu Clarriker, um Mr. Herbert zu finden."

„Und den haben Sie gefunden?" fragte ich mit großer Besorgnis.

„Und ihn habe ich gefunden. Ohne irgendwelche Namen zu nennen oder in irgendwelche Einzelheiten einzugehen, gab ich ihm zu verstehen, daß, wenn er wüßte, daß irgend jemand - Tom, Jack oder Richard - sich in den Gemächern oder in der unmittelbaren Nachbarschaft aufhielt, er besser Tom, Jack oder Richard aus dem Wege räumen sollte, während Sie aus dem Wege gingen."

„Er wäre sehr verwirrt, was er tun soll?"

„Er *war* ratlos, was er tun sollte; nicht weniger, als ich ihm meine Meinung mitteilte, daß es jetzt nicht sicher sei, zu versuchen, Tom, Jack oder Richard zu weit aus dem Wege zu räumen. Mr. Pip, ich werde Ihnen etwas sagen. Unter den gegebenen Umständen gibt es keinen Ort, der mit einer großen Stadt vergleichbar ist, wenn man einmal in ihr ist. Brechen Sie nicht zu früh aus der Deckung. Liegen Sie in der Nähe. Warten Sie, bis die Dinge nachlassen, bevor Sie es im Freien versuchen, auch wenn es fremde Luft sucht."

Ich dankte ihm für seinen wertvollen Rat und fragte ihn, was Herbert getan habe.

„Herr Herbert," sagte Wemmick: „nachdem er eine halbe Stunde lang wie ein Haufen gewesen war, faßte er einen Plan. Er erwähnte mir gegenüber als Geheimnis, dass er einer jungen Dame den Hof macht, die, wie Sie zweifellos wissen, einen bettlägerigen Vater hat. Welcher Pa, der in der Purser-Linie seines Lebens gewesen ist, liegt in einem Erkerfenster, von wo aus er die Schiffe den Fluß auf und ab segeln sehen kann. Wahrscheinlich sind Sie mit der jungen Dame bekannt?"

„Nicht persönlich," sagte ich.

Die Wahrheit war, daß sie mich als einen teuren Gefährten beanstandet hatte, der Herbert nichts Gutes tat, und daß sie, als Herbert ihr zuerst den Vorschlag gemacht hatte, mich ihr vorzustellen, den Vorschlag mit einer so mäßigen Wärme aufgenommen hatte, daß Herbert sich genötigt gefühlt hatte, mir den Stand der Sache anzuvertrauen, in der Absicht, eine kleine Zeit zu verstreichen, ehe ich ihre Bekanntschaft machte. Als ich begonnen hatte, Herberts Aussichten heimlich zu fördern, hatte ich dies mit heiterer Philosophie ertragen können: er und seine Verwandten ihrerseits waren natürlich nicht sehr darauf bedacht gewesen, eine dritte Person in ihre Unterredungen einzuführen; und obgleich man mir versicherte, daß ich in Claras Achtung gestiegen sei, und obgleich die junge Dame und ich seit langem regelmäßig Botschaften und Erinnerungen durch Herbert ausgetauscht hatten, so hatte ich sie doch nie gesehen. Ich habe Wemmick jedoch nicht mit diesen Einzelheiten belästigt.

„Das Haus mit dem Erkerfenster," sagte Wemmick: „da es am Flußufer liegt, dort unten am Teich zwischen Limehouse und Greenwich, und da es, wie es scheint, von einer sehr respektablen Witwe bewohnt wird, die ein möbliertes Obergeschoss zu vermieten hat, fragte mich Mr. Herbert, was hielt ich von einer vorübergehenden Mietskaserne für Tom, Jack? oder Richard? Nun, ich habe es mir sehr gut überlegt, und zwar aus drei Gründen, die ich Ihnen nennen will. Das heißt: Erstens. Es ist völlig aus all deinen Beats heraus und weit entfernt von dem üblichen Haufen großer und kleiner Straßen. *Zweitens.* Ohne selbst in die Nähe zu kommen, konnte man durch Mr. Herbert immer von der Sicherheit Toms, Jacks oder Richards hören. *Drittens.* Nach einer Weile und wenn es klug sein könnte, wenn Sie Tom, Jack oder Richard an Bord eines fremden Paketschiffes bringen wollen, so ist er da – bereit."

Durch diese Erwägungen sehr getröstet, dankte ich Wemmick von neuem und bat ihn, fortzufahren.

„Nun, Sir! Mr. Herbert stürzte sich mit einem Testament in das Geschäft, und gestern abend um neun Uhr beherbergte er Tom, Jack oder Richard – was immer es auch sein mochte – Sie und ich wollen es nicht wissen – ganz erfolgreich. In der alten Wohnung ging man davon aus, daß er nach Dover beordert worden war, und in der Tat wurde er die Straße von Dover hinunter geführt und aus ihr herausgedrängt. Ein anderer großer Vorteil von alledem besteht darin, daß es ohne Sie geschah, und wenn sich jemand um Ihre Bewegungen kümmerte, mußten Sie wissen, daß Sie so viele Meilen entfernt und ganz anders beschäftigt waren. Das lenkt den Verdacht ab und verwirrt ihn; und aus demselben Grunde empfahl ich Ihnen, selbst wenn Sie gestern abend zurückgekommen wären, nicht nach Hause zu gehen. Es bringt noch mehr Verwirrung mit sich, und man will Verwirrung."

Nachdem Wemmick sein Frühstück beendet hatte, sah er hier auf die Uhr und fing an, seinen Rock anzuziehen.

„Und nun, Mr. Pip," sagte er, die Hände noch in den Ärmeln steckend: „habe ich wahrscheinlich das Meiste getan, was ich tun kann; aber wenn ich je mehr tun kann – vom Standpunkt Walworths aus und in streng privater und persönlicher Eigenschaft –, so werde ich es gern tun. Hier ist die Adresse. Es kann nicht schaden, wenn Sie heute abend hierher gehen und sich selbst davon überzeugen, daß mit Tom, Jack oder Richard alles in Ordnung ist, bevor Sie nach Hause gehen, was ein weiterer Grund ist, warum Sie gestern abend nicht nach Hause gegangen sind. Aber wenn du nach Hause gegangen bist, geh nicht mehr hierher. Sie sind gewiß sehr willkommen, Mr. Pip." seine Hände waren jetzt aus den Ärmeln, und ich schüttelte sie; „Und lassen Sie mich Ihnen zum Schluss noch einen wichtigen Punkt einprägen." Er legte mir die Hände auf die Schultern und fügte mit feierlichem Flüstern hinzu: „Nutzen Sie diesen Abend, um sich seines tragbaren Eigentums zu bemächtigen. Du weißt nicht, was mit ihm passieren wird. Lassen Sie nicht zu, dass dem tragbaren Eigentum etwas passiert."

Ganz verzweifelt, Wemmick in diesem Punkt meinen Kopf klar zu machen, unterließ ich es, es zu versuchen.

„Die Zeit ist um," sagte Wemmick: „und ich muß fort. Wenn Sie nichts Dringenderes zu tun hätten, als bis zum Einbruch der Dunkelheit hier zu bleiben, so würde ich Ihnen raten. Du siehst sehr besorgt aus, und es würde dir gut tun, einen ganz ruhigen Tag mit dem Alten zu verbringen - er wird gleich aufstehen - und ein bißchen von - erinnerst du dich an das Schwein?"

„Natürlich," sagte ich.

„Nun; Und ein bisschen von *ihm*. Die Wurst, die Sie getoastet haben, war seine, und er war in jeder Hinsicht ein Erstbewerter. Versuchen Sie es mit ihm, und sei es nur um eines alten Bekannten willen. Auf Wiedersehen, alter Elternteil!" rief er fröhlich.

In Ordnung, John; „Gut, mein Junge!" flötete der alte Mann von innen.

Bald schlief ich vor Wemmicks Feuer ein, und der Alte und ich genossen die Gesellschaft des anderen, indem wir mehr oder weniger den ganzen Tag vor ihm einschliefen. Zum Abendessen gab es Schweinelende und Gemüse, das auf dem Landgut angebaut wurde; und ich nickte dem Alten mit guter Absicht zu, wenn ich es nicht schläfrig tat. Als es ganz dunkel war, ließ ich die Alten das Feuer für den Toast vorbereiten; und ich schloß aus der Zahl der Teetassen sowie aus seinen Blicken auf die beiden kleinen Thüren in der Wand, daß Miß Skiffins erwartet wurde.

KAPITEL XLVI.

Es hatte acht Uhr geschlagen, ehe ich in die Luft kam, und die nicht unangenehm von den Spänen und Spänen der Bootbauer und Mast-, Ruder- und Blockbauer duftete. Die ganze wasserseitige Gegend des oberen und unteren Beckens unterhalb der Brücke war mir unbekanntes Terrain; und als ich am Fluß ankam, fand ich, daß die Stelle, die ich suchte, nicht dort war, wo ich sie vermutet hatte, und daß sie alles andere als leicht zu finden war. Er hieß Mill Pond Bank, Chinks's Basin; und ich hatte keinen andern Führer für das Chinks's Basin als den Old Green Copper Rope-Walk.

Es spielt keine Rolle, unter welchen gestrandeten Schiffen, die in Trockendocks repariert wurden, ich mich verlor, in welchen alten Schiffsrümpfen, die im Begriff waren, in Stücke gerissen zu werden, welchen Schlamm und Schleim und anderen Bodensatz der Flut, welche Werften von Schiffbauern und Abwrackern, welche rostigen Anker, die sich blindlings in den Boden beißen, obwohl sie jahrelang nicht im Dienst waren, welches gebirgige Land aus angesammelten Fässern und Holz, wie viele Seilwege, die nicht das Old Green Copper waren. Nachdem ich mehrmals mein Ziel verfehlt und ebenso oft über das Ziel hinausgeschossen war, kam ich unerwartet um eine Ecke, auf die Mill Pond Bank. Es war ein frischer Ort, wenn man alle Umstände in Betracht zog, wo der Wind vom Fluß her Raum hatte, sich zu drehen; Und da waren zwei oder drei Bäume darin, und da war der Stumpf einer verfallenen Windmühle, und da war der alte grüne Kupferseilweg, dessen lange und schmale Aussicht ich im Mondschein an einer Reihe von in die Erde eingelassenen Holzrahmen verfolgen konnte, die aussahen wie veraltete Heurechen, die alt geworden waren und den größten Teil ihrer Zähne verloren hatten.

Ich wählte aus den wenigen merkwürdigen Häusern auf der Mill Pond Bank ein Haus mit einer hölzernen Fassade und drei Stockwerken Erkerfenster (nicht Erkerfenster, was eine andere Sache ist), betrachtete das Schild an der Tür und las dort: Mrs. Whimple. Da das der Name war, den ich wollte, klopfte ich, und eine ältere Frau von angenehmem und blühendem Aussehen antwortete. Sie wurde jedoch sofort von Herbert abgesetzt, der mich schweigend in die Stube führte und die Tür schloß. Es war ein seltsames Gefühl, sein sehr vertrautes Gesicht in diesem sehr fremden Zimmer und in dieser sehr fremden Gegend zu Hause zu sehen; und ich ertappte mich dabei, wie ich ihn ansah, wie ich den Eckschrank mit dem Glas und dem Porzellan, die Muscheln auf dem Kamin und die farbigen Kupferstiche an der Wand, die den Tod des Kapitäns Cook, eines Schiffspleges, und Seiner Majestät König Georg des Dritten mit Staatskutscherperücke, Lederhosen und Stiefeln auf der Terrasse von Windsor darstellten, betrachtete.

„Alles ist gut, Händel," sagte Herbert: „und er ist ganz zufrieden, wenn auch begierig, Sie zu sehen. Mein liebes Mädchen ist bei ihrem Vater; und wenn du wartest, bis sie herunterkommt, werde ich dich ihr bekannt machen, und dann gehen wir hinauf. *Das ist* ihr Vater."

Ich hatte ein beängstigendes Knurren über mir bemerkt und hatte diese Tatsache wahrscheinlich in meinem Gesicht zum Ausdruck gebracht.

„Ich fürchte, er ist ein trauriger alter Schlingel," sagte Herbert lächelnd: „aber ich habe ihn noch nie gesehen. Riechen Sie nicht nach Rum? Er ist immer dabei."

„Bei Rum?" fragte ich.

„Ja," entgegnete Herbert: „und Sie können sich denken, wie mild es seine Gicht macht. Er beharrt auch darauf, alle Vorräte oben in seinem Zimmer aufzubewahren und auszuteilen. Er bewahrt sie auf Regalen über seinem Kopf auf und *wiegt* sie alle. Sein Zimmer muß wie ein Ausrüsterladen sein."

Während er so sprach, wurde das Knurren zu einem langgezogenen Brüllen und verstummte dann.

„Was kann die Folge sein," sagte Herbert erklärend: „wenn er den Käse schneidet? Ein Mann, der die Gicht in der rechten Hand hat - und überall sonst - kann nicht erwarten, einen Double Gloucester zu überstehen, ohne sich zu verletzen."

Er schien sich sehr verletzt zu haben, denn er stieß wieder ein wütendes Gebrüll aus.

„Provis als Obermieter zu haben, ist ein Geschenk des Himmels für Mrs. Whimple," sagte Herbert: „denn natürlich werden die Leute im allgemeinen diesen Lärm nicht ertragen. Ein merkwürdiger Ort, Händel; nicht wahr?"

Es war in der Tat ein merkwürdiger Ort; Aber bemerkenswert gut gepflegt und sauber.

„Mrs. Whimple," sagte Herbert, als ich es ihm sagte: „ist die beste aller Hausfrauen, und ich weiß wirklich nicht, was meine Clara ohne ihre mütterliche Hilfe thun würde. Denn Klara hat keine eigene Mutter, Händel, und keine Verwandte auf der Welt als den alten Gruffandgrim."

„Das ist doch nicht sein Name, Herbert?"

„Nein, nein," sagte Herbert: „so heiße ich ihn. Sein Name ist Mr. Barley. Aber welch ein Segen ist es für den Sohn meines Vaters und meiner Mutter, ein Mädchen zu lieben, das keine Verwandten hat und sich weder um sich noch um irgend jemand anderen um ihre Familie kümmern kann!"

Herbert hatte mir bei früheren Gelegenheiten erzählt und erinnerte mich jetzt daran, daß er Fräulein Clara Barley zum ersten Mal kennengelernt habe, als sie ihre Erziehung in einem Anstalt in Hammersmith vollendete, und daß, als sie nach Hause zurückgerufen worden war, um ihren Vater zu pflegen, er und sie ihre Zuneigung der mütterlichen Mrs. Whemple anvertraut hatten, von der sie mit gleicher Güte und Diskretion gepflegt und geregelt worden war seitdem. Man verstand sich, daß man dem alten Barley nichts Zärtliches anvertrauen konnte, weil er der Betrachtung irgend eines psychologischeren Gegenstandes als Gicht, Rum und Zahlmeister's Läden völlig ungewachsen war.

Während wir uns so in leisem Tone unterhielten, während das anhaltende Knurren der alten Barley in dem Balken vibrierte, der die Decke durchquerte, öffnete sich die Zimmertür, und ein sehr hübsches, schmächtiges, dunkeläugiges Mädchen von etwa zwanzig Jahren trat mit einem Korb in der Hand ein, das Herbert zärtlich vom Korb nahm und errötend als ‚Clara' vorstellte. Sie war wirklich ein sehr reizendes Mädchen und hätte für eine gefangene Fee gehalten werden können, die der widerspenstige Oger, die alte Barley, in seinen Dienst gedrängt hatte.

„Sehen Sie," sagte Herbert und zeigte mir den Korb mit einem mitleidigen und zärtlichen Lächeln, nachdem wir ein wenig gesprochen hatten; „hier ist das Abendbrot der armen Klara, das jeden Abend serviert wird. Hier ist ihr Zuschuss an Brot, und hier ist ihre Scheibe Käse, und hier ist ihr Rum, den ich trinke. Das ist Mr. Barleys Frühstück für morgen, das zum Kochen serviert wird. Zwei Hammelkoteletts, drei Kartoffeln, einige Erbsen, etwas Mehl, zwei Unzen Butter, eine Prise Salz und all der schwarze Pfeffer. Es wird zusammen gedünstet und heiß genommen, und es ist ein gutes Ding gegen die Gicht, sollte ich meinen!"

Es lag etwas so Natürliches und Gewinnendes in Claras resignierter Art, diese Läden im einzelnen zu betrachten, wie Herbert sie bemerkte; und etwas so

Zutrauliches, Liebevolles und Unschuldiges in ihrer bescheidenen Art, sich Herberts umarmendem Arm hinzugeben; und etwas so Sanftes an ihr, das so sehr des Schutzes bedurfte am Mill Pond Bank, bei Chinks's Basin und dem Old Green Copper Rope-Walk, mit Old Barley knurrend im Balken, daß ich die Verlobung zwischen ihr und Herbert für all das Geld in dem Taschenbuch, das ich nie geöffnet hatte, nicht aufgelöst hätte.

Ich sah sie mit Vergnügen und Bewunderung an, als plötzlich das Knurren wieder zu einem Brüllen anschwoll, und oben hörte man ein furchtbares Klopfen, als ob ein Riese mit einem Holzbein es durch die Decke zu bohren suchte, um auf uns zuzukommen. Darauf sagte Klara zu Herbert: „Papa will mich, Liebling!" und lief davon.

„Da ist ein gewissenloser alter Hai für dich!" sagte Herbert. „Was glauben Sie, was er jetzt will, Händel?"

„Ich weiß nicht," sagte ich. „Etwas zu trinken?"

„Das ist es!" rief Herbert, als ob ich eine außerordentliche Vermutung angestellt hätte. „Er hält seinen Grog in einer kleinen Wanne auf dem Tisch bereit. Warte einen Augenblick, und du wirst hören, wie Clara ihn hochhebt, um etwas zu nehmen. Da ist er!" Wieder ein Brüllen, mit einem langen Schütteln am Ende. „Jetzt," sagte Herbert, als Schweigen folgte: „trinkt er. Jetzt," sagte Herbert, als das Knurren wieder im Balken ertönt: „liegt er wieder auf dem Rücken!"

Clara kehrte bald darauf zurück, und Herbert begleitete mich nach oben, um unseren Schützling zu sehen. Als wir an Mr. Barleys Thür vorübergingen, hörte man ihn heiser innerlich in einer Lautstärke, die sich hob und senkte wie der Wind, den folgenden Refrain murmeln, in dem ich etwas ganz Gegenteiliges durch gute Wünsche versetze:

„Ahoi! Gott segne Ihre Augen, hier ist der alte Bill Barley. Hier ist der alte Bill Barley, segne Ihre Augen. Hier ist der alte Bill Barley auf dem flachen Rücken, beim Herrn. Auf dem flachen Rücken liegend wie eine treibende, alte, tote Flunder, hier ist dein alter Bill Barley, segne deine Augen. Ahoi! Segne dich."

In diesem Trost teilte mir Herbert mit, daß die unsichtbare Gerste Tag und Nacht mit ihm selbst verkehren würde; Oft, wenn es hell war, hatte er gleichzeitig ein Auge an einem Fernrohr, das auf seinem Bett angebracht war, um den Fluß bequem überblicken zu können.

In seinen beiden Kajütenzimmern im obersten Stocke des Hauses, die frisch und luftig waren und in denen Mr. Barley weniger zu hören war als unten, fand ich Provis behaglich eingerichtet. Er äußerte keine Besorgnis und schien keine erwähnenswerte zu empfinden; aber es fiel mir auf, daß er weich geworden war, undefinierbar, denn ich hätte nicht sagen können, wie, und ich konnte mich später nicht erinnern, wie, als ich es versuchte, aber gewiß.

Die Gelegenheit, die mir die Tagesruhe zum Nachdenken gegeben hatte, hatte mich dazu entschlossen, ihm nichts über Compeyson zu sagen. Nach allem, was ich wußte, hätte seine Feindseligkeit gegen den Mann sonst dazu führen können, daß er ihn suchte und sich auf sein eigenes Verderben stürzte. Als Herbert und ich uns daher mit ihm an sein Feuer setzten, fragte ich ihn zunächst, ob er sich auf Wemmicks Urteilsvermögen und seine Informationsquellen verlasse?

„Ja, ja, lieber Junge," antwortete er mit einem ernsten Nicken: „Jaggers weiß es."

„Dann habe ich mit Wemmick gesprochen," sagte ich: „und bin gekommen, um Ihnen zu sagen, welche Vorsicht er mir gegeben und welchen Rat er mir gegeben hat."

Das tat ich genau, mit dem eben erwähnten Vorbehalt; und ich erzählte ihm, wie Wemmick im Gefängnis von Newgate (ob von Offizieren oder Gefangenen, konnte ich nicht sagen) gehört habe, daß er unter Verdacht stehe und daß meine Gemächer überwacht worden seien; wie Wemmick ihm empfohlen hatte, eine Zeitlang in der Nähe zu bleiben, und ich mich von ihm fernzuhalten; und was Wemmick darüber gesagt hatte, ihn ins Ausland zu holen. Ich fügte hinzu, daß ich natürlich, wenn die Zeit gekommen sei, mit ihm gehen oder ihm dicht folgen werde, wie es nach Wemmicks Urteil am sichersten sei. Was folgen sollte, was ich nicht berührte; in der Tat war ich mir darüber nicht im geringsten klar oder behaglich, jetzt, da ich ihn in diesem weicheren Zustande und in erklärter Gefahr um meinetwillen sah. Was die Änderung meiner Lebensweise durch Erhöhung meiner Ausgaben anbelangt, so fragte ich ihn, ob es in unseren gegenwärtigen unruhigen und schwierigen Verhältnissen nicht einfach lächerlich wäre, wenn es nicht schlimmer wäre?

Er konnte dies nicht leugnen, und war in der Tat durchweg sehr vernünftig. Seine Rückkehr sei ein Wagnis gewesen, sagte er, und er habe immer gewusst, dass es ein Wagnis sei. Er würde nichts tun, um es zu einem verzweifelten Unterfangen zu machen, und er hatte sehr wenig Angst um seine Sicherheit bei so guter Hilfe.

Herbert, der das Feuer betrachtet und nachgedacht hatte, sagte hier, daß ihm durch Wemmicks Vorschlag etwas in den Sinn gekommen sei, dem es wert sein könnte, ihm nachzugehen. „Wir sind beide gute Wasserleute, Händel, und könnten ihn selbst den Fluß hinabführen, wenn die rechte Zeit gekommen ist. Zu diesem Zweck würde dann kein Boot und keine Bootsleute gemietet werden; Das würde zumindest eine Chance auf Verdacht ersparen, und jede Chance ist es wert, gerettet zu werden. Vergessen Sie die Jahreszeit; Glaubst du nicht, es wäre gut, wenn du sofort anfängst, ein Boot an der Tempeltreppe zu halten, und die Gewohnheit hättest, den Fluß auf und ab zu rudern? Du verfällst in diese Gewohnheit, und wer bemerkt es oder stört es dann? Mach es zwanzig oder fünfzig Mal, und es ist nichts Besonderes daran, wenn du es am einundzwanzigsten oder einundfünfzigsten tust."

Ich mochte dieses Schema, und Provis war ziemlich begeistert davon. Wir kamen überein, daß es zur Ausführung gebracht werden sollte und daß Provis uns niemals erkennen würde, wenn wir unter die Brücke kämen und an der Mill Pond Bank vorbeiruderten. Wir kamen aber auch überein, daß er die Jalousie in dem Teil seines Fensters, der nach Osten ging, herunterziehen sollte, sobald er uns sähe und alles in Ordnung sei.

Da unsere Konferenz nun beendet und alles in Ordnung war, erhob ich mich, um zu gehen; er bemerkte zu Herbert, daß er und ich besser nicht zusammen nach Hause gingen, und daß ich ihm eine halbe Stunde Vorsprung nehmen würde. „Ich lasse Sie nicht gern hier," sagte ich zu Provis: „obgleich ich nicht daran zweifeln kann, daß Sie hier sicherer sind als in meiner Nähe. Auf Wiedersehen!"

„Lieber Junge," antwortete er, indem er meine Hände faltete: „ich weiß nicht, wann wir uns wiedersehen werden, und ich mag keinen Abschied. Sag gute Nacht!"

„Gute Nacht! Herbert wird regelmäßig zwischen uns gehen, und wenn die Zeit gekommen ist, können Sie sicher sein, daß ich bereit sein werde. Gute Nacht, gute Nacht!"

Wir hielten es für das beste, wenn er in seinen eigenen Zimmern bliebe; Und wir ließen ihn auf dem Treppenabsatz vor seiner Tür zurück und hielten ein Licht über das Treppengeländer, um uns die Treppe hinunter zu erleuchten. Als ich ihn ansah, dachte ich an die erste Nacht seiner Rückkehr, als unsere Stellungen vertauscht waren und wo ich kaum glaubte, daß mein Herz jemals so schwer und ängstlich sein könnte, sich von ihm zu trennen, wie es jetzt war.

Der alte Barley knurrte und fluchte, als wir wieder an seiner Tür vorübergingen, ohne den Anschein, als ob er aufgehört hätte oder aufhören wollte. Als wir am Fuße der Treppe angelangt waren, fragte ich Herbert, ob er den Namen Provis erhalten habe. Er antwortete, gewiß nicht, und daß der Mieter Mr. Campbell sei.

Er erklärte auch, daß das Äußerste, was man über Mr. Campbell wisse, daß er (Herbert) Mr. Campbell ihm anvertraut habe, und daß er ein starkes persönliches Interesse daran habe, daß er gut versorgt sei und ein zurückgezogenes Leben führe. Als wir also in den Salon traten, wo Mrs. Whimple und Clara bei der Arbeit saßen, sagte ich nichts von meinem eigenen Interesse an Mr. Campbell, sondern behielt es für mich.

Als ich von dem hübschen, sanften, dunkeläugigen Mädchen und von der mütterlichen Frau, die ihre ehrliche Sympathie nicht durch eine kleine Affäre wahrer Liebe überlebt hatte, Abschied genommen hatte, war es mir, als ob der alte grüne Kupferseilgang einen ganz anderen Platz genommen hätte. Die alte Gerste mochte so alt sein wie die Berge und fluchen wie ein ganzes Feld von Soldaten, aber es gab erlösende Jugend, Vertrauen und Hoffnung genug in Chinks's Basin, um es bis zum Überlaufen zu füllen. Und dann dachte ich an Estella und an unseren Abschied und ging sehr traurig nach Hause.

Alles war so still im Tempel, wie ich es noch nie gesehen hatte. Die Fenster der Zimmer auf dieser Seite, die vor kurzem von Provis bewohnt worden waren, waren dunkel und still, und im Gartenhof gab es kein Liegestuhl. Ich ging zwei- oder dreimal am Brunnen vorbei, bevor ich die Stufen hinabstieg, die zwischen mir und meinen Zimmern lagen, aber ich war ganz allein. Herbert, der an mein Bett kam, als er hereinkam, denn ich ging sofort zu Bett, entmutigt und erschöpft, machte denselben Bericht. Er öffnete eines der Fenster, blickte in das Mondlicht hinaus und sagte mir, das Pflaster sei so feierlich leer wie das Pflaster einer Kathedrale zu dieser Stunde.

Am nächsten Tage machte ich mich daran, das Boot zu holen. Es war bald geschehen, und das Boot wurde an die Treppe des Tempels gebracht und lag dort, wo ich es in ein oder zwei Minuten erreichen konnte. Dann fing ich an, zum Training und Üben auszugehen: manchmal alleine, manchmal mit Herbert. Ich war oft bei Kälte, Regen und Schneeregen unterwegs, aber niemand nahm viel Notiz von mir, nachdem ich ein paar Mal draußen gewesen war. Zuerst hielt ich mich oberhalb der Blackfriars Bridge; aber als sich die Stunden der Flut änderten, schlug ich in Richtung London Bridge ein. Damals war es die Old London Bridge, und bei gewissen Pegelständen gab es dort ein Rauschen und Fallen des Wassers, was ihr einen schlechten Ruf verlieh. Aber ich wußte wohl, wie man die Brücke ‚erschoß,' nachdem ich sie gesehen hatte, und so begann ich, zwischen den Schiffen im Teich und hinunter nach Erith zu rudern. Als ich das erste Mal die Mill Pond Bank passierte, zogen Herbert und ich ein Paar Ruder; und sowohl auf dem Hin- als auch auf dem Rückweg sahen wir die Blinden nach Osten hin herabkommen. Herbert war selten seltener als dreimal in der Woche dort, und er brachte mir nicht ein einziges Wort der Intelligenz, das auch nur im geringsten beunruhigend gewesen wäre. Trotzdem wußte ich, daß es Grund zur Beunruhigung gab, und ich konnte den Gedanken nicht loswerden, beobachtet zu werden. Einmal erhalten, ist es eine eindringliche Idee; wie viele Dummköpfe ich verdächtigte, mich zu beobachten, wäre schwer zu berechnen.

Kurz gesagt, ich war immer voller Ängste vor dem unbesonnenen Mann, der sich versteckte. Herbert hatte mir zuweilen gesagt, er fände es angenehm, nach Einbruch der Dunkelheit, wenn die Flut herunterlief, an einem unserer Fenster zu stehen und daran zu denken, daß sie mit allem, was sie trug, nach Clara strömte. Aber ich dachte mit Schrecken, daß er auf Magwitch zuströmte und daß jeder schwarze Fleck auf seiner Oberfläche seine Verfolger sein könnten, die schnell, lautlos und sicher auf ihn zugingen, um ihn zu ergreifen.

KAPITEL XLVII.

Einige Wochen vergingen, ohne dass sich etwas änderte. Wir warteten auf Wemmick, und er gab kein Zeichen. Hätte ich ihn nicht außerhalb von Little Britain gekannt und nie das Vorrecht genossen, auf dem Schloß auf vertrautem Fuße zu stehen, so hätte ich vielleicht an ihm gezweifelt; nicht für einen Augenblick, da ich ihn so kannte wie ich.

Meine weltlichen Angelegenheiten fingen an, ein düsteres Aussehen anzunehmen, und ich wurde von mehr als einem Gläubiger um Geld bedrängt. Sogar ich selbst fing an, den Mangel an Geld (ich meine an bereitem Geld in der eigenen Tasche) zu kennen und ihn dadurch zu lindern, daß ich einige leicht entbehrliche Schmuckstücke in Bargeld umwandelte. Aber ich war fest entschlossen, daß es ein herzloser Betrug wäre, in dem Zustande meiner unsicheren Gedanken und Pläne noch mehr Geld von meinem Gönner zu nehmen. Deshalb hatte ich ihm das ungeöffnete Taschenbuch von Herbert geschickt, damit er es in seinem eigenen Verwahrer behalte, und ich empfand eine Art von Genugtuung - ob es eine falsche oder eine wahre Art war, weiß ich kaum -, daß ich seit seiner Selbstoffenbarung nicht von seiner Freigebigkeit profitiert hatte.

Im Laufe der Zeit überkam mich der Eindruck, dass Estella verheiratet sei. Aus Furcht, sie bestätigt zu bekommen, obgleich es alles andere als eine Überzeugung war, mied ich die Zeitungen und bat Herbert, dem ich die Umstände unserer letzten Unterredung anvertraut hatte, mir nie von ihr zu sprechen. Warum ich diesen letzten elenden kleinen Fetzen des Gewandes der Hoffnung hortete, das zerrissen und den Winden übergeben wurde, woher weiß ich das? Warum haben Sie, die Sie dies lesen, diese nicht unähnliche Widersprüchlichkeit begangen, die Sie im letzten Jahr, im letzten Monat, in der letzten Woche begangen haben?

Es war ein unglückliches Leben, das ich führte; und seine eine herrschende Angst, die alle seine anderen Sorgen überragte wie ein hoher Berg über einer Bergkette, verschwand nie aus meinem Blickfeld. Dennoch gab es keinen neuen Grund zur Angst. Laß mich von meinem Bett aufspringen, wie ich wollte, mit dem

Schrecken, daß er entdeckt worden war; Laß mich da sitzen und lauschen, wie ich es mit Schrecken tun würde, auf Herberts Rückkehrschritt in der Nacht, damit er nicht flüchtiger als gewöhnlich und von bösen Nachrichten beflügelt sei – trotz alledem und noch viel mehr mit ähnlichem Zweck ging der Kreislauf der Dinge weiter. Zur Untätigkeit und einem Zustand beständiger Unruhe und Spannung verdammt, ruderte ich in meinem Boot herum und wartete, wartete, wartete, so gut ich konnte.

Es gab Zustände der Flut, wo ich, nachdem ich den Fluß hinunter gewesen war, nicht durch die wirbelförmigen Bögen und Stare der alten London Bridge zurückkehren konnte; dann verließ ich mein Boot an einem Kai in der Nähe des Zollhauses, um nachher zur Tempeltreppe hinaufgebracht zu werden. Ich war nicht abgeneigt, dies zu tun, da es dazu beitrug, mich und mein Boot zu einem gewöhnlicheren Vorfall unter den Wasserleuten dort zu machen. Aus dieser kleinen Gelegenheit entsprangen zwei Begegnungen, von denen ich jetzt zu erzählen habe.

Eines Nachmittags, spät im Februar, kam ich in der Abenddämmerung am Kai an Land. Ich war mit der Ebbe bis nach Greenwich gefahren und hatte mich mit der Flut gedreht. Es war ein schöner, heller Tag gewesen, aber mit dem Untergang der Sonne war es neblig geworden, und ich hatte mich ziemlich vorsichtig zwischen den Schiffen hindurchtasten müssen. Auf dem Weg und auf dem Rückweg hatte ich das Signal in seinem Fenster gesehen: Alles gut.

Da es ein rauher Abend war und mir kalt war, dachte ich, ich würde mich gleich mit dem Essen trösten; und da ich Stunden der Niedergeschlagenheit und Einsamkeit vor mir hatte, wenn ich nach Hause in den Tempel ging, dachte ich, ich würde nachher ins Theater gehen. Das Theater, wo Mr. Wopsle seinen fragwürdigen Triumph vollbracht hatte, lag in jener Gegend am Wasser (es gibt es jetzt nirgends), und ich beschloß, dorthin zu gehen. Ich wußte, daß es Mr. Wopsle nicht gelungen war, das Drama wiederzubeleben, sondern im Gegenteil, daß er an seinem Niedergang teilgenommen hatte. Man hatte in den Theaterzetteln unheilvoll von ihm gehört, daß er ein treuer Schwarzer sei, der mit einem kleinen Mädchen von vornehmer Geburt und einem Affen in Verbindung stehe. Und Herbert hatte ihn als einen räuberischen Tataren von komischen Neigungen gesehen, mit einem Gesicht wie ein roter Ziegelstein und einem unverschämten Hut über den Glocken.

Ich speiste in dem, was Herbert und ich ein geographisches Chop-House zu nennen pflegten, wo auf jedem halben Meter der Tischdecken Karten der Welt in Porter-Pot-Rändern und auf jedem der Messer Karten mit Soße hingen – bis auf den heutigen Tag gibt es kaum ein einziges Chop-House innerhalb des Herrschaftsgebietes des Lord Mayor, das nicht geographisch ist. und verbrachte die Zeit damit, über Krümeln zu dösen, auf Gas zu starren und in einem heißen Schwall von Abendessen zu backen. Nach und nach raffte ich mich auf und ging ins Theater.

Dort fand ich einen tugendhaften Bootsmann im Dienste Seiner Majestät, einen vortrefflichen Mann, obgleich ich mir gewünscht hätte, daß seine Hosen an manchen Stellen nicht ganz so eng und an anderen nicht ganz so locker wären, der allen Männchen die Hüte über die Augen schlug, obgleich er sehr großmütig und tapfer war und nichts davon hören wollte, daß jemand Steuern zahlte. obwohl er sehr patriotisch war. Er hatte einen Sack voll Geld in der Tasche, wie einen Pudding im Tuch, und heiratete auf diesem Grundstücke unter großem Jubel einen jungen Mann in Bettmöbeln; die ganze Bevölkerung von Portsmouth (neun an der Zahl bei der letzten Volkszählung) kam an den Strand, um sich die Hände zu reiben, die Hände aller anderen zu schütteln und zu singen: „Fill, fill!" Ein gewisser dunkelhäutiger Tupfer aber, der weder füllen noch irgend etwas anderes tun wollte, was ihm vorgeschlagen wurde, und dessen Herz (vom Bootsmann) offen ausgesprochen wurde, sei ebenso schwarz wie seine Galionsfigur, machte zwei anderen Tupfern einen Heiratsantrag, um die ganze Menschheit in Schwierigkeiten zu bringen; was so wirkungsvoll geschah (die Familie Swab hatte beträchtlichen politischen Einfluß), daß es den halben Abend brauchte, um die Dinge in Ordnung zu bringen, und dann wurde es nur dadurch zustande gebracht, daß ein ehrlicher kleiner Krämer mit weißem Hut, schwarzen Gamaschen und roter Nase in eine Uhr mit einem Gitter stieg, lauschte und herauskam und jeden von hinten mit dem Gitter niederschlug, den er mit dem, was er gehört hatte, nicht widerlegen konnte. Dies führte dazu, daß Mr. Wopsle (von dem man noch nie etwas gehört hatte) mit Stern und Strumpfband als Bevollmächtigter von großer Macht direkt von der Admiralität hereintrat und sagte, daß die Swabs alle auf der Stelle ins Gefängnis kämen, und daß er den Bootsmann den Union Jack herabgesetzt habe, als kleine Anerkennung seiner öffentlichen Dienste. Der Bootsmann, der zum ersten Male unbemannt war, trocknete ehrerbietig die Augen auf dem Jack, heiterte sich auf, redete Mr. Wopsle mit Euer Ehren an und bat um die Erlaubnis, ihn bei der Flosse nehmen zu dürfen. Mr. Wopsle, der mit liebenswürdiger Würde seine Flosse hingab, wurde sogleich in einen staubigen Winkel geschoben, während alle eine Hornpipe tanzten; und aus dieser Ecke, als er mit unzufriedenem Auge das Publikum betrachtete, wurde er auf mich aufmerksam.

Das zweite Stück war die letzte neue große komische Weihnachtspantomime, in deren erster Szene es mich schmerzte, zu vermuten, daß ich Herrn Wopsle mit roten Kammgarnbeinen unter einem stark vergrößerten phosphorischen Antlitz und einem Stoß von roten Gardinenfransen für sein Haar entdeckte, der in einem Bergwerk mit der Herstellung von Donnerkeilen beschäftigt war und große Feigheit an den Tag legte, als sein riesenhafter Herr (sehr heiser) zum Essen nach Hause kam. Aber bald erschien er unter würdigeren Umständen; denn da der Genius der jugendlichen Liebe der Hilfe bedurfte – wegen der elterlichen Brutalität eines unwissenden Farmers, der sich der Wahl des Herzens seiner Tochter widersetzte, indem er absichtlich in einem Mehlsack aus dem Fenster des ersten Stockwerks auf den Gegenstand fiel –, rief er einen sentenziösen Zauberer herbei; und er, der nach einer anscheinend heftigen Reise ziemlich unsicher von den Antipoden heraufkam, erwies sich als Herr Wopsle mit einem hochgekrönten Hut und einem nekromantischen Werk in einem Band unter dem Arm. Da die Geschäfte dieses Zauberers auf Erden hauptsächlich zum Reden, Besingen, Anstoßen, Tanzen und Blitzen mit Feuern verschiedener Farben geführt wurden, so hatte er viel Zeit zur Verfügung. Und ich bemerkte mit großem Erstaunen, daß er es damit verbrachte, in meine Richtung zu starren, als ob er in Erstaunen versunken wäre.

Es lag etwas so Merkwürdiges in dem zunehmenden Glanz von Mr. Wopsles Augen, und er schien so viele Dinge in seinem Kopf umzuwälzen und so verwirrt zu werden, daß ich es nicht ausmachen konnte. Ich saß da und dachte daran nach, lange nachdem er in einem großen Uhrenkasten zu den Wolken aufgestiegen war, und konnte es immer noch nicht ausmachen. Ich dachte noch daran, als ich eine Stunde später aus dem Theater kam und ihn in der Nähe der Tür auf mich warten sah.

„Wie geht es Ihnen?" fragte ich und schüttelte ihm die Hand, als wir zusammen die Straße hinuntergingen. „Ich habe gesehen, dass du mich gesehen hast."

„Ich habe Sie gesehen, Mr. Pip!" erwiderte er. „Ja, natürlich habe ich dich gesehen. Aber wer war sonst noch da?"

„Wer sonst?"

„Es ist das Merkwürdigste," sagte Mr. Wopsle und verfiel wieder in seinen verlorenen Blick; „und doch könnte ich ihm schwören."

Erschrocken bat ich Herrn Wopsle, ihm zu erklären, was er meine.

„Ob ich ihn zuerst bemerkt hätte, wenn Sie nicht da gewesen wären," sagte Mr. Wopsle, indem er in derselben verlorenen Weise fortfuhr: „ich kann es nicht sicher sagen; und doch glaube ich, daß ich es tun sollte."

Unwillkürlich sah ich mich um, wie ich es gewohnt war, um mich zu blicken, wenn ich nach Hause ging; denn diese geheimnisvollen Worte jagten mir einen Schauer über den Rücken.

„Ach! Er kann nicht in Sicht sein," sagte Mr. Wopsle. „Er ging raus, bevor ich wegging. Ich habe ihn gehen sehen."

Mit dem Grund, den ich hatte, misstrauisch zu sein, verdächtigte ich sogar diesen armen Schauspieler. Ich mißtraute einem Plan, der mich zu einem Eingeständnis verleiten sollte. Deshalb warf ich ihm einen Blick zu, als wir zusammen weitergingen, sagte aber nichts.

„Ich hatte die lächerliche Vorstellung, er müsse bei Ihnen sein, Mr. Pip, bis ich sah, daß Sie seiner gar nicht bewußt waren und wie ein Gespenst hinter Ihnen saßen."

Meine frühere Kälte beschlich mich wieder, aber ich war entschlossen, noch nicht zu sprechen, denn es stimmte ganz mit seinen Worten überein, daß er mich veranlassen wollte, diese Anspielungen mit Provis in Verbindung zu bringen. Natürlich war ich mir absolut sicher, dass Provis nicht da gewesen war.

„Ich wage zu behaupten, daß Sie sich über mich wundern, Mr. Pip; in der Tat, ich sehe, dass du es tust. Aber es ist so sehr seltsam! Ihr werdet kaum glauben, was ich euch erzählen werde. Ich könnte es selbst kaum glauben, wenn du es mir sagtest."

„Allerdings?" fragte ich.

„Nein, in der Tat. Mr. Pip, erinnern Sie sich an einen gewissen Weihnachtstag, als Sie noch ein Kind waren, und ich speiste bei Gargery, und einige Soldaten kamen an die Tür, um ein Paar Handschellen flicken zu lassen?"

„Ich erinnere mich sehr gut daran."

„Und du erinnerst dich, daß es eine Verfolgungsjagd nach zwei Sträflingen gab, an der wir uns beteiligten, und daß Gargery dich auf den Rücken nahm, und daß ich die Führung übernahm, und du mit mir Schritt hieltst, so gut du konntest?"

„Ich erinnere mich an alles sehr gut." Besser, als er dachte - mit Ausnahme des letzten Satzes.

„Und du erinnerst dich, daß wir die beiden in einem Graben gefunden haben, und daß es zu einem Handgemenge zwischen ihnen gekommen ist, und daß der eine von ihnen von dem andern heftig angegangen und heftig im Gesicht zerfleischt worden ist?"

„Ich sehe alles vor mir."

„Und daß die Soldaten Fackeln anzündeten und die beiden in die Mitte stellten, und daß wir dann die letzten von ihnen über den schwarzen Sümpfen sahen, mit dem Fackelschein auf ihren Gesichtern – da bin ich besonders – mit dem Fackellicht, das auf ihre Gesichter schien, während um uns herum ein äußerer Ring dunkler Nacht war?"

„Ja," sagte ich: „ich erinnere mich an alles."

„Dann, Mr. Pip, saß heute abend einer der beiden Gefangenen hinter Ihnen. Ich habe ihn über deine Schulter hinweg gesehen."

„Ruhig!" Ich dachte. Dann fragte ich ihn: „Was glaubst du, welchen von den beiden du gesehen hast?"

„Der, der zerfleischt worden ist," antwortete er bereitwillig: „und ich schwöre, ich habe ihn gesehen! Je mehr ich an ihn denke, desto sicherer bin ich mir."

„Das ist sehr merkwürdig!" sagte ich in der besten Annahme, daß es mir nichts weiter ginge. „Sehr merkwürdig!"

Ich kann die gesteigerte Unruhe, in die mich dieses Gespräch versetzte, oder den besonderen und eigentümlichen Schrecken, den ich empfand, als Compeyson „wie ein Gespenst" hinter mir war, nicht übertreiben. Denn wenn er seit Beginn des Versteckens für einige Augenblicke aus meinen Gedanken verschwunden war, so war es gerade in diesen Augenblicken, in denen er mir am nächsten war; und der Gedanke, daß ich nach all meiner Sorge so bewußtlos und unvorbereitet sein würde, war so, als hätte ich eine Allee von hundert Türen verschlossen, um ihn fernzuhalten, und ihn dann an meinem Ellbogen gefunden. Ich konnte auch nicht daran zweifeln, daß er da war, weil ich dort war, und daß, wie gering auch der Anschein von Gefahr um uns herum sein mochte, die Gefahr immer nahe und wirksam war.

Ich stellte Mr. Wopsle solche Fragen wie: Wann ist der Mann hereingekommen? Das konnte er mir nicht sagen; Er sah mich, und über meine Schulter hinweg sah er den Mann. Erst als er ihn eine Zeitlang gesehen hatte, begann er, ihn zu identifizieren; aber er hatte ihn von Anfang an vage mit mir in Verbindung gebracht und wußte, daß er irgendwie zu mir in der alten Dorfzeit gehörte. Wie war er gekleidet? Wohlhabend, aber sonst nicht merklich; dachte er in Schwarz. War sein Gesicht überhaupt entstellt? Nein, er glaubte nicht. Ich glaubte es nicht, denn obgleich ich in meinem grüblerischen Zustande die Leute hinter mir nicht besonders beachtet hatte, so hielt ich es doch für wahrscheinlich, daß ein irgend entstelltes Gesicht meine Aufmerksamkeit erregt haben würde.

Als Mr. Wopsle mir alles mitgetheilt hatte, woran er sich erinnern konnte oder was ich herausnehme, und nachdem ich ihm nach den Strapazen des Abends eine kleine angemessene Erfrischung gegönnt hatte, trennten wir uns. Es war zwischen zwölf und ein Uhr, als ich den Tempel erreichte, und die Tore waren geschlossen. Niemand war in meiner Nähe, als ich hineinging und nach Hause ging.

Herbert war hereingekommen, und wir hielten einen sehr ernsten Rat am Feuer. Aber es war nichts anderes zu tun, als Wemmick mitzuteilen, was ich in dieser Nacht herausgefunden hatte, und ihn daran zu erinnern, daß wir auf seinen Wink warteten. Da ich dachte, ich könnte ihn kompromittieren, wenn ich zu oft ins Schloß ginge, so machte ich dies brieflich. Ich schrieb es, bevor ich zu Bett ging, und ging hinaus und postete es; Und wieder war niemand in meiner Nähe. Herbert und ich waren uns einig, dass wir nichts anderes tun konnten, als sehr vorsichtig zu sein. Und wir waren in der Tat sehr vorsichtig – vorsichtiger als früher, wenn das möglich war –, und ich für meinen Teil kam nie in die Nähe von Chinks's Basin, außer wenn ich vorbeiruderte, und dann sah ich nur auf Mill Pond Bank, wie ich auf irgend etwas anderes blickte.

KAPITEL XLVIII.

Die zweite der beiden Treffen, von denen im letzten Kapitel die Rede ist, fand etwa eine Woche nach der ersten statt. Ich hatte mein Boot wieder am Kai unterhalb der Brücke verlassen; Es war eine Stunde früher am Nachmittag; und unschlüssig, wo ich speisen sollte, war ich nach Cheapside hinaufgeschlendert und schlenderte dort entlang, gewiß die unruhigste Person in der ganzen belebten Halle, als mir jemand eine große Hand auf die Schulter legte, die mich einholte. Es war Mr. Jaggers' Hand, und er fuhr sie mir durch den Arm.

„Da wir in die gleiche Richtung gehen, Pip, können wir zusammen gehen. Wohin willst du?"

„Für den Tempel, glaube ich," sagte ich.

„Wissen Sie es nicht?" fragte Mr. Jaggers.

„Nun," entgegnete ich, froh, ihn einmal im Kreuzverhör besiegt zu haben: „ich weiß *es nicht*, denn ich habe mich noch nicht entschieden."

„Sie werden essen?" fragte Mr. Jaggers. „Es macht Ihnen nichts aus, das zuzugeben, nehme ich an?"

„Nein," erwiderte ich: „das gebe ich gern zu."

„Und sind nicht verlobt?"

„Es macht mir nichts aus, auch zuzugeben, daß ich nicht verlobt bin."

„Dann," sagte Mr. Jaggers: „kommen Sie und speisen Sie mit mir."

Ich wollte mich gerade entschuldigen, als er hinzufügte: „Wemmick kommt." So verwandelte ich meine Entschuldigung in eine Annahme – die wenigen Worte, die ich gesprochen hatte, dienten als Anfang von beidem –, und wir gingen die Cheapside entlang und fuhren schräg nach Klein-Britannien, während die Lichter in den Schaufenstern glänzend aufleuchteten und die Straßenlaternenanzünder kaum Boden genug fanden, um mitten im Nachmittagsgetümmel ihre Leitern aufzustellen. Sie hüpften auf und ab und rannten ein und aus und öffneten mehr rote Augen in dem aufziehenden Nebel, als mein Rushlight-Turm bei den Hummums weiße Augen in der geisterhaften Wand geöffnet hatte.

In dem Bureau in Little Britain gab es das übliche Briefeschreiben, Händewaschen, Kerzenlöschen und Safe-Schließen, das das Geschäft des Tages beschloß. Als ich müßig an Mr. Jaggers' Feuer stand, ließ seine auf- und abgehende Flamme die beiden Würfe auf dem Brett aussehen, als spielten sie ein teuflisches Spiel mit mir; während die beiden groben, fetten Bürokerzen, die Mr. Jaggers, während er in einer Ecke schrieb, schwach beleuchteten, mit schmutzigen Wickeltüchern geschmückt waren, wie zum Andenken an eine Schar gehängter Kunden.

Wir fuhren nach der Gerrard-Straße, alle drei zusammen, in einer Droschke, und sobald wir dort ankamen, wurde das Essen serviert. Obgleich ich nicht daran gedacht hätte, an dieser Stelle auch nur einen entfernten Hinweis auf Wemmicks Walworth-Empfindungen zu machen, so hätte ich doch nichts dagegen gehabt, seine Aufmerksamkeit von Zeit zu Zeit auf freundliche Weise zu erhaschen. Aber es sollte nicht geschehen. Er wandte seine Augen auf Mr. Jaggers, so oft er sie vom Tisch erhob, und war mir gegenüber so trocken und distanziert, als ob es Zwillingswemmicks gäbe, und das war der falsche.

„Haben Sie den Brief von Miß Havisham an Mr. Pip geschickt, Wemmick?" fragte Mr. Jaggers, kurz nachdem wir mit dem Essen begonnen hatten.

„Nein, Sir," entgegnete Wemmick; „Es ging mit der Post, als Sie Mr. Pip ins Büro brachten. Hier ist es." Er reichte es seinem Direktor statt mir.

„Es ist ein zweizeiliger Schein, Pip," sagte Mr. Jaggers, indem er ihn weiterreichte: „den Miß Havisham mir geschickt hat, weil sie sich Ihrer Adresse nicht sicher ist. Sie sagt mir, dass sie dich wegen einer kleinen Geschäftsangelegenheit sehen möchte, die du ihr gegenüber erwähnt hast. Du wirst hinuntergehen?"

„Ja," sagte ich und ließ meinen Blick auf den Zettel schweifen, der genau so ausdrückte.

„Wann gedenken Sie hinunterzugehen?"

„Ich habe eine bevorstehende Verlobung," sagte ich und warf einen Blick auf Wemmick, der Fische in das Postamt warf: „die mich ziemlich unsicher macht, was meine Zeit betrifft. Sofort, glaube ich."

„Wenn Mr. Pip die Absicht hat, sofort zu gehen," sagte Wemmick zu Mr. Jaggers: „so braucht er keine Antwort zu schreiben, wissen Sie."

Da ich dies als eine Andeutung auffing, daß es am besten sei, nicht zu zögern, beschloß ich, morgen zu gehen, und sagte es. Wemmick trank ein Glas Wein und sah mit grimmig zufriedener Miene Mr. Jaggers an, aber nicht mich.

„Also, Pip! Unser Freund, die Spinne," sagte Mr. Jaggers: „hat seine Karten ausgespielt. Er hat den Pool gewonnen."

Es war alles, was ich tun konnte, um zuzustimmen.

„Hah! Er ist ein vielversprechender Kerl – auf seine Art –, aber er hat vielleicht nicht alles nach seinem Geschmack. Der Stärkere wird am Ende gewinnen, aber der Stärkere muss erst herausgefunden werden. Wenn er sich zu ihr umdrehte und sie schlug ..."

„Gewiß," unterbrach ich ihn mit brennendem Gesicht und brennendem Herzen: „Sie glauben doch nicht im Ernste, daß er dazu ein Schurke genug ist, Mr. Jaggers?"

„Das habe ich nicht gesagt, Pip. Ich lege einen Fall vor. Wenn er sich zu ihr umdreht und sie schlägt, wird er vielleicht die Kraft auf seine Seite ziehen; Wenn es eine Frage des Verstandes sein sollte, wird er es gewiß nicht tun. Es wäre ein Zufallswerk, eine Meinung darüber abzugeben, wie sich ein solcher Kerl unter solchen Umständen entwickeln wird, denn es ist ein Hin- und Herwerfen zwischen zwei Ergebnissen."

„Darf ich fragen, was das ist?"

„Ein Kerl wie unser Freund, die Spinne," antwortete Mr. Jaggers: „schlägt oder zuckt zusammen. Er kann zusammenzucken und knurren, oder zusammenzucken und nicht knurren; Aber er schlägt entweder oder zuckt zusammen. Fragen Sie Wemmick *nach seiner* Meinung."

„Entweder schlägt er oder er zuckt zusammen," sagte Wemmick, ohne sich selbst an mich zu wenden.

„Ein Hoch auf Mrs. Bentley Drummle," sagte Mr. Jaggers, indem er seinem stummen Kellner eine Karaffe mit erlesenem Wein abnahm und für jeden von uns und für ihn selbst füllte: „und möge die Frage der Überlegenheit zur Zufriedenheit der Dame gelöst werden! Zur Zufriedenheit der Dame *und* des Herrn wird es nie sein. Nun, Molly, Molly, Molly, Molly, wie langsam seid ihr heute!"

Sie war an seinem Ellbogen, als er sie ansprach und eine Schüssel auf den Tisch stellte. Als sie ihre Hände davon zurückzog, fiel sie ein oder zwei Schritte zurück und murmelte nervös eine Entschuldigung. Und eine gewisse Bewegung ihrer Finger, während sie sprach, fesselte meine Aufmerksamkeit.

„Was ist los?" fragte Mr. Jaggers.

„Nichts. Nur der Gegenstand, von dem wir sprachen," sagte ich: „war mir ziemlich peinlich."

Die Bewegung ihrer Finger war wie die Handlung des Strickens. Sie stand da und sah ihren Herrn an und begriff nicht, ob sie gehen durfte oder ob er ihr mehr zu sagen hatte und sie zurückrufen würde, wenn sie ginge. Ihr Blick war sehr aufmerksam. Sicherlich hatte ich in letzter Zeit bei einem denkwürdigen Anlaß genau solche Augen und solche Hände gesehen!

Er entließ sie, und sie glitt aus dem Zimmer. Aber sie blieb so deutlich vor mir, als ob sie noch da wäre. Ich schaute auf diese Hände, ich schaute auf diese Augen, ich schaute auf dieses wallende Haar; und ich verglich sie mit anderen Händen, anderen Augen, anderen Haaren, die ich kannte, und mit dem, was das nach zwanzig Jahren eines brutalen Gatten und eines stürmischen Lebens sein mochte. Ich blickte wieder auf die Hände und Augen der Haushälterin und dachte an das unerklärliche Gefühl, das mich überkommen hatte, als ich das letzte Mal - nicht allein - in dem verfallenen Garten und durch die verlassene Brauerei spazieren gegangen war. Ich dachte daran, wie das gleiche Gefühl zurückgekehrt war, als ich ein Gesicht sah, das mich ansah, und eine Hand, die mir aus dem Fenster einer Postkutsche zuwinkte; und wie er wieder zurückgekehrt war und wie ein Blitz um mich herum geblitzt hatte, als ich in einem Wagen - nicht allein - durch einen plötzlichen Lichtschein in einer dunklen Straße hindurchgefahren war. Ich dachte daran, wie ein Glied der Assoziation zu dieser Identifikation im Theater beigetragen hatte, und wie ein solches Band, das früher gefehlt hatte, jetzt für mich gefesselt worden war, da ich durch einen Zufall schnell von Estellas Namen zu den Fingern mit ihrer Strickbewegung und den aufmerksamen Augen übergegangen war. Und ich war mir absolut sicher, dass diese Frau Estellas Mutter war.

Mr. Jaggers hatte mich mit Estella gesehen, und es war wahrscheinlich, daß ihm die Empfindungen, die ich nicht zu verbergen versucht hatte, entgangen war. Er nickte, als ich sagte, daß mir das Thema peinlich sei, klopfte mir auf die Schulter, schob den Wein wieder um und fuhr mit seinem Essen fort.

Nur noch zweimal erschien die Haushälterin, und dann war ihr Aufenthalt im Zimmer sehr kurz, und Mr. Jaggers war scharfsinnig gegen sie. Aber ihre Hände waren Estellas Hände, und ihre Augen waren Estellas Augen, und wenn sie hundertmal wiedergekommen wäre, hätte ich weder sicherer noch weniger sicher sein können, daß meine Überzeugung die Wahrheit war.

Es war ein trüber Abend, denn Wemmick trank seinen Wein, als er kam, ganz aus geschäftlichen Gründen – so wie er sein Gehalt hätte beziehen können, wenn er kam –, und saß, die Augen auf seinen Chef gerichtet, in einem Zustande fortwährender Bereitschaft zum Kreuzverhör. Was die Menge des Weines anbelangte, so war sein Postamt ebenso gleichgültig und bereit, wie jedes andere Postamt auf die Menge der Briefe bedacht war. Aus meiner Sicht war er die ganze Zeit der falsche Zwilling, und nur äußerlich wie der Wemmick von Walworth.

Wir verabschiedeten uns früh und gingen gemeinsam. Selbst als wir in Mr. Jaggers' Stiefelvorrat nach unseren Hüten herumwühlten, fühlte ich, daß der rechte Zwilling auf dem Rückwege war; und wir waren noch nicht ein halbes Dutzend Schritte die Gerrard Street hinunter in der Richtung nach Walworth gegangen, als ich bemerkte, daß ich Arm in Arm mit dem rechten Zwilling ging und daß der falsche Zwilling in der Abendluft verflogen war.

„Nun," sagte Wemmick: „das ist vorbei! Er ist ein wunderbarer Mann, ohne sein lebendiges Ebenbild; aber ich fühle, daß ich mich zusammenreißen muß, wenn ich mit ihm speist, und ich speise bequemer abgeschraubt."

Ich fand, daß dies eine gute Darstellung der Sache war, und sagte es ihm.

„Ich würde es zu niemandem sagen, außer zu dir selbst," antwortete er. „Ich weiß, daß das, was zwischen dir und mir gesprochen wird, nicht weiter geht."

Ich fragte ihn, ob er jemals Miss Havishams Adoptivtochter, Mrs. Bentley Drummle, gesehen habe. Er verneinte. Um nicht zu schroff zu werden, sprach ich dann von den Alten und von Fräulein Skiffins. Er sah ziemlich listig aus, als ich Miß Skiffins erwähnte, und blieb auf der Straße stehen, um sich die Nase zu putzen, mit einem Kopfrollen und einem Schnörkel, der nicht ganz frei von latenter Prahlerei war.

„Wemmick," fragte ich: „erinnern Sie sich, daß Sie mir vor meinem ersten Besuch in Mr. Jaggers' Privathaus gesagt haben, ich solle die Haushälterin bemerken?"

„Habe ich?" antwortete er. „Ah, ich wage zu behaupten, daß ich es getan habe. Teufel, nimm mich," fügte er plötzlich hinzu: „ich weiß, daß ich es getan habe. Ich finde, ich bin noch nicht ganz abgeschraubt."

„Ein wildes Tier, gezähmt, hast du es genannt."

„Und wie nennst du sie?"

„Dasselbe. Wie hat Mr. Jaggers sie gezähmt, Wemmick?"

„Das ist sein Geheimnis. Sie ist schon viele lange Jahre bei ihm gewesen."

„Ich wünschte, du würdest mir ihre Geschichte erzählen. Ich habe ein besonderes Interesse daran, sie kennenzulernen. Du weißt, daß das, was zwischen dir und mir gesprochen wird, nicht weiter geht."

„Gut!" Wemmick antwortete: „Ich kenne ihre Geschichte nicht, das heißt, ich kenne nicht alles. Aber was ich weiß, will ich Ihnen sagen. Wir sind natürlich privat und privat."

„Natürlich."

„Vor etwa einem Dutzend Jahren wurde diese Frau im Old Bailey wegen Mordes vor Gericht gestellt und freigesprochen. Sie war eine sehr hübsche junge Frau, und ich glaube, sie hatte etwas Zigeunerblut in sich. Jedenfalls war es heiß genug, als es aufstand, wie Sie sich denken können."

„Aber sie wurde freigesprochen."

„Mr. Jaggers war für sie," fuhr Wemmick mit bedeutungsvollem Blick fort: „und bearbeitete den Fall in einer ganz erstaunlichen Weise. Es war ein verzweifelter Fall, und es war damals noch relativ früh für ihn, und er bearbeitete ihn mit allgemeiner Bewunderung; man kann ja fast sagen, dass sie ihn gemacht hat. Er arbeitete selbst auf dem Polizeiamt, Tag für Tag, viele Tage lang, und kämpfte sogar gegen eine Einweisung; und bei dem Prozeß, wo er es nicht selbst machen konnte, saß er unter dem Verteidiger und - jeder wußte es - streute all das Salz und Pfeffer hinein. Die ermordete Person war eine Frau, eine Frau, die gut zehn Jahre älter, sehr viel größer und sehr viel stärker war. Es war ein Fall von Eifersucht. Sie führten beide ein Wanderleben, und diese Frau in der Gerrardstraße hier war sehr jung über dem Besenstiel (wie wir sagen) mit einem Landstreicher verheiratet worden und war ein vollkommener Zorn in Sachen Eifersucht. Die ermordete Frau, die dem Manne gewiß an Jahren mehr ebenbürtig war, wurde tot in einer Scheune in der Nähe von Hounslow Heath gefunden. Es hatte einen heftigen Kampf gegeben, vielleicht einen Kampf. Sie war zerquetscht, zerkratzt und zerfetzt und endlich an der Kehle festgehalten und gewürgt worden. Nun gab es keine vernünftigen Beweise, um irgend eine andere Person als diese Frau zu beschuldigen, und auf die Unwahrscheinlichkeit, daß sie dazu in der Lage gewesen wäre, stützte Mr. Jaggers seinen Fall hauptsächlich auf seine Sache. Sie können sicher sein," sagte Wemmick, indem er mich am Ärmel berührte: „daß er damals nie bei der Kraft ihrer Hände verweilte, jetzt aber manchmal."

Ich hatte Wemmick erzählt, wie er uns an jenem Tag der Dinnerparty ihre Handgelenke gezeigt hatte.

„Nun, Sir!" Wemmick fuhr fort; „Es geschah – geschah, sehen Sie nicht –, daß diese Frau von der Zeit ihrer Gefangennahme an so kunstvoll gekleidet war, daß sie viel schmächtiger aussah, als sie wirklich war; namentlich sind ihre Ärmel immer so geschickt in Erinnerung geblieben, daß ihre Arme recht zart aussahen. Sie hatte nur ein oder zwei blaue Flecken an sich, nichts für einen Landstreicher, aber ihre Handrücken waren zerfetzt, und die Frage war: War es mit Fingernägeln? Nun zeigte Mr. Jaggers, daß sie sich durch eine Menge Brombeersträucher gekämpft hatte, die nicht so hoch waren wie ihr Gesicht; aber sie hätte nicht durchkommen können und von dem sie die Hände fernhielt; und in der Tat wurden Teile dieser Brombeeren in ihrer Haut gefunden und als Beweis hingelegt, ebenso wie die Tatsache, daß die fraglichen Brombeersträucher bei der Untersuchung durchbrochen waren und kleine Fetzen ihres Kleides und hier und da kleine Blutflecken aufwiesen." Aber das Kühnste, was er vorbrachte, war dieses: „Man versuchte zum Beweis ihrer Eifersucht hinzumachen, daß sie unter starkem Verdacht stehe, ihr Kind etwa zur Zeit des Mordes von diesem Manne, etwa drei Jahre alt, verzweifelt vernichtet zu haben, um sich an ihm zu rächen." Mr. Jaggers hat das so gemacht: „Wir sagen, das sind keine Spuren von Fingernägeln, sondern Spuren von Brombeeren, und wir zeigen Ihnen die Brombeeren. Du sagst, es seien Abdrücke von Fingernägeln, und du stellst die Hypothese auf, dass sie ihr Kind zerstört hat. Du musst alle Konsequenzen dieser Hypothese akzeptieren. Nach allem, was wir wissen, könnte sie ihr Kind zerstört haben, und das Kind, das sich an sie klammerte, mag ihre Hände zerkratzt haben. Was dann? Du verurteilst sie nicht wegen des Mordes an ihrem Kinde; Warum tun Sie das nicht? Was diesen Fall betrifft, so sagen wir, wenn Sie Kratzer haben wollen, daß Sie nach allem, was wir wissen, sie erklärt haben könnten, indem Sie der Beweisführung halber annehmen, daß Sie sie nicht erfunden haben."

„Zusammenfassend, Sir," sagte Wemmick: „Mr. Jaggers war ganz und gar zu viel für die Geschworenen, und sie gaben nach."

„Ist sie seitdem in seinen Diensten gewesen?"

„Jawohl; aber nicht nur das," sagte Wemmick: „sie trat sofort nach ihrem Freispruch in seine Dienste, gezähmt, wie sie jetzt ist. Seitdem hat man ihr in ihren Pflichten das eine oder das andere beigebracht, aber sie war von Anfang an gezähmt."

„Weißt du noch, welches Geschlecht das Kind hatte?"

„Soll ein Mädchen gewesen sein."

„Sie haben mir heute abend nichts mehr zu sagen?"

„Nichts. Ich habe deinen Brief bekommen und ihn vernichtet. Nichts."

Wir tauschten einen herzlichen Gute-Nacht-Wechsel aus, und ich ging nach Hause, mit neuem Stoff für meine Gedanken, wenn auch ohne Erleichterung durch den alten.

KAPITEL XLIX.

Miß Havishams Zettel in die Tasche steckend, damit er mir als Beglaubigungsschreiben dienen könnte, so bald wieder in Satis House zu erscheinen, für den Fall, daß ihre Eigensinnigkeit sie veranlassen sollte, bei meinem Anblick irgend eine Überraschung zu äußern, fuhr ich am nächsten Tage wieder mit der Kutsche hinunter. Aber ich stieg im Halfway House aus, frühstückte dort und ging den Rest der Strecke zu Fuß; denn ich suchte ruhig auf den wenig frequentierten Wegen in die Stadt zu gelangen und sie auf demselben Wege wieder zu verlassen.

Das beste Licht des Tages war verschwunden, als ich an den stillen, widerhallenden Höfen hinter der High Street vorbeiging. In den Winkeln der Ruinen, wo einst die alten Mönche ihre Refektorien und Gärten gehabt hatten und wo jetzt die starken Mauern in den Dienst armer Schuppen und Ställe gedrängt wurden, war fast so still wie die alten Mönche in ihren Gräbern. Das Glockenspiel der Kathedrale klang für mich zugleich trauriger und entfernter, als ich mich beeilte, der Beobachtung auszuweichen, als je zuvor; So drang das Anschwellen der alten Orgel wie Leichenmusik an meine Ohren; und die Krähen, die um den grauen Turm schwebten und sich in den kahlen hohen Bäumen des Prioratsgartens schwangen, schienen mir zuzurufen, daß der Platz gewechselt und Estella für immer verschwunden sei.

Eine ältere Frau, die ich früher als eine der Dienerinnen gesehen hatte, die in dem Nebenhaus auf der anderen Seite des Hinterhofs wohnten, öffnete das Tor. Die brennende Kerze stand in dem dunklen Gang wie früher, und ich nahm sie hinauf und stieg allein die Treppe hinauf. Miß Havisham befand sich nicht in ihrem Zimmer, sondern in dem größeren Zimmer auf der anderen Seite des Treppenabsatzes. Als ich, nachdem ich vergeblich geklopft hatte, zur Tür hereinkam, sah ich sie auf dem Herd in einem zerlumpten Stuhl sitzen, dicht vor dem aschigen Feuer und in die Betrachtung desselben versunken.

Ich tat, wie ich es oft getan hatte, trat ein und berührte den alten Kamin, wo sie mich sehen konnte, wenn sie die Augen erhob. Es lag ein Hauch äußerster

Einsamkeit über ihr, der mich zum Mitleid gerührt hätte, obgleich sie mir vorsätzlich ein tieferes Unrecht zugefügt hätte, als ich ihr vorwerfen konnte. Als ich so dastand und Mitleid mit ihr hatte und darüber nachdachte, wie auch ich im Laufe der Zeit ein Teil des zerstörten Schicksals dieses Hauses geworden war, ruhten ihre Augen auf mir. Sie starrte sie an und fragte mit leiser Stimme: „Ist es echt?"

„Ich bin's, Pip. Mr. Jaggers hat mir gestern Ihren Brief gegeben, und ich habe keine Zeit verloren."

„Danke. Danke."

Als ich einen andern der zerlumpten Stühle an den Herd brachte und mich setzte, bemerkte ich einen neuen Ausdruck auf ihrem Gesicht, als fürchtete sie sich vor mir.

„Ich will," sagte sie: „dem Thema nachgehen, das Sie mir gegenüber erwähnt haben, als Sie das letzte Mal hier waren, und Ihnen zeigen, daß ich nicht ganz aus Stein bin. Aber vielleicht kannst du jetzt nicht glauben, daß irgend etwas Menschliches in meinem Herzen ist?"

Als ich einige beruhigende Worte sprach, streckte sie ihre zitternde rechte Hand aus, als ob sie mich berühren wollte; aber sie erinnerte sich wieder daran, ehe ich die Handlung begriff oder wußte, wie ich sie aufnehmen sollte.

„Du sagtest, du sprichst für deinen Freund, du könntest mir sagen, wie ich etwas Nützliches und Gutes tun kann. Etwas, das du gerne tun würdest, nicht wahr?"

„Etwas, das ich sehr gerne machen würde."

„Was ist das?"

Ich begann, ihr die geheime Geschichte der Partnerschaft zu erklären. Ich war noch nicht weit gekommen, als ich aus ihren Blicken schloß, daß sie eher diskursiv an mich dachte als an das, was ich sagte. Es schien so zu sein; denn als ich aufhörte zu sprechen, vergingen viele Augenblicke, ehe sie bewies, daß sie sich dessen bewußt war.

„Brechen Sie ab," fragte sie mit der Miene, als fürchte sie sich vor mir: „weil Sie mich zu sehr hassen, um es zu ertragen, mit mir zu sprechen?"

„Nein, nein," antwortete ich: „wie können Sie so denken, Miß Havisham! Ich habe aufgehört, weil ich dachte, du würdest nicht befolgen, was ich gesagt habe."

„Vielleicht war ich es nicht," antwortete sie und legte eine Hand an ihren Kopf. „Fangen Sie noch einmal an, und lassen Sie mich etwas anderes betrachten. Bleiben! Jetzt sag es mir."

Sie legte die Hand auf ihren Stock in der entschiedenen Weise, die ihr zuweilen eigen war, und blickte mit einer starken Miene auf das Feuer, als ob sie sich zwang, dem Feuer beizuwohnen. Ich fuhr mit meiner Erklärung fort und erzählte ihr, wie ich gehofft hatte, das Geschäft mit meinen Mitteln zu vollenden, daß ich aber darin enttäuscht war. Dieser Teil des Gegenstandes, erinnerte ich sie, betraf Dinge, die nicht Teil meiner Erklärung sein konnten, denn es waren die gewichtigen Geheimnisse eines anderen.

„So!" sagte sie, mit dem Kopfe zustimmend, ohne mich anzusehen. „Und wie viel Geld fehlt, um den Kauf abzuschließen?"

Ich fürchtete mich ein wenig, es auszusprechen, denn es klang eine große Summe. „Neunhundert Pfund."

„Wenn ich dir das Geld zu diesem Zweck gebe, wirst du mein Geheimnis behalten, wie du dein eigenes bewahrt hast?"

„Ganz so treu."

„Und Ihr Geist wird ruhiger sein?"

„Viel mehr in Ruhe."

„Bist du jetzt sehr unglücklich?"

Sie stellte diese Frage, immer noch ohne mich anzusehen, aber in einem ungewohnten Tone des Mitleids. Ich konnte im Augenblick nicht antworten, denn meine Stimme versagte mir. Sie legte den linken Arm über den Kopf ihres Stockes und legte sanft ihre Stirn darauf.

„Ich bin weit davon entfernt, glücklich zu sein, Miß Havisham; aber ich habe andere Ursachen der Beunruhigung, als Sie kennen. Das sind die Geheimnisse, die ich erwähnt habe."

Nach einer kleinen Weile hob sie den Kopf und blickte wieder auf das Feuer.

„Es ist edel von dir, mir zu sagen, daß du noch andere Ursachen des Unglücks hast. Ist es wahr?"

„Zu wahr."

„Kann ich dir nur dienen, Pip, indem ich deinem Freunde diene? Wenn ich das als erledigt betrachte, kann ich da nichts für dich selbst tun?"

„Nichts. Ich danke Ihnen für die Frage. Ich danke Ihnen noch mehr für den Ton der Frage. Aber da ist nichts."

Bald erhob sie sich von ihrem Sitz und sah sich in dem verdorbenen Zimmer nach Schreibmitteln um. Es waren keine da, und sie zog ein gelbes Set elfenbeinfarbener Tafeln aus der Tasche, die mit angelaufenem Gold besetzt waren, und schrieb mit einem Bleistift in ein Etui aus angelaufenem Gold, das ihr um den Hals hing.

„Sie sind immer noch mit Mr. Jaggers befreundet?"

„Ziemlich. Ich habe gestern mit ihm zu Abend gegessen."

„Das ist eine Vollmacht an ihn, Ihnen dieses Geld zu zahlen, um es nach Ihrem unverantwortlichen Ermessen für Ihren Freund auszulegen. Ich bewahre hier kein Geld auf; aber wenn es Ihnen lieber wäre, daß Mr. Jaggers nichts von der Sache wüßte, so werde ich es Ihnen schicken."

„Ich danke Ihnen, Miß Havisham; Ich habe nicht die geringste Einwendung, es von ihm zu erhalten."

Sie las mir vor, was sie geschrieben hatte; und sie war direkt und klar und offenbar dazu bestimmt, mich von jedem Verdacht freizusprechen, aus dem Empfang des Geldes Nutzen gezogen zu haben. Ich nahm ihr die Tabletten aus der Hand, und sie zitterte wieder, und sie zitterte noch mehr, als sie die Kette abnahm, an der der Bleistift befestigt war, und sie in die meinige steckte. Das alles tat sie, ohne mich anzusehen.

„Mein Name steht auf dem ersten Blatt. Wenn du jemals unter meinem Namen schreiben kannst: „Ich vergebe ihr," wenn auch noch so lange, nachdem mein gebrochenes Herz zu Staub geworden ist, dann tue es!"

„O Miß Havisham," sagte ich: „ich kann es jetzt. Es sind schwere Fehler passiert; und mein Leben war ein blindes und undankbares; und ich will viel zu sehr Vergebung und Richtung, um verbittert mit dir zu sein."

Sie wandte mir zum ersten Male ihr Gesicht zu, seit sie es abgewandt hatte, und zu meinem Erstaunen, ich möchte sogar noch meinen Schrecken hinzufügen, warf sie zu meinen Füßen auf die Knie; mit ihren gefalteten Händen, die sie zu mir emporhob, in der Weise, wie sie, als ihr armes Herz jung und frisch und heil war, oft von der Seite ihrer Mutter zum Himmel emporgehoben worden sein mußten.

Sie mit ihrem weißen Haar und ihrem abgenutzten Gesicht zu meinen Füßen knien zu sehen, versetzte mir einen Schock durch die ganze Gestalt. Ich flehte sie an, sich zu erheben, und schlang meine Arme um sie, um ihr aufzuhelfen; aber sie drückte nur die meine Hand, die ihr am nächsten war, hing den Kopf darüber und weinte. Ich hatte sie noch nie eine Träne vergießen sehen, und in der Hoffnung, daß die Erleichterung ihr gut tun würde, beugte ich mich über sie, ohne ein Wort zu sagen. Sie kniete jetzt nicht mehr, sondern lag auf der Erde.

„O!" rief sie verzweifelt. „Was habe ich getan! Was habe ich getan!"

„Wenn Sie meinen, Miß Havisham, was haben Sie getan, um mich zu verletzen, so lassen Sie mich antworten. Sehr wenig. Ich hätte sie unter allen Umständen geliebt. Ist sie verheiratet?"

„Ja."

Es war eine unnötige Frage, denn eine neue Verwüstung in dem verlassenen Hause hatte es mir gesagt.

„Was habe ich getan! Was habe ich getan!" Sie rang die Hände, zerdrückte ihr weißes Haar und kehrte immer und immer wieder zu diesem Schrei zurück. „Was habe ich getan!"

Ich wußte nicht, wie ich ihr antworten oder sie trösten sollte. Daß sie etwas Schlimmes getan hatte, indem sie ein beeindruckbares Kind in die Gestalt nahm, in der ihr wilder Groll, ihre verschmähte Zuneigung und ihr verletzter Stolz Rache fanden, wußte ich wohl. Aber daß sie, indem sie das Tageslicht ausschloß, unendlich viel mehr ausschloß; daß sie sich in der Abgeschiedenheit von tausend natürlichen und heilenden Einflüssen zurückgezogen habe; daß ihr Geist, der einsam brütete, krank geworden war, wie alle Geister es tun und tun müssen und wollen, die die von ihrem Schöpfer bestimmte Ordnung umkehren, wußte ich ebenso gut. Und konnte ich sie ohne Mitleid ansehen, da ich ihre Strafe in dem Verderben sah, das sie war, in ihrer tiefen Untauglichkeit für diese Erde, auf die sie gesetzt war, in der Eitelkeit des Schmerzes, die zu einem Herrenwahn geworden war, wie die Eitelkeit der Buße, die Eitelkeit der Reue, die Eitelkeit der Unwürdigkeit und andere ungeheuerliche Eitelkeiten, die in dieser Welt Verwünschungen waren?

„Bis du neulich mit ihr gesprochen hast und bis ich in dir einen Spiegel sah, der mir zeigte, was ich einst selbst fühlte, wußte ich nicht, was ich getan hatte. Was habe ich getan! Was habe ich getan!" Und so wieder, zwanzig-, fünfzigmal, Was hatte sie getan!

„Miß Havisham," sagte ich, als ihr Schrei verklungen war, „Sie können mich aus Ihrem Sinn und Gewissen entlassen. Aber Estella ist ein anderer Fall, und wenn du jemals irgendeinen Fetzen von dem ungeschehen machen kannst, was du falsch gemacht hast, indem du einen Teil ihrer rechten Natur von ihr ferngehalten hast, so wird es besser sein, das zu tun, als hundert Jahre lang die Vergangenheit zu beklagen."

„Ja, ja, ich weiß es. Aber, Pip – meine Liebe!" In ihrer neuen Zuneigung lag ein aufrichtiges weibliches Mitleid für mich. „Meine Liebe! Glauben Sie dies: Als sie zum ersten Mal zu mir kam, wollte ich sie vor einem Elend retten, wie es mein eigenes war. Zuerst meinte ich nicht mehr."

„Nun, gut!" sagte ich. „Ich hoffe es."

„Aber als sie heranwuchs und versprach, sehr schön zu werden, ging es mir allmählich schlechter, und mit meinen Lobpreisungen und mit meinen Juwelen und mit meinen Lehren und mit dieser Gestalt meiner selbst immer vor ihr, einer Warnung, meine Lehren zurückzuziehen und zu richten, stahl ich ihr Herz weg und setzte Eis an seine Stelle."

„Besser," sagte ich: „wenn ich ihr ein natürliches Herz hinterlassen hätte, selbst wenn es zerquetscht oder gebrochen wäre."

Mit diesen Worten sah Miß Havisham mich eine Weile zerstreut an und brach dann wieder aus: Was hatte sie getan!

„Wenn du meine ganze Geschichte wüsstest," flehte sie: „hättest du Mitleid mit mir und würdest mich besser verstehen."

„Miß Havisham," antwortete ich so zart, wie ich konnte: „ich glaube sagen zu dürfen, daß ich Ihre Geschichte kenne, und zwar seit ich diese Gegend verlassen habe. Es hat mir großes Mitleid eingeflößt, und ich hoffe, dass ich es und seine Einflüsse verstehe. Gibt mir das, was zwischen uns vorgefallen ist, eine Entschuldigung, Ihnen eine Frage über Estella zu stellen? Nicht so, wie sie ist, sondern wie sie war, als sie zum ersten Mal hierher kam?"

Sie saß auf dem Boden, die Arme auf den zerlumpten Stuhl gestützt und den Kopf darauf gestützt. Sie sah mich voll an, als ich das sagte, und antwortete: „Mach weiter."

„Wessen Kind war Estella?"

Sie schüttelte den Kopf.

„Weißt du es nicht?"

Sie schüttelte wieder den Kopf.

„Aber Mr. Jaggers hat sie hierher gebracht oder hierher geschickt?"

„Hab sie hierher gebracht."

„Kannst du mir sagen, wie es dazu kam?"

Sie antwortete leise flüsternd und vorsichtig: „Ich war lange Zeit in diesen Zimmern eingesperrt gewesen (ich weiß nicht, wie lange; du weißt, wie spät die Uhren hier stehen), als ich ihm sagte, ich wünsche ein kleines Mädchen, das ich aufziehen und lieben und vor meinem Schicksal retten kann. Ich hatte ihn zuerst gesehen, als ich ihn kommen ließ, um diesen Ort für mich zu verwüsten; ich hatte in den Zeitungen von ihm gelesen, bevor ich und die Welt sich trennten. Er sagte mir, dass er sich nach einem solchen Waisenkind umsehen würde. Eines Nachts brachte er sie schlafend hierher, und ich nannte sie Estella."

„Darf ich sie dann nach ihrem Alter fragen?"

„Zwei oder drei. Sie selbst weiß nichts anderes, als dass sie als Waise zurückgelassen wurde und ich sie adoptiert habe."

Ich war so überzeugt, daß diese Frau ihre Mutter war, daß ich keinen Beweis brauchte, um diese Tatsache in meinem eigenen Geiste zu beweisen. Aber für jeden Verstand, dachte ich, war die Verbindung hier klar und gerade.

Was könnte ich noch erreichen, wenn ich das Interview in die Länge ziehe? Es war mir für Herbert gelungen, Miß Havisham hatte mir alles erzählt, was sie über Estella wußte, ich hatte gesagt und getan, was ich konnte, um sie zu beruhigen. Mit welchen anderen Worten wir uns auch trennten; Wir trennten uns.

Die Dämmerung brach herein, als ich die Treppe hinunter in die natürliche Luft ging. Ich rief der Frau, die das Tor geöffnet hatte, als ich eintrat, zu, daß ich sie jetzt noch nicht belästigen, sondern vor dem Verlassen des Platzes umhergehen würde. Denn ich ahnte, daß ich nie wieder dort sein würde, und ich fühlte, daß das sterbende Licht zu meinem letzten Anblick paßte.

Durch die Wildnis von Fässern, auf denen ich vor langer Zeit gegangen war und auf die der Regen der Jahre seitdem gefallen war, sie an vielen Stellen verrottete und auf denen, die zu Berge standen, winzige Sümpfe und Wassertümpel hinterließ, bahnte ich mir meinen Weg zu dem verfallenen Garten. Ich ging um ihn herum; um die Ecke, wo Herbert und ich unsere Schlacht ausgefochten hatten; um die Pfade herum, auf denen Estella und ich gegangen waren. So kalt, so einsam, so trostlos alles!

Ich nahm die Brauerei auf dem Rückweg, hob den rostigen Riegel einer kleinen Tür am Ende des Gartens auf und ging hindurch. Ich wollte durch die gegenüberliegende Thür hinausgehen, die jetzt nicht leicht zu öffnen war, denn das feuchte Holz war angeschwollen und angeschwollen, und die Angeln gaben nach, und die Schwelle war mit einem Pilzbefall übersät, als ich den Kopf wandte, um mich umzusehen. Eine kindliche Assoziation lebte in dem Augenblick der leichten Bewegung mit wunderbarer Kraft wieder auf, und ich glaubte, Miß Havisham am Balken hängen zu sähen. Der Eindruck war so stark, daß ich unter dem Balken stand und von Kopf bis Fuß zitterte, ehe ich wußte, daß es eine Einbildung war, obgleich ich in einem Augenblick da war.

Die Trauer des Ortes und der Zeit und der große Schrecken dieser Illusion, obgleich sie nur augenblicklich war, versetzten mich in eine unbeschreibliche Ehrfurcht, als ich zwischen den offenen hölzernen Toren hervortrat, wo ich mir einst die Haare ausgewrungen hatte, nachdem Estella mir das Herz zerrissen hatte. Als ich in den Vorhof trat, schwankte ich, ob ich die Frau rufen sollte, um mich durch das verschlossene Tor herauszulassen, dessen Schlüssel sie besaß, oder ob ich zuerst die Treppe hinaufgehen und mich überzeugen sollte, daß Miß Havisham ebenso sicher und gesund sei, wie ich sie verlassen hatte. Ich wählte den letzteren Weg und stieg hinauf.

Ich blickte in das Zimmer, wo ich sie verlassen hatte, und sah sie in dem zerlumpten Stuhl auf dem Herd dicht am Feuer sitzen, mit dem Rücken zu mir. In dem Augenblick, als ich meinen Kopf zurückzog, um leise fortzugehen, sah ich ein großes flammendes Licht aufsteigen. In demselben Augenblick sah ich, wie sie schreiend auf mich zurannte, während ein Feuerwirbel um sie herum loderte und mindestens ebenso viele Fuß über ihrem Kopf schwebte, als sie hoch war.

Ich hatte einen großen Mantel mit doppeltem Umhang an und über dem Arm einen andern dicken Rock. Daß ich sie auszog, mich mit ihr schloß, sie hinwarf und über sie hinwegzog; daß ich das große Tuch zu demselben Zweck vom Tisch schleppte und mit ihm den Haufen der Fäulnis in der Mitte und all die häßlichen Dinge, die dort Schutz boten, hinabzog; daß wir auf dem Boden lagen und wie verzweifelte Feinde kämpften, und daß sie, je fester ich sie umhüllte, desto wilder schrie und sich zu befreien suchte, daß dies geschah, wußte ich durch das Ergebnis, aber nicht durch irgend etwas, was ich fühlte, dachte oder wußte, daß ich tat. Ich wußte nichts, bis ich wußte, daß wir auf dem Fußboden neben dem großen Tisch lagen und daß noch brennende Zunderflecken in der rauchigen Luft schwebten, der eben noch ihr verblichenes Brautkleid gewesen war.

Dann sah ich mich um und sah die verstörten Käfer und Spinnen über den Fußboden davonlaufen und die Diener mit atemlosem Geschrei an der Tür hereinkommen. Ich hielt sie noch immer mit aller Kraft fest, wie eine Gefangene, die entkommen könnte; und ich bezweifle, ob ich überhaupt wußte, wer sie war, oder warum wir uns gestritten hatten, oder daß sie in Flammen gestanden hatte oder daß die Flammen erloschen waren, bis ich sah, wie die Zunderflecken, die ihre Kleider gewesen waren, nicht mehr brannten, sondern in einem schwarzen Regenschauer um uns herum herabfielen.

Sie war gefühllos, und ich fürchtete, daß sie bewegt oder gar berührt werden könnte. Man schickte Hilfe, und ich hielt sie fest, bis sie kam, als ob ich mir unvernünftigerweise einbildete (ich glaube es zu tun), daß, wenn ich sie gehen ließe, das Feuer wieder ausbrechen und sie verzehren würde. Als ich aufstand, als der Wundarzt mit anderen Hilfsmitteln zu ihr kam, sah ich zu meinem Erstaunen, daß meine beiden Hände verbrannt waren; denn ich hatte keine Kenntnis davon durch das Gefühl des Gefühls.

Bei der Untersuchung wurde festgestellt, daß sie schwere Verletzungen erlitten habe, daß sie aber an sich alles andere als hoffnungslos seien; Die Gefahr lag vor allem im Nervenschock. Auf die Anweisung des Wundarztes wurde ihr Bett in das Zimmer getragen und auf den großen Tisch gelegt, der sich zufällig gut zum Verbinden ihrer Verletzungen eignete. Als ich sie eine Stunde später wiedersah, lag sie in der Tat, wo ich sie mit dem Stock hatte schlagen sehen, und ich hatte sie sagen hören, daß sie eines Tages liegen würde.

Obgleich jede Spur ihres Kleides verbrannt war, wie man mir sagte, so hatte sie doch noch etwas von ihrem alten, gräßlichen Brautaussehen; denn sie hatten sie bis zum Hals mit weißer Watte bedeckt, und als sie mit einem weißen Laken locker darüber lag, lag noch immer die gespenstische Luft von etwas, das verändert worden war und war.

Als ich die Dienerschaft befragte, erfuhr ich, daß Estella in Paris war, und ich erhielt von dem Chirurgen das Versprechen, daß er ihr mit der nächsten Post schreiben würde. Miß Havishams Familie nahm ich auf mich; er hatte die Absicht, sich nur mit Mr. Matthew Pocket in Verbindung zu setzen und ihm zu überlassen, was er wollte, um die übrigen zu unterrichten. Dies tat ich am nächsten Tage durch Herbert, sobald ich in die Stadt zurückgekehrt war.

Es gab eine Etappe an jenem Abend, wo sie gesammelt von dem Geschehenen sprach, wenn auch mit einer gewissen schrecklichen Lebhaftigkeit. Gegen Mitternacht fing sie an, in ihrer Rede zu schweifen; und dann setzte es allmählich ein, daß sie unzählige Male mit leiser, feierlicher Stimme sagte: "Was habe ich getan?" Und dann: „Als sie zum ersten Mal kam, wollte ich sie vor einem Elend wie dem meinen retten." Und dann: „Nimm den Bleistift und schreibe unter meinem Namen: ‚Ich vergebe ihr!'" Sie änderte nie die Reihenfolge dieser drei Sätze, aber manchmal ließ sie in dem einen oder anderen von ihnen ein Wort weg; Nie wieder ein Wort einzufügen, sondern immer ein Leerzeichen zu lassen und zum nächsten Wort überzugehen.

Da ich dort keinen Dienst leisten konnte und da ich in der Nähe der Heimat jenen dringenden Grund zu Besorgnis und Furcht hatte, den selbst ihre Wanderungen nicht aus meinem Gedächtnis zu vertreiben vermochten, so beschloß ich im Laufe der Nacht, mit der frühmorgendlichen Kutsche zurückzukehren, etwa eine Meile zu Fuß zu gehen und die Stadt zu verlassen. Gegen sechs Uhr morgens beugte ich mich daher über sie und berührte ihre Lippen mit den meinen, gerade als sie sagten, ohne berührt zu werden: „Nimm den Bleistift und schreibe unter meinen Namen: ‚Ich vergebe ihr!'"

KAPITEL L.

Meine Hände waren zwei- oder dreimal in der Nacht und noch einmal am Morgen verbunden worden. Mein linker Arm war bis zum Ellbogen ziemlich verbrannt und, weniger schwer, bis zur Schulter; Es war sehr schmerzlich, aber die Flammen hatten sich in diese Richtung gelegt, und ich war dankbar, daß es nicht schlimmer war. Meine rechte Hand war nicht so schlimm verbrannt, aber dass ich die Finger bewegen konnte. Er war natürlich verbunden, aber viel weniger unangenehm als meine linke Hand und mein linker Arm; die trug ich in einer Schleuder; und ich konnte meinen Mantel nur wie einen Mantel tragen, der locker über den Schultern lag und am Hals befestigt war. Meine Haare waren vom Feuer erfasst worden, aber weder mein Kopf noch mein Gesicht.

Als Herbert in Hammersmith gewesen war und seinen Vater gesehen hatte, kehrte er zu mir in unsere Gemächer zurück und widmete den ganzen Tag meiner Betreuung. Er war der gütigste aller Pfleger, nahm zu bestimmten Zeiten die Verbände ab, tauchte sie in die kühlende Flüssigkeit, die bereitgehalten wurde, und legte sie wieder an, mit einer geduldigen Zärtlichkeit, für die ich sehr dankbar war.

Anfangs, als ich ruhig auf dem Sofa lag, fiel es mir schmerzlich schwer, ich möchte sagen, unmöglich, den Eindruck des Scheins der Flammen, ihrer Eile und ihres Lärms und des heftigen Brandgeruchs loszuwerden. Wenn ich eine Minute lang einschlief, wurde ich durch Miß Havishams Schreie geweckt und dadurch, daß sie mit der ganzen Feuerhöhe über ihrem Kopf auf mich zurannte. Es war viel schwerer, gegen diesen Schmerz des Geistes anzukämpfen, als gegen jeden körperlichen Schmerz, den ich erlitt; und Herbert, der das sah, tat sein Möglichstes, um meine Aufmerksamkeit zu fesseln.

Keiner von uns sprach von dem Boot, aber wir dachten beide daran. Das zeigte sich darin, daß wir das Thema mied und uns - ohne Vereinbarung - darauf einigten, meine Wiedererlangung des Gebrauchs meiner Hände zu einer Frage von so vielen Stunden und nicht von so vielen Wochen zu machen.

Meine erste Frage, als ich Herbert sah, war natürlich gewesen, ob unten am Fluß alles in Ordnung sei. Da er mit vollkommener Zuversicht und Heiterkeit bejahte, nahmen wir das Thema erst wieder auf, als der Tag sich dem Ende zuneigte. Aber dann, als Herbert die Verbände wechselte, mehr durch das Licht des Feuers als durch das äußere Licht, kehrte er spontan zu ihm zurück.

„Ich saß gestern abend bei Provis, Händel, zwei gute Stunden."

„Wo war Clara?"

„Liebes kleines Ding!" sagte Herbert. „Sie war den ganzen Abend mit Gruffandgrim auf und ab. Er drückte unaufhörlich auf den Boden, sobald sie aus seinem Blickfeld verschwand. Ich bezweifle allerdings, dass er lange durchhalten kann. Was mit Rum und Pfeffer - und Pfeffer und Rum - anbelangt, so glaube ich, daß sein Pegging bald zu Ende sein muß."

„Und dann wirst du heiraten, Herbert?"

„Wie kann ich mich sonst um das liebe Kind kümmern? - Lege deinen Arm auf die Lehne des Sofas, mein lieber Junge, und ich setze mich hier hin und ziehe den Verband so allmählich ab, daß du nicht weißt, wann er kommt. Ich sprach von Provis. Weißt du, Händel, er wird besser?"

„Ich sagte dir, ich dachte, er sei weich geworden, als ich ihn das letzte Mal sah."

„Das hast du getan. Und so ist er auch. Er war gestern Abend sehr kommunikativ und hat mir mehr aus seinem Leben erzählt. Du erinnerst dich, daß er hier wegen einer Frau, mit der er große Schwierigkeiten gehabt hatte, abgebrochen hat. - Habe ich dich verletzt?"

Ich hatte angefangen, aber nicht unter seiner Berührung. Seine Worte hatten mich erschreckt.

„Das hatte ich vergessen, Herbert, aber ich erinnere mich daran, jetzt, wo du davon sprichst."

„Nun! Er ging in diesen Teil seines Lebens ein, und es ist ein dunkler, wilder Teil. Soll ich es Ihnen sagen? Oder würde es dich jetzt beunruhigen?"

„Sagen Sie es mir auf jeden Fall. Jedes Wort."

Herbert beugte sich vor, um mich näher anzusehen, als ob meine Antwort etwas hastiger oder eifriger gewesen wäre, als er sich recht erklären konnte. „Ihr Kopf ist kühl?" fragte er und berührte ihn.

„Allerdings," sagte ich: „sagen Sie mir, was Provis gesagt hat, mein lieber Herbert."

419

„Es scheint," sagte Herbert: „da ist ein Verband höchst reizend abgenommen, und jetzt kommt der kühle, der einen zuerst zusammenschrumpfen läßt, mein armer, lieber Mann, nicht wahr? aber es wird bald bequem sein – es scheint, daß die Frau eine junge Frau, eine eifersüchtige Frau und eine rachsüchtige Frau war; rachsüchtig, Händel, bis zum letzten Grad."

„Bis zu welchem letzten Grad?"

„Mord – Trifft es zu kalt auf diese empfindliche Stelle?"

„Ich fühle es nicht. Wie konnte sie morden? Wen hat sie ermordet?"

„Nun, die Tat hat vielleicht keinen so schrecklichen Namen verdient," sagte Herbert: „aber sie wurde dafür vor Gericht gestellt, und Herr Jaggers verteidigte sie, und der Ruf dieser Verteidigung machte seinen Namen zuerst Provis bekannt. Es war eine andere, stärkere Frau, die das Opfer war, und es hatte einen Kampf gegeben – in einer Scheune. Wer damit angefangen hat, oder wie gerecht oder wie ungerecht es war, mag zweifelhaft sein; aber wie es endete, ist gewiß nicht zweifelhaft, denn das Opfer wurde erdrosselt aufgefunden."

„Wurde die Frau schuldig gesprochen?"

„Nein; sie ist freigesprochen worden. – Mein armer Händel, ich habe dich verletzt!"

„Sanfter kann man nicht sein, Herbert. Ja? Was noch?"

„Diese freigesprochene junge Frau und Provis hatten ein kleines Kind; ein kleines Kind, das Provis außerordentlich liebte. Am Abend derselben Nacht, in der der Gegenstand ihrer Eifersucht, wie ich Ihnen sage, erwürgt wurde, trat die junge Frau einen Augenblick vor Provis und schwor, sie werde das Kind, das sich in ihrem Besitz befände, vernichten, und er würde es nie wieder sehen; dann verschwand sie. – Der schlechteste Arm steckt wieder bequem in der Schlinge, und jetzt ist nur noch die rechte Hand übrig, die eine viel leichtere Arbeit ist. Ich kann es besser mit diesem Licht als mit einem stärkeren, denn meine Hand ist am ruhigsten, wenn ich die armen, blasigen Flecken nicht zu deutlich sehe. – Du glaubst nicht, daß dein Atem beeinträchtigt wird, mein lieber Junge? Du scheinst schnell zu atmen."

„Vielleicht, Herbert. Hat die Frau ihren Schwur gehalten?"

„Da kommt der dunkelste Teil von Provis' Leben. Das hat sie."

„Das heißt, er sagt, dass sie es getan hat."

„Natürlich, mein lieber Junge," entgegnete Herbert in einem Tone der Überraschung und beugte sich wieder vor, um mich näher anzusehen. „Er sagt alles. Ich habe keine weiteren Informationen."

„Nein, gewiß."

„Nun," fuhr Herbert fort: „ob er die Mutter des Kindes schlecht behandelt hat oder ob er die Mutter des Kindes gut gebraucht hat, sagt Provis nicht; aber sie hatte etwa vier oder fünf Jahre des elenden Lebens geteilt, das er uns an diesem Kamin schilderte, und er scheint Mitleid mit ihr und Nachsicht gegen sie empfunden zu haben. Aus Furcht, er könnte über dieses vernichtete Kind aussagen und so die Ursache ihres Todes sein, verbarg er sich (so sehr er um das Kind trauerte), hielt sich, wie er sagt, dunkel aus dem Weg und aus dem Prozeß und sprach nur vage von einem gewissen Manne, der Abel hieß. aus dem die Eifersucht entstand. Nach dem Freispruch verschwand sie, und so verlor er das Kind und die Mutter des Kindes."

„Ich möchte fragen ..."

„Einen Augenblick, mein lieber Junge, und ich habe es getan. Dieser böse Genius Compeyson, der schlimmste aller Schurken unter vielen Schurken, wußte, daß er sich damals aus dem Wege gegangen war und aus welchen Gründen er es tat, und hielt ihm später natürlich das Wissen über den Kopf, um ihn ärmer zu halten und härter zu arbeiten. Gestern abend war klar, dass dies den Kern der Feindseligkeit von Provis widerlegte."

„Ich möchte wissen," sagte ich: „und vor allem, Herbert, ob er Ihnen gesagt hat, wann das geschehen ist?"

„Insbesondere? Lassen Sie mich also daran erinnern, was er dazu gesagt hat. Seine Miene war: „vor einem Jahr eine Runde und am unmittelbarsten, nachdem ich bei Compeyson angefangen hatte." Wie alt warst du, als du ihn auf dem kleinen Kirchhof begegnetest?"

„Ich glaube, in meinem siebten Jahr."

„Jawohl. Es sei damals vor drei oder vier Jahren geschehen, sagte er, und Sie hätten ihm das kleine Mädchen ins Gedächtnis gerufen, das so tragisch verloren gegangen sei und das ungefähr in Ihrem Alter gewesen wäre."

„Herbert," sagte ich nach kurzem Schweigen hastig: „kannst du mich am besten beim Licht des Fensters oder beim Schein des Feuers sehen?"

„Bei dem Feuerschein," antwortete Herbert und trat wieder näher.

„Schau mich an."

„Ich sehe dich an, mein lieber Junge."

„Berühr mich."

„Ich berühre dich, mein lieber Junge."

„Sie fürchten nicht, daß ich irgendein Fieber habe oder daß mein Kopf durch den Unfall der letzten Nacht sehr in Unordnung geraten ist?"

„N-nein, mein lieber Junge," sagte Herbert, nachdem er sich Zeit genommen hatte, mich zu untersuchen. „Du bist ziemlich aufgeregt, aber du bist ganz du selbst."

„Ich weiß, dass ich ganz ich selbst bin. Und der Mann, den wir unten am Fluß versteckt haben, ist Estellas Vater."

KAPITEL LI.

Welchen Zweck ich im Auge hatte, als ich eifrig darauf bedacht war, Estellas Abstammung aufzuspüren und zu beweisen, vermag ich nicht zu sagen. Man wird sogleich sehen, daß die Frage nicht in einer deutlichen Gestalt vor mir stand, bis sie mir von einem klügeren Kopf als dem meinen vorgelegt wurde.

Aber als Herbert und ich unser bedeutungsvolles Gespräch geführt hatten, überkam mich die fieberhafte Überzeugung, daß ich der Sache nachgehen müßte, daß ich sie nicht ruhen lassen sollte, sondern daß ich Herrn Jaggers aufsuchen und zur nackten Wahrheit kommen sollte. Ich weiß wirklich nicht, ob ich das Gefühl hatte, daß ich dies um Estellas willen tat, oder ob ich froh war, dem Manne, um dessen Erhaltung ich so besorgt war, einige Strahlen des romantischen Interesses zu übertragen, das mich so lange umgeben hatte. Vielleicht ist die letztere Möglichkeit die nähere an der Wahrheit.

Jedenfalls konnte ich kaum davon abgehalten werden, an diesem Abend in die Gerrard Street zu gehen. Herberts Vorstellungen, daß ich, wenn ich es täte, wahrscheinlich niedergelegt und nutzlos niedergeschlagen werden würde, während die Sicherheit unseres Flüchtlings von mir abhängen würde, hielten allein meine Ungeduld zurück. Unter der Bedingung, daß ich, komme was wolle, morgen zu Mr. Jaggers gehen würde, unterwarf ich mich schließlich, zu schweigen, mich um meine Leiden kümmern zu lassen und zu Hause zu bleiben. Früh am nächsten Morgen gingen wir zusammen aus, und an der Ecke der Giltspur Street bei Smithfield verließ ich Herbert, um in die City zu gehen, und schlug meinen Weg nach Little Britain ein.

Es gab periodische Gelegenheiten, bei denen Mr. Jaggers und Wemmick die Bürokonten durchgingen, die Belege abhakten und alles in Ordnung brachten. Bei diesen Gelegenheiten nahm Wemmick seine Bücher und Papiere mit in Mr. Jaggers' Zimmer, und einer der Beamten im Obergeschoß trat in das äußere Büro. Als ich an jenem Morgen einen solchen Beamten auf Wemmicks Posten fand, wußte ich, was vorging; aber es tat mir nicht leid, Mr. Jaggers und Wemmick beisammen zu haben, da Wemmick dann selbst hören würde, daß ich nichts gesagt hätte, was ihn kompromittieren könnte.

Meine Erscheinung, mit dem verbundenen Arm und dem Mantel, der locker über den Schultern lag, begünstigte meinen Gegenstand. Obgleich ich Mr. Jaggers gleich nach meiner Ankunft in der Stadt einen kurzen Bericht über den Unfall geschickt hatte, so mußte ich ihm doch jetzt alle Einzelheiten mitteilen; und die Eigentümlichkeit des Anlasses veranlaßte, daß unser Gespräch weniger trocken und hart und weniger streng nach den Beweisregeln geregelt war, als es vorher gewesen war. Während ich das Unglück schilderte, stand Herr Jaggers, wie es seine Gewohnheit war, vor dem Feuer. Wemmick lehnte sich in seinem Stuhl zurück und starrte mich an, die Hände in den Hosentaschen vergraben und die Feder waagerecht in den Pfosten gesteckt. Die beiden brutalen Abgüsse, die in meinem Kopf immer untrennbar mit dem offiziellen Geschehen verbunden waren, schienen verzweifelt zu überlegen, ob sie in diesem Augenblick nicht Feuer rochen.

Als meine Erzählung beendet war und ihre Fragen erschöpft waren, legte ich Miß Havishams Vollmacht vor, die neunhundert Pfund für Herbert entgegenzunehmen. Mr. Jaggers' Augen zogen sich ein wenig tiefer in seinen Kopf zurück, als ich ihm die Tabletten reichte, aber er übergab sie sogleich Wemmick mit dem Auftrag, den Scheck für seine Unterschrift zu ziehen. Während dies geschah, sah ich Wemmick an, während er schrieb, und Mr. Jaggers, der sich auf seinen gut polierten Stiefeln wiegte, sah mich an. „Es tut mir leid, Pip," sagte er, als ich den Scheck in die Tasche steckte, als er ihn unterschrieben hatte: „daß wir nichts für *dich* tun."

„Miß Havisham war so gut, mich zu fragen," erwiderte ich: „ob sie nichts für mich tun könne, und ich sagte ihr nein."

„Jeder sollte sein eigenes Geschäft verstehen," sagte Herr Jaggers. Und ich sah, wie Wemmicks Lippen die Worte „tragbares Eigentum" formten.

„Ich hätte ihr nicht Nein gesagt, wenn ich Sie gewesen wäre," sagte Mr. Jaggers; „aber jeder Mensch sollte sein eigenes Geschäft am besten verstehen."

„Jedermanns Sache," sagte Wemmick etwas vorwurfsvoll gegen mich: „ist bewegliches Eigentum."

Da ich glaubte, es sei jetzt an der Zeit, das Thema, das mir am Herzen lag, weiterzuverfolgen, sagte ich, indem ich mich an Mr. Jaggers wandte:

„Ich habe Miß Havisham jedoch etwas gefragt, Sir. Ich bat sie, mir einige Informationen über ihre Adoptivtochter zu geben, und sie gab mir alles, was sie besaß."

„Hat sie?" fragte Mr. Jaggers, beugte sich vor, um seine Stiefel zu betrachten, und richtete sich dann auf. „Hah! Ich glaube nicht, daß ich es getan hätte, wenn ich Miß Havisham gewesen wäre. Aber *sie* müßte ihre eigenen Angelegenheiten am besten verstehen."

„Ich weiß mehr über die Geschichte von Miß Havishams Adoptivkind als Miß Havisham selbst, Sir. Ich kenne ihre Mutter."

Mr. Jaggers sah mich fragend an und wiederholte: „Mutter?"

„Ich habe ihre Mutter in diesen drei Tagen gesehen."

„Ja?" fragte Mr. Jaggers.

„Und Sie auch, Sir. Und du hast sie in letzter Zeit noch öfter gesehen."

„Ja?" fragte Mr. Jaggers.

„Vielleicht weiß ich mehr von Estellas Geschichte als du," sagte ich: „ich kenne auch ihren Vater."

Eine gewisse Unterbrechung, zu der Mr. Jaggers in seinem Benehmen kam – er war zu selbstbeherrscht, um sein Benehmen zu ändern, aber er konnte nicht anders, als daß es zu einem undefinierbar aufmerksamen Stillstand gebracht wurde –, versicherte mir, daß er nicht wisse, wer ihr Vater sei. Dies hatte ich nach Provis' Erzählung (wie Herbert sie wiederholt hatte) stark vermutet, daß er sich dunkel gehalten habe; was ich auf die Tatsache zurückführte, daß er selbst erst etwa vier Jahre später Mr. Jaggers' Klient war, und als er keinen Grund mehr haben konnte, seine Identität geltend zu machen. Aber ich konnte nicht sicher sein, ob Mr. Jaggers früher unbewußt war, obgleich ich es jetzt ganz sicher war.

„So! Sie kennen den Vater der jungen Dame, Pip?" fragte Mr. Jaggers.

„Ja," antwortete ich: „und er heißt Provis – aus Neusüdwales."

Sogar Mr. Jaggers zuckte zusammen, als ich diese Worte sagte. Es war der geringste Aufschreck, der einem Menschen entgehen konnte, der am sorgfältigsten unterdrückt und am ehesten gehemmt wurde, aber er fuhr zusammen, obgleich er es zu einem Teil der Handlung machte, sein Taschentuch herauszuziehen. Wie Wemmick die Ankündigung aufnahm, vermag ich nicht zu sagen; denn ich fürchtete mich, ihn in diesem Augenblick anzusehen, damit Mr. Jaggers' Scharfsinn nicht bemerken könnte, daß zwischen uns eine ihm unbekannte Verbindung stattgefunden hatte.

„Und auf welche Beweise, Pip?" fragte Mr. Jaggers sehr kühl, indem er mit dem Taschentuch halb an der Nase stehen blieb: „stellt Provis diese Behauptung auf?"

„Er macht es nicht," sagte ich: „und hat es nie geschafft und weiß nicht und glaubt nicht, daß seine Tochter existiert."

Ausnahmsweise versagte das mächtige Einstecktuch. Meine Antwort kam so unerwartet, daß Herr Jaggers das Taschentuch wieder in die Tasche steckte, ohne die gewöhnliche Aufführung zu vollenden, die Arme verschränkte und mich mit strenger Aufmerksamkeit, wenn auch mit unbeweglichem Gesicht, ansah.

Dann erzählte ich ihm alles, was ich wußte, und wie ich es wußte; mit dem einen Vorbehalt, daß ich es ihm überließ, daraus zu schließen, daß ich von Miß Havisham wußte, was ich in Wirklichkeit von Wemmick wußte. Da war ich in der Tat sehr vorsichtig. Ich sah auch nicht eher zu Wemmick hinüber, als bis ich alles beendet hatte, was ich zu erzählen hatte, und eine Zeitlang schweigend Mr. Jaggers' Blick begegnet hatte. Als ich endlich meine Augen nach Wemmicks Richtung wandte, bemerkte ich, daß er seine Feder abgesteckt hatte und auf den Tisch vor ihm gerichtet war.

„Ha!" sagte endlich Mr. Jaggers, indem er auf die Papiere auf dem Tisch zuging. „Bei welchem Gegenstand waren Sie, Wemmick, als Mr. Pip hereinkam?"

Aber ich konnte es nicht ertragen, mich auf diese Weise abwerfen zu lassen, und richtete einen leidenschaftlichen, fast entrüsteten Appell an ihn, offener und männlicher gegen mich zu sein. Ich erinnerte ihn an die falschen Hoffnungen, in die ich verfallen war, an die lange Zeit, die sie gedauert hatten, und an die Entdeckung, die ich gemacht hatte, und ich deutete die Gefahr an, die auf meinem Gemüt lastete. Ich stellte mir vor, daß ich gewiß eines kleinen Vertrauens von ihm würdig sei, als Gegenleistung für das Vertrauen, das ich mir soeben geschenkt hatte. Ich sagte, daß ich ihn nicht tadele, ihn nicht verdächtige oder ihm mißtraue, sondern daß ich von ihm die Gewissheit der Wahrheit verlange. Und wenn er mich fragte, warum ich es wünschte und warum ich glaubte, ein Recht darauf zu haben, so sagte ich ihm, so wenig er sich auch um solche armseligen Träume kümmerte, daß ich Estella innig und lange geliebt hätte, und daß, obgleich ich sie verloren habe und ein Leben in Trauerverhältnissen führen müsse, mir alles, was sie betreffe, noch näher und teurer sei als irgend etwas anderes auf der Welt. Und als ich sah, daß Mr. Jaggers ganz still und schweigend und anscheinend ganz verstockt dastand, wandte ich mich an Wemmick und sagte: „Wemmick, ich weiß, daß Sie ein Mann mit einem sanften Herzen sind. Ich habe Ihr angenehmes Heim gesehen, Ihren alten Vater und all die unschuldigen, heiteren, spielerischen Arten, mit denen Sie Ihr Geschäftsleben auffrischen. Und ich bitte Sie inständig, Herrn Jaggers ein Wort für mich zu sagen und ihm zu erklären, daß er unter allen Umständen offener gegen mich sein sollte."

Ich habe noch nie zwei Männer einander seltsamer ansehen sehen, als Mr. Jaggers und Wemmick es nach diesem Apostroph taten. Zuerst überkam mich die Befürchtung, daß Wemmick sofort entlassen werden würde; aber es schmolz dahin, als ich sah, wie Mr. Jaggers sich zu einer Art Lächeln entspannte und Wemmick kühner wurde.

„Was ist das alles?" fragte Mr. Jaggers. „Du mit einem alten Vater und du mit einer angenehmen und verspielten Art?"

„Nun!" entgegnete Wemmick. „Wenn ich sie nicht hierher bringe, was macht das schon?"

„Pip," sagte Mr. Jaggers, indem er seine Hand auf meinen Arm legte und offen lächelte: „dieser Mann muß der gerissenste Betrüger in ganz London sein."

„Nicht das geringste," entgegnete Wemmick und wurde immer kühner. „Ich glaube, du bist ein anderer."

Wieder tauschten sie ihre früheren seltsamen Blicke aus, und jeder schien immer noch mißtrauisch zu sein, daß der andere ihn aufnahm.

„*Sie* haben ein angenehmes Zuhause?" fragte Herr Jaggers.

„Da es die Geschäfte nicht stört," entgegnete Wemmick: „so soll es so sein. Nun, wenn ich Sie ansehe, Sir, würde ich mich nicht wundern, wenn *Sie* vielleicht planen und es fertigbringen, eines Tages, wenn Sie all dieser Arbeit müde sind, ein angenehmes eigenes Heim zu haben."

Mr. Jaggers nickte nachträglich zwei- oder dreimal mit dem Kopfe und seufzte tatsächlich. „Pip," sagte er: „wir wollen nicht von ›armen Träumen‹ reden, du weißt mehr über solche Dinge als ich, da ich viel frischere Erfahrungen dieser Art habe. Nun aber zu dieser anderen Sache. Ich lege Ihnen einen Fall vor. Verstand! Ich gebe nichts zu."

Er wartete darauf, daß ich ihm erklärte, daß ich sehr wohl verstehe, daß er ausdrücklich sagte, daß er nichts zugegeben habe.

„Nun, Pip," sagte Mr. Jaggers: „stellen Sie den Fall. Nehmen wir den Fall, daß eine Frau unter solchen Umständen, wie Sie sie erwähnt haben, ihr Kind verschwiegen hat und gezwungen war, die Tatsache ihrem Rechtsbeistand mitzuteilen, indem er ihr erklärte, er müsse mit Blick auf den Spielraum seiner

Verteidigung wissen, wie die Tatsache mit diesem Kind stehe. Stellen Sie den Fall vor, dass er gleichzeitig ein Vertrauen hatte, ein Kind zu finden, das eine exzentrische reiche Dame adoptieren und aufziehen sollte."

„Ich folge Ihnen, Sir."

„Stellen Sie sich vor, dass er in einer Atmosphäre des Bösen lebte und dass alles, was er von Kindern sah, war, dass sie in großer Zahl zur sicheren Vernichtung gezeugt wurden. Er habe oft gesehen, wie Kinder in einer Kriminalkneipe feierlich vor Gericht gestellt wurden, wo sie festgehalten wurden, um gesehen zu werden; Er habe gewohnheitsmäßig gewusst, wie sie eingesperrt, ausgepeitscht, transportiert, vernachlässigt, verstoßen, auf jede erdenkliche Weise für den Henker geeignet waren und aufwuchsen, um gehängt zu werden. Stellen Sie sich vor, daß er fast alle Kinder, die er in seinem täglichen Geschäftsleben sah, als Laich ansehen konnte, die sich zu den Fischen entwickelten, die ihm ins Netz gehen sollten, um verfolgt, verteidigt, geschworen, zu Waisen gemacht und irgendwie verteufelt zu werden."

„Ich folge Ihnen, Sir."

„Stellen Sie sich vor, Pip, daß hier ein hübsches kleines Kind aus dem Haufen wäre, das gerettet werden könnte; den der Vater für tot hielt und sich nicht zu rühren wagte; über wen, über die Mutter, der Rechtsberater diese Macht hatte: „Ich weiß, was du getan hast und wie du es getan hast. Du bist so und so gekommen, du hast dies und jenes getan, um den Verdacht abzulenken. Ich habe euch durch alles hindurch verfolgt, und ich erzähle es euch alles. Trenne dich von dem Kinde, es sei denn, es sollte nötig sein, es hervorzubringen, um dich zu reinigen, und dann soll es hervorgebracht werden. Gib das Kind in meine Hände, und ich werde mein Bestes tun, um dich fortzubringen. Wenn Sie gerettet werden, wird auch Ihr Kind gerettet; Wenn du dich verirrst, ist dein Kind immer noch gerettet." Stellen Sie den Fall vor, dass dies geschehen ist und dass die Frau freigesprochen wurde."

„Ich verstehe dich vollkommen."

„Aber daß ich keine Geständnisse mache?"

„Daß du keine Geständnisse machst." Und Wemmick wiederholte: „Keine Zulassungen."

„Stellen Sie sich vor, Pip, daß die Leidenschaft und der Schrecken des Todes den Verstand der Frau ein wenig erschüttert hatten, und daß sie, als sie in Freiheit gelassen wurde, aus allen Wegen der Welt erschrak und zu ihm ging, um Schutz zu suchen. Er behauptete, er habe sie aufgenommen, und daß er die alte, wilde, gewalttätige Natur, so oft er eine Ahnung ihres Ausbruchs sah, unterdrückte, indem er seine Macht über sie auf die alte Weise geltend machte. Verstehen Sie den imaginären Fall?"

„Ziemlich."

„Nehmen wir an, das Kind sei erwachsen geworden und des Geldes wegen verheiratet worden. Dass die Mutter noch lebte. Dass der Vater noch lebte. Daß die Mutter und der Vater, einander nicht kennend, in so vielen Meilen, Längen, Yards, wenn man will, voneinander entfernt wohnten. Dass das Geheimnis immer noch ein Geheimnis war, nur dass man davon Wind bekommen hatte. Stellen Sie sich den letzten Fall sehr sorgfältig vor."

„Das tue ich."

„Ich bitte Wemmick, es *sich sehr sorgfältig zu erklären.*"

Und Wemmick sagte: „Ja, ich will."

„Um wessen willen würdest du das Geheimnis preisgeben? Für die des Vaters? Ich glaube, er wäre nicht viel besser für die Mutter. Für die der Mutter? Ich glaube, wenn sie eine solche Tat vollbracht hätte, wäre sie sicherer, wo sie war. Für die der Tochter? Ich glaube, es würde ihr schwerlich nützen, ihre Abstammung zur Information ihres Gatten festzustellen und sie nach einer Flucht von zwanzig Jahren, die ziemlich sicher sind, ihr Leben lang zu bestehen, in die Schande zurückzuziehen. Aber füge den Fall hinzu, daß du sie geliebt hättest, Pip, und sie zum Gegenstand jener ›armen Träume‹ gemacht hättest, die zu der einen oder anderen Zeit in den Köpfen von mehr Männern gewesen sind, als du für wahrscheinlich hältst, dann sage ich dir, daß du besser daran tätest, und viel eher, wenn du es dir gut überlegt hättest, deine bandagierte linke Hand mit deiner bandagierten rechten Hand abhacken würdest. und dann den Hubschrauber dort an Wemmick weiterleiten, um *ihn* auch abzuschneiden."

Ich sah Wemmick an, dessen Gesicht sehr ernst war. Er berührte ernst seine Lippen mit dem Zeigefinger. Ich tat dasselbe. Herr Jaggers tat dasselbe. „Nun, Wemmick," sagte dieser, indem er seine gewöhnliche Haltung wieder annahm: „bei welchem Gegenstand waren Sie, als Mr. Pip hereinkam?"

Als ich eine Weile daneben stand, während sie arbeiteten, bemerkte ich, daß die seltsamen Blicke, die sie einander zugeworfen hatten, sich mehrere Male wiederholten, mit dem Unterschied, daß jeder von ihnen verdächtig, um nicht zu sagen bewußt zu sein schien, sich dem andern in einem schwachen und unfachlichen Lichte gezeigt zu haben. Aus diesem Grunde, vermute ich, waren sie jetzt unnachgiebig gegeneinander; Mr. Jaggers war höchst diktatorisch, und

Wemmick rechtfertigte sich hartnäckig, wann immer der geringste Punkt auch nur einen Augenblick in der Schwebe war. Ich hatte sie noch nie in einem so schlechten Verhältnis gesehen; denn im allgemeinen verstanden sie sich sehr gut miteinander.

Aber sie waren beide froh über das günstige Erscheinen Mikes, des Kunden mit der Pelzmütze und der Gewohnheit, sich die Nase am Ärmel abzuwischen, den ich gleich am ersten Tage meines Erscheinens in diesen Mauern gesehen hatte. Dieser Mann, der entweder in seiner eigenen Person oder in der eines Mitglieds seiner Familie immer in Schwierigkeiten zu sein schien (was an diesem Ort Newgate bedeutete), rief an, um ihm mitzuteilen, daß seine älteste Tochter wegen des Verdachts des Ladendiebstahls festgenommen worden sei. Als er Wemmick diesen melancholischen Umstand mitteilte, während Mr. Jaggers herrisch vor dem Feuer stand und keinen Anteil an dem Geschehen nahm, funkelte Mikes Auge zufällig mit einer Träne.

„Was haben Sie vor?" fragte Wemmick mit der äußersten Entrüstung. „Wofür kommst du hierher, um zu schnüffeln?"

„Ich bin nicht hingegangen, um es zu tun, Mr. Wemmick."

„Das haben Sie," sagte Wemmick. „Wie kannst du es wagen? Du bist nicht in der Lage, hierher zu kommen, wenn du nicht hierher kommen kannst, ohne wie ein schlechter Stift zu stottern. Was meinen Sie damit?"

„Ein Mann kann nichts für seine Gefühle tun, Mr. Wemmick," flehte Mike.

„Sein was?" fragte Wemmick ganz wild. „Sag das noch einmal!"

„Nun sehen Sie, mein Mann," sagte Herr Jaggers, trat einen Schritt vor und deutete auf die Tür. „Raus aus diesem Büro. Ich werde hier keine Gefühle haben. Verschwinde."

„Es ist dir recht," sagte Wemmick: „verschwinde."

So zog sich der unglückliche Mike sehr demütig zurück, und Mr. Jaggers und Wemmick schienen ihr gutes Einvernehmen wiederhergestellt zu haben und machten sich wieder an die Arbeit, mit einer Miene der Erfrischung, als ob sie eben zu Mittag gegessen hätten.

KAPITEL LII.

Von Klein-Britannien ging ich mit meinem Scheck in der Tasche zu Miß Skiffins' Bruder, dem Buchhalter; und Miß Skiffins' Bruder, der Buchhalter, geradewegs zu Clarriker ging und Clarriker zu mir brachte, so hatte ich die große Genugtuung, diese Vereinbarung abzuschließen. Es war das einzig Gute, was ich getan hatte, und das einzig Vollendete, was ich getan hatte, seit ich zum ersten Mal von meinen großen Erwartungen erfahren hatte.

Als Clarriker mir bei dieser Gelegenheit mitteilte, daß die Geschäfte des Hauses beständig voranschritten, daß er jetzt in der Lage sein werde, eine kleine Filiale im Osten zu gründen, die für die Ausdehnung des Geschäfts sehr gebraucht werde, und daß Herbert in seiner neuen Eigenschaft als Teilhaber hinausgehen und die Leitung übernehmen werde, so fand ich, daß ich mich auf eine Trennung von meinem Freund vorbereitet haben müsse. obwohl meine eigenen Angelegenheiten geregelter waren. Und jetzt war es mir in der Tat, als ob mein letzter Anker seinen Halt lockerte und ich bald mit den Winden und Wellen fahren würde.

Aber es war eine Belohnung in der Freude, mit der Herbert nach einer Nacht nach Hause kam und mir von diesen Veränderungen erzählte, ohne sich vorzustellen, daß er mir keine Neuigkeiten erzählte und luftige Bilder von sich selbst zeichnete, wie er Clara Barley in das Land Tausendundeiner Nacht führte, und wie ich auszog, um sich ihnen anzuschließen (mit einer Karawane von Kamelen, Ich glaube), und dass wir alle den Nil hinauffahren und Wunder sehen werden. Ohne über meinen eigenen Anteil an diesen glänzenden Plänen optimistisch zu sein, fühlte ich, daß Herberts Weg schnell frei wurde und daß der alte Bill Barley nur bei seinem Pfeffer und Rum zu bleiben brauchte, und daß seine Tochter bald glücklich versorgt sein würde.

Wir waren nun im Monat März angelangt. Mein linker Arm zeigte zwar keine schlimmen Symptome, brauchte aber auf natürlichem Wege so lange, um zu heilen, daß ich immer noch nicht imstande war, einen Mantel anzuziehen. Mein rechter Arm war leidlich wiederhergestellt; entstellt, aber einigermaßen brauchbar.

An einem Montagmorgen, als Herbert und ich beim Frühstück saßen, erhielt ich den folgenden Brief von Wemmick mit der Post.

„Walworth. Brennen Sie dies, sobald es gelesen ist. Zu Beginn der Woche, oder sagen wir mittwochs, könntest du das tun, was du kennst, wenn du Lust hast, es zu versuchen. Jetzt brennt."

Als ich es Herbert gezeigt und ins Feuer gelegt hatte, aber nicht eher, als bis wir es beide auswendig gelernt hatten, überlegten wir, was wir tun sollten. Denn natürlich konnte meine Behinderung nun nicht mehr aus dem Blickfeld gelassen werden.

„Ich habe es mir immer wieder überlegt," sagte Herbert: „und ich glaube, ich kenne einen besseren Weg, als einen Themse-Wassermann zu nehmen. Nehmen Sie Startop. Ein guter Kerl, eine geschickte Hand, uns lieb und enthusiastisch und ehrenhaft."

Ich hatte mehr als einmal an ihn gedacht.

„Aber wie viel würdest du ihm sagen, Herbert?"

„Es ist notwendig, ihm sehr wenig zu sagen. Er soll es für eine bloße Laune, aber für eine geheime halten, bis der Morgen kommt; dann laß ihn wissen, daß es dringende Gründe gibt, Provis an Bord und fortzubringen. Gehst du mit ihm?"

„Zweifellos."

„Wo?"

Bei den vielen ängstlichen Überlegungen, die ich darüber angestellt hatte, war es mir fast gleichgültig, welchen Hafen wir ansteuerten, Hamburg, Rotterdam, Antwerpen, der Ort bedeutete wenig aus, so daß er sich außerhalb Englands befand. Jeder fremde Dampfer, der uns in den Weg kam und uns aufnehmen wollte, würde genügen. Ich hatte mir immer vorgenommen, ihn mit dem Boot gut den Fluß hinunter zu bringen; sicherlich weit über Gravesend hinaus, das ein kritischer Ort für Durchsuchungen oder Ermittlungen war, falls ein Verdacht im Gange war. Da fremde Dampfer London ungefähr zur Zeit des Hochwassers verließen, so war unser Plan, bei einer vorhergehenden Ebbe den Fluß hinunter zu fahren und an einem stillen Plätzchen zu liegen, bis wir zu einem solchen anhalten konnten. Die Zeit, wo man dort fällig sein würde, wo wir lagen, wo immer das sein mochte, ließe sich ziemlich berechnen, wenn wir uns vorher erkundigten.

Herbert war mit allem einverstanden, und wir gingen gleich nach dem Frühstück hinaus, um unsere Nachforschungen fortzusetzen. Wir fanden, daß ein Dampfer nach Hamburg am besten zu unserem Zweck paßte, und richteten unsere Gedanken hauptsächlich auf dieses Schiff. Aber wir notierten, welche andern fremden Dampfer London mit der gleichen Flut verlassen würden, und überzeugten uns, daß wir den Bau und die Farbe jedes einzelnen kannten. Wir trennten uns dann für einige Stunden: ich, um sogleich die Pässe zu holen, die nötig waren; Herbert, um Startop in seiner Wohnung zu sehen. Wir beide taten ungehindert, was wir zu tun hatten, und als wir uns um ein Uhr wieder trafen, meldeten wir es getan. Ich für meinen Teil war mit Pässen vorbereitet; Herbert hatte Startop gesehen und war mehr als bereit, mitzumachen.

Die beiden sollten ein Paar Ruder ziehen, wir ließen uns nieder, und ich würde steuern; Unser Schützling würde sitzen und schweigen; Da Schnelligkeit nicht unser Ziel war, sollten wir genug Platz machen. Wir verabredeten, daß Herbert nicht zum Essen nach Hause kommen sollte, bevor er am Abend nach Mill Pond Bank ging; daß er morgen abend, Dienstag, gar nicht dorthin gehen werde; daß er Provis darauf vorbereiten solle, am Mittwoch, wenn er uns herankommen sehe, und nicht früher, eine Treppe tief am Hause hinunterzukommen; daß alle Abmachungen mit ihm noch am Montagabend getroffen werden sollten; und daß man mit ihm in keiner Weise mehr in Verbindung treten dürfe, bis wir ihn an Bord nahmen.

Nachdem wir beide diese Vorsichtsmaßregeln gut verstanden hatten, ging ich nach Hause.

Als ich mit meinem Schlüssel die Außentür unserer Gemächer öffnete, fand ich in dem Kasten einen Brief, der an mich gerichtet war; Ein sehr schmutziger Brief, wenn auch nicht schlecht geschrieben. Er war von Hand übergeben worden (natürlich, seit ich das Haus verlassen hatte), und sein Inhalt war folgender:

„Wenn du dich nicht scheust, heute abend oder morgen abend um neun Uhr in die alten Sümpfe zu kommen und zu dem kleinen Schleusenhäuschen am Kalkofen zu kommen, so solltest du besser kommen. Wenn Sie Auskunft über *Ihren Onkel Provis haben wollen*, so ist es besser, wenn Sie niemandem davon erzählen und keine Zeit verlieren. *Du musst alleine kommen.* Bringen Sie das mit."

Ich hatte schon genug Last auf meinem Kopf gehabt, bevor ich diesen seltsamen Brief erhielt. Was ich jetzt tun sollte, konnte ich nicht sagen. Und das Schlimmste war, daß ich mich schnell entscheiden mußte, sonst würde ich die

Nachmittagskutsche verpassen, die mich rechtzeitig für heute abend hinunterbringen würde. Morgen abend konnte ich nicht daran denken, zu gehen, denn es würde zu nahe an der Zeit des Fluges sein. Und nochmals, nach allem, was ich wusste, könnten die angebotenen Informationen einen wichtigen Einfluss auf den Flug selbst haben.

Hätte ich genügend Zeit zum Nachdenken gehabt, so wäre ich, glaube ich, immer noch gegangen. Da ich kaum Zeit zum Nachdenken hatte - meine Uhr zeigte mir, daß die Kutsche in einer halben Stunde abfuhr -, beschloß ich zu gehen. Ich wäre gewiß nicht gegangen, wenn nicht mein Onkel Provis erwähnt worden wäre. Das, was auf Wemmicks Brief und die geschäftige Vorbereitung des Vormittags folgte, gab den Ausschlag.

Es ist so schwer, sich in heftiger Eile des Inhalts fast eines Briefes klar zu bemächtigen, daß ich diesen geheimnisvollen Brief noch zweimal lesen mußte, ehe er mir mechanisch in den Sinn kam, er sei geheim zu halten. Ich gab ihm in derselben mechanischen Weise nach und hinterließ Herbert einen Bleistiftbrief, in dem ich ihm mitteilte, da ich so bald fortgehen würde, und ich nicht wußte, wie lange, und ich beschlossen hätte, hinunter und zurück zu eilen, um mich selbst zu überzeugen, wie es Miß Havisham erginge. Da hatte ich kaum Zeit, meinen Mantel zu holen, die Gemächer zu verschließen und mich auf den kurzen Nebenwegen nach dem Kutschenbüro zu begeben. Wäre ich mit einem Droschkenwagen durch die Straßen gegangen, so hätte ich mein Ziel verfehlt; Als ich so fuhr, erwischte ich den Wagen, als er gerade aus dem Hof kam. Ich war der einzige Passagier im Inneren, der knietief im Stroh saß, als ich wieder zu mir kam.

Denn ich war wirklich nicht mehr ich selbst, seit ich den Brief erhalten hatte; Es hatte mich so verwirrt, daß es in der Eile des Morgens entstanden war. Die morgendliche Eile und das Flattern waren groß gewesen; denn so lange und ängstlich ich auch auf Wemmick gewartet hatte, so war doch sein Wink endlich wie eine Überraschung gekommen. Und nun fing ich an, mich über mich selbst zu wundern, weil ich in der Kutsche saß, und zu zweifeln, ob ich hinreichenden Grund hatte, dort zu sein, und zu überlegen, ob ich gleich aussteigen und umkehren sollte, und dagegen zu argumentieren, jemals auf eine anonyme Mitteilung zu achten, kurz, alle jene Phasen des Widerspruchs und der Unentschlossenheit durchzumachen, die wohl nur sehr wenigen eiligen Menschen fremd sind. Trotzdem beherrschte die namentliche Erwähnung von Provis alles. Ich dachte, wie ich schon geurteilt hatte, ohne es zu wissen, wenn das eine Vernunft ist, wie könnte ich mir je verzeihen, wenn ich nicht ginge, wenn ihm irgend ein Unglück zustoßen sollte!

Es war dunkel, ehe wir abstiegen, und die Reise erschien mir lang und trostlos, da ich drinnen wenig davon sehen konnte und in meinem behinderten Zustand nicht nach draußen gehen konnte. Ich mied den blauen Eber, quartierte mich in einem Gasthaus von geringerem Ruf in der Stadt ein und bestellte etwas zu essen. Während der Vorbereitungen ging ich nach Satis House und erkundigte mich nach Miß Havisham; Sie war immer noch sehr krank, obwohl sie für etwas Besseres hielt.

Meine Herberge war einst ein Teil eines alten Kirchenhauses gewesen, und ich speiste in einem kleinen achteckigen Gemeinschaftsraum, der wie ein Taufbecken aussah. Da ich nicht in der Lage war, mein Abendessen zu schneiden, tat es der alte Wirt mit der glänzenden Glatze für mich. Das brachte uns ins Gespräch, und er war so gut, mich mit meiner eigenen Geschichte zu unterhalten, natürlich mit dem populären Bericht, daß Pumblechook mein frühester Wohltäter und der Gründer meines Vermögens gewesen sei.

„Kennen Sie den jungen Mann?" fragte ich.

„Kenne ihn!" wiederholte der Wirt. „Seitdem er war – überhaupt keine Höhe."

„Kommt er jemals wieder in diese Gegend?"

„Ja, er kommt von Zeit zu Zeit zu seinen guten Freunden zurück und zeigt dem Manne, der ihn gemacht hat, die kalte Schulter."

„Was für ein Mann ist das?"

„Ihn, von dem ich spreche," sagte der Wirt. „Herr Pumblechook."

„Ist er niemandem sonst undankbar?"

„Gewiß würde er es sein, wenn er könnte," entgegnete der Wirt: „aber er kann es nicht. Und warum? Denn Pumblechook hat alles für ihn getan."

„Sagt Pumblechook das?"

„Sagen Sie es!" erwiderte der Wirt. „Er hat nicht die Pflicht, das zu sagen."

„Aber sagt er das?"

„Es würde einem Menschen das Blut in Weißwein verwandeln, wenn er davon erzählen hörte, Sir," sagte der Wirt.

Ich dachte: „Aber Joe, lieber Joe, *du* erzählst nie davon. Langmütiger und liebevoller Joe, *du* beschwerst dich nie. Und du auch nicht, der gutmütige Biddy!"

435

„Ihr Appetit ist gerührt worden wie durch Ihren Unfall," sagte der Wirt und warf einen Blick auf den bandagierten Arm unter meinem Rock. „Versuchen Sie es mit einem zarteren Stück."

„Nein, danke," erwiderte ich und wandte mich vom Tisch ab, um über dem Feuer zu brüten. „Ich kann nicht mehr essen. Bitte nehmen Sie es mit."

Nie war ich wegen meiner Undankbarkeit gegen Joe so heftig geschlagen worden wie durch den unverschämten Betrüger Pumblechook. Je falscher er, desto wahrhaftiger, Joe; je gemeiner er, desto edler Joe.

Mein Herz wurde tief und höchst verdient demütig, als ich eine Stunde oder länger über dem Feuer nachdachte. Das Schlagen der Uhr weckte mich, aber nicht aus Niedergeschlagenheit oder Reue, und ich stand auf, schnallte mir den Rock um den Hals und ging hinaus. Ich hatte früher in meinen Taschen nach dem Brief gesucht, um ihn noch einmal hervorzuholen; aber ich konnte es nicht finden, und es war mir unbehaglich, daran zu denken, daß es in das Stroh des Wagens gefallen sein müsse. Ich wußte indessen sehr wohl, daß der bestimmte Ort das kleine Schleusenhäuschen am Kalkofen auf den Sümpfen und die neunte Stunde war. Auf die Sümpfe zu, da ich keine Zeit zu verlieren hatte.

KAPITEL LIII.

Es war eine dunkle Nacht, obgleich der Vollmond aufging, als ich das umzäunte Land verließ und in die Sümpfe hinausging. Hinter ihrer dunklen Linie befand sich ein Band klaren Himmels, kaum breit genug, um den roten großen Mond zu halten. In wenigen Minuten war sie aus dem lichten Felde emporgestiegen, zwischen den aufgetürmten Wolkenbergen.

Es wehte ein melancholischer Wind, und die Sümpfe waren sehr düster. Ein Fremder hätte sie unerträglich gefunden, und selbst für mich waren sie so drückend, daß ich zögerte, halb geneigt war, zurückzukehren. Aber ich kannte sie gut und hätte mich in einer viel dunkleren Nacht zurechtfinden können, und hatte keine Entschuldigung dafür, zurückzukehren, da ich da war. Da ich also gegen meine Neigung dorthin gekommen war, ging ich gegen sie weiter.

Die Richtung, die ich einschlug, war nicht diejenige, in der meine alte Heimat lag, noch diejenige, in der wir die Sträflinge verfolgt hatten. Als ich weiterging, wandte ich den fernen Hulks den Rücken zu, und obwohl ich die alten Lichter auf den Sandspitzen sehen konnte, sah ich sie über meiner Schulter hinweg. Ich kannte den Kalkofen so gut wie die alte Batterie, aber sie waren meilenweit voneinander entfernt; so daß, wenn in dieser Nacht an jedem Punkt ein Licht gebrannt hätte, zwischen den beiden hellen Flecken ein langer Streifen des leeren Horizonts gewesen wäre.

Zuerst mußte ich einige Tore hinter mir schließen und dann und wann stehen bleiben, während das Vieh, das auf dem aufgeschütteten Weg lag, sich erhob und zwischen Gras und Schilf hinabstolperte. Aber nach einer Weile schien ich die ganze Wohnung für mich alleine zu haben.

Es dauerte noch eine halbe Stunde, bis ich mich dem Ofen näherte. Der Kalk brannte mit einem trägen, erstickenden Geruch, aber die Feuer waren gemacht und gelöscht, und es waren keine Arbeiter zu sehen. In der Nähe befand sich ein kleiner Steinbruch. Er lag mir gerade im Wege und war an diesem Tage bearbeitet worden, wie ich an den herumliegenden Werkzeugen und Karren erkennen konnte.

Als ich aus dieser Grube wieder auf die Sumpfebene hinaufkam - denn der rauhe Pfad führte durch sie hindurch -, sah ich ein Licht in dem alten Schleusenhaus. Ich beschleunigte meinen Schritt und klopfte mit der Hand an die Tür. Während ich auf eine Antwort wartete, sah ich mich um und bemerkte, wie die Schleuse verlassen und zerbrochen war, und wie das Haus aus Holz mit einem Ziegeldach nicht mehr lange gegen die Witterung beständig sein würde, wenn es auch jetzt noch so wäre, und wie der Schlamm und der Schlamm mit Kalk bedeckt waren und wie der erstickende Dunst des Ofens auf gespenstische Weise auf mich zukroch. Immer noch gab es keine Antwort, und ich klopfte erneut. Immer noch keine Antwort, und ich versuchte es mit dem Riegel.

Sie hob sich unter meiner Hand, und die Tür gab nach. Als ich hineinschaute, sah ich eine brennende Kerze auf einem Tisch, eine Bank und eine Matratze auf einem Truckle-Bettgestell. Da oben ein Dachboden war, rief ich: „Ist jemand hier?" Aber keine Stimme antwortete. Dann sah ich auf meine Uhr, und als ich sah, daß es nach neun Uhr war, rief ich wieder: „Ist jemand hier?" Da ich immer noch keine Antwort erhielt, ging ich zur Tür hinaus, unschlüssig, was ich tun sollte.

Es fing schnell an zu regnen. Da ich nichts sah als das, was ich schon gesehen hatte, kehrte ich in das Haus zurück und stand gerade im Schutze der Tür und blickte in die Nacht hinaus. Während ich darüber nachdachte, daß jemand in letzter Zeit dort gewesen sein müsse und bald wiederkommen müsse, sonst würde die Kerze nicht brennen, kam es mir in den Sinn, nachzusehen, ob der Docht lang sei. Ich wandte mich um, um dies zu tun, und hatte die Kerze in die Hand genommen, als sie durch einen heftigen Stoß erloschen war; und das nächste, was ich begriff, war, daß ich in einer starken Schlinge gefangen war, die mir von hinten über den Kopf geworfen worden war.

„Jetzt," sagte eine unterdrückte Stimme mit einem Schwur: „ich habe dich!"

„Was ist das?" Ich weinte und kämpfte. „Wer ist es? Hilfe, Hilfe, Hilfe!"

Nicht nur, dass meine Arme dicht an meine Seiten gezogen wurden, sondern der Druck auf meinen schlechten Arm verursachte mir auch noch außerordentliche Schmerzen. Zuweilen legte man die Hand eines starken Mannes, bald die Brust eines starken Mannes an meinen Mund, um meine Schreie zu ersticken, und mit einem heißen Atem immer in meiner Nähe, kämpfte ich vergeblich in der Dunkelheit, während ich fest an die Wand gefesselt war. „Und nun," sagte die unterdrückte Stimme mit einem neuen Schwur: „rufe noch einmal, und ich werde kurzen Prozess mit dir machen!"

Ohnmächtig und krank von dem Schmerz meines verwundeten Armes, verwirrt von der Überraschung und doch bewußt, wie leicht diese Drohung in die Tat umgesetzt werden konnte, ließ ich von und versuchte, meinen Arm zu erleichtern, wenn er auch nur zu klein war. Aber dafür war es zu eng gebunden. Mir war, als ob es, nachdem es schon einmal verbrannt worden war, jetzt gekocht würde.

Der plötzliche Ausschluß der Nacht und die Ersetzung durch schwarze Finsternis an ihre Stelle warnte mich, daß der Mann einen Fensterladen geschlossen hatte. Nachdem er ein wenig herumgetastet hatte, fand er den Feuerstein und den Stahl, den er brauchte, und fing an, ein Licht anzuzünden. Ich strengte meinen Blick auf die Funken an, die zwischen dem Zunder fielen und auf die er mit dem Streichholz in der Hand atmete und atmete, aber ich konnte nur seine Lippen und die blaue Spitze des Streichholzes sehen; Auch diese sind nur unruhig. Der Zunder war feucht – das war kein Wunder –, und einer nach dem andern erloschen die Funken.

Der Mann hatte es nicht eilig und schlug wieder mit dem Feuerstein und dem Stahl zu. Als die Funken dicht und hell um ihn herum fielen, konnte ich seine Hände und Berührungen seines Gesichts sehen und konnte erkennen, daß er saß und sich über den Tisch beugte; aber mehr nicht. Bald sah ich wieder seine blauen Lippen, die auf dem Zunder hauchten, und dann blitzte ein Lichtblitz auf und zeigte mir Orlick.

Wen ich gesucht hatte, weiß ich nicht. Ich hatte ihn nicht gesucht. Als ich ihn sah, fühlte ich, daß ich mich in einer gefährlichen Lage befand, und ich behielt ihn im Auge.

Er zündete die Kerze des brennenden Streichholzes mit großer Überlegung an, ließ das Streichholz fallen und trat es aus. Dann stellte er die Kerze von sich weg auf den Tisch, so daß er mich sehen konnte, und setzte sich mit verschränkten Armen auf den Tisch und sah mich an. Ich bemerkte, daß ich an einer dicken, senkrechten Leiter befestigt war, die einige Zoll von der Wand entfernt lag – eine Halterung dort – das Mittel zum Aufstieg zum Dachboden oben.

„Nun," sagte er, als wir uns eine Weile begutachtet hatten: „ich habe Sie."

„Löse mich los. Laß mich gehen!"

„Ah," erwiderte er: „*ich* lasse dich gehen. Ich lasse dich zum Mond fliegen, ich lasse dich zu den Sternen fliegen. Alles zu seiner Zeit."

„Warum hast du mich hierher gelockt?"

„Weißt du es nicht?" fragte er mit einem tödlichen Blick.

„Warum hast du mich im Dunkeln angegriffen?"

„Weil ich vorhabe, alles selbst zu machen. Einer hütet ein Geheimnis besser als zwei. O du Feind, du Feind!"

Seine Freude an dem Schauspiel, das ich ihm bot, während er mit verschränkten Armen auf dem Tisch saß, den Kopf über mich schüttelte und sich umarmte, hatte eine Bosheit, die mich erschaudern ließ. Während ich ihn schweigend ansah, legte er die Hand in die Ecke neben sich und nahm ein Gewehr mit einem messinggebundenen Schaft in die Hand.

„Weißt du das?" fragte er und tat, als ob er auf mich zielen wollte. „Weißt du, wo du es vorhin gesehen hast? Sprich, Wolf!"

„Ja," antwortete ich.

„Du hast mich diesen Platz gekostet. Du hast. Sprich!"

„Was könnte ich sonst tun?"

„Das hast du getan, und das wäre genug, ohne mehr. Wie hast du es gewagt, zwischen mich und eine junge Frau zu kommen, die ich gern habe?"

„Wann habe ich das getan?"

„Wann hast du es nicht getan? Du warst es, wie immer, und hast der alten Orlick einen bösen Namen gegeben."

„Du hast es dir selbst gegeben; Du hast es für dich selbst gewonnen. Ich hätte dir nichts Böses tun können, wenn du dir selbst keines getan hättest."

„Du bist ein Lügner. Und Sie werden sich alle Mühe geben und jedes Geld ausgeben, um mich aus diesem Lande zu vertreiben, nicht wahr?" sagte er, indem er meine Worte an Biddy wiederholte, die ich bei der letzten Unterredung mit ihr hatte. „Nun, ich erzähle Ihnen eine Information. Nie hat es sich so sehr gelohnt, mich aus diesem Lande herauszuholen, wie heute abend. Ah! Wenn es nur dein ganzes Geld wäre, zwanzigmal erzählt, bis auf den letzten Messingfarden!" Als er mir seine schwere Hand schüttelte und sein Mund knurrte wie der eines Tigers, fühlte ich, daß es wahr war.

„Was wirst du mit mir machen?"

„Ich gehe," sagte er, indem er die Faust mit einem heftigen Schlag auf den Tisch schlug und sich erhob, als der Schlag fiel, um ihr noch mehr Kraft zu verleihen: „ich werde dein Leben haben!"

Er beugte sich vor und starrte mich an, löste langsam seine geballte Hand und fuhr sie über seinen Mund, als ob ihm das Wasser im Mund zusammenliefe, und setzte sich wieder.

„Du warst dem alten Orlick immer im Wege, seit du ein Kind warst. Du gehst ihm in dieser Nacht aus dem Weg. Er wird nichts mehr bei dir haben. Du bist tot."

Ich fühlte, dass ich an den Rand meines Grabes gekommen war. Einen Augenblick lang sah ich mich wild in meiner Falle um, um eine Möglichkeit zu finden, zu entkommen; aber es gab keine.

„Mehr noch," sagte er, die Arme wieder auf dem Tisch verschränkt: „ich will keinen Fetzen von euch haben, ich will keinen Knochen von euch auf der Erde übrig haben. Ich werde deinen Leichnam in den Ofen legen, zwei solcher würde ich auf meinen Schultern dazu tragen, und mögen die Leute von dir denken, was sie wollen, sie werden nie etwas erfahren."

Mein Geist verfolgte mit unvorstellbarer Schnelligkeit alle Folgen eines solchen Todes. Estellas Vater würde glauben, ich hätte ihn verlassen, würde gefangen genommen werden, würde sterben, wenn er mich anklagt; selbst Herbert würde an mir zweifeln, wenn er den Brief, den ich ihm hinterlassen hatte, mit der Tatsache verglich, daß ich nur einen Augenblick an Miß Havishams Tor vorgeschaut hatte; Joe und Biddy würden nie erfahren, wie leid es mir in dieser Nacht getan hatte, niemand würde je erfahren, was ich gelitten hatte, wie wahr ich sein wollte, welche Qualen ich durchgemacht hatte. Der Tod, der mir nahe stand, war schrecklich, aber weit schrecklicher als der Tod war die Furcht, nach dem Tode falsch erinnert zu werden. Und so schnell waren meine Gedanken, daß ich mich von den ungeborenen Geschlechtern, den Kindern Estellas und deren Kindern, verachtet sah, während die Worte des Unglücklichen noch auf seinen Lippen waren.

„Nun, Wolf," sprach er: „ehe ich dich töte wie jedes andere Tier, was ich zu thun gedenke und wofür ich dich gefesselt habe, so will ich dich gut ansehen und dich tüchtig anstacheln. O du Feind!"

Es war mir durch den Kopf gegangen, wieder um Hilfe zu rufen; obgleich nur wenige besser als ich die Einsamkeit des Ortes und die Hoffnungslosigkeit der Hilfe kennen konnten. Aber als er schadenfroh über mir saß, wurde ich von einem verächtlichen Abscheu gegen ihn gestützt, der meine Lippen versiegelte. Vor allen Dingen beschloß ich, ihn nicht anzuflehen, und daß ich sterben würde, indem ich ihm noch einen letzten kümmerlichen Widerstand leistete. Erweicht, wie meine Gedanken an alle andern Menschen in dieser schrecklichen Lage waren; demütig flehend um Verzeihung, wie ich es tat, den Himmel; Geschmolzen im Herzen, wie ich war, von dem Gedanken, daß ich kein Lebewohl genommen hatte und auch jetzt nicht von denen Abschied nehmen konnte, die mir teuer waren, oder mich ihnen erklären oder sie um Mitleid für meine elenden Irrtümer bitten konnte, – und doch, wenn ich ihn hätte töten können, selbst im Sterben, so hätte ich es getan.

Er hatte getrunken, und seine Augen waren rot und blutunterlaufen. Um seinen Hals trug er eine Blechflasche, wie ich sie in früheren Tagen oft mit Fleisch und Trank hatte herumschlingen sehen. Er führte die Flasche an die Lippen und trank einen feurigen Schluck daraus; und ich roch die starken Geister, die ich in seinem Gesicht aufblitzen sah.

„Wolf!" sagte er und verschränkte wieder die Arme: „der alte Orlick wird dir etwas erzählen. Du warst es, wie deine kluge Schwester."

Wieder hatte mein Geist mit seiner früheren unbegreiflichen Schnelligkeit den ganzen Gegenstand des Angriffs auf meine Schwester, ihrer Krankheit und ihres Todes erschöpft, ehe seine langsame und zögernde Rede diese Worte gebildet hatte.

„Du warst es, Bösewicht," sagte ich.

„Ich sage Ihnen, es war Ihre Schuld – ich sage Ihnen, es geschah durch Sie," erwiderte er, ergriff die Büchse und versetzte einen Schlag mit dem Schaft gegen die leere Luft zwischen uns. „Ich komme von hinten über sie, wie ich heute abend über dich herkomme. *Ich* gebe es ihr! Ich ließ sie tot zurück, und wenn es einen Kalkofen gegeben hätte, der so nahe bei ihr war, wie jetzt in deiner Nähe, so wäre sie nicht wieder lebendig geworden. Aber es warnte den alten Orlick nicht, wie er es tat; Du warst es. Du wurdest bevorzugt, und er wurde gemobbt und geschlagen. Der alte Orlick wurde gemobbt und geschlagen, nicht wahr? Jetzt zahlen Sie dafür. Du hast es geschafft; Jetzt zahlst du dafür."

Er trank wieder und wurde immer wilder. Ich sah an seinem Kippen der Flasche, daß keine große Menge mehr darin war. Ich begriff deutlich, daß er sich mit seinem Inhalt aufraffte, um mir ein Ende zu machen. Ich wusste, dass jeder Tropfen, den er enthielt, ein Tropfen meines Lebens war. Ich wußte, daß, wenn ich in einen Teil des Dunstes verwandelt würde, der noch vor kurzem zu mir gekrochen war, wie mein eigener warnender Geist, er tun würde, was er in dem Falle meiner Schwester getan hatte: er eilte in die Stadt und sah sich dort herumliegen und in den Bierstuben trinken. Mein rascher Verstand verfolgte ihn bis in die Stadt, malte sich ein Bild von der Straße, auf der er saß, und kontrastierte ihre Lichter und ihr Leben mit dem einsamen Sumpf und dem weißen Dunst, der über ihn kroch und in dem ich mich hätte auflösen sollen.

Es war nicht nur so, daß ich Jahre und Jahre und Jahre hätte zusammenfassen können, während er ein Dutzend Worte sagte, sondern daß das, was er sagte, mir Bilder und nicht bloße Worte zeigte. In dem aufgeregten und erhabenen Zustand meines Gehirns konnte ich nicht an einen Ort denken, ohne ihn zu sehen, oder an Personen, ohne sie zu sehen. Es ist unmöglich, die Lebendigkeit dieser Bilder zu überschätzen, und doch war ich die ganze Zeit über so sehr auf ihn selbst fixiert, der nicht darauf bedacht wäre, daß der Tiger sich zum Springen duckt, daß ich von der geringsten Bewegung seiner Finger wußte.

Als er zum zweitenmal getrunken hatte, erhob er sich von der Bank, auf der er saß, und schob den Tisch beiseite. Dann ergriff er die Kerze, beschattete sie mit seiner mörderischen Hand, um ihr Licht auf mich zu werfen, und stand vor mir, sah mich an und genoß den Anblick.

„Wolf, ich erzähle dir noch etwas. Es war der alte Orlick, als du in jener Nacht auf deiner Treppe umgefallen bist."

Ich sah die Treppe mit ihren erloschenen Lampen. Ich sah die Schatten der schweren Treppengeländer, die von der Laterne des Wächters an die Wand geworfen wurden. Ich sah die Zimmer, die ich nie wiedersehen sollte; hier eine halb geöffnete Tür; dort schloß sich eine Tür; alle Möbelstücke rundherum.

„Und warum war der alte Orlick da? Ich erzähle dir noch etwas, Wolf. Du und sie *haben* mich ziemlich gut aus diesem Lande gejagt, soweit es darum geht, darin ein leichtes Leben zu führen, und ich habe mich mit neuen Gefährten und neuen Herren eingefunden. Manche von ihnen schreiben meine Briefe, wenn ich sie schreiben will – hast du etwas dagegen? – schreibt meine Briefe, Wolf! Sie schreiben fünfzig Hände; Sie sind nicht so, als würde man dich heimlich anschleichen, wie Written But One. Ich habe einen festen Willen und einen festen Willen, dein Leben zu haben, seit du hier unten bei der Beerdigung deiner Schwester warst. Ich habe keinen Weg gesehen, Sie in Sicherheit zu bringen, und ich habe nach Ihnen gesucht, um Ihre Besonderheiten zu kennen. Denn, sagt der alte Orlick zu sich selbst, „irgendwie werde ich ihn haben!" Was! Als ich dich suche, finde ich deinen Onkel Provis, nicht wahr?"

Mill Pond Bank und Chinks's Basin und der Old Green Copper Rope-Walk, alles so klar und deutlich! Provis in seinen Zimmern, das Signal, dessen Gebrauch vorüber war, die hübsche Clara, die gute Mutter, der alte Bill Barley auf seinem

Rücken, alles trieb vorüber, wie auf dem schnellen Strom meines Lebens, der schnell auf das Meer hinausläuft!

„*Du* hast auch einen Onkel! Nun, ich habe dich bei Gargery gekannt, als du noch ein so kleiner Wolf warst, daß ich dein Haar zwischen Finger und Daumen hätte nehmen und dich tot wegwerfen können (wie ich es mir vorgestellt habe, wenn ich dich an einem Sonntag zwischen den Pollards herumlungern sehe), und du hättest damals keine Onkel gefunden. Nein, nicht du! Aber als der alte Orlick kam, um zu hören, daß dein Onkel Provis das Beineisen, das der alte Orlick vor so vielen Jahren an diesen Maschen aufgelesen und auseinandergefeilt hatte, am meisten getragen hatte, und das er bei sich behielt, bis er deine Schwester damit wie einen Ochsen fallen ließ, wie er dich fallen lassen will – he? – wenn er kommt, um das zu hören – he?"

In seinem wilden Spott flammte er die Kerze so dicht auf mich ab, daß ich mein Gesicht abwandte, um sie vor der Flamme zu retten.

„Ach!" rief er lachend, nachdem er es wieder getan hatte: „das verbrannte Kind fürchtet das Feuer! Der alte Orlick wußte, daß du verbrannt warst, der alte Orlick wußte, daß du deinen Onkel Provis wegschmuggeln wolltest, der alte Orlick ist dir ebenbürtig und wußte, daß du heute abend kommen würdest! Jetzt erzähle ich dir noch etwas, Wolf, und damit ist es vorbei. Es gibt sie, die deinem Onkel Provis ebensogut ebenbürtig sind, wie der alte Orlick es für dich war. Laß ihn sie hüten, wenn er seinen Nevvy verloren hat! Er möge sie verwahren, wenn kein Mensch nicht einen Fetzen von den Kleidern seines lieben Verwandten und noch einen Knochen seines Körpers finden kann. Es gibt sie, die Magwitch – ja, *ich* kenne den Namen! – nicht mit ihnen in demselben Lande leben können und wollen, und die so sichere Nachrichten von ihm hatten, als er in einem anderen Lande lebte, daß er es nicht unbemerkt lassen konnte und durfte und sie in Gefahr brachte. P'raps, sie sind es, die fünfzig Hände schreiben, und das ist nicht so, als würde man dich heimlich beschleichen, während du schreibst, sondern eine. Ware Compeyson, Magwitch und der Galgen!"

Er brannte die Kerze wieder auf mich ab, rauchte mein Gesicht und mein Haar und blendete mich für einen Augenblick, dann wandte er ihm den mächtigen Rücken zu, als er das Licht wieder auf den Tisch stellte. Ich hatte ein Gebet gedacht und war bei Joe, Biddy und Herbert gewesen, ehe er sich wieder mir zuwandte.

Zwischen dem Tisch und der gegenüberliegenden Wand war ein freier Raum von einigen Metern. In diesem Raum krumm er nun hin und her. Seine große

Kraft schien stärker auf ihm zu sitzen als je zuvor, denn er tat dies, während er die Hände locker und schwer an den Seiten hing und die Augen finster auf mich anblickte. Ich hatte kein Körnchen Hoffnung mehr. So wild meine innere Eile auch war und so wunderbar die Wucht der Bilder war, die an mir vorüberstürzten, so konnte ich doch klar begreifen, daß er mir niemals gesagt hätte, was er erzählt hatte, wenn er nicht beschlossen hätte, daß ich in wenigen Augenblicken sicher aus aller menschlichen Erkenntnis verschwunden wäre.

Plötzlich hielt er inne, nahm den Korken aus seiner Flasche und warf ihn weg. Leicht wie es war, hörte ich es wie ein Lot fallen. Er schluckte langsam, kippte die Flasche nach und nach oben, und jetzt sah er mich nicht mehr an. Die letzten Tropfen Schnaps goß er in seine Handfläche und leckte sie auf. Dann, mit einer plötzlichen Hast, von Gewalt und entsetzlichem Fluchen, warf er die Flasche von sich und bückte sich; und ich sah in seiner Hand einen Steinhammer mit einem langen, schweren Griff.

Der Entschluß, den ich gefaßt hatte, verließ mich nicht, denn ohne ein eitles Wort der Bitte an ihn zu richten, schrie ich aus Leibeskräften und kämpfte mit aller Kraft. Es waren nur mein Kopf und meine Beine, die ich bewegen konnte, aber insofern kämpfte ich mit all der bis dahin unbekannten Kraft, die in mir war. In demselben Augenblick hörte ich erwiderndes Geschrei, sah Gestalten und einen Lichtschein zur Tür hereinstürzen, hörte Stimmen und Tumult und sah Orlick aus einem Kampf der Menschen auftauchen, als ob es stürzendes Wasser wäre, den Tisch mit einem Sprung räumen und in die Nacht hinausfliegen.

Nach einer leeren Probe fand ich, daß ich ungebunden auf dem Boden lag, an derselben Stelle, mit dem Kopf auf irgend jemandes Knie. Meine Augen waren auf die Leiter an der Wand geheftet, als ich zu mir kam – sie öffnete sich, ehe mein Geist sie sah – und als ich das Bewußtsein wiedererlangte, wußte ich, daß ich an der Stelle war, wo ich es verloren hatte.

Anfangs zu gleichgültig, um mich umzusehen und festzustellen, wer mich stützte, lag ich da und blickte auf die Leiter, als zwischen mir und ihr ein Gesicht auftauchte. Das Gesicht von Trabbs Junge!

„Ich glaube, er ist in Ordnung!" sagte Trabbs Knabe mit nüchterner Stimme; „Aber ist er nicht nur blass!"

Bei diesen Worten blickte das Antlitz dessen, der mich stützte, in das meinige hinüber, und ich sah, daß mein Anhänger ...

„Herbert! Großer Himmel!"

„Leise," sagte Herbert. „Sanft, Händel. Sei nicht zu eifrig."

„Und unser alter Kamerad, Startop!" Ich weinte, als auch er sich über mich beugte.

„Denkt daran, woin er uns behilflich sein wird," sagte Herbert: „und seid ruhig."

Die Anspielung ließ mich aufspringen; obgleich ich vor Schmerzen in meinem Arm wieder zusammenfiel. „Die Zeit ist noch nicht vergangen, Herbert, nicht wahr? Welche Nacht ist heute Nacht? Wie lange bin ich schon hier?" Denn ich hatte den seltsamen und starken Verdacht, daß ich schon lange da gelegen hatte – einen Tag und eine Nacht – zwei Tage und Nächte – noch mehr.

„Die Zeit ist nicht vergangen. Es ist immer noch Montagabend."

„Gott sei Dank!"

„Und du hast morgen, Dienstag, alles zum Ausruhen übrig," sagte Herbert. „Aber Sie können sich eines Stöhnens nicht erwehren, mein lieber Händel. Welchen Schmerz hast du? Kannst du stehen?"

„Ja, ja," sagte ich: „ich kann gehen. Ich habe keinen Schmerz, außer in diesem pochenden Arm."

Sie legten es offen und taten, was sie konnten. Er war heftig angeschwollen und entzündet, und ich konnte es kaum ertragen, daß er berührt wurde. Aber sie zerrissen ihre Taschentücher, um neue Verbände zu machen, und steckten sie vorsichtig wieder in die Schleuder, bis wir in die Stadt kamen und uns etwas kühlende Lotion besorgen konnten, um sie darauf zu legen. In kurzer Zeit hatten wir die Thür des dunklen, leeren Schleusenhauses geschlossen und gingen auf dem Rückwege durch den Steinbruch. Trabbs Knabe – jetzt Trabbs verwachsener junger Mann – ging mit einer Laterne vor uns her, das war das Licht, das ich durch die Tür hatte hereinkommen sehen. Aber der Mond stand gut zwei Stunden höher als damals, als ich das letzte Mal den Himmel gesehen hatte, und die Nacht war zwar regnerisch, aber viel heller. Der weiße Dunst des Ofens zog an uns vorbei, als wir vorübergingen, und da ich früher ein Gebet gedacht hatte, dachte ich jetzt an eine Danksagung.

Indem ich Herbert bat, mir zu erzählen, wie er mir zu Hilfe gekommen sei, was er anfangs rundweg abgelehnt hatte, sondern darauf bestanden hatte, daß ich ruhig bliebe, erfuhr ich, daß ich in meiner Eile den Brief offen in unsern Gemächern fallen gelassen hatte, wo er, als er nach Hause kam, um Startop mitzunehmen, den er auf der Straße auf dem Wege zu mir getroffen hatte. Ich habe es gefunden, sehr bald nachdem ich weg war. Sein Ton beunruhigte ihn, und zwar um so mehr, als er mit dem hastigen Brief, den ich ihm hinterlassen hatte, widersprüchlich war. Seine Unruhe nahm zu, anstatt sich zu legen, und nach einer Viertelstunde des Nachdenkens begab er sich mit Startop, der sich freiwillig zur Verfügung stellte, nach dem Kutschenbüro, um sich zu erkundigen, wann die nächste Kutsche herunterfahre. Als er sah, daß die Nachmittagskutsche verschwunden war, und als er sah, daß seine Unruhe sich in eine förmliche Besorgnis verwandelte, als Hindernisse sich ihm in den Weg stellten, beschloß er, ihm in einer Postchaise zu folgen. So kamen er und Startop bei dem blauen Eber an, in der vollen Erwartung, dort mich zu finden oder Nachricht von mir zu erhalten; da ich aber keines von beiden fand, ging ich weiter zu Miß Havisham, wo sie mich verloren. Darauf kehrten sie in das Hotel zurück (zweifellos ungefähr zu der Zeit, als ich die populäre Version meiner eigenen Geschichte hörte), um sich zu erfrischen und jemanden zu holen, der sie in die Sümpfe führen sollte. Unter den Liegestühlen unter dem Torbogen des Ebers befand sich zufällig Trabbs Knabe, getreu seiner alten Gewohnheit, überall dort zu sein, wo er nichts zu suchen hatte, und Trabbs Knabe hatte mich von Miß Havisham's in der Richtung meines Speiseplatzes vorübergehen sehen. So wurde Trabbs Knabe ihr Führer, und mit ihm gingen sie hinaus nach dem Schleusenhaus, obgleich auf dem Stadtweg zu den Sümpfen, die ich gemieden hatte. Während sie nun weitergingen, dachte Herbert daran, daß ich doch zu einer echten und nützlichen Besorgung hierher gebracht worden sein könnte, um Provis' Sicherheit zu gewährleisten, und da er sich einbildete, daß in diesem Falle eine Unterbrechung böse sein müsse, ließ er seinen Führer und Startop am Rande des Steinbruchs zurück, ging allein weiter und schlich zwei- oder dreimal um das Haus herum. er bemühte sich zu vergewissern, ob im Innern alles in Ordnung sei. Da er nichts hörte als undeutliche Töne einer tiefen, rauhen Stimme (das geschah, als mein Geist so beschäftigt war), so fing er endlich an, zu zweifeln, ob ich da sei, als ich plötzlich laut schrie, und er antwortete auf die Schreie und stürzte herein, dicht gefolgt von den beiden andern.

Als ich Herbert erzählte, was in dem Hause vorgefallen war, war er dafür, daß wir sofort vor einen Richter in der Stadt gingen, so spät in der Nacht, und einen Haftbefehl herausholten. Aber ich hatte schon bedacht, daß ein solches Vorgehen, indem es uns dort festhält oder uns zur Rückkehr zwingt, für Provis verhängnisvoll sein könnte. Diese Schwierigkeit war nicht zu leugnen, und wir gaben jetzt jeden Gedanken auf, Orlick zu verfolgen. Vorläufig hielten wir es unter den gegebenen Umständen für klug, Trabbs Knaben die Sache etwas leichtfertig zu machen; der, wie ich überzeugt bin, sehr enttäuscht gewesen wäre, wenn er gewußt hätte, daß sein Eingreifen mich vor dem Kalkofen gerettet hat. Nicht daß

Trabbs Knabe von bösartiger Natur gewesen wäre, sondern daß er zu viel Lebhaftigkeit besaß und daß es in seiner Konstitution lag, Abwechslung und Aufregung auf irgend jemandes Kosten zu verlangen. Als wir uns trennten, überreichte ich ihm zwei Guineen (die seinen Ansichten zu entsprechen schienen) und sagte ihm, es täte mir leid, jemals eine schlechte Meinung von ihm gehabt zu haben (die auf ihn gar keinen Eindruck machte).

Da der Mittwoch so nahe war, beschlossen wir, noch in dieser Nacht um drei Uhr in der Postchaise nach London zurückzukehren; um so mehr, als wir dann klar sein würden, ehe man von dem nächtlichen Abenteuer zu sprechen begann. Herbert holte eine große Flasche Zeug für meinen Arm; und dadurch, dass dieses Zeug die ganze Nacht über darüber getropft wurde, konnte ich seinen Schmerz auf der Reise ertragen. Es war schon hell, als wir den Tempel erreichten, und ich ging sogleich zu Bett und lag den ganzen Tag im Bett.

Meine Angst, als ich so dalag, krank zu werden und für morgen untauglich zu sein, war so bedrückend, daß ich mich wunderte, daß sie mich nicht von selbst außer Gefecht setzte. Das hätte es ziemlich sicher getan, in Verbindung mit der seelischen Zermürbung, die ich erlitten hatte, wenn nicht die unnatürliche Belastung auf mir gewesen wäre, die der morgige Tag war. So ängstlich erwartet, mit solchen Folgen aufgeladen, seine Folgen so undurchdringlich verborgen, wenn auch so nah.

Keine Vorsichtsmaßregel hätte naheliegender sein können, als daß wir an diesem Tage von der Zwiesprache mit ihm absahen; aber das steigerte meine Unruhe wieder. Bei jedem Schritt und jedem Geräusch fuhr ich zusammen, weil ich glaubte, er sei entdeckt und gefangen genommen worden, und dies war der Bote, der es mir sagen sollte. Ich redete mir ein, daß ich wußte, daß er gefangen war; daß mir mehr als eine Furcht oder eine Ahnung auf dem Herzen lag; daß die Tatsache eingetreten sei, und ich habe eine geheimnisvolle Kenntnis davon gehabt. Als die Tage vergingen und keine bösen Nachrichten kamen, als der Tag hereinbrach und die Dunkelheit hereinbrach, übermannte mich meine überschattende Furcht, vor dem morgigen Früh durch Krankheit behindert zu werden. Mein brennender Arm pochte, und mein brennender Kopf pochte, und ich glaubte, ich fing an zu wandern. Ich zählte bis zu hohen Zahlen, um mich meiner selbst sicher zu sein, und wiederholte Stellen, die ich in Prosa und Versen kannte. Es geschah manchmal, daß ich in der bloßen Flucht eines erschöpften Geistes einige Augenblicke einschlief oder vergaß; dann sagte ich mir erschrocken: „Jetzt ist es gekommen, und ich werde wahnsinnig!"

Sie hielten mich den ganzen Tag über sehr ruhig, hielten meinen Arm beständig angezogen und gaben mir kühlende Getränke. Jedesmal, wenn ich einschlief, erwachte ich mit dem Gedanken, den ich in der Schleuse gehabt hatte, daß eine lange Zeit verflossen sei und die Gelegenheit, ihn zu retten, verschwunden sei. Gegen Mitternacht erhob ich mich aus dem Bett und ging zu Herbert mit der Überzeugung, daß ich vierundzwanzig Stunden geschlafen hatte und daß der Mittwoch vorüber war. Es war die letzte selbsterschöpfende Anstrengung meiner Unruhe, denn danach schlief ich fest.

Der Mittwochmorgen dämmerte, als ich aus dem Fenster schaute. Die blinkenden Lichter auf den Brücken waren schon bleich, die kommende Sonne stand wie ein Feuersumpf am Horizont. Der Fluss, noch dunkel und geheimnisvoll, war von Brücken überspannt, die kalt grau wurden, und hier und da oben eine warme Berührung vom Feuer am Himmel zu spüren war. Als ich an den dicht gedrängten Dächern entlangblickte, mit Kirchtürmen und Türmen, die in die ungewöhnlich klare Luft ragten, ging die Sonne auf, und ein Schleier schien vom Fluß gezogen zu werden, und Millionen von Funken brachen auf seinem Wasser hervor. Auch von mir schien ein Schleier gezogen zu sein, und ich fühlte mich stark und wohl.

Herbert lag schlafend in seinem Bett, und unser alter Kommilitone lag schlafend auf dem Sofa. Ich konnte mich nicht ohne Hilfe ankleiden; aber ich machte das Feuer an, das noch brannte, und bereitete ihnen Kaffee bereit. Zur rechten Zeit sprangen auch sie kräftig und munter an, und wir ließen die scharfe Morgenluft an den Fenstern herein und sahen die Flut an, die noch auf uns zuströmte.

„Wenn es um neun Uhr wird," sagte Herbert heiter: „so haltet euch vor uns in acht und haltet euch bereit, ihr da drüben an der Mill Pond Bank!"

KAPITEL LIV.

Es war einer jener Märztage, an denen die Sonne heiß scheint und der Wind kalt bläst: wenn es Sommer im Licht und Winter im Schatten ist. Wir hatten unsere Cabans dabei, und ich nahm eine Tasche. Von all meinen weltlichen Besitztümern nahm ich nicht mehr als die wenigen Notwendigkeiten, die den Sack füllten. Wohin ich gehen würde, was ich tun oder wann ich zurückkehren würde, waren mir völlig unbekannte Fragen; auch ärgerte ich mich nicht über sie, denn es war ganz auf Provis' Sicherheit gerichtet. Ich fragte mich nur für einen flüchtigen Augenblick, als ich an der Tür stehen blieb und zurückblickte, unter welchen veränderten Umständen ich diese Zimmer das nächste Mal sehen würde, wenn überhaupt.

Wir schlenderten bis zur Tempeltreppe hinunter und blieben dort stehen, als ob wir nicht ganz entschlossen wären, überhaupt auf das Wasser zu gehen. Natürlich hatte ich darauf geachtet, dass das Boot fertig und alles in Ordnung war. Nach einer kleinen Demonstration von Unentschlossenheit, die niemand zu sehen war als die zwei oder drei amphibischen Geschöpfe, die zu unserer Tempeltreppe gehörten, gingen wir an Bord und legten ab; Herbert im Bug, ich steuere. Es war damals etwa Hochwasser – halb acht.

Unser Plan war folgender. Die Flut, die um neun Uhr zu sinken begann und bis drei Uhr bei uns war, beabsichtigten wir, noch weiter zu kriechen, nachdem sie sich gedreht hatte, und bis zum Einbruch der Dunkelheit gegen sie zu rudern. Wir würden uns dann wohl in den langen Strecken unterhalb von Gravesend befinden, zwischen Kent und Essex, wo der Fluß breit und einsam ist, wo die Bewohner des Wassers sehr gering sind und wo hier und da einsame Wirtshäuser zerstreut sind, von denen wir eines als Ruheplatz wählen könnten. Dort wollten wir die ganze Nacht liegen. Der Dampfer nach Hamburg und der Dampfer nach Rotterdam würden am Donnerstagmorgen gegen neun Uhr in London abfahren. Wir würden wissen, zu welcher Zeit wir sie zu erwarten hätten, je nachdem, wo wir uns befänden, und würden den ersten herbeirufen; so daß, wenn wir nicht durch irgendeinen Zufall ins Ausland geführt würden, wir noch eine Chance hätten. Wir kannten die Unterscheidungsmerkmale jedes Schiffes.

Die Erleichterung, endlich mit der Ausführung des Vorhabens beschäftigt zu sein, war für mich so groß, daß es mir schwer fiel, den Zustand zu begreifen, in dem ich mich vor wenigen Stunden befunden hatte. Die frische Luft, das Sonnenlicht, die Bewegung auf dem Fluß und der sich bewegende Fluß selbst, der Weg, der mit uns lief und uns zu sympathisieren, zu beleben und zu ermutigen schien, erfrischte mich mit neuer Hoffnung. Ich fühlte mich beschämt, in dem Boote von so geringem Nutzen zu sein; aber es gab nur wenige bessere Ruderer als meine beiden Freunde, und sie ruderten mit einem gleichmäßigen Schlag, der den ganzen Tag dauern sollte.

Zu jener Zeit war der Dampfverkehr auf der Themse weit unter seiner heutigen Ausdehnung, und die Boote der Wasserleute waren weit zahlreicher. Von Kähnen, Segelbergleuten und Küstenhändlern waren es vielleicht so viele wie jetzt; aber von Dampfschiffen, großen und kleinen, nicht einen Zehnten oder einen zwanzigsten Teil so viele. So früh es auch war, so fuhren an diesem Morgen doch viele Skuller hin und her, und viele Lastkähne sanken mit der Flut hinab; Die Schiffahrt auf dem Fluß zwischen den Brücken in einem offenen Boot war in jenen Tagen eine viel leichtere und gewöhnlichere Angelegenheit als in unseren; Und wir fuhren zwischen vielen Booten und Wherries zügig voran.

Bald war die alte Londoner Brücke passiert, und der alte Billingsgate-Markt mit seinen Austernbooten und Holländern, der weiße Turm und das Verrätertor, und wir befanden uns in den Reihen der Schiffahrt. Hier waren die Dampfer von Leith, Aberdeen und Glasgow, die Waren be- und entluden und ungeheuer hoch aus dem Wasser ragten, als wir längsseits vorbeifuhren; Hier gab es Bergleute nach und nach, und die Kohlenschleuder stürzten von den Bühnen an Deck herab, als Gegengewicht zu den Kohlenmassen, die in die Höhe schwangen und dann über die Seite zu Lastkähnen gerattelt wurden; hier lag an seinem Liegeplatz der morgige Dampfer nach Rotterdam, von dem wir wohl Notiz nahmen; und morgen geht es hier nach Hamburg, unter dessen Bugspriet wir hinüberfuhren. Und jetzt, da ich im Heck saß, konnte ich mit schneller klopfendem Herzen die Mill Pond Bank und die Mill Pond Treppen sehen.

„Ist er da?" fragte Herbert.

„Noch nicht."

„Richtig! Er sollte nicht eher herunterkommen, als bis er uns sah. Können Sie sein Signal sehen?"

„Nicht gut von hier; aber ich glaube es zu sehen. – Jetzt sehe ich ihn! Ziehen Sie beide. Ganz einfach, Herbert. Ruder!"

Wir berührten die Treppe einen Augenblick lang, dann war er an Bord, und wir fuhren wieder fort. Er hatte einen Bootsmantel bei sich und eine schwarze Leinwandtasche; und er sah so aus wie ein Flußlotse, wie mein Herz es sich nur wünschen konnte.

„Lieber Junge!" sagte er, indem er seinen Arm auf meine Schulter legte, als er seinen Platz einnahm. „Treuer lieber Junge, gut gemacht. Danke, danke!"

Wieder zwischen den Stufen der Schiffahrt, rein und raus, rostige Kettenseile, ausgefranste Hanfklöser und schwankende Bojen vermeidend, für den Augenblick zerbrochene Körbe versenkend, schwimmende Holzspäne und Späne zerstreuen, schwimmenden Kohlenschaum spaltend, hinein und hinaus, unter der Galionsfigur des *John of Sunderland*, der eine Rede in den Wind hält (wie es viele Johns tun), und die *Betsy von Yarmouth* mit einer festen Förmlichkeit des Busens und ihren knorrigen Augen, die zwei Zoll aus ihrem Kopf ragten; rein und raus, Hämmer gingen in die Werften der Schiffbauer, Sägen gingen auf Holz, klirrende Motoren auf unbekannte Dinge ein, Pumpen gingen in undichten Schiffen, Winden fuhren los, Schiffe fuhren auf das Meer hinaus, und unverständliche Meerestiere brüllten Flüche über die Bollwerke gegen die beklagten Leichter, rein und raus, endlich hinaus auf den klareren Fluß, wo die Schiffsjungen ihre Fender einholen konnten, um nicht mehr mit ihnen über der Seite in unruhigen Gewässern zu fischen, und wo die geschmückten Segel im Winde fliegen konnten.

An der Treppe, wohin wir ihn ins Ausland geführt hatten, hatte ich seither argwöhnisch nach irgend einem Zeichen Ausschau gehalten, daß wir verdächtigt würden. Ich hatte keines gesehen. Wir waren gewiß nicht dort gewesen, und ebenso gewiß wurden wir damals von keinem Boote begleitet oder verfolgt. Wäre man von irgend einem Boote erwartet worden, so wäre ich ans Ufer gelaufen und hätte es gezwungen, weiterzufahren oder seine Absicht offenbar zu machen. Aber wir haben uns behauptet, ohne den Anschein von Belästigung zu erwecken.

Er trug seinen Bootsmantel und sah, wie gesagt, wie ein natürlicher Teil der Szene aus. Es war merkwürdig (aber vielleicht war das elende Leben, das er geführt hatte, der Grund dafür), daß er von uns am wenigsten ängstlich war. Er war nicht gleichgültig, denn er sagte mir, er hoffe zu leben, um seinen Herrn als einen der besten Gentlemen in einem fremden Lande zu sehen; er war nicht geneigt, passiv oder resigniert zu sein, wie ich es verstand; aber er dachte nicht daran, der Gefahr auf halbem Wege zu begegnen. Als es über ihn kam, stellte er es zur Rede, aber es musste kommen, bevor er sich darum kümmerte.

„Wenn du wüßtest, lieber Junge," sagte er zu mir: „was es heißt, länger hier zu sitzen, mein lieber Junge, und meinen Rauch zu trinken, nachdem ich Tag für Tag zwischen vier Wänden gewesen bin, würdest du mich beneiden. Aber du weißt nicht, was es ist."

„Ich glaube, ich kenne die Freuden der Freiheit," antwortete ich.

„Ah," sagte er und schüttelte ernst den Kopf. „Aber du weißt es nicht wie ich. Du mußt hinter Schloß und Riegel gewesen sein, lieber Junge, um zu wissen, daß es mir ebenbürtig ist – aber ich werde nicht niedrig sein."

Es erschien mir widersprüchlich, daß er für jede beherrschende Idee seine Freiheit und sogar sein Leben hätte aufs Spiel setzen müssen. Aber ich dachte darüber nach, daß die Freiheit ohne Gefahr vielleicht zu viel von aller Gewohnheit seines Daseins entfernt war, um für ihn das zu sein, was sie für einen andern Menschen sein würde. Ich war nicht weit draußen, denn er sagte, nachdem er ein wenig geraucht hatte:

„Siehst du, lieber Junge, als ich drüben war, auf der anderen Seite der Welt, habe ich immer nach dieser Seite geschaut; und es war flach, dort zu sein, obwohl ich ein wachsender Reichtum war. Jeder kannte Magwitch, und Magwitch konnte kommen, und Magwitch konnte gehen, und niemand würde sich um ihn kümmern. Sie sind hier nicht so leicht mit mir, lieber Junge, und es wäre wenigstens nicht, wenn sie wüßten, wo ich bin."

„Wenn alles gut geht," sagte ich: „so werden Sie in wenigen Stunden wieder vollkommen frei und sicher sein."

„Nun," erwiderte er und holte tief Atem: „ich hoffe es."

„Und glauben Sie das?"

Er tauchte die Hand über das Dollbord des Bootes ins Wasser und sagte, indem er mit jener sanften Miene lächelte, die mir nicht neu war:

„Ja, ich glaube es, lieber Junge. Wir wären verwirrt, wenn wir ruhiger und gelassener wären, als wir es jetzt sind. Aber – es ist ein so sanftes und angenehmes Fließen durch das Wasser, p'raps, wie ich es glauben mache – ich dachte in diesem Augenblick durch meinen Rauch hindurch, daß wir in den nächsten Stunden ebensowenig auf den Grund sehen können, wie wir auf den Grund dieses Flusses sehen können, was ich ergreife. Und wir können ihre Flut ebensowenig aufhalten, wie ich sie halten kann. Und es ist mir durch die Finger gelaufen und weg, siehst du!" Er hielt seine triefende Hand hoch.

„Aber nach Ihrem Gesicht würde ich glauben, Sie wären ein wenig niedergeschlagen," sagte ich.

„Nicht ein bißchen drauf, lieber Junge! Es kommt daher, daß es so ruhig dahinfließt, und daß es am Kopf des Bootes plätschert und eine Art Sonntagsmelodie macht. Vielleicht bin ich ein bißchen älter geworden."

Er steckte seine Pfeife mit einem ungestörten Gesichtsausdruck wieder in den Mund und saß so ruhig und zufrieden, als ob wir bereits aus England heraus wären. Und doch war er einem Wort des Ratschlags so unterwürfig, als ob er in ständiger Angst gewesen wäre; denn als wir an Land liefen, um ein paar Flaschen Bier in das Boot zu holen, und er ausstieg, deutete ich an, daß ich glaubte, er würde am sichersten sein, wo er sei, und er sagte. „Willst du, lieber Junge?" und setzte sich ruhig wieder nieder.

Die Luft auf dem Fluß fühlte sich kalt an, aber es war ein heller Tag, und der Sonnenschein war sehr heiter. Die Flut war stark, ich hütete mich, etwas davon zu verlieren, und unser gleichmäßiger Schlag trug uns ganz gut weiter. Nach und nach verloren wir, als die Flut auslief, mehr und mehr von den näheren Wäldern und Hügeln und sanken zwischen den schlammigen Ufern immer tiefer und tiefer, aber die Flut war noch bei uns, als wir vor Gravesend waren. Als unser Schützling in seinen Mantel gehüllt war, fuhr ich absichtlich bis auf ein oder zwei Boote an dem schwimmenden Zollhaus vorbei und fuhr so hinaus, um den Strom zu fangen, neben zwei Auswandererschiffen und unter dem Bug eines großen Transporters mit Truppen auf dem Vorschiff, die auf uns herabsahen. Und bald fing die Flut an, sich zu verlangsamen, und die vor Anker liegenden Fahrzeuge begannen zu schaukeln, und bald hatten sie alle umgeschwenkt, und die Schiffe, die die neue Flut benutzten, um an den Teich zu gelangen, fingen an, sich in einer Flotte auf uns zu drängen, und wir hielten uns unter dem Ufer, so viel wie möglich aus der Stärke der Flut heraus.   Vorsichtig von niedrigen Untiefen und Schlammbänken abhalten.

Unsere Ruderer waren so frisch, weil sie sie gelegentlich ein oder zwei Minuten mit der Flut treiben ließen, daß eine Viertelstunde Pause so viel ausreichte, als sie wollten. Wir gingen zwischen einigen schlüpfrigen Steinen an Land, aßen und tranken, was wir bei uns hatten, und sahen uns um. Es war wie mein eigenes Sumpfland, flach und eintönig und mit einem trüben Horizont; während der gewundene Fluss sich drehte und wendete, und die großen schwimmenden Bojen auf ihm sich drehten und wendeten, und alles andere gestrandet und still zu sein schien. Denn jetzt war der letzte Teil der Flotte um den letzten Tiefpunkt herum, den wir angesteuert hatten; und der letzte grüne Kahn, mit Stroh beladen, mit einem braunen Segel, war ihm gefolgt; und einige Ballastleichter, die wie die erste rohe Nachahmung eines Bootes durch ein Kind geformt waren, lagen tief im Schlamm; und ein kleiner, gedrungener, flacher Leuchtturm auf offenen Pfählen stand verkrüppelt auf Stelzen und Krücken im Schlamm; Und schleimige Pfähle ragten aus dem Schlamm heraus, und schleimige Steine ragten aus dem Schlamm, und rote Landmarken und Gezeitenmarken ragten aus dem Schlamm heraus, und eine alte Landungsbrücke und ein altes dachloses Gebäude rutschten in den Schlamm, und alles um uns herum war Stagnation und Schlamm.

Wir stießen uns wieder ab und machten uns auf den Weg, den wir konnten. Es war jetzt viel schwerer, aber Herbert und Startop hielten durch und ruderten und ruderten und ruderten, bis die Sonne unterging. Inzwischen hatte uns der Fluss ein wenig angehoben, so dass wir über das Ufer sehen konnten. Da war die rote Sonne auf der niedrigen Ebene des Ufers in einem purpurnen Dunst, der sich schnell in Schwarz vertiefte; und da war der einsame flache Sumpf; und in der Ferne lag der ansteigende Boden, zwischen dem und zwischen uns kein Leben zu sein schien, außer hier und da im Vordergrund eine melancholische Möwe.

Da die Nacht schnell hereinbrach und der Mond, da er den Vollmond überschritten hatte, nicht früh aufgehen wollte, hielten wir einen kleinen Rat; Eine kurze, denn es war klar, daß wir bei der ersten einsamen Taverne, die wir finden konnten, liegen sollten. Also schlugen sie noch einmal mit den Rudern umher, und ich hielt Ausschau nach so etwas wie einem Haus. So hielten wir, ohne ein Wort zu sprechen, vier oder fünf Meilen lang durch. Es war sehr kalt, und ein Bergmann, der an uns vorbeikam, mit seinem rauchenden und flackernden Galeerenfeuer, sah aus wie ein behagliches Heim. Die Nacht war um diese Zeit so dunkel, wie sie es bis zum Morgen sein würde; und das Licht, das wir hatten, schien mehr vom Fluß als vom Himmel zu kommen, als die Ruder beim Eintauchen nach einigen reflektierten Sternen schlugen.

In dieser düsteren Zeit waren wir offenbar alle von dem Gedanken besessen, daß man uns folgte. Als die Flut sich entwickelte, schlug sie in unregelmäßigen Zwischenräumen heftig gegen das Ufer; Und wenn ein solches Geräusch kam, so fuhr einer oder der andere von uns sicher zusammen und sah nach dieser Richtung. Hier und da hatte sich die Strömung das Ufer zu einem kleinen Bach hinabgerissen, und wir waren alle mißtrauisch gegen solche Stellen und beäugten sie nervös. Manchmal: „Was war das für eine Welle?", fragte einer von uns mit leiser Stimme. Oder ein anderer: „Ist das ein Boot da drüben?" Und nachher verfielen wir in Totenstille, und ich saß ungeduldig da und dachte darüber nach, mit welch ungewöhnlichem Lärm die Ruder in den Tüchern arbeiteten.

Endlich entdeckten wir ein Licht und ein Dach und liefen bald darauf an einem kleinen Damm entlang, der aus Steinen bestand, die hart daneben aufgerissen worden waren. Ich ließ die übrigen im Boote, ging an Land und fand, daß das Licht in einem Fenster eines Wirtshauses war. Es war ein schmutziger Ort, und ich wage zu sagen, daß er den schmugglernden Abenteurern nicht unbekannt war; aber in der Küche brannte ein gutes Feuer, und es gab Eier und Speck zu essen und verschiedene Spirituosen zu trinken. Außerdem gab es zwei Zweibettzimmer, „so wie sie waren," sagte der Wirt. Es war keine andere Gesellschaft im Hause als der Wirt, seine Frau und ein ergrautes männliches Geschöpf, der „Bube" von dem kleinen Damm, der so schleimig und schmierig war, als ob er auch der Niedrigwasserfleck gewesen wäre.

Mit diesem Gehilfen ging ich wieder zum Boot hinunter, und wir kamen alle an Land, holten die Ruder, das Ruder und den Bootshaken und alles andere heraus und zogen es für die Nacht hoch. Wir bereiteten ein sehr gutes Mahl am Küchenfeuer und teilten dann die Schlafzimmer ein: Herbert und Startop sollten eines bewohnen; Ich und unser Schützling sind der andere. Wir fanden die Luft von beiden so sorgfältig ausgeschlossen, als ob die Luft für das Leben tödlich wäre; und unter den Betten lagen mehr schmutzige Wäsche und Bandkästen, als ich gedacht hätte, daß die Familie sie besaß. Nichtsdestoweniger hielten wir uns für wohlhabend für einen einsameren Ort, den wir nicht hätten finden können.

Während wir uns nach dem Mahle am Feuer trösteten, fragte mich der Jack, der in einer Ecke saß und ein aufgedunsenes Paar Schuhe anhatte, die er, während wir unsere Eier und Speck aßen, als interessante Reliquien zur Schau gestellt hatte, die er vor einigen Tagen von den Füßen eines ertrunkenen Seemanns genommen hatte, der an Land gespült worden war, ob wir eine vierrudrige Kombüse gesehen hätten, die mit der Flut aufging? Als ich ihm Nein sagte, sagte er, sie müsse damals hinuntergegangen sein, und doch habe sie „auch aufgenommen," als sie dort wegging.

„Sie müssen es sich aus irgend einem Grunde besser überlegt haben," sagte der Bube: „und sind hinuntergegangen."

„Eine vierrudrige Galeere, sagten Sie?" fragte ich.

„Eine Vier," sagte der Bube: „und zwei Sitzende."

„Sind sie hier an Land gegangen?"

„Sie haben einen steinernen Zwei-Gallonen-Krug für etwas Bier hineingetan. Ich wäre gern selbst in das Bier gestochen worden," sagte der Bube: „oder irgend eine rasselnde Physik hineingetan."

„Warum?"

„*Ich* weiß warum," sagte der Bube. Er sprach mit matschiger Stimme, als ob ihm viel Schlamm in die Kehle gespült worden wäre.

„Er glaubt," sagte der Wirt, ein schwach nachdenklicher Mann mit bleichen Augen, der sich sehr auf seinen Jack zu verlassen schien: „er glaubt, sie seien gewesen, was sie nicht waren."

„*Ich* weiß, was ich denke," bemerkte der Bube.

„*Du* glaubst, wir sind Sitten, Jack?" fragte der Wirt.

„Das tue ich," sagte der Bube.

„Dann irrst du dich, Jack."

„BIN ICH!"

In der unendlichen Bedeutung seiner Antwort und in seiner grenzenlosen Zuversicht in seine Ansichten zog der Jack einen seiner aufgedunsenen Schuhe aus, sah hinein, schlug ein paar Steine auf den Küchenboden hinaus und zog ihn wieder an. Er tat dies mit der Miene eines Jack, der so recht hatte, dass er es sich leisten konnte, alles zu tun.

„Nun, was glauben Sie daraus, daß sie denn mit ihren Knöpfen gemacht haben, Jack?" fragte der Wirt schwach schwankend.

„Fertig mit den Knöpfen?" entgegnete der Bube. „Habe sie über Bord geworfen. Habe sie. Habe sie gesät, um einen kleinen Salat zu erhalten. Schluss mit den Knöpfen!"

„Seien Sie nicht frech, Jack," erwiderte der Wirt in melancholischer und pathetischer Weise.

„Ein Zolloffizier weiß, was er mit seinen Knöpfen zu tun hat," sagte der Bube, indem er das widerwärtige Wort mit der größten Verachtung wiederholte: „wenn sie zwischen ihn und sein eigenes Licht kommen. Ein Vierer und zwei Sitzende gehen nicht hängend und schwebend hin, mit der einen Flut hinauf und mit der anderen hinunter, und sowohl mit als auch gegen die andere, ohne dass die Gewohnheit ‚Uns' am unteren Ende ist." Mit diesen Worten ging er verächtlich hinaus; und da der Wirt niemanden hatte, dem er antworten konnte, hielt er es für undurchführbar, die Sache weiter zu verfolgen.

Dieser Dialog beunruhigte uns alle, und mich sehr beunruhigt. Der düstere Wind murmelte um das Haus herum, die Flut schlug ans Ufer, und ich hatte das Gefühl, wir wären eingesperrt und bedroht. Eine vierrudrige Kombüse, die auf eine so ungewöhnliche Weise umherschwebte, daß sie diese Aufmerksamkeit erregte, war ein häßlicher Umstand, den ich nicht loswerden konnte. Als ich Provis veranlaßt hatte, zu Bett zu gehen, ging ich mit meinen beiden Gefährten nach draußen (Startop wußte inzwischen den Stand der Sache) und hielt noch eine Besprechung ab. Ob wir bis kurz vor der Zeit des Dampfers, die gegen ein Uhr nachmittags sein würde, im Hause bleiben sollten, oder ob wir früh am Morgen ablegen sollten, war die Frage, die wir erörterten. Im Ganzen hielten wir es für den besseren, dort zu liegen, wo wir waren, bis etwa eine Stunde nach der Zeit des Dampfers, um dann in seine Spur zu geraten und leicht mit der Flut zu treiben. Nachdem wir uns damit abgefunden hatten, kehrten wir ins Haus zurück und legten uns zu Bett.

Ich legte mich mit dem größten Teil meiner Kleider nieder und schlief einige Stunden gut. Als ich erwachte, hatte sich der Wind erhoben, und das Schild des Hauses (des Schiffes) knarrte und klopfte mit Geräuschen, die mich erschreckten. Ich erhob mich leise, denn mein Schützling schlief fest, und sah zum Fenster hinaus. Er beherrschte den Damm, wo wir unser Boot eingeholt hatten, und als meine Augen sich dem Licht des bewölkten Mondes anpaßten, sah ich zwei Männer, die in ihn hineinsahen. Sie gingen unter dem Fenster vorüber, sahen nichts anderes, und sie gingen nicht zu dem Landungsplatz hinab, den ich als leer erkannte, sondern schlugen über den Sumpf in der Richtung auf die Nore ein.

Mein erster Impuls war, Herbert herbeizurufen und ihm zu zeigen, wie die beiden Männer fortgingen. Aber ehe ich in sein Zimmer kam, das hinter dem Hause lag und an das meinige grenzte, dachte ich daran, daß er und Startop einen schwereren Tag gehabt hätten als ich und müde seien, und so vernachlässigte ich. Als ich zu meinem Fenster zurückging, konnte ich sehen, wie sich die beiden Männer über den Sumpf bewegten. In diesem Lichte verlor ich sie jedoch bald, und da mir sehr kalt war, legte ich mich nieder, um über die Sache nachzudenken, und schlief wieder ein.

Wir waren früh auf. Als wir vor dem Frühstück alle vier zusammen hin und her gingen, hielt ich es für richtig, zu erzählen, was ich gesehen hatte. Wieder war unser Schützling der am wenigsten ängstliche von der Gesellschaft. Es sei sehr wahrscheinlich, daß die Männer zum Zollhaus gehörten, sagte er leise, und daß sie nicht an uns gedacht hätten. Ich versuchte mich zu überzeugen, daß es so sei, wie es in der Tat leicht sein konnte. Ich schlug jedoch vor, daß er und ich zusammen zu einem entfernten Punkt gehen sollten, den wir sehen könnten, und daß das Boot uns dort an Bord nehmen sollte, oder so nahe, wie es sich als möglich erweisen würde, gegen Mittag. Da dies als eine gute Vorsichtsmaßregel angesehen wurde, machten er und ich uns bald nach dem Frühstück auf den Weg, ohne in der Taverne etwas zu sagen.

Er rauchte seine Pfeife, während wir weitergingen, und blieb manchmal stehen, um mir auf die Schulter zu klopfen. Man hätte annehmen können, daß ich es war, der in Gefahr war, nicht er, und daß er mich beruhigte. Wir sprachen sehr wenig. Als wir uns dem Punkt näherten, bat ich ihn, an einem geschützten Ort zu bleiben, während ich weiter rekognoszierte; denn es war es, wohin die Männer in der Nacht gegangen waren. Er gehorchte, und ich ging allein weiter. Es gab kein Boot vor der Landspitze, noch irgendein Boot, das irgendwo in der Nähe aufgemacht war, noch gab es irgend eine Spur, daß die Leute sich dort eingeschifft hätten. Aber um sicher zu gehen, war die Flut hoch, und es mochten einige Fußabdrücke unter Wasser gewesen sein.

Als er aus seinem Unterschlupf in der Ferne hinausschaute und sah, daß ich ihm meinen Hut zuwinkte, heraufzukommen, kam er wieder zu mir, und da warteten wir; manchmal lagen wir am Ufer, in unsere Mäntel gehüllt, und manchmal bewegten wir uns, um uns zu wärmen, bis wir unser Boot kommen sahen. Wir kamen leicht an Bord und ruderten in die Spur des Dampfers hinaus. Zu diesem Zeitpunkt fehlten ihm nur noch zehn Minuten von einem, und wir begannen, nach ihrem Rauch Ausschau zu halten.

Aber es war halb eins, als wir sie rauchen sahen, und bald darauf sahen wir dahinter den Rauch eines anderen Dampfers. Als sie in voller Fahrt herankamen, machten wir die beiden Säcke bereit und benutzten die Gelegenheit, um uns von Herbert und Startop zu verabschieden. Wir hatten uns alle herzlich die Hand geschüttelt, und weder Herberts noch meine Augen waren ganz trocken, als ich eine vierrudrige Galeere unter dem Ufer hervorschießen sah, aber ein kleines Stück vor uns, und in dieselbe Spur hinausruderte.

Ein Stück Ufer war wegen der Biegung und des Windes des Flusses noch zwischen uns und dem Rauch des Dampfers gewesen; Aber jetzt war sie zu sehen, sie kam frontal. Ich rief Herbert und Startop zu, sie sollten sich vor der Flut halten, damit sie uns für sie liegen sähe, und ich beschwor Provis, ganz still zu sitzen, in seinen Mantel gehüllt. Er antwortete heiter: „Vertraue mir, lieber Junge!" und saß da wie eine Statue. Inzwischen hatte uns die Galeere, die sehr geschickt gehandhabt war, gekreuzt, wir wollten mit ihr heraufkommen und längsseits fallen. Da sie gerade genug Platz für das Spiel der Ruder ließ, blieb sie längsseitwärts, trieb dahin, wenn wir trieben, und machte ein oder zwei Schläge, wenn wir zogen. Von den beiden Sitzenden hielt der eine die Ruderleinen und sah uns aufmerksam an, wie alle Ruderer; der andere Sitzende war ebenso eingewickelt wie Provis und schien zusammenzuschrumpfen und dem Steuermann einige Anweisungen zuzuflüstern, während er uns ansah. In keinem der beiden Boote wurde ein Wort gesprochen.

Startop konnte nach einigen Minuten erkennen, welcher Dampfer der erste war, und gab mir mit leiser Stimme das Wort ‚Hamburg,‘ als wir uns gegenübersaßen. Sie näherte sich uns sehr schnell, und das Klopfen ihrer Tritte wurde immer lauter. Es war mir, als ob ihr Schatten ganz über uns läge, als die Galeere uns zurief. antwortete ich.

„Sie haben dort einen zurückgebrachten Transporter," sagte der Mann, der die Leinen hielt. „Das ist der Mann, in den Mantel gehüllt. Sein Name ist Abel Magwitch, sonst Provis. Ich nehme diesen Mann fest und rufe ihn auf, sich zu ergeben, und dich, ihm zu helfen."

In demselben Augenblick ließ er, ohne seiner Mannschaft eine hörbare Anweisung zu geben, die Kombüse vor uns hinauslaufen. Sie hatten einen plötzlichen Schlag vorgemacht, ihre Ruder eingesteckt, waren uns hinterhergelaufen und hielten sich an unserem Dollbord fest, ehe wir wußten, was sie taten. Dies verursachte große Verwirrung an Bord des Dampfers, und ich hörte, wie sie nach uns riefen, und hörte den Befehl, die Paddel anzuhalten, und hörte, wie sie anhielten, fühlte aber, wie sie unwiderstehlich auf uns herabfuhr. In demselben Augenblick sah ich, wie der Steuermann der Kombüse die Hand auf die Schulter seines Gefangenen legte, und sah, daß beide Boote mit der Kraft der Flut herumschwankten, und sah, daß alle Mann an Bord des Dampfers ganz wild vorwärts liefen. Und doch sah ich im selben Augenblick den Gefangenen auffahren, sich über seinen Häscher beugen und den Mantel vom Hals des schrumpfenden Sitzenden in der Kombüse ziehen. Noch im selben Augenblick sah ich, daß das enthüllte Gesicht das Gesicht des anderen Sträflings von vor langer Zeit war. Und doch sah ich im selben Augenblick das Gesicht rückwärts sinken und einen weißen Schrecken darauf haben, den ich nie vergessen werde, und hörte einen lauten Schrei an Bord des Dampfers und ein lautes Plätschern im Wasser, und ich fühlte, wie das Boot unter mir zusammensank.

Es war nur für einen Augenblick, daß es mir schien, als kämpfte ich mit tausend Mühlenwehren und tausend Lichtblitzen; In diesem Augenblick wurde ich an Bord der Kombüse gebracht. Herbert war da, und Startop war da; Aber unser Boot war weg, und die beiden Sträflinge waren fort.

Bei dem Geschrei an Bord des Dampfers und dem wütenden Blasen des Dampfes, und bei seinem Weiterfahren und bei unserem Weiterfahren konnte ich anfangs den Himmel vom Wasser oder das Ufer vom Ufer nicht unterscheiden; aber die Mannschaft der Galeere richtete sie mit großer Geschwindigkeit auf, machte einige schnelle, kräftige Schläge voraus und legte sich auf ihre Ruder, während jeder Mann schweigend und eifrig auf das Wasser achtern blickte. Bald darauf sah man darin einen dunklen Gegenstand, der mit der Flut auf uns zusteuerte. Niemand sprach, aber der Steuermann hob die Hand, und das Wasser fiel leise zurück und hielt das Boot gerade und gerade vor sich. Als er näher kam, sah ich, dass es Magwitch war, der schwamm, aber nicht frei schwamm. Er wurde an Bord genommen und augenblicklich an den Hand- und Fußgelenken gefesselt.

Die Kombüse wurde ruhig gehalten, und der stille, eifrige Blick auf das Wasser wurde wieder aufgenommen. Aber jetzt kam der Rotterdamer Dampfer heran, und anscheinend ohne zu verstehen, was geschehen war, fuhr er mit hoher Geschwindigkeit weiter. Als sie angehalten worden war, trieben beide Dampfer von uns weg, und wir hoben und senkten uns in einem unruhigen Kielwasser des Wassers. Der Ausguck wurde gehalten, lange nachdem alles wieder still war und die beiden Dampfer verschwunden waren; aber jeder wußte, daß es jetzt hoffnungslos war.

Endlich gaben wir es auf und zogen unter dem Ufer hindurch nach der Schenke, die wir vor kurzem verlassen hatten, wo wir mit nicht geringer Überraschung empfangen wurden. Hier konnte ich mir Trost verschaffen für Magwitch – Provis nicht mehr –, der eine sehr schwere Verletzung an der Brust und eine tiefe Schnittwunde am Kopf erlitten hatte.

Er erzählte mir, er glaube, er sei unter den Kiel des Dampfers geraten und beim Aufstehen auf den Kopf getroffen worden. Die Verletzung an der Brust (die sein Atmen außerordentlich schmerzhaft machte) glaubte er an der Seite der Kombüse erlitten zu haben. Er fügte hinzu, daß er nicht vorgab, Compeyson zu sagen, was er getan haben mochte oder nicht, sondern daß in dem Augenblick, als er die Hand auf seinen Mantel legte, um ihn zu identifizieren, dieser Bösewicht aufgetaumelt und zurückgetaumelt sei, und sie beide zusammen über Bord gegangen seien, als er (Magwitch) plötzlich aus unserem Boot gerissen worden sei. und das Bestreben seines Entführers, ihn darin zu halten, hatte uns zum Kentern gebracht. Er erzählte mir flüsternd, daß sie heftig in den Armen liegend zu Boden gegangen seien, daß es unter Wasser zu einem Kampf gekommen sei, und daß er sich losgerissen, ausgeschlagen und davongeschwommen sei.

Ich hatte nie Grund, an der genauen Wahrheit dessen, was er mir so erzählte, zu zweifeln. Der Offizier, der die Kombüse steuerte, gab den gleichen Bericht, wie sie über Bord gegangen seien.

Als ich diesen Offizier um die Erlaubnis bat, die nassen Kleider des Gefangenen zu wechseln, indem er alle Ersatzkleider, die ich im Wirtshaus bekommen konnte, kaufte, gab er sie bereitwillig, indem er nur bemerkte, daß er sich um alles kümmern müsse, was sein Gefangener bei sich habe. So ging das Taschenbuch, das ich einst in der Hand gehabt hatte, in die des Offiziers über. Er gab mir ferner die Erlaubnis, den Gefangenen nach London zu begleiten; aber ich lehnte es ab, meinen beiden Freunden diese Gnade zu gewähren.

Der Wagenheber auf dem Schiff wurde angewiesen, wo der Ertrunkene hinabgesunken war, und übernahm es, die Leiche an den Stellen zu suchen, wo es am wahrscheinlichsten war, daß sie an Land kommen würde. Sein Interesse an seiner Wiederbeschaffung schien mir sehr gesteigert zu sein, als er hörte, daß er Strümpfe anhatte. Wahrscheinlich brauchte es etwa ein Dutzend ertrunkener Männer, um ihn vollständig auszustatten; und das mag der Grund gewesen sein, warum die verschiedenen Teile seiner Kleidung in verschiedenen Stadien des Verfalls waren.

Wir blieben im Wirtshaus, bis sich das Blatt wendete, und dann wurde Magwitch in die Kombüse hinuntergetragen und an Bord gebracht. Herbert und Startop sollten so bald wie möglich auf dem Landweg nach London gelangen. Wir hatten einen traurigen Abschied, und als ich meinen Platz an Magwitchs Seite einnahm, fühlte ich, daß dies von nun an mein Platz war, solange er lebte.

Für den Augenblick war mein Widerwille gegen ihn ganz dahingeschmolzen; und in dem gejagten, verwundeten, gefesselten Geschöpf, das meine Hand in der seinigen hielt, sah ich nur einen Mann, der meine Wohltäterin sein wollte und der eine Reihe von Jahren hindurch mit großer Beständigkeit liebevoll, dankbar und großmütig für mich empfunden hatte. Ich sah in ihm nur einen viel besseren Menschen, als ich es für Joe gewesen war.

Sein Atem wurde immer schwerer und schmerzhafter, je länger die Nacht voranschritt, und oft konnte er ein Stöhnen nicht unterdrücken. Ich versuchte, ihn auf den Arm zu setzen, den ich in jeder leichten Stellung gebrauchen konnte; aber es war schrecklich zu denken, daß es mir von Herzen nicht leid tun konnte, daß er schwer verletzt worden war, da es unzweifelhaft das Beste war, wenn er starb. Daß es noch lebende Menschen gab, die imstande und willens waren, ihn zu identifizieren, daran konnte ich nicht zweifeln. Daß er nachsichtig behandelt werden würde, konnte ich nicht hoffen. Er, der bei seinem Prozeß in dem schlechtesten Licht dargestellt worden war, der inzwischen aus dem Gefängnis ausgebrochen und erneut vor Gericht gestellt worden war, der von einem Transport zurückgekehrt war, der zu lebenslänglicher Haft verurteilt worden war, und der den Tod des Mannes verursacht hatte, der die Ursache seiner Verhaftung war.

Als wir der untergehenden Sonne entgegenkehrten, die wir gestern hinter uns gelassen hatten, und als der Strom unserer Hoffnungen ganz zurückzufließen schien, sagte ich ihm, wie sehr es mich schmerzte, daran zu denken, daß er meinetwegen nach Hause gekommen sei.

„Lieber Junge," antwortete er: „ich bin ganz zufrieden, meine Chance zu ergreifen. Ich habe meinen Jungen gesehen, und er kann auch ohne mich ein Gentleman sein."

Nein. Darüber hatte ich nachgedacht, als wir Seite an Seite dort gewesen waren. Nein. Abgesehen von meinen eigenen Neigungen verstand ich jetzt Wemmicks Andeutung. Ich sah voraus, daß seine Besitztümer im Falle einer Verurteilung an die Krone verfallen würden.

„Sieh her, lieber Junge," sagte er: „es ist am besten, da man als Gentleman nicht weiß, daß er mir jetzt gehört. Komm nur zu mir, als ob du zufällig zu Wemmick kommst. Setz dich dorthin, wo ich dich sehen kann, wenn man mich beschwört, zum letzten oder vielen Mal, und ich verlange nicht mehr."

„Ich werde mich nie von deiner Seite rühren," sagte ich: „wenn ich in deiner Nähe sein muß. So Gott will, werde ich dir so treu sein, wie du es mir warst!"

Ich fühlte, wie seine Hand zitterte, als sie die meinige umfaßte, und er wandte sein Gesicht ab, als er auf dem Boden des Bootes lag, und ich hörte das alte Geräusch in seiner Kehle, das jetzt weicher geworden war, wie alle andern von ihm. Es war gut, daß er diesen Punkt berührt hatte, denn er erinnerte mich daran, woran ich sonst vielleicht erst zu spät gedacht hätte, nämlich daß er nie zu erfahren brauchte, wie seine Hoffnungen, mich zu bereichern, zunichte gemacht worden waren.

KAPITEL LV.

Er wurde am nächsten Tage dem Polizeigericht vorgeführt und wäre sofort vor Gericht gestellt worden, aber man mußte einen alten Offizier des Gefängnisschiffes, von dem er einst entflohen war, herbeischicken, um seine Identität zu befragen. Niemand zweifelte daran; aber Compeyson, der die Absicht gehabt hatte, sich dazu zu bekennen, taumelte tot auf den Fluten, und es traf sich, daß es zu dieser Zeit keinen Gefängnisbeamten in London gab, der die erforderlichen Beweise hätte vorlegen können. Ich war bei meiner Ankunft über Nacht direkt zu Mr. Jaggers in sein Privathaus gegangen, um seine Hilfe in Anspruch zu nehmen, und Mr. Jaggers wollte im Namen des Gefangenen nichts zugeben. Es war die einzige Ressource; Er sagte mir nämlich, daß der Prozeß in fünf Minuten zu Ende sein müsse, wenn der Zeuge da sei, und daß keine Macht der Welt verhindern könne, daß er gegen uns ausführe.

Ich theilte Herrn Jaggers meine Absicht mit, ihn über das Schicksal seines Reichtums in Unkenntnis zu halten. Mr. Jaggers war zornig und zornig auf mich, weil ich es „mir durch die Finger gleiten ließ," und sagte, wir müßten nach und nach ein Denkmal setzen und auf jeden Fall versuchen, etwas davon zu bekommen. Aber er verhehlte mir nicht, daß, wenn es auch viele Fälle geben mochte, in denen die Einziehung nicht geltend gemacht werden würde, es in diesem Fall keine Umstände gab, die ihn zu einem dieser Fälle machten. Das habe ich sehr gut verstanden. Ich war nicht mit dem Geächteten verwandt oder durch irgendein erkennbares Band mit ihm verbunden; Er hatte vor seiner Verhaftung keine Hand an ein Schreiben oder einen Vergleich zu meinen Gunsten gelegt, und es jetzt zu tun, wäre müßig. Ich hatte keinen Anspruch, und ich beschloß schließlich, und hielt mich auch danach an den Entschluß, daß mein Herz niemals von der hoffnungslosen Aufgabe krank werden sollte, einen solchen zu errichten.

Es schien Grund zu der Annahme zu sein, daß der ertrunkene Denunziant auf eine Belohnung aus dieser Beschlagnahme gehofft und eine genaue Kenntnis von Magwitchs Angelegenheiten erlangt hatte. Als seine Leiche viele Meilen von seinem Todesort entfernt gefunden wurde und so entsetzlich entstellt, daß man ihn nur am Inhalt seiner Taschen erkennen konnte, waren die Noten noch lesbar, zusammengefaltet in einem Etui, das er bei sich trug. Darunter befanden sich der Name eines Bankhauses in Neusüdwales, in dem eine Geldsumme aufbewahrt wurde, und die Bezeichnung gewisser Ländereien von beträchtlichem Werth. Diese beiden Köpfe waren in einer Liste enthalten, die Magwitch im Gefängnis Mr. Jaggers übergab, und zwar über die Besitztümer, von denen er annahm, daß ich sie erben sollte. Seine Unwissenheit, der arme Kerl, diente ihm endlich; er mißtraute niemals, daß mein Erbe mit Mr. Jaggers' Hilfe ganz sicher sei.

Nach dreitägiger Verzögerung, während welcher die Anklage der Krone aufstand, um den Zeugen vom Gefängnisschiff aus vorzuführen, kam der Zeuge und beendete den leichten Fall. Er war entschlossen, seinen Prozess bei der nächsten Sitzung zu absolvieren, die in einem Monat stattfinden würde.

Es war in dieser dunklen Zeit meines Lebens, als Herbert eines Abends niedergeschlagen nach Hause kam und sagte:

„Mein lieber Händel, ich fürchte, ich werde Sie bald verlassen müssen."

Nachdem sein Partner mich darauf vorbereitet hatte, war ich weniger überrascht, als er dachte.

„Wir werden eine schöne Gelegenheit verpassen, wenn ich die Reise nach Kairo aufschiebe, und ich fürchte sehr, daß ich gehen muß, Händel, wenn Sie mich am meisten brauchen."

„Herbert, ich werde dich immer brauchen, weil ich dich immer lieben werde; aber meine Not ist jetzt nicht größer als zu einer andern Zeit."

„Du wirst so einsam sein."

„Ich habe keine Muße, daran zu denken," sagte ich. „Du weißt, daß ich immer so lange bei ihm bin, wie es mir gestattet ist, und daß ich, wenn ich könnte, den ganzen Tag bei ihm sein würde. Und wenn ich mich von ihm entferne, weißt du, dass meine Gedanken bei ihm sind."

Der schreckliche Zustand, in den er versetzt wurde, war für uns beide so entsetzlich, daß wir ihn nicht mit deutlicheren Worten beschreiben konnten.

„Mein lieber Freund," sagte Herbert: „laß die nahe Aussicht auf unsere Trennung – denn sie ist sehr nahe – meine Rechtfertigung sein, dich um dich selbst zu beunruhigen. Hast du an deine Zukunft gedacht?"

„Nein, denn ich habe mich gefürchtet, an eine Zukunft zu denken."

„Aber die Ihre kann nicht von der Hand gewiesen werden; in der Tat, mein lieber Händel, es darf nicht von der Hand gewiesen werden. Ich wünschte, Sie würden jetzt, soweit es ein paar freundliche Worte betrifft, mit mir darüber sprechen."

„Das werde ich," sagte ich.

„In unserer Filiale, Händel, müssen wir einen ..."

Ich sah, daß seine Feinfühligkeit das richtige Wort vermied, und so sagte ich: „Ein Beamter."

„Ein Angestellter. Und ich hoffe, es ist durchaus nicht unwahrscheinlich, daß er sich (wie ein Beamter Ihres Bekanntenkreises) zu einem Teilhaber entwickeln wird. Nun, Händel, kurz, mein lieber Junge, kommst du zu mir?"

Es lag etwas Reizend Herzliches und Einnehmendes in der Art, wie er, nachdem er „Jetzt, Händel" gesagt hatte, als ob es der ernste Anfang eines unheilvollen Geschäftsexordiums wäre, plötzlich diesen Ton aufgegeben, die ehrliche Hand ausgestreckt und wie ein Schuljunge gesprochen hatte.

„Klara und ich haben immer wieder davon gesprochen," fuhr Herbert fort: „und das liebe kleine Ding hat mich erst heute abend mit Tränen in den Augen angefleht, dir zu sagen, wenn du bei uns wohnen willst, wenn wir zusammenkommen, so wird sie ihr Bestes tun, um dich glücklich zu machen und den Freund ihres Mannes zu überzeugen, daß er auch ihr Freund ist. Wir sollten uns so gut verstehen, Händel!"

Ich dankte ihr herzlich, und ich dankte ihm herzlich, sagte aber, ich könne mich noch nicht sicher sein, mich ihm anzuschließen, wie er es so freundlich anbot. Erstens war mein Verstand zu beschäftigt, um das Thema klar aufnehmen zu können. Zweitens: Ja! Zweitens blieb etwas Unbestimmtes in meinen Gedanken, das erst gegen Ende dieser kleinen Erzählung zum Vorschein kommen wird.

„Aber wenn du glaubst, Herbert, daß du die Frage ein wenig offen lassen könntest, ohne deinem Geschäft irgend etwas zu schaden" –

„Für eine Weile!" rief Herbert. „Sechs Monate, ein Jahr!"

„Nicht so lange," sagte ich: „höchstens zwei oder drei Monate."

Herbert war sehr erfreut, als wir uns über diese Vereinbarung die Hand schüttelten, und sagte, er könne jetzt den Mut fassen, mir zu sagen, daß er glaube, am Ende der Woche abreisen zu müssen.

„Und Clara?" fragte ich.

„Das liebe kleine Ding," entgegnete Herbert: „hält pflichtschuldig an seinem Vater, solange er lebt; Aber er wird nicht lange durchhalten. Mrs. Whimple vertraut mir an, daß er gewiß gehen wird."

„Um nicht zu sagen, daß er gefühllos ist," sagte ich: „er kann nichts Besseres tun, als zu gehen."

„Ich fürchte, das muß man zugeben," sagte Herbert; „Und dann werde ich zurückkommen, um das liebe kleine Ding zu holen, und das liebe kleine Ding werde ich leise in die nächste Kirche gehen. Merken! Der selige Liebling stammt aus keiner Familie, mein lieber Händel, hat nie in das rote Buch geschaut und hat keine Ahnung von ihrem Großvater. Welch ein Glück für den Sohn meiner Mutter!"

Am Sonnabend derselben Woche nahm ich Abschied von Herbert – voll heller Hoffnung, aber traurig und betrübt, mich verlassen zu müssen –, als er auf einem der Postkutschen des Seehafens saß. Ich ging in ein Kaffeehaus, um Clara einen kleinen Brief zu schreiben, in dem ich ihr mitteilte, daß er fortgegangen sei, ihr immer und immer wieder seine Liebe geschickt habe, und dann in mein einsames Haus gegangen sei, wenn es diesen Namen verdient hätte; denn es war jetzt keine Heimat mehr für mich, und ich hatte nirgends ein Zuhause.

Auf der Treppe begegnete ich Wemmick, der herabkam, nachdem er vergeblich seine Fingerknöchel gegen meine Tür gedrückt hatte. Ich hatte ihn seit dem verhängnisvollen Ausgang des Fluchtversuchs nicht mehr allein gesehen; und er war gekommen, um in seiner privaten und persönlichen Eigenschaft einige Worte der Erklärung über dieses Versagen zu sagen.

„Der verstorbene Compeyson," sagte Wemmick: „hatte nach und nach die Hälfte der regelmäßigen Geschäfte, die jetzt abgewickelt wurden, erreicht; und aus den Gesprächen einiger seiner Leute in Schwierigkeiten (einige seiner Leute waren immer in Schwierigkeiten) hörte ich, was ich tat. Ich hielt die Ohren offen, schien sie geschlossen zu haben, bis ich hörte, daß er abwesend war, und ich dachte, dies wäre die beste Zeit, um den Versuch zu machen. Ich kann jetzt nur vermuten, daß es ein Teil seiner Politik war, als ein sehr kluger Mann, seine eigenen Werkzeuge zu täuschen. Hoffen Sie, daß Sie es mir nicht verübeln, Mr. Pip? Ich bin sicher, ich habe versucht, Ihnen von ganzem Herzen zu dienen."

„Dessen bin ich so sicher, Wemmick, wie Sie es nur sein können, und ich danke Ihnen aufrichtig für all Ihr Interesse und Ihre Freundschaft."

„Danke, vielen Dank. Es ist eine schlechte Arbeit," sagte Wemmick und kratzte sich am Kopf: „und ich versichere Ihnen, daß ich schon lange nicht mehr so zerrissen war. Was ich mir anschaue, ist das Opfer von so viel tragbarem Eigentum. Ach, mein Lieber!"

„*Woran ich* denke, Wemmick, ist der arme Besitzer des Grundstücks."

„Ja, allerdings," sagte Wemmick. „Natürlich ist es nicht einzuwenden, daß er Ihnen leid tut, und ich würde selbst einen Fünfpfundschein hinlegen, um ihn herauszuholen. Aber was ich mir anschaue, ist folgendes. Da der verstorbene Compeyson früher bei ihm war, um von seiner Rückkehr zu erfahren, und so entschlossen war, ihn zur Rechenschaft zu ziehen, glaube ich nicht, daß er hätte gerettet werden können. Wohingegen das tragbare Eigentum sicherlich hätte gerettet werden können. Das ist der Unterschied zwischen dem Eigentum und dem Eigentümer, siehst du nicht?"

Ich lud Wemmick ein, die Treppe hinaufzukommen und sich mit einem Glas Grog zu erfrischen, bevor er nach Walworth ging. Er nahm die Einladung an. Während er sein mäßiges Taschengeld trank, sagte er, ohne daß er dazu führen konnte, und nachdem er ziemlich zappelig erschienen war:

„Was halten Sie von meiner Absicht, am Montag Urlaub zu nehmen, Mr. Pip?"

„Nun, ich nehme an, Sie haben so etwas in diesen zwölf Monaten nicht getan."

„Wahrscheinlich in diesen zwölf Jahren," sagte Wemmick. „Ja. Ich werde Urlaub machen. Mehr als das; Ich werde einen Spaziergang machen. Mehr als das; Ich werde dich bitten, mit mir spazieren zu gehen."

Ich war im Begriff, mich zu entschuldigen, daß ich in diesem Augenblick nur ein schlechter Kamerad war, als Wemmick mir zuvorkam.

„Ich kenne Ihre Verlobungen," sagte er: „und ich weiß, daß Sie nicht in Ordnung sind, Mr. Pip. Aber wenn Sie mir gefällig sein könnten, würde ich es als eine Freundlichkeit auffassen. Es ist kein langer Weg, und es ist ein früher. Sagen Sie, es könnte Sie (einschließlich Frühstück auf dem Spaziergang) von acht bis zwölf beschäftigen. Könntest du nicht einen Punkt dehnen und ihn verwalten?"

Er hatte zu verschiedenen Zeiten so viel für mich getan, dass es sehr wenig für ihn zu tun war. Ich sagte, ich könne es schaffen, würde es schaffen, und er war so sehr erfreut über meine Zustimmung, daß ich es auch tat. Auf seinen besonderen Wunsch hin verabredete ich, ihn am Montagmorgen um halb acht Uhr im Schloß zu holen, und so trennten wir uns für eine Zeit.

Pünktlich zu meiner Verabredung klingelte ich am Montagmorgen am Tor des Schlosses und wurde von Wemmick selbst empfangen, der mir vorkam, als säumte er strenger als gewöhnlich und mit einem schlankeren Hut. Darin standen zwei Gläser Rum und Milch und zwei Kekse bereit. Der Alte mußte sich mit der Lerche gerührt haben, denn als ich in die Perspektive seines Schlafzimmers blickte, bemerkte ich, daß sein Bett leer war.

Als wir uns mit dem Rum, der Milch und den Keksen gestärkt hatten und mit der Trainingsvorbereitung auf uns aufbrachen, war ich sehr überrascht, als ich sah, wie Wemmick eine Angelrute ergriff und sie ihm über die Schulter legte. „Nun, wir gehen nicht fischen!" sagte ich. „Nein," entgegnete Wemmick: „aber ich gehe gern mit einem spazieren."

Ich fand das seltsam; Ich sagte jedoch nichts, und wir machten uns auf den Weg. Wir gingen nach Camberwell Green, und als wir dort waren, sagte Wemmick plötzlich:

„Hallo! Hier ist eine Kirche!"

Daran war nichts sehr Überraschendes; aber ich war wieder ziemlich überrascht, als er, als ob er von einer glänzenden Idee beseelt wäre, sagte:

„Lass uns reingehen!"

Wir gingen hinein, Wemmick ließ seine Angelrute in der Veranda liegen und sah sich um. Inzwischen kramte Wemmick in seinen Rocktaschen und holte dort etwas aus Papier.

„Hallo!" sagte er. „Hier ist ein paar Paar Handschuhe! Ziehen wir sie an!"

Da es sich bei den Handschuhen um weiße Samthandschuhe handelte und das Postamt aufs äußerste erweitert wurde, so fing ich nun an, meinen starken Verdacht zu hegen. Sie wurden zur Gewißheit gestärkt, als ich den Alten durch eine Seitentür eintreten sah und eine Dame begleitete.

„Hallo!" sagte Wemmick. „Hier ist Miß Skiffins! Lass uns heiraten."

Das verständige Fräulein war wie gewöhnlich gekleidet, nur daß sie jetzt damit beschäftigt war, ihre grünen Samthandschuhe durch ein Paar weiße zu ersetzen. Auch der Alte war damit beschäftigt, ein ähnliches Opfer für den Altar des Jungfernhäutchens vorzubereiten. Dem alten Herrn fiel es jedoch so schwer, die Handschuhe anzuziehen, daß Wemmick es für nötig hielt, ihn mit dem Rücken gegen eine Säule zu legen und dann selbst hinter die Säule zu steigen und an ihnen wegzuziehen, während ich den alten Herrn um die Hüften hielt, damit er einen gleichen und sicheren Widerstand leisten konnte. Durch diesen genialen Plan wurden seine Handschuhe bis zur Perfektion angezogen.

Als der Schreiber und der Geistliche erschienen, wurden wir in Reih und Glied an den verhängnisvollen Schienen aufgestellt. Getreu seiner Vorstellung, alles ohne Vorbereitung zu tun, hörte ich Wemmick zu sich selbst sagen, als er vor Beginn des Gottesdienstes etwas aus der Westentasche zog: „Hallo! Hier ist ein Ring!"

Ich benahm mich als Geldgeber oder Trauzeuge des Bräutigams, während ein kleiner, schlaffer Kirchenbanköffner mit einer weichen Haube wie die eines Babys den Anschein erweckte, der Busenfreund von Miß Skiffins zu sein. Die Verantwortung, die Dame wegzugeben, fiel auf die Alten, was dazu führte, dass der Geistliche unbeabsichtigt Anstoß erregte, und so geschah es. Als er sprach: „Wer gibt diese Frau diesem Manne zur Ehe?," so stand der alte Herr, der nicht im geringsten wußte, an welchem Punkt der Zeremonie wir angelangt waren, auf das liebenswürdigste strahlend über die zehn Gebote. Darauf fragte der Geistliche wieder: „Wer gibt diese Frau zur Ehe mit diesem Mann?" Da der alte Herr sich noch in einem Zustand der schätzbarsten Bewußtlosigkeit befand, rief der Bräutigam mit seiner gewohnten Stimme: „Nun alter P., wissen Sie; Wer gibt?" Darauf antwortete der Alte mit großer Lebhaftigkeit, bevor er sagte: „In Ordnung, John, in Ordnung, mein Junge!" Und der Geistliche hielt so düster inne, daß ich einen Augenblick zweifelte, ob wir an diesem Tage ganz heiraten sollten.

Es war jedoch ganz fertig, und als wir aus der Kirche gingen, nahm Wemmick den Deckel vom Taufbecken, steckte seine weißen Handschuhe hinein und setzte den Deckel wieder auf. Mrs. Wemmick, die mehr auf die Zukunft bedacht war, steckte ihre weißen Handschuhe in die Tasche und nahm ihre grünen an. *„Nun*, Mr. Pip," sagte Wemmick und schulterte triumphierend die Angelrute, als wir hinaustraten: „lassen Sie mich Sie fragen, ob irgend jemand annehmen würde, daß es sich um eine Hochzeitsfeier handelte."

Das Frühstück war in einer hübschen kleinen Taverne bestellt worden, die etwa eine Meile entfernt auf dem ansteigenden Boden jenseits des Grüns lag; und es stand eine Bagatelle-Tafel im Zimmer, für den Fall, daß wir nach der Feierlichkeit den Wunsch hegen sollten, uns zu entleeren. Es war angenehm zu beobachten, daß Mrs. Wemmick Wemmicks Arm nicht mehr loswickelte, wenn er sich ihrer Gestalt anpaßte, sondern in einem hochlehnigen Stuhl an der Wand saß, wie ein Violoncello in seinem Kasten, und sich umarmen ließ, wie es dieses melodiöse Instrument hätte tun können.

Wir frühstückten vorzüglich, und als jemand irgend etwas auf dem Tisch ablehnte, sagte Wemmick: „Vertraglich vorgesehen, wissen Sie; Hab keine Angst davor!" Ich trank auf das neue Paar, trank auf die Alten, trank auf das Schloß, grüßte die Braut beim Abschied und machte mich so angenehm, wie ich konnte.

Wemmick kam mit mir zur Tür hinunter, und ich schüttelte ihm abermals die Hand und wünschte ihm Freude.

„Danke!" sagte Wemmick und rieb sich die Hände. „Sie ist so eine Hüterin von Hühnern, du hast keine Ahnung. Du sollst ein paar Eier haben und selbst urteilen. Ich sage, Mr. Pip!" rief mich zurück und sprach leise. „Das ist ganz und gar ein Walworth-Gefühl, bitte."

„Ich verstehe. In Little Britain nicht zu erwähnen," sagte ich.

Wemmick nickte. „Nach dem, was Sie neulich ausgeplaudert haben, kann Mr. Jaggers ebensogut nichts davon wissen. Er könnte denken, mein Gehirn würde weicher werden oder etwas in der Art."

KAPITEL LVI.

Er lag sehr krank im Gefängnis, während der ganzen Zeit zwischen seiner Einweisung in den Prozeß und der bevorstehenden Runde der Sitzungen. Er hatte sich zwei Rippen gebrochen, sie hatten eine seiner Lungen verwundet, und er atmete mit großen Schmerzen und Schwierigkeiten, die täglich zunahmen. Es war eine Folge seiner Verletzung, daß er so leise sprach, daß er kaum hörbar war; Deshalb sprach er sehr wenig. Aber er war immer bereit, mir zuzuhören; und es wurde die erste Pflicht meines Lebens, ihm zu sagen und ihm vorzulesen, was ich wußte, daß er hören sollte.

Da er viel zu krank war, um im gewöhnlichen Gefängnis zu bleiben, wurde er nach dem ersten Tag oder so auf die Krankenstation gebracht. Das gab mir Möglichkeiten, mit ihm zusammen zu sein, die ich sonst nicht hätte haben können. Und wenn er nicht krank gewesen wäre, wäre er in Eisen gesteckt worden, denn er galt als ein entschlossener Gefängnisausbrecher, und ich weiß nicht, was sonst.

Obwohl ich ihn jeden Tag sah, war es nur für kurze Zeit; Daher waren die regelmäßig wiederkehrenden Räume unserer Trennung lang genug, um auf seinem Gesicht alle geringfügigen Veränderungen festzuhalten, die in seinem körperlichen Zustand eintraten. Ich erinnere mich nicht, daß ich einmal eine Veränderung zum Besseren darin gesehen hätte; Er verkümmerte und wurde von Tag zu Tag schwächer und schlimmer, von dem Tage an, an dem sich die Gefängnistür hinter ihm schloß.

Die Art von Unterwerfung oder Resignation, die er zeigte, war die eines Mannes, der müde war. Zuweilen gewann ich den Eindruck aus seinem Benehmen oder aus einem oder zwei geflüsterten Worten, die ihm entschlüpften, daß er über die Frage nachdachte, ob er unter besseren Umständen ein besserer Mensch hätte sein können. Aber er rechtfertigte sich nie durch eine Andeutung, in diese Richtung zu tendieren, oder versuchte, die Vergangenheit aus ihrer ewigen Gestalt zu verbiegen.

Es geschah zwei- oder dreimal in meiner Gegenwart, daß sein verzweifelter Ruf von dem einen oder anderen der Anwesenden auf ihn angespielt wurde. Ein Lächeln huschte über sein Gesicht, und er blickte mich mit einem vertrauensvollen Blick an, als sei er überzeugt, daß ich eine kleine erlösende Berührung an ihm gesehen hätte, und zwar schon vor langer Zeit, als ich noch ein kleines Kind war. Was alles übrige anbelangt, so war er demütig und zerknirscht, und ich habe ihn nie klagen sehen.

Als die Sitzungen herankamen, veranlasste Herr Jaggers, einen Antrag auf Vertagung seines Prozesses auf die folgenden Sitzungen zu stellen. Er wurde offenbar mit der Versicherung gemacht, daß er nicht mehr so lange leben könne, und er wurde abgewiesen. Der Prozeß fand sofort statt, und als er an die Bar gesetzt wurde, saß er auf einem Stuhl. Man hatte nichts dagegen einzuwenden, daß ich mich dem Dock von außen näherte und die Hand hielt, die er mir entgegenstreckte.

Der Prozess war sehr kurz und sehr klar. Man sagte alles, was man von ihm sagen konnte, wie er fleißige Gewohnheiten angenommen und rechtmäßig und anständig gediehen war. Aber nichts konnte die Tatsache außer Kraft setzen, daß er zurückgekehrt war und sich in Gegenwart des Richters und der Geschworenen befand. Es war unmöglich, ihn dafür vor Gericht zu stellen und etwas anderes zu tun, als ihn für schuldig zu erklären.

Zu jener Zeit war es üblich (wie ich aus meiner schrecklichen Erfahrung in diesen Sitzungen gelernt habe), einen Schlußtag der Urteilsverkündung zu widmen und mit dem Todesurteil einen abschließenden Effekt zu erzielen. Ohne das unauslöschliche Bild, das mir mein Gedächtnis jetzt vor Augen hält, könnte ich kaum glauben, selbst während ich diese Worte schreibe, daß ich zweiunddreißig Männer und Frauen vor den Richter gestellt sah, um dieses Urteil gemeinsam zu empfangen. Er war der erste unter den Zweiunddreißigsten; sitzend, damit er Atem genug bekomme, um das Leben in sich zu erhalten.

Die ganze Szene beginnt wieder in den leuchtenden Farben des Augenblicks, bis hin zu den Tropfen des Aprilregens auf den Fenstern des Hofes, die in den Strahlen der Aprilsonne glitzern. Auf der Anklagebank saßen, als ich wieder draußen an der Ecke stand, die Hand in der meinen, die zweiunddreißig Männer und Frauen; einige trotzig, andere von Schrecken ergriffen, einige schluchzend und weinend, einige verhüllten ihr Gesicht, einige starrten finster um sich. Unter den weiblichen Sträflingen hatte es ein Geschrei gegeben; aber sie waren zum Schweigen gebracht worden, und ein Schweigen war eingetreten. Die Sheriffs mit ihren großen Ketten und Nasenschwänzen, andere bürgerliche Gespenster und

Ungeheuer, Ausrufer, Platzanweiser, eine große Galerie voll Menschen, ein großes Theaterpublikum, sahen zu, wie die Zweiunddreißig und der Richter feierlich gegenüberstanden. Dann wandte sich der Richter an sie. Unter den elenden Geschöpfen vor ihm, die er besonders ansprechen mußte, befand sich eines, das fast von Kindheit an gegen die Gesetze verstoßen hatte; der nach wiederholten Gefängnisstrafen und Strafen endlich zu jahrelanger Verbannung verurteilt worden war; und der unter Umständen großer Gewalt und Kühnheit geflohen war und erneut zu lebenslänglicher Verbannung verurteilt worden war. Es scheint, als ob dieser Unglückliche eine Zeitlang von seinen Irrtümern überzeugt gewesen wäre, als er weit von den Schauplätzen seiner alten Vergehen entfernt war, und als hätte er ein friedliches und ehrliches Leben geführt. Aber in einem verhängnisvollen Augenblick hatte er, indem er jenen Neigungen und Leidenschaften nachgab, deren Nachgiebigkeit ihn so lange zu einer Geißel der Gesellschaft gemacht hatte, seinen Hafen der Ruhe und Reue verlassen und war in das Land zurückgekehrt, wo er geächtet war. Da er sogleich hier denunziert worden war, war es ihm eine Zeitlang gelungen, den Beamten der Justiz zu entgehen, aber als er endlich im Akte der Flucht ergriffen wurde, hatte er sich ihnen widersetzt und - er wußte am besten, ob durch ausdrückliche Absicht oder in der Blindheit seiner Härte - den Tod seines Denunzianten herbeigeführt, dem seine ganze Laufbahn bekannt war. Die festgesetzte Strafe für seine Rückkehr in das Land, das ihn verstoßen hatte, ist der Tod, und da sein Fall dieser schwere Fall ist, muss er sich auf den Tod vorbereiten.

Die Sonne schien durch die großen Fenster des Gerichts herein, durch die glitzernden Regentropfen auf den Scheiben, und sie bildete einen breiten Lichtstrahl zwischen den Zweiunddreißigjährigen und dem Richter, der beide miteinander verband und vielleicht einige unter den Zuhörern daran erinnerte, wie beide mit absoluter Gleichheit zu dem größeren Gericht übergingen, das alles weiß. und kann sich nicht irren. Der Gefangene erhob sich für einen Augenblick, ein deutlicher Fleck seines Gesichts in dieser Art von Licht, und sagte: „Mein Herr, ich habe mein Todesurteil vom Allmächtigen erhalten, aber ich beuge mich vor dem deinigen," und setzte sich wieder nieder. Es schwieg etwas, und der Richter fuhr fort mit dem, was er den übrigen zu sagen hatte. Dann waren sie alle förmlich dem Tode geweiht, und einige von ihnen wurden unterstützt, und einige von ihnen schlenderten mit einem abgemagerten Blick der Tapferkeit hinaus, und einige nickten der Galerie zu, und zwei oder drei schüttelten sich die Hände, und andere gingen hinaus und kauten die Kräuterstücke, die sie von den süßen Kräutern genommen hatten, die herumlagen. Er ging als letzter, weil man ihm von seinem Stuhl helfen mußte, und zwar sehr langsam; Und er hielt meine Hand, während alle andern fortgeführt wurden, und während die Zuhörer aufstanden (ihre Kleider zurechtrückten, wie sie es in der Kirche oder anderswo tun würden) und auf diesen oder jenen Verbrecher und vor allem auf ihn und mich hinabzeigten.

Ich hoffte und betete inständig, daß er sterben möge, bevor der Bericht des Recorders gemacht würde; aber in der Furcht, daß er verweilen würde, begann ich noch in dieser Nacht, eine Petition an den Innenminister zu schreiben, in der ich darlegte, wie ich ihn kannte und wie es kam, daß er meinetwegen zurückgekehrt war. Ich schrieb es so inbrünstig und pathetisch, wie ich konnte; und als ich es vollendet und abgeschickt hatte, schrieb ich noch andere Bittgesuche an die Autoritäten, von denen ich hoffte, daß sie die barmherzigsten seien, und verfaßte eine an die Krone selbst. Mehrere Tage und Nächte nach seiner Verurteilung ruhte ich mich nicht aus, außer wenn ich in meinem Stuhl einschlief, sondern war ganz in diese Appelle vertieft. Und nachdem ich sie hineingeschickt hatte, konnte ich mich nicht von den Orten fernhalten, wo sie waren, sondern fühlte, als ob sie hoffnungsvoller und weniger verzweifelt wären, wenn ich in ihrer Nähe war. In dieser unvernünftigen Unruhe und diesem seelischen Schmerz streifte ich eines Abends durch die Straßen und wanderte an den Ämtern und Häusern vorbei, in denen ich die Petitionen hinterlassen hatte. Bis auf die heutige Stunde sind mir die müden westlichen Straßen Londons in einer kalten, staubigen Frühlingsnacht mit ihren strengen, verschlossenen Villen und ihren langen Reihen von Lampen durch diese Assoziation melancholisch.

Die täglichen Besuche, die ich ihm machen konnte, wurden jetzt verkürzt und er strenger gehalten. Da ich sah oder mir einbildete, daß ich der Absicht verdächtigt wurde, ihm Gift zu bringen, so bat ich um eine Durchsuchung, ehe ich mich an sein Bett setzte, und sagte dem Offizier, der immer da war, daß ich bereit wäre, alles zu tun, was ihn von der Einförmigkeit meiner Pläne überzeugen könnte. Niemand war hart mit ihm oder mit mir. Es gab eine Pflicht zu tun, und sie wurde getan, aber nicht hart. Der Offizier versicherte mir stets, daß es ihm schlechter ginge, und einige andere kranke Gefangene im Zimmer und einige andere Gefangene, die sich als Krankenschwestern um sie kümmerten (Übeltäter, aber nicht unfähig zur Güte, Gott sei Dank!), stimmten immer in denselben Bericht ein.

Im Laufe der Tage bemerkte ich immer mehr, daß er ruhig dalag und auf die weiße Decke blickte, ohne Licht in seinem Gesicht, bis ein Wort von mir es für einen Augenblick erhellte, und dann legte es sich wieder. Manchmal war er fast oder ganz unfähig zu sprechen, dann antwortete er mir mit leichtem Druck auf meine Hand, und ich verstand sehr gut, was er meinte.

Die Zahl der Tage war auf zehn gestiegen, als ich eine größere Veränderung an ihm bemerkte, als ich bisher gesehen hatte. Seine Augen waren auf die Tür gerichtet und leuchteten auf, als ich eintrat.

„Lieber Junge," sagte er, als ich mich an sein Bett setzte: „ich dachte, du wärst spät dran. Aber ich wusste, dass du das nicht sein konntest."

„Es ist gerade die Zeit," sagte ich: „ich habe am Tor darauf gewartet."

„Du wartest immer am Tor; nicht wahr, lieber Junge?"

„Ja. Um keinen Moment der Zeit zu verlieren."

„Danke, lieber Junge, danke. Gott segne dich! Du hast mich nie verlassen, lieber Junge."

Ich drückte ihm schweigend die Hand, denn ich konnte nicht vergessen, daß ich einst die Absicht gehabt hatte, ihn im Stich zu lassen.

„Und was das Beste ist," sagte er: „du fühlst dich länger mit mir wohler, seit ich unter einer dunklen Wolke war, als wenn die Sonne schien. Das ist das Beste von allem."

Er lag auf dem Rücken und atmete mit großer Mühe. Er mochte, was er wollte, und mich liebte, so wich doch immer wieder das Licht aus seinem Gesicht, und ein Film fiel über den ruhigen Blick auf die weiße Decke.

„Hast du heute große Schmerzen?"

„Ich klage mich über keinen, lieber Junge."

„Man beschwert sich nie."

Er hatte seine letzten Worte gesprochen. Er lächelte, und ich verstand seine Berührung so, daß er meine Hand erheben und auf seine Brust legen wollte. Ich legte es hin, und er lächelte wieder und legte beide Hände darauf.

Die mir zugedachte Zeit lief ab, während wir so waren; aber als ich mich umsah, fand ich den Wärtermeister neben mir stehen, und er flüsterte: „Du brauchst noch nicht zu gehen." Ich dankte ihm dankbar und fragte: „Darf ich mit ihm sprechen, wenn er mich hören kann?"

Der Gouverneur trat zur Seite und winkte den Beamten fort. Die Veränderung, obgleich sie ohne Geräusch erfolgte, zog den Film von dem ruhigen Blick auf die weiße Decke zurück, und er sah mich aufs zärtlichste an.

„Liebe Magwitch, ich muß es dir jetzt endlich sagen. Verstehst du, was ich sage?"

Ein sanfter Druck auf meine Hand.

„Du hattest einmal ein Kind, das du geliebt und verloren hast."

Ein stärkerer Druck auf meiner Hand.

„Sie lebte und fand mächtige Freunde. Sie lebt jetzt. Sie ist eine Dame und sehr schön. Und ich liebe sie!"

Mit einer letzten schwachen Anstrengung, die machtlos gewesen wäre, wenn ich nicht nachgegeben und ihr geholfen hätte, erhob er meine Hand an seine Lippen. Dann ließ er es sanft wieder auf seine Brust sinken, wobei seine eigenen Hände darauf lagen. Der ruhige Blick auf die weiße Decke kehrte zurück und verging, und sein Kopf sank leise auf die Brust.

Eingedenk dessen, was wir zusammen gelesen hatten, dachte ich an die beiden Männer, die in den Tempel hinaufgingen, um zu beten, und ich wußte, daß es keine besseren Worte gab, die ich an seinem Bett sagen konnte, als: „O Herr, sei ihm als Sünder gnädig!"

KAPITEL LVII.

Jetzt, da ich ganz auf mich allein gestellt war, kündigte ich meine Absicht an, die Gemächer im Tempel zu verlassen, sobald mein Mietverhältnis gesetzlich bestimmt sei, und sie in der Zwischenzeit unterzuvermieten. Sofort hängte ich die Scheine in die Fenster; denn ich war verschuldet und besaß kaum Geld, und ich fing an, über den Zustand meiner Angelegenheiten ernstlich beunruhigt zu werden. Ich sollte vielmehr schreiben, dass ich beunruhigt gewesen wäre, wenn ich Energie und Konzentration genug gehabt hätte, um mir zu helfen, irgendeine Wahrheit klar zu erkennen, abgesehen von der Tatsache, dass ich sehr krank wurde. Die späte Belastung, die auf mir lastete, hatte es mir ermöglicht, die Krankheit aufzuschieben, aber nicht zu verdrängen; Ich wußte, daß es jetzt über mich kommen würde, und ich wußte sehr wenig anderes, und ich war sogar unvorsichtig in dieser Hinsicht.

Ein oder zwei Tage lang lag ich auf dem Sofa oder auf dem Fußboden, überall, je nachdem, wie ich niedersank, mit schwerem Kopf und schmerzenden Gliedern, ohne Zweck und ohne Kraft. Dann kam eine Nacht, die von langer Dauer zu sein schien und von Angst und Schrecken wimmelte; und als ich am Morgen versuchte, mich in meinem Bett aufzurichten und darüber nachzudenken, fand ich, dass ich es nicht konnte.

Ob ich wirklich mitten in der Nacht unten in Garden Court gewesen war und nach dem Boot gesucht hatte, das ich dort vermutete; ob ich zwei- oder dreimal mit großem Schrecken auf der Treppe zu mir gekommen war, ohne zu wissen, wie ich aus dem Bett gekommen war; ob ich mich dabei ertappt hatte, wie ich die Lampe anzündete, besessen von dem Gedanken, daß er die Treppe heraufkommen würde und daß die Lichter ausgeblasen seien; ob ich durch das zerstreute Reden, Lachen und Stöhnen irgend eines Menschen unaussprechlich belästigt worden war und halb vermutet hatte, daß diese Geräusche von mir selbst stammten; ob in einem dunklen Winkel des Zimmers ein geschlossener eiserner Ofen gestanden hatte und eine Stimme immer und immer wieder gerufen hatte, daß Miß Havisham darin verzehrte - das waren Dinge, die ich mit mir selbst zu regeln und in Ordnung zu bringen suchte, als ich an jenem Morgen auf meinem Bett lag. Aber der Dunst eines Kalkofens trat zwischen mich und sie und brachte sie alle durcheinander, und endlich sah ich durch den Dunst hindurch zwei Männer, die mich ansahen.

„Was willst du?" fragte ich und fuhr zusammen. „Ich kenne dich nicht."

„Nun, mein Herr," entgegnete einer von ihnen, indem er sich niederbeugte und mich an der Schulter berührte: „das ist eine Angelegenheit, die Sie bald regeln werden, wage ich zu sagen, aber Sie sind verhaftet."

„Wie hoch ist die Schuld?"

„Hundertdreiundzwanzig Pfund, fünfzehn, sechs. Das Konto des Juweliers, glaube ich."

„Was ist zu tun?"

„Komm lieber zu mir nach Hause," sagte der Mann: „ich habe ein sehr schönes Haus."

Ich machte einen Versuch, aufzustehen und mich anzuziehen. Als ich mich das nächste Mal um sie kümmerte, standen sie ein wenig abseits vom Bett und sahen mich an. Ich lag immer noch da.

„Du siehst meinen Zustand," sagte ich: „ich würde mit dir kommen, wenn ich könnte; aber ich bin in der Tat ganz unfähig. Wenn du mich von hier wegnimmst, werde ich wohl auf dem Weg sterben."

Vielleicht haben sie geantwortet oder darüber gestritten oder versucht, mich zu ermutigen zu glauben, dass ich besser sei, als ich dachte. Da sie in meinem Gedächtnis nur an diesem einen dünnen Faden hängen, weiß ich nicht, was sie getan haben, außer daß sie es unterließen, mich zu entfernen.

Dass ich Fieber hatte und gemieden wurde, dass ich sehr litt, dass ich oft meinen Verstand verlor, dass die Zeit endlos schien, dass ich unmögliche Existenzen mit meiner eigenen Identität verwechselte; daß ich ein Ziegelstein in der Hauswand sei und doch darum flehe, von dem schwindelerregenden Ort befreit zu werden, an den mich die Bauleute gesetzt hätten; daß ich ein stählerner Balken einer gewaltigen Maschine sei, die über einen Abgrund krachte und wirbelte, und daß ich doch in meiner eigenen Person flehte, die Maschine anzuhalten und meinen Anteil daran abzuhämmern; Dass ich durch diese Phasen der Krankheit gegangen bin, weiß ich aus eigener Erinnerung und wusste es in gewisser Weise damals. Daß ich zuweilen mit wirklichen Menschen kämpfte, in dem Glauben, sie seien Mörder, und daß ich auf einmal begriff, daß sie mir Gutes tun wollten, und dann erschöpft in ihren Armen sanken und sich von ihnen niederlegen ließen, das wußte ich damals auch. Vor allem aber wußte ich, daß es in allen diesen Leuten eine beständige Neigung gab, die, wenn ich sehr krank war, allerlei außerordentliche Verwandlungen des menschlichen Antlitzes zeigten und in der Größe sehr erweitert waren, vor allem, sage ich, ich wußte, daß es bei allen diesen Leuten früher oder später eine außerordentliche Neigung gab. um sich in der Gestalt von Joe niederzulassen.

Nachdem ich den schlimmsten Punkt meiner Krankheit überwunden hatte, begann ich zu bemerken, dass sich zwar alle anderen Merkmale veränderten, aber dieses eine beständige Merkmal sich nicht änderte. Wer auch immer um mich herum kam, er hat sich immer noch in Joe niedergelassen. In der Nacht öffnete ich die Augen und sah in dem großen Stuhl neben dem Bett Joe. Ich schlug die Augen auf, und als ich auf dem Fensterplatz saß und seine Pfeife im schattigen offenen Fenster rauchte, sah ich noch immer Joe. Ich bat um ein kühlendes Getränk, und die liebe Hand, die es mir reichte, war Joes Hand. Nachdem ich getrunken hatte, sank ich auf mein Kissen zurück, und das Gesicht, das mich so hoffnungsvoll und zärtlich ansah, war das Gesicht von Joe.

Endlich, eines Tages, fasste ich Mut und fragte: „*Ist* es Joe?"

Und die liebe alte Hausstimme antwortete: „Was es ist, alter Kerl."

„O Joe, du brichst mir das Herz! Sieh mich zornig an, Joe. Schlage mich, Joe. Erzähl mir von meiner Undankbarkeit. Sei nicht so gut zu mir!"

Denn Joe hatte tatsächlich seinen Kopf auf das Kissen neben mir gelegt und seinen Arm um meinen Hals gelegt, in seiner Freude, daß ich ihn kannte.

„Welcher liebe alte Pip, alter Kerl," sagte Joe: „du und ich waren immer Freunde. Und wenn du gesund genug bist, um einen Ausritt zu machen - was für Lerchen!"

Hierauf zog sich Joe ans Fenster zurück, stand mit dem Rücken zu mir und wischte sich die Augen. Und da meine äußerste Schwäche mich hinderte, aufzustehen und zu ihm zu gehen, lag ich da und flüsterte reumütig: „O Gott segne ihn! O Gott, segne diesen sanftmütigen Christen!"

Joes Augen waren rot, als ich ihn das nächste Mal neben mir fand; aber ich hielt seine Hand, und wir fühlten uns beide glücklich.

„Wie lange, lieber Joe?"

„Was meinst du meinst, Pip, wie lange hat deine Krankheit gedauert, lieber alter Kerl?"

„Ja, Joe."

„Es ist Ende Mai, Pip. Morgen ist der erste Juni."

„Und bist du die ganze Zeit hier gewesen, lieber Joe?"

„Ziemlich nahe, alter Kerl. Denn, wie ich Biddy sagte, als die Nachricht von Ihrer Krankheit durch einen Brief überbracht wurde, der mit der Post überbracht wurde, und da er früher ledig war, ist er jetzt verheiratet, wenn auch für ein Geschäft mit Spaziergängen und Schuhleder unterbezahlt, aber Reichtum spielte für ihn keine Rolle, und Heirat war der große Wunsch seines Herzens" –

„Es ist so entzückend, dich zu hören, Joe! Aber ich unterbreche Sie in dem, was Sie zu Biddy gesagt haben."

„Das wäre," sagte Joe: „daß es sich als unannehmbar erweisen würde, wie du unter Fremden sein könntest, und daß du und ich, da du und ich immer Freunde gewesen sind, in einem solchen Augenblick nicht unannehmbar sein würde." Und Biddy, ihr Wort war: „Geh zu ihm, ohne Zeit zu verlieren." „Das," sagte Joe, indem er mit seiner richterlichen Miene zusammenfaßte: „war das Wort Biddys." „Gehen Sie zu ihm," sagte Biddy: „ohne Zeitverlust." „Kurz, ich würde Sie nicht sehr täuschen," fügte Joe nach kurzem Nachdenken hinzu: „wenn ich Ihnen vorstellte, das Wort dieser jungen Frau lautete: ‚ohne eine Minute Zeitverlust.'"

Hier unterbrach sich Joe und teilte mir mit, daß man in großer Mäßigung mit mir reden müsse und daß ich zu bestimmten häufigen Zeiten, ob ich Lust dazu habe oder nicht, ein wenig Nahrung zu mir nehmen solle, und daß ich mich allen seinen Befehlen unterwerfen solle. Ich küßte ihm die Hand und schwieg, während er fortfuhr, Biddy einen Brief zu schreiben, in dem meine Liebe stand.

Offenbar hatte Biddy Joe das Schreiben beigebracht. Als ich im Bett lag und ihn ansah, mußte ich in meinem schwachen Zustande wieder vor Vergnügen weinen, als ich den Stolz sah, mit dem er seinen Brief in Angriff nahm. Mein Bettgestell, seiner Vorhänge entledigt, war mit mir darauf in das Wohnzimmer gebracht worden, das luftigste und größte, und der Teppich war weggenommen worden, und das Zimmer blieb Tag und Nacht immer frisch und gesund. An meinem Schreibtisch, in eine Ecke gedrängt und mit kleinen Fläschchen beladen, setzte sich Joe nun an seine große Arbeit, indem er zuerst eine Feder aus dem Federtablett wählte, als wäre es eine Kiste mit großen Werkzeugen, und die Ärmel hochkrempelte, als ob er ein Brecheisen oder einen Vorschlaghammer schwingen wollte. Joe mußte sich mit dem linken Ellbogen heftig am Tisch festhalten und das rechte Bein weit hinter sich herausstrecken, ehe er beginnen konnte; und wenn er anfing, machte er jeden Abwärtsschlag so langsam, daß er sechs Fuß lang gewesen sein mochte, während ich bei jedem Aufwärtsschlag seine Feder ausgiebig stottern hörte. Er hatte die merkwürdige Vorstellung, daß das Tintenfaß an der Seite von ihm lag, wo es nicht war, und tauchte seine Feder beständig ins Leere und schien mit dem Resultat ganz zufrieden zu sein. Gelegentlich stolperte er über irgendeinen orthographischen Stolperstein; aber im Ganzen kam er sehr gut zurecht; Und als er seinen Namen unterschrieben und mit seinen beiden Zeigefingern einen letzten Fleck von dem Papier auf den Scheitel seines Kopfes entfernt hatte, erhob er sich, schwebte um den Tisch herum und versuchte mit grenzenloser Befriedigung die Wirkung seiner Darbietung von verschiedenen Gesichtspunkten aus, wie sie da lag.

Um Joe nicht durch zu viel Reden zu beunruhigen, selbst wenn ich viel hätte reden können, schob ich die Frage nach Miß Havisham auf den nächsten Tag. Er schüttelte den Kopf, als ich ihn dann fragte, ob sie sich erholt habe.

„Ist sie tot, Joe?"

„Siehst du, alter Kerl," sagte Joe in einem Tone des Vorwurfs und indem er sich allmählich zur Sache äußerte: „ich würde nicht so weit gehen, das zu sagen, denn das ist eine Sache; aber sie ist nicht …"

„Lebendig, Joe?"

„Das ist ungefähr dort, wo es ist," sagte Joe; „Sie lebt nicht."

„Hat sie lange verweilt, Joe?"

„Als du krank warst, so ziemlich das, was man (wenn man dich dazu ansetzen würde) pro Woche," sagte Joe; Ich bin immer noch entschlossen, alles nach und nach anzugehen.

„Lieber Joe, hast du gehört, was aus ihrem Vermögen wird?"

„Nun, alter Kerl," sagte Joe: „es scheint, daß sie den größten Teil der Sache, die ich meine, an Miß Estella gebunden hat, abgerechnet hat. Aber sie hatte ein oder zwei Tage vor dem Unfall ein kleines Hätschchen eigenhändig geschrieben und Mr. Matthew Pocket kühle viertausend übrig gelassen. Und warum, glaubst du, Pip, hat sie ihm vor allen Dingen diese kühlen viertausend hinterlassen?" "Wegen Pips Bericht über ihn," dem besagten Matthäus. „Biddy hat mir gesagt, daß die Schrift in der Luft ist," sagte Joe, indem er die juristische Wendung wiederholte, als ob sie ihm unendlich gut täte: ,'Bericht über ihn der besagte Matthew.' Und coole viertausend, Pip!"

Ich habe nie herausgefunden, von wem Joe die konventionelle Temperatur von viertausend Pfund ableitete; aber es schien ihm die Summe des Geldes mehr zu machen, und er hatte ein offenbares Vergnügen daran, darauf zu bestehen, daß es kühl war.

Dieser Bericht bereitete mir große Freude, da er das einzig Gute, was ich getan hatte, perfektionierte. Ich fragte Joe, ob er gehört habe, ob einer der anderen Verwandten irgendwelche Vermächtnisse habe?

„Miß Sarah," sagte Joe: „sie hat fünfundzwanzig Pfund Peranniumfell, um Pillen zu kaufen, weil sie gallig ist. Miß Georgiana, sie hat zwanzig Pfund auf die Waage gebracht. Frau – wie heißen die wilden Tiere mit Höckern, alter Kerl?"

„Kamele?" fragte ich und wunderte mich, warum er es wissen wollte.

Joe nickte. „Mrs. Camels," womit ich sogleich verstand, daß er Camilla meinte: „sie hat fünf Pfund Pelz, um sich Binsenlichter zu kaufen, die sie in Stimmung versetzen, wenn sie in der Nacht erwacht."

Die Richtigkeit dieser Erwägungen war mir klar genug, um mir großes Vertrauen in Joes Angaben zu geben. „Und nun," sagte Joe: „du bist noch nicht so stark, alter Kerl, daß du heute mehr und nur eine Schaufel voll aufnehmen könntest. Der alte Orlick hat eine Wohnung aufgebrochen."

„Wen?" fragte ich.

„Nicht, das gebe ich Ihnen zu, aber was seine Manieren für stürmisch halten," sagte Joe entschuldigend; „doch ist das Haus eines Engländers sein Schloß, und Schlösser dürfen nicht gesprengt werden, es sei denn, wenn sie in Kriegszeiten geschehen. Und trotz der Verfehlungen seinerseits war er ein Getreide- und Saatguthändler in seinem Herzen."

„Ist es also Pumblechooks Haus, in das eingebrochen worden ist?"

„Das ist es, Pip," sagte Joe; „Und sie nahmen ihm die Kasse, und sie nahmen seine Kasse, und sie tranken seinen Wein, und sie aßen von seinen Witzen, und sie schlugen ihm ins Gesicht, und sie zogen ihm die Nase, und sie banden ihn an sein Bett, und sie gaben ihm ein Dutzend, und sie stopften seinen Mund voll mit blühenden Einjährigen, um seinem Geschrei zuvorzukommen. Aber er kannte Orlick, und Orlick ist im Bezirksgefängnis."

Durch diese Ansätze kamen wir zu einem uneingeschränkten Gespräch. Ich wurde nur langsam wieder zu Kräften, aber ich wurde langsam aber sicher weniger schwach, und Joe blieb bei mir, und ich glaubte, ich wäre wieder der kleine Pip.

Denn die Zärtlichkeit Joes war so schön zu meinem Bedürfnis proportioniert, daß ich wie ein Kind in seinen Händen war. Er saß da und sprach mit mir in der alten Zuversicht, mit der alten Einfachheit und in der alten, undurchsetzungsfähigen, schützenden Art, so daß ich halb glaubte, daß mein ganzes Leben seit den Tagen der alten Küche von den seelischen Leiden des Fiebers geprägt war, das verschwunden war. Er erledigte alles für mich, nur nicht die Hausarbeit, für die er eine sehr anständige Frau engagiert hatte, nachdem er die Wäscherin bei seiner ersten Ankunft bezahlt hatte. „Das versichere ich dir, Pip," pflegte er oft zu sagen, um diese Freiheit zu erklären; „Ich fand sie dabei, wie sie das Ersatzbett anzapfte, wie ein Faß Bier, und die Federn in einem Eimer abzog, um sie zu verkaufen. Den sie als nächstes angezapft und mit dir darauf gelegt hätte, und dann die Kohlen nach und nach in die Suppenterrine und die Schüsseln und den Wein und den Branntwein in deine Gummistiefel weggetragen hätte."

Wir freuten uns auf den Tag, an dem ich ausreiten sollte, so wie wir uns einst auf den Tag meiner Ausbildung gefreut hatten. Und als der Tag kam und ein offener Wagen in die Gasse einfuhr, wickelte mich Joe ein, nahm mich in seine Arme, trug mich hinunter und setzte mich hinein, als wäre ich noch das kleine hilflose Geschöpf, dem er den Reichtum seiner großen Natur so reichlich geschenkt hatte.

Und Joe stieg neben mir ein, und wir fuhren zusammen fort aufs Land, wo der reiche Sommerwuchs schon an den Bäumen und auf dem Gras lag und süße Sommerdüfte die ganze Luft erfüllten. Es war ein Sonntag, und als ich die Schönheit um mich herum betrachtete und daran dachte, wie sie gewachsen und sich verändert hatte, wie die kleinen wilden Blumen sich gebildet hatten und die Stimmen der Vögel stärker geworden waren, bei Tag und bei Nacht, unter der Sonne und unter den Sternen, während ich arm brannend und wälzend auf meinem Bett lag, Die bloße Erinnerung daran, daß ich dort gebrannt und hingeworfen worden war, war wie ein Hemmschuh für meinen Frieden. Aber als ich die Sonntagsglocken läuten hörte und mich ein wenig mehr nach der ausgebreiteten Schönheit umsah, fühlte ich, daß ich nicht annähernd dankbar genug war, - daß ich noch zu schwach war, um es zu sein - und ich legte meinen Kopf auf Joes Schulter, wie ich ihn vor langer Zeit gelegt hatte, als er mich auf den Jahrmarkt oder wohin nicht geführt hatte. Und es war zu viel für meine jungen Sinne.

Nach einer Weile kehrte mehr Fassung in mich ein, und wir unterhielten uns, wie wir zu reden pflegten, während wir auf dem Gras bei der alten Batterie lagen. An Joe war nicht die geringste Veränderung zu bemerken. Genau das, was er damals in meinen Augen gewesen war, war er noch in meinen Augen; genauso einfach treu und genauso einfach richtig.

Als wir wieder zurückkamen, und er hob mich heraus und trug mich – so leicht! – über den Hof und die Treppe hinauf, da dachte ich an jenen ereignisreichen Weihnachtstag, an dem er mich über die Sümpfe getragen hatte. Wir hatten noch keine Andeutung von meiner Schicksalswänderung gemacht, und ich wußte auch nicht, wieviel er von meiner späten Geschichte kannte. Ich war jetzt so zweifelhaft an mir selbst und setzte so viel Vertrauen in ihn, daß ich mich nicht überzeugen konnte, ob ich mich darauf beziehen sollte, wenn er es nicht tat.

„Hast du gehört, Joe," fragte ich ihn an jenem Abend, während er am Fenster seine Pfeife rauchte: „wer mein Patron war?"

„Ich höre," entgegnete Joe: „als wäre es nicht Miß Havisham, alter Kerl."

„Hast du gehört, wer es war, Joe?"

„Nun! Ich habe gleichsam eine Person gehört, die die Person geschickt hat, die Ihnen die Banknoten bei den lustigen Bargemen gegeben hat, Pip."

„So war es."

„Erstaunlich!" sagte Joe in der ruhigsten Weise.

„Hast du gehört, daß er tot ist, Joe?" fragte ich sogleich mit wachsender Zurückhaltung.

„Welche? Er hat die Banknoten geschickt, Pip?"

„Ja."

„Ich glaube," sagte Joe, nachdem er eine lange Zeit nachgedacht und etwas ausweichend auf die Fensterbank geblickt hatte: „als *ich* das erzählen hörte, wie er in einer oder anderen Weise in dieser Richtung war."

„Hast du etwas von seinen Verhältnissen gehört, Joe?"

„Nicht Partickler, Pip."

„Wenn du hören willst, Joe ..." Ich fing an, als Joe aufstand und zu meinem Sofa kam.

„Schau mal, alter Kerl," sagte Joe und beugte sich über mich. „Immer der beste aller Freunde; nicht wahr, Pip?"

Ich schämte mich, ihm zu antworten.

„Also gut," sagte Joe, als ob ich geantwortet hätte; „Das ist schon in Ordnung; Das ist vereinbart. Warum sollte man sich dann mit Gegenständen befassen, alter Kerl, die zwischen zwei Sech für immer notwendig sein müssen? Es gibt genug Themen zwischen zwei Sech, ohne unnötige. Herr! Wenn du an deine arme Schwester und ihre Toben denkst! Und erinnerst du dich nicht an Tickler?"

„Ja, Joe."

„Sieh her, alter Kerl," sagte Joe. „Ich habe getan, was ich konnte, um dich und Tickler in Streit zu halten, aber meine Macht entsprach nicht immer ganz meinen Neigungen. Denn als deine arme Schwester den Sinn hatte, in dich hineinzufallen, so war es nicht so sehr," sagte Joe in seiner bevorzugten streitsüchtigen Art: „daß sie auch in mich hineinfiel, wenn ich mich ihr gegenüberstellte, sondern daß sie dafür immer schwerer in dich hineinfiel. Das ist mir aufgefallen. Es ist nicht ein Griff in den Schnurrbart eines Mannes, noch nicht ein oder zwei Schütteln eines Mannes (zu dem deine Schwester sehr willkommen war), das einen Mann davon abhält, ein kleines Kind vor der Strafe zu bewahren. Aber wenn das kleine Kind wegen des Schnurrbartes oder des Zitterns in ein schwereres Tuch fallen gelassen wird, dann steht es ganz natürlich auf und sagt zu sich selbst: 'Wo ist das Gute, das du tust? Ich gebe zu, ich sehe den ›Arm‹, sagt der Mann, ›aber ich sehe nicht das Gute. Ich fordere Sie daher auf, Sir, das Gute herauszuholen."

„Sagt der Mann?" Ich beobachtete, während Joe darauf wartete, dass ich sprach.

„Sagt der Mann," stimmte Joe zu. „Hat er recht, dieser Mann?"

„Lieber Joe, er hat immer recht."

„Nun, alter Kerl," sagte Joe: „dann halte dich an deine Worte. Wenn er immer recht hat (was er im Allgemeinen eher im Unrecht hat), so hat er recht, wenn er folgendes sagt: Angenommen, du hättest jemals eine Kleinigkeit für dich behalten, als du ein kleines Kind warst, dann behältst du sie meistens, weil du weißt, dass J. Gargerys Macht, dich und Tickler in Stücke zu reißen, nicht ganz seinen Neigungen entsprach. Denkt daher nicht mehr an die Sache zwischen zwei Sech, und laßt uns keine Bemerkungen über die notwendigen Gegenstände machen. Biddy hat sich vor meiner Abreise viel Mühe mit mir gemacht (denn ich bin fast schrecklich langweilig), da ich es in diesem Lichte sehen würde, und wenn ich es in diesem Lichte betrachte, wie ich es so ausdrücken würde. Beides," sagte Joe, ganz entzückt von seiner logischen Anordnung: „da dies nun für Sie, ein wahrer Freund, geschehen ist. Nämlich. Du darfst es nicht übertreiben, aber du mußt dein Abendbrot und deinen Wein und dein Wasser haben, und du mußt zwischen die Laken gelegt werden."

Die Zartheit, mit der Joe dieses Thema abtat, und der süße Takt und die Freundlichkeit, mit der Biddy, die mich mit ihrem weiblichen Witz so schnell entdeckt hatte, ihn darauf vorbereitet hatte, machten einen tiefen Eindruck auf mein Gemüt. Aber ob Joe wußte, wie arm ich war, und wie sich meine großen

Erwartungen alle aufgelöst hatten, wie unsere eigenen Sumpfnebel vor der Sonne, konnte ich nicht begreifen.

Eine andere Sache an Joe, die ich nicht begreifen konnte, als sie sich zu entwickeln begann, die ich aber bald zu einem schmerzlichen Verständnis gelangte, war diese: Als ich stärker und besser wurde, wurde Joe ein wenig weniger leicht mit mir. In meiner Schwäche und völligen Abhängigkeit von ihm war der liebe Bursche in den alten Ton verfallen und nannte mich bei den alten Namen, den lieben „alten Pip, alter Kerl," die jetzt Musik in meinen Ohren waren. Auch ich war in die alten Gewohnheiten verfallen, nur glücklich und dankbar, dass er mich ließ. Aber unmerklich, obgleich ich mich an ihnen festhielt, fing Joes Griff auf sie an, sich zu lockern; und während ich mich anfangs darüber wunderte, fing ich bald an zu begreifen, daß die Ursache davon in mir lag und daß die Schuld daran ganz bei mir lag.

Ah! Hatte ich Joe keinen Grund gegeben, an meiner Standhaftigkeit zu zweifeln und zu denken, daß ich im Wohlstand ihm gegenüber kalt werden und ihn verstoßen würde? Hatte ich Joes unschuldigem Herzen keinen Anlaß gegeben, instinktiv zu fühlen, daß, je stärker ich wurde, sein Griff auf mich schwächer werden würde, und daß er ihn besser rechtzeitig lockern und mich gehen lassen sollte, bevor ich mich losriss?

Es war beim dritten oder vierten Mal, als ich in den Tempelgärten spazieren ging, auf Joes Arm gestützt, dass ich diese Veränderung an ihm sehr deutlich sah. Wir saßen im hellen, warmen Sonnenlicht und sahen auf den Fluß, und als wir aufstanden, sagte ich zufällig:

„Siehst du, Joe! Ich kann ziemlich stark gehen. Nun sollst du mich allein zurückgehen sehen."

„Die es nicht übertreiben, Pip," sagte Joe; „aber ich würde mich freuen, wenn ich Sie fähig sehe, Sir."

Das letzte Wort nagte an mir; aber wie könnte ich vorwerfen! Ich ging nicht weiter als bis zum Tor des Gartens, tat dann so, als wäre ich schwächer als ich war, und bat Joe um seinen Arm. Joe gab es mir, war aber nachdenklich.

Ich für meinen Teil war auch nachdenklich; denn wie man diese wachsende Veränderung in Joe am besten aufhalten konnte, war eine große Verwirrung in meinen reumütigen Gedanken. Daß ich mich schämte, ihm genau zu sagen, wie ich mich befand und wohin ich herabgekommen war, versuche ich nicht zu verhehlen; aber ich hoffe, mein Widerstreben war nicht ganz unwürdig. Er würde mir aus seinen wenigen Ersparnissen helfen wollen, das wußte ich, und ich wußte, daß er mir nicht helfen sollte, und daß ich es nicht dulden durfte, daß er es tat.

Es war ein nachdenklicher Abend mit uns beiden. Aber ehe wir zu Bett gingen, hatte ich mir vorgenommen, morgen zu warten, da morgen Sonntag war, und mit der neuen Woche meinen neuen Kurs zu beginnen. Am Montagmorgen würde ich mit Joe über diese Veränderung sprechen, ich würde diese letzte Spur von Zurückhaltung beiseite legen, ich würde ihm erzählen, was ich in meinen Gedanken hatte (was zweitens noch nicht erreicht war), und warum ich mich nicht entschlossen hatte, zu Herbert zu gehen, und dann würde die Veränderung für immer besiegt sein. Als ich abräumte, räumte Joe ab, und es schien, als hätte er auch wohlwollend eine Lösung gefunden.

Wir hatten einen ruhigen Tag am Sonntag, ritten aufs Land hinaus und gingen dann auf den Feldern spazieren.

„Ich bin dankbar, daß ich krank gewesen bin, Joe," sagte ich.

„Lieber alter Pip, alter Kerl, Sie sind sehr gut gekommen, Sir."

„Es war eine unvergessliche Zeit für mich, Joe."

„Dasselbe gilt für mich, Sir," erwiderte Joe.

„Wir hatten eine Zeit zusammen, Joe, die ich nie vergessen kann. Ich weiß, es gab einmal Tage, die ich eine Zeitlang vergaß; aber ich werde sie nie vergessen."

„Pip," sagte Joe, ein wenig hastig und beunruhigt: „es hat Lerchen gegeben. Und, lieber Herr, was zwischen uns gewesen ist – gewesen."

Abends, als ich zu Bett gegangen war, kam Joe in mein Zimmer, wie er es während meiner ganzen Genesung getan hatte. Er fragte mich, ob ich sicher sei, dass es mir so gut ginge wie am Morgen?

„Ja, lieber Joe, ganz."

„Und werden immer stärker, alter Kerl?"

„Ja, lieber Joe, unerschütterlich."

Joe klopfte mir mit seiner großen, guten Hand auf die Bettdecke und sagte mit einer, wie ich glaubte, heiseren Stimme: „Gute Nacht!"

Als ich am Morgen erfrischt und noch stärker aufstand, war ich fest entschlossen, Joe alles zu erzählen, und zwar ohne Verzug. Ich würde es ihm vor dem Frühstück sagen. Ich zog mich sofort an, ging in sein Zimmer und überraschte ihn; denn es war der erste Tag, an dem ich früh aufgestanden war. Ich ging in sein Zimmer, und er war nicht da. Er war nicht nur nicht da, sondern seine Schachtel war weg.

Ich eilte nun zum Frühstückstisch und fand darauf einen Brief. Dies war der kurze Inhalt:

„Da ich nicht den Wunsch habe, mich einzumischen, bin ich fortgegangen, denn du bist wieder gesund, lieber Pip, und werde besser ohne auskommen"

JO.

„P.S. Immer der beste aller Freunde."

Dem Brief war eine Quittung über die Schulden und Kosten beigefügt, aufgrund derer ich verhaftet worden war. Bis zu diesem Augenblick hatte ich vergeblich angenommen, daß mein Gläubiger sich zurückgezogen oder das Verfahren eingestellt hätte, bis ich vollständig genesen sein würde. Ich hätte mir nie träumen lassen, daß Joe das Geld bezahlt hätte; aber Joe hatte sie bezahlt, und die Quittung war auf seinen Namen ausgestellt.

Was blieb mir nun übrig, als ihm in die liebe alte Schmiede zu folgen und dort meine Enthüllung ihm und meine reumütigen Vorwürfe bei ihm auszusprechen und dort meinen Geist und mein Herz von dem zurückgehaltenen Zweitens zu befreien, das als ein unbestimmtes Etwas in meinen Gedanken geblieben war und sich zu einem festen Vorsatz geformt hatte?

Der Zweck war, daß ich nach Biddy gehen würde, daß ich ihr zeigen würde, wie demütig und reumütig ich zurückgekehrt war, daß ich ihr erzählen würde, wie ich alles verloren hatte, was ich einst erhofft hatte, daß ich sie an unsere alten Geheimnisse in meiner ersten unglücklichen Zeit erinnern würde. Dann sagte ich zu ihr: „Biddy, ich glaube, du hast mich einst sehr gern gehabt, als mein irrendes Herz, auch wenn es sich von dir entfernte, ruhiger und besser mit dir war, als es seitdem gewesen ist. Wenn du mich nur halb so gut wieder lieb haben kannst, wenn du mich mit all meinen Fehlern und Enttäuschungen auf mein Haupt nehmen kannst, wenn du mich wie ein Kind aufnehmen kannst, dem vergeben wurde (und es tut mir in der Tat ebenso leid, Biddy, und ich brauche eine stumme Stimme und eine beruhigende Hand), so hoffe ich, daß ich ein wenig würdiger von dir bin, als ich es war. Nicht viel, aber ein bisschen. Und, Biddy, es wird dir überlassen bleiben, zu sagen, ob ich mit Joe in der Schmiede arbeiten werde, oder ob ich unten in diesem Lande eine andere Beschäftigung suchen werde, oder ob wir an einen entfernten Ort gehen werden, wo mich eine Gelegenheit erwartet, die ich, als sie sich bot, beiseite legte, bis ich deine Antwort kannte. Und nun, lieber Biddy, wenn du mir sagen kannst, daß du mit mir durch die Welt gehen wirst, so wirst du sie gewiß zu einer besseren Welt für mich machen und mich dadurch zu einem besseren Menschen, und ich werde mich sehr bemühen, sie für dich zu einer besseren Welt zu machen."

Das war meine Absicht. Nach weiteren drei Tagen der Genesung ging ich an den alten Ort, um es in die Tat umzusetzen. Und wie ich hineingerast bin, ist alles, was ich noch zu erzählen habe.

KAPITEL LVIII.

Die Nachricht von meinem hohen Schicksal, das einen schweren Sturz erlitten hatte, war in meiner Heimat und ihrer Umgebung angekommen, ehe ich dort ankam. Ich fand, daß der Blaue Eber im Besitz der Intelligenz war, und ich fand, daß dies eine große Veränderung in dem Benehmen des Ebers bewirkte. Während der Eber meine gute Meinung mit warmem Eifer gepflegt hatte, als ich in das Eigentum kam, war der Eber jetzt, da ich das Eigentum verließ, außerordentlich kühl in dieser Sache.

Es war Abend, als ich ankam, sehr erschöpft von der Reise, die ich so oft so leicht gemacht hatte. Der Eber konnte mich nicht in mein gewöhnliches Schlafzimmer bringen, das (wahrscheinlich von jemandem, der Erwartungen hegte) besetzt war, und konnte mir nur ein sehr gleichgültiges Zimmer unter den Tauben und Postchaisen den Hof hinauf zuweisen. Aber ich schlief in dieser Wohnung so fest, wie in der vornehmsten Unterkunft, die mir der Eber hätte geben können, und die Qualität meiner Träume war ungefähr dieselbe wie in dem besten Schlafzimmer.

Früh am Morgen, als mein Frühstück fertig gemacht wurde, schlenderte ich am Satis House vorbei. Am Tor und auf Teppichstücken, die aus den Fenstern hingen, hingen gedruckte Geldscheine, die eine Versteigerung der Haushaltsmöbel und -gegenstände für die nächste Woche ankündigten. Das Haus selbst sollte als altes Baumaterial verkauft und abgerissen werden. LOT 1 war in weiß getünchten X-Knee-Buchstaben auf dem Sudhaus gekennzeichnet; LOT 2 auf dem Teil des Hauptgebäudes, der so lange verschlossen gewesen war. Andere Grundstücke waren an anderen Stellen des Gebäudes abgesteckt, und der Efeu war abgerissen worden, um Platz für die Inschriften zu schaffen, und ein großer Teil davon blieb tief im Staub und war bereits verdorrt. Als ich einen Augenblick durch das offene Tor trat und mich mit der unbehaglichen Miene eines Fremden umsah, der dort nichts zu suchen hatte, sah ich den Auktionator auf den Fässern herumgehen und sie zur Auskunft eines Katalogverfassers mit der Feder in der

Hand verraten, der aus dem Rollstuhl, den ich so oft nach der Melodie des alten Clem geschoben hatte, einen provisorischen Schreibtisch machte.

Als ich zu meinem Frühstück in der Kaffeestube des Ebers zurückkehrte, fand ich Herrn Pumblechook im Gespräch mit dem Wirt. Herr Pumblechook (der sich durch sein spätes nächtliches Abenteuer nicht gebessert hatte) erwartete mich und redete mich mit folgenden Worten an:

„Junger Mann, es tut mir leid, Sie niedergeschlagen zu sehen. Aber was konnte man auch anderes erwarten! was konnte man auch anderes erwarten!"

Als er mir mit herrlich verzeihender Miene die Hand reichte, und da ich durch Krankheit gebrochen und unfähig war, mich zu streiten, ergriff ich sie.

„William," sagte Herr Pumblechook zu dem Kellner: „stellen Sie einen Muffin auf den Tisch. Und ist es so weit gekommen! Ist es so weit gekommen!"

Stirnrunzelnd setzte ich mich zu meinem Frühstück. Herr Pumblechook stand über mir und schenkte meinen Tee ein, ehe ich die Teekanne berühren konnte, mit der Miene eines Wohltäters, der entschlossen war, bis zum letzten treu zu bleiben.

„William," sagte Herr Pumblechook traurig: „lege das Salz auf. In glücklicheren Zeiten," wandte er sich an mich: „hast du wohl Zucker genommen? Und hast du Milch genommen? Du hast. Zucker und Milch. William, bring eine Brunnenkresse mit."

„Danke," sagte ich kurz: „aber ich esse keine Brunnenkresse."

„Sie ißt sie nicht," entgegnete Herr Pumblechook, seufzte und nickte mehrmals mit dem Kopfe, als ob er das hätte erwarten können, und als ob die Enthaltsamkeit von Brunnenkresse mit meinem Untergang vereinbar wäre. „Stimmt. Die einfachen Früchte der Erde. Nein. Du brauchst keine mitzubringen, William."

Ich fuhr mit meinem Frühstück fort, und Herr Pumblechook stand noch immer über mir, starrte fischig und atmete geräuschvoll, wie er es immer tat.

„Wenig mehr als Haut und Knochen!" sinnierte Herr Pumblechook laut. „Und doch, als er von hier fortging (ich darf sagen, mit meinem Segen), und ich meinen bescheidenen Vorrat vor ihm ausbreitete, wie die Biene, war er rundlich wie ein Pfirsich!"

Das erinnerte mich an den wunderbaren Unterschied zwischen der unterwürfigen Art, in der er mir die Hand zu meinem neuen Wohlstand angeboten hatte, indem er sagte: „Darf ich?", und der ostentativen Milde, mit der er soeben dieselben fetten fünf Finger gezeigt hatte.

„Ha!" fuhr er fort und reichte mir das Butterbrot. „Und lüften Sie zu Joseph?"

„In Gottes Namen," sagte ich, ohne meinen Willen zu schießen: „was geht es dich an, wohin ich gehe? Lass die Teekanne in Ruhe."

Es war der schlechteste Weg, den ich hätte einschlagen können, denn er gab Pumblechook die Gelegenheit, die er wollte.

„Ja, junger Mann," sagte er, indem er den Griff des fraglichen Gegenstandes losließ, ein oder zwei Schritte von meinem Tisch zurücktrat und im Namen des Wirtes und des Kellners an der Tür sprach: „ich *werde* die Teekanne in Ruhe lassen. Du hast recht, junger Mann. Ausnahmsweise hast du recht. Ich verzeihe mir, wenn ich mich so sehr für Ihr Frühstück interessiere, daß ich wünsche, daß Ihre Gestalt, erschöpft von den lähmenden Wirkungen der Wundersamkeit, durch die ölige Nahrung Ihrer Vorfahren stimuliert würde. Und doch," wandte sich Pumblechook an den Wirt und den Kellner und zeigte mich auf Armeslänge: „das ist er, wie ich in seinen Tagen glücklicher Kindheit immer mit ihm gespielt habe! Sag mir nicht, dass es nicht sein kann; Ich sage dir, das ist er!"

Ein leises Gemurmel erwiderte die beiden. Der Kellner schien besonders betroffen zu sein.

„Das ist er," sagte Pumblechook: „wie ich in meinem Wagen gefahren bin. Das ist er, wie ich ihn von Hand heraufziehen sah. Das ist er, die Schwester, deren Onkel ich durch Heirat war, denn sie hieß Georgiana M'ria von ihrer eigenen Mutter, er möge es leugnen, wenn er kann!"

Der Kellner schien überzeugt, daß ich es nicht leugnen könne und daß es dem Koffer ein schwarzes Aussehen verleihe.

„Junger Mann," sagte Pumblechook und schlug in alter Weise mit dem Kopf über mich: „Sie gehen zu Joseph. Was geht es mich an, fragst du mich, wohin du fliegst? Ich sage Ihnen, Herr, Sie gehen zu Joseph."

Der Kellner hustete, als ob er mich bescheiden einladen wollte, darüber hinwegzukommen.

„Nun," sagte Pumblechook, und das alles mit einer höchst ärgerlichen Miene, als ob er in der Sache der Tugend das sagte, was vollkommen überzeugend und schlüssig war: „ich will dir sagen, was du Joseph sagen sollst. Hier ist der Squires of the Boar anwesend, der in dieser Stadt bekannt und geachtet ist, und hier ist William, dessen Vater Potkins hieß, wenn ich mich nicht täusche."

„Das tun Sie nicht, Sir," sagte William.

„In ihrer Gegenwart," fuhr Pumblechook fort: „will ich dir sagen, junger Mann, was du Joseph sagen sollst. Sag du: ‚Joseph, ich habe heute meinen frühesten Wohltäter und den Gründer meiner Glücklichen gesehen. Ich will keine Namen nennen, Joseph, aber so rufen sie ihn gern in die Stadt, und ich habe diesen Mann gesehen.'"

„Ich schwöre, ich sehe ihn hier nicht," sagte ich.

„Sagen Sie das ebenso," erwiderte Pumblechook. „Sag, du hättest das gesagt, und selbst Joseph wird wahrscheinlich Überraschung verraten."

„Da irren Sie sich gewaltig," sagte ich: „ich weiß es besser."

„Sagst du," fuhr Pumblechook fort: „Joseph, ich habe diesen Mann gesehen, und dieser Mann ist dir nicht böse und mir nicht böse. Er kennt deinen Charakter, Joseph, und kennt deine Dickköpfigkeit und Unwissenheit gut; und er kennt meinen Charakter, Joseph, und er weiß, daß es mir an Gratitoode mangelt. Ja, Joseph, sagst du," hier schüttelte Pumblechook den Kopf und die Hand nach mir: „er kennt meinen gänzlichen Mangel an allgemeiner menschlicher Dankbarkeit. *Er* weiß es, Joseph, wie es keiner kann. *Du* weißt es nicht, Joseph, weil du nicht dazu berufen bist, es zu wissen, aber dieser Mann weiß es."

Windiger Esel, wie er war, erstaunte mich wirklich, daß er das Gesicht besaß, so mit dem meinigen zu sprechen.

„Sagst du: Joseph, er hat mir eine kleine Botschaft gegeben, die ich nun wiederholen will. Es war so, daß er, als ich erniedrigt wurde, den Finger der Vorsehung sah. Er erkannte diesen Finger, als er Joseph sah, und er sah ihn deutlich. Es hat diese Schrift herausgepinnt, Joseph. *Belohnung der Ingratitoode an seinen frühesten Wohltäter und Gründer von Fortun's.* Aber dieser Mann sagte, er bereue nicht, was er getan habe, Joseph. Überhaupt nicht. Es war richtig, es zu tun, es war nett, es zu tun, es war wohlwollend, es zu tun, und er würde es wieder tun."

„Es ist schade," sagte ich verächtlich, als ich mein unterbrochenes Frühstück beendet hatte: „daß der Mann nicht gesagt hat, was er getan hat und wieder tun wird."

„Knappen des Wildschweins!" Pumblechook wandte sich jetzt an den Wirt: „Und William! Ich habe nichts dagegen, daß Sie in der Stadt oder in der Stadt, wenn Sie es wünschen, erwähnen, daß es richtig war, es zu tun, daß es gütig war, es zu tun, daß ich wohlwollend war, es zu tun, und daß ich es wieder tun würde."

Mit diesen Worten schüttelte der Betrüger beiden mit einer Miene die Hand und verließ das Haus; und ich war viel mehr erstaunt als entzückt über die Tugenden dieses unbestimmten „Es." Auch ich verließ nicht lange nach ihm das Haus, und als ich die Hauptstraße hinunterging, sah ich ihn (ohne Zweifel in demselben Sinne) an seiner Ladentür einer auserlesenen Gruppe entgegenhalten, die mich mit sehr ungünstigen Blicken beehrte, als ich auf der gegenüberliegenden Seite des Weges vorüberging.

Aber es war nur um so angenehmer, sich an Biddy und Joe zu wenden, deren große Nachsicht heller leuchtete als zuvor, wenn das im Gegensatz zu diesem unverschämten Heuchler möglich war. Ich ging langsam auf sie zu, denn meine Glieder waren schwach, aber mit einem Gefühl zunehmender Erleichterung, als ich mich ihnen näherte, und mit dem Gefühl, Arroganz und Unwahrheit immer weiter hinter mir zu lassen.

Das Juniwetter war köstlich. Der Himmel war blau, die Lerchen schwebten hoch über dem grünen Korn, ich fand die ganze Landschaft bei weitem schöner und friedlicher, als ich sie je gekannt hatte. Viele angenehme Bilder von dem Leben, das ich dort führen würde, und von der Veränderung zum Besseren, die über meinen Charakter kommen würde, wenn ich einen leitenden Geist an meiner Seite hätte, dessen einfacher Glaube und klare Heimatweisheit ich bewiesen hatte, mir den Weg bahnte. Sie erweckten eine zärtliche Empfindung in mir; denn mein Herz wurde durch meine Rückkehr erweicht, und eine solche Veränderung war eingetreten, daß ich mich fühlte wie einer, der sich barfuß von einer fernen Reise nach Hause mühte und dessen Wanderungen viele Jahre gedauert hatten.

Das Schulhaus, in dem Biddy Meisterin war, hatte ich noch nie gesehen; aber der kleine Umweg, durch den ich in das Dorf eintrat, führte mich der Ruhe halber an ihm vorbei. Ich war enttäuscht, als ich feststellte, dass der Tag ein Feiertag war; es waren keine Kinder da, und Biddys Haus war geschlossen. Eine hoffnungsvolle Vorstellung, sie eifrig mit ihren täglichen Pflichten beschäftigt zu sehen, ehe sie mich sah, war in meinem Geiste gewesen und wurde besiegt.

Aber die Schmiede war nicht weit entfernt, und ich ging unter den süßen grünen Limetten darauf zu und lauschte auf das Klirren von Joes Hammer. Lange nachdem ich es hätte hören sollen, und lange nachdem ich es zu hören glaubte und es nur für eine Einbildung hielt, war alles still. Die Linden waren da, und die weißen Dornen waren da, und die Kastanienbäume waren da, und ihre Blätter raschelten harmonisch, als ich stehen blieb, um zu lauschen; aber das Klirren von Joes Hammer war nicht im Hochsommerwind.

Fast fürchtend, ohne zu wissen warum, in Sichtweite der Schmiede zu kommen, sah ich sie endlich und sah, daß sie geschlossen war. Kein Feuerschein, kein glitzernder Funkenregen, kein Brüllen von Blasebälgen; Alle haben die Klappe gehalten und sind immer noch da.

Aber das Haus war nicht verlassen, und die beste Stube schien in Gebrauch zu sein, denn im Fenster flatterten weiße Vorhänge, und das Fenster war offen und mit Blumen geschmückt. Ich ging leise darauf zu, um über die Blumen zu spähen, als Joe und Biddy Arm in Arm vor mir standen.

Zuerst stieß Biddy einen Schrei aus, als ob sie glaubte, es sei meine Erscheinung, aber im nächsten Augenblick war sie in meinen Händen. Ich weinte, um sie zu sehen, und sie weinte, um mich zu sehen; Ich, weil sie so frisch und angenehm aussah; sie, weil ich so abgenutzt und weiß aussah.

„Aber lieber Biddy, wie schlau du bist!"

„Ja, lieber Pip."

„Und Joe, wie schlau *du* bist!"

„Ja, lieber alter Pip, alter Kerl."

Ich sah beide an, von einem zum andern, und dann ...

„Es ist mein Hochzeitstag!" rief Biddy in einem Ausbruch von Glück: „und ich bin mit Joe verheiratet!"

Sie hatten mich in die Küche geführt, und ich hatte meinen Kopf auf den alten Verhandlungstisch gelegt. Biddy hielt eine meiner Hände an ihre Lippen, und Joes wiederherstellende Berührung lag auf meiner Schulter. „Er hat gewarnt, daß er nicht stark genug ist, mein Lieberpelz, um überrascht zu werden," sagte Joe. Und Biddy sagte: „Ich hätte daran denken sollen, lieber Joe, aber ich war zu glücklich." Sie waren beide so überglücklich, mich zu sehen, so stolz, mich zu sehen, so gerührt von meinem Kommen, so entzückt, dass ich zufällig gekommen wäre, um ihren Tag zu vervollständigen!

Mein erster Gedanke war der großer Dankbarkeit, daß ich Joe diese letzte verwirrte Hoffnung nie gehaucht hatte. Wie oft, als er in meiner Krankheit bei mir war, war sie mir über die Lippen gekommen! Wie unwiderruflich wäre seine Kenntnis davon gewesen, wenn er nur eine weitere Stunde bei mir geblieben wäre!

„Lieber Biddy," sagte ich: „du hast den besten Gatten von der ganzen Welt, und wenn du ihn an meinem Bette hättest sehen können, so hättest du – Aber nein, du könntest ihn nicht mehr lieben, als du es tust."

„Nein, das könnte ich nicht," sagte Biddy.

„Und, lieber Joe, du hast die beste Frau auf der ganzen Welt, und sie wird dich so glücklich machen, wie du es verdienst, du lieber, guter, edler Joe!"

Joe sah mich mit zitternder Lippe an und zog sich den Ärmel vor die Augen.

„Und Joe und Biddy beide, da ihr heute in der Kirche gewesen seid und mit der ganzen Menschheit in Nächstenliebe und Liebe seid, empfangt meinen demütigen Dank für alles, was ihr für mich getan und was ich so schlecht vergolten habe! Und wenn ich sage, daß ich in einer Stunde fortgehe, denn ich gehe bald ins Ausland, und daß ich nicht eher ruhen werde, als bis ich für das Geld gearbeitet habe, mit dem ihr mich vor dem Gefängnis bewahrt und es euch geschickt habt, so glaubt nicht, lieber Joe und Biddy, daß, wenn ich es tausendmal zurückzahlen könnte, Ich nehme an, ich könnte einen Heller von der Schuld, die ich Ihnen schulde, erlassen, oder ich würde es tun, wenn ich könnte!"

Sie waren beide von diesen Worten erschüttert, und beide flehten mich an, nichts mehr zu sagen.

„Aber ich muss noch mehr sagen. Lieber Joe, ich hoffe, du wirst Kinder haben, die du lieben kannst, und daß irgendein kleiner Kerl in dieser Kaminecke einer Winternacht sitzen wird, der dich vielleicht an einen andern kleinen Kerl erinnert, der für immer aus ihm verschwunden ist. Sag ihm nicht, Joe, ich sei undankbar; sagen Sie ihm nicht, Biddy, daß ich ungroßmütig und ungerecht gewesen sei; Sagen Sie ihm nur, daß ich Sie beide ehre, weil Sie beide so gut und treu waren, und daß ich ihm als Ihr Kind gesagt habe, es wäre für ihn selbstverständlich, ein viel besserer Mensch zu werden, als ich."

„Ich gehe nicht hin," sagte Joe hinter seinem Ärmel hervor: „um ihm zu sagen, daß er nicht an diese Natur denkt, Pip. Und Biddy auch nicht. Und noch niemand tut es nicht."

„Und nun, obgleich ich weiß, daß ihr es in eurem eigenen gütigen Herzen schon getan habt, so bittet bitte, sagt mir beiden, daß ihr mir vergebt! Bitte, laß mich dich die Worte sagen hören, damit ich den Klang derselben mit mir forttragen kann, und dann werde ich glauben können, daß du mir vertraust und in der kommenden Zeit besser von mir denken kannst!"

„O lieber alter Pip, alter Kerl," sagte Joe: „Gott weiß, wie ich dir vergebe, wenn ich etwas zu vergeben habe!"

„Amen! Und Gott weiß, daß ich es tue!" wiederholte Biddy.

„Nun laß mich hinaufgehen, mein altes Kämmerlein betrachten und dort ein paar Minuten für mich ausruhen. Und dann, wenn ich mit dir gegessen und getrunken habe, geh mit mir bis zum Fingerpfahl, lieber Joe und Biddy, ehe wir uns verabschieden!"

Ich verkaufte alles, was ich besaß, und legte so viel als möglich beiseite, um einen Vergleich mit meinen Gläubigern zu schließen, die mir genügend Zeit ließen, sie vollständig zu bezahlen, und ich ging hinaus und schloß mich Herbert an. Innerhalb eines Monats hatte ich England verlassen, und innerhalb von zwei Monaten war ich Sekretär bei Clarriker und Co., und innerhalb von vier Monaten übernahm ich meine erste ungeteilte Verantwortung. Denn der Balken über der Decke des Salons in Mill Pond Bank hatte damals aufgehört unter dem Knurren des alten Bill Barley zu zittern und war in Frieden, und Herbert war fortgegangen, um Clara zu heiraten, und ich blieb allein für den östlichen Zweig verantwortlich, bis er sie zurückbrachte.

Viele Jahre vergingen, ehe ich Teilhaber des Hauses war; aber ich lebte glücklich mit Herbert und seiner Frau, lebte sparsam, bezahlte meine Schulden und stand in beständigem Briefwechsel mit Biddy und Joe. Erst als ich der dritte in der Firma wurde, verriet mich Clarriker an Herbert; dann aber erklärte er, das Geheimnis von Herberts Teilhaber sei lange genug auf seinem Gewissen gewesen, und er müsse es erzählen. So erzählte er es, und Herbert war ebenso gerührt wie erstaunt, und der liebe Bursche und ich waren nicht die schlechteren Freunde, weil wir es lange verborgen hielten. Ich darf es nicht der Annahme überlassen, daß wir jemals ein großes Haus gewesen seien oder daß wir Münzen von Geld verdient hätten. Wir machten keine großen Geschäfte, aber wir hatten einen guten Namen und arbeiteten für unsere Profite und machten es sehr gut. Wir verdankten Herberts stets heiterem Fleiß und seiner Bereitwilligkeit so viel, daß ich mich oft fragte, wie ich auf den alten Gedanken seiner Unfähigkeit gekommen war, bis ich eines Tages durch den Gedanken erleuchtet wurde, daß die Unfähigkeit vielleicht gar nicht in ihm, sondern in mir gewesen sei.

KAPITEL LIX.

Elf Jahre lang hatte ich weder Joe noch Biddy mit meinen leiblichen Augen gesehen, obgleich sie beide im Osten oft vor meiner Phantasie gewesen waren, als ich an einem Abend im Dezember, ein oder zwei Stunden nach Einbruch der Dunkelheit, meine Hand leise auf den Riegel der alten Küchentür legte. Ich berührte es so leise, daß ich nicht gehört wurde und ungesehen hineinsah. Dort saß Joe, seine Pfeife rauchend in der alten Wohnung beim Feuerschein in der Küche, so gesund und kräftig wie immer, wenn auch ein wenig grau; und da, mit Joes Bein in die Ecke gedrängt, auf meinem eigenen kleinen Schemel sitzend, das Feuer betrachtend, saß – ich wieder!

„Wir haben ihm deinetwegen den Namen Pip gegeben, lieber alter Kerl," sagte Joe entzückt, als ich einen andern Schemel an der Seite des Kindes einnahm (aber ich zerzauste sein Haar nicht): „und wir hofften, er würde ein wenig wie du wachsen, und wir glauben, daß er es tut."

Das dachte ich auch, und am nächsten Morgen ging ich mit ihm spazieren, und wir unterhielten uns ungeheuer und verstanden uns vollkommen. Und ich führte ihn auf den Kirchhof und setzte ihn dort auf einen gewissen Grabstein, und er zeigte mir von dieser Anhöhe aus, welcher Stein dem Andenken an Philipp Pirrip, den verstorbenen dieser Gemeinde, und auch Georgiana, die Gattin des Obengenannten, heilig war.

„Biddy," sagte ich, als ich nach dem Essen mit ihr sprach, als ihr kleines Mädchen auf ihrem Schoß schlief: „du mußt mir eines Tages Pip geben; oder ihm auf jeden Fall Geld leihen."

„Nein, nein," sagte Biddy sanft. „Du musst heiraten."

„Das sagen Herbert und Clara, aber ich glaube nicht, daß ich es tun werde, Biddy. Ich habe mich so sehr in ihrem Haus niedergelassen, dass es überhaupt nicht wahrscheinlich ist. Ich bin schon ein ziemlich alter Junggeselle."

Biddy sah auf ihr Kind herab, legte die kleine Hand an ihre Lippen und legte dann die gute, mütterliche Hand, mit der sie sie berührt hatte, in die meine. Es lag etwas in der Handlung und in dem leichten Druck von Biddys Ehering, das eine sehr hübsche Beredsamkeit an sich hatte.

„Lieber Pip," sagte Biddy: „du bist sicher, daß du dir keine Sorgen um sie machst?"

„O nein – ich glaube nicht, Biddy."

„Sag es mir als einem alten, alten Freund. Hast du sie ganz vergessen?"

„Meine liebe Biddy, ich habe in meinem Leben nichts vergessen, was dort jemals einen ersten Platz eingenommen hätte, und weniges, was dort jemals einen Platz gehabt hätte. Aber dieser arme Traum, wie ich ihn früher zu nennen pflegte, ist ganz vorübergegangen, Biddy – alles ist vorüber!"

Nichtsdestoweniger wußte ich, während ich diese Worte sprach, daß ich insgeheim die Absicht hatte, an diesem Abend den Ort des alten Hauses wieder zu besuchen, allein, um ihretwillen. Ja, trotzdem. Um Estellas willen.

Ich hatte gehört, daß sie ein höchst unglückliches Leben führe und von ihrem Gatten getrennt sei, der sie mit großer Grausamkeit behandelt habe und der als eine Mischung aus Stolz, Geiz, Brutalität und Gemeinheit bekannt geworden sei. Und ich hatte von dem Tode ihres Mannes gehört, der durch einen Unfall infolge der Mißhandlung eines Pferdes verursacht worden war. Diese Befreiung war ihr vor etwa zwei Jahren zuteil geworden; nach allem, was ich wusste, war sie wieder verheiratet.

Die frühe Essensstunde bei Joe's ließ mir reichlich Zeit, ohne mein Gespräch mit Biddy zu beeilen, um vor Einbruch der Dunkelheit nach dem alten Lokal hinüberzugehen. Aber, mit dem Herumlungern auf dem Wege, um alte Gegenstände zu betrachten und an alte Zeiten zu denken, war der Tag ganz verfallen, als ich an den Ort kam.

Es gab kein Haus mehr, keine Brauerei, kein Gebäude mehr als die Mauer des alten Gartens. Der gerodete Platz war mit einem rohen Zaun umzäunt worden, und als ich ihn überblickte, sah ich, daß ein Teil des alten Efeu von neuem Wurzeln geschlagen hatte und auf niedrigen, stillen Hügeln der Ruine grün wuchs. Ein Tor im Zaun stand angelehnt, ich stieß es auf und trat ein.

Ein kalter, silbriger Nebel hatte den Nachmittag verhüllt, und der Mond war noch nicht aufgegangen, um ihn zu zerstreuen. Aber die Sterne leuchteten hinter dem Nebel hindurch, und der Mond kam, und der Abend war nicht dunkel. Ich konnte nachvollziehen, wo jeder Teil des alten Hauses gewesen war, wo die Brauerei gewesen war, wo die Tore und wo die Fässer waren. Ich hatte dies getan und blickte den öden Gartenweg entlang, als ich eine einsame Gestalt darin erblickte.

Die Gestalt zeigte sich meiner bewusst, als ich mich näherte. Er hatte sich auf mich zubewegt, aber er blieb stehen. Als ich näher kam, sah ich, daß es die Gestalt einer Frau war. Als ich noch näher kam, wollte er sich gerade abwenden, als er stehen blieb und mich mit ihm heraufkommen ließ. Da stockte es, als ob es sehr überrascht wäre, und sprach meinen Namen, und ich rief:

„Estella!"

„Ich habe mich sehr verändert. Ich wundere mich, dass du mich kennst."

Die Frische ihrer Schönheit war zwar verschwunden, aber ihre unbeschreibliche Majestät und ihr unbeschreiblicher Reiz blieben. Diese Reize darin hatte ich schon früher gesehen; was ich noch nie gesehen hatte, war das traurige, weiche Licht der einst stolzen Augen; was ich noch nie zuvor gefühlt hatte, war die freundliche Berührung der einst gefühllosen Hand.

Wir setzten uns auf eine Bank, die in der Nähe war, und ich sagte: „Nach so vielen Jahren ist es seltsam, dass wir uns hier wiedersehen, Estella, hier, wo unsere erste Begegnung war! Kommst du oft wieder?"

„Seitdem war ich nicht mehr hier."

„Ich auch nicht."

Der Mond begann aufzugehen, und ich dachte an den ruhigen Blick auf die weiße Decke, der verschwunden war. Der Mond begann aufzugehen, und ich dachte an den Druck auf meiner Hand, als ich die letzten Worte gesprochen hatte, die er auf Erden gehört hatte.

Estella war die nächste, die das Schweigen brach, das zwischen uns entstand.

„Ich habe sehr oft gehofft und beabsichtigt, zurückzukommen, bin aber durch viele Umstände daran gehindert worden. Armer, armer alter Ort!"

Der silbrige Nebel wurde von den ersten Strahlen des Mondlichts berührt, und dieselben Strahlen berührten die Tränen, die von ihren Augen tropften. Da sie nicht wußte, daß ich sie sah, und sich anschickte, sie zu besiegen, sagte sie leise:

„Haben Sie sich beim Gehen gewundert, wie es dazu kam, daß es in diesem Zustande zurückgelassen wurde?"

„Ja, Estella."

„Der Boden gehört mir. Es ist der einzige Besitz, den ich nicht aufgegeben habe. Alles andere ist nach und nach von mir gegangen, aber ich habe es behalten.

Es war der Gegenstand des einzigen entschiedenen Widerstandes, den ich in all den elenden Jahren geleistet habe."

„Soll es bebaut werden?"

„Endlich ist es soweit. Ich bin hierher gekommen, um mich von ihr zu verabschieden, bevor sie sich verändert. Und Sie," sagte sie mit einer Stimme, die für einen Wanderer rührendes Interesses ausdrückte: „Sie leben noch immer in der Fremde?"

„Noch."

„Und es gut machen, da bin ich mir sicher?"

„Ich arbeite ziemlich hart, um einen ausreichenden Lebensunterhalt zu verdienen, und deshalb – ja, es geht mir gut."

„Ich habe oft an dich gedacht," sagte Estella.

„Hast du?"

„In letzter Zeit sehr oft. Es gab eine lange, schwere Zeit, in der ich die Erinnerung an das, was ich weggeworfen hatte, von mir fernhielt, obwohl ich seinen Wert gar nicht kannte. Da aber meine Pflicht mit der Zulassung dieses Gedenkens nicht unvereinbar war, so habe ich ihr einen Platz in meinem Herzen gegeben."

„Du hast immer deinen Platz in meinem Herzen gehabt," antwortete ich.

Und wir schwiegen wieder, bis sie sprach.

„Ich dachte nicht," sagte Estella: "daß ich mich von dir verabschieden würde, indem ich von diesem Ort Abschied nahm. Ich bin sehr froh, das zu tun."

„Freut es dich, wieder zu scheiden, Estella? Für mich ist der Abschied eine schmerzhafte Sache. Die Erinnerung an unseren letzten Abschied war für mich immer traurig und schmerzlich."

„Aber du hast mir gesagt," entgegnete Estella sehr ernst: „Gott segne dich, Gott verzeihe dir!" „Und wenn du das damals zu mir sagen konntest, so wirst du nicht zögern, es mir jetzt zu sagen, jetzt, da das Leiden stärker war als alle anderen Lehren und mich gelehrt hat, zu verstehen, was dein Herz früher war. Ich bin gebeugt und gebrochen worden, aber – wie ich hoffe – in eine bessere Form gekommen. Sei so rücksichtsvoll und gut gegen mich, wie du warst, und sag mir, daß wir Freunde sind."

„Wir sind Freunde," sagte ich, erhob mich und beugte mich über sie, als sie sich von der Bank erhob.

„Und werden weiterhin Freunde getrennt bleiben," sagte Estella.

Ich nahm ihre Hand in die meine, und wir verließen den verwüsteten Ort; und wie die Morgennebel vor langer Zeit, als ich die Schmiede verließ, aufgestiegen waren, so stiegen jetzt die Abendnebel auf, und in all der weiten Fläche ruhigen Lichtes, die sie mir zeigten, sah ich keinen Schatten eines anderen, der sich von ihr trennte.

Milton Keynes UK
Ingram Content Group UK Ltd.
UKHW030635191124
451300UK00005B/55